中國古典文學基本叢書

李頎詩歌校注

上册

[唐]李頎 著

王錫九 校注

中華書局

圖書在版編目(CIP)數據

李頎詩歌校注/(唐)李頎著;王錫九校注. —北京:中華書局,2018.1(2018.11 重印)
(中國古典文學基本叢書)
ISBN 978-7-101-12668-6

Ⅰ.李… Ⅱ.①李…②王… Ⅲ.李頎(690~751)-唐詩-詩歌研究 Ⅳ.I207.22

中國版本圖書館 CIP 數據核字(2017)第 166426 號

責任編輯:許慶江

中國古典文學基本叢書
李頎詩歌校注
(全二册)
〔唐〕李 頎 著
王錫九 校注
*
中華書局出版發行
(北京市豐臺區太平橋西里 38 號 100073)
http://www.zhbc.com.cn
E-mail:zhbc@zhbc.com.cn
北京瑞古冠中印刷廠印刷
*
850×1168 毫米 1/32 · 28⅝印張 · 3 插頁 · 485 千字
2018 年 1 月北京第 1 版 2018 年 11 月北京第 2 次印刷
印數:2001-4000 册 定價:98.00 元

ISBN 978-7-101-12668-6

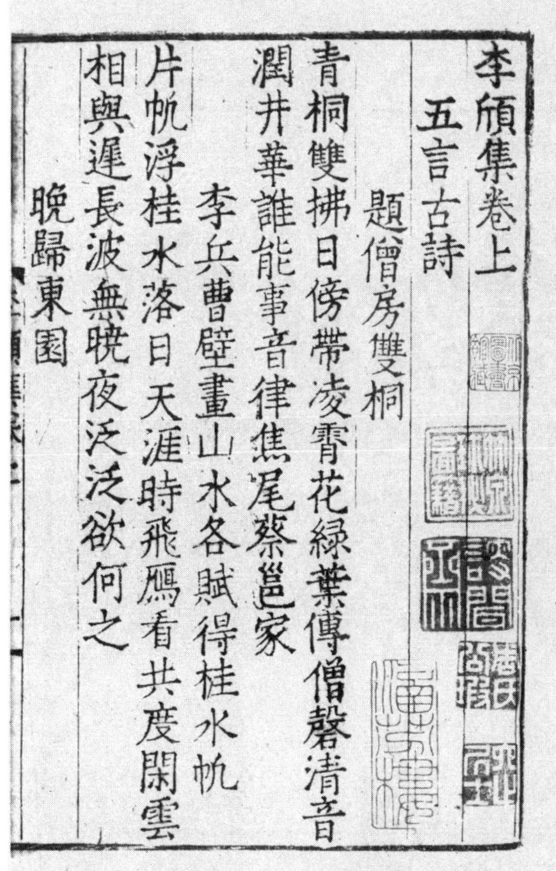

李頎集卷上

五言古詩

題僧房雙桐

青桐雙拂日傍帶凌霄花綠葉傳僧磬清音

潤井華誰能事音律焦尾蔡邕家

李兵曹壁畫山水各賦得桂水帆

片帆浮桂水落日天涯時飛鴈看共度閑雲

相與遲長波無曉夜泛泛欲何之

晚歸東園

明代銅活字本《唐五十家詩集·李頎集》

李頎集卷上

五言古詩

題僧房雙桐

青桐雙拂日傍帶凌霄花緑葉傳僧磬清音潤井華誰能事音律焦尾蔡邕家

李兵曹壁畫山水各賦得桂水帆

片帆浮桂水落日天涯時飛鴈看共度閑雲相與遲長波無曉夜泛泛欲何之

晚歸東園

出郭喜見山東行亦未遠夕陽帶歸鷺靄靄秋稼

明嘉靖三十三年黄氏浮玉山房《唐詩二十六家》本《李頎集》

目録

李頎詩歌校注卷二

七言古詩

李頎詩歌校注卷三

五言律詩

七言律詩

五言排律

五言絶句

七言絶句

殘篇

補遺

前言

李頎是盛唐時期的一位重要詩人。但是對於他的生平事迹，今天我們知之甚少。從其詩歌裏的描述來看，李頎應當是唐代河南府（今河南省洛陽市）潁陽縣（今屬登封市）人，長期居住在潁水的一條小溪旁，這就是他在詩中多次提到的「潁水陽」、「東川別業」、「東園」的地方。李頎本有强烈的用世之心，早年熱衷於結交貴游，希圖以此走入仕途，不過以失敗告終。這纔使得他轉而閉户潁陽，折節讀書十年，在開元二十三年進士登第，授官新鄉尉。至於何時被授此職，史無明文，學者們的推論認爲，從中進士後直到天寶初年都有可能，無法確定其具體時間。罷官新鄉尉以後，李頎大約就在家鄉潁陽過隱居生活，再也没有任過其他官職，所以，當時的詩歌評論家殷璠在《河嶽英靈集》（卷上）慨乎言之：「惜其偉才，只到黄綬。」表達了極大的惋惜之情。李頎的交游廣泛，與當時許多的詩人、名流過從甚密，交誼深厚。正是通過研究這些詩歌，我們可以考知李頎生前的一些活動和它們的時間地點等情形。也因爲這一點，李頎絶大部分的詩篇，都是以送別詩、寄贈詩、酬答詩的形式出現的。不過，從其所表現的内容看，在盛唐時期，除了像李白、杜甫這樣的大家以外，李頎詩歌所涉及的題材是豐富多樣的，名篇佳作也很多，不遜於當時的任何一位著名詩人。在詩體形式上，李頎也有較高的成就。李頎的七古，也是除李、杜以外，而與王維、高適、岑參并稱爲「王、李、高、岑」的盛唐四家。其七律雖然只有七首，但自明代前七子以來，論者的評價極高，當然其中有些溢美之詞。其五古、五律（包括排律），作品數量較大，上乘之作也不少。唯有五、七言絶句，本來作品就不多，只有極個别的篇章比較受人重視。以下，我們擬對李頎詩歌的主要題材内容以及它們的一些藝術特色，作一番簡要的論列，以期窺其一斑。

在現代的中國文學史研究中，李頎是被列入盛唐邊塞詩派的詩人。他的邊塞詩數量不多，只有五首，但是特色鮮明。在立題上，他全部采用前人既有的題目，如樂府古題的《古從軍行》，從漢樂府古題《出塞》《入塞》衍化而來的新的樂府雜題《塞下曲》《古塞下曲》，早已有之的擬古、效古的《古意》等。很顯然，這些都賦予了李頎邊塞詩借古喻今、托古諷今的特點。《古從軍行》一詩，表面上所寫的是漢王朝的史事，漢武帝窮兵黷武，遠征西域的士兵備嘗艱辛，却無法歸來，「玉門被遮」，直到付出生命的代價，所得到的也只是「空見蒲桃入漢家」的結果，開邊之禍的慘烈到了何種程度。實際上，這樣的詩篇，是對開、天之際唐玄宗輕開邊釁，好大喜功的邊防政策的揭露和批判，反映了當時社會的一個重大主題。此詩境界開闊，但環境氣氛的渲染極爲蕭條淒涼，情調蒼凉沉鬱。用短章表現複雜而重大的主題，概括凝煉，簡要精警，令人思索。李頎其他的邊塞詩，都是從戰士的角度表現問題，確立旨意的。如《塞下曲》（黄雲雁門郡）一詩，將邊塞的惡劣環境和士兵的驍勇豪邁緊密結合起來寫，最後激發出立功邊塞、消滅敵人的豪情，表現了其慷慨悲壯的精神面貌。而另一首《塞下曲》（少年學騎射）則可以説是對上詩的反跌。此詩前六句蓄勢，竭力寫出邊塞士兵意氣奮發的豪壯舉動和建立「邊功」的强烈願望，而末二句「膂力今應盡，將軍猶未知」，與上文形成了鮮明的對照，士兵失意悲憤、悒鬱難平之情，一瀉無餘地表現了出來。還有兩首詩，都着重表現士兵出塞戍守生活的艱苦。《古塞下曲》（行人朝走馬）詩專寫「赴邊」，詩中將士兵沿途所經歷的闊大蒼凉的環境和清麗秀美的景物融匯在一起，從而造成了淒惻悲凉、哀惋柔美的風調。《古意》（男兒事長征）則側重於寫「戍邊」。長期不畏艱辛，浴血奮戰在塞垣的戰士，「未得報恩不能歸」，在邊疆上無法實現立功的願望，又不能返回故鄉，此時此刻，再聽到哀惋悲愴的「出塞聲」時，痛苦得「淚如雨」下。顯然，此詩同情戰士們長期而艱苦的戍守生活，立功無賞，理想破滅，只落得無比的悲傷痛苦。究其原因，就在于當時的統治者所奉行的開邊黷武政策。在盛唐詩人中，李頎的邊塞詩，是唯一集矢于此的，顯得非常的特别和突出。

除了在邊塞詩中所表現出來的關注現實的精神以外，李頎幾乎再没有直接反映社會政治問題的詩篇了。不過，他有幾首寫歷史故事和神話傳説的詩歌，應當是有借古諷今，針砭現實的意義的。如《絶纓歌》寫楚莊王「寧愛賢，不愛色」的故事，可能是曲折地批判諷刺唐玄宗寵愛女色的昏庸行爲，透露出希望統治者用賢的思想。《鄭櫻桃歌》則批判石季龍寵愛鄭櫻桃，過度驕奢淫逸，導致身死國滅的後果；《王母歌》諷刺漢武帝希圖求仙，但因爲其驕縱豪奢，最終黯淡收場，似乎都有托古喻今，批判當朝皇帝唐玄宗昏庸腐敗的深意。只有《謁張果先生》詩，寫的是現實中的人事。詩中對其誇誕虚妄的所謂神仙的行爲，似是揄揚，實爲諷刺；看似堂皇正大，實則滑稽可笑，應當是有對唐玄宗佞道，過於隆禮荒誕不經的方術之士的批判嘲諷之意的。所以可以將此類詩篇視作與當時統治者的荒唐行爲有着一定聯繫的政治詩。

李頎的人物素描詩，歷來受到人們的重視，它是李頎在文學史上所開闢的頗有創獲的一個題材。從形式上看，它們大多就是通常的送别詩和贈答詩，但是將筆下的人物形象、精神風貌、氣度性格，刻畫得栩栩如生，神采飛揚，成爲一個時代士人生活的集中體現。如《送陳章甫》，送别詩而不寫惜别悵惘之情，而是着力於表現陳章甫豪縱不羈、豁達大度的性格特徵。此詩运用粗綫條的筆法，主要以贊嘆的筆調表現友人光明坦蕩的胸襟，以素描的方法刻畫友人偉岸雄豪的相貌，以比喻形容的筆觸描繪友人灑脱的個性和孤高的品格；而在詩的開頭和後幅則結合景物的描寫、環境的渲染、氣氛的烘托，更好地將友人豪縱不羈的性格，豪爽灑脱的氣度展現了出來，收到了情景交融滲透的效果，富有詩意的韻致。

李頎的一些人物素描詩，善於描繪人物的行爲神態，展示其性格精神，使筆下的人物形象栩栩如生。如《别梁鍠》詩，主要就是運用比喻象徵的手法，進行典型細節的捕捉和勾勒，生動地表現出梁鍠的外表形態，從而突現其倜儻不羈，豪縱奔放的性格。《贈張旭》詩，作者要塑造出張旭「豁達」的形象。詩中的精彩部分，就是通過刻畫、形容張旭的行爲動作，舉止神態，來突出這一形象的。「露頂據胡床，長叫三五聲。興來灑素壁，揮筆如流星。」「左手持蟹螯，右手執《丹經》。瞪目視霄漢，不知醉與醒。」一個「豁達」的人物形象淋漓盡致地展現在眼前了。還有《野老曝背》詩，是短小的七絶體裁，詩的後二句描繪人物的行爲神態，「有時捫虱獨搔首，目送歸鴻籬下眠。」將野老恬然無事，蕭散安逸的情狀表現了出來，人物形象猶如浮雕一般躍然紙上。還有《贈别高三十五》，詩中對詩人高適早年潦倒困頓，但落拓不羈、豪縱慷慨的形象神態作了生動的刻畫，表現了其浪漫豪放的性格。

李頎的人物素描詩的數量較多，表現方法和藝術特點也比較多樣化。以下幾種情況值得重視。受魏晋時期品題人物的影響，采用「芝蘭玉樹」似的比喻方法，具體描繪形容人物的姿容品貌，才華風采。如《送劉四赴夏縣》：「九霄特立紅鸞姿，萬仞孤生玉樹枝。」《送劉方平》：「童顔且白晳，佩德如瑶瓊。荀氏風流盛，胡家公子清。」都是顯例。《雙笋歌送李回兼呈劉四》詩，將咏物和寫人結合起來，雙笋的盎然生機，高風亮節，其實就是比喻二位友人的才華和品貌，其藝術方法與上述品題人物實際上是一致的。通過對山水景物的描寫，烘托出人物的性格和風度。如《寄萬齊融》詩的主要部分寫景狀物，從中顯現了人物優游山水的性格，希冀用世的理想，詩情飽滿，意趣充沛。又如《送馬録事赴永陽》，詩中大篇幅的描寫山水的風光，豐饒的物産，安定的人民生活，從而很好地襯托出了人物「談笑一州裏，從容群吏先」的雍容風度。運用典故，讓其中的人物、情節、環境起到擬議的作用，借喻筆下的人物，也是李頎的人物素描詩常用的寫法，它在《同張員外諲訓答之作》一詩中表現得最爲集中和突出。「洛中高士日沈冥，手自灌園方帶經。王湛床頭見《周易》，長康傳裏好丹青。鶡冠葛屨無名位，博弈賦詩聊遣意。清言只到衛家兒，用筆能誇鍾太尉。」連續用典，將人物的風采，擅長的技藝，生活的態度，個人的嗜好，全部都一一地表現了出來，可以説是李頎人物素描詩的絶技。

李頎的音樂詩只有三首，但它們在唐代詩歌史上的作用和影響是很大的。它們在形式上都采用七言古詩，與此前及同時人的音樂詩一般都是五言短篇不同，它們的篇幅都比較長，便於淋漓盡致地描摹音樂。這對於稍後的中唐時期傳誦的音樂詩名篇基本上都是七古長篇，顯然是有着很直接的啓發意義的。諸如顧況《李供奉彈箜篌歌》、韓愈《聽穎師彈琴》、白居易《琵琶行》、李賀《李憑箜篌引》《聽穎師彈琴歌》等詩，在摹寫音樂上愈發工細，但他們都受到李頎詩的浸潤，可以説也是一個基本事實。再從摹寫音樂上來説，中唐時期詩人們所運用的方法，也都是在李頎的詩歌裏已經運用了的。《琴歌》主要通過環境氣氛的渲染烘托和衆賓客的「無言」，襯托出琴聲的美妙和動人。《聽安萬善吹觱篥歌》在摹聲上要複雜一些，主要有這幾點：從賞樂人的感受來體現樂聲的動人；以聲摹聲，用多種自然界的聲音比擬樂聲；以形摹聲，即以自然界的各種景象來比喻樂聲的悲歡哀樂、高低澀滑，讓人感覺如在眼前。《聽董大彈胡笳聲兼寄語弄房給事》詩，不僅上述二詩的藝術表現方法仍有所體現，而且它更注重的是對樂聲變化的描述，所以詩中緊緊扣住一個「聽」字，以主要篇幅進行以聲摹聲，淋漓盡致地刻畫出了音情的變化多端，比喻精切工致，達到了空前的藝術境界，代表了這一時期詩壇上描寫音樂的最高水平。

李頎的一生，爲官的時間很短暫，絶大部分的人生歲月都是在家鄉潁陽的東川别業隱居度過的。這在他的詩歌裏得到了充分的體現。《不調歸東川别業》以及兩首同題詩《晚歸東園》，都很具體地描寫了詩人自己隱逸家鄉的生活。《望秦川》、《留别王盧二拾遺》詩表達了强烈的歸隱的願望。《望鳴臯山白雲寄洛陽盧主簿》以白雲寓興，寫出了隱逸生活的蕭散疏放。還有《漁父歌》，叙寫「避世長不仕」的「白首老人」在江湖上的漁釣生活，「於中還自樂，所欲全吾真」，完全是一個脱略世俗的隱士形象，他正是作者所心儀的人。正因爲李頎長期隱居，所以他對友人的隱逸生活和情趣總是給予很高的贊揚。有的是對友人隱居的形象和品行進行贊美，如《同張員外諲詶答之作》詩，就很有代表性。詩中塑造了一位「高士」的形象，其實就是多才多藝，脱略世俗的文人隱士。更多的情況下，李頎對友人隱居的環境和生活情形作出真切的描繪。如《東京寄萬楚》《題綦毋校書别業》《裴尹東溪别業》《宋少府東谿泛舟》等詩，儘管有的詩中的主人仍然身在官場，但作者在詩中所表現出來的隱逸情趣是十分濃厚的。

但是，這并不是説，李頎的一生是甘於澹泊，以隱逸爲人生追求的。其實，李頎早年的隱逸，是爲了讀書而求仕；晚年的隱逸，則是官運不通，只得返鄉，漸漸走上絶意于仕進，以隱居作爲人生的選擇。在這一前後翻覆的過程中，李頎曾經非常地慷慨激憤、悲傷痛苦過。這導致了他的詩歌裏産生了不少激昂悲憤的人生感懷詩。如《緩歌行》，采用的是樂府舊題，但叙寫的是詩人自己早年攀結貴游而被拋棄，然後纔折節讀書，自强自立，「業就功成」的人生經歷。雖然詩中所言自己追求的富貴榮耀，格調不高，但他對人生的感慨還是很深切的。《放歌行答從弟墨卿》詩，在略點自己人生履歷的細節時，總是隨之發表慷慨激烈的議論，表達自己懷才不遇、潦倒困頓的憤懣之情。《欲之新鄉答崔顥綦毋潛》詩，則訴説數年任新鄉尉的失意落拓，感慨「男兒在世無産業，行子出門如轉蓬。」情思悲凉，意趣激憤。這兩首詩的人生感慨也是很悲切沉痛的。此類詩，在盛唐諸名家中，除了高適以外，就要數李頎最有成就了。李頎還有兩首詩，即《行路難》和《雜興》，都是以歷史人物和故事傳説爲依據展開立論的，其題旨意藴顯然還是對人生和世態的慨嘆，可以與上述人生感懷詩參讀。《行路難》叙寫東漢末年楊德祖家族世代富貴，炙手可熱，趨炎附勢者趨之若鶩；一旦失勢，賓客盡去，唯恐避之不及。這使人産生了憤世情懷，也産生了避世的願望。《雜興》詩，前大半篇幅叙寫晋人温嶠妖夢爲灾的奇異故事，然後以此爲據，進行概括總結，比喻議論，升華出「善惡死生齊一貫」，委心任運，各遂其性，没有成敗得失的思想主張。這既説明了李頎深受道家思想的影響，也説明了他對人生變化無常、世事翻覆難料，有着深切的感受。這是在文學史上産生過一定影響的詩篇。

李頎的送別詩很有特色。這裏僅就其中注重表達别情的篇章略作説明。如《送王昌齡》詩，抓住「暮情」二字，描繪暮色中的種種景物，由景生情，情景交融，將别情寫得感人至深。《少室雪晴送王寧》詩，更是通篇都在描繪「少室雪晴」的清新潔浄、闊大疏朗、變化萬千的景象，只有末二句略表「惜别」情意，但全詩的寫景之中都滲透着殷殷别情。《送劉昱》詩，更是善於描寫刻畫情景，景中藴情，情韻濃厚的名篇。前四句寫游子行前的情景，已有强烈的惜别之意；後四句寫游子乘舟出發時的情景以及想象别後游子在途中的情景，不管是實寫還是虚寫，都是情景生動鮮明，而惜别的情懷也就深濃地藴含於其中。《送魏萬之京》詩，除了尾聯勸勉魏萬勿要蹉跎歲月，應當及時努力的思想之外，前三聯都是用婉暢流利的筆調，寫出游子從出發地所展現的沿途的深秋物候景色，從中傳達出游子的旅思和詩人的惜别。《臨别送張諲入蜀》詩，將游子一路上「蜀道難」的情景，與「傷客心」的「百恨千慮」，緊密地結合在一起寫，夾叙夾議，情景相生，表現出悲傷凄苦的惜别情懷。可見，李頎最好的送别詩，往往都是善於通過寫景來表達别情的篇章，并且情景交融的方法多種多樣，饒有韻致，富有特色。

李頎也有一些送别詩，并不以抒發别情爲主旨，而是重在表現筆下人物的生活狀態或精神面貌。如《送康洽入京進樂府歌》就主要表現的是一位西域地區的少數民族人士富有民族特點的豪縱浪漫的生活情形。《送劉十》詩，寫劉十求仕失意，歸隱田園，但仍然表現出豪放不羈、風流倜儻、卓爾不群的性格特徵和精神狀態。這些詩篇，較好地反映了盛唐文人的生活，是有社會時代意義的。此類篇章，可與上文所説的人物素描詩參讀。不過，李頎還有一些送別詩（或贈答應酬詩），在舊時頗得論者的喜愛，評價很高，而今天看來，則多不足稱。如《送李回》《寄司勛盧員外》《寄綦毋三》等七言律詩，它們的格律純熟，音情婉暢，風格流美，藝術上有一定的特色，但在内容上和思想上則比較貧乏浮淺，没有什麽可稱道的。

李頎直接寫游賞山水的詩篇不多，較著者有《與諸公游濟瀆泛舟》詩。這是一首五古長篇。此詩叙寫很有章法。詩開頭并未寫「游」字，而是先叙濟瀆形成的靈異幽奇，祭奠瀆神的堂皇尊崇，賦予了很濃厚的歷史人文的意味。然後纔寫濟瀆泛舟所見到的水上景物，再以嵩山的遠景作爲陪襯，更顯出濟瀆秀麗清新而又闊大雄渾之美。最後再寫諸公泛舟同游的興致和樂趣，是一首很有特色的山水寫景詩。李頎絶大部分的山水寫景詩，仍然是以送別詩的形式出現的。它們往往在詩題中就標出「遊」字，明確了詩是以游賞山水爲主旨的。它們如《送從弟遊江淮兼謁鄱陽劉太守》《春送從叔遊襄陽》《奉送漪叔遊潁川兼謁淮陽太守》《送皇甫曾遊襄陽山水兼謁韋太守》等詩，游玩山水，欣賞景色，顯然是這類詩的最重要内容。詩中常常從多角度、多方面展開描繪自然山水的景象物色，構成一幅又一幅美麗、開闊的山水圖畫，美不勝收，令人流連。也還有一些詩篇，僅從題目上看，它們就是送别詩或是寄題贈答詩，但詩中却是以描寫山水爲主要内容的。如《送喬琳》《送劉主簿歸金壇》《贈别穆元休》《宿香山寺石樓》《寄鏡湖朱處士》等詩，都是此類詩篇。它們中的每一篇，都描寫出了自具特色的山水景象，衆多的詩篇綜合起來看，就構成了多姿多彩、清新秀美的山水畫卷。李頎在文學史上不以山水寫景詩著稱，其實他在這方面不僅作品較多，特色很鮮明，成就也較高，并且真實地反映了盛唐時期人們喜愛漫游，樂於欣賞山水的情趣，在一定程度上展現了一個時代的士人風尚和精神面貌。

李頎善於咏物，咏物詩爲盛唐詩人的翹楚。前文在談人物素描詩時所提到的《雙笋歌送李回兼呈劉四》，就是一首狀物寓興很有韻致的咏物詩。其他的咏物名作，如《崔五六圖屏風各賦一物得烏孫佩刀》詩，題寫畫面上的烏孫佩刀，但落筆却從真刀寫起，誇張形容它的鋒利，保存它的精心，磨礪它的新奇，總之，都是爲了寫出真的烏孫佩刀之奇，由此映襯出了畫刀之奇。這種通過咏真物來寫畫面的方法，尤覺作者構思之妙。還有《愛敬寺古藤歌》，詩人着力在「古」字上運筆，又注意寫出古藤茂盛繁密的情景。詩中多用比喻、形容、聯想、陪襯等方法，寫出古藤的靈異奇詭，意象倔奇怒張，結構跌宕起伏，詩風奇崛險怪，顯示出一種拗折鬱勃的精神氣質，成爲李頎咏物詩的代表作。

李頎生活的盛唐時代，禪悦風氣非常濃厚，李頎自然深受這種風氣的薰染。他的詩歌裏，叙寫與僧人的交契，描繪寺院的情景，題咏寺院裏的器物、用具等等内容的詩篇不少，它們都浸潤了濃厚的禪悦意趣。其中的名篇《宿瑩公禪房聞梵》《題璿公山池》兩首詩，前者咏梵聲，後者寫山池情景，更是將禪悦的機趣表現得極爲深至，可見作者對於禪理有着透闢的認識。盛唐又是一個自上而下喜愛道風的時代，道教神仙家的行爲舉止、修煉方式、生活追求、精神面貌，對時人都有廣泛而深刻的影響。李頎本人就是一位好道術，餌丹砂，求輕舉的人，所以他的詩歌裏有不少宣揚道教神仙家的篇章。其中，《送王道士還山》詩，簡直可以當作一篇《神仙傳》來讀，詩的藝術性很高，詩中對王道士的居止、行爲、修煉情景、狀貌容態，都有生動形象的描寫形容。還有《送暨道士還玉清觀》詩，寫其人猶如仙靈，闡玄理深刻簡要，乃至于其中「大道本無我，青春長與君」的詩句，被殷璠在《河嶽英靈集》（卷上）中評之爲「玄理最長」的名句。李頎對盛唐文人生活的反映是比較全面深入的，上文所談的題畫詩、音樂詩，甚至山水寫景詩、隱逸詩、人物素描詩等，都可以換一個角度列入其中。他還有一首《鮫人歌》，叙寫神話故事，可以説體現了盛唐文人好奇獵異的精神，而他的《彈棋歌》則顯然是盛唐文人對博弈之戲十分嗜尚的表現，它們都具有體現一個時代的士風的意義，值得我們重視。

以上，我們對李頎詩歌的主要情況作了一番概括性的簡單論述，以便對其能够有一個基本的瞭解。關於《李頎詩歌校注》的基本要求，它是與《常建詩歌校注》完全相同的。校記部分只作若干主要版本的校勘。注釋部分主要是注釋詞語典故，便於讀者的閲讀理解。箋評部分是有關評論資料的彙輯。我們作了較大的努力，力求搜集得全面一些，供讀者參考。其中的名篇，歷來的評述資料較多，除了删除明顯重複的以外，都予以保留，讀者可以作爲該詩的接受史資料研讀。附説一句，全書最後附録李頎詩歌的總評資料，可與具體作品的箋評資料互參。按語部分是我們就有關問題表達的個人看法，或對作品作簡要的評鑒。總之，校注的四項内容結合在一起，希望能爲讀者提供一些必要有用的資料。書中的缺點錯誤，請讀者指正，以便今後修改。

我要再次説明的是，這部《李頎詩歌校注》的選題，與《常建詩歌校注》一樣，是我的大學老師劉學鍇先生交給我的任務。現在完成了初稿，有一種當年完成了老師布置的作業的感覺。今後我將繼續讀書，以期將這部書稿修改充實得更好一些。希望通過我自己不斷的努力，不辜負劉老師對我的教導和期待，這是作爲學生的心願。

王錫九
于安徽師範大學中國詩學研究中心
二〇一五年十二月

凡例

一、李頎詩以清康熙年間編《全唐詩》蒐集最全，實爲在明代各本基礎上的彙輯，本集即以上海古籍出版社影印清康熙揚州詩局《全唐詩》爲底本，以下列各本參校：

（一）《唐李頎集》（三卷），國家圖書館藏明正德十年劉成德刻本，簡稱劉本。

（二）《李頎集》（三卷），上海古籍出版社影印明銅活字本《唐五十家詩集》，簡稱活字本。

（三）《李頎詩集》（一卷），南京圖書館藏明朱警編、嘉靖年間刻本《唐百家詩》，簡稱百家詩本。

（四）《李頎集》（三卷），齊魯書社影印《四庫全書存目叢書》中明黄貫曾編、嘉靖三十三年黄氏浮玉山房《唐詩二十六家》本，簡稱黄本。

（五）《唐李頎詩集》（一卷），南京圖書館藏明萬曆丙戌凌登瀛彙輯、吴敏道刻本，簡稱凌本。

（六）《李頎詩集》（一卷），南京圖書館藏明萬曆畢效欽編、畢懋謙刻《十家唐詩》本，簡稱畢本。

（七）《東川詩鈔》（一卷），國家圖書館藏《唐李氏三家詩鈔》本，簡稱詩鈔本。

（八）《李頎集》，國家圖書館藏清鈔本，簡稱清鈔本。

（九）《文苑英華》，中華書局影印明刊配補宋殘本，簡稱英華本。

（十）《唐文粹》，《四部叢刊》影印明嘉靖刻本，簡稱文粹本。

二、凡底本與校本有異文者，一律出校。如校改底本，則在校記中加以説明。

三、本集的注釋，主要爲訓釋詞語，注明典故，交代史實，并適當略述詩意。

四、本集在注釋後立箋評一項，輯録歷代詩話、筆記和選本中有關該詩的箋釋評鑒資料。

五、本集酌情在有關詩歌的注釋或箋評後加按語一項，以闡述該詩的有關問題或進行簡要的評析。

六、本集在書後附録有關李頎的研究資料。

李頎詩歌校注卷一

五言古詩

湘夫人〔一〕

九嶷日已暮〔二〕，三湘雲復愁〔三〕。窅靄羅袂色〔四〕，潺湲江水流〔五〕。佳期來北渚〔六〕，捐佩在芳洲①〔七〕。

【校　記】

①「佩」下原注：「一作玦。」

【注　釋】

〔一〕湘夫人：此題出自屈原《九歌·湘夫人》。與之對舉的是《九歌·湘君》。二詩中湘君、湘夫人爲男女二神，他們互相愛慕而事竟不遂。李頎此詩正是隱括其意而成，表現湘夫人在湘水邊等待湘君而不見的愁緒。此題在《楚辭》後亦衍化爲樂府詩題，《樂府詩集》（卷五十七）《琴曲歌辭》（一）即收録沈約、王僧孺、鄒紹先、郎士元等人《湘夫人》詩，李頎此詩亦在其中。《樂府詩集》在本卷《湘妃》題下解題云：「按《琴操》有《湘妃怨》，又有《湘夫人》曲。」舊説多以湘君、湘夫人爲堯之二女，舜之二妃，長曰娥皇，次曰女英。或謂娥皇爲湘君，女英爲湘夫人；或謂二妃總謂之湘君；或謂湘君爲湘水之神，湘夫人乃二妃，説法紛紜。《禮記・檀弓上》：「舜葬於蒼梧之野，蓋三妃未之從也。」除堯之二女外，還有一女曰登比。另可參《山海經・海内北經》。鄭玄注以帝之二女爲湘君。《樂府詩集》（卷五十七）《湘妃》題下云：「《山海經》曰：『洞庭之山，帝之二女居之。』郭璞云：『天帝之女，處江爲神，即《列仙傳》所謂江妃二女也。』」劉向《列女傳》（卷一）《有舜二妃》云：「有舜二妃者，帝堯之二女也，長娥皇，次女英。……舜既嗣位升爲天子，娥皇爲后，女英爲妃。……舜陟方，死於蒼梧，號曰重華。二妃死於江、湘之間，俗謂之湘君。」《史記》（卷六）《秦始皇本紀》：「（二十八年）上問博士曰：『湘君何神？』博士對曰：『聞之，堯女，舜之妻，而葬此。』」《楚辭・九歌・湘君》王逸注：「以爲堯用二女妻舜，有苗不服，舜往征之，二女從而不返，道死於沅、湘之中，因爲湘夫人也。」張華《博物志》（卷八）：「堯之二女，舜之二妃，曰湘夫人。」韓愈《黄陵廟碑》：「堯之長女娥皇爲舜正妃，故曰『君』，其二女女英自宜降曰『夫人』也。故《九歌》辭謂娥皇爲『君』，謂女英爲『帝子』，各以其盛者推言之也。」《太平御覽》（卷一百三十五）《舜二妃》條云：「《離騷・九歌・湘夫人》

曰：『帝子降兮北渚，目眇眇兮愁予。』」原注：「帝子謂堯二女娥皇、女英，隨舜不反，墮於湘水渚，因爲湘夫人也。」以上舊説，大多爲附會或推測之詞，難以有圓滿的解釋。以《楚辭》中屈原《湘君》《湘夫人》直尋其事，湘君、湘夫人當爲流傳於古代湘水流域的男、女水神，而屈原則是在民間神話傳説的基礎上創作了《湘君》《湘夫人》，以表達男、女愛慕相悦之情。持此來解説湘君、湘夫人之間的關係，似較爲合理。不過，此詩在寫作上，還是運用了舜之二妃的歷史傳説故事。

〔二〕九嶷：山名，又作「九疑」，又作蒼梧山，在今湖南省寧遠縣。《山海經·海内經》：「南方蒼梧之丘，蒼梧之淵，其中有九嶷山，舜之所葬，在長沙零陵界中。」郭璞注：「山今在零陵營道縣南，其山九谿皆相似，故名『九疑』」；古者總名其地爲蒼梧也。」《元和郡縣圖志》（卷二十九）《江南道》（五）：「道州延唐縣，九疑山，在縣東南一百里。舜所葬也。九山相似，行者疑惑，故爲名。舜廟在山下。」日已暮：意謂本以日暮爲約會之時，現已到了這個時間。暗用《楚辭·九歌·湘夫人》「與佳期兮夕張」的句意。洪興祖補注：「言『夕張』者，猶黄昏以爲期之意。」

〔三〕三湘：泛指湘江流域和洞庭湖地區。具體説法有多種。陶淵明《贈長沙公族祖》：「遥遥三湘，滔滔九江。」陶澍集注：「湘水發源含瀟水，謂瀟湘；及至洞庭陵子口，會資江謂之資湘；又北與沅水會於湖中，謂之沅湘。」《太平寰宇記》（卷一百一十六）《江南西道》（十四）：「全州清湘縣，三湘，湘源、湘潭、湘鄉，是謂三湘。」還有湘水與漓水合流，稱漓湘；與瀟水合流，稱瀟湘；與蒸水合流，稱蒸湘，總稱三湘。以及湘縣所在爲上湘，湘潭所在爲中湘，湘鄉所在爲下湘，合稱三湘等説法。

〔四〕窅靄：幽暗迷濛貌，深遠貌。又作「窈藹」。《文選》（卷三十一）江淹《雜體詩三十首·王徵君微養疾》：「窈藹瀟湘空，翠澗澹無滋。」李善注：「窈藹，深遠之貌。」羅袂：絲羅的衣袖。與屈原《九歌·湘夫人》：「捐余袂兮江中，遺余褋兮醴浦」的字面有關聯。《文選》（卷三十四）曹植《七啓》：「華燭爛，幄幕張。動朱脣，發清商。揚羅袂，振華裳。九秋之夕，爲歡未央。」

〔五〕潺湲：水流貌。屈原《九歌·湘夫人》：「荒忽兮遠望，觀流水兮潺湲。」江水：此指湘江。

〔六〕佳期來北渚：檃括屈原詩意，謂與佳人相約來此北渚會面。屈原《九歌·湘夫人》：「帝子降兮北渚，目眇眇兮愁予。裊裊兮秋風，洞庭波兮木葉下。白薠兮騁望，與佳期兮夕張。」又屈原《九歌·湘君》：「朝騁騖兮江皋，夕弭節兮北渚。」佳期：謂湘夫人與湘君約會的好時間。北渚：泛指水中的小洲，詩中指約會之地。

〔七〕捐佩：拋下玉飾品的佩戴物。佩，此指男女之間的情物。芳洲：花草茂盛的洲島。此句化用屈原詩意。《九歌·湘君》：「捐余玦兮江中，遺余佩兮醴浦。采芳洲兮杜若，將以遺兮下女。」王逸注：「佩，瓊琚之屬也。」

【箋　評】

梁沈約、王僧孺皆有《湘夫人》詩，沈詩云：「瀟湘風已息，沅澧復安流。揚蛾一含睇，嫂娟好且修。捐玦置澧浦，解佩寄中洲。」王詩大意亦同，皆據事直書，無多寄托，似不如此詩寓意微婉。通體皆對，易流於滯，而此則神采飛揚不覺其滯者，氣盛而言雋也。咏湘夫人即書楚語、用楚物、歌楚事，亦有《楚辭》遺意。

（劉寶和《李頎詩評注》）

【按　語】

此詩用屈原《九歌·湘夫人》原題，旨意也沿襲原意，表現湘水女神湘夫人在水邊久等湘水男神湘君而不見的愁苦怨恨之情。詩中反復運用屈原《湘夫人》《湘君》二詩中的字、句以及文意，亦深得《楚辭》所確立的爲文的獨特傳統，即黄伯思《東觀餘論·翼騷序》所云：「屈、宋諸騷，皆書楚語，作楚聲，紀楚地，名楚物，故可謂之《楚辭》。」

詩的前四句，緊扣暮色寫景，景中含有濃厚的相思愁緒，暗示約會之期已過，而未見斯人的哀怨。「最難消遣是昏黄」，詩偏偏選取「日已暮」來寫，更顯得愁緒深濃。「雲復愁」，雲霧似愁，實爲人見暮雲而生愁。睹落日和暮雲而産生思念親友之情，是悠久的文學傳統。末二句則直接寫此種境況下的「湘夫人」其人。她與佳人約會於「北渚」，對方逾期而不至，故心中生怨。更以「捐佩」的行爲動作進一步顯現其内心的哀怨，使之達到了極爲强烈的程度。

塞下曲〔一〕

黄雲雁門郡〔二〕，日暮風沙裏。千騎黑貂裘〔三〕，皆稱羽林子〔四〕。金笳吹朔雪〔五〕，鐵馬嘶雲水〔六〕。帳下飲蒲萄〔七〕，平生寸心是〔八〕。

【注　釋】

〔一〕塞下曲：唐人根據漢樂府古題新創的樂府詩題，故郭茂倩《樂府詩集》編入《新樂府辭》。《樂府詩集》（卷九十二）《新樂府辭》（三）收録李白、王昌齡、郭元振、馬戴等人《塞下曲》多篇，但未録李頎此詩。同書（卷二十一）《出塞》解題云：「《晋書·樂志》曰：『《出塞》《入塞》曲，李延年造。』曹嘉之《晋書》曰：『劉疇嘗避亂塢壁，賈胡百數欲害之，疇無懼色，援笳而吹之，爲《出塞》《入塞》之聲，以動其遊客之思，於是群胡皆垂泣而去。』按《西京雜記》曰：『戚夫人善歌《出塞》《入塞》《望歸》之曲。』則高帝時已有之，疑不起於延年也。唐又有《塞上》《塞下》曲，蓋出於此。」

〔二〕黄雲：謂邊塞上昏黄迷濛的雲。《文選》（卷三十）謝靈運《擬魏太子鄴中集詩八首·阮瑀》：

「河洲多沙塵，風悲黃雲起。」梁簡文帝蕭綱《隴西行三首》（其二）：「洗兵逢驟雨，送陣出黃雲。」杜甫《佐還山後寄三首》（其一）：「山晚黃雲合，歸時恐路迷。」仇注云：「塞雲多黃，故公詩云：『黃雲高未動』，又云：『山晚黃雲合』。梁簡文帝詩：『洗兵逢驟雨，送陣出黃雲。』」雁門郡：今山西省代縣。《元和郡縣圖志》（卷十四）《河東道》（三）：「代州，古并州之域。……秦置三十六郡，雁門是其一焉。……武德四年平代，置代州都督府。」雁門爲唐代北方的要塞之一，主要防禦突厥，常有戰事。

〔三〕千騎：古代騎兵一兵一馬謂之騎。「千騎」泛稱士卒衆多。漢樂府《陌上桑》：「東方千餘騎，夫婿居上頭。」梁簡文帝蕭綱《采菊篇》：「東方千騎從驪駒，更不下山逢故夫。」黑貂裘：黑色的貂皮裘衣。貂，野獸名，形如狸，色黑，其皮製成裘衣很名貴。《戰國策·秦策一》：「（蘇秦）説秦王書十上而説不行，黑貂之裘弊，黃金百斤盡，資用乏絶，去秦而歸。」《戰國策·趙策一》：「李兑送蘇秦明月之珠，和氏之璧，黑貂之裘，黃金百鎰。」

〔四〕羽林子：羽林軍的子弟。泛指勇武的士兵。漢武帝時建建章營騎，後稱羽林騎，爲禁衛軍。《漢書》（卷十九上）《百官公卿表》（上）：「羽林掌送從，次期門，武帝太初元年初置，名曰建章營騎，後更名羽林騎。又取從軍死事之子孫養羽林，官教以五兵，號曰羽林孤兒。」顏師古注：「羽林，亦宿衛之官，言其如羽之疾，如林之多也。一説羽所以爲王者羽翼也。」唐代亦建羽林軍爲禁衛軍。《新唐書》（卷五十）《兵志》：「高宗龍朔二年，始取府兵越騎、步射置左右羽林軍，大朝會則執仗以衛階陛，行幸則夾馳道爲内仗。」

〔五〕金笳：本是古代西域少數民族管樂器名，相傳由張騫帶入中原，漢魏以來頗流行。笳屬鼓吹樂，其聲悲壯。後爲軍樂，入鹵簿，至唐代仍如此。《太平御覽》（卷五八一）引杜贄《笳賦序》曰：「昔伯陽避亂入戎，戎越之思，有懷土風，遂建斯樂，美其出於戎貉之俗，有大韶夏之音。」同卷又引《晋先蠶儀注》曰：「胡笳，《漢舊録》有其曲，不記所出本末。笳者，胡人卷蘆葉吹之以作樂也，故謂之胡笳。」段安節《樂府雜録·鼓吹部》：「即有鹵簿，鉦、鼓及角，樂用絃、鼗、笳、簫，又即用哀笳，以羊角爲管，蘆爲頭也。」朔雪：多指北方邊塞的雪。《文選》（卷三十一）鮑照《學劉公幹體》：「胡風吹朔雪，千里度龍山。」

〔六〕鐵馬：披着鐵甲的戰馬。《文選》（卷五十六）陸倕《石闕銘》：「鐵馬千群，朱旗萬里。」李善注：「鐵馬，鐵甲之馬。」嘶雲水：對着雲水嘶鳴。雲水，此以雲與水指天上、地下構成的邊塞上蒼茫遼闊的自然景象。

〔七〕帳下：軍帳中。帳，主帥營帳。蒲萄：今寫作「葡萄」，指葡萄酒。古代西域盛産葡萄，釀制成葡萄酒，漢代時傳入中原。《史記》（卷一百二十三）《大宛列傳》：「大宛在匈奴西南，在漢正西，去漢可萬里。其俗土著，耕田，田稻麥。有蒲萄酒。」《博物志》（卷五）：「西域有蒲萄酒，積年不敗，彼俗云：『可十年飲之，醉彌月乃解。』」《唐會要》（卷一百）《雜録》：「（貞觀二十一年）……葡萄酒，西域有之，前世或有貢獻，及破高昌，收馬乳葡萄實，於苑中種之，并得其酒法，自損益造酒，酒成，凡有八色，芳香酷烈，味兼醍醐，既頒賜群臣，京中始識其味。」

〔八〕平生：平時，往日。《論語·憲問》：「見利思義，見危授命，久要不忘平生之言，亦可以爲成人矣。」寸心：方寸之心。此指志向情趣。《文選》（卷十七）陸機《文賦》：「函綿邈於尺素，吐滂沛乎寸心。」李善注引《列子》曰：「文摯謂叔龍曰：『吾見子之心矣，方寸之地虚矣。』」是：此，這個。

【箋評】

（五六句）吴云：「雄壯。」（末二句）吴云：「醉見真性。」又云：「有氣有骨。」

（唐汝詢《彙編唐詩十集》戊集）

王云：「只在影響，絶佳，亦有烈氣。」

（郭濬評點、周明輔等參訂《增定評注唐詩正聲》卷二）

只在影響，絶佳。

（桂天祥《批點唐詩正聲》卷四）

世多謂唐無五言古。篤而論之，……如文皇《帝京》之什，……李頎《塞下曲》，常建《太白峰》，……皆六朝之妙詣，兩漢之餘波也。

（胡應麟《詩藪·内編》卷二）

似有風議，絶不浮露。（范大士《歷代詩發》卷十一）

有慘淡之氣象。（吴煊、胡棠《唐賢三昧集箋注》卷中）

此詩有似雄嚴，皆諷詞也。「千騎」皆稱「羽林」，其好武士如何？「飲葡萄」而以爲生平心事，此豈知國之大禮者哉！盛唐人詩以誇爲諷，猶見漢人□□遺意，皆三公爲之支流也。今之好説盡語者，試玩此等詩，方知其淺之爲丈夫耳。（潘德輿評點《唐賢三昧集》卷中）

唐詩言「黄雲」，多邊塞語。（錢振鍠《名山詩話》卷六）

【按語】

這首邊塞之作，前二句略寫雁門郡的塞外景象，雖着墨不多，但邊塞上昏黄黯淡、凄凉寂寞的氣氛，却被充分地渲染烘托了出來。以下六句則表現出塞的士兵勇武豪邁、雄壯慷慨的情懷，富有積極向上，樂觀豁達的精神氣質，頗有盛唐氣象。除了末句外，所有抒發志向之詞，全部都有具體生動的形象，令人感奮，是本詩的勝處。寫景與抒懷，相反相成，在藝術上前者很好地襯托出後者，使慘淡之景激發出慷慨悲壯之情。這樣的詩歌，未必是作者身在邊塞所作。可能就是詩人借以言志抒懷，前人説此詩「似有風議」，意即在此。

古塞下曲〔一〕

行人朝走馬〔二〕，直指薊城傍①〔三〕。薊城通漠北②〔四〕，萬里別吾鄉。海上千烽火〔五〕，沙中百戰場〔六〕。軍書發上郡〔七〕，春色度河陽③〔八〕。裊裊漢宫柳〔九〕，青青胡地桑〔一〇〕。琵琶《出塞》曲〔一一〕，横笛斷君腸〔一二〕。

【校　記】

①「傍」活字本、百家詩本、黄本、凌本、畢本作「旁」。

②「漠」活字本、百家詩本、黄本、凌本作「漢」。

③「度」劉本、活字本、百家詩本、黄本、凌本、畢本作「渡」。

【注　釋】

〔一〕古塞下曲：《文苑英華》（卷一九七）、《全唐詩》（卷三百十）又作于鵠詩。後書題作《塞上曲》。《塞下曲》已見上詩注〔二〕。實爲唐人的新題，而前加一「古」字，有點明其出自古樂府《出塞》《入塞》之意，因而也有代、擬之義。趙昌平認爲李頎曾在開元二十六年至二十八年間北游幽燕，可參。故知此詩亦當作於這一期間。

〔二〕行人：出行的人，游子。此指赴邊的士兵。唐詩中常有此用法。杜甫《兵車行》：「車轔轔，馬蕭蕭，行人弓箭各在腰。」走馬：使馬飛奔。《文選》（卷二十七）曹植《名都篇》：「鬥鷄東郊道，走馬長楸間。」李善注：「《漢書》：『睢弘少時，好鬥鷄走馬。』」

〔三〕直指：徑直地指向。《周禮·冬官·考工記·輪人》：「輻也者，以爲直指也。」賈公彦疏：「入轂入牙，并須直指，不邪曲也。」薊城：即薊邑，戰國時燕國國都所在地，唐代幽州大都督府治所，今屬北京市。薊北即爲少數民族奚、契丹地區，故薊城在唐代爲北方邊防要塞。《舊唐書》（卷三十九）《地理志》〔二〕：「幽州大都督府，薊，州所治。古之燕國都。漢爲薊縣，屬廣陽國。晋置幽州，慕容雋稱燕，皆治於此。自晋至隋，幽州刺史皆以薊爲治所。」

〔四〕漠北：北方沙漠地區，即指今内蒙古高原大沙漠以北地區。《漢書》（卷九十九中）《王莽傳》（中）：「又令匈奴却塞於漠北，責單于馬萬匹，牛三萬頭，羊十萬頭，及稍所略邊民生口在者皆還之。」《説文·水部》：「漠，北方流沙也。」

〔五〕海上：猶言大沙漠裏。與下句「沙中」互文。海，意謂瀚海，古代指遥遠的北方大沙漠。《漢書》（卷五十五）《霍去病傳》：「封狼居胥山，禪於姑衍，登臨翰海。」高適《燕歌行》：「校尉羽書飛瀚海，單于獵火照狼山。」岑參《白雪歌送武判官歸京》：「瀚海闌干百丈冰，愁雲慘淡萬里凝。」瀚（翰）海均指北方大沙漠而言。千烽火：衆多的烽火臺上燃起烽烟，意謂邊塞上軍情緊急。烽火，古代邊防上報警的烟火。白天放烟叫烽，夜晚舉火叫燧，統稱烽火、烽燧。《史記》（卷八十一）《廉頗藺相如列傳》：「匈奴每入，烽火謹，輒入收保，不敢戰。」《史記》（卷一百十）《匈奴列傳》：「胡騎入代、句注邊，烽火通於甘泉、長安。」《説文·火部》：「㷭，燧，候表也。邊有警則舉火。」

〔六〕沙中：大沙漠裏。百戰場：許許多多次戰鬥的戰場。

〔七〕軍書：征召士兵的軍事文書，即軍令。《漢書》（卷四十五）《息夫躬傳》：「軍書交馳而輻凑，羽檄重迹而押至。」《木蘭詩》：「昨夜見軍帖，可汗大點兵。軍書十二卷，卷卷有爺名。」上郡：地名，秦代置，唐代治所在龍泉縣（今陝西省綏德縣東南）。《史記》（卷六）《秦始皇本紀》：「使扶蘇北監蒙恬於上郡。」《正義》曰：「《括地志》云：『上郡故城在綏州上縣東南五十里，秦之上郡城也。』」《漢書》（卷二十八下）《地理志》（下）：「上郡，秦置，高帝元年更爲翟國，七月復故。」《元和郡縣圖志》（卷四）《關内道》（四）：「綏州，上郡，龍泉縣，上郡故城，在縣東南五十里。始皇使太子扶蘇監蒙恬於上郡，即此處也。」

〔八〕河陽：指河陽橋，一名河橋。西晋杜預于古孟津所建的跨黄河浮橋，爲黄河南北的重要津渡。唐時屬河南府河陽縣，在今河南省孟州市西。杜甫《後出塞五首》（其二）：「朝進東門營，暮上河陽橋。」《元和郡縣圖志》（卷五）《河南道》（一）：「河南府河陽縣，南城，在縣西，四面臨河，即孟津之地，亦謂之富平津。……《晋陽秋》云：『杜元凱造河橋於富平津，即此是也。』」

〔九〕裊裊：摇曳貌。《楚辭·九歌·湘夫人》：「裊裊兮秋風，洞庭波兮木葉下。」漢宫柳：漢王朝宫苑裏多植柳。漢代上林苑中樹木繁多，其中柳極有名，著名的建章宫就建在上林苑内。《太平御覽》（卷九五六）：「《漢書》曰：『上林苑中大柳樹斷，卧地，一朝起生枝葉。』」《藝文類聚》（卷八十九）引梁沈約《玩庭柳詩》：「輕陰拂建章，夾道連未央。」又引陳祖孫登《咏柳詩》：「高葉臨胡塞，長枝拂漢宫。欲驗傷攀折，三春横笛中。」

〔一〇〕青青：草木茂盛貌。《詩經·衛風·淇奥》：「瞻彼淇奥，緑竹青青。」《毛傳》：「青青，茂盛貌。」此二句仿效古詩。《文選》（卷二十九）《古詩十九首》（其二）：「青青河畔草，鬱鬱園中柳。」又（其三）：「青青陵上柏，磊磊澗中石。」胡地：北方地區。我國古代稱北方少數民族匈奴等爲胡。《文選》（卷四十一）李陵《答蘇武書》：「胡地玄冰，邊土慘裂。」

〔一一〕琵琶：樂器名。劉熙《釋名·釋樂器》：「琵琶，本出於胡中，馬上所鼓也。推手前曰琵，引手却曰琶，象其鼓時，因以爲名也。」段安節《樂府雜録》：「琵琶，始自烏孫公主造，馬上彈之，有直項者、曲項者，曲項蓋使於急關也。」《舊唐書》（卷二十九）《音樂志》（二）：「琵琶，四絃，漢樂也。初，秦長城之役，有弦鼗而鼓之者。及漢武帝嫁宗女於烏孫，乃裁箏、筑爲馬上樂，以慰其鄉國之思。推而遠之曰琵，引而近之曰琶，言其便於事也。今《清樂》奏琵琶，俗謂之『秦漢子』，圓體修頸而小，疑是弦鼗之遺制。其他皆充上鋭下，曲項，形制稍大，疑此是漢制。兼似兩制者，謂之『秦漢』，蓋謂通用秦、漢之法。」《出塞》曲：漢樂府横吹曲名，屬軍樂。《西京雜記》（卷一）：「高帝戚夫人善鼓瑟擊筑。帝常擁夫人倚瑟而絃歌，畢，每泣下流漣。夫人善爲翹袖折腰之舞，歌《出塞》《入塞》《望歸》之曲，侍婢數百皆習之。」《晋書》（卷二十三）《樂志》（下）：「胡角者，本以應胡笳之聲，後漸用之横吹，有雙角，即胡樂也。張博望入西域，傳其法於西京，惟得《摩訶兜勒》一曲。李延年因胡曲更造新聲二十八解，乘輿以爲武樂。後漢以給邊將，和帝時，萬人將軍得用之。魏、晋以來，二十八解不復具存，用者有《黄鵠》《隴頭》《出關》《入關》《出塞》《入塞》《折楊柳》《黄覃子》《赤之楊》《望行人》十曲。」

〔三〕横笛：横吹的笛子，長笛。《説文·竹部》：「笛，七孔筩也。羌笛三孔。」《文選》（卷十八）馬融《長笛賦》題下李善注：「《説文》曰：『笛，七孔，長一尺四寸。』今人長笛是也。」斷君腸：謂聽到哀怨悲傷的笛曲令人十分痛苦。當指漢樂府横吹曲中的《折楊柳》之類。此題從晋代至唐代多爲征人思婦傷别之詞。《樂府詩集》（卷二十二）《横吹曲辭》（二）《折楊柳》解題引《唐書·樂志》曰：「梁樂府有胡吹歌云：『上馬不捉鞭，反拗楊柳枝。下馬吹横笛，愁殺行客兒。』此歌辭元出北國，即鼓角横吹曲《折楊柳枝》是也。」又曰：「《宋書·五行志》曰：『晋太康末，京洛爲《折楊柳》之歌，其曲有兵革苦辛之辭。』」李白《塞下曲六首》（其一）：「笛中聞《折柳》，春色未曾看。」可見，吹笛令人斷腸，且又與出塞征戰相關，最著名也最流行的曲子就是《折楊柳》。

【箋評】

李頎有《古塞下曲》云：「行人朝走馬，直指薊城旁。薊城通漠北，萬里别吾鄉。」知曾北游幽燕。按《緩歌行》未及北游事，却云：「十年閉户潁水陽」，《放歌行答從弟墨卿》又云：「少小好文耻習武」，可知北游不會在未第前。又據傅璇琮先生《李頎考》，他開元二十九年在東京，天寶六載後在西京。上考天寶四載在江南，而天寶十二載前已卒。因此他北游幽燕一定在初次南游之後，時當開元二十六年至二十八年間。

（趙昌平《盛唐北地士風與崔顥李頎王昌齡三家詩》，見氏著《趙昌平自選集》）

【按語】

此詩在寫法上一氣直下，詞氣充沛，氣勢鼓蕩。詩中的第五句至第十句，連用三個對句，不僅句式整飭而有力，健舉而暢達，而且在空間上將邊塞和内地緊緊地連在一起，境界闊大，景象鮮明，呈現出一種慷慨悲壯的情調。但詩的第四句「萬里别吾鄉」雖爲陳述句，其實已透露出邊塞征戰之苦，思鄉懷歸之情。這就非常自然地爲末二句抒發悲涼凄惻的情感作了鋪墊。所以，本詩的主旨在結句。它通過巧妙的用典，讓所用典故裏的文化積澱，含蓄深沉地來表達出萬里戍邊戰士的「斷腸」情懷，從而將本詩的主旨情調定格在凄涼悲愴之中。

漁父歌〔一〕

白首何老人〔二〕，蓑笠蔽其身〔三〕。避世長不仕〔四〕，釣魚清江濱。浦沙明濯足〔五〕，山月静垂綸〔六〕。寓宿湍與瀨〔七〕，行歌秋復春〔八〕。持竿湘岸竹①〔九〕，爇火蘆洲薪〔一〇〕。緑水飯香稻②〔一一〕，青荷包紫鱗③〔一二〕。於中還自樂，所欲全吾真〔一三〕。而笑獨醒者〔一四〕，臨流多苦辛〔一五〕。

【校 記】

①「竿」下原注：「一作橈。」「竿」劉本、活字本、黄本、凌本、畢本作「橈」。

②「緑」活字本、百家詩本、黄本、凌本、畢本、文粹本作「淥」。

③「包」黄本、畢本作「苞」。

【注釋】

〔一〕漁父歌：樂府詩題。多寫漁者之事，或表現隱逸遁世的情懷。《樂府詩集》（卷八十三）《雜歌謡辭》（一）《漁父歌》解題云：「《楚辭》曰：『屈原既放，游於江潭。漁父見之，鼓枻而歌。』滄浪，水名也。清諭明時，可以振纓而仕。濁諭亂世，可以抗足而去。故孔子曰：『清斯濯纓，濁斯濯足矣。』言自取之也。若張志和《漁父歌》，但歌漁者之事。」殷璠《河嶽英靈集》收録此詩。

〔二〕白首：白頭，白髮。何：誰。劉淇《助字辨略》（卷二）：「何，奚也，曷也，……孰也，誰也，……又《漢書·雋不疑傳》：『廷尉驗治何人，竟得奸詐。』師古云：『凡不知姓名所從來，皆曰何人。』」愚案：如《後漢書·來歙傳》：『臣夜人定後，爲何人所賊傷，中臣要害。』《魏志·許允傳》：『有何人，天未明，乘馬以詔版付允門吏曰：「有詔。」』皆是不知姓名之辭也。」

〔三〕蓑笠：蓑衣，斗笠。《詩經·小雅·無羊》：「爾牧來思，何蓑何笠。」《毛傳》：「蓑所以備雨，笠所以禦暑。」《正義》：「蓑唯備雨之物，笠則元以禦暑，兼可禦雨。故《良耜》傳曰：『笠所以禦暑雨也。』《既夕禮》亦有蓑笠，注俱以爲禦雨。」《國語·越語上》：「譬如蓑笠，時雨既至必求之。」

〔四〕避世：遠離世俗，隱逸江湖。《莊子·刻意》：「就藪澤，處閒曠，釣魚閒處，無爲而已矣；此江海之士，避世之人，閒暇者之所好也。」

〔五〕浦沙：水邊的沙灘。浦，岸邊。濯足：《楚辭·漁父》：「（漁父）歌曰：『滄浪之水清兮，可以濯吾纓；滄浪之水濁兮，可以濯吾足。』」

〔六〕垂綸：垂釣，釣魚。綸，繫魚鈎和魚竿的絲綫。《文選》（卷二十四）嵇康《贈秀才入軍五首》（其四）：「流磻平皋，垂綸長川。」李善注：「鄭玄《毛詩箋》曰：『釣者以絲爲之綸。』」

〔七〕寓宿：寄宿。《後漢書》（卷六十八）《郭太傳》附《茅容傳》：「茅容字季偉，陳留人也。年四十餘，耕於野，時與等輩避雨樹下，衆皆夷踞相對，容獨危坐愈恭。林宗行見之而奇其異，遂與共言，因請寓宿。」湍與瀨：迅急而迴旋的流水和從沙石上流過的淺水。泛指流水。《孟子·告子上》：「性猶湍水也，決諸東方則東流，決諸西方則西流。」趙岐注：「湍者，圜也，謂湍湍瀠水也。」《楚辭·九歌·湘君》：「石瀨兮淺淺，飛龍兮翩翩。」

〔八〕行歌：且行且歌。形容疏放狷狂的容態。《莊子·知北遊》：「被衣大説，行歌而去之。」成玄英疏：「行於大道，歌而去之。」

〔九〕湘岸竹：湘水岸邊的竹子，即湘竹，又稱斑竹。《博物志》（卷八）：「堯之二女，舜之二妃，曰湘夫人。舜崩，二妃啼，以涕揮竹，竹盡斑。」任昉《述異記》（卷上）：「湘水去岸三十里許，有相思宫、望帝臺，昔舜南巡而葬於蒼梧之野，堯之二女娥皇、女英，追之不及，相與慟哭，淚下沾竹，竹上文爲之斑斑然。」

〔一〇〕爇（ruò）火：燒火。《説文·火部》：「爇，燒也。」蘆洲：蘆葦叢生的洲渚。《文選》（卷二十七）鮑照《還都道中作》：「昨夜宿南陵，今旦入蘆洲。」

〔二〕绿水：澄澈的水。《文選》（卷五）左思《吴都賦》：「樹以青槐，亘以绿水。玄蔭眈眈，清流亹亹。」《水經注·洧水》：「绿水平潭，清潔澄深，俯視游魚，類若乘空矣，所謂淵無潛鱗也。」香稻：古人所説的一種珍貴的稻米，又稱作香粳。《文選》（卷四）張衡《南都賦》：「若其厨膳，則有華薌重秬，滍皋香粳。」李善注：「《廣雅》曰：『粳，秈也。』秈音仙。」吕向注：「香粳，稻名。」杜甫《秋興八首》（其八）：「香稻啄餘鸚鵡粒，碧梧栖老鳳凰枝。」

〔三〕青荷：《樂府詩集》（卷四十四）《清商曲辭》（一）《夏歌二十首》（其十四）：「青荷蓋渌水，芙蓉葩紅鮮。」紫鱗：《文選》（卷四）左思《蜀都賦》：「金罍中坐，肴槅四陳，觴以清醥，鮮以紫鱗。」李周翰注：「紫鱗，魚也。」此句謂绿色的荷葉包裹着鮮魚，當指魚膾而言。唐代蘇州地區流行绿荷包鮓（腌制的魚）的食法。詩中所説，當與之同類。宋胡仔《苕溪漁隱叢話》（後集卷十三）引《蔡寬夫詩話》云：「吴中作鮓，多用龍溪池中蓮葉包爲之，後數日取食，比瓶中氣味特妙。樂天詩：『就荷葉上包魚鮓，當石渠中浸酒尊。』蓋昔人已有此法也。」白居易詩題爲《橋亭卯飲》。

〔三〕全吾真：保全自己純真的性情。《文選》（卷二十三）嵇康《幽憤詩》：「志在守樸，养素全真。」李善注：「孔子曰：『子之道，非可以全真者也。』又曰：『真者，精誠之志也。』」張銑注：「養其質以全真性。」

〔四〕笑獨醒者：哂笑關注世事、幽憂憤恨的清醒者。用屈原的典故。此非玩世不恭，而是表達志在江湖隱逸的情趣。《楚辭·漁父》：「屈原既放，游於江潭，行吟澤畔，顔色憔悴，形容枯槁。漁父見而問之，曰：『子非三閭大夫與？何故至於斯？』屈原曰：『舉世皆濁我獨清，衆人皆醉我獨醒，是以見放。』……漁父莞爾而笑，鼓枻而去。」

〔一五〕臨流：面對流水。仲長統殘篇（《全後漢文》卷八九）曰：「使居有良田廣宅，背山臨流。」苦辛：猶辛苦。《文選》（卷二十九）《古詩十九首》（今日良宴會）：「無爲守窮賤，轗軻長苦辛。」

【箋　評】

（首二句）鍾云：「起得氣樸。」（十三句）譚云：「『於中』字有身分，不是尋常漁人。」鍾云：「此等詩逐句求之，亦幽亦細。全篇看來，覺儲光羲《漁父詞》諸作氣完。」

（鍾惺、譚元春《唐詩歸》卷十四）

（十二句）唐云：「已上四聯大似律調。」吴逸一云：「諸聯叙得有景有趣。」（末句）唐云：「避世人多此一笑。」

（唐汝詢《彙編唐詩十集》壬集）

李頎《漁父歌》，余獨愛此歌，曲盡漁父之狀，令三閭獨自苦。「白首何老人，蓑笠蔽其身。」儼然一漁父。「避世長不仕，釣魚清江濱。浦沙明濯足，山月静垂綸。寓宿湍與瀨，行歌秋復春。持竿湘岸竹，爇火蘆洲薪。緑水飯香稻，青荷包紫鱗。」正是漁父家。「於中還自樂，所欲全吾真。而笑獨醒者，臨流多苦辛。」四句令千載之苦而舒君此一笑。

（鄧球《閒適劇談》卷二）

只於結處見意，不失古則。

（范大士《歷代詩發》卷十一）

欲全吾真，不在獨醒，此微言也。

（邢昉《唐風定》卷三）

（首四句）四句寫漁父非尋常人。（五至八句）四句寫漁父於濯足垂綸之外，惟知行歌而已。（九至十四句）六句寫漁父之樂。（末二句）末二句謂獨醒者不知漁父之樂，故臨流而見爲苦辛也。描寫真樂，而漁父之身分自高，「不仕」二字爲題之眼。

（王文濡《唐詩評注讀本》卷一）

全爲隱士行徑，不類世間漁人，蓋頎所崇敬者如此，故特賦之，亦猶陶淵明之《桃花源記》，寓意而已，非真有其事也。惟范仲淹《江上漁者》：「江上往來人，盡愛鱸魚美，君看一葉舟，出入風波裏。」道盡水上辛苦，方是真漁父耳。

（劉寶和《李頎詩評注》）

【按　語】

漁父是我國古代很悠久的文學題材和人文形象。先秦時期，被後世作爲漁父形象來加以贊美頌揚的主要有三類。以姜太公磻溪垂釣爲代表的漁父，是懷抱文武之才，希望經世致用的形象；以《莊子·漁父》爲代表的闡揚「保真」，使人與物各各還歸自然本真的形象；以《楚辭·漁父》爲代表的浪迹煙波、瀟灑江湖的形象。其中，第三類形象被後世文人吟咏，被塑造成了「隱士」的基本形象和性格特徵。第二類中的「保真」全性的思想，後來也被人們融會到了第三類漁父所代表的隱士形象中。所以，在詩人的筆下，它們也就很自然地結合在一起了。李頎的這首《漁父歌》，可以説是這方面有代表性的佳作。

在盛唐時期，儲光羲、高適、岑參等人都創作了《漁父》詩，將他們的作品與李頎詩放在一起比較，就可以看出高下優劣之分了。儲的《漁父詞》，高的《漁父歌》，岑的《漁父》三詩，在構思上有一個共同點，即都是就漁父垂釣一事着筆，展開議論、抒情，機杼略同，格局也狹小。其中，儲詩爲五古，前六句寫垂釣，後八句議論，表達「所樂在行休」的快慰適意之感，説理色彩濃，比較平直枯燥。高詩屬七古短篇，緊扣「山叟」垂釣時的專注來叙寫議論，「駐眼看鈎不移手」，「心無所營守釣磯」，表現了放情世外的意旨，詩也寫得比較質樸古直。岑詩是五七言雜言詩，前八句五言，後四句七言。全詩也是以「垂釣」爲中心來寫漁父脱略世情、逍遥江湖的生活和情趣。詩末二句云：「世人那得識深意，此翁取適非取魚。」顯露了詩的本意。詩寫得比較清新流麗，跌宕疏放，體現了岑詩山水之作的一個基本特色。再看李頎詩，與上述三詩則大不一樣。首先，它表現的是一位長期漁釣於江湖之上的「白首老人」的生活情狀，雖然詩并不長，但却是「全面」地展現了漁父的生活，正如鄧球所説：「曲盡漁父之狀。」這就是詩的前八句，以概括性的叙寫和具體形象的刻畫相結合，來寫漁父「避世長不仕」的江上生活。九至十二句，則集中表現漁父的生活樂趣。句句是美麗的景象，處處緊貼江湖風物，極富漁父生活的真實性，也就更爲令人歆羡，寫足了漁父生活高出世表，清雅瀟灑的情趣。末四句，纔點明詩「自樂」、「全真」的意旨，爲漁父的精神實質作出歸納。可以説，此詩猶如一篇短小而簡潔的漁父詩傳。其次，李頎的詩比前面三位詩人的同題之作，在韻味上要濃郁悠長。這主要得力于詩人以一種贊嘆性的筆調來寫，同時，更在於能够從多方面以形象生動、色彩鮮明的描寫刻畫，來充分地展示其贊嘆的具體情事。這確實可以證明一個詩學道理：詩是要形象思維的，形象大于思維。吴逸一評説此詩「叙得有景有趣」，所説也很符合這個道理。

東京寄萬楚①〔一〕

濩落久無用〔二〕，隱身甘采薇②〔三〕。仍聞薄宦者〔四〕，還事田家衣〔五〕。潁水日夜流〔六〕，故人相見稀。春山不可望〔七〕，黄鳥東南飛〔八〕。濯足豈長往〔九〕，一樽聊可依③〔一〇〕。了然潭上月〔一一〕，適我胸中機④〔一二〕。在昔同門友〔一三〕，如今出處非〔一四〕。優遊白虎殿〔一五〕，偃息青瑣闈⑤〔一六〕。且有薦君表⑥〔一七〕，當看携手歸〔一八〕。寄書不待面⑦〔一九〕，蘭茝空芳菲〔二〇〕。

【校　記】

①「京」下原注：「一作郊。」「京」英華本作「郊」，詩鈔本注：「一作郊。」

②「隱」英華本作「隨」。

③「依」下原注：「一作持。」「依」英華本作「持」。

④「胸」英華本作「心」。

⑤「偃息」下原注：「一作出入。」

⑥「且」下原注：「一作日。」

⑦「待」下原注：「一作代。」「待」活字本、百家詩本、黄本、凌本、畢本、英華本作「代」。

【注　釋】

〔一〕東京：唐代東都洛陽（今河南省洛陽市），天寶元年改爲東京。《資治通鑑》（卷二百一十五）《玄宗天寶元年》：「二月，……東都、北都皆爲京。」殷璠《河嶽英靈集》收録此詩，故當作於天寶十二載前。「京」一作「郊」，似更符合詩意。此詩蓋作者罷新鄉尉，退居潁陽後所作。觀首二句自明。萬楚：生卒年不詳，開元中進士及第，曾任卑職，退居過盱眙（今江蘇省盱眙縣）。

芮挺章《國秀集》録其詩三首。《全唐詩》存其詩八首，《全唐文》録其文一篇。生平事迹見《唐詩紀事》（卷二十）。

〔二〕濩（hù）落：即「瓠落」，形容大而無當，没有實用價值之意。此實喻作者自己失意困頓。《莊子・逍遥遊》：「惠子謂莊子曰：『魏王貽我大瓠之種，我樹之成而實五石，以盛水漿，其堅不能自舉也。剖之以爲瓢，則瓠落無所容。非不呺然大也，吾爲其無用而掊之。』」成玄英疏：「瓠落，平淺也。……平淺不容多物。」《經典釋文》（卷二十六）：「簡文云：『瓠落，猶廓落也。』司馬云：『瓠，布護也；落，零落也，言其形平而淺，受水則零落而容也。』」

〔三〕隱身：猶言隱居。隱逸山林，遠離塵世。《左傳・僖公二十四年》：「言，身之文也。身將隱，焉用文之。」《後漢書》（卷五十三）《周黄徐姜申屠列傳》：「（魏）桓乃慨然嘆曰：『使桓生行死歸，於諸子何有哉！』遂隱身不出。」采薇：采摘野菜薇蕨而食。《史記》（卷六十一）《伯夷列傳》：「武王已平殷亂，天下宗周，而伯夷、叔齊耻之，義不食周粟，隱於首陽山，采薇而食之。」《索隱》：「薇，蕨也。」《正義》：「陸璣《毛詩草木疏》云：『薇，山菜也。莖葉皆似小豆，蔓生，其味亦如小豆藿，可作羹，亦可生食也。』」《説文・艸部》：「薇，菜也，似藿。」

〔四〕仍聞：却聞。王瑛《詩詞曲語辭例釋》：「仍，相當于『却』，表轉折語氣的副詞。」薄宦：官職卑微。《文選》（卷三十八）任昉《爲范尚書讓吏部封侯第一表》：「高祖少連，夙秉高尚。所富者義，所乏者時。薄宦東朝，謝病下邑。」

〔五〕還事：再從事于（某事）。可見萬楚在任卑職前當曾隱居田園，現在又將歸隱。田家衣：猶言農夫的衣服。指隱居躬耕。《漢書》（卷六十六）《楊惲傳》：「田家作苦，歲時伏臘，烹羊炮羔，斗酒自勞。」

〔六〕潁水：源出今河南省登封市西南，東南流經商水縣，至今安徽省壽州市正陽關入淮河。此當指潁水靠近登封嵩山一帶的部分，李頎家居東川即在此（其《緩歌行》所謂「十年閉户潁水陽」）。《漢書》（卷二十八上）《地理志》（上）：「潁川郡，陽乾山，潁水所出，東至下蔡入淮，過郡三，行千五百里。」《元和郡縣圖志》（卷五）《河南道》（一）：「河南府登封縣，少室山，在縣西十里。高十六里，周迴三十里。潁水源出焉。潁水有三源，右水出陽乾山之潁谷，中水導源少室通阜，左水出少室南溪，東合潁水。」日夜流：《論語・子罕》：「子在川上曰：『逝者如斯夫，不舍晝夜。』」

〔七〕春山：《玉臺新詠》（卷九）劉孝綽《元廣州景仲座見故姬》：「别待春山上，相看采蘼蕪。」不可望：不可看到，無法看得到。

〔八〕黄鳥東南飛：阮籍《咏懷八十二首》（其三十）：「黄鳥東南飛，寄言謝友生。」黄鳥，黄鸝。《詩經・周南・葛覃》：「黄鳥于飛，集于灌木。」《毛傳》：「黄鳥，摶黍也。」《禽經》：「倉庚、黧黄，黄鳥也。亦曰『楚雀』，亦曰『商庚』，夏蠶候也。」張華注：「今謂之黄鶯、黄鸝是也。野民曰『黄栗留』，語聲轉耳。其色黧黑而黄，故名黧黄。《詩》云黄鳥，以色呼也。北人呼爲楚雀，云此鳥鳴時，蠶事方興，蠶婦以爲候。」東南飛，《玉臺新詠》（卷一）無名氏《古詩爲焦仲卿妻作》：「孔雀東南飛，五里一徘徊。」無名氏《擬蘇李詩》：「晨風鳴北林，熠耀東南飛。願言所相思，日暮不垂帷。」詩用此字面，亦含有相思之意。

〔九〕濯足：以水洗脚。喻隱居之義。參前《漁父歌》注〔五〕。《文選》（卷二十一）左思《咏史八首》（其五）：「振衣千仞崗，濯足萬里流。」吕向注：「振衣、濯足，欲去世塵也。」長往：長久地前去（指隱逸山林）。《文選》（卷十）潘岳《西征賦》：「悟山潜之逸士，卓長往而不反。」李善注：「班固《漢書》贊曰：『山林之士，往而不能反。』」

〔一〇〕一樽：一杯酒。《文選》（卷二十九）蘇武《詩四首》（其一）：「我有一樽酒，欲以贈遠人。」可依：可以憑藉。

〔一一〕了然：原意爲完全清楚明白。此當作明净皎潔貌解。郭憲《漢武帝别國洞冥記》（卷二）：「（孟岐）語及周初事，了然如目前。」

〔一二〕適：適合，符合。《玉篇・辵部》：「適，往也，從也。」我：雖爲第一人稱，非作者自指，而是就萬楚言。機：機巧。胸中機：圖謀機巧之心。詩中借用字面，實謂心如月之明净。《莊子・天地》：「吾聞之吾師，有機械者必有機事，有機事者必有機心。機心存於胸中，則純白不備；純白不備，則神生不定；神生不定者，道之所不載也。吾非不知，羞而不爲也。」《文選》（卷三十一）江淹《雜體詩三十首・張廷尉綽雜述》：「亹亹玄思清，胸中去機巧。」

〔一三〕同門友：同師之友，同學。《文選》（卷二十九）《古詩十九首》（明月皎夜光）：「昔我同門友，高舉振六翮。」李善注：「《論語》曰：『有朋自遠方來，不亦樂乎！』鄭玄曰：『同門曰朋。』」《漢書》（卷七十七）《鄭崇傳》：「崇少爲郡文學史，至丞相大車屬。弟立與高武侯傅喜同門學，相友善。」顔師古注：「同門謂同師也。」

〔一四〕出處：或出仕或隱退。《周易·繫辭上》：「君子之道，或出或處，或默或語。」

〔一五〕優游：從容不迫貌。《詩經·小雅·白駒》：「慎爾優游，勉而遁思。」白虎殿：漢代長安宫殿名。此借指唐代宫殿。《三輔黄圖》（卷二）：「未央宫有宣室、……白虎等殿。」《漢書》（卷六十）《杜欽傳》：「其夏，上盡召直言之士詣白虎殿對策。」顔師古注：「此殿在未央宫也。」

〔一六〕偃息：安卧休息。《詩經·小雅·北山》：「或燕燕居息，或盡瘁事國。或息偃在床，或不已于行。」《文選》（卷十三）潘岳《秋興賦序》：「僕野人也，偃息不過茅屋茂林之下。」《文選》（卷二十一）左思《咏史八首》（其三）：「吾希段干木，偃息藩魏君。」青瑣闈（wéi）：指雕飾華美富麗的宫室。《爾雅·釋宫》：「宫中之門謂之闈。」郭璞注：「謂相通小門也。」《漢書》（卷九十八）《元后傳》：「曲陽侯根驕奢僭上，赤墀青瑣。」顔師古注：「孟康曰：『以青畫户邊鏤中，天子制也。』如淳曰：『門楣格再重，如人衣領再重，裹者青，名曰青瑣，天子門制也。』師古曰：『孟説是。青瑣者，刻爲連環文，而青塗之也。』」

〔一七〕且有：將有。君：指萬楚。

〔一八〕携手歸：此指一同回到官場做官。《詩經・邶風・北風》：「惠而好我，携手同歸。」

〔一九〕寄書不待面：只寄書信而無法見面。待，擬議之詞。《文選》（卷二十六）范雲《贈張徐州稷》：「寄書雲間雁，爲我西北飛。」

〔二〇〕蘭茝：蘭草和白芷，均香草名。《楚辭・九章・悲回風》：「蘭茝幽而獨芳。」芳菲：花草的香氣。《楚辭・離騷》：「芳菲菲而難虧兮，芬至今猶未沫。」此句謂無法藉芳草香花贈給友人。活用《楚辭・九歌・湘君》：「采芳洲兮杜若，將以遺兮下女」，《湘夫人》：「搴汀洲兮杜若，將以遺兮遠者」的詩意。

【箋評】

（七至八句）譚云：「信筆寫得妙。」（十一句）譚云：「『了然』二字，真善於寫水月者。」（十二句）鍾云：「妙於觀物。」（十八句）鍾云：「可住。」

（鍾惺、譚元春《唐詩歸》卷十四）

此招萬楚出仕也。言吾以濩落無用而將隱，君奈何薄仕宦而不出乎？徒對此春景而相思也。然我心期滌垢，豈能長往，惟杯酒陶情，對月以消機心耳。觀同門之友，尊顯朝端，爾我豈終退隱耶！今彼方表薦君以期頡頏，則曩時蘭茝非君家物矣。

（唐汝詢《唐詩解》卷八）

（首二句）吴云：「兩語自叙。」（十五至十六句）唐云：「欣羡。」（末二句）唐云：「若遇北山，便當移文。」

（唐汝詢《彙編唐詩十集》丙集）

唐云：「起二句自叙。『優游』二句，欣羡。若遇北山，便當移文。」

（郭濬評點、周明輔等參訂《增定評注唐詩正聲》卷二）

〔訓〕首四句，言己方退處，君何亦欲不出，「故人」指楚言，對景不覺相憶也。「濯足」四語，言退隱非己本意，不過借樽酒、潭月，以消機心耳。故下思及舊知友生，有在朝端者，今當薦君，我亦可携手同登也。「蘭茝空芳菲」，應前「還事田家衣」，見不必樂爲高蹈也。

（周敬、周珽輯、陳繼儒批點《删補唐詩選脉箋釋會通評林》盛唐五古三）

後半言同門之友仕於朝者當薦君而出，則不能復依蘭茝，空見其芳菲而已。

（沈德潛《唐詩别裁集》卷一）

唐解「薄宦」爲薄於仕宦，未妥。或萬楚昔曾作宦，以事家居，而今招之復出也。「濯足」四句應就萬言，言君雖「濯足」滄浪而終非「長往」，舉酒對月，雄心未忘，今有出仕者薦君矣。唐解參。

唐解參：「言吾以濩落而將隱，君奈何薄仕宦而不出？徒對此春景而相思也。然我心期滌垢，豈能長往，惟杯酒陶情，對月以消機心耳。觀同門之友，尊顯朝端，方表薦君以期頡頏，則蘭茝非君家物矣。」

（吴昌祺評定《删訂唐詩解》卷四）

東川七古伉壯，七律鏗嚴，而五古淡遠如許，絶不用力而字字有味。

（潘德輿評點《唐賢三昧集》卷中）

【按　語】

此詩前説「聞」，末説「寄」，總是扣住題目中「寄」字來運筆，既表達對友人的思念之情，還預料其不久將會在朝做官而作慰勉。别情深濃是全詩的基調。這從詩前一部分寫别情，末二句又轉過來呼應它，造成全詩籠罩在藴藉雋永的離情别緒之中，就可以體會出來。這樣寫正符合該詩本來就是寄詩作别的作意。此詩抒發别情，韻味悠長深濃，在于作者善於運用眼前的景象，讓其迤邐綿長地伸展開來，造成一種實中有虛，虛實結合的藝術境界，從而取得了這樣的效果。它集中體現在詩中「潁水日夜流，故人相見稀。春山不可望，黄鳥東南飛」四句上。其中最後一句雖爲常語，却是直接引用前人成句，巧妙而自然，也增添了詩的韻味。詩的末句，不僅在字面上，而且在旨意上化用《楚辭》中的屈賦，其具體的形象和優美的境界，既具有了詩歌中以用典而增强意藴、韻味的常法，又因其在詩末，自然也就留下了更多的藝術想象的餘地，進一步增强了詩歌的情韻。

寄焦煉師〔一〕

得道凡百歲①〔二〕，燒丹惟一身②〔三〕。悠悠孤峰頂〔四〕，日見三花春〔五〕。白鶴翠微裏〔六〕，黄精幽澗濱〔七〕。始知世上客③〔八〕，不及山中人〔九〕。仙境若在夢④〔一〇〕，朝雲如可親〔一一〕。何由睹顔色〔一二〕，揮手謝風塵〔一三〕。

【校　記】

①「凡」凌本作「几」。

②「惟」劉本、活字本、百家詩本、黄本、凌本、畢本、英華本作「唯」。

③「上客」下英華本注：「一作出世。」

④「在」英華本作「有」。

【注　釋】

〔一〕焦煉師：焦道士。同時代詩人王昌齡《謁焦煉師》、王維《贈東嶽焦煉師》《贈焦道士》、李白《贈嵩山焦煉師》、錢起《題嵩陽焦道士石壁》諸詩，所寫當爲同一人。李白詩有序云：「嵩山有神人焦煉師者，不知何許婦人也。又云生于齊、梁時，其年貌可稱五、六十。常胎息絶穀，居少室廬，遊行若飛，倏忽萬里，世或傳其入東海，登蓬萊，竟莫能測其往也。余訪道少室，盡登三十六峰，聞風有寄，灑翰遥贈。」據此，焦煉師當是一位女道士。錢起詩云：「三峰花畔碧堂懸，錦里真人此得仙。玉體纔飛西蜀雨，霓裳欲向大羅天。」則焦煉師是錦里（今四川省成都市）人。《太平廣記》（卷四四九）《焦煉師》（出《廣異記》）條云：「唐開元中，有焦煉師修道，聚徒甚衆。」可見焦煉師在當時甚爲有名。煉師：對道士的尊稱。《唐六典》（卷四）《祠部郎中》條：「道士修行有三號：其一曰法師，其二曰威儀師，其三曰律師。其德高思精謂之練師。」

〔二〕得道：猶言成道。此謂得道家延年益壽之道。《莊子·知北遊》：「黄帝曰：『無思無慮始知道，無處無服始安道，無從無道始得道。』」《淮南子·原道訓》：「是故得道者，窮而不懾，達而不榮，處高而不機，持盈而不傾，新而不朗，久而不渝，入火不焦，入水不濡。是故不待勢而尊，不待財而富，不待力而强，平虚下流，與化翱翔。」凡百歲：年齡上百歲了。凡，計，總。古人言學道者年壽，多有虚誕之詞。對於焦煉師，李白詩序云：「生於齊、梁時，其年貌可稱五、六十。」則當有四、五百歲了。王維詩中云：「先生千餘歲，五嶽遍曾居。」明顯屬於誇張的説法。

〔三〕燒丹：煉丹。道家在爐中燒煉金石藥物以成丹藥，稱作金丹。道家認爲服食金丹可以長生不老。徐陵《答周處士書》：「比夫煮石紛紜，終年不爛；燒丹辛苦，至老方成。」有關道家煉丹的情形，可參葛洪《抱朴子・内篇・金丹》。

〔四〕悠悠：形容遠貌。《詩經・王風・黍離》：「悠悠蒼天，此何人哉。」《毛傳》：「悠悠，遠意。」孤峰頂：高聳突兀的山頂。據注〔一〕引李白詩序「居少室廬」，少室山有「三十六峰」云云，當指其中之一。嵩山，即嵩高山，在今河南省登封市。其東謂太室山，其西謂少室山。

〔五〕三花春：謂一年三次開花的貝多羅樹生長得很茂盛，生機蓬勃。「春」字可見此意。貝多羅樹，一年開花三次。原産於古印度，漢代起我國有栽種。《齊民要術》（卷十）《槃多》：「《嵩山記》曰：『嵩寺中忽有思惟樹，即貝多也。有人坐貝多樹下思惟，因以名焉。漢道士從外國來，將子於山西脚下種，極高大。今有四樹，一年三花。』」《初學記》（卷五）《嵩高山》條引雜道書云：「漢世有道士，從外國將貝多子來，於嵩高西脚上種之。有四樹，與衆木有異。一年三花，白色香美。」

〔六〕白鶴：用仙人王子喬乘白鶴事。其事即發生在嵩高山。《列仙傳》（卷上）《王子喬》：「王子喬者，周靈王太子晋也。好吹笙作鳳凰鳴。遊伊、洛之間，道士浮邱公接以上嵩高山。三十餘年後，求之於山上，見桓良，曰：『告我家，七月七日待我於緱氏山巔。』至時，果乘白鶴駐山頭。望之不得到，舉手謝時人。數日而去。亦立祠於緱氏山下，及嵩山首焉。」翠微：山峰的半腰處，呈青翠色。《爾雅・釋山》：「山脊，岡。未及上，翠微。」邢昺疏：「未及頂上，在旁陂陀之處，名翠微。一説，山氣青縹色，故曰翠微也。」

〔七〕黄精：藥草名。多年生草本，可入藥。神仙家以爲似靈芝一類的仙藥。《文選》（卷四十三）嵇康《與山巨源絶交書》：「又聞道士遺言：餌术、黄精，令人久壽，意甚信之。」李善注：「《本草經》曰：『术、黄精，久服，輕身延年。』」幽澗：深邃的山谷。

〔八〕世上客：世俗裏的人。這種人的人生短暫，猶如過客，匆匆走過罷了。《文選》（卷二十九）《古詩十九首》（其三）：「人生天地間，忽如遠行客。」

〔九〕山中人：謂山中的隱士，此類人學道求仙，安逸高雅而又能長生不老。《楚辭·九歌·山鬼》：「山中人兮芳杜若，飲石泉兮蔭松柏。」《楚辭·招隱士》：「王孫兮歸來，山中兮不可以久留。」

〔一〇〕仙境若在夢：意謂仙境如夢境，迷離惝恍，神奇美妙，令人神往。

〔一一〕朝雲：早晨山中的白雲。朝雲繚繞，即在山中人的眼前，故云「可親」。非謂宋玉《高唐賦》中神女朝雲。陶弘景《詔問山中何所有賦詩以答》：「山中何所有，嶺上多白雲。只可自怡悦，不堪持贈君。」

〔一二〕何由：如何，怎能。顔色：面容。即指其人而言。《禮記·玉藻》：「凡祭，容貌顔色，如見所祭者。」《文選》（卷三十一）江淹《雜體詩三十首·古離别》：「願一見顔色，不異瓊樹枝。」

〔一三〕揮手：意謂告别。謝：辭别。風塵：世俗社會。《文選》（卷二十八）劉琨《扶風歌》：「揮手長相謝，哽咽不能言。」李善注：「晋灼《漢書注》曰：『以辭相告曰謝。』」《文選》（卷二十一）郭璞《遊仙詩七首》（其一）：「高蹈風塵外，長揖謝夷齊。」李善注：「《説文》曰：『謝，辭别也。』」參注〔六〕引《列仙傳》「舉手謝時人」云云，此句當活用其意。

【箋　評】

（次句）譚云：「『一身』及下首（按指《光上座廊下衆山五韻》）『居一床』，俱善用『一』字，寫出仙佛家清静簡奥。」（鍾惺、譚元春《唐詩歸》卷十四）

唐云：「具品。」（唐汝詢《彙編唐詩十集》壬集）

（七八句）南邨曰：「偶然點破役役塵勞者，不覺爽然自失。」（張揔《唐風懷》卷五）

【按　語】

此詩前十句寫焦煉師學道有成，煉丹服食，生活在「孤峰」上，天天見到「三花春」的景致，或控鶴于山中，或采摘黄精于山谷，仙境若夢，朝雲可見，宛似一位仙人。對焦煉師的贊美，達到了極高的境地。末二句纔呼應詩題中的「寄」字，感慨無由得以見到焦煉師，只有深表欽羡而已。這表現了李頎深受時風的浸潤，頗爲好道的思想。相較於王昌齡、王維、李白等人的同題詩，不難看出，李頎詩的韻味最爲濃厚，藝術感染力也最强烈。其主要原因，就在于他在短小的篇章裏，將一位煉師的生活作了充分的濃縮化、詩意化的描寫刻畫。所點到的方面較多，而每一方面都有生動具體的細節，形象鮮明，令人吟哦。同時，詩中還將眼前山中的實景與神仙的故事傳説結合起來，創造出了亦實亦虛、虛實相生的境界，極大地拓展了詩在表情達意上的空間，山中、天上，被渾然地融匯到了一起，這樣也就使得詩歌具備了「神仙傳」般的叙寫特色和抒情效果。

望鳴臯山白雲寄洛陽盧主簿〔一〕

飲馬伊水中〔二〕，白雲鳴臯上。氛氳山絶頂①〔三〕，行子時一望〔四〕。照日龍虎姿〔五〕，攢空冰雪狀②〔六〕。蓊蓯殊未已③〔七〕，崚嶒忽相向〔八〕。皎皎横緑林〔九〕，霏霏澹青嶂④〔一〇〕。遠映村更失〔一一〕，孤高鶴來傍〔一二〕。勝氣欣有逢〔一三〕，仙遊且難訪〔一四〕。故人吏京劇〔一五〕，每事多閑放〔一六〕。室畫峨眉峰⑤〔一七〕，心格洞庭浪⑥〔一八〕。惜哉清興裹〔一九〕，不見予所尚⑦〔二〇〕。

【校　記】

①「山絶頂」英華本作「蓋山頂」。

②「冰」活字本作「水」。

③「蓊嵸」英華本作「蓊鬱」。

④「青」凌本、畢本作「清」。

⑤「畫」英華本作「盡」。

⑥「格」下原注：「一作摇。」「格」凌本作「隔」，畢本、英華本作「摇」。

⑦「尚」活字本、黄本作「向」。

【注釋】

〔一〕鳴臯山：山名，在今河南省嵩縣東北。《元和郡縣圖志》（卷五）《河南道》（一）：「河南府陸渾縣，明（鳴）臯山在縣東北十五里。」《河南通志》（卷七）《山川》（上）：「河南府，鳴臯山，一名九臯山，在嵩縣東北五十里，伊水經其下，昔有白鶴鳴其上，故名。」《詩經・小雅・鶴鳴》：「鶴鳴于九臯，聲聞于天。」洛陽：指當時的河南府洛陽縣，治所即在東都洛陽城内。《元和郡縣圖志》（卷五）《河南道》（一）：「河南府洛陽縣，赤，郭下。本秦舊縣，歷代相因。貞觀六年，自金墉城移入郭内毓德坊，今理是也。」盧主簿：盧氏未詳。李頎詩中，除此以外，還有盧拾遺、盧道士、盧少府、盧逸人、盧員外、盧五等，大多不能確定其人。主簿，官名，地位在縣令、縣丞下，縣尉上。《舊唐書》（卷四十四）《職官志》（三）《州縣官員・縣令》：「長安、萬年、河南、洛陽、太原、晋陽六縣，謂之京縣。令各一人，正五品上。丞二人，從七品。主簿二人，從八品上。」

〔二〕伊水：流經鳴皋山下，至洛陽附近匯入洛水。《元和郡縣圖志》（卷五）《河南道》（一）：「河南府陸渾縣，伊水，在縣西南，自虢州盧氏縣界流入。」《水經·伊水》：「伊水出南陽魯陽縣西蔓渠山，東北過郭落山，又東北過陸渾縣南，又東北過新城縣南，又東北過伊闕中，又東北至洛陽縣南，北入於洛。」

〔三〕氛氳：盛貌。指雲霧氣濃重。鮑照《冬日》：「煙霾有氛氳，精光無明異。」《文選》（卷十三）謝惠連《雪賦》：「霰淅瀝而先集，雪紛糅而遂多，其爲狀也，散漫交錯，氛氳蕭索。」李善注：「王逸《楚辭注》曰：『氛氳，盛貌。』」絶頂：山巔，最高峰。《文選》（卷二十七）沈約《早發定山》：「傾壁忽斜豎，絶頂復孤員。」李善注：「《江賦》曰：『絶岸萬丈，壁立霞剥。』謝靈運有《登廬山絶頂詩》。」

〔四〕行子：行人，游子。《文選》（卷二十八）鮑照《東門行》：「居人掩閨卧，行子夜中飯。野風吹秋木，行子心腸斷。」一望：看一眼。王僧孺《落日登高詩》：「憑高且一望，目極不能捨。」

〔五〕照日：與陽光互相映照。龍虎姿：猶如龍和虎般的雄姿，形容白雲奇偉瑰麗的形態。《周易·乾卦》：「雲從龍，風從虎。」《史記》（卷七）《項羽本紀》：「吾令人望其氣，皆爲龍虎，成五采，此天子氣也。」

〔六〕攢（cuán）空：集聚在天空中。《文選》（卷八）司馬相如《上林賦》：「攢立叢倚，連卷欐佹。」

李善注：「《蒼頡篇》曰：『攢，聚也。』」

〔七〕蓊嵸（wěng zōng）：山峰高峻貌。此形容白雲集聚如聳立的山峰。《集韻》（卷五）《董韻》：「蓊，山貌。」又：「嵸，巃嵸，山高峻貌。」殊：猶也。曹丕《秋胡行》：「朝與佳人期，日夕殊不來。」《文選》（卷三十一）江淹《雜體詩三十首·休上人怨别》：「日暮碧雲合，佳人殊未來。」張相《詩詞曲語辭匯釋》（卷二）：「殊，猶猶也。」未已：未止，未畢。《詩經·秦風·蒹葭》：「蒹葭采采，白露未已。」《毛傳》：「未已，猶未止也。」

〔八〕崚嶒（líng céng）：山峰重疊貌。《文選》（卷二十二）沈約《鍾山詩應西陽王教》：「鬱律構丹巘，崚嶒起青嶂。」吕向注：「崚嶒，叠重貌。」忽：突然。元盧以緯著、王克仲集注：「『忽』與『倏』通用。有『突然而來』意，有『霎時轉變不可方物』意。」

〔九〕皎皎：潔白貌。《詩經·小雅·白駒》：「皎皎白駒，在彼空谷。」《經典釋文》（卷六）：「皎皎，潔白也。」横：遮蓋。段玉裁《説文解字注·木部》：「横，引伸爲凡遮之偁。」

〔一〇〕霏霏：形容雲霧氣濃厚。《詩經·小雅·采薇》：「今我來思，雨雪霏霏。」《毛傳》：「霏霏，甚也。」《楚辭·九章·涉江》：「霰雪紛其無垠兮，雲霏霏而承宇。」《楚辭·九嘆·遠逝》：「雪雰雰而薄木兮，雲霏霏而隕集。」青嶂：如屏障般蒼翠的山峰。

〔一一〕更失：定失。此謂村落爲白雲所遮掩。更，表示肯定和强調。張相《詩詞曲語辭匯釋》（卷一）：「更，甚辭，猶云不論怎樣也；雖也；縱也；亦猶云絶也。」

〔一二〕孤高：孤特高潔。謂白雲十分潔白。鶴來傍：謂白鶴的潔白與白雲相近。《説文·人部》：「傍，近也。」「來」字爲句中襯字，無實義。《文選》（卷十四）鮑照《舞鶴賦》：「煙交霧凝，若無毛質。」李善注：「毛羽與煙霧同色，故云若無。」《初學記》（卷三十）引《詩義疏》曰：「鶴大如鵝，……多純白，亦有蒼色。」又引《相鶴經》云：「（鶴）體尚潔，故其色白。」

〔一三〕勝氣：佳美壯盛的氣勢和韻度。此指白雲。南朝梁釋慧皎《高僧傳》（卷七）《宋江陵琵琶寺釋僧徹》：「嘗至山南攀松而嘯，於是清風遠集，衆鳥和鳴，超然有勝氣。」

〔一四〕且：粗略之辭，此有大率之意。訪：尋求，探尋。

〔一五〕故人：指盧主簿。京劇：繁重艱難的事務。京，此指盧主簿做官的洛陽縣，地屬東京洛陽；劇，繁也，多也。《漢書》（卷一百上）《叙傳》（上）：「定襄聞伯素貴，年少，自請治劇。」《廣韻·陌韻》：「劇，艱也。」劉長卿《洛陽主簿叔知和驛承恩赴選伏辭一首》：「一從理京劇，萬事皆容易。」

〔一六〕閑放：閑散疏放。《北史》（卷二十九）《蕭大圜傳》：「大圜深信因果，心安閑放。」高適《自淇涉黄河途中作十三首》（其十二）：「聖代休甲兵，吾其得閑放。」

〔一七〕峨眉：山名，有峨眉大山，中峨眉山，小峨眉山。在今四川省峨眉山市。《元和郡縣圖志》（卷三十一）《劍南道》（上）：「嘉州峨眉縣，峨眉大山，在縣西七里。《蜀都賦》云：『抗峨眉於重阻。』兩山相對，望之如峨眉，故名。」酈道元《水經注·青衣水》：「《益州記》曰：『平鄉江，東逕峨眉山，在南安縣界，去成都南千里。然秋日清澄，望見兩山，相峙如峨眉焉。』青衣水又東流，注于大江。」此句謂盧主簿居室的墻壁上畫着壯麗秀美的峨眉山的圖景。參李白《當塗趙炎少府粉圖山水歌》、杜甫《戲題王宰畫山水圖歌》等詩，足以説明唐人常于室内墻壁上圖畫山水風景這一問題。

〔一八〕心格：心到。《爾雅·釋詁》：「格，至也。」洞庭：湖名，在今湖北、湖南二省境内，湖南省岳陽市最靠近。《元和郡縣圖志》（卷二十七）《江南道》（三）：「岳州巴陵縣，洞庭湖，在縣西南一里五十步，周迴二百六十里。」

〔一九〕清興：清雅的興致。王勃《山亭夜宴》：「清興殊未歸，林端照初景。」

〔二〇〕所尚：所崇尚喜愛的。

【按語】

這是一首咏物抒懷詩，通過刻畫「白雲」的千變萬化，多姿多彩，贊頌其美不勝收，寄托放情山水的興致。詩中多方展開，酣暢淋漓地描寫形容「白雲」，這在此前的咏物詩中是罕見的，開創了後來中晚唐此類咏物詩的先河（如韓愈《咏雪贈張籍》和皮、陸《武丘寺古杉》等），突破創新的意義應予以重視。具體來説，詩中既采用實處描寫的方法，形容備至，工致而具體，讓「白雲」種種生動的景象展現在我們的眼前，令人欣賞贊嘆不已。從「照日龍虎姿」以下八句，就是以八種具體形象可感知的境界、意象，寫出了「白雲」之美。同時，詩中也很巧妙地運用虚處描寫，側面渲染烘托的方法，來深化、升華對白雲的贊美之情。詩的最後即是如此。如説我與「白雲」「欣有逢」，即使「仙遊」也「難訪」；「故人」雖然「閑放」，鍾情山水，但他只能看「室畫」，或只能在腦海中浮現「洞庭浪」，而都不是身臨其境，當然都不如我親眼「望白雲」的真實和美妙。所以，此八句并未具體描寫「白雲」，但它們對進一步刻畫「白雲」顯然起到了極好的作用，它與上文的實寫相輔相成，使詩歌在藝術表現上更有魅力和韻味。

寄萬齊融〔一〕

名高不擇仕〔二〕，委世隨虚舟①〔三〕。小邑常嘆屈②〔四〕，故鄉行可遊〔五〕。青楓半村户③〔六〕，香稻盈田疇〔七〕。爲政日清浄〔八〕，何人同海鷗〔九〕。摇巾北林夕〔一〇〕，把菊東山秋④〔一一〕。對酒池雲滿⑤〔一二〕，向家湖水流〔一三〕。岸陰止鳴鵠〔一四〕，山色映潛虬〔一五〕。靡靡俗中理〔一六〕，蕭蕭川上幽〔一七〕。昔年至吴郡⑥〔一八〕，常隱臨江樓⑦〔一九〕。我有一書札⑧〔二〇〕，因之芳杜洲〔二一〕。

【校　記】

①「世」劉本作「身」。

②「嘆」劉本、活字本、黄本作「欸」，淩本作「款」。

③「楓」英華本作「牛」。

④「菊」英華本作「印」。

⑤「雲」下原注：「一作風。」

⑥「吴」下原注：「一作東。」「吴」英華本作「東」，并注：「一作吴。」

⑦「常」畢本作「嘗」。「隱臨」下原注：「一作憶卧。」「隱臨」英華本作「憶卧」。

⑧「札」活字本作「扎」。

【注釋】

〔一〕萬齊融：生卒年不詳，天寶末尚在世。行第八。越州（今浙江省紹興市）人。曾官秘書省正字、涇陽縣令、崑山縣令。神龍年間，與賀知章、賀朝、張若虚、邢巨、包融諸人「俱以吴越之士，文詞俊秀，名揚於上京」。生平事迹參《舊唐書》（卷一百九十中）《賀知章傳》附、《唐詩紀事》（卷二十二）。李頎此詩當作于萬齊融任崑山縣（今屬江蘇省）縣令期間。

〔二〕不擇仕：做官不計職位高低。《韓詩外傳》（卷一）：「任重道遠者，不擇地而息。家貧親老者，不擇官而仕。」

〔三〕委世：順世，任隨世事。委，任也。虚舟：任意漂蕩的船。《莊子·山木》：「方舟而濟於河，有虚船來觸舟，雖有惼心之人不怒；有一人在其上，則呼張歙之；一呼而不聞，再呼而不聞，於是三呼邪，則必以惡聲隨之。向也不怒而今也怒，向也虛而今也實。人能虛己以遊世，其孰能害之。」

〔四〕小邑：小縣。此指當時崑山縣。萬齊融爲越州人，又任崑山縣令，審下句及末四句，此「小邑」指崑山無疑。謝靈運《白石巖下徑行田》：「小邑居易貧，灾年民無生。」嘆屈：嘆惜屈才，大才小用了。

〔五〕故鄉：此指唐代蘇州所在的吴、越一帶。東漢以前，蘇州、越州同屬會稽郡，故作爲越州人的萬齊融，做蘇州的崑山縣令，可視作回「故鄉」了。《元和郡縣圖志》（卷二十五）《江南道》（一）：「蘇州，吴郡。秦置會稽郡二十六縣於吴。項羽初起，殺會稽太守殷通，即此也。漢亦爲會稽郡。後漢順帝永建四年，陽羡令周喜、山陰令殷重上書，求分爲二郡，遂割浙江以東爲會稽，浙江以西爲吴郡。孫氏創業，亦肇迹於此。歷晉至陳不改，常爲吴郡，與吴興、丹陽號爲『三吴』。隋開皇九年平陳，改爲蘇州，因姑蘇山爲名。」行可遊：可以出行漫遊。《文選》（卷二十九）曹植《雜詩六首》（其五）：「僕夫早嚴駕，吾將遠行遊。」

〔六〕青楓句：青緑的楓樹將村落人家綽約有致地掩映着。半，謂半隱半現也。由此可見，唐時蘇州廣植楓樹。唐初崔信明「楓落吴江冷」的斷句，中唐張繼「江楓漁火對愁眠」的名句，也都可説明這一點。

〔七〕香稻：唐時蘇州種植的水稻名品紅蓮，即被稱爲「香稻」。陸龜蒙《別墅懷歸》：「遥爲晚花吟白菊，近炊香稻識紅蓮。」田疇：田地。《禮記·月令》：「（季夏之月）可以糞田疇，可以美土彊。」

〔八〕爲政：從政做官。《論語·爲政》：「或謂孔子曰：『子奚不爲政？』子曰：『《書》云：「孝乎惟孝，友于兄弟，施于有政。」是亦爲政，奚其爲爲政。』」清净：清静無爲。《老子》（第五十七章）：「我無爲而民自化，我好静而民自正。」《史記》（卷一百三十）《太史公自序》：「李耳無爲自化，清净自正。」

〔九〕何人：哪個人。實謂無人，但萬齊融能如此。同海鷗：與海鷗和諧相處，所謂「鷗盟」。《列子·黄帝篇》：「海上之人有好鷗鳥者，每旦之海上，從鷗鳥游，鷗鳥之至者百住而不止。其父曰：『吾聞鷗鳥皆從汝游，汝取來，吾玩之。』明日之海上，鷗鳥舞而不下也。」

〔一〇〕揺巾：即揺頭。形容安閑蕭散狀。巾，頭巾。唐封演《封氏聞見記》（卷五）《巾幞》：「近古用幅巾，周武帝裁出脚向後幞髮，故俗謂之『幞頭』。至尊、皇太子、諸王及仗内供奉以羅爲之，其脚稍長。士庶多以絁縵而脚稍短。幞頭之下，別施巾，象古冠下之幘也。」北林：泛指樹林。《詩經·秦風·晨風》：「鴥彼晨風，鬱彼北林。」

〔一一〕把菊：手握持菊花。陶淵明《飲酒二十首》（其五）：「采菊東籬下，悠然見南山。」東山：泛指山，未必實指。蘇州太湖包山（洞庭山）有東山、西山之分，參范成大《吴郡志》（卷十五）。

〔一二〕對酒：《文選》（卷二十七）曹操《短歌行》：「對酒當歌，人生幾何。」池雲：池水。池上雲霧籠罩，故云。唐代蘇州地區最有名者，當屬虎丘劍池。陸廣微《吴地記》：「虎邱山，……《吴越春秋》云：『闔閭葬虎邱，十萬人治葬，經三日，金精化爲白虎，蹲其上，因號虎邱。』秦始皇東巡，至虎邱，求吴王寶劍，其虎當墳而踞。始皇以劍擊之，不及，誤中于石。其虎西走二十五里，忽失。于今虎嘐，唐諱虎，錢氏諱嘐，改爲滸墅。劍無復獲，乃陷成池，故號劍池。」

〔一三〕湖水：指太湖。《元和郡縣圖志》（卷二十五）《江南道》（一）：「蘇州，吴縣，太湖，在縣西南五十里。《禹貢》謂之震澤，《周禮》謂之具區。湖中有山，名洞庭山。」

〔一四〕岸陰：猶岸南。水南爲陰，水北爲陽。止：止息，停留。鳴鵠：天鵝，水鳥名。《太平御覽》（卷三百七十八）引張華《博物志》：「齊桓公獵得一鳴鵠，宰之。」《漢書》（卷五十七上）《司馬相如傳》（上）：「微矰出，孅繳施，弋白鵠，連駕鵝。」顔師古注：「鵠，水鳥也，其鳴聲鵠鵠云。駕鵝，野鵝也。」

〔一五〕潛虬：水中的蛟龍。《文選》（卷二十二）謝靈運《登池上樓》：「潛虬媚幽姿，飛鴻響飛音。」李善注：「《説文》曰：『虬，龍有角者。』《淮南子》曰：『蛟龍水居。』」

〔一六〕靡靡：隨順，順應。《尚書·周書·畢命》：「商俗靡靡，利口惟賢。餘風未殄，公其念哉。」孔穎達疏：「靡靡者，相隨順之意。」俗中理：世俗的道理。《世説新語·任誕》：「裴（楷）曰：『阮方外之人，故不崇禮制；我輩俗中人，故以儀軌自居。』」

〔一七〕蕭蕭：蕭散寂靜。川上幽：江河上幽雅美麗的景象。《論語・子罕》：「子在川上曰：『逝者如斯夫！不舍晝夜。』」

〔一八〕吴郡：蘇州的舊名。參注〔五〕。由此句可證，李頎曾游歷蘇州。究竟在何時，難以確定。

〔一九〕常：通「嘗」，曾經。臨江樓：靠近長江的樓臺。未必是樓臺名。《文選》（卷二十五）謝靈運《登臨海嶠初發彊中作與從弟惠連見羊何共和之》：「日落當栖薄，繫纜臨江樓。」李善注：「謝靈運《遊名山志》曰：『從臨江樓步路南上二里餘，左望湖中，右傍長江也。』」岑參《送王大昌齡赴江寧》：「舊家富春渚，嘗憶卧江樓。」

〔二〇〕一書札：一封信。《文選》（卷二十九）《古詩十九首》（其十七）：「客從遠方來，遺我一書札。」

〔二一〕因之：憑借（信札）。之，指「一書札」。芳杜洲：生長芳草杜若的洲渚。此指萬齊融所在的吴郡之地。此句呼應詩題，意謂寄詩萬齊融。《楚辭・九歌・湘君》：「采芳洲兮杜若，將以遺兮下女。」王逸注：「芳洲，香草藂生水中之處。」

【箋評】

竟體閑適，一起便得驪珠。「對酒」十字，不厭百回讀也。「靡靡俗中理，蕭蕭川上幽。」果如此，無境不可處也。

（潘德輿評點《唐賢三昧集》卷中）

萬齊融下注云：「按《舊唐書・文苑傳》云：『神龍中，賀知章與賀朝萬、齊融、張若虛、邢巨、包融俱以吴越之士，文辭俊秀，名揚於上京，人間往往傳其文，朝萬止山陰尉，齊融崑山令。』蓋以『萬』字屬上文作賀朝萬，及考唐人所選《國秀》《搜玉》二集，俱作萬齊融、賀朝，今仍之。」清代考證家多仍其説，以爲舊傳誤將「萬」字屬上，唯《兩浙金石志》（一）則謂賀實名朝萬，兩「萬」字相連，故誤省其一，不確。

（岑仲勉《讀〈全唐詩〉札記》）

《寄萬齊融》云：「昔年至吴郡，嘗憶卧江樓。」此詩人曾至蘇州之證，惟不悉金華、蘇州之行是一次否？

（譚優學《李頎行年考》，見氏著《唐詩人行年考》）

【按　語】

此詩本是同情友人大才小用，嘆惜其只做卑微的「小邑」縣令，但詩人撇開這一層來寫。開頭二句，即從名聲高，襟懷灑脱贊之；三四兩句又從雖然「嘆屈」，而那是你的「故鄉」，正好「行可遊」，欣賞勝景，多麽愜意。然後，從第五句至第十六句，詩人即扣住其爲政的清簡、性情的恬淡，和吴中山水的秀麗，生活充滿情趣這兩個方面互相交叉、互爲映照地展開來寫，充分地表現出了優游山水的情致和樂趣。這十二句中，每四句一節，在寫法上既整飭也富有變化。先是兩句景語，兩句情語的情景結合式，再者是寫景中有人的活動情致的情景渾成式，然後又是景、情各兩句的情景交融式。但不管哪種寫法，都極爲形象鮮明，具體生動，所以情致深濃，韻味悠遠。詩的末四句，由詩題中的「寄」而憶及詩人自己的昔年舊游，不僅表達了思友之情，更以自己的經歷充實深化了詩中間一段所寫的吴中美麗的景致。所以，這既是結語點題，更將詩的意旨升華了，頗爲工妙，極有特色。

贈張旭〔一〕

張公性嗜酒〔二〕，豁達無所營〔三〕。皓首窮草隸〔四〕，時稱太湖精①〔五〕。露頂據胡床〔六〕，長叫三五聲〔七〕。興來灑素壁〔八〕，揮筆如流星〔九〕。下舍風蕭條〔一〇〕，寒草滿户庭〔一一〕。問家何所有〔一二〕，生事如浮萍〔一三〕。左手持蟹螯〔一四〕，右手執《丹經》〔一五〕。瞪目視霄漢〔一六〕，不知醉與醒〔一七〕。諸賓且方坐〔一八〕，旭日臨東城〔一九〕。荷葉裹江魚〔二〇〕，白甌貯香粳〔二一〕。微禄心不屑②〔二二〕，放神於八紘〔二三〕。時人不識者，即是安期生〔二四〕。

【校　記】

①「太」凌本作「大」。

②「屑」百家詩本作「可」，劉本、凌本、文粹本作「泄」。

【注釋】

〔一〕張旭：字伯高，行第九，生卒年不詳，蘇州吴（今江蘇省蘇州市）人。初爲常熟尉，後官金吾長史，世稱「張長史」。善草書，嗜酒，極得時譽，號爲「張顛」。又與賀知章、包融、張若虚合稱「吴中四士」。唐文宗時，詔以李白歌詩、裴旻劍舞、張旭草書爲「三絶」。其詩歌清新秀逸，韻味雋永。生平事迹參《舊唐書》（卷一百九十中）《賀知章傳》、《新唐書》（卷二〇二）本傳及《李白傳》、（卷一四九）《劉晏傳》。

〔二〕性嗜酒：張旭嗜酒，史所共言。參本詩注〔七〕。陶淵明《五柳先生傳》：「先生不知何許人也，……性嗜酒，家貧不能常得，親舊知其如此，或置酒而招之。造飲輒盡，期在必醉。」

〔三〕豁達：心胸開朗，氣度灑脱。《文選》（卷二十）劉楨《公讌詩》：「華館寄流波，豁達來風涼。」又（卷十）潘岳《西征賦》：「觀夫漢高之興也，非徒聰明神武，豁達大度而已也。」李善注：「《漢書》曰：『高祖仁愛，意豁如也，常有大度。』」無所營：不爲生計考慮謀劃。

〔四〕皓首：白首。頭髮白，喻一輩子。《文選》（卷二十九）李陵《與蘇武三首》（其三）：「努力崇明德，皓首以爲期。」李善注：「《聲類》曰：『顥，白首貌也。皓與顥古字通。』」《文選》（卷四十一）李陵《答蘇武書》：「丁年奉使，皓首而歸。」窮：盡。草隸：草書和楷書。《晉書》（卷八十）《王獻之傳》：「工草隸，善丹青。」據唐張懷瓘《書斷》（卷上）：秦程邈變小篆爲隸，漢史游變隸爲章草，張芝又變章草爲今草，故後世常「草隸」連稱。《書斷》（卷中）：「（王）獻之字子敬，……尤善草隸，幼學於父，次習於張，後改變制度，別創其法，率爾師心，冥合天矩。」魏晋以來，善楷書（正書、真書）者，皆謂之「善隸」。唐人亦稱楷書或真書爲隸書（參岑仲勉《隋唐史》第四十六節《藝術》）。

〔五〕太湖精：太湖的精靈。贊譽張旭禀受太湖的精氣。張旭爲蘇州人，蘇州濱臨太湖，故云。《漢武故事》：「東郡送一短人，長七寸，衣冠具足。上疑其山精，常令在案上行，召東方朔問。」《列仙傳》（卷下）《東方朔》：「後見於會稽，賣藥五湖，智者疑其歲星精也。」《博物志》（卷七）：「昔夏禹觀河，見長人魚身出曰：『吾河精。』豈河伯也。」可見古人常以「精」來贊人的靈異。杜甫《殿中楊監見示張旭草書圖》：「嗚呼東吴精，逸氣感清識。」

〔六〕露頂：不戴頭巾，露出盤結在頭頂上的髮髻，表現出豪邁狂放、散誕不羈的情態。杜甫《飲中八仙歌》：「張旭三杯草聖傳，脱帽露頂王公前，揮毫落紙如雲煙。」古人以不冠爲倨簡散漫之態。《後漢書》（卷八十八）《西域傳》：「論曰……自兵威之所肅服，財賂之所懷誘，莫不獻方奇，納愛質，露頂肘行，東向而朝天子。」清袁棟《書隱叢説》（卷十二）：「唐人詩往往用科頭字，人但知爲露頂之象，而未盡其義。《東夷傳》曰：『馬韓人大率魁頭露髻。』注云：『魁頭，猶科頭也，謂以髮縈繞成科結也。』」胡床：也稱交床、繩床，一種可以折疊的輕便坐具，出自古代少數民族，故以「胡」名之。《後漢書·志》（卷十三）《五行志》（一）：「靈帝好胡服、胡帳、胡床、胡坐、胡飯、胡空侯、胡笛、胡舞，京都貴戚皆競爲之。」據胡床：即坐胡床。《世説新語·自新》：「（戴）淵使少年掠劫，淵在岸上，據胡床，指麾左右，皆得其宜。」《世説新語·任誕》：「桓（伊）時已貴顯，素聞王（子猷）名，即便回下車，踞胡床，爲作三調。弄畢，便上車去，客主不交一言。」程大昌《演繁露》（卷四）：「今之交床，制本自虜來，始名胡床。桓伊下馬踞胡床，取笛三弄是也。隨以讖有胡，改名交床，胡瓜亦改黄瓜。唐柴紹擊西戎，據胡床使兩女子舞，則唐史臣追本語以書也。唐穆宗長慶二年十二月，見群臣紫宸殿，御大繩床，則又名繩床矣。」

〔七〕長叫：高聲大叫。《舊唐書》（卷一百九十中）《賀知章傳》：「時有吴郡張旭，亦與知章相善。旭善草書，而好酒，每醉後號呼狂走，索筆揮灑，變化無窮，若有神助，時人號爲張顛。」李肇《唐國史補》（卷上）：「張旭草書得筆法，後傳崔邈、顔真卿。旭言：『始吾見公主擔夫争路，而得筆法之意。後見公孫氏舞劍器，而得其神。』旭飲酒輒草書，揮筆而大叫，以頭揾水墨中而書之，天下呼爲張顛。醒後自視，以爲神異，不可復得。後輩言筆札者，歐、虞、褚、薛，或有異論，至張長史，無間言矣。」《新唐書》（卷二〇二）《李白傳》附《張旭傳》：「旭，蘇州吴人，嗜酒，每大醉，呼叫狂走，乃下筆，或以頭濡墨而書，既醒自視，以爲神，不可復得也，世呼張顛。」

〔八〕興來：興起，隨興。有「乘興」之意。來，語中助辭。《世説新語·任誕》：「王子猷居山陰，夜大雪，……忽憶戴安道。時戴在剡，即便夜乘小船就之。經宿方至，造門不前而返。人問其故，王曰：『吾本乘興而行，興盡而返，何必見戴。』」高適《醉後贈張九旭》：「興來書自聖，醉後語尤顛。」素壁：白色的粉墻壁。唐代流行將墻壁塗成白色，以便題詩、畫圖。李白《觀博平王志安少府山水粉圖》：「粉壁爲空天，丹青狀江海。」杜甫《戲題王宰畫山水圖歌》：「壯哉崑崙方壺圖，挂君高堂之素壁。」

〔九〕流星：形容星星快速運行如流水。《楚辭·九辯》：「願寄言夫流星兮，羌倏忽而難當。」《釋名·釋天》：「流星，星轉行如流水也。」

〔一〇〕下舍：私宅。《晉書》（卷四十四）《華表傳》：「時聞者流汗沾背，表懼禍作，頻稱疾歸下舍，故免于大難。」《世説新語·德行》：「初，桓南郡、楊廣共説殷荆州，宜奪殷覬南蠻以自樹。覬亦即曉其旨，嘗因行散，率爾去下舍，便不復還。」蕭條：寂寞冷清。

〔一一〕户庭：門户庭院。《周易·節卦》：「《象》曰：『不出户庭，知通塞也。』」

〔一二〕何所有：《樂府詩集》（卷三十七）《相和歌辭》（十二）《瑟調曲》（二）《隴西行》：「天上何所有，歷歷種白榆。」

〔一三〕生事：生計。浮萍：一種水生植物，無根，漂浮水面。此喻張旭生計無着，故艱辛貧困。《楚辭·九懷·尊嘉》：「竊哀兮浮萍，泛淫兮無根。」傅玄《明月篇》：「浮萍本無根，非水將何依。」

〔一四〕左手持蟹螯：《世説新語·任誕》：「畢茂世云：『一手持蟹螯，一手持酒栝，拍浮酒池中，便足了一生。』」《文選》（卷二十四）嵇康《贈秀才入軍五首》（其一）：「左攬繁弱，右接忘歸。」

〔一五〕《丹經》：道家有關煉丹藥的書籍。其書龐雜，爲數甚夥。葛洪《抱朴子·内篇·金丹》：「凡受《太清丹經》三卷及《九鼎丹經》一卷、《金液丹經》一卷。……按《黄帝九鼎神丹經》曰：黄帝服之，遂以升仙。……《太清觀天經》有九篇，云其上三篇，不可教授；其中三篇世無足傳，常沈之三泉之下；下三篇者，正是丹經上中下，凡三卷也。……其次有《五靈丹經》一卷，有五法也。……」

〔一六〕瞪目：睁大眼睛。霄漢：高遠的天空。霄，九霄。漢，星漢，天上的銀河。

〔一七〕不知醉與醒：《楚辭·漁父》：「舉世皆濁我獨清，衆人皆醉我獨醒。」

〔一八〕諸賓：衆賓。方坐：圍成方形而坐。

〔一九〕臨：照臨。此句謂夜飲達旦，直至日出。

〔二〇〕荷葉裹江魚：這是唐時蘇州流行的食魚法。參前《漁父歌》注〔三〕。直到晚唐，皮日休《胥門閑泛》云：「醉中欲把田田葉，盡裹當時醒酒鯖。」又《奉和龜蒙四月十五日道室書事》詩云：「蓮花鮓作肉芝香」，可參證。

〔二一〕白甌(ōu)：白色的瓦盆。《説文·瓦部》：「甌，小盆也。」香粳(jīng)：香稻。粳，一種黏性較小的稻。參前《寄萬齊融》注〔七〕。

〔二二〕微禄：俸禄很少。不屑：不顧，不介意。《詩經·鄘風·君子偕老》：「鬒髮如雲，不屑髢也。」

〔二三〕八紘(hóng)：八方極遠之地。《淮南子·墬形訓》：「九州之外，乃有八殥，亦方千里……八殥之外，而有八紘，亦方千里。」高誘注：「紘，維也。紘落天地而爲之表，故曰紘也。」《文選》（卷二十三）劉楨《贈徐幹》：「兼燭八紘内，物類無頗偏。」李善注：「揚雄《解嘲》云：『日月之經，不千里，則不能燭六合，耀八紘。』《音義》曰：『八方之綱維也。』」

〔二四〕安期生：古代神話傳説中的仙人。《史記》（卷二十八）《封禪書》：「（李）少君言上曰：『……臣嘗游海上，見安期生。安期生食巨棗，大如瓜。安期生僊者，通蓬萊中，合則見人，不合則隱。』於是天子始親祠竈，遣方士入海求蓬萊安期生之屬，而事化丹沙諸藥齊爲黄金矣。」《列仙傳》（卷上）《安期先生》：「安期先生者，瑯邪阜鄉人也。賣藥於東海邊，時人皆言千歲翁。秦始皇東遊，請見，與語三日三夜，賜金璧度數十萬。出於阜鄉亭，皆置去。留書以赤玉舄一量爲報，曰：『後數年，求我於蓬萊山。』始皇即遣使者徐市、盧生數百人入海，未至蓬萊山，輒逢風波而還。立祠阜鄉亭海邊十數處云。」

【箋評】

東坡評張顛懷素草書云：「張顛醉素兩秃翁，追逐世好稱書工，有如市娼抹青紅。」卑之甚矣。至評六觀老人草書，則云：「心如死灰實不枯，逢場作戲三昧俱。蒼鼠奮髯飲松腴，剡溪玉液開雪膚。夏雲飛天萬人呼，莫作羞癡楊氏姝。」則知坡之所喜者，貴於自然，琱鎸而成者，非所貴也。然張顛自言，見公主擔夫争道而得筆法，觀公孫大娘舞劍器而得神俊。僧懷素自言，我觀夏雲多奇峰，輒師之。謂夏雲因風變化無常勢，草書亦當爾。則二人筆法固亦出於自然，而坡去取之異如此，何邪？李頎贈顛詩云：「皓首窮草隸，時稱太湖精。」則知顛又精於隸書。

（葛立方《韻語陽秋》卷十四）

杜子美《飲中八仙歌》云：「張旭三盃草聖傳，脱帽露頂王公前，揮毫落紙如雲烟。」又《楊監見示張旭草書圖》詩云：「嗚呼東吴精，逸氣感清識。」按：《唐書》本傳止言旭每大醉，呼叫狂走，乃下筆，或以頭濡墨而書，世呼「張顛」，不言其詳。惟李頎有詩贈之，其言：「皓首窮草隸，時稱太湖精。」則足以見杜所謂「東吴精」之意。其言：「露頂據胡床，長叫三五聲。」則足以見所謂「脱帽露頂」之意。

（吴曾《能改齋漫録》卷六《張旭草聖》）

李頎《貽張旭》詩曰：「左手持蟹螯，右手執《丹經》。」此用畢卓語。既持蟹螯，又執《丹經》，豈命人舉杯耶？蓋偶然寫興以害意爾。賈島《望山》詩曰：「長安百萬家，家家張屏新。誰家最好山，我願爲其鄰。」然好山非近一家，何必擇鄰哉？此亦寫興害意，與頎同病也。

（謝榛《詩家直説》卷一）

（「露頂據胡床」句）狠做狂語。

（李攀龍輯、凌洪憲集評《李于鱗唐詩廣選》卷一）

李頎《贈張旭》：「皓首窮草隸，時稱太湖精。」

（陳繼儒《珍珠船》卷二）

李頎《贈張顛》詩：「皓首窮草隸，時稱太湖精。」老杜《楊監見示張旭草書圖》云：「嗚呼東吴精，逸氣感清識。」「精」字亦本李。

（葉矯然《龍性堂詩話初集》）

（「左手持蟹螯，右手執《丹經》」二句）酒人持螯何奇，奇在執《丹經》，《丹經》豈亦下酒物耶？此即張顛小傳也，再加老杜《八僊歌》三句作贊。「太湖精」，不可死也。

（黄周星《唐詩快》卷四）

李頎《贈張旭》詩：「皓首窮草隸，時稱太湖精。」此從東方朔「歲星之精」化出。少陵亦云：「嗚呼東吴精」，意必當時原有此語，不但以「顛」名之也。

（宋長白《柳亭詩話》卷七）

【按　語】

這首贈答詩，最大的成功之處，就是很好地通過描寫刻畫人物外貌和行爲動作上的細節特點，深刻地表現了其内心的精神世界，淋漓盡致地揭示了其「豁達無所營」的性格特徵，成爲李頎的一首著名的人物素描詩。全詩叙寫了張旭生活中許多的情事，具有很高的寫實性，它們都是圍繞「豁達」這一結穴點展開的，有的是正面的描寫形容，有的則是側面的渲染映襯，還有的就更是贊嘆揄揚了。如「露頂」四句，形容其作書時的情態，「左手」四句刻畫其「嗜酒」時的情狀，就是正面的描寫形容，其特點是善於通過其外貌和舉止上的細節，突出其形象，展示其精神面貌。「下舍」四句以叙、議結合的方法，寫其蕭疏冷寂的生活環境和貧困儉樸的生活態度，「諸賓」四句叙寫賓朋交游和江鄉生活景象，都是屬於從側面對於人物性格和内心世界的渲染烘托，對於刻畫人物起到了極好的映襯作用。而詩的開頭四句和結尾四句，無論前者重在寫實，比較符合生活中人物的實際情形，還是後者主要通過運用神話傳説進行誇飾，但它們首尾呼應，所起的作用則都是爲筆下人物「點贊」，對其性格和精神作出極高的譽美，使人物形象更爲充實、豐滿。

贈蘇明府〔一〕

蘇君年幾許，狀貌如玉童〔二〕。采藥傍梁宋〔三〕，共言隨日翁〔四〕。常辭小縣宰〔五〕，一往東山東〔六〕。不復有家室〔七〕，悠悠人世中〔八〕。子孫皆老死〔九〕，相識悲轉蓬〔一〇〕。髮白還更黑〔一一〕，身輕行若風〔一二〕。泛然無所繫〔一三〕，心與孤雲同〔一四〕。出入雖一杖①〔一五〕，安然知始終〔一六〕。願聞素女事〔一七〕，去采山花叢②〔一八〕。誘我爲弟子，逍遥尋葛洪③〔一九〕。

【校　記】

① 「雖」下原注：「一作唯。」「雖」英華本作「唯」。「杖」下原注：「一作枝。」「杖」劉本、凌本、英華本作「枝」，英華本并注：「一作杖。」

② 「山」英華本作「三」。

③ 「尋」英華本作「當」。

【注　釋】

〔一〕蘇明府：蘇氏，生平事迹未詳。明府，唐人對縣令的習稱。周煇《清波雜志》（卷十）：「古治百里之邑，令拊其俗，尉督其奸。故令曰『明府』，尉曰『少府』。」洪邁《容齋隨筆》（卷一）：「唐人呼縣令爲明府，丞爲贊府，尉爲少府。」

〔二〕狀貌：容貌。《戰國策·趙策一》：「豫讓又漆身爲厲，滅鬚去眉，自刑以變其容，爲乞人而往乞，其妻不識，曰：『狀貌不似吾夫，其音何類吾夫之甚也。』」玉童：仙童。《雲笈七籤》（卷一百五）《清靈真人裴君傳》：「奄有仙人乘白鹿，從玉童玉女各七人，從天中來下在庭中，他人莫之見。」《漢武故事》：「齊人李少翁，年二百歲，色如童子，上甚信之，拜爲文成將軍，以客禮之。」

〔三〕傍（bàng）：靠近。《說文·人部》：「傍，近也。」梁宋：今河南省商丘市。其地在先秦曾爲諸侯國宋國和西漢諸侯王梁王劉勝的都城，故合稱梁宋。《史記》（卷五十八）《梁孝王世家》：「孝文帝即位二年，以武爲代王，以參爲太原王，以勝爲梁王。」《正義》：「《括地志》云：『宋州宋城縣在州南二里外城中，本漢之睢陽縣也。漢文帝封子武於大梁，以其卑濕，徙睢陽，故改曰梁也。』」

〔四〕共言：極言。張相《詩詞曲語辭匯釋》（卷二）：「共，甚辭，猶極也；苦也；深也；細也。與共人之義異。」日翁：太陽。翁，尊稱之詞。

〔五〕常辭：曾辭。「常」通「嘗」。縣宰：縣令。

〔六〕一往：表示專心致志。《世説新語·任誕》：「桓子野每聞清歌，輒唤『奈何？』謝公聞之曰：『子野可謂一往有深情。』」東山：指隱逸之地。當用謝安典故。《晉書》（卷七十九）《謝安傳》：「中丞高崧戲之曰：『卿累違朝旨，高卧東山……。』……安雖受朝寄，然東山之志始末不渝，每形於言色。」《讀史方輿紀要》（卷九十二）《浙江》（四）：「紹興府上虞縣，東山，在縣西南四十五里。巍然特出，衆峰拱抱，登陟幽阻，至其巔則軒豁呈露，萬峰林立，煙海渺然，爲絶勝處，即晋謝安所居。」

〔七〕家室：家眷，指妻子兒女。《詩經·周南·桃夭》：「之子于歸，宜其家室。」《毛傳》：「家室，猶室家也。」此句謂爲了學道而拋棄家庭。當用許邁事。《晉書》（卷八十）《王羲之傳》附《許邁傳》：「許邁字叔玄，一名映，丹楊句容人也。家世士族，而邁少恬静，不慕仕進。……時南海太守鮑靚隱迹潛遁，人莫之知。邁乃往候之，探其至要。父母尚存，未忍違親。……父母既終，乃遣婦孫氏還家，遂携其同志遍游名山焉。」

〔八〕悠悠：遥遠貌。此句謂遠離人世。《詩經·王風·黍離》：「知我者謂我心憂，不知我者謂我何求。悠悠蒼天，此何人哉？」

〔九〕子孫句：此句謂學道者成仙，長生不老，而其俗人的子孫都亡故。當用神仙故事。劉義慶《幽明録》（《太平御覽》卷四十一）：「漢明帝永平五年，剡縣劉晨、阮肇共入天台山，取穀皮，迷不得返。……見蕪菁葉從山腹流出，甚鮮新。復一杯流出，有胡麻糝，相謂曰：『此必去人徑不遠。』度山出一大溪，溪邊有二女子，資質妙絶，見二人持盃出，便笑曰：『劉、阮二郎，捉向所失流杯來。』晨、肇既不識之，二女便呼其姓，如似有舊。相見忻喜，問來何晚耶，因要還家。……劉、阮忻怖交并。至暮，令各就一帳宿，女往就之，言聲清婉，令人忘憂。至十日後，欲求還去。女云：『君已來，是宿福所牽，何復欲還耶？』遂留半年，氣候草木是春時，百鳥鳴呼更懷土，求歸甚苦。女曰：『當如何？』遂呼前來女子有三四十人，集會奏樂，共送劉、阮，指示還路。既出，親舊零落，邑屋全異，無復相識，問得七世孫，傳聞上世入山，迷不得歸。」

〔一〇〕相識：互相認識的人。轉蓬：猶蓬草隨風飄散，不知所在。此是早已死亡的委婉説法。《文選》（卷二十九）曹植《雜詩六首》（其二）：「轉蓬離本根，飄颻隨長風。」李善注：「《説苑》曰：『魯哀公曰：秋蓬惡其本根，美其枝葉，秋風一起，根本拔矣。』」《説文·艸部》：「蓬，蒿也。」陸佃《埤雅》(卷十五)《釋草》:「蓬,蒿屬,草之不理者也。其葉散生如蓬,末大于本,故遇風輒拔而旋。」

〔一一〕髮白句:此句用古代神話傳説中常見的話頭。《神仙傳》(卷六)《李少君》:「藥盡氣力如三十時,乃更信人間有不死之道,即以去官行求道士,問以方意,悉不能曉,然白髮皆還黑,形容甚盛,後八十餘乃死。」又(卷七)《蓟子訓》:「又諸老人髮必白者,子訓但與之對坐共語,宿昔之間,則明旦皆髮黑矣。」又(卷八)《太山老父》:「臣年八十五時,衰老垂死,頭白齒落,有道士教臣絶穀服术飲水,并作神枕。枕中有三十二物,其二十四物以象二十四氣,有八物以應八風。臣行之轉老爲少,黑髮更生,齒墮復出,日行三百里。臣今年百八十矣。」

〔一二〕身輕句:此句也是用古代道教神仙家常説的話頭。《神仙傳》(卷一)《若士》:「乃舉臂竦身,遂入雲中。」又(卷二)《皇初平》:「能坐在立亡,行於日中無影,而有童子之色。」又(卷二)《衛叔卿》:「按之合藥服餌,令人長生不死,能乘雲而行,道成來就吾於此。」都有此詩句所説之意。

〔一三〕泛然:漂浮貌。此句謂任意漂浮移動猶如隨意行船。《莊子·列禦寇》:「莫覺莫悟,何相孰也。巧者勞而知者憂,無能者無所求,飽食而敖遊,泛若不繫之舟,虚而敖遊者也。」

〔一四〕孤雲:片雲。此句謂内心與片雲一樣,任其飄蕩。《文選》(卷三十)陶淵明《咏貧士詩》:「萬族各有托,孤雲獨無依。」李善注:「孤雲,喻貧士也。」

〔一五〕雖：惟，只。一杖：一根手杖。此句謂出入只憑一根手杖。當用古代神仙家傳説。《神仙傳》（卷六）《焦先》：「太和、青龍中，嘗持一杖南渡，河水泛漲，輒獨云：『未可也。』由是人頗疑不狂。」又（卷九）《壺公》：「乃取一青竹杖與（費）長房，戒之曰：『卿以竹歸家，使稱病，後日即以此杖置卧處，嘿然便來。』長房如公所言，而家人見此竹是長房死了，哭泣殯之。長房隨公去，恍惚不知何所之。……長房憂不能到家，公以竹與之，曰：『但騎此到家耳。』長房辭去，騎杖忽然如睡，已到家，家人謂之鬼，具述前事，乃發視棺，中惟一竹杖，乃信之。長房以所騎竹杖投葛陂中，視之乃青龍耳。」

〔一六〕安然：心情鎮定貌。始終：指人的生死。《文選》（卷二十二）王康琚《反招隱詩》：「歸來安所期，與物齊終始。」李善注：「《莊子》有《齊物論》。又曰：『萬物一齊，孰短孰長。』又曰：『遊乎萬物之所始。』《孫卿子》曰：『生，人之始也；死，人之終也。』」

〔一七〕素女：神女，仙女。《史記》（卷二十八）《封禪書》：「太帝使素女鼓五十弦瑟，悲，帝禁不止，故破其瑟爲二十五弦。」《文選》（卷十五）張衡《思玄賦》：「素女撫絃而餘音兮，太容吟曰念哉。」李善引舊注：「高誘《淮南子注》曰：『素女，黄帝時方術之女也。』」張銑曰：「素女，神女也。」

〔一八〕山花叢：山中衆多的花草。古代神仙家傳説，采花啖食可以成仙。《列仙傳》（卷上）《赤將子輿》：「赤將子輿者，黄帝時人。不食五穀，而啖百草花。」《神仙傳》（卷一）《鳳綱》：「鳳綱者，漁陽人也。常采百草花，以水漬泥封之，自正月始，盡九月末止，埋之百日，煎丸之。卒死者，以此藥内口中，皆立生。綱長服此藥，得壽數百歲不老。後入地肺山中仙去。」

〔一九〕逍遥：行遊貌。《楚辭·九章·哀郢》：「去終古之所居兮，今逍遥而來東。」葛洪：晋丹陽句容（今江蘇省縣名）人，字稚川，自號抱朴子（二八三—三六三），散文家、詩人、學者。其著作《抱朴子·内篇》是道教講神仙、方藥、養生的最早典籍，《外篇》則多論古談今，世間得失，近儒家之旨。《神仙傳》是道教神仙家的重要著作。生平事迹參《晋書》（卷七十二）本傳等。葛洪不僅是道教的理論大家，同時他也煉丹，甚至還有關於他尸解成仙的傳説。《晋書》（卷七十二）《葛洪傳》：「以年老，欲煉丹以祈遐壽，聞交阯出丹，求爲勾扇令。帝以洪資高，不許。洪曰：『非欲爲榮，以有丹耳。』帝從之。洪遂將子侄俱行。至廣州，刺史鄧嶽留不聽去，洪乃止羅浮山煉丹。」何法盛《晋中興書·葛洪傳》：「葛洪赴岣嶁令，行至廣州，其刺史鄧岱留不聽去，洪乃止羅浮山煉丹。在山積年，忽與岱書云：『當欲遠行尋藥。』岱得書狼狽而至，而洪已亡，時年八十一。視其貌如平生，體亦軟弱。舉屍入棺，其輕如空衣，時咸以爲尸解得仙。」

【箋　評】

此亦異人也，既蒙其誘爲弟子，何從？「褰裳」從之。

（黄周星《唐詩快》卷四）

日者，太陽之精。謂日爲太陽，是矣。又曰「日頭」，頭字不可考。……又曰「日頭爺」，曰「老爺兒」。《雲笈七籤》載「日母」。李頎詩：「采藥傍梁宋，共言隨日翁。」「翁」與「爺」之稱相似也。農叟炙背負暄，謂之「曬爺爺」，冬日可愛也。赤日行天則曰「好毒日頭」，夏日可畏也。

（李光庭《鄉言解頤》卷一《天部·日》）

【按語】

此詩猶如一篇《神仙傳》。除了五、六兩句插叙蘇明府曾爲縣令，以及末四句略點作者願意隨其學道以外，全詩都是圍繞蘇氏學道有成着筆。詩中對其容貌的形容、生活狀態的叙寫、神異情事的刻畫、精神世界的揭示等等，無一不充滿了神仙家的氣息和情致。特別要指出的是，詩中所寫，看似寫實，其實是詩人將歷史上衆多神仙的傳説，有機地組織起來，牽合成篇，使之成了一篇新的比較完整的「神仙」傳記。所以，它們完全是虚擬誇飾之詞，很符合古代神仙家傳統的虚誇的寫法。從這裏，我們可以體會到詩人將衆多的前代有關神仙的記載，拉雜寫來，却毫無拼凑的痕迹，顯得十分自然貼切，猶如詞自己出，渾然一體的高超的創作能力。

登首陽山謁夷齊廟①〔一〕

古人已不見，喬木竟誰過〔二〕。寂寞首陽山，白雲空復多。蒼苔歸地骨②〔三〕，皓首采薇歌〔四〕。畢命無怨色〔五〕，成仁其若何〔六〕。我來入遺廟，時候微清和③〔七〕。落日吊山鬼〔八〕，回風吹女蘿〔九〕。石崖向西豁④〔一〇〕，引領望黄河⑤〔一一〕。千里一飛鳥〔一二〕，孤光東逝波〔一三〕。驅車層城路〔一四〕，惆悵此巖阿⑥〔一五〕。

【校　記】

① 劉本題下小注：「廟在蒲州。」「夷齊」英華本作「伯夷」。

② 「地骨」英華本作「骨地」。

③ 「微清」下原注：「一作辨淳。」「微清」英華本作「辨醇」。

④ 「崖向」下原注：「一作門正。」「崖向」劉本、活字本、百家詩本、黄本、凌本、畢本、英華本作「門正」。「豁」英華本作「壑」。

⑤ 「黄」英華本作「洪」。

⑥ 「此」劉本作「比」。

【注　釋】

〔一〕首陽山：山名。此山名有數處，可參《史記·伯夷列傳》之《集解》《正義》的解釋。此當指河東蒲坂首陽山，在今山西省永濟縣。《晉書》（卷十四）《地理志》（上）：「河東郡蒲坂縣，有雷首山，夷、齊居其陽，所謂首陽山。」《元和郡縣圖志》（卷十二）《河東道》（一）：「河中府河東縣，伯夷墓，在縣南三十五里雷首山。貞觀十一年詔致祭，禁樵蘇。」又：「蒲坂關，一名蒲津關，在縣西四里。」又《元和郡縣圖志》（卷五）《河南道》（一）：「河南府偃師縣，首陽山，在縣西北二十五里。」此即所謂洛陽首陽山，顯然唐人并未在此致祭，當非唐人所認爲的伯夷、叔齊餓死之地。至於隴西首陽山，更與本詩無關。可作補充説明的是，洛陽首陽山之説，在學術界有較大的影響。王楙《野客叢書》（卷八）：「首陽山有三，一蒲阪，二隴西，三洛陽。《論語注》以蒲阪爲夷、齊所餓之地。以僕考之，洛陽者爲是。阮瑀《吊伯夷》曰：『適彼洛師，瞻彼首陽，敬吊伯夷。』《論語注》謂蒲阪，非也。」（按：杭世駿《訂訛類編》卷四《夷齊之首陽在洛陽》條認定王氏考證爲正確）夷齊廟：紀念伯夷、叔齊的祠廟，在首陽山上。《水經注》（卷四）《河水》：「河水南逕雷首山西，山臨大河，北去蒲坂三十里，《尚書》所謂壺口雷首者也。……又南，涑水注之，水出河北縣雷首山，縣北與蒲坂分，山有夷齊廟。闞駰《十三州志》曰：山，一名獨頭山，夷、齊所隱也。山南有古冢，陵柏蔚然，攢茂丘阜，俗謂之夷齊墓也。」《史記》（卷六十一）《伯夷列傳》：「伯夷、叔齊，孤竹君之二子也。父欲立叔齊，及父卒，叔齊讓伯夷，伯夷曰：『父命也。』遂逃去。叔齊亦不肯立而逃之。國人立其中子。於是伯夷、叔齊聞西伯昌善養老，盍往歸之。及至，西伯卒，武王載木主，號爲文王，東伐紂。伯夷、叔齊叩馬而諫曰：『父死不葬，爰及干戈，可謂孝乎？以臣弑君，可謂仁乎？』左右欲兵之。太公曰：『此義人也。』扶而去之。武王已平殷亂，天下宗周，而伯夷、叔齊耻之，義不食周粟，隱於首陽山，采薇而食之。及餓且死，作歌，其辭曰：『登彼西山兮，采其薇矣。以暴易暴兮，不知其非矣。神農虞夏忽焉没兮，我安適歸矣？于嗟徂兮，命之衰矣！』遂餓死於首陽山。」

〔二〕喬木：高大的樹木。此指夷齊廟周圍的樹木。古人在墓地、寺廟傍多植松柏、楊樹、梧桐等樹，既作標志，又可引起人的懷念之情。《詩經·周南·漢廣》：「南有喬木，不可休息。」《文選》（卷二十七）顔延年《還至梁城作》：「故國多喬木，空城凝寒雲。」李善注：「《論衡》曰：『觀喬木，知舊都。』」過：拜訪，探尋。《詩經·周南·江有汜》：「之子歸，不我過。」《史記》（卷七十七）《魏公子列傳》：「臣有客在市屠中，願枉車騎過之。」

〔三〕蒼苔：青苔。《文選》（卷三十）謝朓《直中書省》：「紅藥當階翻，蒼苔依砌上。」李善注：「《淮南子》曰：『窮谷之污，生以蒼苔。』」地骨：喻石頭。《博物志》（卷一）：「地以名山爲之輔佐，石爲之骨，川爲之脉，草木爲之毛，土爲之肉。」梁元帝蕭繹《玄覽賦》：「復有水底石髮，山筋地骨；書帶新抽，屏風互發。」

〔四〕皓首：白髮。指老翁。參前《贈張旭》注〔四〕。采薇歌：即注〔一〕所引伯夷、叔齊餓死前所作歌，習稱《采薇歌》。薇，一種野菜，嫩時可食用。《詩經・召南・草蟲》：「陟彼南山，言采其薇。」《毛傳》：「薇，菜也。」又曰：「薇，音微，草也，亦可食。」孔穎達疏：「陸機（璣）云：『山菜也，莖葉皆似小豆藿，蔓生，其味亦如小豆藿，可作羹，亦可生食。』」

〔五〕畢命：效命。《藝文類聚》（卷七）引漢杜篤《首陽山賦》：「昌伏事而畢命，子忽遘其不祥。」無怨色：没有怨恨不平之意。《論語・述而》：「冉有曰：『夫子爲衛君乎？』子貢曰：『諾，吾將問之。』入，曰：『伯夷、叔齊，何人也？』曰：『古之賢人也。』曰：『怨乎？』曰：『求仁而得仁，又何怨？』出，曰：『夫子不爲也。』」

〔六〕成仁：成就了仁義。《論語・衛靈公》：「子曰：『志士仁人，無求生以害仁，有殺身以成仁。』」若何：奈何。不知如何之意。

〔七〕時候：時節，節候。微：稍爲，略爲。清和：清爽温和。張衡《歸田賦》：「仲春令月，時和氣清。」此「清和」之候指春季二月。也有謂初夏爲「清和」的。《文選》（卷二十二）謝靈運《遊赤石進帆海》：「首夏猶清和，芳草亦未歇。」《初學記》（卷三）引謝朓《夏日詩》：「麥候始清和，涼雨銷炎燠。」

〔八〕山鬼：山神。此指伯夷、叔齊。《楚辭・九歌》有《山鬼》篇，此用其字面。

〔九〕回風：旋風。《楚辭・九章・悲回風》：「悲回風之摇蕙兮，心冤結而内傷。」《文選》（卷二十九）《古詩十九首》（東城高且長）：「迴風動地起，秋草萋已緑。」女蘿：《楚辭・九歌・山鬼》：「若有人兮山之阿，被薜荔兮帶女蘿。」王逸注：「女蘿，兔絲也。」一説，女蘿爲松蘿。《詩經・小雅・頍弁》：「蔦與女蘿，施于松柏。」《毛傳》：「女蘿，菟絲、松蘿也。」孔穎達《正義》曰：「毛意以菟絲爲松蘿，故言『松蘿』也。陸機（璣）疏云：『今菟絲蔓連草上生，黄赤如金，今合藥菟絲子是也，非松蘿。松蘿自蔓松上生，枝正青，與菟絲殊異事。』或當然。」

〔一〇〕石崖句：指首陽山一個高聳的山崖，其向西一側有斷裂的開闊處。

〔一一〕引領：伸出頸子望過去。《左傳・成公十三年》：「及君之嗣也，我君景公引領西望曰：『庶撫我乎！』」黄河：黄河從首陽山旁流過，故詩中云「望黄河」。《尚書・禹貢》：「導河積石，至于龍門。南至于華陰，東至于底柱，又東至于孟津。東過洛汭，至于大伾，北過降水，至于大陸。又北播爲九河，同爲逆河，入于海。」

〔一二〕千里句：遼闊千里的空中只有一鳥飛過，顯得極孤單渺小。《文選》（卷二十九）蘇武《詩四首》（其二）：「黄鵠一遠別，千里顧徘徊。」李善注：「《韓詩外傳》曰：『田饒謂魯哀公曰：夫黄鵠一舉千里。』」

〔一三〕孤光：謂從遠處映射過來的一點亮光。此指從石崖開豁處遠望所見的黄河的水光。《文選》（卷三十）沈約《咏湖中雁》：「群浮動輕浪，單泛逐孤光。」張銑注：「孤，猶遠也。」東逝波：東流的水。指黄河。「逝」字用《論語・子罕》：「子在川上曰：『逝者如斯夫，不舍晝夜』」的字面。

〔一四〕驅車：《文選》（卷二十九）《古詩十九首》中有「驅車策駑馬」，「驅車上東門」云云。層城：高城。層城路：此喻下山的山路。《文選》（卷十五）張衡《思玄賦》：「登閬風之層城兮，搆不死而爲床。」李善注：「《淮南子》曰：『崑崙虚有三山，閬風、桐坂、玄圃，層城九重。』禹云：『崑崙有此城，高一萬一千里。』」

〔一五〕巖阿：山坳，山崖旁。此指首陽山的山曲處。本詩注〔九〕「山之阿」即是此意。《文選》（卷二十六）潘岳《河陽縣作二首》（其二）：「川氣冒山嶺，驚湍激巖阿。」劉良注：「巖阿，山曲也。」

【箋評】

此因吊古而起客游之感也。言夷、齊去久，山林寂寞，想其骨歸於地盡爲蒼苔，歌成《采薇》，困窮白首，然至死無怨，則其成仁何如哉！故我入其廟而吊之，見女蘿而意精靈猶在也。于是經石門，望黄河，而感客身如鳥，光景隨流，既驅車遠邁，猶對此巖阿而惆悵也，其慕夷、齊不淺矣。

（唐汝詢《唐詩解》卷八）

（四句）吴云：「語有感慨。」（八句下）唐云：「咏夷、齊止此，下自紀作客意。」（十一至十二句）吴云：「用騷語。」（十三至十六句）吴云：「自慨漂泊，逝景可傷。」（末二句）唐云：「結着題。」

（唐汝詢《彙編唐詩十集》丁集）

唐李頎《謁夷齊廟》詩有云："畢命無怨色，成仁其若何"，此可謂達聖人之旨者。殷璠謂其"玄理最長"者，非此類之謂乎。（姜南《蓉塘詩話》卷四）

《正聲》取李新鄉《塞下曲》《寄萬楚》，皆唐代常音。《謁夷齊廟》，幽陰類常建詩。（馮復京《說詩補遺》卷七）

顧云："亦自傷感。"（郭濬評點、周明輔等參訂《增定評注唐詩正聲》卷二）

吴山民曰："『白雲空復多』，語有感慨。『千里一飛鳥，孤光東逝波』，自慨漂泊，逝景可傷。"〔訓〕前八句吊古，美昔賢之高節。後八句自紀，慨客遊之可悲。結二語，復顧題以致吊慕之意。（周敬、周珽輯、陳繼儒批點《删補唐詩選脉箋釋會通評林》盛唐五古三）

謁夷齊廟何容復下贊語矣。淡淡著筆，風骨最高。（"落日吊山鬼，回風吹女蘿"二句）二語中精靈如在。（沈德潛《唐詩别裁集》卷一）

咏古詩，未經闡發者，宜援據本傳，見微顯闡幽之意。若前人久經論定，不須人云亦云。王摩詰

《西施咏》、李東川《謁夷齊廟》，或別寓興意，或淡淡寫景，以避雷同剿說，此別行一路法也。

（沈德潛《説詩晬語》卷下）

無窮感嘆，于「千里」數語寓之。

（范大士《歷代詩發》卷十一）

李東川《夷齊廟》詩，放寫山河寂寞，韓、歐《孔子廟碑記》，但詳典禮，皆不着議論，詩古文之義法同也。

（喬億《劍谿説詩》卷上）

有淒愴之氣。

（吴煊、胡棠《唐賢三昧集箋注》卷中）

起四語最高淡。通篇不甚切題，而正爲大雅，以此題本不當著議論色澤也，此古人識高處。

（潘德輿評點《唐賢三昧集》卷中）

二子不必後人再贊，只如此自足。〇言夷、齊去久，山林寂寞，想其骨掩蒼苔，歌窮白首，然至死無怨，其成仁何如哉？我入廟而吊，見女蘿而意精靈如在也。於是經石門、望黄河，而感客身如鳥，光景隨流，雖驅車遠邁，猶對此巖阿而惆悵耳。

（吴昌祺評定《删訂唐詩解》卷四）

咏古詩，未經闡發者，宜援據本傳，見顯微闡幽之意。若前人久經論定，不須人云亦云。王摩詰《西施咏》、李東川《謁夷齊廟》，或别寓興意，或淡淡寫景，以避雷同剿説，此别行一路法也。所謂窄路，實寬路也。

（冒春榮《葚原詩説》卷二）

（首四句）登山弔古，想夷、齊之芳踪，見有喬木存焉，誰過而問之？荒山寂寞，空有白雲，真令人有奕世之感矣。

（五至八句）想其骨歸於地，化爲蒼苔。采薇而歌，已成白首，乃至餓死畢命而無怨色，則其殺身成仁何如哉！一解實寫夷、齊。

（九至十二句）此乃弔古之意。「清和」，四月也。靈運詩：「首夏猶清和。」《楚辭·九歌》有《山鬼》，其詞曰：「若有人兮山之阿，被薜荔兮帶女蘿。」今語意本此。「回風」，旋轉之風也。

（最後六句）此因弔古而感客游。言我于石門之隙西望黄河，覺孤踪似一鳥之飛，流光隨逝波而去。至於驅車行路，從層城中回首巖阿，不勝惆悵而已也。嗟乎！人生碌碌，有愧昔賢。如夷、齊之風，真與山高而水長矣。

（王堯衢《唐詩合解箋注》卷二）

（首四句）此叙人去山在之意，爲中四韻提綱。

（五至八句）此因山追想夷、齊，申言上文「古人不見」之意。骨歸於土，命也。白首而歌，仁也。

《史記》：「夷、齊餓且死，作歌曰：『登彼西山兮，采其薇矣。以暴易暴兮，不知其非矣。神農虞夏忽焉没兮，我安適歸矣？于嗟徂兮，命之衰矣！』」「畢」，終也。「若何」，蓋不敢知之詞。孔子論夷、齊曰：「古之賢人也，求仁而得仁，又何怨？」

（九至十二句）此就登山寫謁廟情景，以明上文「寂寞」、「雲多」之意。張衡《歸田賦》曰：「仲春令月，時和氣清。」俗解「清和」，四月，非也。「山鬼」謂夷、齊，《楚辭·山鬼》篇曰：「若有人兮山之阿，被薜荔兮帶女蘿。」

（最後六句）此推言登山不忍下之意以結之，仍不忘夷、齊耳。「門」一作「崖」，「正」一作「向」。謂首陽石壁向西處，兩崖如門。舊説石門在解州東南，去首陽山遠矣。黄河經首山西南折而東流。「孤光」，一鳥帶落日光也。「層城」，山之層巖如城也。

《唐詩别裁》曰：「淡淡著筆，風骨益高。」

（曹錫彤《唐詩析類集訓》卷二）

夷、齊千古高人，贊語從何叙起？贊其讓王，則于事爲迂；贊其諫武，則于時爲悖；千秋大節，惟在首陽一死，故即以孔子之言贊之。然孔子之言，亦只二語，二語豈足以成篇？故不能不于題外摇曳之。入山睹遺廟之蒼凉；在廟對遺風之贊嘆；出山望景物之惆悵；皆是也。而仰止之意，亦自飽含其中。

（劉寶和《李頎詩評注》）

【按　語】

作者懷着一腔崇敬之情，拜謁首陽山夷齊廟。詩中借孔子「求仁得仁」之評，贊美伯夷、叔齊高尚的人格魅力和思想精神，簡要概括，深刻有力。歲月悠悠，高人義士成仁之處，現今一派荒寂淒涼的景象，怎不使人望之愴然。在寫作上，此詩即以此爲切入口，從自己的入山直到出山，一路節節寫來，通過種種眼前的景象來表達悼念之情和悵惘之感，使全詩籠罩在濃厚的憂傷哀惋的情調之中，極富表現效果和藝術魅力。入山時，只見廟宇周圍喬木蒼森，空中白雲飄蕩，自有一種蒼涼冷寂的氛圍。在山中，雖時節「清和」，但「落日」昏黄，風吹女蘿，顯現出蕭瑟淒清的景象。而遠眺山崖的豁處，黄河東流，「孤光」一道，令人竦動；空中一只飛鳥，更爲形單影只。這些無不讓人倍感時空的遼闊長遠和境界的蕭條淒愴，激發起心中深沉的傷悼情懷。沈德潛説此詩「淡淡寫景」，「淡淡著筆，風骨最高」，即指此而言，確實點出了本詩最重要的藝術特色。

謁張果先生〔一〕

先生谷神者〔二〕，甲子焉能計〔三〕。自説軒轅師〔四〕，于今幾千歲①〔五〕。寓遊城郭裏〔六〕，浪迹希夷際〔七〕。應物雲無心〔八〕，逢時舟不繫〔九〕。餐霞斷火粒②〔一〇〕，野服兼荷製〔一一〕。白雪凈肌膚③〔一二〕，青松養身世④〔一三〕。韜精殊豹隱〔一四〕，煉骨同蟬蜕⑤〔一五〕。忽去不知誰，偶來寧有契〔一六〕。二儀齊壽考〔一七〕，六合隨休憩⑥〔一八〕。彭聃猶嬰孩⑦〔一九〕，松期且微細〔二〇〕。嘗聞穆天子⑧〔二一〕，更憶漢皇帝〔二二〕。親屈萬乘尊〔二三〕，將窮四海裔⑨〔二四〕。車徒遍草木⑩〔二五〕，錦帛招談説〔二六〕。八駿空往還⑪〔二七〕，三山轉虧蔽⑫〔二八〕。吾君感至德〔二九〕，玄老欣來詣〔三〇〕。受籙金殿開〔三一〕，清齋玉堂閉〔三二〕。笙歌迎拜首〔三三〕，羽帳崇嚴衛〔三四〕。禁柳垂香爐〔三五〕，宮花拂仙袂〔三六〕。祈年寶祚廣⑬〔三七〕，致福蒼生惠〔三八〕。何必待龍髯〔三九〕，鼎成方取濟⑭〔四〇〕。

【校　記】

①「幾」英華本作「數」。

②「餐霞」英華本作「霞湌」。

③「雪」英華本作「雲」。

④「松」下原注：「一作春。」「松」活字本、百家詩本、黄本、凌本作「春」。

⑤「骨」下原注：「一作質。」「骨」英華本作「質」。

⑥「隨」下原注：「一作同。」「隨」活字本、百家詩本、黄本、凌本、畢本作「同」。

⑦「聃猶」百家詩本、凌本注：「一作朔與。」

⑧「嘗聞」英華本作「常問」。

⑨「將」下英華本注：「一作窮。」「窮」英華本作「遊」。

⑩「徒」劉本作「從」，凌本注：「一作從。」

⑪「八駿」百家詩本、凌本注：「一作九垓。」

⑫「三」劉本作「萬」。

⑬「祈年」英華本作「彌慶」，并注：「一作祈年。」

⑭「鼎成方取濟」百家詩本、凌本注：「一作成方取淮濟。」

【注釋】

〔一〕張果：生卒年不詳。武后時，隱居中條山，往來汾、晉間。開元二十二年，召入東都。不久請歸山，賜號通玄先生。歸恒山蒲吾縣後旋卒。後世列張果爲八仙之一，稱爲張果老。有《黄帝陰符經注》、《玉洞大神丹砂真要訣》等道教著作傳世。生平事迹參《舊唐書》（卷一九一）、《新唐書》（卷二百四）本傳、《大唐新語》（卷十）。其他如《明皇雜録》（卷下）、《次柳氏舊聞》、《獨異志》（卷下）、《宣室志》（卷八）、《唐語林》（卷五）等筆記所載張果事多荒誕無稽。先生：對人的尊稱。漢人多稱「某某生」，即「某某先生」的省語（參《史記》卷一百二十一《儒林列傳》）。魏、晉以來，則多稱先生。如《文選》（卷六）左思《魏都賦》「魏國先生」云云，又（卷四十五）皇甫謐《三都賦序》開頭云：「玄晏先生」，李善注：「謐《自序》曰：『始志乎學，而自號玄晏先生。』……先生，學人之通稱也。」唐人亦稱神仙方士爲先生，除本詩外，高適《遇冲和先生》：

「自云多方術，往往通神靈」云云，亦可證。本詩中云：「吾君感至德，玄老欣來詣」，當指唐玄宗召張果事。《舊唐書・玄宗紀》記此事于開元二十二年，《舊唐書》《新唐書》張果傳則記此事于開元二十一年，《大唐新語》（卷十）又記此事于開元二十三年。《資治通鑑》（卷二百一十四）《玄宗開元二十二年》云：「二月，……方士張果自言有神仙術，誑人云堯時爲侍中，於今數千歲；多往來恒山中，則天以來，屢徵不至。恒州刺史韋濟薦之，上遣中書舍人徐嶠賫璽書迎之。庚寅，至東都，肩輿入宮，恩禮甚厚。」現依此，定此詩作于開元二十二年（七三四），時作者李頎亦當在東都洛陽。

〔二〕谷神者：得「道」的神仙。谷神，道家始祖老子稱「道」爲「谷神」。《老子》（第六章）：「谷神不死，是謂玄牝。玄牝之門，是謂天地根。」

〔三〕甲子：指年齡。古代以干支紀年，甲爲天干之首，子爲地支之首，干支相配而成年，稱作「甲子」。一甲子爲六十年。《吕氏春秋・審分覽・勿躬》：「大橈作甲子，黔如作虜首，容成作曆，羲和作占日，尚儀作尚月，后益作占歲。」《後漢書》（志第一）《律曆志上》：「記稱大橈作甲子，隸首作數，二者既立，以比日表，以管萬事。」劉昭注：「《月令章句》：『大橈探五行之情，占斗綱所建，於是始作甲乙以名日，謂之幹；作子丑以名月，謂之枝，枝幹相配，以成六旬。』」焉能計：無法計算。《舊唐書》（卷一百九十一）《張果傳》：「有邢和璞者，善算人而知夭壽善惡，玄宗令算果，則懵然莫知其甲子。……因下制曰：『恒州張果先生，遊方外者也。迹先高尚，深入窈冥。是渾光塵，應召城闕。莫詳甲子之數，且謂羲皇上人。』」

〔四〕軒轅：古代五帝之一的黄帝。一説，黄帝爲三皇之一。《史記》（卷一）《五帝本紀》：「黄帝者，少典之子，姓公孫，名曰軒轅。生而神靈，弱而能言，幼而徇齊，長而敦敏，成而聰明。」《索隱》：「皇甫謐云：『居軒轅之丘，因以爲名，又以爲號。』」

〔五〕于今幾千歲：這是詩人根據張果自説和時人傳聞的誇大之詞。《舊唐書》（卷一百九十一）《張果傳》：「張果者，不知何許人也。則天時，隱於中條山，往來汾、晋間，時人傳其有長年秘術。自云年數百歲矣。」《大唐新語》（卷十）《隱逸》：「張果老先生者，隱於恒州枝條山，往來汾、晋。時人傳其長年秘術。耆老咸云：『有兒童時見之，自言數百歲。』……每云：『余是堯時丙子年生。』時人莫能測也。又云：『堯時爲侍中。』」

〔六〕寓遊：旅游。此二句謂張果行踪不定，忽來忽去，無人知曉。《舊唐書》（卷一百九十一）《張果傳》：「又有師夜光者，善視鬼，玄宗召果與之密坐，令夜光視之，夜光進曰：『果今安在？』夜光對面終莫能見。」

〔七〕浪迹：漂泊不定。《文選》（卷三十一）江淹《雜體詩三十首·張廷尉綽〈雜述〉》：「浪迹無媸妍，然後君子道。」李善注：「浪，猶放也。……戴逵《栖林賦》曰：『浪迹潁湄，栖景箕岑。』」希夷：隱現有無狀。《老子》（第十四章）：「視之不見名曰夷，聽之不聞名曰希，搏之不得名曰微。此三者，不可致詰，故混而爲一。」

〔八〕應物：接交外物。《莊子・知北遊》：「邀於此者，四肢强，思慮恂達，耳目聰明，其用心不勞，其應物無方。」雲無心：喻委順隨意。《文選》（卷四十五）陶淵明《歸去來兮辭》：「雲無心以出岫，鳥倦飛而知還。」

〔九〕舟不繫：喻隨波逐流，任意而爲。參前《贈蘇明府》注〔三〕。

〔一〇〕餐霞：以雲霞爲餐食。《文選》（卷二十一）顔延之《五君咏・嵇中散》：「中散不偶世，本自餐霞人。」李善注：「餐餐，謂仙也。《楚辭》曰：『漱正陽而含朝霞。』司馬相如《大人賦》曰：『呼吸沆瀣餐朝霞。』」斷火粒：斷絶人世間以火燒熟的五穀食物，即不食人間烟火之意。《莊子・逍遥遊》：「藐姑射之山，有神人居焉，肌膚若冰雪，綽約若處子；不食五穀，吸風飲露；乘雲氣，御飛龍，而遊乎四海之外。」

〔一一〕野服：鄉野之人的衣服。此指隱者之服。《禮記・郊特牲》：「大羅氏，天子之掌鳥獸者也，諸侯貢屬焉。草笠而至，尊野服也。」《晋書》（卷九十四）《隱逸傳・張忠傳》：「年朽髮落，不堪衣冠，請以野服入覲。」荷製：荷葉製成的衣裳。《楚辭・離騷》：「製芰荷以爲衣兮，集芙蓉以爲裳。」

〔一二〕白雪句：謂肌膚如白雪一樣的潔净。參本詩注〔一〇〕。

〔一三〕養身世：養活一生。此句謂以食松子爲糧。《列仙傳》（卷上）《偓佺》：「偓佺者，槐山采藥父也。好食松實，形體生毛，長數寸。兩目更方，能飛行逐走馬。以松子遺堯，堯不暇服也。松者，簡松也。時人受服者，皆至二三百歲焉。」又《仇生》：「仇生者，不知何所人也，當殷湯時爲木正，三十餘年而更壯。……常食松脂，在尸鄉北山上，自作石室。」葛洪《神仙傳・序》：「仇生却老以食松。」

〔一四〕韜精：斂藏才幹精神而不露。《文選》（卷二十一）顏延之《五君咏・劉參軍》：「韜精日沈飲，誰知非荒宴。」李善注：「《廣雅》曰：『韜，藏也。』賈逵《國語注》曰：『精，明也。』」豹隱：喻隱身。後世指隱逸。《太平御覽》（卷八九二）引《列女傳》：「陶答子妻曰：『妾聞南山有文豹，霧雨七日，不下食者，何也？欲以澤其衣毛而成其文章也。』」

〔一五〕煉骨：道教認爲修煉到改變身體的骨骼可以成仙。《漢武帝内傳》：「爲之一年易氣，二年易血，三年易脉，四年易肉，五年易髓，六年易筋，七年易骨，八年易髮，九年易形。形易則變化，變化則道成，道成則位爲仙。」蟬蜕：動物脱去皮殼。道教喻人修煉尸解成仙。《史記》（卷八十四）《屈原列傳》：「濯淖汙泥之中，蟬蜕於濁穢，以浮游塵埃之外。」《後漢書》（卷四十九）《仲長統傳》：「飛鳥遺迹，蟬蜕亡殼。」李賢注：「王充《論衡》曰：『蠐螬化爲復育，復育轉爲蟬。蟬之去復育，龜之解甲，蛇之蜕皮，可謂尸解矣。』」

〔一六〕契：約，契約。

〔一七〕二儀：天地。《春秋穀梁傳序》：「故因兹以托，始該二儀之化育，贊人道之幽變。」楊士勛疏云：「二儀，謂天地。」曹植《惟漢行》：「太極定二儀，清濁始以形。」壽考：長壽。《詩經・大雅·棫樸》："周王壽考，遐不作人。"鄭玄箋："文王是時九十餘矣，故云壽考。"

〔一八〕六合：東南西北上下謂之六合，即宇宙之意。《莊子·齊物論》："六合之外，聖人存而不論。六合之内，聖人論而不議。"成玄英疏："六合者，謂天地四方也。"

〔一九〕彭聃：彭祖，老聃，都是古代傳説中的長壽者。《列仙傳》（卷上）《彭祖》："彭祖者，殷大夫也。姓籛，名鏗，帝顓頊之孫，陸終氏之中子。歷夏至殷末，八百餘歲。常食桂芝，善導引行氣。"《史記》（卷六十三）《老子列傳》："老子者，楚苦縣厲鄉曲仁里人也，姓李氏，名耳，字聃，周守藏室之史也。……老子修道德，其學以自隱無名爲務。居周久之，見周之衰，乃遂去。至關，關令尹喜曰：『子將隱矣，彊爲我著書。』於是老子乃著書上下篇，言道德之意五千餘言而去，莫知其所終。……蓋老子百有六十餘歲，或言二百餘歲，以其脩道而養壽也。"《列仙傳》（卷上）《老子》："老子，姓李，名耳，字伯陽，陳人也。生於殷時，爲周柱下史。好養精氣，接而不施。轉爲守藏史，積八十餘年。《史記》云：『二百餘年，時稱爲隱君子，謚曰聃。』仲尼至周，見老子，知其聖人，乃師之。"嬰孩：嬰兒，小孩子。

〔二〇〕松期：赤松子，安期生，都是古代傳説中的仙人。《列仙傳》（卷上）《赤松子》："赤松子者，神農時雨師也。服水玉，以教神農，能入火自燒。往往至崑崙山上，常止西王母石室中，隨風雨上下。炎帝少女追之，亦得仙俱去。高辛時，復爲雨師。今之雨師本是焉。"安期生，參前《贈張旭》注〔二四〕。微細：微小，細小。

〔二〕穆天子：周穆王。《史記》(卷四)《周本記》：「立昭王子滿，是爲穆王。穆王即位，春秋已五十矣。……穆王立五十五年，崩。」西晉時汲冢中被發現許多竹簡書，其中《穆天子傳》一書，多記叙周穆王求仙事，故後世即稱其爲「穆天子」。有關他的神話傳説故事影響極大。

〔三〕漢皇帝：漢武帝劉徹(前一五六—前八七)，在位五十四年，此時國力强盛，國家統一，社會安定。在思想文化上，實行獨尊儒術的政策，影響深遠。但其頗好方術，祈求長生，留下許多迷信神仙的故事傳説。其生平事迹參《史記》(卷十二)《孝武本紀》、《漢書》(卷六)《武帝紀》，其有關求仙故事參《漢武故事》、《漢武帝内傳》等書。

〔三〕萬乘尊：帝王之至尊。萬乘：萬輛兵車。古代一車四馬爲一乘。萬乘爲天子之制。《孟子·梁惠王上》：「萬乘之國，弑其君者，必千乘之家。」趙岐注：「萬乘，兵車萬乘，謂天子也。」此句指漢武帝爲求長生對西王母及其侍者卑躬屈膝的傳説故事。《漢武帝内傳》：「帝夜閑居承華殿，東方朔、董仲舒侍。忽見一女子，著青衣，美麗非常。帝愕然問之，女對曰：『我墉宫玉女王子登也，向爲王母所使，從崑山來。』語帝曰：『聞子輕四海之禄，尋道求生，降帝王之位，而屢禱山岳。勤哉！有似可教者也。從今百日清齋，不閑人事，至七月七日，王母暫來也。』帝下席，跪諾。……王母唯扶二侍女上殿，年可十六七，……(王母)下車登床，帝拜跪，問寒温畢，立如也。」書中類似記述尚多，可參看。

〔四〕將窮：欲窮。想要窮盡。四海裔：極爲遥遠的四方邊地。古代中國人認爲四境都被海所環繞，故曰四海。《尚書·益稷》：「予決九川，距四海。」孔傳：「距，至也。決九州名川通之至海。」一説，四海指四周各少數民族所居之地。《爾雅·釋地》：「九夷、八狄、七戎、六蠻，謂之四海。」裔：《方言》（卷十二）：「裔，夷狄之總名。」郭璞注：「邊地爲裔，亦四夷通以爲號也。」此句指穆天子乘八駿巡行天下的神話傳説。《穆天子傳》前五卷均記述此類事。其中，穆天子在瑶池與西王母相會是影響最大的一節。其云：「天子觴西王母於瑶池之上。西王母爲天子謡曰：『白雲在天，山陵自出。道里悠遠，山川間之。將子無死，尚能復來。』」

〔二五〕車徒：車騎和隨從。此指穆天子周行天下的車馬隊伍。《文選》（卷五十三）李康《運命論》：「故遂絜其衣服，矜其車徒，冒其貨賄，淫其聲色，脉脉然自以爲得矣。」劉良注：「車徒，謂車馬侍從也。」遍草木：謂天下凡有草木生長的地方。此句亦指穆天子巡游天下事。《左傳·昭公十二年》：「昔穆王欲肆其心，周行天下，將皆必有車轍馬迹焉。」亦可參讀《穆天子傳》。

〔二六〕錦帛：錦綉布帛。泛指財物。招：邀，約。此句謂漢武帝向方士賜予財物，約請他們談説長生之事。《史記》（卷十二）《孝武本紀》、又（卷二十八）《封禪書》記載此類事甚多，司馬遷説漢武帝「尤敬鬼神之祀」。兹録一節。《史記》（卷十二）《孝武本紀》：「乃拜（欒）大爲五利將軍。……制詔御史：『……其以二千户封地士將軍（欒）大爲樂通侯。』賜列侯甲第，僮千人。乘輿斥車馬帷帳器物以充其家。又以衛長公主妻之，賫金萬斤，更名其邑曰當利公主。天子親如五利之第。使者存問所給，連屬於道。自大主將相以下，皆置酒其家，獻遺之。於是天子又刻玉印曰『天道將軍』，使使衣羽衣，夜立白茅上，五利將軍亦衣羽衣，立白茅上受印，以示弗臣也。」

〔二七〕八駿：穆天子巡游天下所乘的八匹駿馬。《穆天子傳》（卷一）：「天子之駿：赤驥、盜驪、白義、逾輪、山子、渠黄、華騮、緑耳。」空往還：謂白白地來回騎馬奔馳。意指穆天子求仙無果。語含譏刺。

〔二八〕三山：傳説中海上的三座神山蓬萊、方丈、瀛洲。漢武帝曾派遣方士前往求仙。轉：漸漸地。劉淇《助字辨略》（卷三）：「轉，猶浸也。……轉得爲浸者，言其展轉非向境也。」虧蔽：遮掩。此謂其虚無縹緲。此句謂漢武帝所求的海上三神山越來越虚無不實。《史記》（卷二十八）《封禪書》：「於是天子始親祠竈，遣方士入海求蓬萊安期生之屬，而事化丹沙諸藥齊爲黄金矣。……入海求蓬萊者，言蓬萊不遠，而不能至者，殆不見其氣。上乃遣望氣佐候其氣云。……上遂東巡海上，行禮祠八神。齊人之上疏言神怪奇方者以萬數，然無驗者。乃益發船，令言海中神山者數千人求蓬萊神人。……東至海上，考入海及方士求神者，莫驗，然益遣，冀遇之。……臨勃海，將以望祀蓬萊之屬，冀至殊廷焉。……而方士之候祠神人，入海求蓬萊，終無有驗。」

〔二九〕吾君：唐玄宗李隆基（六八五—七六二），在位四十五年，國力强盛。特别是開元年間，史稱「開元盛世」。天寶以後，國勢日衰，最終于天寶十四載冬發生「安史之亂」。玄宗西逃成都後，太子李亨即位，尊爲太上皇。謚曰至道大聖大明孝皇帝，後世稱「唐明皇」。玄宗頗崇道，曾于開元二十二年下詔迎張果入東都洛陽宫中，參本詩注〔一〕。

〔三〇〕玄老：道教的尊長者。此指張果。此句謂張果欣然應唐玄宗之召。亦參本詩注〔一〕。

〔三一〕受籙：接受道籙。受過這一禮儀，即表示已入道。籙：道教的秘文。《隋書》（卷三十五）《經籍志》（四）：「其受道之法，初受《五千文籙》，次受《三洞籙》，次受《洞玄籙》，次受《上清籙》。籙皆素書，紀諸天曹官屬佐吏之名有多少，又有諸符，錯在其間，文章詭怪，世所不識。受者必先潔齋，然後賚金環一，并諸贄幣，以見於師。師受其贄，以籙授之，仍剖金環，各持其半，云以爲約。弟子得籙，緘而佩之。」金殿：皇帝的宫殿。《大唐新語》（卷十）《隱逸》：「（張）果隨（徐）嶠至東都，於集賢院肩輿入宫，倍加禮敬。公卿皆往拜謁。」受籙而打開宫殿，迎入神仙的情形，可參《漢武帝内傳》的有關記述。

〔三二〕清齋：沐浴潔身而齋戒。《太上虚皇天尊四十九章經》：「齋戒者，道之根本，法之津梁。子欲學道，清齋奉戒，念念正真，邪妄自泯。」《唐六典》（卷四）《祠部郎中》條云：「齋有七名：其一曰金録大齋，其二曰黄録齋，其三曰明真齋，其四曰三元齋，其五曰八節齋，其六曰塗炭齋，其七曰自然齋。」玉堂：帝王殿堂的美稱。《文選》（卷十三）宋玉《風賦》：「然後倘佯中庭，北上玉堂，躋于羅帷，經于洞房，乃得爲大王之風也。」《漢武故事》：「上于長安作蜚簾觀，于甘泉作延壽觀，高二十丈。……（太液池）池中又作三山，以象蓬萊、方丈、瀛洲，刻金石爲魚龍禽獸之屬，其南方有玉堂璧門大鳥之屬，玉堂基與未央前殿等，去地十二丈，階陛咸以玉爲之，鑄銅鳳皇，高五丈，飾以黄金栖屋上。」

〔三三〕笙歌：吹笙唱歌，形容音樂歌舞之盛。《禮記·檀弓上》：「孔子既祥，五日彈琴而不成聲，十日而成笙歌。」拜首：古代跪拜的一種方式。拜時，雙膝跪地，雙手相拱至地，頭則俯至手上。故又稱「拜手」。《尚書·太甲中》：「伊尹拜手稽首。」《孔傳》：「拜手，首至手。」《日知録》（卷二十八）《拜稽首》：「古人席地而坐，引身而起，則爲長跪；首至手則爲拜手；手至地則爲拜；首至地則爲稽首，此禮之等也。」

〔三四〕羽帳：以鳥羽爲飾之帳。此指有羽帳的侍衛儀仗隊伍。《太平御覽》（卷六九九）引《離騷》：「翡翠羽帳飾高堂。」《楚辭·招魂》：「翡帷翠帳，飾高堂些。」王逸注：「言復以翡翠之羽，雕飾幬帳，張之高堂。」鮑照《擬行路難十八首》（其一）：「七綵芙蓉之羽帳，九華蒲萄之錦衾。」崇：盛大。嚴衛：森嚴的護衛。鄭處誨《明皇雜録·明皇雜録補遺》：「天寶末，群賊陷兩京，大掠文武朝臣及黄門宫嬪樂工騎士，每獲數百人，以兵仗嚴衛，送於雒陽。」

〔三五〕禁柳：宫禁中的柳樹，即御柳。漢代以來，宫苑中多植柳。《太平御覽》（卷九五六）引《漢書》曰：「上林苑中大柳樹，斷卧地，一朝起生枝葉，有蟲食其葉。」《藝文類聚》（卷八十九）引沈約《玩庭柳詩》：「輕陰拂建章，夾道連未央。」唐韓翃《寒食》詩：「春城無處不飛花，寒食東風御柳斜。」

〔三六〕宫花：宫苑中的花草。李白《宫中行樂詞八首》（其五）：「宫花争笑日，池草暗生春。」杜牧

《早春閣下寓直蕭九舍人亦直内署因寄書懷四韻》：「御水初銷凍，宫花尚怯寒。」仙袂：仙人的衣袖。此喻指道士張果。白居易《長恨歌》：「風吹仙袂飄颻舉，猶似《霓裳羽衣舞》。」

〔三七〕祈年：希求豐收的年成。《詩經·大雅·雲漢》：「祈年孔夙，方社不莫。」鄭玄箋：「我祈豐年甚早。」寶祚：國運，皇位。

〔三八〕蒼生：老百姓。《文選》（卷四十七）史岑《出師頌》：「蒼生更始，朔風變楚。」李善注：「蒼生，猶黔首也。《尚書》曰：『至于海隅蒼生。』」劉良注：「蒼生，百姓也。」

〔三九〕龍髯：意謂乘龍上天，即學道成仙之意。《史記》（卷二十八）《封禪書》：「黄帝采首山銅，鑄鼎於荆山下。鼎既成，有龍垂胡髯，下迎黄帝。黄帝上騎，群臣後宫從上者七十餘人，龍乃上去。餘小臣不得上，乃悉持龍髯，龍髯拔，墮，墮黄帝之弓。百姓仰望黄帝既上天，乃抱其弓與胡髯號，故後世因名其處曰鼎湖，其弓曰烏號。」

〔四〇〕鼎成：喻求仙成功。見上注〔三九〕。取濟：取得成功。蘇鶚《蘇氏演義》（卷上）：「《神異經》云：『……若狼爲巨獸，或獵人逐之而逸，即狽墜于地，不能取濟，遂爲衆工所獲。』」韓愈《論變鹽法事宜狀》：「鹽商利歸於己，無物不取，或從賒貸升斗，約以時熟填還。用此取濟，兩得利便。」

【箋　評】

古人贈詩，或稱其爵，或稱其字與名，或稱其姓與行，自未有輕易稱「先生」者，惟李頎《謁張果老》詩則稱「先生」耳，何至今日而「先生」車載斗量，不可勝數也，冒濫極矣。

（沈長卿《沈氏日旦》卷十二）

岑嘉州曾見張果集中有《謁張果先生》詩云：「吾君感至德，元老欣來詣。」昌黎守潮郡，亦嘗遇毛仙翁，告以所歷官，其後悉驗，見程俱《韓文公歷官記》。何唐時之多異人也。

（蔣超伯《南漘楛語》卷三）

【按　語】

張果在當時唐玄宗崇道政策的誘引之下，自我神異，編造了許多在我們今天看來顯然是虛假荒誕的事情，但在時人的眼中，當有幾分信以爲真。李頎也是一位好道之士，此詩比較真實地表現了他對於學道求仙的認識和態度，即對於修煉學道，他是醉心向往的；但對於求長生的結果，則有比較理性的認識。這從詩的前後兩大部分可以體會出來。詩的前一部分，以「甲子」爲核心詞，贊頌張果是「谷神者」，求長生成功。詩從張果的「自説」推展開去，以至運用前代仙人的種種傳説「凝聚」到張果的身上，或者以類比誇張的方法來「拔高」張果學道的成功。紛繁的誇飾之詞，將張果寫成了歷來成道者中屈指可數的典型。這樣的寫法，使作者對張果的贊美之情達到了無以復加的高度，而自己的向道之心自然也就表露無遺了。詩的後一部分，以「嘗聞」、「更憶」開頭，交叉地雙寫穆天子、漢武帝學道求仙的虔誠以及虛幻無實的結局，其意旨表述得十分明白有力。由此再引出唐玄宗召張果入宫，訪仙問道，備加禮敬，格外虔誠。但詩人并未預祝其學道必成，成仙有時，却希冀能求得年成豐收，國運昌盛，給百姓帶來福祉，而不必妄求「鼎成」升天的荒誕無稽之事。這足以説明，李頎對張果的拜謁，狂熱之中有幾分冷静；而對於唐玄宗的做法，則在頌揚之中更多的是諷諫，可謂是「勸一而諷百」吧。

光上座廊下衆山五韻①〔一〕

名嶽在廡下②〔二〕，吾師居一床〔三〕。每聞《楞伽經》〔四〕，只對清翠光③〔五〕。百谷聚雪色④〔六〕，莓苔侵屋梁〔七〕。氣盤古壁轉〔八〕，勢引幽堦長〔九〕。願遊薜葉下〔一〇〕，日見金爐香〔一一〕。

【校　記】

①劉本無「五韻」二字。

②「名」劉本作「無」。「下」下原注：「一作廊。」

③「清」劉本作「青」。

④「雪」劉本、活字本、黄本、凌本、畢本作「雲」。

【注　釋】

〔一〕光上座：光，當是一位僧人的法號。上座，佛寺之長，也是對德行高的僧人的尊稱。《唐六典》（卷四）《祠部郎中》條：「凡天下寺總五千三百五十八所，每寺上座一人，寺主一人，都維那一人，共綱統衆事。」《釋氏要覽》（卷上）《上座》：「《五分律》云：齊幾名上座？佛言：上更無人名上座。○《毗尼母》云：從無夏至九夏是下座，自十夏至十九夏是中座，自二十夏至四十夏是上座。五十夏已上，一切沙門之所尊敬，名耆宿。○……《十誦律》云：具十法名上座，謂有住處，無畏，無煩惱，多知識，多聞，辯言具足，義趣明瞭，聞者信受，善能安詳入他家，能爲白衣説法，令他捨惡從善，自具四諦法樂，無有所乏，名上座。○……《婆娑論》云：夫上座者，心安住故，不爲世違順傾動，是名上座。」廊下：廊廡下。謂光上座所在寺院大殿周圍的廂房。

〔二〕名嶽：古代有五座名山統稱五嶽，故此名嶽即指其中之一。《漢書》（卷二十五上）《郊祀志》（上）：「岱宗，泰山也；……南嶽者，衡山也；……西嶽者，華山也；……北嶽者，恒山也；……中嶽，嵩山也。」此「名嶽」當指嵩山，爲五嶽之中嶽，在今河南省登封市。此處靠近李頎長期隱居的潁陽。《元和郡縣圖志》（卷五）《河南道》（一）：「河南府登封縣，嵩高山，在縣北八里，亦名外方山。又云東曰太室，西曰少室，嵩高總名，即中岳也。山高二十里，周迴一百三十里。」又云：「少室山，在縣西十里。高十六里，周迴三十里。潁水源出焉。」廡下：即廊下。《説文·广部》：「廡，堂下周屋。」

〔三〕吾師：指光上座。師，是對僧人的敬稱。《唐六典》（卷四）《祠部郎中》條：「僧持行者有三品，其一曰禪，二曰法，三曰律。」即禪師、法師、律師也。如王昌齡有《静法師東齋》，王維有《過乘如禪師蕭居士嵩丘蘭若》，姚合有《寄靈一律師》等詩可證。居一床：謂只以名嶽的極小部分當作石床。僧人坐禪於石床。

〔四〕《楞伽經》：大乘經名，全稱《楞伽阿跋多羅寶經》，印度佛教經典。楞伽，山名，即駿迦山。《大唐西域記》（卷十一）《僧伽羅國》：「國東南隅有駿迦山，巖谷幽峻，神鬼遊舍，在昔如來於此説《駿迦經》。（原注：舊曰《楞伽經》，訛也。）」

〔五〕清翠光：清新蒼翠的衆山的山光景色。意謂衆山的翠色透着禪理的機趣。

〔六〕百谷：衆多的山谷。呼應題中的「衆山」。雪色：形容白雲潔净如雪。

〔七〕莓苔：青苔。《文選》（卷十一）孫綽《遊天台山賦》：「踐莓苔之滑石，搏壁立之翠屏。」李善注：「莓苔，即石橋之苔也。」屋梁：《文選》（卷十九）宋玉《神女賦》：「其始來也，耀乎若白日初出照屋梁。」

〔八〕氣盤句：承「百谷」句，謂雲霧之氣隨着寺院古壁飄動轉移。

〔九〕勢引句：承「莓苔」句，謂青苔從屋梁上一直延伸生長到庭院前幽暗的臺階下。

〔一〇〕薜葉：薜荔葉。意謂薜荔生長得很茂盛。《楚辭·離騷》：「攬木根以結茝兮，貫薜荔之落蕊。」王逸注：「薜荔，香草也，緣木而生。」

〔二〕金爐：銅香爐。寺院必備之物。

【箋評】

（首二句）鍾云：「寫得高寂。精廬不住子，説佛法廣大。『吾師居一床』，説佛境清净。」（末句）譚云：「近地遠想。」（鍾惺、譚元春《唐詩歸》卷十四）

唐云：「題畫詩如此亦古。」（唐汝詢《彙編唐詩十集》壬集）

蔣春甫曰：「只如此結，不犯難手。」（李攀龍輯、凌洪憲集評《李于鱗唐詩廣選》卷一）

（「願遊薜葉下」句）新而幽。（郭濬評點、周明輔等參訂《增定評注唐詩正聲》卷二）

（首二句）此即「五嶽森禪房」注脚也。（五句）「聚」得奇。（六句）「莓苔」亦高矣哉。（黄周星《唐詩快》卷四）

頎好道，雖寥寥數語，亦具道心，篇中寫景處皆寓禪機是也。顧隨之游者，蓋亦由此而生。（劉寶和《李頎詩評注》）

【按語】

此詩寫「衆山」，屬於游覽寫景詩。但全詩并不以描寫刻畫山形山色爲主要内容，從而顯示「衆山」的高峻險峭，欣賞雄渾壯美的景象。詩中只是以「光上座廊下」爲出發點進行構思，所以，全詩寫「衆山」都是以表現僧人的生活和禪悦的機趣爲基礎的。因此，詩中對於山翠、白雲、莓苔、薜葉、金爐等物色，雖然只是點到即止，但由於它們都是圍繞着寺院和僧人來寫的，所以無不充滿着清新、純潔、寂静、安詳的禪悦情趣。這是此詩最大的特色。

九月九日劉十八東堂集〔一〕

風俗尚九日〔二〕，此情安可忘。菊花辟惡酒〔三〕，湯餅茱萸香〔四〕。雲入授衣假〔五〕，風吹閑宇凉〔六〕。主人盡歡意〔七〕，林景晝微茫〔八〕。清切晚砧動〔九〕，東西歸鳥行〔一〇〕。淹留悵爲別〔一一〕，日醉秋雲光〔一二〕。

【注　釋】

〔一〕九月九日：重陽節。在這一天，人們要登高飲酒，以求避難消灾，并祈長壽。其由來已久，在漢代即已形成。《藝文類聚》（卷四）《九月九日》條引魏文帝《與鍾繇書》曰：「歲往月來，忽復九月九日，九爲陽數，而日月并應，俗嘉其名，以爲宜於長久，故以享宴高會。」《太平御覽》（卷三十二）引《荆楚歲時記》：「九月九日，四民并藉野飲讌。」（原注：「杜公瞻云：『九月九日宴會，未知起於何代。然自漢世以來未改。今北人亦重呼節。近代多宴設於臺榭。』」）劉十八：劉氏，未詳。十八，行第。集：指朋友宴集。

〔二〕風俗尚九日：《藝文類聚》（卷四）《九月九日》條引《風土記》曰：「九月九日，律中無射而數九，俗尚此日，折茱萸房以插頭，言辟除惡氣而禦初寒。」《初學記》（卷四）《九月九日》條引《西京雜記》曰：「漢武帝宮人賈佩蘭，九月九日佩茱萸，食餌，飲菊花酒，云令人長壽。蓋相傳自古，莫知其由。」

〔三〕菊花辟惡酒：謂飲菊花酒可以避免灾患。「辟」通「避」。「辟惡」，逃避灾害。《藝文類聚》（卷四）引《續齊諧記》曰：「汝南桓景，隨費長房遊學累年。長房謂之曰：『九月九日，汝家當有灾厄，急宜去，令家人各作絳囊，盛茱萸以繫臂，登高飲菊酒，此禍可消。』景如言，舉家登山，夕還家，見鷄狗牛羊，一時暴死。長房聞之曰：『代之矣。』今世人每至九日，登山飲菊酒，婦人帶茱萸囊是也。」

〔四〕湯餅：帶湯的麵食，即如今日之麵條、麵片一類的食物。《釋名》（卷四）《釋飲食》：「胡餅，作之大漫沍也。亦言以胡麻著上也。蒸餅、湯餅、蝎餅、髓餅、金餅、索餅之屬，皆隨形而名之也。」南朝梁宗懔《荆楚歲時記》：「六月伏日，并作湯餅，名爲辟惡餅。」《世説新語·容止》：「何平叔美姿儀，面至白。魏明帝疑其傅粉。正夏月，與熱湯餅。既啖，大汗出，以朱衣自拭，色轉皎然。」黄朝英《靖康緗素雜記》（卷二）《湯餅》條云：「煮麵謂之湯餅，其來舊矣。……余謂凡以麵爲食具者，皆謂之餅，故火燒而食者呼爲燒餅，水瀹而食者呼爲湯餅，籠蒸而食者呼爲蒸餅，而饅頭謂之籠餅，宜矣。」未見九月九日食湯餅事，但亦不妨其實有之。茱萸：木本植物，秋天開花，有香氣。《太平御覽》（卷九六〇）引《説文》曰：「椒，似茱萸，出淮南。」楊州有茱萸樹。」又引《風土記》曰：「茱萸，椒也。九月九日成熟，色赤，可采。世俗亦以此日折茱萸。費長房云以插頭髻，云辟惡。」

〔五〕雲入授衣假：謂天空中呈現出天高雲淡的秋天景象。授衣假：唐代在九月有授衣假。《詩經·豳風·七月》：「七月流火，九月授衣。」《唐會要》（卷八十二）《休假》條云：「内外官五月給由（田？）假，九月給授衣假，分爲兩番，各十五日。其由（田？）假若風土異宜，種收不等，通隨便給之。」

〔六〕閑宇：高大寬敞的房屋。《水經注·肥水》：「寺側因溪建刹五層，屋宇閑敞，崇虚攜覺也。」《文選》（卷三十四）曹植《七啓》：「閑宫顯敞，雲屋皓旰。」劉良注：「閑，大也。」

〔七〕主人：指劉十八。

〔八〕微茫：昏暗蒼茫，隱約模糊。

〔九〕清切：凄清而急切。《文選》（卷二十三）劉楨《贈徐幹》：「拘限清切禁，中情無由宣。」晚砧：傍晚的搗衣聲。砧，搗衣石。古人用紈素一類織物製作衣服，因爲其質地比較堅挺，須先將其置石上以木杵反復舂搗衣料使之柔軟，方可裁剪縫衣。秋天是古代女子搗素製衣的季節，而傍晚至夜間則是詩人寫搗衣最集中的時間，亦最有詩意。此詩即用此意。謝朓《秋夜》：「秋夜促織鳴，南鄰搗衣急。」李白《子夜吴歌·秋歌》：「長安一片月，萬户搗衣聲。」

〔一〇〕歸鳥：傍晚歸巢的鳥。歸鳥行：飛鳥成行成群的歸來。陶淵明《歸鳥》詩：「翼翼歸鳥，載翔載飛。雖不懷游，見林情依。遇雲頡頏，相鳴而歸。」

〔一一〕淹留：久留。《楚辭·離騷》：「時繽紛其變易兮，又何可以淹留。」悵爲別：因爲離別而惆悵生愁。

〔一二〕日醉：猶「日曛」。此句意謂秋天的傍晚，夕陽暗淡，雲色蒼茫，猶如太陽醉酒了一般。以景結情。

【按語】

在唐代，九月九日重陽節，家人團聚或朋友宴集，是很流行的社會風俗。在詩歌裏表現這方面的内容也很常見，如王維《九月九日憶山東兄弟》等名作較多。李頎的這首詩雖然算不上名篇傑作，但也自具特色。其前半將與九日有關的風俗簡明扼要地叙寫了出來；其後半則主要通過眼前景色的描寫，表達了「悵爲别」的情懷，情景交融，頗有藝術感染力。

宋少府東谿泛舟①〔一〕

登岸還入舟〔二〕，水禽驚笑語〔三〕。晚葉低衆色〔四〕，濕雲帶殘暑②。落日乘醉歸〔五〕，溪流復幾許〔六〕。

【校　記】

① 劉本將此詩編在五律内。

② 「殘」下原注：「一作繁。」

【注　釋】

〔一〕《全唐詩》（卷五八九）又作李頻詩。宋少府：宋氏，未詳。少府，縣尉的别稱。參前《贈蘇明府》注〔一〕。東谿：未詳。或指潁水東源，靠近少室山，與李頎長期隱居的潁陽相距不遠。故李頎與宋少府可能是同時隱居於少室山附近潁水一帶的朋友。《元和郡縣圖志》（卷五）《河南道》(一)：「河南府登封縣，少室山，在縣西十里。高十六里，周迴三十里。潁水源出焉。潁水有三源，右水出陽乾山之潁谷，中水導源少室山通阜，左水出少室南溪，東合潁水。」

〔二〕登岸：上岸。南朝宋鮑照有《登大雷岸與妹書》一文，字面或出於此。

〔三〕水禽：生活在水中的禽鳥。《文選》(卷十九)曹植《洛神賦》：「鯨鯢踊而夾轂，水禽翔而爲衛。」驚笑語：被泛舟人的歡聲笑語所驚。《文選》(卷五)左思《吴都賦》：「棹謳唱，簫籟鳴。洪流響，渚禽驚。」

〔四〕晚葉：詩中指初秋傍晚東谿岸邊樹木的葉子。衆色：指「晚葉」多種多樣的色彩。《文選》(卷七)司馬相如《子虛賦》：「其土則丹青赭堊，雌黄白附，錫碧金銀，衆色炫耀，照爛龍鱗。」

〔五〕落日乘醉歸：暗用山簡事。《晋書》(卷四十三)《山簡傳》：「諸習氏，荆土豪族，有佳園池，簡每出嬉遊，多之池上，置酒輒醉，名之曰高陽池。時有童兒歌曰：『山公出何許？往至高陽池。日夕倒載歸，茗艼無所知。時時能騎馬，倒著白接䍦，舉鞭向葛彊，何如并州兒？』」

〔六〕幾許：多少。

【箋　評】

此晚泛之景。禽將宿故驚，溪雖長，醉而不覺其遠。

（唐汝詢《唐詩解》卷八）

（次句）吴云：「真。善修詞。」唐云：「好興。」

（唐汝詢《彙編唐詩十集》丁集）

殷云：「發調既清，修詞亦秀，雜歌咸善，玄理最長，論其家數，往往高於衆作。」○葉不一，故曰晚而「衆色」皆「低」，語甚新。末句言醉而不知遠近也。

（吴昌祺評定《删訂唐詩解》卷四）

（三四句）此景畫不出。○唐云：「好興。」楊云：「清微不乏致理。」

（郭濬評點、周明輔等參訂《增定評注唐詩正聲》卷二）

清婉、理致俱有。

（桂天祥《批點唐詩正聲》卷四）

秋晚泛舟，東溪幽勝，水禽將宿，因人笑語而驚。晚葉低垂，一樹一色。濕雲欲雨，暑氣未消。此時日將落矣，乘醉而歸，正不知溪流之幾多。言不覺其遠也。

〔總評〕鍾伯敬曰：「李頎勁渾，是儲、王一派，而潤潔處微遜之，時有奥氣出紙墨外。」

（王堯衢《唐詩合解箋注》卷二）

登岸入舟，情正濃也；水禽驚笑，宴方樂也；晚葉衆色，戀未歸也；濕雲殘暑，意猶盛也；落日醉歸，興初消也；溪流幾許，杳不知其所之也。不設一色，而衆妙咸集，真畫中白描高手。

（劉寶和《李頎詩評注》）

【按語】

此首小詩，寫盡了「東谿泛舟」的樂趣。詩從游人自己「登岸」、「入舟」的游興的細節刻畫，「水禽」驚異的側面渲染，直到對夏末初秋傍晚色彩繽紛的樹葉、水上繚繞着帶有殘暑氣息的雲霧的精細描寫，將游玩的興致表現得酣暢深至。結尾再以醉態之甚襯托游玩之樂，餘味悠長雋永，真是短篇佳作。

與諸公遊濟瀆泛舟〔一〕

濟水出王屋〔二〕，其源來不窮。洑泉數眼沸〔三〕，平地流清通〔四〕。皇帝崇祀典〔五〕，詔書視三公①〔六〕。分官禱靈廟〔七〕，奠璧沈河宫②〔八〕。神應每如答〔九〕，松篁氣葱蘢〔一〇〕。蒼螭送飛雨〔一一〕，赤鯉噴迴風〔一二〕。灑酒布瑶席〔一三〕，吹簫下玉童〔一四〕。玄冥掌陰事〔一五〕，祝史告年豐〔一六〕。百谷趨潭底〔一七〕，三光懸鏡中〔一八〕。淺深露沙石〔一九〕，蘋藻生虚空〔二〇〕。晚景臨泛美〔二一〕，亭皋輕靄紅〔二二〕。晴山傍舟楫〔二三〕，白鷺驚絲桐〔二四〕。我本家潁北〔二五〕，開門見維嵩③〔二六〕。

焉知松峰外，又有天壇東④〔二七〕。左手正接羅〔二八〕，浩歌眄青穹〔二九〕。夷猶傲清吏〔三〇〕，偃仰狎漁翁〔三一〕。對此川上閑〔三二〕，非君誰與同。霜凝遠村渚，月净蒹葭叢〔三三〕。兹境信難遇，爲歡殊未終〔三四〕。淹留悵言别〔三五〕，烟嶼夕微濛⑤〔三六〕。

【校記】

①「視」劉本作「示」。

②「沈」劉本作「阿」。

③「開」下原注：「一作出。」「開」百家詩本、黄本、凌本作「出」，凌本注：「一作開。」

④「又」下原注：「一作猶。」「又」百家詩本作「有」，劉本、凌本作「猶」。

⑤「濛」劉本作「蒙」。

【注釋】

〔一〕按詩中云：「皇帝崇祀典，詔書視三公。」又詩中所寫爲秋天的景色，故此詩當作於天寶六載秋或其後不久，參本詩注〔六〕。濟瀆：濟水。瀆，大川。濟水爲古代四瀆之一。《禮記·王制》：「天子祭天下名山大川，五嶽視三公，四瀆視諸侯。」《史記》（卷二十八）《封禪書》：「天子祭天下名山大川，五嶽視三公，四瀆視諸侯，諸侯祭其疆内名山大川。四瀆者，江、河、淮、濟也。」

〔二〕王屋：王屋山，在今河南省濟源縣境内。《元和郡縣圖志》（卷五）《河南道》（一）：「河南府王屋縣，王屋山，在縣北十五里。周迴一百三十里，高三十里。《禹貢》：『底柱，析城，至于王屋』是也。」《水經》（卷七）《濟水》：「濟水出河東垣縣東王屋山，爲沇水。」

〔三〕洑（fú）泉：從地下流出的水。《文選》（卷二十九）張協《雜詩十首》（其十）：「階下洑泉涌，堂上水衣生。」

〔四〕平地流清通：謂濟水從平地涌出，清澈明净。連上二句，寫濟水發源地流水的情形。前人有詳細記述，可以參證。《元和郡縣圖志》（卷五）《河南道》（一）：「河南府濟源縣，濟水，在縣西北三里。平地而出，有二源：其東源周迴七百步，深不測；西源周迴六百八十五步，深一丈，皆繚之以周墻，源出王屋山。《山海經》云：『王屋之山，𣷅水出焉。』郭璞注云：『𣷅，沇水之源。』《尚書·禹貢》云：『導沇水，東流爲濟，入于河，溢爲滎。』……按：沇水出今王屋縣王屋山，東流至濟源縣而名濟水。」杜佑《通典》（卷一百七十七）《州郡典》（七）：「河南府濟源縣，沇水自王屋山頂崖下，澄停不流，至縣西二里平地，潛源重發，名濟水，東流經温縣入河。」

〔五〕皇帝：指唐玄宗李隆基。參前《謁張果先生》注〔二九〕。祀典：古代由國家舉行的祭祀典禮。《國語·魯語上》：「夫聖王之制祀也，法施於民則祀之，以死勤事則祀之，以勞定國則祀之，能禦大灾則祀之，能捍大患則祀之。非是族也，不在祀典。……加之以社稷山川之神，皆有功烈於民者也；……及九州名山川澤，所以出財用也。非是不在祀典。」

〔六〕詔書：指唐玄宗天寶六載下詔封五嶽四瀆事，詔書中封濟瀆爲清源公。視三公：視同于三公一樣的祭祀禮儀。唐玄宗將四瀆封爲公，其地位高于此前的諸侯。參本詩注〔一〕。三公：周代以太師、太傅、太保爲三公。後代屢有變化。《尚書·周書·周官》：「立太師、太傅、太保，兹惟三公，論道經邦，燮理陰陽。」《舊唐書》（卷九）《玄宗紀》（下）：「（天寶六載）五嶽既已封王，四瀆當升公位，封河瀆爲靈源公，濟瀆爲清源公，江瀆爲廣源公，淮瀆爲長源公。」《唐會要》（卷四十七）《封諸嶽瀆》條云：「（天寶）六載正月十二日敕文：『四瀆五嶽，雖差秩序，興雲播潤，蓋同利物，崇號所及，錫命宜均。其五嶽既已封王，四瀆當升公位，遞從加等，以答靈心。其河瀆宜封爲靈源公，濟瀆封爲清源公，江瀆封爲廣源公，淮瀆封爲長源公。仍令所司擇日，奏使告祭。』」

〔七〕分官：分頭派遣有司官員。靈廟：祭祀神靈的廟宇。此指祭奠濟瀆的神廟。蔡邕《王子喬碑》（《全後漢文》卷七十五）：「乃造靈廟，以休厥神，于是好道之儔，自遠來集。」

〔八〕奠璧：以璧玉祭奠濟瀆神靈。《太平御覽》（卷五二六）引《漢舊儀》曰：「祭四瀆，用三正色牲，沉珪，有馬。」此禮儀由來已久。《宋書》（卷二十七）《符瑞志》（上）：「武王没，成王少，周公旦攝政七年，制禮作樂，神鳥鳳皇見，蓂莢生。乃與成王觀于河、洛，沈璧。禮畢，王退俟，至于日昧，榮光并出幕河，青雲浮至，青龍臨壇，銜玄甲之圖，坐之而去。禮于洛，亦如之。」河宫：河神的水下宫殿。南朝梁庾肩吾《亂後經夏禹廟詩》：「侵雲似天闕，照水類河宫。」

〔九〕答：對，對答。謂如問之有答。此句謂祭濟瀆神很靈驗。

〔一〇〕葱蘢：草木生長茂盛貌。《文選》（卷十二）郭璞《江賦》：「涯灌芊萰，潛薈葱蘢。」李善注：「芊萰、葱蘢，皆青盛貌也。」

〔一一〕蒼螭：青龍。螭，古代傳説中無角的龍。《楚辭·九辯》：「左朱雀之茇茇兮，右蒼龍之躍躍。」《説文·虫部》：「螭，若龍而黄，北方謂之地螻。或云：無角曰螭。」此句當活用神話傳説中龍隨風雨而來的故事。如《列仙傳》（卷下）《陶安公》：「須臾，朱雀止冶上，曰：『安公安公，冶與天通，七月七日，迎汝以赤龍。』至期，赤龍到，大雨，而安公騎之，東南上，一城邑數萬人衆共送視之，皆與辭決去。」

〔一二〕迴風：旋風。參前《登首陽山謁夷齊廟》注〔九〕。此句謂赤鯉帶來風雨。當也是活用神仙傳説故事。《列仙傳》（卷上）《涓子》：「涓子者，齊人也。……後釣於荷澤，得鯉魚，腹中有符。隱於宕山，能致風雨。」《列仙傳》（卷下）《子英》：「子英者，舒鄉人也。善入水捕魚，得赤鯉，愛其色好，持歸著池中，數以米穀食之。一年長丈餘，遂生角，有翅翼。子英怪異，拜謝之。魚言：『我來迎汝，汝上背，與汝俱升天，即大雨。』子英上其魚背，騰升而去。」另《列仙傳》（卷上）《琴高》也載琴高乘赤鯉出入水中事，可參。

〔一三〕灑（shī）酒：斟酒。以酒祭神。「灑」通「釃」。《詩經·小雅·伐木》：「伐木許許，釃酒有藇。」布：鋪開，展開。瑶席：精致華美的席子。《楚辭·九歌·東皇太一》：「瑶席兮玉瑱，盍將把兮瓊芳。」王逸注：「瑶，石之次玉者。……以瑶玉爲席。」洪興祖補注：「瑶，一曰：美玉也。」

〔一四〕吹簫：用蕭史事。《列仙傳》（卷上）《蕭史》：「蕭史者，秦穆公時人也。善吹簫，能致孔雀白鶴於庭。」玉童：仙童。參前《贈蘇明府》注〔二〕。

〔一五〕玄冥：古代主管水事的水神、雨師。《禮記・月令》：「孟冬之月，……其帝顓頊，其神玄冥。」鄭玄注：「玄冥，少皞氏之子，曰修、曰熙，爲水官。」《左傳・昭公二十九年》：「水正曰玄冥。」杜預注：「水陰而幽冥，其祀修及熙焉。」應劭《風俗通義》（卷八）《雨師》：「《春秋左氏傳》説：『共工之子，爲玄冥師。』『鄭大夫子産禳於玄冥。』雨師也。」陰事：有關的水事。此指祭濟瀆水神事。《文選》（卷三）張衡《東京賦》：「陰池幽流，玄泉洌清。」薛綜注：「水稱陰。幽流，謂伏溝，從地下流通於河也。」

〔一六〕祝史：祝官，史官，都是古代主管祭祀的官員。《左傳・桓公六年》：「上思利民，忠也。祝史正辭，信也。」孔穎達疏：「祝官、史官正其言辭，不欺誑鬼神，是其信也。」《左傳・昭公十八年》：「郊人助祝史除於國也。」孔穎達疏：「祝史，掌祭祀之官。」告：請求。《爾雅・釋言》：「告，請也。」

〔一七〕百谷：衆多的山谷間溪流。

〔一八〕三光：日、月、星。《史記》（卷二十七）《天官書》：「南宫朱鳥，權、衡。衡，太微，三光之廷。」

《索隱》：「宋均曰：『太微，天帝南宫也。三光，日、月、五星也。』」鏡中：指水中。以鏡喻水的澄澈明净。《世説新語・言語》：「王子敬云：『從山陰道上行，山川自相映發，使人應接不暇。』」劉義慶注引《會稽郡記》曰：「會稽境特多名山水，峰崿隆峻，吐納雲霧。松栝楓柏，擢榦竦條，潭壑鏡徹，清流瀉注。」南朝陳釋惠標《咏水詩三首》（其一）：「舟如空裏泛，人似鏡中行。」

〔一九〕淺深露沙石：謂不論深淺之處，水底的沙石都看得很清楚。南朝梁吴均《與宋元思書》：「奇山異水，天下獨絶。水皆縹碧，千丈見底。游魚細石，直視無礙。」《文選》（卷二十七）沈約《新安江水至清淺深見底貽京邑游好》：「洞澈隨深淺，皎鏡無冬春。……豈若乘斯去，俯映石磷磷。」

〔二〇〕蘋藻：蘋，一種大萍。藻，一種水草。蘋藻都是水生植物。《詩經・召南・采蘋》：「于以采蘋，南澗之濱；于以采藻，于彼行潦。」《毛傳》：「蘋，大萍也。」又曰：「藻，聚藻也。」《鄭箋》：「藻，水菜也。」《左傳・襄公二十八年》：「濟澤之阿，行潦之蘋藻，寘諸宗室，季蘭尸之，敬也。」虚空：此喻清澈明净的水。《水經注》（卷二十二）《洧水》：「緑水平潭，清潔澄深，俯視游魚，類若乘空矣。所謂淵無潛鱗也。」又（卷三十七）《夷水》：「其水虚映，俯視游魚，如乘空也。」謝朓《將遊湘水尋句溪》：「寒草分花映，戲鮪乘空移。」

〔二一〕臨泛：臨流泛舟。呼應詩題「濟瀆泛舟」。

〔二二〕亭皋：水邊平地。《文選》（卷八）司馬相如《上林賦》：「亭皋千里，靡不被築。」李善注：「服虔曰：『皋，澤也。堤上十里一亭。』郭璞曰：『皆築地令平也。』」輕靄：淡薄的雲烟。

〔二三〕晴山：晴朗天氣所見到的山峰。傍：靠近。此句謂晴天裏的山峰似乎就緊靠着泛舟的濟水。

〔二四〕白鷺：亦稱白鳥。《太平御覽》（卷九二五）引《爾雅》曰：「鷺，舂鋤。」原注：「郭璞注曰：『白鷺也。頭、翅、背上皆有長翰毛。江東以取爲接離，名之曰白鷺。』」又引《毛詩義疏》曰：「鷺，水鳥。好白而潔，故謂之白鳥。齊、魯之間謂之舂鋤，遼東、樂浪、吴、楊人皆云白鷺。大小如鷂，青脚，高尺七八寸，解指，尾如鷹尾，喙長三寸，頂上有毛十數枚，長尺餘，毵毵然衆毛異，甚好。將欲取魚時弭之。今吴人亦養之，好群飛行。」絲桐：琴也。古人以梧桐作琴柱，屬絲弦樂器，故云。《尚書·禹貢》：「嶧陽孤桐。」《孔傳》：「嶧山之陽特生桐，中琴瑟。」《文選》（卷二十三）王粲《七哀詩二首》（其二）：「絲桐感人情，爲我發悲音。」李善注：「《史記》曰：『騶忌以鼓琴見齊威王，王曰：「夫治國家，何爲絲桐之閒也。」』」

〔二五〕潁北：潁水之北，即潁陽。水北爲陽。李頎《緩歌行》：「男兒立身須自强，十年閉户潁水陽。」據此，可知李頎的居住地當即在當時的河南府潁陽縣。潁水：參前《東京寄萬楚》注〔六〕。

〔二六〕維嵩：嵩山，又作嵩高山。維，發語詞，無義。《詩經·大雅·崧高》：「崧高維嶽，駿極于天。」嵩山在今河南省登封市。參前《光上座廊下衆山五韻》注〔二〕。

〔二七〕天壇：天壇山，在今河南省濟源縣。《太平寰宇記》（卷五）《河南道》（五）《西京》（三）：「澠池縣，天壇山，在縣東北十八里。高五百丈，四絶如壇。後魏孝文帝西巡至此。有天壇神。」又云：「王屋縣，天壇山，此山高登之，可以望海。」《讀史方輿紀要》（卷四十九）《河南》（四）：「濟源縣，王屋山，縣西八十里。……又北爲天檀山，峰巒特兀，巖壑奇勝，東峰爲日精，西爲月華。北有洞爲天下洞天第一。」

〔二八〕左手：參《贈張旭》注〔一四〕。正：使之正。此謂將頭巾戴正。接䍦：一種白色的頭巾。參《宋少府東谿泛舟》注〔五〕。程大昌《演繁露》（卷三）《古服不忌白》條：「晋人著白接䍦。竇苹《酒譜》：『白接䍦，巾也。』」

〔二九〕浩歌：放聲高歌。《楚辭·九歌·少司命》：「望美人兮未來，臨風怳兮浩歌。」眄（miǎn）：斜視貌。青穹：青天。《玉篇·穴部》：「穹，高也。」《文選》（卷三十）謝惠連《七月七日夜咏牛女》：「蹀足循廣除，瞬目矖曾穹。」李善注：「穹，天也。」

〔三〇〕夷猶：從容自得貌。《楚辭·九歌·湘君》：「君不行兮夷猶，蹇誰留兮中洲。」清吏：清正廉潔的官吏。傲：傲岸挺拔。

〔三一〕偃仰：安樂閑逸。《詩經·小雅·北山》：「或棲遲偃仰，或王事鞅掌。」狎：親近。

〔三二〕川上閑：謂在濟水上泛舟游玩的閑散灑脱。《論語·子罕》：「子在川上曰：『逝者如斯夫！不舍晝夜。』」

〔三三〕蒹葭：蘆葦。《詩經·秦風·蒹葭》：「蒹葭蒼蒼，白露爲霜。」《毛傳》：「蒹，薕；葭，蘆也。」

〔三四〕殊：猶也。參張相《詩詞曲語辭匯釋》（卷二）。

〔三五〕淹留：久留。參前《九月九日劉十八東堂集》注〔二〕。

〔三六〕烟嶼：烟霧籠罩的洲渚。張九齡《湘中作》：「烟嶼宜春望，林猿莫夜聽。」微濛：烟霧蒼茫迷離貌。《樂府詩集》（卷四十四）《清商曲辭》（一）《子夜歌四十二首》（其三十二）：「驚風急素柯，白日漸微濛。」

【箋評】

（「蘋藻生虛空」句）與「素鮪如游空」同妙。（王熹儒《唐詩選評》卷二）

此詩層次極爲清楚，如清水觀魚，頭頭可數。先言濟瀆之異，繼言神靈之尊，再言祀典之隆與風光之美，總爲泛舟作地步。而濟瀆全貌，亦在胸中，不必更寫游衍之樂，而樂已在其中矣。中間又用嵩岳作陪，謂睹嵩岳，即爲觀止，而孰知更有濟瀆？則濟瀆之美，更非尋常所及也。後又寫游觀雅興，諸公同調，月净霜凝，夷猶偃仰，更爲濟瀆生色不少。則惆悵難別之意，流連忘返之情，已充溢乎字裏行間，末後一點，此意全出，所謂順水行舟，不費推移之力也。寫景亦靈秀可喜，振筆直書，不事藻繪，實畫中白描高手。（劉寶和《李頎詩評注》）

【按　語】

此篇的寫作，詩人思路開闊，筆觸靈活，猶如一篇記游小文。但詩的前半却又避開「游」、「泛舟」不説，而是詳寫濟水的形成和特點，皇帝的隆重祭祀，神靈顯現的靈異，以及明净優美的景致。此節所寫，讓人感受到濟瀆的尊崇，又領略到它的秀美。所以，典重之筆和輕靈之詞交融在一起，使詩頗有一種特别的韻致和風神。詩的篇幅過半，却仍未點到題中「泛舟」之事，可見詩人在構思上是有意識地要以濟瀆種種歷史和現實的神奇鮮明的特點，爲游覽濟瀆增添深厚的意藴和情趣，深化兹游的人文品質和特色。作爲記游之作，進行份量如此之大的鋪墊，實在是極爲少見的。這只能説，它們本身也是詩人游覽濟瀆的興趣的一部分。詩的後半，則集中在寫游覽所見的美景和詩人所表現出的脱略世俗、傲岸不諧的人格追求上來。此節在寫法上，有幾點值得注意。首先，詩人只抓住秋天的「晚景」來寫泛舟濟瀆所見到的景色。其次，行文看似平順，實有錯綜，在泛舟中插入寫山，以山襯水，更爲美麗。而且寫山以「維嵩」爲主，又略點「天壇」作陪，更爲曲致有趣。其三，寫水寫山之外，側重表現詩人自己的舉止情態和人格追求，使游覽具有更深刻的思想意义。第四，直到詩的結處，方點到「與諸公游」，筆致奇巧；詩末表現了暢游後的惜别之情，以景作結，韻味雋永。如此看來，此詩是作者精心結撰的佳作，其筆力，其情致，均非平庸之輩所能達到的境界。

送綦毋三謁房給事①〔一〕

夫子大名下〔二〕，家無鍾石儲②〔三〕。惜哉湖海上〔四〕，曾校蓬萊書〔五〕。外物非本意〔六〕，此生空澹如③〔七〕。所思但乘興〔八〕，遠適唯單車④〔九〕。高道時坎坷〔一〇〕，故交願吹噓〔一一〕。徒言青瑣闥〔一二〕，不愛承明廬〔一三〕。百里人户滿〔一四〕，片言争訟疎⑤〔一五〕。手持《蓮花經》〔一六〕，目送飛鳥餘⑥〔一七〕。晚景南路別，炎雲中伏初〔一八〕。此行儻不遂，歸食蘆洲魚⑦〔一九〕。

【校　記】

①劉本將此詩編在五排内。

②「鍾」活字本、黄本、畢本作「鐘」。

③「澹」畢本作「淡」。

④「唯」活字本、百家詩本、黄本、凌本、畢本作「維」。

⑤「争」活字本、黄本、凌本、畢本作「諍」。

⑥「餘」劉本作「魚」。

⑦「洲」劉本作「淑」。

【注釋】

〔一〕綦毋三：綦毋潛，字孝通，行第三。生卒年不詳。虔州南康（今江西省贛州市）人。開元十四年進士及第，授宜壽尉，入爲集賢院直學士。開元末，任秘書省校書郎。天寶初，棄官還鄉。十一載前後，任右拾遺，不久即卒（《河嶽英靈集》録王灣《哭補闕亡友綦毋學士》可證）。生平事迹參《新唐書》（卷六十）《藝文志》（四）、《唐詩紀事》（卷二十）、《唐才子傳校箋》（卷二）。房給事：房琯（六九七—七六三），字次律，河南（今河南省洛陽市）人。開元二十二年，拜監察御史。天寶元年，拜主客員外郎。三載，遷試主客郎中，五載，擢給事中，六載正月，貶宜春太守。安史之亂後，歷任文部尚書、同中書門下平章事、招討西京兼防禦蒲、潼兩關兵馬節度使、禮部尚書，晉州刺史、漢州刺史、刑部尚書，卒贈太尉。生平事迹參《舊唐書》（卷一一一）、《新唐書》（卷一三九）本傳。給事，給事中，官名。《唐六典》（卷八）《門下省》：「給事中四人，正五品上。給事中掌侍奉左右，分判省事。」《舊唐書》（卷一一一）《房琯傳》：「（天寶）五年正月，擢試給事中。」《資治通鑑》（卷二百一十五）：「（天寶六載）春，正月，……李適之憂懼，仰藥自殺……給事中房琯坐與適之善，貶宜春太守。」再據詩中「晚景南路别，炎雲中伏初」云云，此詩當是天寶六載夏李頎在洛陽送别綦毋潛南去宜春拜謁房琯而作，只是詩中仍稱其舊職而已。參譚優學《李頎行年考》（見氏著《唐詩人行年考》）。一説，此詩作于天寶五年，詩人送别綦毋潛入京拜謁房琯，以求官職。參《唐才子傳校箋》（卷二）《綦毋潛》條。

〔二〕夫子：對他人的敬稱。《論語·里仁》：「夫子之道，忠恕而已矣。」《論語·子罕》：「夫子循循然善誘人，博我以文，約我以禮，欲罷不能。」大名：好名聲，名望高。《春秋穀梁傳·襄公十九年》：「君不尸小事，臣不專大名。善則稱君，過則稱己，則民作讓矣。」

〔三〕鍾石（dàn）儲：一鍾一石的糧食儲積。鍾，古代容量單位。《左傳·昭公三年》：「齊舊四量：豆、區、釜、鍾。四升爲豆，各自其四，以登于釜。釜十則鍾。」杜預注：「鍾，六斛四斗。」石，古代重量單位。重一百二十斤爲石。《漢書》（卷二十一上）《律曆志》（上）：「二十四銖爲兩。十六兩爲斤。三十斤爲鈞。四鈞爲石。」《漢書》（卷八十七上）《揚雄傳》（上）：「家産不過十金，乏無儋石之儲，晏如也。」

〔四〕惜哉：很可惜。哉，感嘆詞。湖海上：意謂罷官退隱於江湖河海之上。此「湖海」與「江海」無異。《莊子·刻意》：「就藪澤，處閒曠，釣魚閒處，無爲而已矣。此江海之士，避世之人，閒暇者之所好也。」

〔五〕校蓬萊書：指綦毋潛曾任秘書省校書郎。其任職時間當在天寶初年（參《唐才子傳校箋》卷二《綦毋潛》條）。綦毋潛任此職，于史無載，但時人詩歌中多有明確記載，李頎除此詩句外，尚有《題綦毋校書别業》，其他詩人如王維《送綦毋校書棄官還江東》、孟浩然《題李十四莊兼贈綦毋校書》、儲光羲《酬綦毋校書夢耶溪見贈之作》等詩，都是確證。蓬萊：本是傳説中東海三神山之一。相傳仙家之幽經秘録藏於此山，故東漢時將朝廷藏書處東觀擬稱爲道家蓬萊山。此又借指綦毋潛任校書郎的秘書省。《後漢書》(卷二十三)《竇章傳》:「是時學者稱東觀爲老氏藏室,道家蓬萊山,(鄧)康遂薦章入東觀爲校書郎。」《唐六典》(卷十)《秘書省》:「校書郎八人,正九品上。」

〔六〕外物:身外之物。功名利禄之類。《莊子·外物》:「外物不可必。」

〔七〕空:只,徒。澹如:淡泊恬静。《莊子·知北遊》:「澹而静乎,漠而清乎。」《晉書》(卷六十五)《王導傳》:「及劉隗用事,導漸見疏遠,任真推分,澹如也。」

〔八〕乘興:任意的興致。參前《贈張旭》注〔八〕。

〔九〕遠適:遠行。單車:駕一輛車獨行。《史記》(卷七十七)《魏公子列傳》:「今單車來代之,何如哉?」

〔一〇〕高道:高尚的道德品行。喻指不慕功名榮利。坎坷:不平貌。喻人生困頓失意。《漢書》(卷八十七上)《揚雄傳》(上):「瀸南巢之坎坷兮,易豳岐之夷平。」顔師古注:「坎坷,不平也。」

〔一一〕故交:舊友,老朋友。吹嘘:贊美頌揚。此指引薦。《老子》(第二十九章):「故物或行或隨,或嘘或吹。」《方言》(卷十二):「吹,扇,助也。」郭璞注:「吹嘘,扇拂,相佐助也。」《文選》(卷五十五)劉峻《廣絶交論》:「自昔把臂之英,金蘭之友,曾無羊舌下泣之仁,寧慕郈成分宅之德。」李善注:「劉孝標《與諸弟書》曰:『任既假以吹嘘,各登清貴(原作「貫」,疑誤)。』」

〔一二〕青瑣闥(tà):皇宫裏的門。借指朝廷。青瑣,參前《東京寄萬楚》注〔一六〕。闥,小門,内門。《詩經·齊風·東方之日》：「東方之月兮，彼姝者子，在我闥兮。」《毛傳》：「闥，門內也。」

〔一三〕承明廬：漢代皇宮內供官員的休息之所。此亦借指朝廷。《漢書》（卷六十四上）《嚴助傳》：「君厭承明之廬，勞侍從之事，懷故土，出爲郡吏。」顏師古注：「張晏曰：『承明廬在石渠閣外。直宿所止曰廬。』」

〔一四〕百里：百里方圓之地。先秦時代，諸侯國地域百里即可封侯，稱百里侯。秦、漢以來，實行郡縣制，一縣約百里左右，故縣令即別稱百里侯。此處謂綦毋潛曾做過縣級官吏。《孟子·萬章下》：「天子之制，地方千里，公、侯皆方百里，伯七十里，子、男五十里，凡四等。」《漢書》（卷十九上）《百官公卿表》（上）：「縣大率方百里。……皆秦制也。」此句所說，當指綦毋潛在開元十四年及第後曾官宜壽（盩厔）尉事。《新唐書》（卷六十）《藝文志》（四）：「（綦毋潛）開元中，繇宜壽尉入集賢院待制，遷右拾遺，終著作郎。」人户滿：人口户數巨大。考《元和郡縣圖志》（卷二）《關內道》（二）《京兆》（下）：「盩厔縣，畿。」屬京畿縣，事務繁劇，故云。

〔一五〕片言：單辭，訴訟雙方中的一方之辭。此句意即「片言折獄」，單方面的供詞就可以判斷訟案，明辨是非。《論語·顏淵》：「子曰：『片言可以折獄者，其由也與？』」何晏《集解》引孔安國曰：「片，猶偏也。聽訟必須兩辭以定是非，偏信一言以折獄者，唯子路可。」爭訟：糾紛訴訟。《韓非子·用人》：「爭訟止，技長立，則彊弱不觳力，冰炭不合形，天下莫得相傷，治之至也。」疎：稀少。同「疏」。

〔一六〕《蓮花經》：佛經名。又名《法華經》，全稱《妙法蓮花經》，是大乘佛教的一部重要經典。

〔一七〕目送飛鳥：《文選》（卷二十四）嵇康《贈秀才入軍五首》（其四）：「目送歸鴻，手揮五絃。俯仰自得，游心泰玄。」此二句以「手持」、「目送」的動作細節，表現悠閑自得的情態。

〔一八〕炎雲：紅色的雲。指炎熱的夏天。江淹《四時賦》：「至若炎雲峰起，芳樹未移；澤蘭生坂，朱荷出池。」中伏：夏天分爲初伏、中伏、後伏，所謂「三伏」，是炎熱的季節。《初學記》（卷四）《伏日》條引《陰陽書》曰：「從夏至後第三庚爲初伏，第四庚爲中伏，立秋後初庚爲後伏，謂之三伏。」

〔一九〕蘆洲：生長蘆葦的洲渚。參前《漁父歌》注〔一〇〕。此句意謂歸來隱居，過江湖上閑逸的生活。

【箋　評】

（九十句）碩公曰：「見友生珍惜至意，兼以感動給事。」

（張揔《唐風懷》卷五）

張升《友論》：「噓枯則冬榮，吹生則夏落。」……《老子》第二九章云：「夫物或行或隨，或噓或吹，或强或羸。」是其朔也。……張升語見《文選》劉峻《廣絶交論》「叙温郁則寒谷成暄，論嚴苦則春叢零葉」二句下李善注引，而論末「自昔把臂之英」一節下注又引峻《與諸弟書》：「任既假以吹噓，各登清貴。」已同「竿牘家」之用。蓋《方言》：「吹，扇，助也。」郭璞注：「吹噓，扇拂，相佐助也。」早作「竿牘家」解會。……此同郭璞、劉峻之例，已引申爲贊揚之意。唐之詩流「誤用」如楊炯、李頎、杜甫、元稹，不一而足。杜《贈獻納起居田舍人澄》：「揚雄更有《河東賦》，唯待吹嘘送上天。」尤成後世文士干乞套語。

（錢鍾書《管錐編》第三册第一〇二一—一〇二二頁）

【按　語】

此詩送别綦毋潛前往拜謁做官的故交房琯，其實就是干乞求官之舉。詩中也大力「吹嘘」綦毋潛曾官校書郎和京畿縣尉的往事。但詩人在叙寫這兩件事的前後，則又更多的是表彰綦毋潛不戀官職，不慕榮利，甘心淡泊的人生追求，這與前者顯然是不一致的。詩中將這兩個方面交叉展開，似乎是矛盾的，讓人不知他究竟是熱衷做官，還是祈心隱逸。其實，它們在作者的認識裏是并不矛盾的，甚至可以説與盛唐時代的士風高度一致的。詩人的意思并不是非做官不可，如果做官不成，隱逸也是人生一項很好的安排。詩的末二句云：「此行儻不遂，歸食蘆洲魚。」能仕則仕，不能做官的話，則可以泰然地隱逸江湖。這一點，正表現了當時的人們對于「仕」與「隱」兩者之間看似矛盾，實則很一致的完整看法。因此，我們不必認爲，此詩交寫「仕」與「隱」是一種故意委曲、不便明言的表達方式。

送劉四〔一〕

愛君少岐嶷〔二〕，高視白雲鄉〔三〕。九歲能屬文〔四〕，謁帝遊明光〔五〕。奉詔赤墀下〔六〕，拜爲童子郎〔七〕。爾來屢遷易〔八〕，三度尉洛陽〔九〕。洛陽十二門〔一〇〕，官寺鬱相望〔一一〕。青槐羅四面〔一二〕，渌水貫中央〔一三〕。聽訟破秋毫〔一四〕，應物利干將〔一五〕。辭滿如脱屣〔一六〕，立言無否臧〔一七〕。歲暮風雪暗①，秦中川路長〔一八〕。行人飲臘酒〔一九〕，立馬帶晨霜。生事豈須問〔二〇〕，故園寒草荒。從今署右職〔二一〕，莫笑在農桑〔二二〕。

【校　記】

①「雪」畢本作「霜」。

【注　釋】

〔一〕劉四：劉晏（七一六？—七八〇），字士安，行第四，曹州南華（今河南省東明縣）人。七歲舉神童。授秘書省正字，累授夏縣令。天寶中遷侍御史。至德後，歷任餘杭、彭原、隴、華諸州刺史。劉晏爲肅、代二朝著名理財家，多次任户部尚書、充度鹽鐵支使、判度支、分領天下財賦等理財要職。劉晏亦善詩文，一生廣交當時知名詩人。生平事迹參《舊唐書》（卷一二三）、《新唐書》（卷一四九）本傳、《唐詩紀事》（卷二十五）、鞠清遠《劉晏年譜》等。詩中云：「三度尉洛陽」，現存資料無法徵實「三度」云云，但劉晏于開元二十九年曾任洛陽縣尉是可以確定的。著名詩人王昌齡此年赴江寧丞途經洛陽時，作有《洛陽尉劉晏與府掾諸公茶集天宮寺岸道上人房》詩可證（參傅璇琮《唐代詩人叢考・王昌齡事迹考略》、《唐才子傳校箋》卷二）。李頎此詩是送別劉晏離洛陽赴長安之作。劉晏在天寶七載二月任夏縣令，詳《送劉四赴夏縣》詩注〔一〕。因此李頎此詩的作年，最早當在開元二十九年歲暮，至遲即在天寶七載二月劉晏赴夏縣令前。

〔二〕岐嶷（nì）：年少聰穎。《詩經・大雅・生民》：「誕實匍匐，克岐克嶷。」《毛傳》：「岐，知意也；嶷，識也。」《後漢書》（卷二十四）《馬援傳》：「客卿幼而岐嶷，年六歲，能應接諸公，專對賓客。」

〔三〕高視：在高處看。《文選》（卷四十二）曹植《與楊德祖書》：「德璉發迹於此魏，足下高視於上京。」白雲鄉：原指神仙的天帝之鄉，此借指京城長安。《莊子・天地》：「千歲厭世，去而上僊；乘彼白雲，至於帝鄉。」

〔四〕屬文：撰寫詩文。《漢書》（卷三十六）《劉歆傳》：「歆字子駿，少以通《詩》《書》能屬文召見成帝，待詔宦者署，爲黄門郎。」《文選》（卷十七）陸機《文賦》：「每自屬文，尤見其情。」李善注：「《論衡》曰：『幽思屬文，著記美言。』屬，綴也。」

〔五〕明光：漢代宫殿名。此借指唐代宫殿。《三輔黄圖》（卷三）《北宫》：「明光宫，武帝太初四年秋起，在長樂宫後，南與長樂宫相連屬。」漢代皇宫尚有明光殿。劉慶柱《三秦記輯注·桂宫》：「未央宫漸臺西有桂宫，中有明光殿。」

〔六〕赤墀：皇宫中的臺階用丹漆塗成紅色，謂之赤墀，亦稱丹墀。借指朝廷。《漢書》（卷六十七）《梅福傳》：「故願壹登文石之陛，涉赤墀之塗，當户牖之法坐，盡平生之愚慮。」顔師古注：「應劭曰：『以丹淹泥塗殿上也。』」

〔七〕童子郎：漢代以尚未成年的兒童，因才華突出而被拜爲郎，稱童子郎。《後漢書》（卷五十八）《臧洪傳》：「洪年十五，以父功拜童子郎，知名太學。」李賢注：「漢法，孝廉試經者拜爲郎。洪以年幼才俊，故拜童子郎也。《續漢書》曰：『左雄奏徵海内名儒爲博士，使公卿子弟爲諸生，有志操者加其俸禄。及汝南謝廉、河南趙建章年始十二，各能通經，雄并奏拜童子郎。於是負書來學，雲集京師』也。」此句謂劉晏以神童授官。《舊唐書》（卷一二三）《劉晏傳》：「劉晏字士安，曹州南華人。年七歲，舉神童，授秘書省正字。」《新唐書》（卷一百四十九）《劉晏傳》：「劉晏字士安，曹州南華人。玄宗封泰山，晏始八歲，獻頌行在，帝奇其幼，命宰相張説試之，説曰：『國瑞也。』即授太子正字。公卿邀請旁午，號神童，名震一時。」二史言七歲、八歲，此詩言九歲，小異。

〔八〕爾來：自那時以來。《文選》（卷三十七）諸葛亮《出師表》：「受任於敗軍之際，奉命於危難之間，爾來二十有一年矣。」李白《蜀道難》：「爾來四萬八千歲，不與秦塞通人煙。」遷易：變化。此謂官職變化。《文選》（卷二十八）陸機《塘上行》：「天道有遷易，人理無常全。」

〔九〕尉洛陽：做洛陽縣的縣尉。劉晏任洛陽尉，史無明文，李頎此詩以及本詩注〔一〕所引王昌齡詩題，均可證實此事，毫無疑義。至于「三度」云云，亦于史無徵，但李頎此語當不是虚語，庶可徵實。洛陽，洛陽縣，唐屬東都洛陽的畿縣。《元和郡縣圖志》（卷五）《河南道》（一）：「河南府洛陽縣，赤，郭下。本秦舊縣，歷代相因。貞觀六年，自金墉城移入郭内毓德坊，今理是也。」

〔一〇〕洛陽十二門：此句謂作爲東都的洛陽，其四面有十二門，乃天子之建制，非常宏偉壯觀。《文選》（卷一）班固《西都賦》：「披三條之廣路，立十二之通門。」李善注：「《周禮》曰：『匠人營國，方九里，旁三門。』鄭玄曰：『天子十二門，通十二子也。』」《唐六典》（卷七）《尚書工部》：「東都城左成皋，右函谷，前伊闕，後邙山。南面三門：中曰定鼎，左曰長夏，右曰厚載。東面三門：中曰建春，南曰永通，北曰上東。北面二門：東曰安喜，西曰徽安。西連禁苑，苑西四門：南曰迎秋，次曰遊義，次曰籠煙，北曰靈溪。」

〔一一〕官寺：朝廷的官署。唐朝廷有太常寺、光禄寺等九寺。《漢書》（卷七十五）《翼奉傳》：「乃二月戊午，地大震于隴西郡，毁落太上廟殿壁木飾，壞敗豲道縣城郭官寺及民室屋，厭殺人衆，山崩地裂，水泉涌出。」《左傳·隱公七年》：「初，戎朝于周，發幣于公卿，凡伯弗賓。」杜預注：

「朝而發幣於公卿，如今計獻詣公府卿寺。」孔穎達疏：「自漢以來，三公所居謂之府，九卿所居謂之寺。」鬱：高大，壯大。《文選》（卷十六）司馬相如《長門賦》：「正殿塊以造天兮，鬱并起而穹崇。」李善注：「郭璞《方言注》曰：『鬱，壯大也。』」

〔一二〕青槐：綠色的槐樹。槐樹是漢代以來宮苑中常見的樹木。《三輔黄圖》（卷二）：「（甘泉宫），今按甘泉谷北岸有槐樹，今謂玉樹，根幹盤峙，三二百年木也。」《太平御覽》（卷九五四）引《三輔黄圖》曰：「元始四年，起明堂辟雍，爲博士舍，三十區爲會市，但列槐樹數百行。」《太平寰宇記》（卷三）《河南道》（三）《西京》（一）：「河南府洛陽縣，……朱超石與兄書曰：『洛下道路本好，青槐蔭映可愛。』」可參證。

〔一三〕渌水：明净澄澈的水。《文選》（卷三）張衡《東京賦》：「於東則洪池清蘌，渌水澹澹，内阜川禽，外豐葭菼。」貫中央：指洛水貫串洛陽城中心流過。《舊唐書》（卷三十八）《地理志》（一）：「河南道，東都，……隋大業元年，自故洛城西移十八里置新都，今都城是也。北據邙山，南對伊闕，洛水貫都，有河漢之象。」

〔一四〕聽訟：判决案件。《論語·顔淵》：「聽訟，吾猶人也。必也使無訟乎。」邢昺疏：「言聽斷獄訟之時備兩造，吾亦猶如常人，無以異也。」秋毫：禽獸在秋天生長的極細小的新毛。借喻極微小的事情。《孟子·梁惠王上》：「明足以察秋毫之末，而不見輿薪，則王許之乎？」

〔一五〕應物：參前《謁張果先生》注〔八〕。干將：春秋時吴國寶劍名。《吴越春秋》（卷四）《闔閭内傳》：「干將者，吴人也，與歐冶子同師，俱能爲劍。越前來獻三枚，闔閭得而寶之，以故使劍匠作爲二枚，一曰干將，二曰莫耶。」

〔一六〕辭滿：官職任期已滿而請求去職。《文選》（卷二十五）謝靈運《還舊園作見顏范二中書》：「辭滿豈多秩，謝病大待年。」脱屣：脱下鞋子。喻極易之事。《漢書》（卷二十五上）《郊祀志》（上）：「嗟乎！誠得如黄帝，吾視去妻子如脱屣耳。」顏師古注：「屣，小履。脱屣者，言其便易，無所顧也。」

〔一七〕立言：立説，發論。《左傳·襄公二十四年》：「大上有立德，其次有立功，其次有立言，雖久不廢，此之謂不朽。」杜預注：「立謂不廢絶。」否臧：褒揚貶責。《世説新語·德行》：「晋文王稱阮嗣宗至慎，每與之言，言皆玄遠，未嘗臧否人物。」

〔一八〕秦中：即關中地區，春秋戰國時期屬於秦國的中心地帶，即今陝西省中部的平原地區。《漢書》（卷四十三）《婁敬傳》：「秦中新破，少民，地肥饒，可益實。」顏師古注：「秦中謂關中，故秦地也。」川路：一片平原地區。川，平川，此處即指秦川，也就是秦中地區。

〔一九〕行人：出行的人，游子。此指劉晏。臘酒：臘月的酒。此處亦點明行人是在歲末的十二月出行。《藝文類聚》（卷五）引《禮記》曰：「天子大蜡八，伊耆氏始爲蜡，蜡者索也。歲十二月，合聚萬物而索饗之。」又引《風俗通》曰：「《禮傳》曰：『夏曰嘉平，殷曰清祀，周曰大蜡。』漢改曰臈，臈者臘也。因臘取獸，祭先祖也。漢火行，衰於戌，故此日臘也。」《荆楚歲時記》：「十二月八日爲臘日。諺語：『臘鼓鳴，春草生。』」

〔二〇〕生事：生計。參前《贈張旭》注〔三〕。豈須問：何須問，不必問。

〔二一〕右職：高職。古代以右爲上，故云。《史記》（卷八十一）《廉頗藺相如列傳》：「既罷歸國，以相如功大，拜爲上卿，位在廉頗之右。」《索隱》：「王劭按：董勛《答禮》曰：『職高者名録在上，於人爲右；職卑者名録在下，於人爲左，是以謂下遷爲左。』」《正義》：「秦、漢以前，用右爲上。」《漢書》（卷八十九）《黄霸傳》：「馮翊以霸入財爲官，不署右職，使領郡錢穀計。」顔師古注：「右職，高職也。」

〔二二〕農桑：農耕和蠶桑。此指罷官後隱居的躬耕生活。《漢書》（卷五）《景帝紀》：「其令郡國務勸農桑，益種樹，可得衣食物。」

【按　語】

有關劉四其人，譚優學先生《唐詩人行年考·李頎行年考》一文，考定爲劉昚虚，但依據是《唐才子傳》，没有其他佐證材料。而定爲劉晏的材料，則爲新、舊《唐書》的劉晏本傳，似以後者更有説服力，故本書采用了這一説法。

在送别詩裏，這是一首頗有特色的篇章。全詩只在「歲暮風雪暗」四句，以秦川漫漫，風雪迷離的景象，關切友人在路途上的辛苦；并以「飲臘酒」、「立馬」不發的細節刻畫，表現友人也依依惜别，來點明一個「送」字。其餘部分，全部都是對友人的贊美和祝頌之詞。這些褒贊的話語，有用正面方法的，如詩的開頭八句，寫其年少才俊，皇帝垂青，直至做上京畿劇縣之官；再如「聽訟破秋毫」四句，既贊其才，又美其品，都屬於正面的筆法。也有用側面手法的，如「洛陽十二門」四句，句句描寫作爲東都的洛陽宏偉壯麗的景象，但在藝術表現上却起到了贊美主人公的烘托作用，效果極佳。還有運用對比陪襯方法的，詩的末四句以主人公的「署右職」和我的「在農桑」對照着寫，實際上起到了這個作用。以上的寫法，使詩在表現手段上富有變化，跌宕生姿，從而就使對友人的贊譽達到了極高的程度。本詩還有一個明顯的寫作特色，即敘述和議論之筆，與描寫和刻畫之筆交叉錯綜地進行運用，這又使得詩的抒情性大爲增强，韻致濃厚。試將屬於情韻很濃的「洛陽十二門」四句和「歲暮風雪暗」四句删掉，此詩的紆徐有致，摇曳生姿的情韻，就會大爲減弱，不難體會出這一點。

送裴騰〔一〕

養德爲衆許〔二〕，森然此丈夫〔三〕。放情白雲外〔四〕，爽氣連虬鬚〔五〕。衡鏡合知子〔六〕，公心誰謂無〔七〕。還令不得意〔八〕，單馬遂長驅〔九〕。桑野蠶忙時〔一〇〕，憐君久踟躕〔一一〕。新晴荷卷葉，孟夏雉將雛①〔一二〕。令弟爲縣尹〔一三〕，高城汾水隅〔一四〕。相將簿領閑〔一五〕，倚望恒峰孤②〔一六〕。香露團百草③〔一七〕，紫梨分萬株〔一八〕。歸來授衣假〔一九〕，莫使故園蕪〔二〇〕。

【校記】

①「雛」活字本、黄本作「雏」。

②「恒」活字本、百家詩本、黄本、凌本、畢本作「相」。

③「團」下原注：「一作溥。」

【注釋】

〔一〕裴騰：字士舉，郡望河東（今屬山西省永濟縣），曾任户部郎中。《新唐書》（卷七十一上）《宰相世系表》（一上）《南來吴裴》：「（裴）騰，户部郎中。」李華《三賢論》（《全唐文》卷三一七）：「河東裴騰士舉，精朗邁直。弟霸士會，峻清不雜。」

〔二〕養德：修養道德品行。此指修養無爲而治的德行。《莊子・天地》：「堯曰：『多男子則多懼，富則多事，壽則多辱。是三者，非所以養德也，故辭。』」成玄英疏：「三者未足養無爲之德，適可以益有爲之累，所以并辭。」

〔三〕森然：聳立貌，突出貌。丈夫：成年男子的統稱。詩文中所用，往往有贊許之意。

〔四〕放情：縱情。《文選》（卷二十一）郭璞《遊仙詩七首》（其三）：「放情陵霄外，嚼蕊挹飛泉。」李善注：「《楚辭》曰：『放遊志乎雲中。』」白雲：喻遠離世俗，歸隱山中的意趣。《文選》（卷二十二）左思《招隱詩二首》（其一）：「白雲停陰岡，丹葩曜陽林。」陶弘景《詔問山中何所有賦詩以答》：「山中何所有？嶺上多白雲。只可自怡悦，不堪持贈君。」

〔五〕爽氣：豪縱的氣概。《世説世語·豪爽》：「桓（温）既素有雄情爽氣，加爾日音調英發，叙古今成敗由人，存亡繫才，其狀磊落，一坐嘆賞。」虬鬚：蜷曲的長胡鬚。《三國志·魏書·崔琰傳》：「琰聲姿高暢，眉目疏朗，鬚長四尺，甚有威重，……太祖令曰：『琰雖見刑，而通賓客，門若市人，對賓客虬鬚直視，若有所瞋。』」

〔六〕衡鏡：比較鑒别。衡可稱重，鏡可照人，喻對人的考察選拔。合：合該，應該。子：指裴騰。

〔七〕公心：公正之心。《荀子·正名》：「以仁心説，以學心聽，以公心辨。」誰謂無：《詩經·召南·行露》：「誰謂雀無角？何以穿我屋。誰謂女無家？何以速我獄。」

〔八〕還令：却使得。王瑛《詩詞曲語辭例釋》：「還，却，可是，表示轉折語氣的副詞。」不得意：《漢書》（卷五十二）《田蚡傳》：「而（竇）嬰失竇太后，益疏不用，無勢，諸公稍自引而怠驁。唯灌夫獨否。故嬰墨墨不得意，而厚遇夫也。」

〔九〕單馬：一匹馬。意指裴騰是無官職的平民。《春秋公羊傳·隱公元年》：「賵者蓋以馬，以乘馬束帛。」何休注：「士乘飾車兩馬，庶人單馬木車是也。」

〔一〇〕桑野：種桑的田野。泛指鄉村的原野。《詩經·豳風·東山》：「蜎蜎者蠋，烝在桑野。」蠶忙時：養蠶最爲忙碌的時節，即所謂「蠶月」，農曆三月。正如漢樂府《孤兒行》所云：「三月蠶桑。」《詩經·豳風·七月》：「蠶月條桑，取彼斧斨，以伐遠揚，猗彼女桑。」

〔一一〕憐：惜，同情。踟躕：徘徊。《詩經・邶風・静女》：「愛而不見，搔首踟躕。」漢樂府《陌上桑》：「使君從南來，五馬立踟躕。」

〔一二〕孟夏：夏季的第一個月，農曆四月。《初學記》（卷三）引梁元帝《纂要》：「孟夏亦曰維夏、首夏。」雉將雛：野鷄帶領着小野鷄。《太平御覽》（卷九一七）引《廣雅》曰：「野鷄，雉。」漢樂府《隴西行》：「鳳凰鳴啾啾，一母將九雛。」《文選》（卷十八）成公綏《嘯賦》：「又似鴻雁之將雛，群鳴號乎沙漠。」

〔一三〕令弟：對弟弟的美稱（對人、對己均可用）。《文選》（卷二十五）謝靈運《酬從弟惠連》：「末路值令弟，開顔披心胸。」李善注：「應亨《古詩》曰：『濟濟令弟。』」裴騰有二弟，裴清、裴霸。《新唐書》（卷七十一上）《宰相世系表》（一上）《南來吴裴》：「（裴）清，秘書監；（裴）霸，吏部員外郎。」并參本詩注〔一〕。陶敏《全唐詩人名彙考》云：「疑指裴霸。」縣尹：縣令。《左傳・襄公二十六年》：「此子爲穿封戌，方城外之縣尹也。」

〔一四〕高城：高大雄偉的城墻。古代建城必有城墻，故云。此謂令弟所任縣令的縣城。汾水：汾河，在今山西省境内，黄河支流。《水經》（卷六）《汾水》：「汾水出太原汾陽縣北管涔山，……又南過臨汾縣東，……又西至汾陰縣北，西注于河。」《漢書》（卷二十八上）《地理志》（上）：「太原郡，汾陽縣，北山，汾水所出，西南至汾陰入河，過郡二，行千三百四十里。」

〔一五〕相將：相偕，相與。孟浩然《春情》：「已厭交情憐枕席，相將遊戲繞池臺。」張相《詩詞曲語辭匯釋》（卷三）：「相將，猶云相與或相共也。」簿領：官府的文書。此謂辦理公務。《文選》（卷二十九）劉楨《雜詩》：「沈迷簿領書，回回自昏亂。」李善注：「簿領，謂文簿而記録之。《史記》曰：『問上林尉諸禽獸簿。』司馬彪《莊子注》曰：『領，録也。』」簿領閑：謂官府辦公後的閑暇時間。

〔一六〕倚望：依倚眺望。一種仰慕的神情。恒峰：恒山的峰巒。在今山西省與河北省交界處。《尚書·禹貢》：「太行恒山，至于碣石。」《周禮·職方氏》：「并州，其山鎮曰恒山。」《爾雅·釋山》：「恒山爲北嶽。」孤：孤立，聳立。此有高聳突兀之義。

〔一七〕香露：花草上的露水。指夏天。王嘉《拾遺記·炎帝神農》：「陸地丹蕖，駢生如蓋，香露滴瀝，下流成池。」團：形容圓圓的露滴。《詩經·鄭風·野有蔓草》：「野有蔓草，零露漙兮。」《毛傳》：「漙，漙然，盛多也。」鄭玄箋：「漙，本亦作團。」

〔一八〕紫梨：梨子的一個品種。此句寫秋天。《西京雜記》（卷一）：「初修上林苑，群臣遠方，各獻名果異樹。亦有製爲美名，以標奇麗。梨十：紫梨、青梨（實大）、芳梨（實小）、大谷梨、細葉梨、縹葉梨、金葉梨（出琅琊王野家，太守王唐所獻）、瀚海梨（出瀚海北，耐寒不枯）、東王梨（出海中）、紫條梨。」《文選》（卷四）左思《蜀都賦》：「白露凝，微霜結，紫梨津潤，樼栗罅發。」

〔一九〕歸來：用陶淵明《歸去來兮辭》的字面。授衣假：指九月。參前《九月九日劉十八東堂集》注〔五〕。

〔二〇〕莫使故園蕪：《文選》（卷四十五）陶淵明《歸去來兮辭》：「歸去來兮，田園將蕪胡不歸。」此句化用其意。

【箋　評】

（首二句）譚云：「贊得有骨。」（四句）鍾云：「於『虬鬚』上看出『爽氣』，好眼。『連』字尤活。」（六句）鍾云：「『誰謂無』，非決辭，有不敢必意。」（九十句）譚云：「止此味長。」（鍾惺、譚元春《唐詩歸》卷十四）

唐云：「批法絶當（按指譚元春批點「止此味長」而言）。」又云：「上半精練，下散緩。」（唐汝詢《彙編唐詩十集》壬集）

李頎好義任俠，與之交者，亦多慷慨之士，此裴騰即其一也。頎善描寫人物，入其筆者，舉凡性情行事，無不栩栩如生。試觀此詩，放情白雲，單馬長驅，虬鬚爽氣，倚望恒峰，于不得志之中，時露豪爽之氣，則其人之慷慨，略可見矣。（劉寶和《李頎詩評注》）

【按　語】

此首送别詩，但其重點却是在贊許友人豪邁縱放，昂藏不凡的人格特徵和精神世界上，所以它也是李頎一首優秀的人物素描詩。开篇兩句即以總括之筆贊美其德行超卓。然後寫他平時一以貫之的豪爽超邁的情態：放情白雲，爽氣虬鬚，真是昂藏一丈夫。如此之人，却困頓失意，令人嘆惋。就是在這樣「不得意」的情况下，也毫無氣餒之狀，仍然是單馬長驅，倚望恒峰，表現出一種不受羈絆，放情世外的傲岸不諧的性格特點。如此寫來，此人遭際不平，却總是豪爽慷慨的精神面貌，就生動鮮明地呈現了出來。能産生這樣的藝術效果，原因就在于詩人很好地運用了白描寫法，純以細節刻畫突出人物的兀傲形象和豪縱的性格特徵。這樣的人「不得意」，更令人同情和惋惜。正是在這樣的氛圍裏，惜别之情就被表現得更爲深厚濃烈。此詩在豪縱健舉的主導風格之外，還明顯地具有清秀柔美的一面。這是因爲詩中在寫人時，非常注意插入式地寫景，即「新晴」二句和「香露」二句，它們不僅景象美麗，而且具有點時的妙用，藝術手段很高明。這樣的寫景，對於刻畫人物豪爽不羈的形象，也起到了映襯和烘托的作用，頗爲值得我們細心體會。

送司農崔丞〔一〕

黄鸝鳴官寺〔二〕，香草色未已〔三〕。同時皆省郎〔四〕，而我獨留此〔五〕。維監太倉粟〔六〕，常對府小史〔七〕。清陰羅廣庭〔八〕，政事如流水①〔九〕。奉使往長安〔一〇〕，今承朝野歡。辛臣應記識〔一一〕，明主必遷官〔一二〕。塞外貔將虎②〔一三〕，池中鴛與鸞〔一四〕。詞人《洞簫賦》〔一五〕，公子鵔鸃冠〔一六〕。邑里春方晚〔一七〕，昆明花欲闌〔一八〕。行行取高位〔一九〕，當使路傍看〔二〇〕。

【校　記】

①「政」百家詩本、凌本作「正」。

②「虎」活字本、百家詩本、黄本、凌本作「武」。

【注　釋】

〔一〕司農：司農寺，唐代朝廷官署名。崔丞：崔氏未詳。陶敏《全唐詩人名彙考》：「崔丞，疑爲崔器。《太平廣記》卷一五〇引《前定録》：『（崔）器後爲司農丞。肅宗在靈武，驟遷大司農。』器爲司農丞在天寶末。兩《唐書·崔器傳》均未及其爲司農丞及司農卿事。」丞，司農寺丞。《唐六典》（卷十九）《司農寺》：「司農寺：卿一人，從三品；少卿二人，從四品上。……丞六人，從六品上；主簿二人，從七品上；録事二人，從九品上。丞掌判寺事。凡天下租税及折造轉運于京、都，皆閲而納之。每歲自都轉米一百萬石以禄百官及供諸司；若駕幸東都，則減或罷之。」崔丞當是在洛陽監管屬於司農寺的含嘉倉，現將返回長安，李頎以詩送别。

〔二〕黄鸝：黄鶯，春天裏鳴聲婉轉動聽，又稱流鶯。《詩經·周南·葛覃》：「黄鳥于飛，集于灌木，其鳴喈喈。」孔穎達疏：「陸機（璣）疏云：『黄鳥，黄鸝留也，或謂之黄栗留。幽州人謂之黄鶯，一名倉庚，一名商庚，一名鵹黄，一名楚雀。齊人謂之搏黍，當葚熟時來在桑間，故里語曰：黄栗留，看我麥黄葚熟。亦是應節趨時之鳥也。』」但唐人又多有將《詩經·小雅·伐木》：「伐木丁丁，鳥鳴嚶嚶」的鳥解釋爲黄鳥（黄鶯），并將下文「出自幽谷，遷于喬木」的話，與進士登第或官職升遷相聯繫，賦予其新的文化内涵。參本詩〔箋評〕部分附録的資料。官寺：參前《送劉四》注〔二〕。

〔三〕香草色未已：即芳草萋萋之意。故文外有遲暮淪落的含義。

〔四〕省郎：朝廷的中樞官員。唐代三省及尚書六部皆有郎官，如侍郎、郎中、員外郎，均可稱省郎。《魏書》（卷十四）《高凉王孤傳》附《拓拔子思傳》：「以此而言，則中丞不揖省郎蓋已久矣，憲臺不屬都堂，亦非今日。」杜甫《入奏行贈西山檢察使竇侍御》：「省郎京尹必俯拾，江花未落還成都。」

〔五〕我：指崔氏。以其第一人稱言。一説，「我」爲詩人自謂，似不通。留此：謂仍然滯留在司農丞一職上。

〔六〕維監：監督管理。「維」字，發語詞，無義。太倉：京都的糧倉。《史記》（卷三十）《平準書》：「太倉之粟陳陳相因，充溢露積於外，至腐敗不可食。」太倉之制，秦漢以來，歷代因之。唐朝廷司農寺下有太倉署，專管長安的太倉。東都洛陽則有含嘉倉，職責與長安太倉相同。參《唐六典》（卷十九）《司農寺·太倉署》條。

〔七〕府小史：官府中的小史，指卑微的官職。《玉臺新詠》（卷一）《日出東南隅行》：「十五府小史，二十朝大夫，三十侍中郎，四十專城居。」《漢書》（卷八十五）《谷永傳》：「永少爲長安小史，後博學經書。」

〔八〕清陰：清涼的樹陰。陶淵明《歸鳥詩》：「顧儔相鳴，景庇清陰。」廣庭：寬敞的庭院。

〔九〕政事如流水：以流水爲喻，稱贊崔丞辦事能力强，公幹順利。政事：參本詩注〔一〕。

〔一〇〕奉使：奉命出使。《漢書》（卷七）《昭帝紀》：「移中監蘇武前使匈奴，留單于庭十九歲乃還，奉使全節，以武爲典屬國，賜錢百萬。」《漢書》（卷七十八）《蕭望之傳》：「哀帝時，南郡江中多盜賊，拜（蕭）育爲南郡太守。上以育耆舊名臣，乃以三公使車載育入殿中受策。」顔師古注：「孟康曰：『使車，三公奉使之車，若安車也。』」唐代承漢代制度，凡是官府差遣到外地辦事，也可謂之奉使。如李頎《琴歌》云：「清淮奉使千餘里」，皇甫冉《和中聖奉使承恩還終南舊居》：「風霜清吏事，江海諭君恩。」均可證。長安：唐代京城，今陝西省西安市。這是崔丞此次奉使的目的地。

〔一一〕記識：認識。《尚書·周書·武成》：「武王伐殷，往伐歸獸，識其政事，作《武成》。」《孔傳》：「記識殷家政教善事以爲法。」

〔一二〕明主：聖明的君主，指唐玄宗李隆基。遷官：升官。《韓非子·顯學》：「夫有功者必賞，則爵禄厚而愈勸；遷官襲級，則官職大而愈治。」《漢書》（卷五十九）《張湯傳》：「繇是益尊任，遷御史大夫。」又附《張安世傳》：「上奇其材，擢爲尚書令，遷光禄大夫。」

〔一三〕貔將虎：貔和虎，均爲猛獸，喻勇士猛將。《尚書·牧誓》：「如虎如貔，如熊如羆。」《孔傳》：「貔，執夷，虎屬也。四獸皆猛健。」將，與，連詞。張相《詩詞曲語辭匯釋》（卷三）：「將，猶與也。……盧照鄰《春時慨然思江湖》詩：『倘遇鸞將鶴，誰論貂與蟬。』……陳師道《宿深明閣》詩：『老將灾疾至，人與歲時遷。』以上各詩，皆將字與字互文，將猶與也。」

〔一四〕鴛與鸞：鴛鴦和鸞鳳。鸞，鸞鳳，鳳凰類。均喻賢才。此句用「鳳池」典。《晋書》（卷三十九）《荀勖傳》：「勖久在中書，專管機事。及失之，甚罔罔悵恨。或有賀之者，勖曰：『奪我鳳凰池，諸君賀我邪！』」

〔一五〕詞人：擅長文詞的文人。劉勰《文心雕龍·辨騷》：「是以枚賈追風以入麗，馬揚沿波而得奇，其衣被詞人，非一代也。」《洞簫賦》：漢代王褒所作賦的篇名。王褒此賦，深爲詞人所喜愛。《漢書》（卷六十四下）《王褒傳》：「太子喜褒所爲《甘泉》及《洞簫頌》，令後宫貴人左右皆誦讀之。」《文選》（卷十七）王褒《洞簫賦》題下，李善注：「《漢書音義》：『如淳曰：洞者，通也，簫之無底者，故曰洞簫。』《釋名》：『簫，肅也，言其聲肅肅然清也。大者二十三管，長三尺四寸。小者十六管。一名籟。』」

〔一六〕公子：公子王孫。泛指有權勢地位的人。鵕鸃（jùn yí）冠：冠名。漢代權貴所戴的冠。《史記》（卷一百二十五）《佞幸列傳》：「故孝惠時郎、侍中皆冠鵕鸃，貝帶，傅脂粉，化閎、籍之屬也。」《集解》：「《漢書音義》曰：『鵕鸃，鳥名。以毛羽飾冠，以貝飾帶。』」《索隱》：「鵕鸃，應劭曰：『鳥名，毛可以飾冠。』許慎云：『鷩鳥也。』《淮南子》云：『趙武靈王服貝帶鵕鸃。』《漢官儀》云：『秦破趙，以其冠賜侍中。』《三倉》云：『鵕鸃，神鳥也，飛光映天者也。』」

〔一七〕邑里：鄉里，家鄉。《墨子·尚賢中》：「凡所使治國家，官府，邑里，此皆國之賢者也。」

〔一八〕昆明：昆明池，在長安西南，此即指京都。《三輔黃圖》（卷四）：「漢昆明池，武帝元狩三年穿，在長安西南，周迴四十里。……《三輔舊事》曰：『昆明池地三百三十二頃，中有戈船各數十，樓船百艘，船上建戈矛，四角悉垂幡旄葆麾蓋，照燭涯涘。』《圖》曰：『上林苑有昆明池，周匝四十里。』」《漢書》（卷六）《武帝紀》：「（元狩三年春）發謫吏穿昆明池。」顏師古注：「臣瓚曰：『《西南夷傳》有越嶲、昆明國，有滇池，方三百里。漢使求身毒國，而爲昆明所閉。今欲伐之，故作昆明池象之，以習水戰。在長安西南，周圍四十里。』」《元和郡縣圖志》（卷一）《關内道》（一）：「京兆府長安縣，周武王宫，即鎬京也，在縣西北十八里。自漢武帝穿昆明池於此，鎬京遺趾淪陷焉。」花欲闌：春天的花事闌珊。指時屆暮春。此句與上句平列，點明崔丞啓程之時節。

〔一九〕行行：不停止貌。《文選》（卷二十九）《古詩十九首》（其一）：「行行重行行，與君生別離。」

〔二〇〕路傍：路邊的人。此指詩人自己。《太平御覽》（卷八九七）引《風俗通》曰：「殺君馬者路傍兒也。語云：『長吏食重禄，芻藁豐美，馬肥，希出，路傍小兒觀之，却驚，致死。』按長吏馬肥，觀者快馬之走驟也，騎者驅馳不足至於瘠死。」《玉臺新詠》（卷一）《相逢狹路間》：「黃金絡馬頭，觀者滿路傍。」又宋子侯《董嬌嬈》：「洛陽城東路，桃李生路傍。」

【箋評】

今謂進士登第爲遷鶯者久矣。蓋自《毛詩·伐木》篇詩云：「伐木丁丁，鳥鳴嚶嚶。出自幽谷，遷于喬木。」又曰：「嚶其鳴矣，求其友聲。」并無「鶯」字。頃歲試《早鶯求友》詩，又《鶯出谷》詩，別書固無證據，豈非誤歟？（編者按：此條及以下數條資料非直接評説李頎詩，但可作爲有關「鶯鳴」的參考，附録于此。）

（韋絢《劉賓客嘉話録》）

《劉夢得嘉話》云：「今謂進士登第爲遷鶯者久矣。蓋自《毛詩·伐木》篇云：『伐木丁丁，鳥鳴嚶嚶。出自幽谷，遷于喬木。』又曰：『嚶其鳴矣，求其友聲。』并無鶯字。頃歲省試《早鶯求友》詩，又《鶯出谷》詩。別書固無證據，斯大誤也。」余謂今人吟咏，多用遷鶯出谷之事，又曲名《喜遷鶯》者，皆循襲唐人之誤也。故宋景文公詩云：「曉報谷鶯朋友動」，又云：「杏園初日待鶯遷」，舒王云：「鶯猶尋舊友。」惟漢梁鴻東游，作《思友人詩》曰：「鳥嚶嚶兮友之期，念高子兮僕懷思。」《南史》劉孝標《廣絶交論》云：「嚶嚶相召，星流電激。」是真得《毛詩》之意。

（黃朝英《靖康緗素雜記》卷五）

《東皋雜録》曰：「《詩》：『伐木丁丁，鳥鳴嚶嚶。出自幽谷，遷於喬木。』鄭箋云：『嚶嚶，鳥聲。』正文與注，皆未嘗及黄鳥。自樂天作《六帖》，始類《鶯門》中，又作詩每用之，其後多祖述之也。」洪駒父謂「《禽經》稱鶯鳴嚶嚶，要是後人附合。僕觀張平子《東京賦》：『雎鳩鸝黄，關關嚶嚶。』然則以嚶嚶爲黄鸝用，自漢已然，不可謂自樂天始也」。（王楙《野客叢書》卷十六《黄鳥嚶嚶》）

又曰（按指王楙《野客叢書》又曰）：「《東皋雜録》曰：『《詩》：「伐木丁丁，鳥鳴嚶嚶。出自幽谷，遷於喬木。」鄭箋云：「嚶嚶，兩鳥聲。」正文與注皆未嘗及黄鳥。白樂天作《六帖》，始類入《鶯門》中，又作詩每用之，其後人多祖述用之也。』洪駒父謂『《禽經》稱鶯鳴嚶嚶，要是後人附會。僕觀張平子《東京賦》：「雎鳩鸝黄，關關嚶嚶。」然則以「嚶嚶」爲黄鸝用，自漢已然，不可謂自樂天始也。』」愚案：「嚶嚶」，《詩》屬之鳥鳴，則凡鳥皆可用。《東京賦》屬之黄鸝，未始不可。惟「關關雎鳩」本是一句，而又「嚶嚶」屬麗黄，則似《詩》之鳥鳴爲黄鳥矣。至梁昭明太子《十二月啓》有「啼鶯出谷」語，不止用「嚶嚶」字，而直用「出谷」，遂以誤傳誤。唐人因以進士登第爲遷鶯，又省試并以《早鶯求友》、《鶯出谷》命題，循襲其誤，不典甚矣。《劉賓客嘉話録》已譏其别無證據爲誤。（杭世駿《訂譌類編》卷六《鳥鳴嚶嚶非黄鳥》）

今謂陞官移官爲鶯遷，蓋本《毛詩》：「伐木丁丁，鳥鳴嚶嚶。出自幽谷，遷于喬木。」然并無「鶯」字，因初唐蘇味道詩「遷鶯遠聽聞」，楊楨「軒樹已遷鶯」，唐禮部試士遂有《遷鶯求友》并《鶯出谷》

詩，誤矣。今俗又訛「鷽」爲「鶯」，誤之又誤矣。

（吕種玉《言鯖》卷下）

今人稱遷官曰「鶯遷」，本《詩經》「遷于喬木」之義。按《伐木》章：「鳥鳴嚶嚶，出自幽谷，遷于喬木。」是「嚶」字不是「鶯」字，「嚶」乃鳥之鳴聲耳。綿蠻、黄鳥當是鶯，而又無「遷」、「喬」字樣，然唐人有《鶯出谷》詩題，《盧正道碑》有「鴻漸于磐，鶯遷于木」之文，則以「嚶」爲「鶯」，自唐已然。

（袁枚《隨園隨筆》卷十七《鶯遷之訛》）

【按　語】

此詩雖然也有沉淪下僚的嘆息，但全詩還是以叙寫鋪陳之筆展開贊頌爲主，顯得高華富麗，雍容和雅，别是一種風調。詩中有關官寺的壯麗肅穆，特别是友人的雄才大略和文武兼備，詩人都是通過運用「賦」的藝術表現方法和用典的比擬方法相結合，作了充分的展示和高度的贊揚，在寫作上頗有特色，但就其思想情調來説，則有諛美之嫌，表現了李頎思想中熱衷仕途功名的庸俗的一面。

送崔侍御赴京〔一〕

緑槐蔭長路〔二〕，駿馬垂青絲〔三〕。柱史謁承明〔四〕，翩翩將有期〔五〕。千官大朝日〔六〕，奏事臨赤墀〔七〕。肅肅儀仗裏〔八〕，風生鷹隼姿〔九〕。一從登甲科①〔一〇〕，三拜皆憲司〔一一〕。按俗又如此〔一二〕，爲郎何太遲〔一三〕。送君暮春月②〔一四〕，花落城南陲〔一五〕。惜别醉芳草〔一六〕，前山勞夢思〔一七〕。

【校記】

①「甲科」畢本作「科甲」。

②「月」劉本作「日」。

【注釋】

〔一〕崔侍御：崔氏，未詳。一説指崔成甫（？—七五八），行第四。其父在洛陽做官，成甫出生於洛陽。進士及第，任秘書省校書郎，遷馮翊尉、陝縣尉，攝監察御史，因事被貶湘陰，乾元初卒於江介。李白爲崔成甫文集所作《〈澤畔吟〉序》云：「從宦二十有八載，而官未登于郎署。」李頎詩中云：「爲郎何太遲」，行事相合，故李頎詩中的崔侍御即崔成甫。説參劉保和著《李頎詩評注》。有關資料可參郁賢皓《李白叢考》中《李白詩中崔侍御考辨》一文。侍御，官名，唐人對侍御史的習稱。《唐六典》（卷十三）《御史臺》：「侍御史四人，從六品下。侍御史掌糾舉百僚，推鞫獄訟。……殿中侍御史六人，從七品上。監察御史十人，正八品上。殿中侍御史掌殿庭供奉之儀式。……監察御史掌分察百僚，巡按郡縣，糾視刑獄，肅整朝儀。」趙璘《因話録》（卷五）：「御史臺三院，一曰臺院，其僚曰侍御史，衆呼爲端公，見宰相及臺長，則曰某姓侍御。……二曰殿院，其僚曰殿中侍御史，衆呼爲侍御，見宰相及臺長雜端，則曰某姓殿中。……三曰察院，其僚曰監察御史，衆呼亦曰侍御，見宰相及臺長雜端，則曰某姓監察。若三院同見臺長，則通曰三院侍御。」準此，崔侍御當指其爲監察御史。此詩當是作者在洛陽送崔侍御赴京之作。

〔二〕緑槐蔭長路：緑色的槐樹掩映着洛陽城的大道。此句寫實。參前《送劉四》注〔三〕。

〔三〕青絲：以青絲織成的馬轡（馬繮繩）。漢樂府《陌上桑》：「青絲繫馬尾，黄金絡馬頭。」南朝梁王僧孺《古意詩》：「青絲控燕馬，紫艾飾吴刀。」《南史》（卷八十）《侯景傳》：「先是，大同中童謡曰：『青絲白馬壽陽來。』景渦陽之敗，求錦，朝廷所給青布，及是皆用爲袍，采色尚青。景乘白馬，青絲爲轡，欲以應謡。」

〔四〕柱史：柱下史的省稱，即指御史。《史記》（卷六十三）《老子列傳》：「（老子）姓李氏，名耳，字聃，周守藏室之史也。」《索隱》：「按：藏室史，周藏書室之史也。又《張蒼傳》：『老子爲柱下史』，蓋即藏室之柱下，因以爲官名。」《史記》（卷九十六）《張丞相列傳》：「張丞相蒼者，陽武人也。好書律曆。秦時爲御史，主柱下方書。」《集解》引如淳曰：「秦以上置柱下史，蒼爲御史，主其事。」《索隱》：「周、秦皆有柱下史，謂御史也。所掌及侍立恒在殿柱之下，故老子爲周柱下史。今蒼在秦代亦居斯職。」承明：承明廬，代指朝廷。參前《送綦毋三謁房給事》注〔一三〕。

〔五〕翩翩：行進快捷貌。將有期：《詩經·衛風·氓》：「將子無怒，秋以爲期。」《玉臺新詠》（卷一）《古詩八首》（穆穆清風至）：「安得抱柱信，皎日以爲期。」

〔六〕千官：泛指朝廷衆多的官員。《呂氏春秋·審分覽·君守》：「大聖無事，而千官盡能。」《漢書》（卷六十四上）《嚴助傳》：「人徒之衆足以奉千官之供，租稅之收足以給乘輿之御。」顔師古注：「千官猶百官也，多言之耳。」大朝日：百官上朝拜見皇帝的日子。未必指歲首正月的大朝。《穆天子傳》（卷一）：「癸丑，天子大朝於燕然之山，河水之阿。」《後漢書·志》（第五）《禮儀志》（中）：「每歲首正月，爲大朝受賀。」

〔七〕赤墀：參前《送劉四》注〔六〕。

〔八〕肅肅：莊嚴肅穆貌。《詩經·大雅·思齊》：「雝雝在宫，肅肅在廟。」《毛傳》：「肅肅，敬也。」儀仗：此指百官上朝謁帝時排列的隊形儀式。

〔九〕鷹隼：老鷹和老雕，兩種猛禽。喻人的英武勇猛。《禮記·月令》：「（季夏之月）行冬令，則風寒不時，鷹隼蚤鷙，四鄙入保。」

〔一〇〕一從：自從。王昌齡《寄穆侍御出幽州》：「一從恩譴度瀟湘，塞北江南萬里長。」甲科：唐代進士科舉，以應試成績，分爲甲科（甲第）、乙科（乙第）。杜佑《通典》（卷十五）《選舉》（三）：「進士有甲、乙二科。」《唐會要》（卷七十六）《貢舉》（中）《孝廉舉》：「今禮部每歲擢甲、乙之科。」《新唐書》（卷四十四）《選舉志》（上）：「凡進士，試時務策五道、帖一大經，經、策全通爲甲第；策通四、帖過四以上爲乙第。」崔成甫確實進士及第。李華《贈禮部尚書清河孝公崔沔集序》：「長子成甫，進士擢第，校書郎，陝縣尉，知名當時，不幸早世。」顔真卿《通議大夫守太子賓客東都副留守雲騎尉贈尚書左僕射博陵崔孝公宅陋室銘記》：「長子成甫，倜儻有才名，進士，校書郎，早卒。」

〔二〕三拜：三次拜官。憲司：也稱憲臺，御史臺的習稱。《唐會要》（卷六十）《御史臺》（上）：「武德初，因隋舊制爲御史臺。龍朔二年四月四日，改爲憲臺。」《宋書》（卷四十二）《劉瑀傳》：「明年，遷御史中丞。瑀使氣尚人，爲憲司甚得志。」封演《封氏聞見記》（卷三）《風憲》：「御史主彈奏不法，肅清内外。唐興，宰輔多自憲司登鈞軸，故謂御史爲宰相。」

〔三〕按俗：查核吏治，省察風俗。意謂前往各地考察民風，糾舉吏治得失。唐代侍御史擔負此項任務。《史記》（卷五十四）《曹相國世家》：「從吏惡之，無如之何，乃請參游園中，聞吏醉歌呼，從吏幸相國召按之。」《唐會要》（卷六十）《御史臺》（上）：「神龍元年二月四日，改爲左右御史臺。……初置兩臺，每年春、秋發使，春曰風俗，秋曰廉察。……載初以後，奉敕乃巡，每年不出使。」

〔三〕爲郎：做郎官。參前《送司農崔丞》注〔四〕。何太遲：《玉臺新詠》附《續玉臺新詠》蘇蟬翼《因故人歸作》：「郎去何太速，郎來何太遲。」

〔一四〕暮春月：農曆三月。《初學記》（卷三）《春》引梁元帝《纂要》曰：「三月季春，亦曰暮春、末春、晚春。」

〔一五〕城南：指洛陽城的城南。舊時京城裏的皇宫、官府座北朝南，而民居則集中在城南。沈佺期《古意呈喬補闕知之》：「白狼河北音書斷，丹鳳城南秋夜長。」高適《燕歌行》：「少婦城南欲斷腸，征人薊北空回首。」

〔一六〕惜别醉芳草：因惜别而看到芳草更加爲之酣醉。《楚辭·招隱士》：「王孫遊兮不歸，春草生兮萋萋。」《玉臺新詠》（卷五）范雲《思歸》：「春草醉春煙，春閨人獨眠。」

〔一七〕勞：煩勞，有勞。此句謂夢中追尋友人到前山。牽挂旅途中的友人。

【按語】

此首送别詩，主要藝術特色就在詩末四句的惜别上。開頭八句贊美友人的雄姿英武，威儀赫赫，它與洛城大道和京都朝廷宏偉壯觀的情景結合在一起來表現，給人以富麗堂皇、雍容高雅的感覺。隨後的四句，贊友人的清才，而惜其沉淪下僚，慨嘆之情脱然而出，從而將情致很自然地過渡到結處四句的惆悵迷惘的惜别之情上。這四句的妙處，是點時點地與景物點綴相結合，情景交融；實寫和虚擬相結合，將眼前的别緒延展到别後的情思，韻味雋永悠長，令人感喟不盡。特别是末二句，其筆觸的靈秀，情感的深致，意蘊的婉曲，臻于古詩的佳境，可謂傑句。

春送從叔遊襄陽〔一〕

言别恨非一〔二〕，棄置我宗英〔三〕。向用五經笥①〔四〕，今爲千里行。裹糧顧庭草〔五〕，羸馬詰朝鳴〔六〕。斗酒對寒食〔七〕，雜花宜晚晴〔八〕。春衣采洲路〔九〕，夜飲南陽城〔一〇〕。客夢峴山曉〔一一〕，漁歌江水清〔一二〕。楚俗少相知〔一三〕，遠遊難稱情〔一四〕。同人應館轂〔一五〕，刺史在郊迎②〔一六〕。只合侍丹扆〔一七〕，翻令辭上京〔一八〕。時方春欲暮，嘆息向流鶯〔一九〕。

【校　記】

①「用」劉本作「日」。

②「在」劉本作「出」。

【注　釋】

〔一〕從叔：堂叔。襄陽：今湖北省襄陽市。《元和郡縣圖志》（卷二十一）《山南道》（二）：「襄州，襄陽，大都督府，今爲襄陽節度使理所。」又云：「襄州襄陽縣，望，郭下，本漢舊縣也，屬南郡，在襄水之陽，故以爲名。魏武帝平荆州，分南郡置襄陽郡，縣屬焉。後遂不改。」

〔二〕言别恨非一：别恨多端，故云。《文選》（卷十六）江淹《别賦》：「是以别方不定，别理千名，有别必怨，有怨必盈，使人意奪神駭，心折骨驚。」

〔三〕棄置：丢下，抛開。《樂府詩集》（卷三十八）古辭《婦病行》：「行復爾耳，棄置勿復道。」《文選》（卷二十九）曹丕《雜詩二首》（其二）：「棄置勿復陳，客子常畏人。」宗英：同一宗族裏的傑出人士。《漢書》（卷一百下）《叙傳》（下）：「長沙寂漠，廣川亡聲，膠東不亮，常山驕盈，四國絶祀，河間賢明，禮樂是修，爲漢宗英。」

〔四〕向用：至以。五經笥：盛五經的竹箱。喻博學者。笥，《説文·竹部》：「笥，飯及衣之器也。」《玉篇·竹部》：「笥，盛飯器，圓曰簞，方曰笥。」《後漢書》（卷八十上）《邊韶傳》：「邊爲姓，孝爲字。腹便便，《五經》笥。但欲眠，思經事。寐與周公通夢，静與孔子同意。」

〔五〕裹糧：行人所準備的在路途中吃的熟食幹糧。《詩經·大雅·公劉》：「乃積乃倉，乃裹餱糧，于橐于囊。」《孟子·梁惠王下》：「昔者公劉好貨，《詩》云：『乃積乃倉，乃裹餱糧，于橐于囊。思戢用光。弓矢斯張，干戈戚揚，爰方啓行。』故居者有積倉，行者有裹糧也，然後可以爰方啓行。」庭草：庭院中的緑草。此有睹草惜别之意。《玉臺新詠》（卷一）《飲馬長城窟行》：「青青河邊草，綿綿思遠道。遠道不可思，宿昔夢見之。」

〔六〕詰朝：清晨。《左傳·僖公二十八年》：「戒爾車乘，敬爾君事，詰朝將見。」杜預注：「詰朝，平旦。」

〔七〕斗酒：《漢書》（卷六十六）《楊惲傳》：「田家作苦，歲時伏臘，烹羊炮羔，斗酒自勞。」《文選》（卷二十九）《古詩十九首》（青青陵上柏）：「斗酒相娱樂，聊厚不爲薄。」寒食：冷的食物，指寒食節之時。南朝梁宗懔《荊楚歲時記》：「去冬至節一百五日，即有疾風甚雨，謂之寒食。禁火三日，造餳大麥粥。據曆，合在清明前二日。亦有去冬至一百六日者。」《後漢書》（卷六十一）《周舉傳》：「舉稍遷并州刺史。太原一郡，舊俗以介子推焚骸，有龍忌之禁。至其亡月，咸言神靈不樂舉火，由是士民每冬中輒一月寒食，莫敢煙爨，老小不堪，歲多死者。舉既到州，乃作吊書以置子推之廟，言盛冬去火，殘損民命，非賢者之意，以宣示愚民，使還温食。於是衆惑稍解，風俗頗革。」李賢注：「《新序》曰：『晉文公反國，介子推無爵，遂去而之介山之上。文公求之不得，乃焚其山，推遂不出而焚死。』事具《耿恭傳》。龍，星，木之位也，春見東方。心爲大火，懼火之盛，故爲之禁火。俗傳云子推以此日被焚而禁火。」

〔八〕雜花：謂花草的品類多，色彩繽紛。《文選》（卷二十七）謝朓《晚登三山還望京邑》：「喧鳥覆春洲，雜英滿芳甸。」宜：適宜，適合。

〔九〕春衣：春天穿的衣服。《論語·先進》：「莫春者，春服既成，冠者五六人，童子六七人，浴乎沂，風乎舞雩，咏而歸。」何晏《集解》引包咸注曰：「春服既成，衣單袷之時。」庾信《春賦》：「宜春苑中春已歸，披香殿裹作春衣。」采洲：未詳。審下句「南陽城」云云，當指從叔經行之地。

〔一〇〕南陽：唐代屬鄧州（在今河南省鄧州市境）。《元和郡縣圖志》（卷二十一）《山南道》（二）：「鄧州，南陽。秦昭襄王取韓地，置南陽郡，以在中國之南，而有陽地，故曰南陽。三十六郡，南陽居其一焉。……大業三年，改爲南陽郡。武德二年，復爲鄧州。」又云：「鄧州南陽縣，本周之申國也，平王母申后之家。漢置宛縣，屬南陽郡。……至隋改爲南陽縣，屬鄧州。」

〔一一〕峴山：山名，在今湖北省襄陽市。《元和郡縣圖志》（卷二十一）《山南道》（二）：「襄陽節度使（襄陽大都督府），襄州襄陽縣，峴山，在縣東南九里。山東臨漢水，古今大路。羊祜鎮襄陽，與鄒潤甫共登此山，後人立碑，謂之墮淚碑，其銘文即蜀人李安所製。」

〔一二〕江水：此指漢江。《讀史方輿紀要》（卷七十九）《湖廣》（五）：「襄陽府襄陽縣，漢江，在府城北。……其在府境者亦曰夏水。……亦曰漢水，亦曰沔水。」

〔一三〕楚俗：楚地的風俗民情。襄陽地屬先秦時期的楚國，故云。《元和郡縣圖志》（卷二十一）《山南道》（二）：「襄州，《禹貢》豫、荆二州之域。於周諸國，則穀、鄧、鄾、盧、羅、鄀之地。春秋時地屬楚。」

〔一四〕稱情：稱心如意。陶淵明《感士不遇賦》：「靡潛躍之非分，常傲然以稱情。」

〔一五〕同人：本意爲與人和協，此謂志趣相投者。《周易·同人卦》：「同人于野，亨。」館穀：供給食宿。《左傳·僖公二十八年》：「晋師三日館穀。」杜預注：「館，舍也。食楚軍穀三日。」

〔一六〕刺史：州長官。秦分天下爲三十六郡，郡長官爲太守。漢代則建制爲州，州長官爲刺史。郡太守與州刺史的地位、責職相同，故唐代時有互用。《漢書》（卷六）《武帝紀》：「（元封五年）初置刺史部十三州。」顔師古注：「《漢舊儀》云初分十三州，假刺史印綬，有常治所。」《新唐書》（卷一）《高祖紀》：「（武德元年）改郡爲州，太守爲刺史。」《舊唐書》（卷九）《玄宗紀》（下）：「（天寶元年）天下諸州改爲郡，刺史改爲太守。」郊迎：《漢書》（卷六十八）《霍光傳》：「會爲票騎將軍擊匈奴，道出河東，河東太守郊迎，負弩矢先驅。」顔師古注：「郊迎，迎於郊界之上也。」

〔一七〕丹扆：彩色屏風。帝王户牖之間的裝飾，在帝王座位之後。借指皇帝。《説文・户部》：「扆，户牖之間謂之扆。」《玉篇・户部》：「扆，鄭玄注《儀禮》：『扆如綈素屏風，畫斧文以示威，亦天子所居也。』」王充《論衡・書虚篇》：「户牖之間曰扆，南面之坐位也。負扆南面鄉坐，扆在後也。」

〔一八〕翻令：反而使得。翻，反而，副詞。柳宗元《衡陽與夢得分路贈别》：「十年憔悴到秦京，誰料翻爲嶺外行。」上京：京城。此指唐代長安城。《文選》（卷十四）班固《幽通賦》：「皇十紀而鴻漸兮，有羽儀於上京。」李善注：「應劭曰：『紀，世也；鴻，鳥也；漸，進也。言先人至漢十世，始進仕，有羽翼於京師也。』」《文選》（卷四十二）曹植《與楊德祖書》：「德璉發迹於此魏，足下高視於上京。」吕延濟注：「上京，謂帝都也。」

〔一九〕流鶯：黄鶯，一名黄鸝，一名黄鳥。其鳴聲圓轉流美，故名。參前《送司農崔丞》注〔二〕。

【按語】

此詩送别從叔遠游，惜别之情表達得十分强烈深厚，但寫法上却非常藴藉婉轉。首句「言别恨非一」開篇明義，確立主旨，并籠罩全篇。從痛惜其有才而遭「棄置」，轉而傷感其千里遠行。由此從眼前的送别，情景相生，意緒深致；再從順其行進的路途，一路展開下去，設想其在路程中的種種生活情景；直到到達目的地後的寂寞與慰藉并存的感受和境遇，看似都山清水秀，令人賞玩，應接不暇，又有友人情深，官府尊重，但字裏行間無不滲透着作者對從叔的牽挂、思念和傷感。末四句又遥應篇首，再次致意，對其不得已辭京遠游，倍感傷痛。詩首二句用情語，末二句用景語，以景結情，使人深切地感受到作者對其從叔不幸遭遇的嘆息，以及對其遠游的傷離恨别之情。二者渾然融匯在一起，更構成一種無限悵惘的詩境和韻致。

此詩從首至尾抒發「别恨」，同時也都伴隨着景象的點綴，用優美的景象爲抒發别情服務。景語有實寫，有虚擬，但都緊緊扣住題目中的「春」字。有的明用「春」字，有的暗含「春」字，我們大約可以將其概括爲春草、春衣、春花、春晚、春暮、春夢、春江、春鳥等種種景物意象，它們爲詩中抒發深濃的别情起到了極大的作用。

贈别高三十五〔一〕

五十無産業〔二〕，心輕百萬資〔三〕。屠酤亦與群〔四〕，不問君是誰〔五〕。飲酒或垂釣〔六〕，狂歌兼咏詩〔七〕。焉知漢高士〔八〕，莫識越鴟夷〔九〕。寄迹栖霞山〔一〇〕，蓬頭睢水湄〔一一〕。忽然辟命下〔一二〕，衆謂趨丹墀①〔一三〕。沐浴著賜衣〔一四〕，西來馬行遲〔一五〕。能令相府重〔一六〕，且有函關期〔一七〕。僶俛從寸禄〔一八〕，舊遊梁宋時〔一九〕。皤皤邑中叟〔二〇〕，相候鬢如絲②。官舍柳林静〔二一〕，河梁杏葉滋〔二二〕。摘芳雲景宴③〔二三〕，把手秋蟬悲〔二四〕。小縣情未愜〔二五〕，折腰君莫辭④〔二六〕。吾觀主人意⑤〔二七〕，不久召京師〔二八〕。

【校　記】

①「趨」劉本作「超」。

②「候」劉本作「侯」。

③「宴」劉本、活字本、黄本、凌本、畢本作「晏」。

④「君莫」劉本作「莫□」。

⑤「主」下原注：「一作聖。」

【注釋】

〔一〕高三十五：高適（七〇〇？—七六五），字達夫，行第三十五。郡望渤海蓨（今河北省景縣）人。曾隨父旅居嶺南，後客居梁、宋。開元年間，多次游長安，均無成。天寶三載，與李白、杜甫會於梁、宋，懷古賦詩。天寶八載秋，睢陽太守張九皋薦舉有道科，及第，授封丘尉。十二載，河西節度使哥舒翰辟爲掌書記。安史之亂起，以監察御史佐守潼關。玄宗幸蜀，間道奔行在，以侍御史擢諫議大夫。至德元年，拜淮南節度兼采訪使，平李璘。後累官太子少詹事、彭州刺史、蜀州刺史、劍南西川節度使、刑部侍郎，轉左散騎常侍。後世稱「高常侍」。永泰元年正月卒，謚曰忠。高適與岑參齊名，爲盛唐邊塞詩派代表作家，稱「高岑」。生平事迹參《舊唐書》（卷一百一十一）、《新唐書》（卷一四三）本傳、《唐才子傳校箋》（卷二）、周勛初《高適年譜》。李頎此詩當作於天寶八載，時在洛陽。此年初秋，高適過洛陽，前往封丘縣任縣尉。高適有《留别鄭三韋九兼洛下諸公》詩，李頎此詩即是與高適的酬答之作。

〔二〕産業：私人財産。《文選》（卷五十一）東方朔《非有先生論》：「省庖厨，去侈靡，卑宫館，壞苑囿，填池塹，以與貧民無産業者。」此句有寫實性。高適《留别鄭三韋九兼洛下諸公》詩云：「蹇躓蹉跎竟不成，年過四十尚躬耕。」《舊唐書》（卷一百一十一）《高適傳》：「適少濩落，不事生業，家貧，客於梁、宋，以求丐取給。」據周勛初《高適年譜》，高適在天寶八載被任命爲封丘縣尉時已年届五十。在邁入仕途後，陞遷之速促使人們注意其文學成就，故五十歲是高適的人生轉折點。《舊唐書》本傳説他「年過五十，始留意詩什」，實與其五十歲時仕途陞遷有密切關係。李頎的詩句是重要佐證。

〔三〕百萬：形容數量極爲巨大。前人常用此數詞作誇張之詞。《國語·晋語二》：「吾命之以汾陽之田百萬。」《史記》（卷七十六）《平原君虞卿列傳》：「今楚地方五千里，持戟百萬，此霸王之資也。」又云：「毛先生以三寸之舌，彊於百萬之師。」

〔四〕屠酤：屠夫和賣酒的人。此句謂與此類人游從，表現出豪縱狂放的性情。《史記》（卷八十六）《刺客列傳》：「荊軻既至燕，愛燕之狗屠及善擊筑者高漸離。荊軻嗜酒，日與狗屠及高漸離飲於燕市，酒酣以往，高漸離擊筑，荊軻和而歌於市中，相樂也，已而相泣，旁若無人者。」

〔五〕君：指高適。

〔六〕飲酒或垂釣：此句所寫，確實是高適入仕前生活的基本狀況。高適詩中，多有自況。《淇上酬薛三據兼寄郭少府微》：「酒肆或淹留，漁潭屢栖泊。」《同群公秋登琴臺》：「物性各自得，我心在漁樵。兀然還復醉，尚握樽中瓢。」

〔七〕狂歌兼咏詩：高適早年困於漁樵，生活上放浪不羈，常常作詩，佳篇也不少。但因爲地位卑微，詩名不彰。李頎此句詩將「咏詩」作爲他早年的主要事迹來寫是對的。此亦可證《舊唐書》本傳説他「年過五十，始留意詩什」，是不足憑信的。狂歌：當用接輿事。《論語·微子》：「楚狂接輿歌而過孔子曰：『鳳兮鳳兮！何德之衰？往者不可諫，來者猶可追。已而，已而！今之從政者殆而。』」邢昺疏：「接輿，楚人，姓陸名通，字接輿也。昭王時，政令無常，乃被髮佯狂不仕，時人謂之『楚狂』也。」

〔八〕漢高士：東漢徐穉。《後漢書》（卷五十三）《徐穉傳》：「徐穉字孺子，豫章南昌人也。家貧，常自耕稼，非其力不食。恭儉義讓，所居服其德。屢辟公府，不起。時陳蕃爲太守，以禮請署功曹，穉不免之，既謁而退。蕃在郡不接賓客，唯穉來特設一榻，去則懸之。……及（郭）林宗有母憂，穉往吊之，置生芻一束於廬前而去。衆怪，不知其故。林宗曰：『此必南州高士徐孺子也。《詩》不云乎：「生芻一束，其人如玉。」吾無德以堪之。』」

〔九〕越鴟夷：春秋時越國范蠡，隱逸江湖後號鴟夷子皮。《史記》（卷一百二十九）《貨殖列傳》：「范蠡既雪會稽之恥，乃喟然而嘆曰：『計然之策七，越用其五而得意。既已施於國，吾欲用之家。』乃乘扁舟，浮於江湖，變名易姓，適齊爲鴟夷子皮，之陶爲朱公。」《索隱》：「大顔曰：『若盛酒者鴟夷也，用之則多所容納，不用則可卷而懷之，不忤於物也。』按：《韓子》云：『鴟夷子皮事田成子，成子去齊之燕，子皮乃從之』也。蓋范蠡也。」

〔一〇〕栖霞山：山名，在今山東省單縣東。《讀史方輿紀要》（卷三十二）《山東》（三）：「兖州府單縣，𢍰山，在縣東南二里。有三山連峙，狀若倚然。又二里爲栖霞山，相傳梁孝王嘗遊此。」

〔一一〕蓬頭：頭髮如蓬草般散亂。《詩經·衛風·伯兮》：「自伯之東，首如飛蓬。」《莊子·説劍》：

「太子曰：『然吾王所見劍士，皆蓬頭突鬢垂冠，曼胡之纓，短後之衣，瞋目而語難，王乃説之。』」成玄英疏：「髮亂如蓬，鬢毛突出，鐵爲冠，垂下露面。」睢水湄：睢水的岸邊。睢水，自今河南省開封市東分古鴻溝東流，經睢縣、商丘市，又經安徽省濉溪市、靈璧縣，再經江蘇省睢寧縣，至宿遷市南注入古泗水，河道久堙。《漢書》（卷二十八上）《地理志》（上）：「陳留郡浚儀縣，故大梁。魏惠王自安邑徙此。睢水首受狼湯水，東至取慮入泗，過郡四，行千三百六十里。」

〔二〕辟命：朝廷的召令。《後漢書》（卷三十六）《賈逵傳》：「（司馬）均字少賓，安貧好學，隱居教授，不應辟命。」《文選》（卷五十八）蔡邕《郭有道碑文》：「遂辟司徒掾，又舉有道，皆以疾辭。」李善注：「辟，猶召也。」

〔三〕丹墀：宫殿裏的紅色臺階或地面。《漢書》（卷九十七下）《外戚傳》（下）《孝成班倢伃傳》：「俯視其丹墀，思君兮履綦。」顔師古注：「孟康曰：『丹墀，赤地也。』」《漢官儀》（卷上）：「尚書郎奏事於明光殿，省中皆胡粉塗壁，其邊以丹漆地，故曰丹墀。」

〔四〕賜衣：朝廷所頒賜的官服。唐代内外官均由朝廷按時頒發朝服。如劉禹錫即有《謝冬衣表》、《謝春衣表》等多篇表文，可參。

〔五〕西來：此謂向西而來。京城長安在梁、宋之西，故云。馬行遲：乘馬遠道而來。《詩經·小雅·采薇》：「行道遲遲，載渴載飢。」《毛傳》：「遲遲，長遠也。」行遲，一説，舒行貌。《詩經·

邶風・谷風》：「行道遲遲，中心有違。」《毛傳》：「行遲，舒行貌。」

〔一六〕相府：宰相治事的官邸。借指宰相。

〔一七〕函關：函谷關。戰國時秦置函谷關，在今河南省靈寶縣。漢武帝元鼎三年新置函谷關，在今河南省新安縣。《元和郡縣圖志》（卷五）《河南道》（一）：「河南府新安縣，函谷故關，在縣東一里。漢武帝元鼎三年，爲楊僕徙關於新安。按：秦函谷關在今陝州靈寶縣西南十二里，以其道險隘，其形如函，故曰函谷，項羽坑秦降卒於新安，即此地。」函關期：謂高車經過函谷關的期待。暗示仕途陞遷之意。《後漢書》（卷二十七）《郭丹傳》：「郭丹字少卿，南陽穰人也。……後從師長安，買符入函谷關，乃慨然嘆曰：『丹不乘使者車，終不出關。』既至京師，常爲都講，諸儒咸敬重之。大司馬嚴尤請丹，辭病不就。王莽又徵之，遂與諸生逃於北地。更始二年，三公舉丹賢能，徵爲諫議大夫，持節使歸南陽，安集受降。丹自去家十有二年，果乘高車出關，如其志焉。」

〔一八〕僶俛（mǐn miǎn）：勤勉努力。《詩經・小雅・十月之交》：「黽勉從事，不敢告勞。」《文選》（卷二十三）潘岳《悼亡詩三首》（其一）：「僶俛恭朝命，迴心反初役。」李善注：「《毛詩》曰：『僶俛從事，不敢告勞。』」寸禄：微薄的俸禄，指卑微的小官。《文選》（卷二十一）左思《咏史八首》（其八）：「外望無寸禄，内顧無斗儲。」李善注：「《國語》：叔向曰：『絳之富商，而無尋尺之禄。』」

〔一九〕舊游：昔日游覽的地方。也指昔日交游的人。梁宋：參前《贈蘇明府》注〔三〕。

〔二〇〕皤皤（pó pó）：頭髮雪白貌。《漢書》（卷一百下）《叙傳》（下）：「營平皤皤，立功立論，以不濟可，上諭其信。」顏師古注：「皤皤，白髮貌也。」邑中：鄉邑，鄉里。

〔二一〕官舍：指用以接待來往官員的賓館。《史記》（卷九十三）《韓信盧綰列傳》：「豨常告歸過趙，趙相周昌見豨賓客隨之者千餘乘，邯鄲官舍皆滿。」館舍周圍種植柳樹，當屬實寫，又有韻致。王維《送元二使安西》：「渭城朝雨浥輕塵，客舍青青柳色新。」

〔二二〕河梁：河上的橋梁。《文選》（卷二十九）李陵《與蘇武三首》（其三）：「携手上河梁，遊子暮何之。」杏葉滋：杏樹葉生長得茂盛潤澤。滋，生長。《玉篇・水部》：「滋，長也。」

〔二三〕摘芳：摘花。雲景宴：雲色暗淡而天將晚。「景」同「影」。「宴」通「晏」，晚。此句謂摘花贈別，直到天色將晚。六朝以來，有折花贈別的風俗。《文選》（卷三十一）江淹《雜體詩三十首・謝法曹惠連贈別》：「摘芳愛氣馥，拾蕊憐色滋。」陸凱《贈范曄詩》：「折花逢驛使，寄與隴頭人。江南無所有，聊贈一枝春。」《藝文類聚》（卷八十七）引庾信《咏杏花詩》：「好折待賓侣，金盤襯紅瓊。」

〔二四〕把手：握手相別之意。秋蟬悲：謂惜別的悲傷猶如秋天蟬鳴的凄厲悲切。

〔二五〕小縣：指高適前去做縣尉的封丘縣（今河南省縣名）。《元和郡縣圖志》（卷七）《河南道》（三）：「汴州，封丘縣，南至州五十里。古之封國。……隋開皇三年罷郡，以縣屬汴州。」

〔二六〕折腰：低頭彎腰。形容低三下四的樣子。《晉書》（卷九十四）《陶潛傳》：「素簡貴，不私事上官。郡遣督郵至縣，吏白應束帶見之，潛嘆曰：『吾不能爲五斗米折腰，拳拳事鄉里小兒邪！』」

〔二七〕主人：人主，君主。韓愈《祭穆員外文》：「主人信讒，有惑其下；殺人無罪，誣以成過。……上懷主人，内閔其私；進退之難，君處之宜。」

〔二八〕京師：國都，京城。《詩經·大雅·公劉》：「京師之野，于時處處。」《春秋公羊傳·桓公九年》：「京師者何？天子之居也。京者何？大也；師者何？衆也。天子之居，必以衆大之辭言之。」

【箋評】

李東川頎《贈别高三十五》云：「五十無産業，心輕百萬資。屠酤亦與群，不問君是誰。」《送張諲入蜀》云：「出門便爲客，惘然悲徒御。四海惟一身，茫茫欲何之。」《送陳章甫》云：「四月南風大麥黄，棗花未落桐陰長。青山朝别暮還見，嘶馬出門思舊鄉。」《送劉昱》云：「八月寒葦花，秋江浪頭白。北風吹五兩，誰是潯陽客。」殷璠謂其「發調既新，修詞亦秀」，確論也。「漁舟帶遠火，山磬發孤烟。」亦東川五言佳句。

（余成教《石園詩話》卷一）

【按語】

此詩的精彩之處，在首節十句，淋漓酣暢地寫出了高適五十歲入仕以前落拓不羈，豪縱狂放，慷慨激昂，脱略世俗的生活狀態和精神面貌，是李頎人物素描詩中很有特色的一段。寫法上，它將叙述和議論相結合，渾然一體；又將素描和用典相結合，叙寫簡潔明快，刻畫細節生動，議論剴切深至，氣勢鼓蕩充沛，令人激奮。中間一節和末節都預祝友人迅速陞遷，官運亨通，則盡露俗態。而叙寫鄉里老叟惜别情景，倒是形象生動，境界鮮明，氣氛的渲染也頗感人，充滿了悠長的韻味。

崔五宅送劉跂入京〔一〕

行人惜寸景〔二〕，繫馬暫留歡〔三〕。昨日辭小沛〔四〕，何時到長安。鄉中飲酒禮〔五〕，客裏行路難〔六〕。清洛雲鴻度〔七〕，故關風日寒〔八〕。維將道可樂〔九〕，不念身無官。生事東山遠〔一〇〕，田園芳歲闌〔一一〕。東歸余謝病〔一二〕，西去子加餐〔一三〕。宗伯非徒爾〔一四〕，明時正可干〔一五〕。躬耕守貧賤〔一六〕，失計在林端〔一七〕。宿昔奉顔色〔一八〕，慚無雙玉盤〔一九〕。

【注釋】

〔一〕崔五：前《送崔侍御赴京》詩，依據郁賢皓先生《李白詩中崔侍御考辨》一文的考訂，崔侍御是崔成甫，行第四，出生在洛陽。仍依該文，此處的崔五，或是崔成甫之弟祐甫，字貽孫，行第五。崔氏自其父官洛陽後即家居于此。祐甫天寶中進士及第。安史之亂中自洛陽舉家南遷。歷任起居舍人、司勛、吏部二員外郎。大曆年間，官至門下侍郎同平章事、中書侍郎同平章事。建中元年卒，年六十，謚文貞。生平事迹參《舊唐書》（卷一百一十九）、《新唐書》（卷一四二）本傳。劉跂：未詳。此詩或作于開元二十九年左右，參本詩注〔三〕。

〔二〕行人：出行的人，游子。指劉跂。惜：愛惜，珍惜。寸景：猶寸陰，短暫的時光。《淮南子·原道訓》：「聖人不貴尺之璧，而重寸之陰，時難得而易失也。」

〔三〕留歡：停留歡宴。唐人常語。杜甫《宴王使君宅題二首》（其二）：「泛愛容霜鬢，留歡卜夜閒。」羅隱《寄前宣州竇常侍》：「往年西謁謝玄暉，樽酒留歡醉始歸。」

〔四〕小沛：漢代沛縣（今江蘇省縣名）。《元和郡縣圖志》（卷九）《河南道》（五）：「徐州沛縣，本秦舊縣，泗水郡理於此，蓋取沛澤爲縣名。漢興，四年改名沛郡，領三十七縣，理相城，以此爲小沛。」

〔五〕鄉中飲酒禮：鄉飲酒禮。因其在本鄉中舉行，故名。此禮源自周朝，可參《儀禮·鄉飲酒禮》一節。唐代仍行此禮。王定保《唐摭言》（卷一）《貢舉釐革并行鄉飲酒》：「開元二十五年二月，敕應諸州貢士：上州歲貢三人，中州二人，下州一人；必有才行，不限其數。所宜貢之人，解送之日，行鄉飲禮，牲用少牢，以官物充。」《新唐書》（卷四十四）《選舉志》（上）：「每歲仲冬，州、縣、館、監舉其成者送之尚書省。而舉選不繇館、學者，謂之鄉貢，皆懷牒自列于州、縣。試已，長吏以鄉飲酒禮，會屬僚，設賓主，陳俎豆，備管絃，牲用少牢，歌《鹿鳴》之詩，因與耆艾叙長少焉。既到省，皆疏名列到，結款通保及所居，始由户部集閲，而關于考功員外郎試之。」由此，可知劉跂此次入京是應進士舉。

〔六〕行路難：謂游子在路途中艱辛困難。此用古樂府題字面和意旨。《樂府詩集》（卷七十）《雜曲歌辭》（十）引《樂府解題》曰：「《行路難》，備言世路艱難及離别悲傷之意，多以『君不見』爲首。」現存最早作品是鮑照《擬行路難十八首》。

〔七〕清洛：清澈的洛水。此謂劉跂途經洛陽而言。《元和郡縣圖志》（卷五）《河南道》（一）：「河南府洛陽縣，洛水在縣西南三里。」雲鴻度：空中的鴻雁翩然飛過。當活用《洛神賦》。《文選》（卷十九）曹植《洛神賦》：「其形也，翩若驚鴻，婉若游龍。」李善注：「邊讓《章華臺賦》曰：『體迅輕鴻。』」

〔八〕故關：指函谷關。入關即距京城長安不遠矣。參前《贈别高三十五》注〔一七〕。風日：風雨陰晴的氣候景象。風光。陶淵明《五柳先生傳》：「環堵蕭然，不蔽風日。」杜審言《春日京中有懷》：「寄語洛城風日道，明年春色倍還人。」

〔九〕維將：只欲。維，語助詞。道可樂：以行聖賢之道爲樂。《史記》（卷六十七）《仲尼弟子列傳》：「子貢問曰：『富而無驕，貧而無諂，何如？』孔子曰：『可也；不如貧而樂道，富而好禮。』」《集解》：「鄭玄曰：『樂謂志於道，不以貧爲憂苦也。』」

〔一〇〕生事：生計。參前《贈張旭》注〔一三〕。東山遠：遠離了東山。意謂離開家鄉，出仕做官。《晋書》（卷七十九）《謝安傳》：「安雖受朝寄，然東山之志始末不渝，每形於言色。」《世説新語·雅量》：「謝太傅盤桓東山時，與孫興公諸人泛海戲。」劉孝標注：「《中興書》曰：『安先居會稽，與支道林、王羲之、許詢共遊處。出則漁弋山水，入則談説屬文，未嘗有處世意也。』」東山：參前《贈蘇明府》注〔六〕。

〔一一〕芳歲：芳春。《初學記》（卷三）引梁元帝《纂要》：「正月孟春，亦曰孟陽、孟陬……芳歲、華歲。」鮑照《紹古辭七首》（其五）：「芳歲猶自可，日夜望君歸。」又《咏雙燕二首》（其一）：「沉吟芳歲晚，徘徊韶景移。」

〔一二〕東歸：作者自言東歸。此詩作於洛陽，李頎的别業在洛陽東南的潁陽，故云。謝病：托病辭官。《戰國策·秦策三》：「應侯因謝病，請歸相印。昭王强起應侯，應侯遂稱篤，因免相。」按譚優學《李頎行年考》（載氏著《唐詩人行年考》）考訂，李頎大約在開元二十九年前後罷新鄉尉，「謝病東歸」當亦在此時。

〔一三〕西去：指劉跂向西入京。長安在洛陽的西方，故云。子：你，您。對人的敬稱。加餐：多吃飯。勸人多加保重之詞。《文選》（卷二十七）樂府《飲馬長城窟行》：「長跪讀素書，書上竟何如。上有加餐食，下有長相憶。」又（卷二十九）《古詩十九首》（其一）：「棄捐勿復道，努力加餐飯。」

〔一四〕宗伯：此指唐代進士考試主試官禮部侍郎。周代設宗伯一職，掌邦國之禮。後世稱禮部尚書爲大宗伯，禮部侍郎爲小宗伯。唐代進士考試，本來由考功員外郎負責，自開元二十四年改由禮部侍郎負責。故此處指禮部侍郎。《周禮·春官宗伯》：「乃立春官宗伯，使帥其屬而掌邦禮，以佐王和邦國。禮官之屬，大宗伯，卿一人；小宗伯，中大夫二人。」《唐六典》（卷四）：「禮部尚書一人，正三品，周之春官卿也。……侍郎一人，正四品下，周之春官小宗伯中大夫也。」《新唐書》（卷四十四）《選舉志》（上）：「（開元）二十四年，考功員外郎李昂爲舉人詆訶，帝以員外郎望輕，遂移貢舉於禮部，以侍郎主之。禮部選士自此始。」

〔一五〕干：求取。謂干時以求取功名。

〔一六〕躬耕：親自耕田種地，從事農業勞動。《禮記·月令》：「（孟春之月）天子親載耒耜，……帥三公、九卿、諸侯、大夫躬耕帝藉。」《文選》（卷三十七）諸葛亮《出師表》：「臣本布衣，躬耕於南陽。」

〔一七〕失計：謀劃錯誤。林端：樹木的頂上。此喻官場。時作者當已罷新鄉尉，故後悔出仕做官走錯了路。

〔一八〕宿昔：以前，往日。《史記》（卷一百一十二）《平津侯主父列傳》：「朕宿昔庶幾獲承尊位，懼不能寧，惟所與共爲治者，君宜知之。」奉顔色：承蒙給予好臉色。意謂給予關照帮助。顔色，容顔，臉色。《禮記・玉藻》：「凡祭，容貌顔色，如見所祭者。」高適《燕歌行》：「男兒本自重横行，天子非常賜顔色。」

〔一九〕雙玉盤：《文選》（卷二十九）張衡《四愁詩四首》（其一）：「美人贈我金琅玕，何以報之雙玉盤。」李善注：「古詩曰：『委身玉盤中，歷年冀見食。』應劭《漢官儀》曰：『封禪壇有白玉盤。』」

【按語】

此詩送友人入京應舉，求取功名，其最大的特色在于平實。首先是叙寫平實。詩中有關友人辭鄉、經洛、入关，直至抵京，有歡樂，有艱辛，只是據實着墨，清晰可見，簡潔明白。二是叙寫自己的生活狀態，也頗平實。只説自己謝病東歸，貧賤而躬耕，出仕爲失計之舉，没有任何慷慨激憤之詞，顯得非常平静。三是抒發别情也很平實。詩中并無直接抒發别恨依依的話語，但是在自首至尾的叙寫和議論中，却很自然地表現了對友人將來前程的關心和期待，于中滲透着深切的情誼，别情也就藴含其中了。這種寫作上的平實，是一種具有極高表達技巧和表現能力的平實，一般的作者難以企及。

送馬録事赴永陽①〔一〕

子爲郡從事〔二〕，主印清淮邊〔三〕。談笑一州裏〔四〕，從容群吏先〔五〕。手持三尺令〔六〕，遣決如流泉②〔七〕。太守既相許〔八〕，諸公誰不然〔九〕。孤城連海樹③〔一〇〕，萬室帶山烟〔一一〕。春日谿湖净〔一二〕，芳洲葭菼連〔一三〕。炊粳蟹螯熟④〔一四〕，下箸鱸魚鮮〔一五〕。野鶴宿檐際〔一六〕，楚雲飛面前〔一七〕。聽歌送離曲〔一八〕，且駐木蘭船〔一九〕。贈爾八行字〔二〇〕，當聞佳政傳⑤。

【校記】

①劉本將此詩編在五排内。「陽」下原注：「一作嘉。」

②「遣決」劉本作「决遣」。

③「連」劉本作「臨」。

④「粳」劉本作「飯」。

⑤「佳」劉本作「嘉」。

【注釋】

〔一〕馬録事：馬氏未詳。録事，録事參軍事，唐代州刺史的佐史。《唐六典》（卷三十）《州縣官員》：「下州，録事參軍事一人，從八品上。録事一人，從九品下。……司録、録事參軍掌付事勾稽，省署抄目。糾正非違，監守符印。若列曹事有異同，得以聞奏。」永陽：唐代永陽郡，今安徽省滁州市。《舊唐書》（卷四十）《地理志》（三）《淮南道》：「滁州下，隋江都之清流縣。武德三年，杜伏威歸國，置滁州，又以揚州之全椒來屬。天寶元年，改爲永陽郡。乾元元年，復爲滁州。舊領縣二，……天寶領縣三：清流、全椒、永陽。」

〔二〕郡從事：漢代以來，州、郡的佐吏稱爲從事。《後漢書》（志第二十七）《百官志》（四）：「司隸校尉一人，比二千石，……并領一州。從事史十二人。本注曰：都官從事，主察舉百官犯法者。功曹從事，主州選署及衆事。別駕從事，校尉行部則奉引，録衆事。簿曹從事，主財穀簿書。其有軍事，則置兵曹從事，主兵事。其餘部郡國從事，每郡國各一人，主督促文書，察舉非法，皆州自辟除，故通爲百石云。」

〔三〕主印：管理州（郡）的官印。參本詩注〔一〕引《唐六典》。清淮：淮水，又名淮河。永陽在淮河南，但淮河并不流經永陽，故詩云「邊」。《尚書·禹貢》：「導淮自桐柏，東會于泗沂，東入于海。」《漢書》（卷二十八上）《地理志》（上）：「南陽郡，平氏（縣），《禹貢》：桐柏大復山在東南，淮水所出，東南至淮浦入海，過郡四，行三千二百四十里。青州川。」《元和郡縣圖志》（卷二十一)《山南道》(二):「唐州桐柏縣,桐柏山,在縣西南九十里。《禹貢》曰:『導淮自桐柏。』淮水,出縣南桐柏山,一名大復山。」

〔四〕談笑一州裏:謂處理公務,輕松自如,談笑風生,從容不迫。當活用劉穆之事。《南史》(卷十五)《劉穆之傳》:「目覽詞訟,手答牋書,耳行聽受,口并酬應,不相參涉,皆悉贍舉。又言談賞笑,彌日亘時,未嘗倦苦。」

〔五〕群吏先:考《唐六典》(卷三十)《州縣官員》,下州官吏,除了刺史、別駕、司馬之外,即是録事參軍事,此下還有司倉、司户、司法等參軍,故云。

〔六〕三尺令:法令條文。漢代將律令書寫在三尺簡上,故云三尺令。《漢書》(卷八十三)《朱博傳》:「文學儒吏時有奏記稱説云云,博見謂曰:『如太守漢吏,奉三尺律令以從事耳,亡奈生所言聖人道何也!』」

〔七〕遣決:決斷,處理。

〔八〕太守:秦、漢以來,郡長官稱太守,州長官爲刺史,郡、州同等,太守、刺史亦職責相同。《漢書》(卷十九上)《百官公卿表》(上):「郡守,秦官,掌治其郡,秩二千石,……景帝中二年更名太守。」《新唐書》(卷一)《高祖紀》:「(武德元年),改郡爲州,太守爲刺史。」《舊唐書》(卷九)《玄宗紀》(下):「(天寶元年)天下諸州改爲郡,刺史改爲太守。」

〔九〕諸公:指太守以下郡府中的群僚佐。不然:不認爲如此。

〔一〇〕孤城：指永陽郡城。海樹：大海邊生長的樹木。初盛唐時，長江入海口距離京口（今江蘇省鎮江市）不遠，距永陽也不算遠，故詩云。孟浩然《楊子津望京口》：「北固臨京口，夷山對海濱。江風白浪起，愁殺渡頭人。」王昌齡《宿京口江期劉昚虚不至》：「霜天起長望，殘月生海門。」

〔一一〕萬室：猶言萬户、萬家，概乎言之。此雖詩家之言，也符合當時實情。《舊唐書》（卷四十）《地理志》（三）《淮南道》：「滁州下，……天寶領縣三，户二萬六千四百八十六，口十五萬二千三百七十四。」帶山烟：有山峰聳立雲烟繚繞的美景。永陽多山，較著者有琅琊山、皇道山、清流山等。《讀史方輿紀要》（卷二十九）《南直》（十一）《滁州》：「清流山，州西北二十二里。亦曰清流關山。又西北曰石駝山，其上有關曰北關口，頗險阨。志云：關山而北有群山列峙，溪澗環錯云。又永陽嶺，在州北三里。唐以此山名郡。」

〔一二〕谿湖：谿谷湖泊。唐代的永陽，谿澗、河流、湖泊衆多，《讀史方輿紀要》（卷二十九）《南直》（十一）《滁州》云其「山川環遶，江、淮之間，號爲勝地」，可參。

〔一三〕芳洲：芳草叢生的水邊小洲。《楚辭·九歌·湘君》：「采芳洲兮杜若，將以遺兮下女。」王逸注：「芳洲，香草藂生水中之處。」葭菼（jiā tǎn）：蘆葦。葭，初生的蘆葦。菼，初生的荻，似葦而小。《詩經·衛風·碩人》：「鱣鮪發發，葭菼揭揭。」《毛傳》：「葭，蘆；菼，薍也。」

〔一四〕粳：參前《贈張旭》注〔二〕。蟹螯：蟹的爪子。蟹最大的爪子爲螯。點到蟹螯，即暗用畢卓事。

參前《贈張旭》注〔一四〕。

〔一五〕下箸：用筷子取食。《晋書》（卷三十三）《何曾傳》：「然性奢豪，務在華侈。……食日萬錢，猶曰無下箸處。」鱸魚：魚名。巨口細鱗，頭大，鰭棘堅硬，魚身白色帶黑點。蘇州松江鱸魚最名貴，永陽距蘇州不遠，故及之。《晋書》（卷九十二）《張翰傳》：「翰因見秋風起，乃思吴中菰菜、蒓羹、鱸魚膾，曰：『人生貴得適志，何能羈宦數千里以要名爵乎！』遂命駕而歸。」

〔一六〕野鶴宿檐際：此句既意態高逸蕭散，又有寫實性。古代的東南一帶産鶴，吴人更喜養鶴，永陽與吴地相鄰，故及之。《初學記》（卷三十）《鶴》條引《詩義疏》曰：「今吴人園中及士大夫家皆養之，鷄鳴時亦鳴。」此風由來已久，西晋陸機即有「華亭鶴」，可證。檐際：屋檐之下。際，表上或下的方位。

〔一七〕楚雲：永陽地屬春秋時楚國，與吴國相接，故有「楚尾吴頭」之説。

〔一八〕送離曲：古代送别時歌唱的曲調《驪駒》。《漢書》（卷八十八）《儒林傳·王式傳》：「博士江公世爲《魯詩》宗，至江公著《孝經説》，心嫉式，謂歌吹諸生曰：『歌《驪駒》。』式曰：『聞之於師：客歌《驪駒》，主人歌《客毋庸歸》。今日諸君爲主人，日尚早，未可也。』」顔師古注引服虔曰：「逸《詩》篇名也，見《大戴禮》。客欲去歌之。」又引文穎曰：「其辭云：『驪駒在門，僕夫具存；驪駒在路，僕夫整駕』也。」

〔一九〕木蘭船：船的美稱。《太平御覽》（卷九五八）引任昉《述異記》曰：「木蘭川在潯陽江中，多木蘭樹，昔吴王闔閭植木蘭於此，用搆宫殿。」又曰：「七里洲中有魯班刻木蘭爲舟，至今在洲中，詩家所云木蘭舟出於此。」

〔三〇〕八行（háng）字：書信的代稱。《後漢書》（卷二十三）《竇章傳》：「章字伯向。少好學，有文章，與馬融，崔瑗同好，更向推薦。」李賢注：「《（馬）融集》《與竇伯向書》曰：『孟陵奴來，賜書，見手迹，歡喜何量，見於面也。書雖兩紙，紙八行，行七字。』」

【箋　評】

全詩五章，只説「才高政簡」四字意，蓋才高則府無留事，政簡則民安其居，爲官者正在此四字，故末即以「佳政傳」期之。送人赴任詩，此爲得體，亦見詩人用心之厚。

（劉寶和《李頎詩評注》）

【按　語】

詩中雖有「聽歌送離曲」一句略表惜别之意，但它完全被淹没在對友人的贊揚之中。詩采用倒寫的方法，先從正面寫友人在即將履行的官職上一定會表現出傑出的才幹，深得長官的贊許，同事的認可。其中細節的刻畫所體現出來的人物形象和風度氣質，頗具魏晋風度的瀟灑高逸。然後詩中則是對于其地秀美的山川風光，豐富的物産，鮮美的食物，愜意的生活環境，作了鮮明生動的描寫，其作用不僅在于展現了此地的美麗山水，令人應接不暇，而且更在于它所透示出的此地社會環境的安定，人民生活的富足的美好畫面，實際上從側面對于贊美友人的才幹之高，起到了極好的渲染烘托的作用，藝術效果很强烈。最後詩纔順勢説到今日送別，等待的是日後傳來「佳政」的好消息，使贊美揄揚之意達到了極高的頂點。

臨別送張諲入蜀①〔一〕

出門便爲客〔二〕，惘然悲徒御②〔三〕。四海維一身③〔四〕，茫茫欲何去〔五〕。經山復歷水〔六〕，百恨將千慮〔七〕。劍閣望梁州④〔八〕，是君斷腸處。孤雲傷客心〔九〕，落日感君深⑤〔一〇〕。夢裹蒹葭渚⑥〔一一〕，天邊橘柚林〔一二〕。蜀江流不測〔一三〕，蜀路險難尋〔一四〕。木有相思號〔一五〕，猿多愁苦音⑦〔一六〕。莫向愚山隱⑧〔一七〕，愚山地非近⑨。故鄉可歸來〔一八〕，眼見芳菲盡。

【校　記】

①「別」劉本、凌本作「川」。英華本無「臨別」二字。

②「惘」英華本作「憫」。

③「海」百家詩本、黄本、凌本作「方」。「維」英華本作「惟」。

④「望」下原注：「一作送。」「望」英華本作「送」，并注：「一作空。」

⑤「孤雲傷客心，落日感君深」英華本作「客心落日感，君深夢裹慕」，并注：「孤雲傷客心，落日感君深。」

⑥「蒹葭渚」下原注：「一作慕江畔。」「夢裹」英華本作「江畔」。

⑦「音」英華本作「吟」，并注：「一作音。」

⑧「愚」英華本、畢本作「禺」。

⑨「愚」英華本、畢本作「禺」。

【注　釋】

〔一〕張諲：字號、生卒年均不詳，行第五，温州永嘉（今浙江省温州市）人。早年曾長期隱居登封少室山麓，與王維、李頎等人過從甚密。又曾隱居宣城、濠州。後應舉，官至刑部員外郎。天寶中，復歸少室舊居。張諲能詩，善《易》，工草隸，擅山水畫。王維贈諲詩達七首之多。李頎除此詩外，尚有《同張員外諲詶答之作》、殘篇《咏張諲山水》等詩。這些都是瞭解張諲最直接的材料。生平事迹參張彦遠《歷代名畫記》（卷十）、《唐詩紀事》（卷二十）、《唐才子傳校箋》（卷二）。蜀：蜀地，即今四川省、重慶市所屬地區。《元和郡縣圖志》（卷三十一）《劍南道》（上）：「西川節度使。成都府，今爲西川節度使理所。《禹貢》梁州之域。古蜀國也。」又（卷三十二）

《劍南道》（中）：「西川下，《禹貢》梁州之域。秦滅蜀爲郡，即嚴道縣也。」又（卷三十三）《劍南道》（下）：「東川節度使，梓州，《禹貢》梁州之域。秦并天下，是爲蜀郡。」

〔二〕出門便爲客：陶淵明《擬古九首》（其二）：「出門萬里客，中道逢嘉友。」

〔三〕徒御：隨從。實爲游子張諲的委婉説法。《詩經·小雅·車攻》：「徒御不驚，大庖不盈。」《毛傳》：「徒，輦也；御，御馬也。」孔穎達疏：「徒行挽輦者與車上御馬者。」《文選》（卷二十七）顔延之《北使洛》詩：「隱憫徒御悲，威遲良馬煩。」

〔四〕四海維一身：四海雖大，但客子在外，孑然一身。反用《論語》的語意。《論語·顔淵》：「四海之内，皆兄弟也。君子何患乎無兄弟也。」

〔五〕欲何去：《文選》（卷二十九）曹植《雜詩六首》（其五）：「遠遊欲何之，吴國爲我仇。」

〔六〕復：作「與」解，與下句「將」字互文。

〔七〕百恨：梁元帝蕭繹《燕歌行》：「還聞入漢去燕營，怨妾愁心百恨生。」千慮：《晏子春秋·内篇雜下》：「晏子曰：『嬰聞之：聖人千慮，必有一失；愚人千慮，必有一得。』」《史記》（卷九十二）《淮陰侯列傳》：「廣武君曰：『臣聞智者千慮，必有一失；愚者千慮，必有一得。』」將：與。張相《詩詞曲語辭匯釋》卷三：「『將』，猶『與』也。……王維《送邢桂州》詩：『赭圻將赤岸，擊汰復揚舲。』李頎《送張諲入蜀》詩：『經山復歷水，百恨將千慮。』以上『將』字『復』字互文，『復』亦猶『與』也。」

〔八〕劍閣：劍閣關，在今四川省劍閣縣東北大劍山、小劍山之間。《元和郡縣圖志》（卷三十三）《劍南道》（下）：「劍州普安縣，劍閣道，自利州益昌縣界西南十里，至大劍鎮合今驛道。」《文選》（卷五十六）張載《劍閣銘》：「惟蜀之門，作固作鎮，是曰劍閣。壁立千仞，窮地之險，極路之峻。」李善注：「酈元《水經注》曰：『小劍戍，去北大劍三十里，連山絶險，飛閣相通，故謂之劍閣也。』」梁州：此指蜀地而言，即《尚書・禹貢》中所説梁州。參本詩注〔一〕。揚雄《蜀都賦》：「蜀都之地，古曰梁州。」

〔九〕孤雲：喻游子。《文選》（卷三十）陶淵明《咏貧士詩》：「萬族各有托，孤雲獨無依。」李善注：「孤雲，喻貧士也。……《楚辭》曰：『憐浮雲之相佯。』王逸注曰：『相佯，無依據之貌也。』」

〔一〇〕落日感君深：謂落日黄昏的景象使你産生更深切的游子情懷。古人往往抓住「落日」抒發思念游子或游子思歸之情。《詩經・王風・君子于役》：「鷄栖于塒，日之夕矣，羊牛下來。君子于役，如之何勿思。」《文選》（卷二十三）阮籍《咏懷詩十七首》（其十五）：「日暮思親友，晤言用自寫。」

〔一一〕蒹葭：蘆葦。蒹，初生的蘆葦。葭，蘆。《詩經・秦風・蒹葭》：「蒹葭蒼蒼，白露爲霜。所謂伊人，在水一方。」渚：水邊小洲。此句用《詩經》表達游子思念親友之意。其在蜀地而思秦，又在夢中，用《秦風・蒹葭》既非常貼切，又含蓄藴藉。

〔一二〕天邊：猶言遠處。橘柚：兩種果名。《尚書・禹貢》：「厥包橘柚錫貢。」孔安國傳：「小曰橘，大曰柚。」孔穎達疏：「橘柚二果，其種本別，以實相比，則柚大橘小。」揚雄《蜀都賦》：「西有鹽泉、鐵冶、橘林、銅陵。」《文選》（卷四）左思《蜀都賦》：「家有鹽泉之井，户有橘柚之園。」

〔一三〕蜀江：岷江。蜀地最大的江，即長江流經今四川省的一段。《尚書·禹貢》：「岷山導江。」流不測：流水深不可測。《楚辭·大招》：「代水不可涉，深不可測只。」

〔一四〕險難尋：蜀道險峻，難以攀緣。尋，《文選》（卷二十八）陸機《悲哉行》：「女蘿亦有托，蔓葛亦有尋。」李善注：「尋，猶緣也。」此句意猶蜀道難。《樂府詩集》（卷四十）《相和歌辭》（十五）引《樂府解題》：「《蜀道難》，備言銅梁、玉壘之阻，與《蜀國絃》頗同。」

〔一五〕相思：樹木名。《文選》（卷五）左思《吴都賦》：「平仲桾櫏，松梓古度，楠榴之木，相思之樹。」劉淵林注：「相思，大樹也，材理堅，邪斫之，則文，可作器。其實如珊瑚，歷年不變，東冶有之。」任昉《述異記》（卷上）：「昔戰國時，魏國苦秦之難。嘗有民從征戍秦，久不返，妻思而卒。既葬，冢上生木，枝葉皆向夫所在而傾，因謂之相思木。」

〔一六〕猿多愁苦音：酈道元《水經注》（卷三十四）《江水》：「自三峽七百餘里，兩岸連山，略無闕處。重巖疊嶂，隱天蔽日。自非亭午夜分，不見曦月。……每至晴初霜旦，林寒澗肅，常有高猿長嘯，屬引淒異，空谷傳響，哀轉久絶。故漁者歌曰：『巴東三峽巫峽長，猿鳴三聲淚沾裳。』」

〔一七〕愚山：愚山谷，在今山東省淄博市西。《水經注》（卷二十六）《淄水》：「（時水）西北逕黄山東，又北歷愚山東，有愚公冢。時水又屈而逕杜山北，有愚公谷。齊桓公時，公隱於谷，鄰有認其駒者，公以與之。山，即杜山之通阜，以其人狀愚，故謂之愚公。」《説苑》（卷七）《政理》：「齊桓公出獵，逐鹿而走，入山谷之中，見一老公，而問之曰：『是爲何谷？』對曰：『爲愚公之谷。』桓公曰：『何故？』對曰：『以臣名之。』桓公曰：『今視公之儀狀，非愚人也，何爲以公名之？』對曰：『臣請陳之，臣故畜牸牛，生子而大，賣之而買駒，少年曰：「牛不能生馬。」遂持駒去。傍鄰聞之，以臣爲愚，故名此谷爲愚公之谷。』桓公曰：『公誠愚矣！夫何爲而與之？』」

〔一八〕故鄉可歸來二句：意謂在春天就要過去的時侯，你應當回到故鄉來。活用《楚辭》語意。《楚辭·招隱士》：「王孫遊兮不歸，春草生兮萋萋。」

【箋　評】

（七八句）譚云：「妙。」（十句）譚云：「無限情思，在此五字。」

（鍾惺、譚元春《唐詩歸》卷十四）

此言張諲獨身遠游而入梁州之絶域，不獨巴江蜀道之險，即草木鳥獸亦殊異，君豈可就愚山而隱乎？故園當歸兮非易歇，不宜久滯他鄉也。

（唐汝詢《唐詩解》卷八）

（首句）唐云：「『便』字苦。」（三四句）唐云：「孤客讀不得。」（六句）唐云：「恨多此五字。」（十三至十四句）唐云：「地不當留。」（十五至十六句）唐云：「景宜思返。」（末二句）唐云：「上既多方設譬，末則直勸其歸。」

（唐汝詢《彙編唐詩十集》辛集）

〔訓〕獨身遠遊，無地無物，自可斷腸者，況入蜀之行，尤堪傷感乎？ 下歷舉雲日□□、山水鳥獸之異，正見劍閣、梁州一路，爲可斷腸處。 結四語，即「客行雖云樂，不如早旋歸」意，無限感悲，無限繾綣。

（周敬、周珽輯，陳繼儒批點《删補唐詩選脉箋釋會通評林》盛唐五古三）

六句説張，下八句説己之思張。 全乎律詩。（末四句）想張諲有愚山之言，故有此四句。 愚山在齊，與蜀東西尤隔，而故鄉或撫州也。

言張諲獨身而入絶域，不獨道險，即草木鳥獸亦殊異，君當亟歸故園，無使芳菲易歇也。

（吴昌祺評定《删訂唐詩解》卷四）

此篇全逗中唐，錢、劉、皇甫，已兆端矣。

（邢昉《唐風定》卷三）

「將」，猶「與」也。 ……王維《送邢桂州》詩：「赭圻將赤岸，擊汰復揚舲。」李頎《送張諲入蜀》詩：「經山復歷水，百恨將千慮。」以上「將」字「復」字互文，「復」亦猶「與」也。

（張相《詩詞曲語辭匯釋》卷三）

【按　語】

此詩寫的是「臨别」之事，抒發的則是别後之情。題中又有「入蜀」二字，所以詩在構思上當受到古樂府「蜀道難」旨意的啓發。詩從「出門」寫起，到盼其「歸來」結束，中間則全部都是歷述游人一路行程中的所見、所聞、所感。而這一切，無不觸發起游子悲傷愁苦的客中情懷。此詩在抒發「傷客心」的情懷時，采用了多種藝術表現方法，來加强、深化其情感的表達，收到了極其强烈的藝術效果。詩開篇明義，直接以議論點明「客」的傷心意緒，但筆觸則是從作者「我」爲行人「君」着想的角度出發的。所以詩中兩次點「客」和「君」，都是設身處地爲友人着想，用這種方式表達感情，讓人倍感貼心，非常深至。詩隨着友人「入蜀」的行程，步步深化「傷客心」的情感。正因爲蜀道艱難，所經之處無不觸目驚心，客中傷懷也就被逐步强化了出來，其愁苦悲傷簡直到了無以復加的程度。此詩最能體現其寫作特色的，大概還是「傷客心」的議論性的情語，與設想中的行人在路途上所見所感的山水景物，十分渾成地交融在一起，進而産生了更爲濃厚的抒情性。這一點很突出地貫串了全詩。有時對於山水景物只是最爲簡括的點到爲止，并不作任何描寫和刻畫，如「經山復歷水」，「劍閣望梁州」，「莫向愚山隱」等句，只是點「山」點「水」和一些特定的地名，但它們隨之分别與「百恨將千慮」，「是君斷腸處」，「愚山地非近」這樣有着强烈感情色彩的議論性的情語結合在一起，其「傷客心」的效果就倍加强烈深厚了。也有時對於山水景物作了最簡要的描寫刻畫，却能景象生動，境界鮮明，它們再與情語相結合，抒情的韻味可謂臻於化境。如「孤雲」、「落日」、「蒹葭渚」、「橘柚林」、「蜀江」、

「蜀路」、「相思木」、「愁苦猿」等等，它們本身具有比較鮮明的意象，又往往與本句中感情色彩很濃的字詞密切地組合起來，構成情景交融，抒情化極濃厚的藝術境界，真是讓行人在客中難以爲懷了。詩中「傷客心」的情感被表現到了這樣的境界，是不多見的。歷來選家比較重視此詩，可以説體會出了它的妙詣。

送王昌齡〔一〕

漕水東去遠〔二〕，送君多暮情〔三〕。淹留野寺出〔四〕，向背孤山明〔五〕。前望數千里，中無蒲稗生〔六〕。夕陽滿舟楫〔七〕，但愛微波清。舉酒林月上〔八〕，解衣沙鳥鳴〔九〕。夜來蓮花界〔一〇〕，夢裏金陵城〔一一〕。嘆息此離别，悠悠江海行〔一二〕。

【注　釋】

〔一〕王昌齡：字少伯，行第大，郡望琅玡，京兆萬年（今陝西省西安市）人。開元十五年進士及第，補秘書省校書郎。二十二年，中博學宏詞科，授汜水尉。二十七年貶嶺南，翌年北歸。冬，出任江寧丞。天寶二、三載曾因公至京，旋又返回江寧。天寶七、八載前後，貶爲龍標尉。安史之亂後返江東，爲亳州刺史閭丘曉所殺。王昌齡是開、天年間邊塞詩派代表作家之一，詩體以擅長七絶著稱，有「詩家夫子王江寧」的美譽，并與李白齊名，合稱「王李」。生平事迹見《舊唐書》（卷一百九十下）、《新唐書》（卷二〇三）本傳、《唐詩紀事》（卷二十四）、《唐才子傳校箋》（卷二）。李頎此詩，當爲送别王昌齡赴江寧丞所作。據聞一多《岑嘉州繫年考證》（見氏著《唐詩雜論》），王昌齡于開元二十八年冬出爲江寧丞。次年夏途經洛陽（可參王昌齡《東京府縣諸公與綦毋潛李頎相送至白馬寺宿》詩）。李頎此詩即是與王昌齡的酬答之作，時間在開元二十九年夏。再從王昌齡與岑參的贈答之作，可知其此次遠行是赴江寧縣丞。岑參詩題爲《送王大昌齡赴江寧》，王昌齡的答詩題爲《留别岑參兄弟》，詩中云：「江城建業樓，山盡滄海頭。副職守兹縣，東南棹孤舟。」

〔二〕漕水：漕河，古代運輸糧食等物資的水道。此當指從洛陽的洛河，經入黄河，再轉入運河直至長江的水路，這是當時南北最便捷的水路，也是最重要的漕運綫路。《説文·水部》：「漕，水轉轂也。一曰：『人所乘及船也。』」《玉篇·水部》：「漕，水轉運也。」東去：江寧縣在洛陽的東南，故云。

〔三〕暮情：面對暮色所産生的情懷。劉長卿《長沙早春雪後臨湘水呈同遊諸子》：「江山古思遠，猿鳥暮情多。」

〔四〕淹留：滯留，久留。野寺：此指洛陽城外的寺廟，即白馬寺。王昌齡《東京府縣諸公與綦毋潛李頎相送至白馬寺宿》詩可證。楊衒之《洛陽伽藍記》（卷四）《城西》：「白馬寺，漢明帝所立也，佛入中國之始。寺在西陽門外三里御道南。帝夢金神長丈六，項背日月光明，胡人號曰佛。遣使向西域求之，乃得經像焉。時白馬負經而來，因以爲名。」

〔五〕向背：偏指「向」的一面，即傍晚向着日光的一面。孤山：孤立突兀的山峰。洛陽城周圍有北邙山、首陽山、緱氏山、轘轅山，稍遠處則是嵩高山等等。

〔六〕蒲稗：蒲草和稗草，兩種植物名。《文選》（卷二十二）謝靈運《石壁精舍還湖中作》：「芰荷迭映蔚，蒲稗相因依。」李善注：「杜預《左氏傳注》曰：『稗，草之似穀者。』」

〔七〕舟楫：船舶和船槳。即指船。《周易・繫辭下傳》：「刳木爲舟，剡木爲楫。」

〔八〕舉酒：舉杯。林月上：明月從樹林上升起。

〔九〕解衣：解衣就寢。此二句與王昌齡《東京府縣諸公與綦毋潛李頎相送至白馬寺宿》詩：「月明見古寺，林外登高樓」可參讀。

〔一〇〕夜來：猶今夜。來，句中助詞，無實義。蓮花界：佛教之地。此指白馬寺。佛教常以清净無染的荷花喻佛法。崔融《爲百官賀千葉瑞蓮表》：「臣等謹按：《華嚴經》云：『蓮花世界是廬舍那佛成國之道，一蓮花有百億國。』」沈佺期《奉和聖制同皇太子遊慈恩寺應制》：「肅肅蓮花界，熒熒貝葉宮。」

〔一一〕金陵城：唐代江寧縣（上元縣），在古代曾稱金陵，即今江蘇省南京市。《元和郡縣圖志》（卷二十五）《江南道》（一）：「浙西觀察使，潤州上元縣，本金陵地，秦始皇時望氣者云：『五百年後，金陵有都邑之氣。』故始皇東遊以厭之，改其地曰秣陵，塹北山以絶其勢。……隋開皇九年平陳，於石頭城置蔣州，以江寧縣屬焉。……（武德）九年，改爲白下縣，屬潤州。貞觀九年，又改白下爲江寧。……乾元元年改爲昇州，……上元二年廢昇州，仍改江寧爲上元縣。」

〔三〕悠悠：遥遠貌。《詩經·王風·黍離》：「知我者謂我心憂，不知我者謂我何求。悠悠蒼天，此何人哉！」《毛傳》：「悠悠，遠意。」《詩經·鄘風·載馳》：「驅馬悠悠，言至于漕。」《毛傳》：「悠悠，遠貌。」江海行：漂泊江海的遠行。

【箋評】

（次句）譚云：「『暮』字妙。」（五六句）譚云：「真凄凉。」（七八句）鍾云：「又從凄凉中生出一段絶好情景。」（九十句）譚云：「十字在有意無意之間。」

（鍾惺、譚元春《唐詩歸》卷十四）

唐云：「造詞潔，布情款，送别佳作。」

（唐汝詢《彙編唐詩十集》壬集）

隙月川雲，彷彿詩境。

（范大士《歷代詩發》卷十一）

悠然默得語。「解衣」何與於「沙鳥鳴」，故謂悠然默得也。

（潘德輿評點《唐賢三昧集》卷中）

作詩須一意渾融，前後互映。如李頎《送王昌齡》詩云：「漕水東去遠，送君多暮情。淹留野寺出，向背孤山明。前望數十里，中無蒲稗生。夕陽滿舟楫，但愛微波清。舉酒林月上，解衣沙鳥鳴。夜來蓮花界，夢裏金陵城。嘆息此離别，悠悠江海行。」因第二句有「暮情」二字，自此後，不獨夕陽微波，月上鳥鳴，夜來花界，夢裏金陵，種種暮景，而滿篇幽澹悲涼，字字皆「暮情」也。暮景易寫，「暮情」難描，此爲獨絶。

（賀貽孫《詩筏》）

頎與少伯交誼至深，别情亦最切，故直送之至白馬寺而始别。然别情只首尾中敘及之，中間則全寫景物，似與别情無涉，實則暗淡景物，皆從别情生出，寫景正所以寫情也，唐人筆墨之妙每每如此。

（劉寶和《李頎詩評注》）

【按語】

此詩篇幅不長，寫景抒情，語氣舒緩，表現出來的感情却很深濃感人。詩從開頭的漕水東流，直到末句的江海悠悠，都扣住迢迢不盡的流水，來暗示和表達離愁别緒，通篇都籠罩在一片悠長而又暗淡的「嘆息此離別」的意緒之中。詩人深知朋友此次「東去遠」，別易會難，再見難期，心中無限的悵惘之情，更被傍晚時分的特定景象所觸發起來，詩人也就很自然地重點圍繞暮色來表現「暮情」。所以，全詩所描寫刻畫的種種暮色中的景物，都生動形象地將「暮情」展現了出來，讓人無論怎樣都無法釋懷，而沉浸在深長繾綣的別情之中。清人賀貽孫由「暮情」二字來解析此詩的「暮景」、「種種暮景」，其實「字字皆『暮情』也」，可謂揭示了此詩最基本最重要的藝術特色。

留別王盧二拾遺〔一〕

此別不可道〔二〕，此心當報誰〔三〕。春風灞水上①〔四〕，飲馬桃花時〔五〕。誤作好文士②，只令遊宦遲〔六〕。留書下朝客③〔七〕，我有故山期④〔八〕。

【校　記】

① 「水上」詩鈔本作「上水」。

② 「誤」劉本、活字本、百家詩本、黄本、凌本作「設」。

③ 「朝」英華本作「期」，并注：「疑。」

④ 「有故」英華本作「故有」。

【注釋】

〔一〕《全詩唐》（卷二八五）又作李端詩，題作《留别故人》。《文苑英華》（卷二八七）作李頎詩，可據。此詩當作于開元二十三年至二十五年間，時李頎即將離開京城長安而歸隱。王盧：王維、盧象。王任右拾遺，盧任左拾遺，均爲宰相張九齡所拔擢。張九齡于開元二十一年十二月拜相，二十五年被免。王維任右拾遺當在二十三年三月之後。盧象任左拾遺的確切時間未詳。但王維有《同盧拾遺韋給事東山别業二十韻給事首春休沐維已陪遊及乎是行亦預聞命會無車馬不果斯諾》詩，韋給事爲韋恒，開元二十四年任給事中。盧拾遺當爲盧象。盧象是王維、李頎至交，又與王維同時爲拾遺，其爲拾遺當在開元二十四年前後。關於盧象，劉禹錫《唐故尚書主客員外郎盧（象）公集紀》云：「擢爲左補闕」，《國秀集》目録作「右補闕」，但《新唐書·藝文志》（四）作「左拾遺」，《唐才子傳》與之一致。從李頎此詩及上舉王維詩看，當以「左拾遺」爲是。盧象，字緯卿，行第八，生卒年不詳。家居汶上（今山東省泰安市、曲阜市一帶）。開元中進士及第，任秘書省校書郎。張九齡執政，擢爲左拾遺。天寶初，爲司勛員外郎。後貶爲齊州司馬，轉汾、鄭二州司馬。安史之亂中受僞職。復唐後，貶爲果州長史，再貶爲永州司户。移吉州長史，召爲主客員外郎。于回京途中，病卒於武昌。盧象爲開、天之際的著名文人，與王維、李頎、李白、綦毋潛、祖詠等人交游頗密。生平事迹見《國秀集》、《新唐書》（卷六十）《藝文志》（四）、劉禹錫《唐故尚書主客員外郎盧（象）公集紀》、《唐才子傳校箋》（卷二）。

王維（七〇一？—七六一），字摩詰，行第十三，祖籍太原祁縣（今屬山西省太原市），徙家於蒲，遂爲河東（今山西省永濟市）人。開元九年進士及第，授太樂丞，因事被貶爲濟州司倉參軍。二十三年，張九齡擢其爲右拾遺。天寶中，歷任右補闕、侍御史以及員外郎、郎中等職。安史之亂中受僞職。乾元元年，責授太子中允，後遷給事中、中書舍人，轉尚書右丞，世稱「王右丞」。王維是盛唐山水田園詩派代表作家，與孟浩然并稱「王孟」。王維還擅長音樂、繪畫，被蘇軾譽爲「詩中有畫」、「畫中有詩」。生平事迹見《舊唐書》（卷一百九十下）、《新唐書》（卷二〇二）本傳、《唐才子傳校箋》（卷二）、陳鐵民《王維年譜》等。拾遺：唐代官名，分爲左拾遺、右拾遺。《舊唐書》（卷四十三）《職官志》（二）：「門下省，左補闕二員，從七品上。左拾遺二員，從八品上。……補闕、拾遺之職，掌供奉諷諫，扈從乘輿。凡發令舉事，有不便於時，不合于道，大則廷議，小則上封。若賢良之遺滯於下，忠孝之不聞于上，則條其事狀而薦言之。」又云：「中書省，右補闕二員，從七品上。右拾遺二員，從八品上。掌事同左省。」

〔二〕不可道：無以言表。激憤之詞。

〔三〕當報誰：當向誰訴説。謂無法向人訴説。亦憤懣之語。

〔四〕灞水：河名，在今陝西省西安市。《元和郡縣圖志》（卷一）《關内道》（一）：「京兆府萬年縣，霸水，在縣東二十里。」《漢書》（卷二十八上）《地理志》（上）：「京兆尹，……沂水出藍田谷，北至霸陵入霸水。霸水亦出藍田谷，北入渭。（師）古曰：『兹水，秦穆公更名以章霸功，視子孫。』」

〔五〕桃花時：桃花盛開的時節。農曆二月。《禮記·月令》：「仲春之月，……始雨水，桃始華，倉庚鳴，鷹化爲鳩。」《漢書》（卷二十九）《溝洫志》：「來春桃花水盛，必羨溢。」顏師古注：「《月令》：『仲春之月，始雨水，桃始華。』蓋桃方華時，既有雨水，川谷冰泮，衆流猥集，波瀾盛長，故謂之桃花水耳。」

〔六〕遊宦：外出做官。《文選》（卷二十四）陸機《爲顧彦先贈婦二首》（其二）：「遊宦久不歸，山川修且闊。」《文選》（卷二十一）顏延之《秋胡詩》：「悲哉遊宦子，勞此山川路。」李善注：「《漢書》：薄昭《與淮南王書》曰：『亡之諸侯，遊宦事人。』」

〔七〕下朝客：從朝廷官署辦完公務下班回家的官員。此指王維、盧象二拾遺。

〔八〕故山期：回鄉隱居的願望。故山，喻家鄉。應瑒《別詩二首》（其一）：「朝雲浮四海，日暮歸故山。」

【箋評】

（首四句）鍾云：「眼前口頭，妙，妙！」

譚云：「此作詩者偶然筆墨而已矣，今人動欲師之，安得復佳。」

（鍾惺、譚元春《唐詩歸》卷十四）

唐云：「章法爽朗。」

（唐汝詢《彙編唐詩十集》壬集）

（「此別不可道，此心當報誰。」）（并蒂芙蓉格）費經虞曰：「二字合對，若花之并蒂也，亦謂之雙同。唐人用于首二句甚多，三四句次之，五六句又次之，結句甚少。」

（費經虞《雅倫》卷九中）

又有對而不對，不對而對者，如「春風灞水上，飲馬桃花時。」（李頎）「芳草歸時遍，情人故郡多。」（韋應物）雖不對而聲勢自足相應，不得以不對病之。蓋律詩對固宜切，然太切則又欠生動，宋人所謂對法要存性是也。

（黃生《詩麈》卷一）

尾首呼應格。○三四承首句，「此別」所以「不可道」，以當「春風」時失意也。五六承次句，言此宦遊未遂之心，无人可語，惟二拾遺知之耳，故七八云云。

（黃生《唐詩矩》）

發纖穠於簡古，不知文生情，情生文也。

（末二句）高懷可想。

（黃培芳評點《唐賢三昧集》卷中）

三四明秀，五六閲歷有得語。「春風」二語言其「飲馬」閑地，無處可報恩也。不止明秀而已。余讀此五六語，不禁追尋身世，欷歔而欲泣也。詩之感人如此。

（潘德輿評點《唐賢三昧集》卷中）

此别不可道（五仄句），此心當（救）報誰。春水灞水上（三仄句），飲馬桃花時（三仄古句）。誤作好（拗）文士，只令遊（救）宦遲。留書下（拗）朝（救）客，我有故山期（諧句）。

此即末句獨諧者。

（李兆元《律詩拗體》卷一）

【按語】

此詩雖然短小，但既抒感傷離别之情，又嘆蹭蹬失意之恨，内容極豐富，容量極大，感情極悲傷激憤，包括了詩人多年來的生活閲歷和辛酸感慨。但它并未具體寫實，只作最簡單的因果的點綴。正因爲這樣，却收到了越簡要渾淪，就越包藴豐富，感慨强烈的藝術效果。

此詩的另一個特色，全詩非常口語化，正如鍾惺所説：「眼前口頭。」語言是口頭語，景象是眼前景，將它們結撰成章，就是絶妙好詞。不過，雖然運用的是口頭語，但作者的文心深細。開頭二句，「此别」先應題，表達别情；然後「此心」作自嘆，沉淪失意，無人訴説。兩種情事，都是籠罩在題面之中的應有之義。詩中將它們并列寫出，其實有强調自己困頓的意思。以下，詩即從此二端交互用筆。三、四句描寫秀美清麗的景色，深化首句的「此別」；五、六句則自寫多年來的身世遭際，來説明懊恨不已的「此心」。末二句則將友人與自己對寫，再申「留別」之情，又明自己「故山期」的志趣，與开篇呼應，渾然一體。黄培芳説它「高懷可想」，但恐怕只是痛苦悲憤之後的一種超越和灑脱吧。

贈別穆元休①〔一〕

貳職久辭滿②〔二〕，藏名三十年〔三〕。丹墀策頻獻③〔四〕，白首官不遷〔五〕。明主日徵士④〔六〕，
吏曹何忽賢〔七〕。空懷濟世業〔八〕，欲棹滄浪船⑤〔九〕。舉酒洛門外〔一〇〕，送君春海邊⑥〔一一〕。
彼鄉有令弟〔一二〕，小邑試烹鮮〔一三〕。轉浦雲壑湄⑦〔一四〕，涉江花島連⑧〔一五〕。緑芳暗楚水〔一六〕，
白鳥飛吴烟〔一七〕。贈贐亦奚貴⑨〔一八〕，流亂期早旋⑩〔一九〕。金閨會通籍〔二〇〕，生事豈徒然⑪〔二一〕。

【校　記】

①「休」原作「林」，參注釋〔一〕。英華本作「令」。

②「貳」英華本作「二」。「久辭」下原注：「一作九載。」「久辭」英華本作「九載」。

③「丹」劉本作「月」。

④「日」英華本作「棄」。

⑤「欲」英華本作「獨」。
⑥「送君春」英華本作「送春滄」，并注：「一作送君春。」
⑦「湄」劉本作「媚」。
⑧「島」活字本、百家詩本、黄本、凌本作「鳥」。
⑨「爐」英華本作「伫」。
⑩「流亂」劉本作「亂流」。「早」劉本、活字本、百家詩本、黄本、凌本、畢本作「復」。
⑪「豈」下英華本注：「一作亦。」

【注釋】

〔一〕穆元休：原作穆元林。據岑仲勉先生考證，當作穆元休（參《箋評》所録資料），學界多取岑説。穆元休，郡望河南，懷州河内（今河南省沁陽市）人。開元中獻所撰《洪範外傳》，制策登科，授偃師丞、安陽令。生平事迹參林寶《元和姓纂》穆氏條、《舊唐書》（卷一五五）、《新唐書》（卷一六三）《穆寧傳》、《新唐書》（卷五十七）《藝文志》（一）、封演《封氏聞見記》（卷三）。

〔二〕貳職：副職。當指穆元休任偃師縣丞事。《通典》（卷三十三）《職官》（十五）《總論縣佐》：「大唐縣有令，而置七司，一如郡制。丞爲副貳，……隋及大唐縣丞各一人，通判縣事。」《舊唐書》（卷一五五）《穆寧傳》：「穆寧，懷州河内人也。父元休，以文學著，撰《洪範外傳》十篇，開元中獻之，玄宗賜帛，授偃師縣丞、安陽令。」《元和郡縣圖志》（卷五）《河南道》（一）：「河南府偃師縣，畿。」《唐六典》（卷三十）《州縣官吏》：「京兆、河南、太原諸縣，令各一人，正六品上；丞一人，正八品下；主簿，正九品上；尉二人，正九品下。」辭滿：做滿官員的任期罷官隱居。《文選》（卷二十五）謝靈運《還舊園作見顔范二中書》：「辭滿豈多秩，謝病不待年。」

〔三〕藏名：隱姓埋名。梁簡文帝蕭綱《七勵》：「賣藥無藏名之老，河泗無洗耳之翁。」李白《答湖州迦葉司馬問白是何人》：「青蓮居士謫仙人，酒肆藏名三十春。」

〔四〕丹墀：參前《贈別高三十五》注〔一三〕。策頻獻：多次向皇帝進策，表達政見。徐師曾《文體明辨序説·策》：「按《説文》云：『策者，謀也。』……三者均謂之策，而體各不同，故今彙而辯之：一曰制策，天子稱制以問而對者是也。二曰試策，有司以策試士而對者是也。三曰進策，著策而上進者是也。」此詩當指第三類進策。

〔五〕官不遷：官職没有陞遷。《漢書》（卷五十八）《倪寬傳》：「擢爲中大夫，遷左内史。」又（卷五十九）《張湯傳》附《張安世傳》：「上奇其材，擢爲尚書令，遷光禄大夫。」

〔六〕徵士：徵召任命未做官的隱士。

〔七〕吏曹：主管選用官吏事務的官署。唐代是吏部掌管選授官吏的事務。《後漢書》（志第二十六）《百官志》（三）：「尚書六人，六百石。本注曰：成帝初置尚書四人，分爲四曹。」李賢注：「《漢舊儀》曰：『初置五曹，有三公曹，主斷獄。』蔡質《漢儀》曰：『典天下歲盡集課事。三公尚書二人，典三公文書。吏曹尚書典選舉齋祀，屬三公曹。靈帝末，梁鵠爲選部尚書。』」《唐六典》（卷二）《尚書吏部》：「吏部尚書、侍郎之職，掌天下官吏選授、勛封、考課之政令。」忽：輕視。

〔八〕濟世：救助世人，有益於社會。《莊子・庚桑楚》：「簡髮而櫛，數米而炊，竊竊乎又何足以濟世哉？」成玄英疏：「此蓋小道，何足救世。」

〔九〕滄浪船：猶言隱居避世。《楚辭・漁父》：「漁父莞爾而笑，鼓枻而去，歌曰：『滄浪之水清兮，可以濯吾纓；滄浪之水濁兮，可以濯吾足。』遂去，不復與言。」王逸注：「宜隱遁也。」

〔一〇〕舉酒：舉杯暢飲。洛門：指洛陽城。唐代洛陽作爲東都，有十二門，參前《送劉四》注〔一〇〕。

〔一一〕春海：春天時節的大海。參下「吴烟」云云，當指東南一帶的海邊。

〔一二〕令弟：弟弟的美稱。參前《送裴騰》注〔三〕。

〔一三〕小邑：小城，小縣。烹鮮：烹煮鮮魚。喻做官施政。《老子》（第六十章）：「治大國若烹小鮮。」河上公注：「鮮，魚。」

〔一四〕轉浦：行船轉過彎曲的水邊。浦，水邊。《玉篇・水部》：「水源枝注江海邊曰浦。」雲壑：雲霧瀰漫的山谷。

〔一五〕涉江：渡江。《楚辭》有屈原《九章・涉江》。花島：花草茂盛的島嶼。

〔一六〕緑芳：緑草。芳，芳草。暗：使之暗淡（意謂緑草茂盛，掩映水邊）。楚水：泛指楚地的水。

〔一七〕白鳥：白鷺。參前《與諸公遊濟瀆泛舟》注〔二四〕。吴烟：吴地的風烟景色。吴，春秋時國名，國都即今江蘇省蘇州市。其國境主要圍繞在太湖流域一帶。《文選》（卷五）左思《吴都賦》題下劉淵林注：「吴都者，蘇州是也。後漢末，孫權乃都於建業，亦號吴。」

〔一八〕贈贐（jìn）：贈送給遠行者的禮物。《孟子·公孫丑下》：「予將有遠行，行者必以贐。」趙岐注：「送行者贈賄之禮也，時人謂之贐。」

〔一九〕流亂：散亂的流水。此喻遊子漂泊在外的雜亂生活。旋：還，回還。

〔二〇〕金閨通籍：記其名在朝廷官員的名籍之上，謂在朝廷做官。金閨，金馬門。《史記》（卷一百二十六）《滑稽列傳》：「金馬門者，宦（者）署門也，門傍有銅馬，故謂之曰『金馬門』。」《文選》（卷十六）江淹《别賦》：「金閨之諸彦，蘭臺之群英。」李善注：「金閨，金馬門也。《史記》曰：『金門，宦者署。承明金馬，著作之庭。』東方朔曰：『公孫弘等待詔金馬門。』」《文選》（卷三十）謝玄暉《始出尚書省》：「既通金閨籍，復酌瓊筵醴。」李善注：「金閨，即金門也。《解嘲》曰：『歷金門，上玉堂。』」通籍，《漢書》（卷九）《元帝紀》：「令從官給事宫司馬中者，得爲大父母父母兄弟通籍。」顏師古注：「應劭曰：『籍者，爲二尺竹牒，記其年紀名字物色，縣之宫門，案省相應，乃得入也。』」會：應當。

〔二一〕生事：生計。參前《贈張旭》注〔一三〕。

【箋評】

同卷《制科》條：「穆元林上《洪範外傳》上卷。」《校證》云：「叢書堂本、莫本『穆元』并作『史記義』，天一閣本『穆』下無『元』字。」又引《玉海》三七：「穆元休《外傳》十卷」，并據勞格（字季言）校引《新書·藝文志》：「穆元休《洪範外注》十卷。」余按依叢書堂等本，則其文爲「史記義林上《洪範外傳》上卷」，詞不可通，蓋涉下文有「《史記義林》」而誤。《元和姓纂》：「思恭生元休，安陽令。」《文粹》七七崔祐甫《穆氏四子講藝記》：「又嘗聞乃祖安陽府君傳《洪範》九疇。」作元林誤。

（岑仲勉《跋〈封氏聞見記〉》（乙）《諸本同誤而應行校改者》）

李頎《贈别穆元林》，此穆元休之訛也，參拙著《跋〈封氏聞見記〉》（甲）項。

（岑仲勉《讀〈全唐詩〉札記》）

李頎《贈别穆元林》詩，是元休之訛。

（岑仲勉《〈元和姓纂〉四校記》）

【按語】

封演《封氏聞見記》（卷三）《制科》條所述穆元林事，與新、舊《唐書》之《穆寧傳》以及《新唐書·藝文志》、《元和姓纂》中所述穆元休事一致，故岑仲勉先生認爲《封氏聞見記》有訛誤，「林」當作「休」。李頎此詩題也屬訛誤，當爲穆元休無疑。學術界已普遍采納了岑説。但詩題究竟是何時，又是如何生訛的，則不得而知。

此詩表達別情，不作悲傷之語，而是先用一種感慨嘆惜的語調，叙述其才高而不遇的遭際，在深爲不平的意緒中，自然含有傷別的情感。中幅叙寫洛門送別時，遥想一路上秀美清麗，但又有些迷濛蒼茫的景色，在欣賞之餘透露出游子的悵惘情懷，顯然可以感受到離別的情調。詩末四句期其「早旋」和祝其「通籍」，仍是對詩的首節惜其不遇和傷其遠游的呼應。所以，全詩寫作上的特色，就在于在叙述和描寫中傳達出惜別之意，而不直接發出傷別之詞。這樣，看起來似乎傷別表達得不够强烈，其實，在字裏行間還是有着濃厚深切的同情心和傷別情的。

不調歸東川別業①〔一〕

寸禄言可取②〔二〕，托身將見遺〔三〕。慚無匹夫志〔四〕，悔與名山辭〔五〕。紱冕謝知己〔六〕，林園多後時〔七〕。葛巾方濯足〔八〕，蔬食但垂帷〔九〕。十室對河岸〔一〇〕，漁樵祇在兹。青郊香杜若③〔一一〕，白水映茅茨④〔一二〕。晝景徹雲樹〔一三〕，夕陰澄古逵⑤〔一四〕。渚花獨開晚⑥〔一五〕，田鶴静飛遲〔一六〕。且復樂生事⑦〔一七〕，前賢爲我師⑧〔一八〕。清歌聊鼓楫⑨〔一九〕，永日望佳期〔二〇〕。

【校　記】

① 此詩劉本重出，後又録在五排内。英華本無「不調歸東」四字。

② 「言」下英華本注：「一作善。」

③ 「杜」百家詩本作「社」。

④ 「白水」英華本作「泉石」。

⑤ 「澄」劉本作「澂」。「古」下原注：「一作石。」「古」英華本作「石」。

⑥ 「渚」英華本作「溪」。

⑦ 「復樂」劉本作「樂復」。

⑧ 「師」劉本、活字本、百家詩本、黄本、凌本、畢本作「歸」。

⑨ 「清」劉本、活字本、百家詩本、黄本、凌本作「鬧」。

【注　釋】

〔一〕不調（diào）：不遷調，没有被任命爲官。《漢書》（卷五十九）《張安世傳》：「有郎功高不調，自言。」顔師古注：「調，選也。」東川：當指嵩山附近潁水的某一個溪流。李頎長期居住在潁陽，潁陽爲唐代河南府的畿縣。他多次在詩中説到，如「男兒立身須自强，十年閉户潁水陽。」（《緩歌行》）「嵩陽入歸夢，潁水半前程。」（《奉送漪叔遊潁川兼謁淮陽太守》）「我本家潁北，開門見維嵩。」（《與諸公遊濟瀆泛舟》）均可證。由于潁水有三源，李頎詩中的東川當然只能是其中之一。《元和郡縣圖志》（卷五）《河南道》（一）：「河南府潁陽縣，嵩高山，在縣北八里。亦名外方山。又云東曰太室，西曰少室，嵩高總名，即中岳也。山高二十里，周迴一百三十里。少室山，在縣西十里。高十六里，周迴三十里。潁水源出焉。潁水有三源：右水出陽乾山之潁谷，中水導源少室通阜，左水出少室南溪，東合潁水。」可見從少室南溪向東流而匯合潁水的左水是可以被稱作東川的。李頎詩中的東川，當即指此而言。崔曙有《潁陽東溪懷古》詩，這個「東溪」當與李頎詩中的「東川」爲同一條河流，可作一旁證。別業：別居，別墅。《文選》（卷四十五）石崇《思歸引序》：「晚節更樂放逸，篤好林藪，遂肥遁於河陽別業。」劉良注：「別業，別居也。」此詩約作于開元二十九年。李頎于開元二十三年進士及第，授新鄉縣尉。自言「數年作吏家屢空，誰道黑頭成老翁」。（《欲之新鄉答崔顥綦毋潛》）又考王昌齡于開元二十九年夏赴江寧丞途經洛陽時，有《東京府縣諸公與綦毋潛李頎相送至白馬寺宿》詩，李頎則有《送王昌齡》詩贈答。可證此時李頎已在洛陽，可能已經罷新鄉尉了。故此詩亦可能作於前後。

〔二〕寸祿：參前《贈別高三十五》注〔一八〕。可取：可以得到，可以獲取。

〔三〕托身：寄身。身所依憑也。此指隱居生活而言。《文選》（卷二十六）陸機《赴洛二首》（其二）：「羈旅遠遊宦，托身承華側。」見遺：被遺棄。

〔四〕匹夫志：堅定不移的志向。《論語·子罕》：「子曰：『三軍可奪帥也，匹夫不可奪志也。』」

〔五〕名山：指嵩山，爲五岳之中岳。參本詩注〔一〕。

〔六〕紱冕：舊時官員繫帶的官帽。《文選》（卷四十五）班固《答賓戲》：「今吾子幸遊帝王之世，躬帶紱冕之服。」李善注：「師古曰：『帶，大帶；冕，冠也。』項岱曰：『冕服，三公卿大夫之服也。』」紱，綬帶。謝：告辭。《説文・言部》：「謝，辭去也。」此句謂因爲做官而辭別了隱居的故友。

〔七〕林園：山林田園。陶淵明《答龐參軍》：「有客賞我趣，每每顧林園。」陶詩還常用「園林」、「園田」、「田園」，實爲同義。後時：失時。《文選》（卷五十五）陸機《演連珠五十首》（其十三）：「俊乂之臣，屢抱後時之悲。」

〔八〕葛巾：以粗糙的葛布製成的頭巾。隱者之巾。《宋書》（卷九十三）《陶潛傳》：「郡將候潛，值其酒熟，取頭上葛巾漉酒，畢，還復著之。」濯足：以水洗脚。《文選》（卷二十一）左思《咏史八首》（其五）：「振衣千仞崗，濯足萬里流。」

〔九〕蔬食：以蔬菜爲食。《論語・鄉黨》：「雖蔬食菜羹，瓜祭，必齊如也。」草木的果實也叫蔬食。《禮記・月令》：「（仲冬之月）山林藪澤，有能取蔬食田獵禽獸者，野虞教道之，其有相侵奪者，罪之不赦。」鄭玄注：「草木之實爲蔬食。」垂帷：放下室内的帷幕。意指讀書治學。《史記》（卷一百二十一）《儒林列傳》：「（董仲舒）……下帷講誦，弟子傳以久次相受業，或莫見其面，蓋三年董仲舒不觀於舍園，其精如此。」《藝文類聚》（卷五十五）《讀書》條引晋束晳《讀書賦》：「垂帷帳以隱几，被紈素而讀書。」

〔一〇〕十室：猶言家家户户。《漢書》（卷四十五）《伍被傳》：「欲爲亂者，十室而八。」《隋書》（卷十三）《音樂志》（上）：「有夏多罪，殷人塗炭。四海倒懸，十室思亂。」

〔一一〕青郊：緑色的原野。《文選》（卷三十）謝脁《和徐都曹》：「結軫青郊路，迴瞰蒼江流。」杜若：香草名。《楚辭・九歌・湘君》：「采芳洲兮杜若，將以遺兮下女。」

〔一二〕白水：清净的水。《左傳・僖公二十四年》：「公子曰：『所不與舅氏同心者，有如白水。』投其璧於河。」《文選》（卷二十六）潘岳《在懷縣作二首》（其二）：「白水過庭激，緑槐夾門植。」茅茨：茅草蓋頂的草屋。《韓非子・五蠹》：「堯之王天下也，茅茨不翦，采椽不斫。」《史記》（卷一百三十）《太史公自序》：「堂高三尺，土階三等，茅茨不翦，采椽不刮。」《正義》：「屋蓋曰茨，以茅覆屋。」

〔一三〕晝景：白天的日光。「景」同「影」。徹：清澈。與下句「澄」字同義。雲樹：遠處雲霧蒼茫中的樹林。

〔一四〕夕陰：傍晚時暗淡的天氣。古逵：古老的大路。《文選》（卷十一）鮑照《蕪城賦》：「崩榛塞路，峥嶸古馗。」李善注：「薛君曰：『中馗，馗中，九交之道也。』」《釋名・釋道》：「道一達曰道路，二達曰岐旁，三達曰劇旁，四達曰衢，五達曰康，六達曰莊，七達曰劇驂，八達曰崇期，九達曰逵。」

〔一五〕渚花：水邊洲島上的花草。

〔一六〕田鶴：田野上的仙鶴。當用青田鶴事。《初學記》（卷三十）《鶴》條引《永嘉郡記》云：「有洙沐溪，去青田九里，此中有一雙白鶴，年年生子，長大便去，只惟餘父母一雙在耳，精白可愛，多云神仙所養。」

〔一七〕生事：生計。樂生事：此指對隱居别業的生活感到很快樂滿意。

〔一八〕前賢：此指古代傳説中著名隱士許由。唐代潁陽縣有箕山，清代地屬登封縣。相傳是許由隱居之地。《讀史方輿紀要》（卷四十八）《河南》（三）：「河南府登封縣，崿嶺，在縣東南三十里。本箕山也，許由所隱，亦曰許由山。」《莊子·逍遥遊》：「堯讓天下於許由。」《史記》（卷六十一）《伯夷列傳》：「説者曰堯讓天下於許由，許由不受，耻之逃隱。……太史公曰：余登箕山，其上蓋有許由冢云。」《正義》引皇甫謐《高士傳》云：「許由字武仲。堯聞致天下而讓焉，乃退而遁於中嶽潁水之陽，箕山之下隱。堯又召爲九州長，由不欲聞之，洗耳於潁水濱。時有巢父牽犢欲飲之，見由洗耳，問其故。對曰：『堯欲召我爲九州長，惡聞其聲，是故洗耳。』巢父曰：『子若處高岸深谷，人道不通，誰能見子？子故浮游，欲聞求其名譽。污吾犢口。』牽犢上流飲之。許由殁，葬此山，亦名許由山。」

〔一九〕清歌：没有樂器伴奏的歌唱。《文選》（卷十五）張衡《思玄賦》：「雙材悲於不納兮，并咏詩而清歌。」鼓楫：劃槳，劃船。《後漢書》（卷四十四）《張禹傳》：「（張禹）遂鼓楫而過。」

〔二〇〕永日：整天。《文選》（卷二十）劉楨《公讌詩》：「永日行遊戲，歡樂猶未央。」李善注：「永日，長日也。《尚書》曰：『日永星火。』《毛詩》曰：『且以永日。』毛萇曰：『永，引也。』」佳期：與佳人約定的日期。佳人，此指心中所尊崇仰慕的隱逸者。《楚辭·九歌·湘夫人》：「白蘋兮騁望，與佳期兮夕張。」王逸注：「佳，謂湘夫人也。不敢指斥尊者，故言佳也。」謝朓《懷故人》：「芳洲有杜若，可以慰佳期。」

【箋　評】

其實李頎之東川，不必他求，就在今河南鞏縣之南。岑參《尋鞏縣南李處士别業》詩云：「先生近南廓，茅屋臨東川。桑葉隱村户，蘆花映釣船。」李頎《不調歸東川别業》詩云：「十室對河岸，漁樵祇在兹。」又云：「清歌聊鼓楫。」是東川乃一不大但可漁釣行船之小河。而岑、李所説的東川，自是指的一處。岑參所尋的李處士很有可能就是李頎。（譚優學《李頎行年考》，見氏著《唐詩人行年考》。）

李頎既長期隱居潁陽，潁水又既分三源，若其别業在左潁水，左潁水又居東，也可稱之爲東川的。……可見東川、東園都是泛稱，其地即在潁陽。（傅璇琮《李頎考》，見氏著《唐代詩人叢考》）

【按　語】

官「不調」而歸别業，實爲無奈之舉，本當有失意潦倒的憤懣不平之情。但詩人却悔恨當初誤入塵網，辭别名山，離開别業的躬耕生活。詩的開頭六句如此着墨，這是我們在陶淵明詩中常見的情調。然後詩中就重點展開叙寫别業生活的閑逸，情趣的高雅，景色的秀美，環境的幽静上來，表現了罷官以後，寄情田園風光、山水景色之中的樂趣。詩的最後將這種生活和情趣提高到「前賢爲我師」的境界來認識，也就是將其納入歷史悠久的隱逸風尚之中，從而在更高的理想層次上肯定了隱逸的社會價值和思想意義。

晚歸東園①〔一〕

出郭喜見山〔二〕，東行亦未遠〔三〕。夕陽帶歸路②〔四〕，靄靄秋稼晚〔五〕。樵者乘霽歸③〔六〕，野夫及星飯④〔七〕。請謝朱輪客〔八〕，垂竿不復返〔九〕。

【校　記】

①「東園」後百家詩本、凌本有「二首」二字，并將卷三的五言律詩中同題詩作爲「其二」。

②「路」下原注：「一作鷺。」「路」劉本、活字本、百家詩本、黄本、凌本、畢本作「鷺」。

③「霽」劉本作「濟」。「歸」劉本、活字本、百家詩本、黄本、凌本、畢本作「歌」。
④「夫」下原注：「一作人。」「夫」劉本作「人」。

【注　釋】

〔一〕東園：當即指上《不調歸東川别業》詩中所説的東川别業。詳審詩的末句，詩當作於作者罷新鄉縣尉，歸隱東川别業之後。
〔二〕郭：城郭。當指詩人東川别業最近的城邑潁陽。參前《不調歸東川别業》注〔二〕。喜見山：見山則高興，是隱士慣常的情態。《楚辭·招隱士》就是以「山」爲背景寫隱士生活的。後來的招隱詩也往往以山陵澤藪爲隱士的生活環境。陶淵明更是直言隱士對「山」的喜愛，如《歸園田居五首》（其一）：「少無適俗韻，性本愛丘山。」《飲酒二十首》（其五）：「采菊東籬下，悠然見南山。」此句中的「山」當指潁陽附近的嵩山。
〔三〕東行亦未遠：點明作者的東園在潁陽城東，且距離不遠。
〔四〕帶：圍繞，此可意解爲照耀。
〔五〕靄靄：盛貌，集聚貌。同「藹藹」。陶淵明《停雲》詩：「靄靄停雲，濛濛時雨。」又《和郭主簿二首》（其一）：「藹藹堂前林，中夏貯清陰。」
〔六〕乘霽：帶着雨後的晚霞。霽：雨後的陽光。

〔七〕野夫：田夫，農夫。《禮記·郊特牲》：「野夫黄冠。黄冠，草服也。」孔穎達疏：「田夫則野夫也。野夫著黄冠，黄冠是季秋之後草色之服。」及：等到。星飯：晚飯。天上星星出現後纔吃晚飯，形容晚飯吃得遲。鮑照《登大雷岸與妹書》：「渡溯無邊，險徑遊歷，棧石星飯，結荷水宿，旅客貧辛，波路壯闊。」

〔八〕謝：辭謝，謝絶。朱輪客：喻有權勢的富貴者。朱輪，以紅漆塗飾車輪的輪轂。《文選》（卷四十一）楊惲《報孫會宗書》：「惲家方隆盛時，乘朱輪者十人，位在列卿，爵爲通侯。」李善注：「二千石皆得乘朱輪。」

〔九〕垂竿：垂釣，釣魚，喻隱居。《文選》（卷三十）謝朓《始出尚書省》：「乘此終蕭散，垂竿深澗底。」李善注：「孫惠《龜賦》曰：『泛舟於清泠之淵，垂竿於巖澗之下。』」不復返：謂不再返回官場也。

【按語】

此詩寫罷官歸隱的趣尚。其在構思上有兩個特點。一是在時間上抓住「晚」字來寫返回東園的自然景色和農夫樵人的勞動情形，表現了對山水田園和農村生活的熱愛，從而進一步抒發了自己堅定不渝的歸隱志向，以及遠離官場的堅決態度。二是在叙寫方式上則僅就一「見」字落筆，所「見」到的每一點都令人心曠神怡，賞愛有加，最後也還是很自然地歸結到表達隱逸情懷上來。所以，這是一首頗具匠心，工致細膩的小詩。

龍門西峰曉望劉十八不至〔一〕

春臺臨永路〔二〕，跂足望行子〔三〕。片片雲觸峰，離離鳥渡水〔四〕。叢林遠山上〔五〕，霽景雜花裏①〔六〕。不見携手人〔七〕，下山采綠芷〔八〕。

【校　記】

①「景」下原注：「一作色。」

【注　釋】

〔一〕龍門：山名。伊闕山，在今河南省洛陽市南伊水邊，俗稱龍門山。《元和郡縣圖志》（卷五）《河南道》（一）：「河南府伊闕縣，伊闕山，在縣北四十五里。兩山相對，望之若闕，伊水流其間，故名。」《水經注》（卷十五）《伊水》：「伊水又北入伊闕，昔大禹疏以通水。兩山相對，望之若闕，伊水歷其間北流，故謂之伊闕矣。《春秋》之闕塞也。……傅毅《反都賦》曰：『因龍門以暢化，開伊闕以達聰也。』」《通典》（卷一百七十七）《州郡》（七）《河南府》：「河南，古郟鄏地也，是爲王城。又一云：『郟，山名；鄏，邑名，在縣西南』也。後漢爲河南縣，有闕塞山，俗曰龍門。」劉十八：未詳。當與前《九月九日劉十八東堂集》爲同一人。

〔二〕春臺：此指龍門山西峰上的臺閣。「春」字點明時節。《老子》（第二十章）：「衆人熙熙，如享太牢，如春登臺。」《文選》（卷十三）潘岳《秋興賦》：「登春臺之熙熙兮，珥金貂之炯炯。」李善注：「《老子》曰：『衆人熙熙，如享太牢，如登春臺。』」臨：靠近。永路：長路。《文選》（卷二十三）阮籍《咏懷詩十七首》（其十五）：「出門臨永路，不見行車馬。」

〔三〕跂足：踮起脚。《荀子·勸學》：「吾嘗跂而望矣，不如登高之博見也。」《詩經·衛風·河廣》：「誰謂宋遠，跂予望之。」鄭玄箋：「誰謂宋國遠與？我跂足則可以望見之。」行子：行人，指劉十八。鮑照《代東門行》：「居人掩閨卧，行子夜中飯。野風吹秋木，行子心腸斷。」

〔四〕離離：盛多貌。《詩經·小雅·湛露》：「其桐其椅，其實離離。」《毛傳》：「離離，垂也。」鄭玄箋：「其實離離，喻其薦俎禮物多於諸侯也。」孔穎達疏：「言二樹當秋成之時，其子實離離然垂而蕃多，以興其杞也其宋也二君於王燕之時，其薦俎衆多。」

〔五〕叢林：茂密的樹林。《文選》（卷一）班固《西都賦》：「松柏仆，叢林摧。草木無餘，禽獸殄夷。」

〔六〕霽景：雨後天氣晴朗的景色。雜花：花色品種繁多，色彩繽紛。參前《春送從叔遊襄陽》注〔八〕。

〔七〕携手人：喻志趣相投的人。《詩經・邶風・北風》：「惠而好我，携手同行。」

〔八〕下山：走下龍門山。《玉臺新詠》（卷一）《古詩八首》（其一）：「上山采蘼蕪，下山逢故夫。」緑芷：緑葉茂盛的白芷，是一種香草。初生時根榦爲芷，夏季開傘形白花，故名白芷。《楚辭・離騷》：「扈江離與辟芷兮，紉秋蘭以爲佩。」王逸注：「江離、芷，皆香草名。」洪興祖補注：「白芷，一名白茝，生下澤，春生，葉相對婆娑，紫色，楚人謂之虈。」末句即《楚辭・九歌・湘夫人》：「搴汀洲兮杜若，將以遺兮遠者」之意。

【箋　評】

南邨曰：「『望而不見，搔首踟躕。』妙矣！　未若『采芷』之思更覺雋永。」

（張揔《唐風懷》卷三）

全詩無盼劉來字樣，而句句皆盼劉來神理，讀此可增友朋之誼，亦可悟爲文之法。

（劉寶和《李頎詩評注》）

【按　語】

此詩很好地寫出了「望」而「不至」的神理，富有悠長雋永的韻致。詩人以「望」中漸次見到的片雲、衆鳥、叢林、雜花等等景物，反復多次地反襯出了友人的「不至」。這樣就層層深入地表現出了盼望友人到來的迫切心情。越是「望」而「不至」，越激發出了對友人的思念。最後「采綠芷」以寄情，更深一層地表達了「望」友的殷切之情。真摯深沉的友情，于此可見。

裴尹東溪別業〔一〕

公才廊廟器①〔二〕，官亞河南守〔三〕。別墅臨都門〔四〕，驚湍激前後②〔五〕。舊交與群從〔六〕，十日一携手〔七〕。幅巾望寒山〔八〕，長嘯對高柳〔九〕。清歡信可尚③〔一〇〕，散吏亦何有〔一一〕。岸雪清城陰④〔一二〕，水光遠林首⑤〔一三〕。閑觀野人筏〔一四〕，或飲川上酒〔一五〕。幽雲澹徘徊⑥〔一六〕，白鷺飛左右〔一七〕。庭竹垂卧內〔一八〕，村烟隔南阜〔一九〕。始知物外情〔二〇〕，簪紱同芻狗⑦〔二一〕。

【校　記】

①「才」下原注：「一作朝。」

②「激」畢本作「急」。

③「歡」劉本作「勸」。

④「清」劉本作「青」。

⑤「遠」下原注：「一作搖。」「遠」劉本作「搖」。

⑥「澹」畢本作「淡」。

⑦「紱同」劉本作「□□」。

【注　釋】

〔一〕裴尹：由詩次句，可知裴氏爲河南府尹。考開元末、天寶初，曾任河南府尹者有裴寬、裴敦復。《新唐書》（卷五）《玄宗紀》：「（天寶三載）河南尹裴敦復……」《舊唐書》（卷九）《玄宗紀》（下）：「（天寶六載）北海太守李邕、淄川太守裴敦復并以事連王曾、柳勣，遣使就殺之。」裴敦復與裴寬互不相能，參《舊唐書》（卷一百）《裴寬傳》。李頎詩中所説的裴尹，以裴寬的可能性更大。因爲詳詩中所寫，參證新、舊《唐書》裴寬本傳，相符合的程度很高。《舊唐書》（卷一百）《裴寬傳》云：「開元二十一年冬，裴耀卿以黄門侍郎知政事，扈從出關，知江、淮轉運，於河陰置倉，奏寬爲户部侍郎，爲其副。……選吏部侍郎，及玄宗還京，又改蒲州刺史。州境久旱，入境，雨乃大浹。遷河南尹，不附權貴，務於恤隱，政乃大理。改左金吾衛大將軍，一年，除太原尹。」《新唐書》（卷一百三十）《裴寬傳》：「宰相裴耀卿領江淮運，列倉河陰，奏寬爲户部侍郎自副。遷吏部。出爲蒲州刺史，州久旱，寬入境輒雨。徙河南尹，不屈附權貴，河南大治。繇金吾大將軍授太原尹，玄宗賦詩褒餞。天寶初，由陳留太守拜范陽節度使。」鄭處誨《明皇雜録》（補遺）：「至開元末，裴寬爲河南尹，深信釋氏，師事普寂禪師，日夕造焉。」由上述三條資料，可以斷定裴寬爲河南尹在開元末年。據《舊唐書》（卷八）《玄宗紀》（上）：「（開元）二十二年春正月，……己巳，幸東都。己丑，至東都。」又云：「（開元二十四年）冬十月戊申，車駕發東都，還西京。」本傳所云「玄宗還京，又改蒲州刺史」，其到任必在開元二十五年。之後，裴寬纔又「遷河南尹」。其任河南尹的具體時間，當在開元二十六年、二十七年中。據本傳，裴寬在任河南尹後，「改左金吾衛大將軍，一年，除太原尹。」又據《舊唐書》（卷九）《玄宗紀》（下）：「（開元二十九年夏四月）壬午，以左右金吾大將軍裴寬爲太原尹、北都留守。」兩相比勘，故知裴寬爲左金吾大將軍當是開元二十八年的事。從以上排比開元二十一年至二十九年裴寬的仕履可知，其任河南尹，必在開元二十六年、二十七年兩年中。李頎此詩當作于這一期間。尹：官名，唐代京都的副長官，負責實際事務。《唐六典》（卷三十）《三府督護州縣官吏》：「京兆、河南、太原府，牧各一人，從二品；尹一人，從三品；少尹二人，從四品下。……尹、少尹、別駕、長史、司馬掌貳府、州之事，以紀綱衆務，通判列曹；歲終則更入奏計。」東溪別業：當指裴寬在洛陽城東一條溪水邊的別墅，詳詩中「別墅臨都門」可證。別業，參前《不調歸東川別業》注〔一〕。

〔二〕廊廟器：朝廷的重器。喻能承擔朝廷重任的人。廊，大殿下的廊屋。廟，太廟，皇家祖廟。《國語·越語下》：「夫謀之廊廟，失之中原，其可乎？王姑勿許也。」《三國志》（卷三十八）《蜀書·許靖傳》：「評曰：許靖夙有名譽，既以篤厚爲稱，又以人物爲意，雖行事舉動，未悉允當，蔣濟以爲『大較廊廟器』也。」

〔三〕亞：次，第二。河南守：河南府的府牧、太守。唐代在三都設府，以示重視，地位重要，但其建制與州郡相類，故此稱作河南守。

〔四〕别墅：即别業。《晋書》（卷七十九）《謝安傳》：「安遂命駕出山墅，親朋畢集，方與（謝）玄圍棋賭别墅。」都門：本指京城城門，後即指京城。洛陽在唐代爲東都。《漢書》（卷九十九下）《王莽傳》（下）：「十月戊申朔，兵從宣平城門入，民間所謂都門也。」顔師古注：「長安城東出北頭第一門。」

〔五〕驚湍：急速的流水。《文選》（卷二十六）潘岳《河陽縣作二首》（其二）：「川氣冒山嶺，驚湍激巖阿。」

〔六〕舊交：老朋友。《戰國策·秦策三》：「竭智能，示情素，蒙怨咎，欺舊交，虜魏公子卬，卒爲秦禽將，破敵軍，攘地千里。」群從：諸叔伯兄弟及其子侄。《晋書》（卷四十九）《阮籍傳》附《阮咸傳》：「群從昆弟莫不以放達爲行，籍弗之許。」

〔七〕十日一携手：謂每十天就與親朋歡聚。十日，一旬，唐代官府十日旬休一天，故云。《唐會要》（卷八十二）《休假》：「永徽三年二月十一日，上以天下無虞，百司務簡，每至旬假，許不視事，以與百僚休沐。」携手，參前《龍門西峰曉望劉十八不至》注〔七〕。

〔八〕幅巾：以全幅細絹裹頭的頭巾。《後漢書》（卷二十九）《鮑永傳》：「封上將軍列侯印綬，悉罷兵，但幅巾與諸將及同心客百餘人詣河内。」李賢注：「幅巾，謂不著冠，但幅巾束首也。」《通典》（卷五十七）《幅巾》條：「後漢末，王公名士以幅巾爲雅，是以袁紹、崔鈞之徒雖爲將帥，皆著縑巾。……後周武帝因裁幅巾爲四脚。大唐因之。」封演《封氏聞見記》（卷五）《巾幞》條：「近古用幅巾，周武帝裁出脚向後幞髮，故俗謂之『幞頭』。至尊，皇太子，諸王及仗内供奉以羅爲之，其脚稍長。士庶多以絁縵而脚稍短。幞頭之下，别施巾，象古冠下之幘也。」

〔九〕長嘯：《詩經・召南・江有汜》：「不我過，其嘯也歌。」鄭玄箋：「嘯，蹙口而出聲。」《文選》（卷十八）成公綏《嘯賦》：「邈姱俗而遺身，乃慷慨而長嘯。」

〔一〇〕清歡：清雅恬淡的樂趣。

〔一一〕散吏：没有明確職責的冗官。《文選》（卷四十九）干寶《晋紀總論》：「王彌者，青州之散吏也。」李周翰注：「散吏，謂無所主當也。」

〔一二〕岸雪：水岸邊的積雪。城陰：城北。

〔一三〕水光：水面上的光影。林首：林梢，樹林的上端。

〔一四〕野人：鄉村裏的人。《儀禮・喪服》：「禽獸知母而不知父，野人曰：『父母何筭焉？』都邑之士則知尊禰矣。」《論語・先進》：「先進於禮樂，野人也；後進於禮樂，君子也。」筏：用竹木編成的一種渡水工具。《方言》（卷九）：「東南丹陽、會稽之間謂艖爲欚，泭謂之簰（簰），簰（簰）謂之筏，筏，秦、晋之通語也。」

〔一五〕川上酒：乘船在水上飲酒取樂。《論語·子罕》：「子在川上曰：『逝者如斯夫！不舍晝夜。』」

〔一六〕幽雲：幽静的淡雲。

〔一七〕白鷺：白鳥，鳥名。參前《與諸公遊濟瀆泛舟》注〔二四〕。

〔一八〕庭竹垂卧内：庭院裏緑竹茂盛，枝葉伸展到内室。顯示居處的高雅。當暗用王徽之事。《世説新語·任誕》：「王子猷嘗暫寄人空宅住，便令種竹。或問：『暫住何煩爾？』王嘯咏良久，直指竹曰：『何可一日無此君？』」

〔一九〕村烟：籠罩村莊的烟霧。陶淵明《歸園田居五首》（其一）：「曖曖遠人村，依依墟裏烟。」南阜：猶言南山。《説文·𨸏部》：「𨸏，大陸，山無石者。」《玉篇·阜部》：「阜，大陸也，山無石也。」

〔二〇〕物外情：遠離世俗的情懷。《文選》（卷十五）張衡《歸田賦》：「苟縱心於物外，安知榮辱之所如。」

〔二一〕簪紱：冠簪和纓帶。高官的服飾。陸機《晋平西將軍孝侯周處碑》：「簪紱揚名，臺閣摽著，風化之美，奏課爲能。」芻狗：古代祭祀時所用的草狗。此喻無用之物。《莊子·天運》：「夫芻狗之未陳也，盛以篋衍，巾以文綉，尸祝齊戒以將之。及其已陳也，行者踐其首脊，蘇者取而爨之而已。」成玄英疏：「芻狗，草也，謂結草爲狗以解除也。」《經典釋文》（卷二十七）《莊子音義》（中）：「芻狗，李云：『結芻爲狗，巫祝用之。』」

（李攀龍輯、凌洪憲集評《唐詩廣選》卷一）

【箋　評】

蔣春甫曰：「令人企慕《考槃》。」

【按　語】

此詩從題中的「裴尹」和「别業」二者緊密結合的角度來結撰成章，具有比較明顯的特色。從詩的開頭到「散吏亦何有」主要抓住「裴尹」來寫，表現雖然身居高位，却敦親睦友，每每在休沐日與之優游於别業的山水田園的景色之中。顯然，這是以寫人爲主導，以别業爲場所和環境。正因爲如此，這部分對「裴尹」其人的活動，以及所表現出來的情態、志趣，寫得比較具體，而「别業」只是作爲映帶，略加點綴，以景象襯托出人的懷抱。從「岸雪清城陰」以下，除了末二句以外，則主要都是以描寫刻畫「别業」的上下、遠近、左右的種種景物爲重點的，比較完整地展現了一幅「别業」秀美幽遠的風光圖。當然，其中有「裴尹」等人在圖畫中流連觀賞的身影，但在表現方式上，則是屬於次要的方面。末二句恰恰是這幅景象所激發出的「裴尹」的情懷，視富貴利禄如「芻狗」，儼然表現出了一位「亦官亦隱」的高人形象。

無盡上人東林禪居①〔一〕

草堂每多暇〔二〕，時謁山僧門〔三〕。所對但群木〔四〕，終朝無一言〔五〕。我心愛流水②〔六〕，此地臨清源③〔七〕。含吐山上日④〔八〕，蔽虧松外村⑤〔九〕。孤峰隔身世〔一〇〕，百衲老寒暄〔一一〕。禪户積朝雪〔一二〕，花龕來暮猿〔一三〕。顧余守耕稼〔一四〕，十載隱田園〔一五〕。蘿篠慰春汲⑥〔一六〕，巖潭恣討論〔一七〕。泄雲豈知限〔一八〕，至道莫探元〔一九〕。且願啓關鎖⑦〔二〇〕，於焉微尚存〔二一〕。

【校　記】

①「盡」劉本、英華本作「名」，百家詩本作「□」。凌本無「盡」字。

②「流水」百家詩本、凌本作「水流」。

③「地」百家詩本、黄本、凌本、畢本作「池」。

④「含」劉本作「呑」。

⑤「松」下原注：「一作雲。」

⑥「春」凌本、畢本、英華本作「舂」。

⑦「鎖」下原注：「一作籥。」「鎖」英華本作「籥」。

【注釋】

〔一〕無盡：僧人的法號。其人未詳。上人：對僧人的敬稱。《釋氏要覽》（卷上）《上人》：「《摩訶般若經》云：『何名上人？佛言：若菩薩一心行阿耨菩提，心不散亂，是名上人。』○《增一經》云：『夫人處世，有過能自改者，名上人。』○《十誦律》云：『有四種：一粗人，二濁人，三中間人，四上人。』○律瓶沙王呼佛弟子爲上人。○古師云：『内有至德，外有勝行，在人之上，名上人。』」吴曾《能改齋漫録》（卷七）：「唐詩多以僧爲上人，如杜子美《巳上人茅齋》是也。」東林禪居：東林寺。據詩中所寫，此寺是作者「十載隱田園」的常去之地，與詩人《緩歌行》詩「十年閉户潁水陽」的話相證，可知此寺當在潁陽附近的少室山。

〔二〕草堂：作者自指居處。《文選》（卷四十三）孔稚珪《北山移文》：「鍾山之英，草堂之靈。」李善注：「梁簡文帝《草堂傳》曰：『汝南周顒，昔經在蜀，以蜀草堂寺林壑可懷，乃於鍾嶺雷次宗學館立寺，因名草堂，亦號山茨。』」

〔三〕山僧門：寺廟的山門。此指東林禪居。

〔四〕群木：猶言茂密繁盛的樹林。

〔五〕終朝：整個早晨。《詩經·小雅·采緑》：「終朝采緑，不盈一匊。」《毛傳》：「自旦及食時爲終朝。」《文選》（卷二十四）陸機《答張士然》：「終朝理文案，薄暮不遑暝。」

〔六〕愛流水：意謂喜愛流水清淨澄澈和生生不息。《詩經·小雅·沔水》：「沔彼流水，朝宗于海。」

〔七〕清源：清澈的源頭水。此處當指潁水的水源處。參前《不調歸東川別業》注〔一〕。《文選》（卷十五）張衡《思玄賦》：「旦余沐於清源兮，晞余髮於朝陽。」《文選》（卷二十三）劉楨《贈徐幹》：「細柳夾道生，方塘含清源。」

〔八〕含吐：含進去和吐出來，即出入隱現。

〔九〕蔽虧：被遮掩而半隱半現。《文選》（卷七）司馬相如《子虛賦》：「其山則盤紆岪鬱，隆崇嵂崒，岑崟參差，日月蔽虧。」李善注：「張揖曰：『高山擁蔽日月。虧，缺，半見也。』」

〔一〇〕隔身世：謂自身與世俗社會相隔絶。

〔一一〕百衲：百衲衣。此指僧人。僧人的袈裟，由許多布塊縫綴而成，故云。衲，《廣雅·釋詁》：「衲，補也。」《釋氏要覽》（卷上）《衲衣》引《智度論》云：「……如初度五比丘白佛：『當著何等衣？』佛言：『應著納衣。』」寒暄：謂一年四季寒冷温暖的氣候變化。

〔一二〕禪户：禪院的門户。

〔一三〕花龕（kān）：雕飾有花紋圖案的佛龕。龕，以石頭雕刻而成以供奉佛像的石室或櫃子。

〔一四〕顧余：我。顧，語首詞，無義。

〔一五〕十載隱田園：當指詩人進士及第前隱居潁陽，折節讀書的十年。亦即《緩歌行》所云「十年閉户潁水陽」。李頎于開元二十三年進士及第。此詩當作於此前不久。

〔一四〕蘿篠(xiǎo)：女蘿和細竹。《詩經・小雅・頍弁》：「蔦與女蘿，施于松柏。」《毛傳》：「女蘿，菟絲、松蘿也。」篠：《説文・竹部》：「筱，箭屬，小竹也。」《玉篇・竹部》：「筱，箭也，小竹也。」又云：「篠，同上。」慰：慰問。此將蘿篠擬人化，似乎它們也能夠慰問從事勞作的人。春汲：春米和汲水。古人以水衝擊轉輪帶動春頭春米，故春汲并列。《北史》(卷九十一)《列女列傳・涇州貞氏兒氏傳》：「兒氏率行貞淑，居貧，常自春汲，以養父母。」

〔一七〕巖潭恣討論：意謂可與山巖和潭水任意展開討論禪理，并提出意見。此也是將自然物擬人化。討論：探討研究。《論語・憲問》：「爲命，裨諶草創之，世叔討論之，行人子羽修飾之，東里子産潤色之。」何晏《集解》：「討，治也。裨諶既造謀，世叔復治而論之，詳而審之。」

〔一八〕泄雲：彌漫的雲霧。《文選》(卷二十七)謝朓《敬亭山詩》：「渫雲已漫漫，多雨亦凄凄。」「渫」一本作「泄」。

〔一九〕至道：極爲精微深刻的道理。《莊子・在宥》：「來！吾語女至道。至道之精，窈窈冥冥；至道之極，昏昏默默。」莫探元：意謂難以探索其最早的本原。元：事物之始。《爾雅・釋詁》：「元，始也。」《説文・一部》：「元，始也。」

〔二〇〕啓關鎖：打開門鎖。喻打開佛禪的「至道」之門。關，本指門閂，此即指門户。

〔二一〕於焉：于此。微尚：内心懷有的趣尚。《文選》(卷二十六)謝靈運《初去郡》：「伊余秉微尚，拙訥謝浮名。」

【箋評】

（三四句）鍾云：「禪意，又是幽人真境。」（十五句）鍾云：「『慰』字無端，妙甚！」（十七句）鍾云：「『豈知限』三字，寫出雲的性情、行徑。」

譚云：「遠秀，無復滓穢矣。」鍾云：「此等詩不難於清虚，當看其實處。」

（鍾惺、譚元春《唐詩歸》卷十四）

【按語】

此首題咏詩，寫的是作者常去的地方，詩中確實將這個「幽人真境」描寫刻畫了出來，給人以真切的感受，猶如身臨其境。此詩在行文上，注重「直尋」而不是「補假」。雖然詩中運用了一些前人詩文中的詞語，但基本上不用故實，而是就自己眼前所見進行叙寫，頗爲符合鍾嶸《詩品序》中「直書其事，寓言寫物，賦也」的直陳手法。由此而帶來的是詩中以「我」爲角度的表達方式。詩中前用「我」字，後用「余」字，就向讀者昭示了這一點。還應當指出，此詩寫景帶有濃厚的禪意，借以闡發了禪理。有的在看似純爲客觀的描寫中，其實也含有禪理。「所對但群木，終朝無一言。」「孤峰隔身世。」「禪户積朝雪，花龕來暮猿。」「含吐山上日，蔽虧松外村。」都有這樣的意藴在内。也有的是在寫物中比較明顯地表達了禪意，如「我心愛流水，此地臨清源」、「泄雲豈知限」等句，就是如此。還有的則是客觀事物完全可以與人探討禪理了。「蘿篠慰春汲，巖潭恣討論。」「蘿篠」、「巖潭」都被擬人化了，這就是鍾惺所説的「『慰』字無端，妙甚」的妙詣所在。故此，本詩寫景，看似比較散亂無序，但其實作者是以表現禪意爲主旨，以寫景來闡發禪趣所産生的情形，而這恰恰成爲本詩在構思上的特色。

題綦毋校書别業①〔一〕

常稱挂冠吏〔二〕，昨日歸滄洲〔三〕。行客暮帆遠〔四〕，主人庭樹秋〔五〕。豈伊問天命②〔六〕，但欲爲山遊〔七〕。萬物我何有③〔八〕，白雲空自幽。蕭條江海上〔九〕，日夕見丹丘〔一〇〕。生事非漁釣④〔一一〕，賞心隨去留〔一二〕。惜哉曠微月⑤〔一三〕，欲濟無輕舟⑥。倏忽令人老⑦〔一四〕，相思河水流〔一五〕。

【校　記】

①「别業」劉本、活字本、百家詩本、黄本、凌本作「田居」，畢本作「所居」。

②「問」下原注：「一作得。」

③「我何有」劉本作「皆我有」。

④「非」下原注：「一作本。」「非」百家詩本、黄本、凌本、英華本作「本」。「釣」英華本作「鳥」。

⑤「惜」下英華本注：「一作昔。」「哉」英華本作「我」。

⑥「無」英華本作「捨」。

⑦「令」英華本作「今」，并注：「一作令。」

【注釋】

〔一〕綦毋：綦毋潛。參前《送綦毋三謁房給事》注〔一〕。校書：校書郎，官名。綦毋潛曾任秘書省校書郎。參前《送綦毋三謁房給事》注〔五〕。綦毋潛此次從校書郎任上挂冠，返回江東虔州（今江西省贛州市）的家鄉。陳鐵民認爲：「（綦毋）潛自校書郎棄官還江東，大抵當在天寶元、二、三載（七四二—七四四）；而官校書郎，則應在此數年前。」（見《唐才子傳校箋》卷二）要言之，綦毋潛官校書郎大約在開元末年，而辭官歸隱江東則在天寶初年。李頎此詩則當作於此時，與王維《送綦毋校書棄官還江東》同時。别業：參前《不調歸東川别業》注〔一〕。詩題爲題咏其「别業」，而詩中實寫其遠返江東，故此「别業」當是綦毋潛在京城爲官時的居處。主人既已回鄉，此别業也就寂寞凄凉了。詩中所寫，與此相符合。

〔二〕常稱：常常稱道。挂冠吏：棄官歸隱的官吏。挂冠，辭官。《後漢書》（卷八十三）《逸民傳·逢萌傳》：「時王莽殺其子宇，萌謂友人曰：『三綱絶矣！不去，禍將及人。』即解冠挂東都城門，歸，將家屬浮海，客於遼東。」

〔三〕滄洲：古代神話傳説中滄海的洲渚。喻隱者所居。《海内十洲記》：「滄海島在北海中，地方三千里，去岸二十一萬里。海四面繞島，各廣五千里。水皆蒼色，仙人謂之滄海也。」《文選》（卷二十七）謝朓《之宣城出新林浦向版橋》：「既歡懷禄情，復協滄洲趣。」

〔四〕行客：謂綦毋潛。他從京城附近的别業返回江東老家。《文選》（卷二十九）《古詩十九首》（其三）：「人生天地間，忽如遠行客。」

〔五〕主人：亦謂綦毋潛。呼應詩題中「别業」，作爲「主人」的綦毋潛遠行後，「别業」中蕭條凄凉。庭樹：庭院裏的樹木。《文選》（卷十三）潘岳《秋興賦》：「庭樹槭以灑落兮，勁風戾而吹帷。」

〔六〕豈伊：難道。伊，語助詞，無義。《詩經·小雅·頍弁》：「豈伊異人，兄弟匪他。」問天命：探求天命。《論語·爲政》：「三十而立，四十而不惑，五十而知天命。」

〔七〕山遊：遊覽山水。《藝文類聚》（卷七）引謝靈運《羅浮山賦》：「鼓蘭枻以水宿，杖桂策以山遊。」

〔八〕萬物我何有二句：意謂世間一切皆非我之所有，即使白雲也只是徒然地飄蕩。陶弘景《詔問山中何所有賦詩以答》：「山中何所有？嶺上多白雲。只可自怡悦，不堪持贈君。」

〔九〕蕭條：逍遥閑逸貌。《世説新語·品藻》：「明帝問周伯仁：『卿自謂何如庾元規？』對曰：『蕭條方外，亮不如臣；從容廊廟，臣不如亮。』」江海：泛指隱士隱居的江湖河海。《莊子·刻意》：「就藪澤，處閒曠，釣魚閒處，無爲而已矣。此江海之士，避世之人，閒暇者之所好也。」

〔一〇〕日夕：傍晚時分。《詩經·王風·君子于役》：「日之夕矣，羊牛下來。」陶淵明《飲酒二十首》（其五）：「山氣日夕佳，飛鳥相與還。」丹丘：古代傳説中仙人居處，即指仙人而言。《楚辭・遠遊》：「仍羽人於丹丘兮，留不死之舊鄉。」王逸注：「丹丘，晝夜常明也。《九懷》曰：『夕宿乎明光。』明光，即丹丘也。《山海經》言有羽人之國，不死之民。或曰：人得道，身生毛羽也。」

〔二〕生事非漁釣：意謂漁釣并非只是爲了生計（而是爲了表現志在江湖的情趣）。漁釣：釣魚，捕魚。《史記》（卷三十二）《齊太公世家》：「吕尚蓋嘗窮困，年老矣，以漁釣奸周西伯。」

〔三〕賞心：心情歡愉。《文選》（卷二十二）謝靈運《晚出西射堂》：「含情尚勞愛，如何離賞心。」又（卷三十）謝靈運《擬魏太子鄴中集詩八首》（并序）：「天下良辰、美景、賞心、樂事，四者難并。今昆弟友朋，二三諸彦，共盡之矣。」隨去留：猶任去留，謂任意往來於江湖之上。《文選》（卷四十五）陶淵明《歸去來兮辭》：「寓形宇内復幾時，曷不委心任去留。」陶淵明《五柳先生傳》：「既醉而退，曾不吝情去留。」

〔三〕惜哉曠微月二句：意謂微月蒼茫，却無船可乘以造訪友人，甚爲嘆息。此二句，前用對月懷人之事，後暗用訪戴事。《詩經・陳風・月出》：「月出皎兮，佼人僚兮，舒窈糾兮，勞心悄兮。」《世説新語・任誕》：「王子猷居山陰，夜大雪，眠覺，開室，命酌酒。四望皎然，因起彷徨，咏左思《招隱詩》。忽憶戴安道，時戴在剡，即便夜乘小船就之。經宿方至，造門不前而返。人問其故，王曰：『吾本乘興而行，興盡而返，何必見戴？』」此二句在遣詞上亦有所本。《尚書・説命上》：「若金，用汝作礪。若濟巨川，用汝作舟楫。」《文選》（卷二十九）曹植《雜詩六首》（其五）：「願欲一輕濟，惜哉無方舟。」輕舟：小船。《國語・越語下》：「（范蠡）遂乘輕舟以浮於五湖，莫知其所終極。」

〔一四〕倏忽：急速貌。蔡琰《胡笳十八拍》：「人生倏忽兮如白駒之過隙，然不得歡樂兮當我之盛年。」令人老：《文選》（卷二十九）《古詩十九首》（其一）：「思君令人老，歲月忽已晚。」

〔一五〕相思河水流：相思之情猶如河水一樣綿綿不絕。蔡琰《胡笳十八拍》：「十有四拍兮涕淚交垂，河水東流兮心是思。」

【箋評】

此綦毋潛罷官田居，頎時仕宦，羨其退隱而作也。言君每自稱「挂冠吏」，吾未以爲然，昨果「歸滄洲」也。其在途則爲「行客」，到家則爲「主人」，想「庭樹」含秋，非復挂帆時也。我之興懷，豈惟「問天命」于子，但欲共「爲山游」耳。蓋身外皆長物，白雲豈可使之自幽而不歸卧耶！况丹丘舉目可見，行藏惟我自裁。惜乎曠此山月，不能濟河從君，徒對此流水而相思也。

（唐汝詢《唐詩解》卷八）

（三四句）吴云：「『行客』自謂，『主人』稱校書。」（十三句）吴云：「語意晦。」（十四句）吴云：

「轉應第三句。」唐云：「此當是寄題，讀末四句可見。」

（唐汝詢《彙編唐詩十集》丁集）

淡中布景，幽裏生情。不拘對仗，而情致悠然可想。

（李維禎《唐詩雋》卷二）

周云：「蕭静之致，末更憮然。」

（郭濬評點、周明輔等參訂《增定評注唐詩正聲》卷二）

吴山民曰：「『賞心隨去留』以，皆稱校書田居事。『欲濟無輕舟』，轉應第三句。」

〔訓〕此綦毋潛罷官田居，頎時仕宦，美其退隱而作也。當是寄題，讀末四句可見。吴注：「『行客』自謂，『主人』稱校書。」唐解：「其在途則爲『行客』，到家則爲『主人』。」珽意不必泥説。蓋或行或藏，俱有天命。心遊山水，萬物皆空，即「白雲」亦虚也。「蕭條」四語，即校書所見所事之幽賞處言。末謂仕隱異趣，我尚未能從君，徒有相思而已。

（周敬、周珽輯、陳繼儒批點《删補唐詩選脉箋釋會通評林》盛唐五古三）

「主人」非指校書，蓋言君向慕挂冠之人，而今果歸。片帆一去，寓居樹冷，闃其無人矣。君非徒安命，實愛名山，却萬物而怡白雲，對丹丘而適漁釣。我隔山月，未能相訪，徒悠悠我思而已。

（吴昌祺評定《删訂唐詩解》卷四）

（首四句）時綦毋潛已歸田，頎故羡之而題此詩。言其昔日常欲挂冠，昨果歸滄洲矣。先爲「行客」，歸作「主人」，境自不同也。

（五至八句）我豈欲「問天命」於君邪？「但欲爲山遊」耳。「萬物」是誰爲我有？「白雲」可侣，豈可使之「空自幽」乎？

（九至十二句）海上丹丘，是不死之鄉也。人欲見之，則日夕可見。吾以生事寄之漁釣，賞心之事，何不可任我之去留。

（十三至十六句）「惜哉」空此山月，不得輕舟以濟，令人倏忽已老，對此流水而相思切矣。

（王堯衢《唐詩合解箋注》卷二）

常建：「松際露微月，清光猶爲君。」劉眘虚：「松色空照水，經聲時有人。」陶翰：「夜來猿鳥静，鐘梵寒雲中。」李頎：「行客暮帆遠，主人庭樹秋。」岑參：「不見林中僧，微雨潭上來。」綦毋潛：「晚風吹行舟，花路入溪口。」王昌齡：「遠山落日在，空波微煙收。」崔曙：「空色不映水，秋聲多在山。」李嶷：「月色遍秋露，竹聲兼夜泉。」萬楚：「野閒犬時吠，日暮牛自歸。」皆曲盡幽閒之趣，每一誦味，煩襟頓滌。乃知盛唐諸公，古詩深造如此，不必儲、王、孟、韋，而後盡物外之妙也。

（潘德輿《養一齋詩話》卷八）

韻之自然與句凑者，謝宣城之「雲端楚山見，林表吴岫微」，……李東川之「萬物我何有，白雲空自幽」，……之類是也。

（王壽昌《小清華園詩談》卷下）

《養一齋詩話》云：「常建：『松際露微月，清光猶爲君。』劉眘虛：『松色空照水，經聲時有人。』陶翰：『夜來猿鳥静，鐘梵寒雲中。』李頎：『行客暮帆遠，主人庭樹秋。』岑參：『不見林中僧，微雨潭上來。』綦毋潛：『晚風吹行舟，花路入溪口。』王昌齡：『遠山落日在，空波微烟收。』崔曙：『空色下低水，秋聲多在山。』李嶷：『月色遍秋露，竹聲兼夜泉。』萬楚：『野聞犬時吠，日暮牛自歸。』皆曲盡幽閒之趣。每一誦味，煩襟頓滌，乃知盛唐諸公，古詩深造如此，不必儲、王、孟、韋，而後盡物外之妙也。」

（林昌彝《射鷹樓詩話》卷十）

【按語】

此詩是一篇妙文。古代的選家和論者頗爲重視此詩，值得我們思考和探究。詩題中「別業」二字，有「田居」、「所居」兩種異文。總之，照此三詞，本詩均屬于題詠之作，叙寫其居處以及其人，則是通常的作法。而此詩則迥異於此。詩中除了「主人庭樹秋」一句與「別業」有關涉之外，前十二句中的其他各句，都是稱道綦毋潛厭倦官場，辭官歸隱，瀟灑江湖，恣意縱放的情趣，而不是以「別業」爲背景環境來表現的。所以，可以説它就是一首送別友人歸隱的詩篇，「別業」只在詩中點了一下，詩人完全跳出題面來寫其人其情，構思奇妙，行文獨特。我們應將此詩視作一首送别詩，而非通常的題咏詩來理解，并由此分析其獨到之處，詩的次句「昨日歸滄洲」已經給我們提供了明確的信息。正因爲友人是歸隱「滄洲」，詩自然也就表現其「江海之士」、「避世之人」的江湖生活，尤其是重點展現其閑逸曠放的情懷。正是作爲實際上的送别詩，詩的末四句又回到表現别後深至綿長的相思之情上來，就是順理成章的了。此詩還有一個重要特色，就是叙寫、議論和抒情相結合。開頭四句主要是叙寫，交代其人其事。以下各句，雖有主人公的生活情節和客觀景象，但在行文中差不多都是以議論和抒情的方式寫出的，既形象生動，又情韻濃厚。末四句都是兩句一意貫串，且錯綜句式，將議論和抒情相結合，十分精致巧妙。

題盧道士房〔一〕

秋砧響落木〔二〕，共坐茅君家〔三〕。惟見兩童子①〔四〕，林前汲井華②〔五〕。空壇静白日〔六〕，神鼎飛丹砂〔七〕。麈尾拂霜草〔八〕，金鈴摇霽霞〔九〕。上章人世隔〔一〇〕，看弈桐陰斜③〔一一〕。稽首問仙要〔一二〕，黄精堪餌花〔一三〕。

【校　記】

①「惟」劉本作「唯」。

②「井」劉本作「水」。

③「弈」原作「奕」，據百家詩本、凌本改。

【注　釋】

〔一〕《全唐詩》（卷二六六）又作顧況詩。道士：信奉道教而出家學道的人。《文選》（卷二十一）郭璞《遊仙詩七首》（其二）：「青谿千餘仞，中有一道士。」《初學記》（卷二十三）引《太霄琅書經》曰：「人行大道，號爲道士。士者何？理也，事也。身心順理，唯道是從，從道爲士，故稱道士。」《三國志·吴書·孫策傳》裴松之注引《江表傳》：「時有道士琅邪于吉，先寓居東方，往來吴會，立精舍，燒香讀道書，制作符水以治病，吴會人多事之。」《資治通鑑》（卷一百六十六）《梁紀》（二十二）：「（敬帝紹泰元年）齊主還鄴，以佛、道二教不同，欲去其一，集二家論難於前，遂敕道士皆剃髮爲沙門；有不從者，殺四人，乃奉命。於是齊境皆無道士。」胡三省注：「今道家有《太霄琅書經》云：『人行大道，號曰道士。士者何？理也，事也。身心順理，唯道是從，從道爲事，故曰道士。』余按，此説是道流借吾儒經解大義以演繹『道士』二字。道家雖曰宗老子，而西漢以前未嘗以道士自名，至東漢始有張道陵、于吉等，其實與佛教皆起於東漢之時。」

〔二〕秋砧：秋天的擣衣砧。砧：擣衣的大石塊。《玉篇·石部》：「砧，擣石。」古人製衣，先將麻絲等爲原料的紈素放在砧上用木杵捶打，致其柔軟，再裁剪製衣。而秋天又是集中製衣之時，故云。謝朓《秋夜》詩：「秋夜促織鳴，南鄰擣衣急。」庾信《夜聽擣衣》：「秋砧調急節，亂杵變新聲。」落木：落葉。《楚辭·九歌·湘夫人》：「嫋嫋兮秋風，洞庭波兮木葉下。」杜甫《登高》：「無邊落木蕭蕭下，不盡長江滚滚來。」

〔三〕茅君家：借指盧道士房。《神仙傳》（卷五）《茅君》：「茅君者，名盈，字叔申，咸陽人也。……茅君十八歲入恒山學道，積二十年，道成而歸。……君遂徑之江南，治於句曲山。山有洞室，神仙所居，君治之焉，……遠近居人，賴君之德，無水旱疾癘螟蝗之灾，山無刺草毒木，及虎狼之厲，時人因呼此山爲茅山焉。」

〔四〕童子：道教所説的仙童，往往陪侍仙人。《神仙傳》（卷一）《彭祖》：「色如童子。」又（卷二）《皇初平》：「童子之色。」

〔五〕井華：早晨第一次從井中打出來的水。道家認爲此水可以治療疾病，延年益壽。《本草綱目》（卷五）《水》（二）《井泉水》：「汪穎云：『井水新汲，療病利人。平旦第一汲，爲井華水，其功極廣，又與諸水不同。』」

〔六〕空壇：寂静的法壇。壇，道士做法事的高臺，常稱作金壇。《太平御覽》（卷六七七）引《二十四生圖》曰：「元始敷五色金爲壇。」范雲《答句曲陶先生詩》：「石户栖十秘，金壇謁九仙。」白日：白天。

〔七〕神鼎：道士的煉丹爐。《抱朴子·内篇·金丹》：「若取九轉之丹，内神鼎中，夏至之後，爆之鼎熱，内朱兒一斤於蓋下。伏伺之，候日精照之。須臾翕然俱起，煌煌輝輝，神光五色，即化爲還丹。」《文選》（卷二十二）江淹《從冠軍建平王登廬山香爐峰》：「廣成愛神鼎，淮南好丹經。」飛丹砂：丹砂在爐中沸騰翻轉。丹砂是道士煉丹的基本原料。《抱朴子·内篇·金丹》：「凡草木燒之即燼，而丹砂燒之成水銀，積變又還成丹砂，其去凡草木亦遠矣。」

〔八〕麈尾：拂塵的器具。古代多以鹿、駝的尾毛爲拂塵，稱作麈尾。道士講經常執麈尾，釋氏也用麈尾，魏晋名士則以麈尾爲清談名器。《釋氏要覽》（卷中）《麈尾》：「《音義指歸》云：『《名苑》曰：鹿之大者曰麈，群鹿隨之，皆看麈所往，隨麈尾所轉爲準。今講者執之象彼，蓋有所指麾故。』」《世説新語·傷逝》：「王長史病篤，寢卧鐙下，轉麈尾視之，嘆曰：『如此人，曾不得四十。』及亡，劉尹臨殯，以犀柄麈尾著柩中，因慟絶。」霜草：經霜的草。

〔九〕金鈴：道士的法器。《太平御覽》（卷六七五）引《列仙傳》曰：「北元中玄道君李慶賓女爲靈昭夫人，着紫錦衣，帶神虎符，握流金鈴，有兩侍女，侍女年可二十許，夫人年可十三四。」又曰：「仙道有紫綉毛帔，丹青飛裙，翠羽華衣，金鈴青帶，曲晨飛蓋，御之自飛。」霽霞：雨後天晴的彩霞。

〔一〇〕上章：道士向天上的仙府上奏章，爲人消除灾厄。《隋書》（卷三十五）《經籍志》（四）：「又有諸消灾度厄之法，依陰陽五行數術，推人年命書之，如章表之儀，并具贄幣，燒香陳讀，云奏上天曹，請爲除厄，謂之上章。」人世隔：與人世隔絶。

〔一一〕看弈：看人下棋。弈，圍棋。《方言》（卷五）：「圍棋謂之弈，自關而東，齊、魯之間皆謂之弈。」道士、仙人下棋事，在神仙傳記裏所在多有。《述異記》（卷上）：「信安郡石室山，晋時王質伐木至，見童子數人，棋而歌，質因聽之。童子以一物與質，如棗核。質含之，不覺饑。俄頃，童子謂曰：『何不去？』質起，視斧柯爛盡。既歸，無復時人。」桐陰斜：梧桐樹的樹陰已經傾斜過去了。形容歷時很長。

〔一二〕稽首：古代一種叩頭至地的跪拜禮。《周禮·春官·大祝》：「辨九拜，一曰稽首，二曰頓首，三曰空首，四曰振動，五曰吉拜，六曰凶拜，七曰奇拜，八曰褒拜，九曰肅拜，以享右祭祀。」鄭玄注：「稽首拜，頭至地也。」仙要：成仙的要訣。

〔一三〕黄精堪餌花：意謂黄精可服，黄精花爲最好。《太平御覽》（卷九八九）引《廣雅》曰：「黄精，龍銜也。」又曰：「黄精，葉似小黄也。」《抱朴子·内篇·仙藥》：「黄精，一名兔竹，一名救窮，一名垂珠，服其花勝其實，服其實勝其根，但花難多得。得其生花十斛，乾之纔可得五六斗耳，而服之日可三合，非大有役力者不能辨也。服黄精僅十年，乃可大得其益耳。」

【箋　評】

娟靚細秀，無句可摘，佳正在此，謂其潤潔微遜儲、王，非定評也。

（邢昉《唐風定》卷三）

佛道不同旨，佛所重者禪，道所重者丹，而頎皆得其要。故見之於詩，能盡其精微。此詩爲題道士房，所言皆道士事，如空壇白日，神鼎丹砂，麈尾霜草，金鈴霽霞，無不切中其要。殷璠所謂「雜歌咸善，玄理最長」者蓋指此類。

（劉寶和《李頎詩評注》）

【按　語】

此詩猶如一篇拜訪盧道士小記。開頭二句，點時、地、人，强調其道士的身份。然後即以一天裏時間先後順序爲綫索（由「汲井華」、「白日」、「桐陰斜」可見），叙寫在盧道士房的所見所聞。幾乎每一句就寫出一件道士修道生活中最常見最基本的事項，所以很具體地表現了道士生活的實際情形。此詩看似平常，没有奇警之處，但它以短小的篇章，簡煉的筆墨，寫出道士的日常生活情形，非常自然渾成，從中可以看出作者高超的藝術才能。

題神力師院〔一〕

大師神傑貌〔二〕，五嶽森禪房〔三〕。堅持日月珠〔四〕，豁見滄江長〔五〕。隨病拔諸苦〔六〕，致身如法王〔七〕。階庭藥草遍〔八〕，飯食天花香〔九〕。樹色向高閣〔一〇〕，晝陰横半墻〔一一〕。每聞第一義〔一二〕，心净琉璃光〔一三〕。

【注　釋】

〔一〕神力師：法號神力的禪師。神力，佛教語，意謂無所不能之力。《法華經·序品》：「諸佛神力，智慧希有。」師，是對僧人的尊稱。佛教指親自授道的高僧爲師。《釋氏要覽》（卷上）《禪師》引《善住意天子所問經》云：「天子問文殊曰：『何等比丘，得名禪師？』文殊曰：『於一切法，一行思量，所謂不生。若如是知，得名禪師。乃至無有少法可取。不取何法？所謂不取此世後世，不取三界，至一切法悉不取，謂一切法，悉無衆生。如是不取，得名禪師。無少取，非取不取，於一切法悉無所得，故無憶念。若不憶念，彼則不修。若不修者，彼則不證，故名禪師。』」院：寺院，禪院。

〔二〕大師：本是佛的十尊號之一。後用以指成就大、地位高的僧人。此指神力師。《瑜伽師地論》

（卷八十二）：「能善教誡聲聞弟子，一切應作不應作事，故名大師。又能導化無量衆生，令若寂滅，故名大師。又爲摧滅邪穢外道世間出世間，故名大師。」《晉書》（卷九十五）《藝術傳·鳩摩羅什》：「（姚）興嘗謂羅什曰：『大師聰明超悟，天下莫二，何可使法種少嗣。』」神傑貌：神奇魁偉的容貌。

〔三〕五嶽：古代指五大名山。《周禮·春官·大宗伯》：「以血祭祭社稷、五祀、五嶽。」鄭玄注：「五嶽，東曰岱宗，南曰衡山，西曰華山，北曰恒山，中曰嵩高山。」森：蕭森肅穆貌。禪房：僧人居處的禪室。此句以雄偉的五嶽狀神力師形貌的奇偉。采用魏晉品題人物的方法。《世説新語》《晉書》中例證甚多。

〔四〕堅持：長時間的握持。日月珠：佛教的念珠，亦名數珠。一串珠子的數目以一百零八顆爲常數。日月珠當是有閃光的玉石或瑪瑙製成的數珠，故名。《木槵子經》：「佛告王言：『大王欲滅煩惱障、報障者，當貫木槵子（木制串珠）一百八以常自隨。若行、若坐、若卧，恒常至心無分散意，稱佛陀達磨僧伽名，乃過一木槵子。如是漸次度木槵子，若十，若二十，若百，若千，乃至百千萬，……若復能滿一百萬遍者，當能斷百八結業。始名背生死流，趣向涅槃。』」

〔五〕豁見：豁然間見到。滄江：清澈的江水。此以「滄江長」喻禪理的精微深長，迢迢無限。

〔六〕隨病拔諸苦：謂佛教的法力將「罪業」的傷病連同苦難一起除去了。佛教以衆生的「罪業」爲「病」。《大乘義章》（卷十二）：「罪惡是病。」《大法鼓經》（卷上）：「迦葉白佛言，若有葉者，則必有病。」《大智度論》（卷八）：「病有兩種，先世行業報故，得種種病。今世冷熱風發故，亦得種種病。」拔諸苦：去除各種苦難。《大智度論》（卷二十七）：「大慈大悲者，四無量心中已分別，今當更略説，大慈與一切衆生樂，大悲拔一切衆生苦。」

〔七〕致身：獻身。《論語·學而》：「事父母能竭其力，事君能致其身，與朋友交言而有信。」法王：佛。《維摩詰經·佛國品》：「法王法力超群生，常以法則超一切。」《法華經·譬喻品》：「我爲法王，于法自在。」

〔八〕階庭：臺階下的庭院。泛指院落。藥草：各種可作藥用的草木。鳩摩羅什譯《妙法蓮花經》（卷三）《藥草喻品》：「迦葉，譬如三千大千世界，山川溪谷土地，所生卉木叢林及諸藥草，種類若干，各色各異。密雲彌布，遍覆三千大千世界，一時等澍，其澤普洽。卉木叢林及諸藥草，小根小莖小枝小葉，中根中莖中枝中葉，大根大莖大枝大葉，諸樹大小，隨上中下各有所受。」

〔九〕天花：佛教所謂妙好之花。《維摩詰經·觀衆生品》：「時維摩詰室有一天女，見諸大人聞所説法，便見其身，即以天華散諸菩薩、大弟子身上。華至諸菩薩即皆墮落，至大弟子便著不墮。一切弟子神力去華，不能令去。」《智度論》：「云何爲天花？……天竺國法，名諸好物皆名天物。……雖非天上花，以其妙好，故名天花。」此句當化用佛教「香積飯」事。《維摩詰經·香積佛品》：「上方界分……有國名衆香，佛號香積。……其食香氣周流十方無量世界。……於是維摩詰……化作菩薩。……時化菩薩即於會前升于上方，舉衆皆見其去到衆香界禮彼佛足，又聞其言：『維摩詰稽首世尊足下，……願得世尊之餘，欲於娑婆世界施作佛事。』……於是香積如來，以衆香鉢盛滿香飯與化菩薩。」又云：「是化菩薩以滿鉢香飯與維摩詰，飯香普薰毗耶離城及三千大千世界。」

〔一〇〕樹色：樹木的色澤光彩。何遜《日夕出富陽浦口和朗公詩》：「山烟涵樹色，江水映霞暉。」盧綸《與從弟瑾同下第後出關言別》：「孤村樹色昏殘雨，遠寺鐘聲帶夕陽。」向：對，臨。

〔一一〕晝陰：此指白天的樹陰。《文選》（卷十六）司馬相如《長門賦》：「浮雲鬱而四塞兮，天窈窈而晝陰。」

〔一二〕第一義：第一義諦，又名真諦。佛教所謂最真實的意義。《楞伽經》（卷二）：「第一義者，聖智自覺所得，非言說妄想覺境界。是故言說妄想，不顯示第一義。」《中論·觀四諦品》：「世俗諦者，一切法性空，而世間顛倒，故生虚妄法，于世間是實。諸賢聖知其顛倒性，故知一切法皆空無生，于聖人是第一義諦。」

〔一三〕琉璃：一種有色半透明的玉石。《後漢書》（卷八十八）《西域傳·大秦》：「土多金銀奇寶，有夜光璧、明月珠、駭鷄犀、珊瑚、虎魄、琉璃、琅玕、朱丹、青碧。」《涅槃經》（卷二）：「有諸人等，在大池浴，乘船游戲，失琉璃寶没深水中。是時諸人悉共入水，求覓是寶，競捉瓦石草木沙礫，各各自謂得琉璃珠，歡喜持出，乃知非真。是時寶珠猶在水中，以珠力故，水皆澄清。于是大衆乃見寶珠，故在水下，猶如仰觀虚空月影。」

【箋評】

（次句）譚云：「『森』字肅然。」鍾云：「大法力語。」

（鍾惺、譚元春《唐詩歸》卷十四）

唐云：「二詩（按指此詩及上選《無盡上人東林禪居》）俱題禪居，工拙自別，非欲責作者盡工，恨選者不去其後篇耳。」

（唐汝詢《彙編唐詩十集》壬集）

（次句）此禪房儘好看。

此師號爲「神力」，想其名稱其實矣。

（黄周星《唐詩快》卷四）

【按語】

此首題咏詩，却不以寫「師院」爲重點，而以寫「師」爲主。這從開頭二句雖然點了「禪房」，却是意在品題「大師神傑貌」，就凸顯出來了。詩中也有「階庭」一句和「樹色」二句，比較具體地描寫了「師院」的景象，刻畫出富有禪意的幽雅環境。但是，就其在詩中所起的作用看，它們還是爲了表達佛理禪意服務的。這一點，在末四句體現得十分明顯。所以，全詩以闡發禪理爲旨歸，充分表現了「大師」的佛法精深，具有極大的法力。黄周星説：「此師號爲『神力』，想其名稱其實矣。」這句話表明黄氏洞悉此詩在行文結構上、内容主旨上的特色所在，是深有會心之論。此詩用佛典佛事較多，本極易流于議論説理而缺乏形象性，但實際上并無此弊端。這除了一些寫景句起了作用以外，還與詩中較多運用譬喻和佛學自身所有的形象性大有關係，如「森五嶽」、「滄江長」、「琉璃光」、「日月珠」、「天花」等等，都可以説明問題。

題僧房雙桐

青桐雙拂日〔一〕，傍帶凌霄花〔二〕。緑葉傳僧磬〔三〕，清陰潤井華①〔四〕。誰能事音律〔五〕，焦尾蔡邕家〔六〕。

【校　記】

①「陰」百家詩本、黄本、凌本作「音」。

【注　釋】

〔一〕青桐：樹木名，梧桐的一種。《初學記》（卷二十八）《桐》條引《詩義疏》曰：「梓實桐皮曰椅，今人云梧桐也。有白桐，有青桐，有赤桐。」賈思勰《齊民要術》（卷五）：「是知榮、桐、櫬、梧，皆梧桐也。桐葉，花而不實者曰白桐，實而皮青者曰梧桐。案：今人以其皮青，號曰青桐也。」拂日：誇張形容梧桐樹的高大，似乎可以擦到太陽了。當活用扶桑木事。《淮南子·天文訓》：「日出于暘谷，浴于咸池，拂于扶桑，是謂晨明。登于扶桑，爰始將行，是謂朏明。」

〔二〕凌霄花：一種落葉藤本植物，依附攀緣樹木而生長，一名紫葳。此處有借「凌霄」字面，側面烘托雙桐高聳入雲之意，語含雙關。《本草綱目》（卷十八）《草部》（七）《紫葳》：「凌霄野生，蔓纔數尺，得木而上，即高數丈，年久者藤大如杯。春初生枝，一枝數葉，尖長有齒，深青色。自夏至秋開花，一枝十餘朵，大如牽牛花，而頭開五瓣，赭黄花，有細點，秋深更赤。八月結莢，如豆莢，長三寸許。其子輕薄如榆仁、馬兜鈴仁，其根長亦如兜鈴根狀。」

〔三〕緑葉傳僧磬：意謂雙桐茂盛，掩映僧房，只從葉間傳來僧人擊磬的聲音。

〔四〕清陰潤井華：謂雙桐成蔭，使樹下的井水更爲潤澤清涼。井華，參前《題盧道士房》注〔五〕。井傍植桐，古詩中常見。《藝文類聚》（卷八十八）引魏明帝詩曰：「雙桐生空井，枝葉自相加。」又引梁簡文帝《賦得雙桐生空井詩》曰：「季月雙桐井，新枝雜舊株。」

〔五〕事：治。事音律：謂用桐木奏出音樂。音律，古代有八音八律之説，此泛指音樂。《莊子·徐無鬼》：「鼓宮宮動，鼓角角動，音律同矣。」《漢書》（卷六）《武帝紀·贊》：「協音律，作詩樂。」

〔六〕焦尾：東漢名士蔡邕的琴名。《後漢書》（卷六十下）《蔡邕傳》：「蔡邕字伯喈，陳留圉人也。……吴人有燒桐以爨者，邕聞火烈之聲，知其良木，因請而裁爲琴，果有美音，而其尾猶焦，故時人名曰『焦尾琴』焉。」李賢注引傅玄《琴賦序》曰：「齊桓公有鳴琴曰『號鍾』，楚莊有鳴琴曰『繞梁』，司馬相如『緑綺』，蔡邕有『焦尾』，皆名器也。」

【按語】

此詩咏雙桐，句句不離所咏之物，但却能得不粘不脱之妙。首句用神話傳説誇張雙桐之高大，次句至四句，則依次以「凌霄花」、「僧磬」、「井華」，從側面陪襯烘托雙桐，更見其高大茂盛，幽静閑雅。末二句宕開，用問句，以故實相比擬，感慨此木實良才，希望其被重用。托興微諷，既切題，又別生新意，空靈活脱，自然渾成，可謂短章佳構。

粲公院各賦一物得初荷①〔一〕

微風和衆草〔二〕，大葉長圓陰②〔三〕。晴露珠共合③〔四〕，夕陽花映深〔五〕。從來不著水〔六〕，
清浄本因心〔七〕。

【校　記】

①此詩劉本編在五律内。

②「大」下原注：「一作木。」

③「共」下原注：「一作垂。」劉本注：「共，一作垂。」

【注　釋】

〔一〕粲公：本書卷三《長壽寺粲公院新甃井》詩，粲公當爲同一人。據此，則粲公爲當時洛陽長壽寺的僧人。《唐會要》（卷四十八）《寺》：「長壽寺，嘉善坊。長壽元年，武后稱齒生髮變，大赦改元，仍置長壽寺。」粲公之「公」是對僧人的尊稱，晉、宋以來即如此。《世説新語·言語》：「支公好鶴。」又云：「林公見東陽山長。」又《文學》：「殷荆公曾問遠公，……遠公笑而不答。」唐詩中更常見，如孟浩然《題大禹義公房》《疾愈過龍泉精舍呈易業二公》《過景空寺故融公蘭若》等等。賦得：作詩的一種方式，後被視作一種詩體。本是將摘取古人成句爲詩題，即在題首多冠以「賦得」二字。唐代科舉考試之詩題，多取成句，故前多冠以「賦得」二字。應制之作和詩人集會分題，也往往在詩題中有「賦得」二字。本詩即屬於集會分題。此次集會，每人「各賦一物」，李頎「得初荷」，故此詩爲「賦得」體。

〔二〕和：調和，協和。

〔三〕長：生長。圓陰：形容圓形的荷葉。

〔四〕晴露珠共合：晴天裏晶瑩的露珠與珍珠一樣。

〔五〕夕陽花映深：夕陽下荷葉就像是花一樣映照在水面上。

〔六〕著水：沾水，粘着水。

〔七〕清净：潔净，一塵不染。此句含有禪理，意謂從人的本性到生活中的一切行爲都保持潔净，就没有任何邪惡和煩惱。《俱舍論》（卷十六）：「暫永遠離一切惡行煩惱垢，故名清净。」《五燈會元》（卷九）《潙山靈祐禪師》：「夫道人（按：唐以前稱僧人爲道人）之心，質直無僞，無背無面，無詐妄心，……譬如秋水澄渟，清净無爲，澹泞無礙。唤他作道人，亦名無事人。」

【按　語】

此詩咏「初荷」，善於通過其他物象，如「露珠」、「夕陽」來側寫旁透，表現其圓潤晶瑩之形，粲然如花之美。詩的勝義在末二句，由刻畫荷葉不受外物侵擾，始終保持自己的「清净」，闡發禪理，「清净」無爲得自于内心，而非外物可加。托興深微，有不粘不脱之妙。

李兵曹壁畫山水各賦得桂水帆〔一〕

片帆浮桂水①〔二〕，落日天涯時。飛鳥看共度②〔三〕，閑雲相與遲〔四〕。長波無曉夜，泛泛欲何之〔五〕。

【校　記】

①「浮」下原注：「一作在。」

②「鳥」活字本、百家詩本、黄本、凌本、畢本作「雁」。

【注　釋】

〔一〕李兵曹：李氏未詳。兵曹，兵曹參軍事。唐代十六衛、太子府、王府以及州、府均設此官，未詳此詩究屬何指。參《新唐書》（卷四十九）《百官志》。賦得：參前《粲公院各賦一物得初荷》注〔一〕。

〔二〕桂水：桂江，即今廣西壯族自治區漓江，湘江的支流。《水經注》（卷三十九）《鍾水》：「桂水出桂陽縣北界山，山壁高聳，三面特峻，石泉懸注，瀑布而下。北逕南平縣而東北流届鍾亭，右會鍾水，通爲桂水也。故應劭曰：『桂水出桂陽，東北入湘。』」

〔二〕片帆：孤帆，一隻船。浮：泛。

〔三〕共：與，謂彼此一起之意。與下句「與」字互文同義。

〔四〕遲：緩慢行進。《説文・辵部》：「遲，徐行也。」《詩經・邶風・谷風》：「行道遲遲，中心有違。」《毛傳》：「遲遲，舒行也。」

〔五〕泛泛：漂流貌。《詩經・邶風・柏舟》：「泛彼柏舟，亦泛其流。」《毛傳》：「泛泛，流貌。」

【箋　評】

有律詩止三韻者（唐人有六句五言律，如李益詩「漢家今上郡，秦塞古長城。有日雲常慘，無風沙自驚。當今天子聖，不戰四方平」是也。）。（此條論三韻律詩，姑録此，供參考。）（嚴羽《滄浪詩話・詩體》）

三韻界在律、絶之間，與絶句爲近，故以附於絶句之後。（按：陳氏將李頎《李兵曹壁畫山水各賦得桂水帆》詩選入其中）（陳世鎔《求志居唐詩選》卷七十《五言三韻類目》）

（三韻詩）按其詩，謂之半體，又謂之小律，五六七言俱有。嚴滄浪以六句詩合律者稱三韻律詩，王弇州始名爲小律。（馬上巘《詩法火傳》卷十五左編）

【按　語】

此詩「賦得」體題畫小詩，抓住「片帆」來結撰，通過「落日」來渲染環境氣氛，「飛鳥」、「閑雲」來陪襯烘托，表現出孤舟泛桂水的寂寞，景中含情，引出末二句，生發感慨：雲水蒼茫，不知何去何從。托興自然，含蓄委婉。

題合歡〔一〕

開花復卷葉〔二〕，艷眼又驚心〔三〕。蝶遶西枝露〔四〕，風披東幹陰〔五〕。黄衫漂細蕊〔六〕，時拂女郎砧〔七〕。

【注　釋】

〔一〕合歡：一種樹名，其花晨開夜合，又稱作「合昏」。還有夜合、馬櫻、絨花等名稱。古人常用以比喻象徵愛情。《太平御覽》（卷九五八）引《風土記》曰：「夜合，葉晨舒而暮合，一名合昏。」《文選》（卷五十三）嵇康《養生論》：「合歡蠲忿，萱草忘憂，愚智所共知也。」李善注：「《神農本草》曰：『合歡蠲忿，萱草忘憂。』崔豹《古今注》曰：『合歡樹似梧桐，枝葉繁，互相交結。每一風來，輒自相離，了不相牽綴，樹之堦庭，使人不忿。』」

〔二〕卷葉：合葉。指合歡早晨開花，到了傍晚葉子又卷起包裹花朵的特性。

〔三〕艷眼：眼前合歡花的色彩很鮮艷。驚心：形容使人心動。

〔四〕蝶遶西枝露：謂早晨蜂蝶繞飛在帶露的合歡花上。呼應首句「開花」。西枝：泛指合歡樹的枝條，與下句「東幹」互文。

〔五〕風披東幹陰：謂晚風吹開了合歡樹的枝幹。呼應首句「卷葉」。披，開也。

〔六〕黄衫：隋唐時青年男子的黄色服裝。此即指男青年。《新唐書》（卷二十二）《禮樂志》（十二）：「樂工少年姿秀者十數人，衣黄衫、文玉帶，立左右。」杜甫《少年行二首》（其二）：「黄衫少年來宜數，不見堂前東逝波。」漂：吹，使飄蕩。《詩經·鄭風·蘀兮》：「蘀兮蘀兮，風其漂女。」《毛傳》：「漂，猶吹也。」細蕊：柔嫩的花蕊。

〔七〕女郎砧：女子擣衣的砧石。庾信《夜聽擣衣》：「北堂細腰杵，南市女郎砧。」《水經注》（卷二十七）《沔水》：「（五丈溪）其水南注漢水，南有女郎山，山下有女郎冢，遠望山墳，嵬嵬狀高，及即其所，裁有墳形。山上直路下出，不生草木，世人謂之女郎道。下有女郎廟及擣衣石，言張魯女也。有小水北流入漢，謂之女郎水。」

【箋評】

閒花野草，亦隨時輕重。唐人詩中多言「夜合」、「石竹」，如「遼陽春盡無消息，夜合花開日又西」、「山花插寶髻，石竹綉羅衣」是也。至今唐畫宫殿、池臺，多作二花，自然有富貴氣，今人絶不知重矣。（按：此條非直接箋評李頎詩，但所説唐人風氣與之有關，録此以供參考。）

（章淵《槁簡贅筆·夜合石竹》）

【按語】

此首咏物小詩，前四句緊扣合歡花晨開夜合的物性來描寫形容，并用「蝶遶」、「風披」加以點綴渲染，簡潔扼要而又含蓄委婉地表現了合歡花的艷麗秀美，枝葉婆娑的容態。次句將觀花人的「艷眼」——賞花之美色，「驚心」——觸動内心情愫的情態融入咏物之中，更增添了詩歌的靈動活脱，富有感人的魅力，也爲末二句「黄衫」少年借合歡花追求「好合」埋下伏筆。而且末二句自身也有借物興感，比興象徵的特色，頗有南朝民歌的韻味。

李頎詩歌校注卷二

七言古詩

古從軍行[一]

白日登山望烽火①[二]，黄昏飲馬傍交河[三]。行人刁斗風沙暗[四]，公主琵琶幽怨多[五]。野雲萬里無城郭②，雨雪紛紛連大漠[六]。胡雁哀鳴夜夜飛[七]，胡兒眼淚雙雙落[八]。聞道玉門猶被遮[九]，應將性命逐輕車[一〇]。年年戰骨埋荒外[一一]，空見蒲桃入漢家③[一二]。

【校　記】

①「烽」劉本作「風」。

②「雲」劉本作「營」。

③「入漢」劉本作「人數」。

【注　釋】

〔一〕古從軍行：樂府古題有《從軍行》，加「古」字，即擬古之意。郭茂倩《樂府詩集》（卷三十三）《相和歌辭》（八）《平調曲》（四）録李頎此詩，題首無「古」字。又（卷三十二）云：「《古今樂録》曰：『《從軍行》，王僧虔云：「荀録所載左延年《苦哉》一篇今不傳。」』《樂府解題》曰：『《從軍行》皆軍旅苦辛之辭。』《廣題》曰：『左延年辭云：「苦哉邊地人，一歲三從軍。三子到敦煌，二子詣隴西。五子遠鬥去，五婦皆懷身。」陳伏知道又有《從軍五更轉》。』」

〔二〕望烽火：瞭望邊塞上的敵情報警的烟火。古代以燃放烟火報告邊警，叫烽火。參卷一《古塞下曲》注〔五〕。

〔三〕交河：古河名，在今新疆維吾爾自治區吐魯番市境内。因河水爲小島分開後又合流，故稱。交河古城即建于交河交叉環抱的島上。唐貞觀十四年（六四〇）置交河縣，曾爲安西都護府治所。《漢書》（卷九十六下）《西域傳》（下）：「車師前國，王治交河城。河水分流繞城下，故號交河。」《元和郡縣圖志》（卷四十）《隴右道》（下）：「西州交河縣，本漢車師前王庭也，按車師前王國理交河城，自漢迄於後魏，車師君長相承不絶，後魏之後湮没無聞，蓋爲匈奴所并，高昌據其地。貞觀十四年於此置交河縣，與州同置。交河，出縣北天山，水分流於城下，因以爲名。」

〔四〕行人：征人，戍邊的士兵。《管子·輕重己》：「十日之内，室無處女，路無行人。」杜甫《兵車行》：「車轔轔，馬蕭蕭，行人弓箭各在腰。」刁斗：古代軍用銅炊具，斗形有柄，容量一斗。夜間敲擊以巡更。《史記》(卷一百九)《李將軍列傳》:「不擊刁斗以自衛。」《集解》:「孟康曰:『以銅作鐎器,受一斗,晝炊飯食,夜擊持行,名曰刁斗。』」後世有異説。劉塤《隱居通議》(卷二十六):「一説謂以銅作鐎器,受一斗,晝炊飯食,夜擊持行,名曰刁斗。一説謂小鈴,如宫中傳夜鈴也。一説謂形如銷,以銅作之,無緣,受一斗,故云刁斗。銷即鈴也。一説云鐎,温器,有柄,斗似銚而無緣,音鐎。夫以一刁斗,古人猶不能詳其制,言之各異其説。然其實只是今日摇鈴擊柝之類,以警夜備非常也。」

〔五〕公主琵琶:此處用典,以琵琶的幽怨之聲形容戍邊士兵的哀怨之情。《文選》(卷二十七)石崇《王明君詞》:「昔公主嫁烏孫,令琵琶馬上作樂,以慰其道路之思。其送明君,亦必爾也。其造新曲,多哀怨之聲。」琵琶,古代一種樂器,最初寫作「枇杷」。《釋名·釋樂器》:「枇杷,本出於胡中,馬上所鼓也。推手前曰『枇』,引手却曰『杷』,象其鼓時,因以爲名也。」

〔六〕連大漠:遍布大沙漠。連,遍、滿。《文選》(卷五十六)班固《封燕然山銘》:「經磧鹵,絶大漠。」李善注:「《漢書》曰:『衛青復將六將軍絶漠。』臣瓚曰:『沙土曰漠,直度曰絶也。』」

〔七〕胡雁:北方的大雁。胡是古代漢民族對北方少數民族匈奴的稱呼。《周禮·考工記序》:「粤無鎛,燕無函,秦無廬,胡無弓車。」鄭玄注引鄭司農曰:「胡,今匈奴。」

〔八〕胡兒:稱北方的少數民族匈奴人。《漢書》(卷六十八)《金日磾傳》:「貴戚多竊怨,曰:『陛下妄得一胡兒,反貴重之。』上聞,愈厚焉。」

〔九〕聞道：聽説。陸龜蒙《和過張祜處士丹陽故居》詩：「聞道平生偏愛石，至今猶泣洞庭人。」皮日休《懷華陽潤卿博士三首》（其一）：「聞道徵賢須有詔，不知何日到良常。」玉門：玉門關。故址在今甘肅省敦煌市西北小方盤城。西漢武帝時置，因西域輸入玉石時取道於此得名。《元和郡縣圖志》（卷四十）《隴右道》（下）：「沙州壽昌縣，玉門故關，在縣西北一百一十七里，謂之北道，西趣車師前庭及疏勒。此西域之門户也。班超在西域上書曰：『臣幸得護西域，如自以壽終屯部，誠無所恨，恐後代謂臣没西域，臣能無依風首丘之思哉！臣不敢望酒泉郡，但願生入玉門關。』即此是也。」《史記》（卷一百二十三）《大宛列傳》：「拜李廣利爲貳師將軍，發屬國六千騎，及郡國惡少年數萬人，以往伐宛。期至貳師城取善馬。……（貳師將軍）使使上書言：『道遠多乏食，且士卒不患戰，患飢，人少，不足以拔宛。願且罷兵，益發而復往。』天子聞之，大怒，而使使遮玉門，曰：『軍有敢入者輒斬之！』貳師恐，因留敦煌。」遮：阻斷。

〔一〇〕逐：追隨。輕車：輕車將軍。《史記》（卷一百九）《李將軍列傳》：「初，廣之從弟李蔡與廣俱事孝文帝。景帝時，蔡積功勞至二千石。孝武帝時，至代相。以元朔五年爲輕車將軍，從大將軍擊右賢王，有功中率，封爲樂安侯。元狩二年中，代公孫弘爲丞相。」鮑照《代東武吟》：「後逐李輕車，追虜出塞垣。」

〔一一〕荒外：塞外荒遠之地。《尚書·禹貢》：「五百里甸服，……五百里侯服，……五百里綏服，……五百里要服，……五百里荒服。」《孔傳》：「要服外之五百里，言荒又簡略。」

〔三〕空見：只見。空，僅，只。蒲桃入漢家：《漢書》（卷九十六上）《西域傳》（上）：「（大宛國）多善馬。馬汗血，言其先天馬子也。……上遣使者持千金及金馬，以請宛善馬。宛王以漢絶遠，大兵不能至，愛其寶馬不肯與。漢使妄言，宛遂攻殺漢使，取其財物。於是天子遣貳師將軍李廣利將兵前後十餘萬伐宛，連四年。宛人斬其王毋寡首，獻馬三千匹，漢軍乃還。……宛王蟬封與漢約，歲獻天馬二匹。漢使采蒲陶、目宿種歸。天子以天馬多，又外國使來衆，益種蒲陶、目宿離宮館旁，極望焉。」「蒲桃」、「蒲陶」，今通寫作「葡萄」。

【箋　評】

（七八句）吴云：「樂府高語。」（末二句）吴云：「結聯具幾許感嘆意。」又云：「骨氣老勁。」

（唐汝詢《彙編唐詩十集》戊集）

周末「漸石」之章，不勝哀怨，讀此令人酸心，有不忍聞者。姜南云：「嘗有唐釋子貫休《塞下曲》十一首，曲盡邊庭戰士情狀。如曰：『虜寇日相持，如龍馬不肥。』見馬之勞苦不能肥，則人可知矣。曰：『不是將軍勇，胡兵豈易當。』則是三軍之命，懸於主將，將苟懦怯無謀，敗也必矣。曰：『雨曾淋火陣，箭又中金瘡。』其戒慎傷痛之情可哀也。曰：『陰兵爲客祟，惡酒發刀痕。』其畏疾失身之念未嘗無也。但食其食，不敢不死其事耳。爲人上者，不加之意，喜於開邊，獨何心哉！」

（程元初《盛唐風緒箋》卷六）

周云：「體格少遜《古意》篇，氣亦自老。」（郭濬評點、周明輔等參訂《增定評注唐詩正聲》卷四）

後二語可諷。（陸時雍《唐詩鏡》卷十六）

體格同，然不如前作者（按：指上選《古意·男兒事長征》）。（桂天祥《批點唐詩正聲》卷七）

吴山民曰：「骨氣老勁。中四句樂府高語，結聯具幾許感嘆意。」

〔訓〕按開元十八年，吐蕃贊普，遣使入貢款附。二十五年，河西節度使崔希逸謂吐蕃邊將乞力徐曰：「兩國通好，今爲一家，何必置兵，妨人耕牧。」請皆罷之。於是乃刑白狗爲盟，各去守備。後希逸遣孫誨入奏事。孫誨言：「吐蕃無備，請掩擊，必大獲。」上從之，發兵至青海西，與吐蕃戰，大破之。自是朝貢復絶。二十八年，兼瓊與安戎城中吐蕃結謀，開門納降兵，盡殺吐蕃將卒。使監察御史許遠將兵守之，吐蕃乃寇安戎城。上發關中兵救之。吐蕃又陷石堡城。自是兵連禍結，連歲攻討。李頎此作，實多刺諷意。（周敬、周珽輯、陳繼儒批點《删補唐詩選脉箋釋會通評林》盛唐七古一）

以人命换塞外之物，失策甚矣。爲開邊者垂戒，故作此詩。

通首悲慨。（沈德潛《唐詩别裁集》卷五）

音調鏗鏘，風情澹冶，皆真骨獨存，以質勝文，所以高步盛唐，爲千秋絶藝。（范大士《歷代詩發》卷十一）

（邢昉《唐風定》卷八）

氣格雄渾，盛唐人本色。一結寓感慨之意。（黄培芳評點《唐賢三昧集》卷中）

公主尚往，賤者可知；胡人當哭，漢兵可知。看此等襯筆無痕處。以蒲桃害人性命，此何爲也。説破令人驚惋欲絶。（潘德輿評點《唐賢三昧集》卷中）

（「空見蒲桃入漢家」句）諷刺蘊藉。（宋宗元《網師園唐詩箋》）

都麗中却自優柔悱怨。遠過後賢處，只在説到五六分便歇，中晚唐便説着十分矣。（「聞道玉門猶被遮」以下四句）壯句可作長城。（吴瑞榮《唐詩箋要》後集卷三）

（末四句）何不作絶句。

（吳昌祺評定《删訂唐詩解》卷九）

此爲開邊者戒也。「白日」四句，直叙防邊情事起。「野雲」四句，接寫邊地荒凉之景，真堪淚落。「胡雁」十四字，一托筆，一主句，足上即以引下。「聞道」四句，申寫淚落之故，言决無生還之理。「空見」七字，再下一托，所謂功不補患也，意更微婉。

（楊逢春《唐詩繹》卷十）

言戰死者衆，而所獲微也。太史公《大宛列傳》正是此意。

（吳闓生《古今詩範》卷八）

（首四句）四句從塞外説起。（次四句）四句叙其所遇，無非苦境。（次四句）四句叙其出征不能回者。

此篇三韻兩轉，中間四句，極狀塞外悲凉之境，一句一意，讀之如親歷其境。

（王文濡《唐詩評注讀本》卷二）

這首詩大概寫於天寶年間，是諷刺唐玄宗對吐番長期用兵的作品，可和下面選的杜甫《兵車行》相參看。《從軍行》爲樂府《相和歌·平調曲》舊題，内容叙寫軍旅之情。此詩借歌咏漢武帝開邊西域的史實，以寓今情，故題作《古從軍行》。

「聞道」以下四句，本可直接「幽怨多」，而中間插入「野雲」四句，便覺意境開闊浩淼，筆法縱横頓挫。末二句總收而揭出詩旨，則「幽怨多」有幾何，更在言語之外。

（馬茂元《唐詩選》）

寓鬱勃奔放於雄奇中，是李頎七古風格的一貫特點。與高適之感慨蒼凉，岑參之瑰奇秀麗，有所不同。結句用重筆對比，發人警省，開中唐張、王樂府先河。

（馬茂元、趙昌平《唐詩三百首新編》）

七言歌行體自初唐盧、駱的用賦體作鋪叙渲染，變而至盛唐的概括凝練，骨格蒼勁，藝術上有了明顯的發展。李頎這首《古從軍行》，表現的是時代重大主題，但全篇僅十二句，境界廣闊，格調蒼凉沉鬱。詩的音節聲調與感情的起伏變化配合得非常好，顯示出聲與情的高度和諧。環境氣氛的渲染非常出色，篇末的警策語更使全篇在高潮中收束，給讀者留下深刻的印象和長久的思索。

（劉學鍇師《唐詩選注評鑒》）

【按　語】

「從軍行」着一「古」字，明爲擬古，實爲借古諷今，寄慨時事。首節四句叙寫「從軍」士兵的日常生活，環境凄凉，氣氛緊張，情調哀怨。四句既一句一事，相對獨立；又用「白日」、「黄昏」、「刁斗」，或明點、或暗示，將從白天到傍晚，再到夜間這一整天裏士兵戍守生活貫串一綫，顯示出無時無刻無不是百無聊賴，寂寞凄涼。中間四句從征人的角度，描寫、渲染邊塞上環境的艱苦。先從自然方面着筆，寫出大沙漠裏惡劣艱苦的條件，境界遼闊而情調蒼涼；後又以「胡雁」、「胡兒」的「哀鳴」和「眼淚」來烘托、反襯，備加顯現出邊塞上的艱苦，益見戍邊士兵對如此惡劣環境的不堪忍受，進一步深化和强調了塞外環境的嚴酷性。末節四句揭示并批判這一場開邊黷武性質的戰争。作者運用史事，由「聞道」、「應將」云云，作出合乎情理的推斷，指出這場戰争的結果是「戰骨埋荒外」，而只有「蒲桃入漢家」，在鮮明的對照中，深刻地揭露了統治者不管人民死活的罪行；「空見」二字非常醒目，更可見作者感慨之深切，批判之强烈。

行路難①〔一〕

漢家名臣楊德祖②〔二〕，四代五公享茅土〔三〕。父子兄弟綰銀黄③〔四〕，躍馬鳴珂朝建章〔五〕。火浣單衣綉方領〔六〕，茱萸錦帶玉盤囊〔七〕。賓客填街復滿座④〔八〕，片言出口生輝光〔九〕。世人逐勢争奔走〔一〇〕，瀝膽隳肝惟恐後⑤〔一一〕。當時一顧登青雲〔一二〕，自謂生死長隨君。一朝謝病還鄉里〔一三〕，窮巷蒼苔絶知己⑥〔一四〕。秋風落葉閉重門〔一五〕，昨日論交竟誰是〔一六〕。薄俗嗟嗟難重陳⑦〔一七〕，深山麋鹿可爲鄰⑧〔一八〕。魯連所以蹈東海⑨〔一九〕，古往今來稱達人⑩〔二〇〕。

【校　記】

①「行路難」前劉本、活字本、百家詩本、黄本、淩本、畢本有「古」字。

②「楊」活字本作「揚」。

③「父子兄弟」劉本、英華本作「父兄子弟」。

④「座」下原注：「一作堂。」「座」英華本作「堂」，并注：「一作坐。」

⑤「惟」劉本、英華本作「唯」。

⑥「苔」下英華本注：「一作茫。」

⑦後一「嗟」英華本作「之」，并注：「一作嗟。」

⑧「爲」劉本作「卜」。「可爲」下英華本注：「一作爲下。」

⑨「東」劉本作「滄」。

⑩「往今」下英華本注：「一作隹今。」

【注　釋】

〔一〕行路難：樂府舊題。多本題前有一「古」字，顯然是借古諷今之意。《藝文類聚》（卷十九）引《陳武别傳》曰：「陳武，字國本，休屠胡人，常騎驢牧羊。諸家牧豎十數人，或有知歌謡者，武遂學《太山梁父吟》《幽州馬客吟》及《行路難》之屬。」《晋書》（卷八十三）《袁瓌傳》附《袁山松傳》：「山松少有才名，博學有文章，著《後漢書》百篇。衿情秀遠，善音樂。舊歌有《行路難》曲，辭頗疎質。山松好之，乃文其辭句，婉其節制，每因酣醉縱歌之，聽者莫不流涕。初，羊曇善唱樂，桓伊能挽歌，及山松《行路難》繼之，時人謂之『三絶』。」《樂府詩集》（卷七十）《雜曲歌辭》（十）《行路難》解題曰：「《樂府解題》曰：『《行路難》，備言世路艱難及離別悲傷之意，多以「君不見」爲首。』按《陳武別傳》曰：『武常牧羊，諸家牧豎有知歌謡者，武遂學《行路難》。』則所起亦遠矣。唐王昌齡又有《變行路難》。」

〔二〕漢家：漢室，漢王朝。此指東漢。《史記》（卷五十八）《梁孝王世家》：「太史公曰：梁孝王雖以親愛之故，王膏腴之地，然會漢家隆盛，百姓殷富，故能植其財貨，廣宫室，車服擬於天子。然亦僭矣。」名臣：《史記》（卷一百二）《張釋之傳》：「張廷尉方今天下名臣，吾故聊辱廷尉，使跪結襪，欲以重之。」楊德祖：楊修，字德祖（一七五—二一九），東漢末文人，原籍弘農華陰（今陝西省縣名）人。楊修聰明博學，多次揣摩曹操的心計，爲其所忌。楊修被曹植所寵信，後曹操借故殺之。生平事迹參《後漢書》（卷五十四）《楊震傳》附《楊修傳》。

〔三〕四代五公：東漢楊震以及其子楊秉、孫賜、玄孫彪（楊修之父）四代皆官至太尉，但只有四公而非五公（漢代稱太尉、司空、司徒爲「三公」）。《後漢書》（卷五十四）《楊震傳》云：「自震至彪，四世太尉，德業相繼，與袁氏俱爲東京名族云。」李賢注：「《華嶠書》曰：『東京楊氏、袁氏，累世宰相，爲漢名族。然袁氏車馬衣服極爲奢僭；能守家風，爲世所貴，不及楊氏也。』」享茅土：享受諸侯王立社以黄土覆蓋而苴以白茅的榮耀。喻位爲公侯之意。《尚書·禹貢》：「厥貢惟土五色。」《孔傳》：「王者封五色土爲社，建諸侯，則各割其方色土與之，使立社，燾以黄土，苴以白茅，茅取其潔，黄取王者覆四方。」

〔四〕綰（wǎn）銀黄：佩戴銀印或金印。意謂做高官。《漢書》（卷九十）《酷吏傳·楊僕傳》：「因用歸家，懷銀黄，垂三組，夸鄉里。」顔師古注：「銀，銀印也。黄，金印也。」《文選》（卷五十五）劉孝標《廣絶交論》：「近世有樂安任昉，海内髦傑，早綰銀黄，夙昭民譽。」

〔五〕鳴珂：古代高官所乘馬馬勒飾以玉，稱爲珂；馬行則珂有聲，稱爲鳴珂。珂，一種似玉的美石。張華《輕薄篇》：「文軒樹羽蓋，乘馬鳴玉軻。」建章：建章宫，漢代宫殿名，漢武帝時建造。《史記》（卷十二）《孝武本紀》：「於是作建章宫，度爲千門萬户。」《正義》：「《括地志》曰：『建章宫在雍州長安縣西二十里長安故城西。』」《漢書》（卷六）《武帝紀》：「（太初元年）二月，起建章宫。」顔師古注：「文穎曰：『越巫名勇，謂帝曰越國有火灾即復大起宫室以厭勝之，故帝作建章宫。』師古曰：『在未央宫西，今長安故城西俗所呼貞女樓者，即建章宫之闕也。』」

〔六〕火浣單衣：火浣布所製成的單衣。《海内十洲記》：「炎洲在南海中，……又有火林山，山中有火光獸，大如鼠，毛長三四寸，或赤，或白，山可三百里許，晦夜即見此山林，乃是此獸光照，狀如火光相似。取其獸毛，以緝爲布，時人號爲火浣布，此是也。國人衣服垢污，以灰汁浣之，終無潔净。唯火燒此衣服，兩盤飯間，振擺，其垢自落，潔白如雪。亦多仙家。」《後漢書》（卷八十八)《西域傳》:「(大秦國)刺金縷綉,織成金縷罽、雜色綾。作黄金塗、火浣布。又有細布,或言水羊毳,野蠶繭所作也。」北周王褒《日出東南隅行》:「單衣火浣布,利劍水精珠。」綉方領:衣服上刺綉的直領。《漢書》(卷七十六)《韓延壽傳》:「延壽衣黄紈方領,駕四馬,傅總,建幢棨,植羽葆,鼓車歌車。」顔師古注:「晋灼曰:『以黄色素作直領也。』」《漢書》(卷五十三)《景十三王傳·廣川惠王越傳》:「後(劉)去數召姬榮愛與飲,昭信復譖之,曰:『榮姬視瞻,意態不善,疑有私。』時愛爲去刺方領綉,去取燒之。」顔師古注:「晋灼曰:『今之婦人直領也。綉爲方領,上刺作黼黻文。《王莽傳》曰:「有人著赤繢方領。」方領,上服也。』」

〔七〕茱萸錦帶:以錦爲腰帶,上繪有茱萸的圖案。《禮記·玉藻》:「居士錦帶,弟子縞帶,并紐約用組。」孔穎達疏:「居士錦帶者,用錦爲帶,尚文也。」晋陸翽《鄴中記》:「織錦署在中尚方,錦有大登高、小登高、大明光、小明光、大博山、小博山、大茱萸、小茱萸、大交龍、小交龍、蒲桃文錦、斑文錦……工巧百數,不可盡名也。」玉盤囊:以美玉爲飾的盤囊。盤囊是佩戴在腰帶傍盛物的小袋囊,亦作「鞶囊」。《太平御覽》(卷六九一)引《禮》曰:「男鞶革,女鞶絲。」原注:「鞶,小囊,盛帨巾者。男用韋,女用繒。」《晋書》(卷九十)《鄧攸傳》:「夢行水邊,見一女子,猛獸自後斷其盤囊。」《宋書》(卷十八)《禮志》(五):「鞶,古制也。漢代著槃囊者,側在腰間。或謂之傍囊,或謂之綬囊。」

〔八〕填街復滿座:形容賓客來往熙熙攘攘,爲數衆多。《史記》(卷一百二十)《汲鄭列傳》:「太史公曰：夫以汲、鄭之賢，有勢則賓客十倍，無勢則否，况衆人乎！下邽翟公有言：始翟公爲廷尉，賓客闐門；及廢，門外可設雀羅。翟公復爲廷尉，賓客欲往，翟公乃大署其門曰：『一死一生，乃知交情。一貧一富，乃知交態。一貴一賤，交情乃見。』汲、鄭亦云，悲夫！」《三國志·魏書·王粲傳》：「時（蔡）邕才學顯著，貴重朝廷，常車騎填巷，賓客盈坐。」

〔九〕片言：半言，單方面的供詞。此喻極少的言詞。《論語·顔淵》：「子曰：『片言可以折獄者，其由也與？』」《太平御覽》（卷六三九）録此語，下原注：「片，讀爲半，片言謂單辭也。折，斷也。子路果取折知，言必直，故可令斷獄也。」出口：説出來。《老子》（第三十五章）：「道之出口，淡乎其無味。」輝光：光輝，光彩。《漢書》（卷七十五）《李尋傳》：「日中輝光，君德盛明，大臣奉公。」

〔一〇〕逐勢：追逐名利權勢。《抱朴子·外篇·交際》：「世俗之人，交不論志，逐名趨勢，熱來冷去，見過不改，視迷不救。」

〔一一〕瀝膽隳肝：喻忠心耿耿，生死不渝。《文選》（卷三十九）鄒陽《獄中上書自明》：「披心腹，見情素，隳肝膽，施德厚，終與之窮達，無愛於士。」吴均《行路難五首》（其二）：「摩頂至足買片言，開胸瀝膽取一顧。」惟恐後：争着上前，惟恐落後。《漢書》（卷十四）《諸侯王表》：「漢諸侯王厥角稽首，奉上璽韍，惟恐在後，或乃稱美頌德，以求容媚，豈不哀哉！」

〔一二〕登青雲：升上高空。青雲：喻高官顯爵。《文選》（卷四十五）揚雄《解嘲》：「當塗者升青雲，失路者委溝渠。」

〔一三〕謝病：托病辭官。參卷一《崔五宅送劉跂入京》注〔一三〕。鄉里：家鄉。《周禮・地官・遺人》：「掌邦之委積，以待惠施。鄉里之委積，以恤民之艱阨。」鄭玄注：「鄉里，鄉所居也。」

〔一四〕窮巷：陋巷。《戰國策・秦策一》：「且夫蘇秦，特窮巷掘門、桑户棬樞之士耳。」蒼苔：青色的苔蘚。潘岳《河陽庭前安石榴賦》：「壁衣蒼苔，瓦被駁蘚。」《太平御覽》（卷一〇〇〇）引《古今注》曰：「苔蘚，空空無人行生苔，或紫或青，一名員癬，一名緑錢，一名緑癬，一名緑苔。」絶知己：本來的知交朋友斷絶了來往。《後漢書》（卷五十四）《楊震傳》：「及車駕行還，便時太學，夜遣使者策收震太尉印綬，於是柴門絶賓客。」

〔一五〕重門：一道道的門户。《文選》（卷二）張衡《西京賦》：「重門襲固，奸宄是防。」李善注：「《周易》曰：『重門擊柝，以待暴客。』《淮南子》曰：『閨門重襲，以避奸賊。』郭璞《爾雅注》曰：『襲，重也。』」

〔一六〕論交：叙論交情，結交。竟誰是：最終如何呢。誰，何；是，如。

〔一七〕薄俗：浮薄的世俗風氣。《漢書》（卷九）《元帝紀》：「民漸薄俗，去禮義，觸刑法，豈不哀哉。」嗟嗟：嘆息聲。感嘆詞。《詩經・周頌・臣工》：「嗟嗟臣工，敬爾在公。」《楚辭・九章・悲回風》：「曾歔欷之嗟嗟兮，獨隱伏而思慮。」難重陳：難以再説。《文選》（卷二十九）曹丕《雜詩二首》（其二）：「棄置勿重陳，客子常畏人。」又（卷二十八）劉琨《扶風歌》：「棄置勿重陳，重陳令心傷。」亦可作難以盡説解。張相《詩詞曲語辭匯釋》卷二：「重，甚辭；又猶盡也。……難重陳，猶云難具陳或難盡言也。高適《酬裴秀才》詩：『長卿無産業，季子慚妻嫂。此事難重陳，未於衆人道。』……李頎《古行路難》詩：『薄俗嗟嗟難重陳，深山麋鹿可爲鄰。』……以上各難重陳之重字，蓋皆盡字義也。」

〔一八〕麋鹿爲鄰：與麋鹿相親近。《小爾雅·廣詁》：「鄰，近也。」段玉裁《説文解字注·邑部》：「鄰，引伸爲凡親密之偁。」《孟子·盡心章上》：「舜之居深山之中，與木石居，與鹿豕遊，其所以異於深山之野人者幾希。」《文選》（卷五十五）劉峻《廣絶交論》：「是以耿介之士，疾其若斯，裂裳裹足，棄之長騖，獨立高山之頂，歡與麋鹿同群，皦皦然絶其雰濁，誠恥之也，誠畏之也。」李善注：「《論語》：子曰：『鳥獸不可與同群。』孔安國曰：『隱居山林，是同群也。』」

〔一九〕魯連：魯仲連，戰國時齊國人，縱横家，善於策謀，常周游各國，屢建奇功，不受爵，最終隱於海上。《史記》（卷八十三）《魯仲連列傳》：「魯仲連者，齊人也。好奇偉俶儻之畫策，而不肯仕宦任職，好持高節。游於趙。……魯仲連曰：『……彼即肆然而爲帝，過而爲政於天下，則連有蹈東海而死耳，……』……聊城亂，田單遂屠聊城。歸而言魯連，欲爵之。魯連逃隱於海上，曰：『吾與富貴而詘於人，寧貧賤而輕世肆志焉。』」

〔二〇〕古往今來：《文選》（卷十）潘岳《西征賦》：「乃喟然嘆曰：『古往今來，邈矣悠哉。』」達人：通達的人。《文選》（卷十三）賈誼《鵩鳥賦》：「達人大觀兮，物無不可。」李善注：「《鶡冠子》

曰：『達人大觀，乃見其符。』」

【箋　評】

《列子》曰：「周穆王大征西戎，獻昆吾劍、火浣布。劍切玉如泥，布浣之必投火中，布色益明，出而振之，皜然疑乎雪。」《魏志》：「青龍二年，西域重譯獻火浣布，詔大將軍太尉臨試以示百僚。」（《搜神記》曰：「西域獻火浣布，魏初時人疑之，文帝以爲火性酷烈，無含育之氣，著之《典論》，明其不然。」）按《南史》曰：「南海諸簿國有自然火洲樹，生火中，人績其皮爲布，與蕉蔴無異。色微青。若小垢，投火中則精潔。」此言木也。又按《吴録》曰：「日南取火鼠毛爲布，名火浣布。」此言鼠也。又按東方朔《神異經》曰：「南荒之外，有火山，生不燼之木，晝夜火燒，火中有鼠，重百斤，毛長二尺餘，細如絲，織作布，以水沃之即死。」雖皆言鼠、木，而只言鼠可作布耳。惟《抱朴子》曰：「火浣布有三種，其一曰海中肅丘有自生火，春起秋滅，洲上生木，木爲火焚，不糜，但小焦黄，人或得薪，俱如常薪，但不成灰，炊熟則以水滅之，使復更用，如此不窮。夷人取此木華績以爲布，一也。又其木皮赤，剥之，以灰煮治，以爲布，粗不及華，二也。又有白鼠，毛長三寸，居空木中，入火不灼，其毛可績爲布，三也。」據諸家所記，惟葛稚川之言最爲該的。梁四公記載：「傑公至市，見商人賚火浣三端，傑公遥識曰：『此火浣布也。』二是緝木皮所作，一是鼠毛所作。因問木、鼠之異，公曰：『木堅鼠柔，是可别也。以陽燧火山陰柘木爇之，木皮改常。』試之果驗。」（王褒詩：「單衣火浣布，利劍水精珠。」

李頎詩：「火浣單衣綉方領，茱萸錦帶玉盤囊。」此蓋梁冀會群僚，服火浣巾單也。

（高似孫《緯略》卷四）

此疾趨勢利者而作也。漢室名臣楊氏最久，故借以托興。言德祖之先世享封爵，并綰銀黄，出入皇朝，車服綺麗，賓客得其片言以爲華衮。是以世人趨勢利者披肝膽從之，惟恐居後，爲其一顧盼而能致我于青雲也。當其能致我于青雲之時，自言生死隨君。及其謝病還鄉，知己安在？向之論交皆非矣。薄俗如此，我其群麋鹿乎！乃知魯連所以蹈東海而稱達者，非爲疾此輩耶？

（唐汝詢《唐詩解》卷十七）

（七八句）唐云：「一篇主意。」（十六句）吴云：「説世情處，可畏可憤。」（末二句）吴云：「用魯連事結，意深。」

（唐汝詢《彙編唐詩十集》丁集）

（「火浣單衣綉方領，茱萸錦帶玉盤囊」二句）此處是詩中藻綺，大篇不可少。（「秋風落葉閉重門，昨日論交竟誰是」二句）善説冷落。

（顧璘批點《唐音》卷二）

王云：「俯仰世情，感甚嘆甚。」顧云：「『火浣』一聯是詩中藻綺，大篇不可少。」

（郭濬評點、周明輔等參訂《增定評注唐詩正聲》卷四）

饒有氣格。（陸時雍《唐詩鏡》卷十六）

唐汝詢曰：「此疾趨勢利者而作也。漢室名臣楊氏最久，故借以托興。『賓客填街復滿座』句，一詩主意。」

吴山民曰：「説世情處，可畏可憤。用魯連事結，意深。」

周珽曰：「『瀝膽隳肝惟恐後』，小人假勢固寵，似出本心，一顧生死隨君；小人奉歡油口，原非實意。病還門閉交絶，世態人情，古今常事。嗟乎！世少任安之輩，門多翟公之羅，寧得家代公卿將相之不消歇。暫時繁盛，到底寂寞，請君日歌《行路難》一過，以大其白眼。」

〔訓〕前四句，興，言富貴之家極其赫奕，爲人趨附。中八句，摹寫趨炎之徒，極是反覆前後易轍。結四句，慨嘆世途浮薄艱險，彼一時富貴，總不若高蹈遠引之爲達也。（周敬、周珽輯、陳繼儒批點《删補唐詩選脉箋釋會通評林》盛唐七古一）

極盡世情炎凉之態。（郝敬《批選唐詩》卷一）

此借楊氏發論，爲勢利之徒言之。末言魯連蹈海，正能一空勢利之見耳。（首二句）自震至修，四代中五爲太尉。（沈德潛《唐詩别裁集》卷五）

與太白「南平太守」篇意格略同，而太白縱筆太過，失於流易，不如此鍛煉精工，結意斬截奇矯。

（邢昉《唐風定》卷八）

（「昨日論交竟誰是」句）言之慨然淚下。

（宋宗元《網師園唐詩箋》）

○亦大雅之音也。○德祖用于曹氏，不足惜矣。且爲袁氏甥而不避，不亦愚乎？范曄曰：「修雖才子渝我淳」，則是史筆也。○按《梁四公傳》又云：一用木皮爲之。○嗟呼！德祖求如此而不得也。

借楊氏以立言，德祖世綰銀黄，車服綺麗，賓客得其片言以爲華衮，是以披肝瀝膽，惟恐居後。當其致之青雲，誓以生死；及其謝病，知己安在？薄俗如此，乃知魯連所以稱達者，正爲不與此輩爲群耳。

（吴昌祺評定《删訂唐詩解》卷九）

此詩善蓄勢，前兩章極言楊氏之富且貴，炙手可熱者，全爲下文瀝膽隳肝立因。蓋其「自謂生死長隨君」者，爲主人「當時一顧登青雲」也。夫慕勢而來者，勢盡而去；因位而交者，位賤而疏，固不待「一朝謝病還鄉里」，而已知其「窮巷蒼苔絶知己」矣。傍麋鹿而爲群，蹈東海而長往，嗟嗟薄俗，捨乎此尚何所歸？此詩可抵一篇《廣絶交論》讀也。此詩凡六轉韻，或兩句一换，或四句一换，或六句

一換，參差中有工整，凝煉中含流動，頎之七古，最善此法。（劉寶和《李頎詩評注》）

【按語】

此詩擬樂府古題，承襲其世路艱難的題旨，又借漢代楊氏發論，憤世疾俗，鞭撻世態炎涼，習俗澆薄，雙重立意，托興諷慨，將世俗趨炎附勢的惡習和冷熱冰炭的交態，揭露得淋漓盡致，振聾發聵，發人深省。

此詩很好地運用了正反對比的手法，産生了强烈的藝術效果。楊氏隆盛之時和衰落之後賓客的態度截然相反。歷史事實如此，最有説服力。其次，本詩又很好地運用了典型性與普遍性相結合的方法，以一點來概括總結全面性的情形，既有無可辯駁的力量，又可引導人們的深思。詩中以楊氏家族的盛衰以及賓客的冷熱爲典型事例，意在説明像翟公所慨乎言之的世情交態的普遍性，故詩在末四句發出了具有概括性意義的慨嘆，即不求富貴，高蹈遠引是最通達的人。而這一點又引魯仲連作爲具體例證，以説明其普遍價值和正確意義。這樣的寫法，不僅意旨明確，而且文思縝密，值得重視和借鑒。

此詩在章法結構上也頗有特色。詩中有二句一韻者，四句一韻者，六句一韻者，轉韻的首句均押韻，但轉韻方式是錯綜出現的，没有一定的次序，造成了詩在用韻上既整飭又流宕的特點。從表達意旨和用韻關係上説，此詩并非韻轉意轉，尤其是詩的前兩節叙寫楊氏富貴隆盛和賓客趨勢時，顯然是如此的。這就又造成了詩在韻與意之間錯綜有致，參差變化的特點，與初唐體明顯不同，而向盛唐諸公特别是李、杜七古的跌宕變化演進了。

緩歌行〔一〕

小來托身攀貴遊〔二〕，傾財破産無所憂〔三〕。暮擬經過石渠署①〔四〕，朝將出入銅龍樓〔五〕。結交杜陵輕薄子〔六〕，謂言可生復可死〔七〕。一沈一浮會有時〔八〕，棄我翻然如脱屣〔九〕。男兒立身須自强〔一〇〕，十年閉户潁水陽②〔一一〕。業就功成見明主，擊鐘鼎食坐華堂③〔一二〕。二八蛾眉梳墮馬〔一三〕，美酒清歌曲房下〔一四〕。文昌宫中賜錦衣〔一五〕，長安陌上退朝歸〔一六〕。五陵賓從莫敢視④〔一七〕，三省官僚揖者稀〔一八〕。早知今日讀書是〔一九〕，悔作從前任俠非⑤〔二〇〕。

【校　記】

①「暮」劉本作「莫」。「擬」下原注：「一作夜。」

②「潁」劉本作「頻」。

③「鐘」活字本、黄本作「鍾」。

④「陵」下原注：「一作侯。」

⑤「前任」下原注：「一作來狂。」「非」下原注：「一作兒。」「悔作從前任俠非」劉本作「悔昨從來狂俠非」。「前任」活字本、百家詩本、黄本、淩本作「來狂」。「從前任俠非」畢本、文粹本作「從來狂俠兒」。

【注釋】

〔一〕緩歌行：樂府舊題。此詩擬舊題而別立新意，慨嘆自身遭際和世態炎涼。「緩」字有長吁短嘆之意。《樂府詩集》（卷八十三）《雜歌謡辭》（一）解題云：「歌者，聲之文也。情動於中而形於言，言之不足故嗟嘆之，嗟嘆之不足故永歌之。歌之爲言也，長言之也。……又有長歌、短歌、雅歌、緩歌、浩歌、放歌、怨歌、勞歌等行。」又（卷六十五）《雜曲歌辭》（五）《前緩聲歌》解題云：「晉陸機《前緩聲歌》曰：『游仙聚靈族，高會曾城阿。』言將前慕仙游，冀命長緩，故流聲於歌曲也。宋謝惠連又有《後緩聲歌》，大略戒居高位而爲讒諂所蔽，與前歌之意異矣。按緩聲本謂歌聲之緩，非言命也。又有《緩歌行》，亦出於此。」

〔二〕小來：少時。來，襯字，無義。吴均《戰城南》：「小來重意氣，學劍不學文。」托身：參卷一《不調歸東川別業》注〔三〕。貴游：原意爲無官職的貴族，後泛指高官權貴。《周禮·地官·師氏》：「凡國之貴遊子弟學焉。」鄭玄注：「貴遊子弟，王公之子弟；遊，無官司者。」

〔三〕傾財：竭盡全部財産。破産：耗盡家産。

〔四〕石渠署：石渠閣。漢代朝廷藏書閣。《漢書》（卷八十八）《儒林傳》：「詔拜（施）讎爲博士。甘露中與《五經》諸儒雜論同異於石渠閣。」顔師古注：「《三輔故事》云石渠閣在未央殿北，以藏秘書也。」《三輔黄圖》（卷六）：「石渠閣，蕭何造，其下礱石爲渠以導水，若今御溝，因爲閣名。所藏入關所得秦之圖籍，至於成帝，又於此藏秘書焉。」

〔五〕銅龍樓：漢代長安城門名。《漢書》（卷十）《成帝紀》：「上嘗急召，太子出龍樓門，不敢絶馳道，西至直城門，得絶乃度，還入作室門。」顔師古注：「張晏曰：『門樓上有銅龍，若白鶴、飛廉之爲名也。』」《三輔黄圖》（卷一）：「長安城西出第二門曰直城門。《漢宫殿疏》曰：『西出南頭第二門也。』亦曰故龍樓門，門上有銅龍，本名直門，王莽更曰直道門端路亭。」

〔六〕結交：與人交往而情誼深厚。《文選》（卷二十九）蘇武《詩四首》（其一）：「骨肉緣枝葉，結交亦相因。」李善注：「古詩曰：『結交莫羞貧。』」杜陵：漢代長安縣名，在長安城南。權貴富豪聚居區，後爲漢宣帝陵寢所在地。《漢書》（卷八）《宣帝紀》：「元康元年春，以杜東原上爲初陵，更名杜縣爲杜陵。徙丞相、將軍、列侯、吏二千石、訾百萬者杜陵。」又（卷九）《元帝紀》：「初元元年春正月辛丑，孝宣皇帝葬杜陵。」顔師古注：「臣瓚曰：『自崩至葬凡二十八日。杜陵在長安南五十里也。』」《三輔黄圖》（卷六）：「宣帝杜陵，在長安南五十里。帝在民間時，好游鄠、杜間，故葬此。」輕薄子：品行輕佻浮薄的人。《後漢書》（卷二十四）《馬援傳》：「效伯高不得，猶爲謹敕之士，所謂刻鵠不成尚類鶩者也。效季良不得，陷爲天下輕薄子，所謂畫虎不成反類狗者也。」

〔七〕可生復可死：可爲之生也可爲之死。意謂生死之交也。

〔八〕一沈一浮：喻盛衰變化。《文選》（卷一）班固《西都賦》：「朝發河海，夕宿江漢，沈浮往來，雲集霧散。」《文選》（卷二十六）王僧達《答顔延年》：「結遊略年義，篤顧棄浮沈。」李善注：「高誘《淮南子注》曰：『浮沈，猶盛衰也。』」

〔九〕翻然：變化急速貌。一説，反而，反倒之義。參王瑛《詩詞曲語辭例釋》。《文選》（卷四十四）陳琳《檄吴將校部曲文》：「若能翻然大舉，建立元勛，以應顯禄，福之上也。」脱屣：參卷一《送劉四》注〔一六〕。

〔一〇〕自强：自己努力奮鬥。《周易·乾卦》：「天行健，君子以自强不息。」

〔一一〕十年：作者自言隱居十年，折節讀書，是真實可信的。參卷一《無盡上人東林禪居》注〔一二〕〔一五〕。閉户：意謂不預外事，刻苦讀書。《文選》（卷三十六）任昉《天監三年策秀才文三首》（其二）：「閉户自精，開卷獨得。」李善注：「《楚國先賢傳》曰：『孫敬入學，閉户牖，精力過人。太學謂曰「閉户生」。入市，市人相語：「閉户生來，不忍欺也。」』」潁水陽：潁水之北。指李頎的家鄉唐代的潁陽縣而言。參卷一《與諸公遊濟瀆泛舟》注〔二五〕。

〔一二〕擊鐘鼎食：古代富貴之家擊鐘而食，食盛鼎中。《左傳·襄公三十年》：「鄭伯有耆酒，爲窟室，而夜飲酒，擊鍾焉。」又《哀公十四年》：「左師每食擊鐘。聞鐘聲，公曰：『夫子將食。』既食，又奏。」《墨子·七患》：「故凶饑存乎國，人君徹鼎食五分之五。」《孔子家語·致思》：「子路見於孔子曰：『親歿之後，南游於楚，從車百乘。積粟萬鍾，累茵而坐，列鼎而食。願欲食藜藿，爲親負米，不可復得也。』」《文選》（卷二）張衡《西京賦》：「若夫翁伯濁質，張里之家，擊鐘陳食，連騎相過，東京公侯，壯何能加。」《文選》（卷二十八）鮑照《結客少年場行》：「擊鐘陳鼎食，方駕自相求。」華堂：豪華的殿堂。《文選》（卷十八）嵇康《琴賦》：「若乃華堂曲宴，密友近賓，蘭肴兼御，旨酒清醇。」

〔三〕二八：先秦時形容舞容，指十六位女子排成歌舞隊列。齊梁時則指十六歲初成年的美麗少女。此詩用後者。《楚辭·招魂》：「二八侍宿，射遞代些。……二八齊容，起鄭舞些。」王逸注：「二八，二列也。言大夫有二列之樂，故晉悼公賜魏絳女樂二八，歌鍾二肆也。……言使好女十六人，侍君宴宿，意有厭倦，則使更相代也。」《玉臺新詠》（卷六）王僧孺《月夜咏陳南康新有所納》：「二八人如花，三五月如鏡。」又（卷七）皇太子（梁簡文帝）《咏舞》：「可憐初二八，逐節似飛鴻。」蛾眉：喻美女。蠶蛾的觸鬚細長而曲，女子的眉毛以長爲美，故以爲喻。《詩經·衛風·碩人》：「螓首蛾眉，巧笑倩兮，美目盼兮。」墮馬：墮馬髻，女子的一種髮式。《後漢書》（卷三十四）《梁冀傳》：「（梁冀妻孫）壽色美而善爲妖態，作愁眉、啼妝、墮馬髻、折腰步、齲齒笑，以爲媚惑。」李賢注：「《風俗通》曰：『愁眉者，細而曲折。啼妝者，薄拭目下若啼處。墮馬髻者，側在一邊。折腰步者，足不任體。齲齒笑者，若齒痛不忻忻。始自冀家所爲，京師翕然皆放效之。』」

〔一四〕清歌：清亮優美的歌聲。《文選》（卷十五）張衡《思玄賦》：「雙材悲於不納兮，并咏詩而清歌。」又（卷二十三）劉楨《贈五官中郎將四首》（其一）：「清歌製妙聲，萬舞在中堂。」曲房：隱秘的内室。《文選》（卷三十四）枚乘《七發》：「往來游醼，縱恣于曲房隱間之中。」《玉臺新詠》（卷六）王僧孺《咏歌姬》：「曲房褰錦帳，迴廊步珠屣。」

〔一五〕文昌宫：本爲天府，此指唐代朝廷尚書省。《史記》（卷二十七）《天官書》：「斗魁戴匡六星曰文昌宫：一曰上將，二曰次將，三曰貴相，四曰司命，五曰司中，六曰司禄。」《索隱》：「《文耀鈎》曰：『文昌宫爲天府。』」《唐六典》（卷一）《尚書都省》：「然後漢尚書稱臺，魏、晋已來爲省，皇朝因之。龍朔二年改爲中臺，咸亨元年復舊。光宅元年改爲文昌臺，長安三年又爲中臺，神龍初復舊。」賜錦衣：《金坡遺事》：「學士舊規，十月賜錦。」唐代朝廷對官員有賜衣制度。可參《唐會要》（卷三十一）《輿服》（上）、《舊唐書》（卷四十五）《輿服志》。錦衣：色彩華美的衣服。《詩經·秦風·終南》：「君子至止，錦衣狐裘。」《毛傳》：「錦衣，采色也。」孔穎達疏：「錦者，雜采爲文，故云采衣也。」

〔一六〕長安陌上：京城長安的大道。陌上，道路上，街道上。《三輔黄圖》（卷二）《長安八街九陌》條：「《三輔舊事》云：『長安城中八街九陌。』」退朝：古代朝廷大臣朝見皇帝，禮畢而退。此實指一天辦公完畢。《左傳·昭公二十八年》："（魏子）退朝，待于庭。"杜甫《晚出左掖》："退朝花底散，歸院柳邊迷。"

〔一七〕五陵賓從：泛指高官權貴。五陵，西漢五位帝王的陵寢，高祖長陵、惠帝安陵、景帝陽陵、武帝茂陵、昭帝平陵，合稱五陵。五陵附近多居住王侯貴戚之家。《漢書》（卷九十二）《游俠傳·原涉》："郡國諸豪及長安、五陵諸爲氣節者皆歸慕之。"顔師古注："五陵，謂長陵、安陵、陽陵、茂陵、平陵也。班固《西都賦》曰：『南望杜、霸，北眺五陵』，是知霸陵、杜陵非此五陵之數也。而説者以爲高祖以下至茂陵爲五陵，失其本意。"賓從：高官權貴的隨從。《左傳·襄公三十一年》："車馬有所，賓從有代。"

〔一八〕三省：唐中央朝廷的尚書省、中書省、門下省，合稱三省。《新唐書》（卷四十六）《百官志（一）》："初，三省長官議事于門下省之政事堂，其後，裴炎自侍中遷中書令，乃徙政事堂於中書省。開元中，張説爲相，又改政事堂號『中書門下』。"官僚：官吏，官員。《左傳·文公七年》："同官爲寮，吾嘗同寮，敢不盡心乎？"《詩經·大雅·板》："我雖異事，及爾同僚。"

〔一九〕早知今日讀書是：連同下句，化用"今是昨非"的成語。《淮南子·原道訓》："故蘧伯玉年五十，而有四十九年非。"高誘注："伯玉，衛大夫蘧瑗也。今年所行是也，則還顧知去年之所行非也。歲歲悔之，以至于死，故有四十九年非。所謂月悔朔，日悔昨也。"

〔二〇〕任俠：豪邁放縱，負氣仗義。《漢書》（卷三十七）《季布傳》：「季布，楚人也，爲任俠有名。」顏師古注：「任謂任使其氣力。俠言挾也，以權力俠輔人也。」

【箋評】

退之序云：「携被入直三省，丁寧顧婢子語，剌剌不能休。」有好奇者云：「讀如『吾日三省』之『省』」，且以「三省丁寧」爲句。又謂唐無「三省」之名。是未之考也。《六典》既修以來，侍中、中書令、尚書令，謂之三省長官。唐言「三省」處甚多，且如《陸扆傳》：「三省得宰相有光署錢」是也。張籍《寄白舍人》云：「三省比年名望重」，李頎《緩歌行》云：「三省官僚揖者希」，見《文粹》。若不言「三省」，不知入直何所？「携被入直」，何用「日三省」爲？既云「日三省」，不知「丁寧」者爲何人？皆妄鑿也。

（朱翌《猗覺寮雜記》卷上）

（八句下）唐云：「八語是《廣絶交論》。」（十三至十四句）唐云：「富貴相可厭。」（十七至十八句）唐云：「勢利態。」

吴云：「有弄丸妙勢。」

（唐汝詢《彙編唐詩十集》戊集）

直陳情事，不綺麗，是唐風之盛。（顧璘批點《唐音》卷二）

唐云：「凡詩説富貴便俗，此篇可想。」（郭濬評點、周明輔等參訂《增定評注唐詩正聲》卷四）

吴山民曰：「有弄丸妙勢。」

周珽曰：「輕財結客，卒無始終肝膽相向之士。讀書自强，終獲恩寵。富貴聲勢之享，則藉人自立，孰得孰失哉？況乃有倚冰山以至破殞者，其悔又當何如也。此詩提醒世間靠己奮振念頭，確然砭世明箴。」（周敬、周珽輯，陳繼儒批點《删補唐詩選脉箋釋會通評林》盛唐七古一）

箴少年遊俠之失，與阮公「平生少年時，輕薄好絃歌」一首相發明。（范大士《歷代詩發》卷十一）

（「十年閉户潁水陽」句）此能折節讀書者。

李頎《緩歌行》，夸炫權勢，乖六義之旨。梁鍠《觀美人卧》直是淫詞，君子所必黜者。（趙執信《談龍録》）

顧云：「直陳情事，不綺麗，是唐風之盛。」乃此又從《行路難》翻出，兩意正相參合。

（邢昉《唐風定》卷八）

此詩足儆後生。

（吴昌祺評定《删訂唐詩解》卷九）

此篇足爲紈絝少年戒。（「男兒立身須自强，十年閉户潁水陽」二句）轉筆關鍵。（「早知今日讀書是，悔作從前任俠非」二句）結出主意。

（黄培芳評點《唐賢三昧集》卷中）

此篇言讀書者不過歸于「蛾眉」、「美酒」、「曲房」、「錦衣」而已，甚譏之而反作美詞，所以爲古人之詩也。

「男兒立身須自强」，看似轉筆，實非轉也；看似腐語，實非腐也。口角關目種種入妙。（末二句）此「讀書」者即「游俠兒」也。只是一人而自言有是有非，妙絶。

（潘德輿評點《唐賢三昧集》卷中）

讀書乃爲此耶？故不如任俠。

（王闓運《王闓運手批唐詩選》卷七）

詩當是及第後任中朝校書郎一類微職時作，李頎官止一尉，從未真正榮達，但在此詩中他却將初仕的「尊榮」誇張得無以復加，因而雖以悔俠出之，却更見天真的狂俠之氣。

（趙昌平《盛唐北地士風與崔顥李頎王昌齡三家詩》，見氏著《趙昌平自選集》）

【按語】

此詩以第一人稱寫出，又有「十年閉户潁水陽」云云，可謂是作者早年生活中的一段實録。詩中所説的人生追求，思想境界不高，而且比較庸俗，終其一生也未實現，而只是其想望罷了。後來，作者只做過卑微的縣尉，因「不調」而不得不長期困頓沉淪，隱居家園。

此詩兩大段，雖然看似路徑和結果迥然不同，但其實作者所追求的目標是一致的，都是爲了擠進上流社會，做上高官，享受豪華的生活。采取前一種結交貴游的做法，以失敗告終。而走後一條自强奮鬥、刻苦讀書的道路，則圓滿成功了。即此而言，詩中否定依傍權貴，肯定自强不息的思想，則應當予以「抽象繼承」，它能給人以啓發。

此詩大量用典，尤以漢代爲多，但融化無迹，毫無牽合拼湊之嫌，可見作者的功力。此詩以四句一韻爲主，夾以兩句或六句一韻，還有句句押韻的，所以此詩的用韻比較頻密，也比較流暢，增强了詩在情調上唱嘆的韻致。這與《緩歌行》的詩題所含有的徐紆吟唱的特點是很合拍的。

琴歌①〔一〕

主人有②酒歡今夕〔二〕，請奏鳴琴廣陵客〔三〕。月照城頭烏半飛〔四〕，霜淒萬樹風入衣③〔五〕。銅爐華燭燭增輝〔六〕，初彈《淥水》後《楚妃》④〔七〕。一聲已動物皆静⑤〔八〕，四座無言星欲稀〔九〕。清淮奉使千餘里⑥〔一〇〕，敢告雲山從此始〔一一〕。

【校記】

①「琴歌」下劉本、凌本、畢本、英華本有「送別」二字。

②「有」下英華本注：「一作飲。」

③「萬」劉本、英華本、畢本作「高」。

④「淥」劉本、凌本、畢本、英華本作「緑」。

⑤「已」英華本作「似」。

⑥「淮」英華本作「懷」。「奉」劉本、凌本作「奏」。

【注　釋】

〔一〕琴歌：樂府舊題。但本詩借用古題，寫成一首即題吟咏的音樂詩。詩以摹寫琴聲而作離別之思，與前此樂府詩中《琴歌》的作品大爲不同，新的創意很顯著。《樂府詩集》（卷六十）《琴曲歌辭》（四）《琴歌》解題云：「《風俗通》曰：『百里奚爲秦相，堂上樂作，所賃澣婦自言知音，因援琴撫弦而歌。問之，乃其故妻，還爲夫婦也，亦謂之扊扅。』《字説》曰：『門關謂之扊扅，或作剡移。』」《樂府詩集》所録《琴歌》，多爲借題面抒發喜怒哀樂的情感，并無摹寫琴聲之作。李頎此作，别具一格。

〔二〕主人：詩中指「今夕」設宴送别遠行者的人。今夕：《詩經·唐風·綢繆》：「今夕何夕，見此良人。」《文選》（卷四）左思《蜀都賦》：「樂飲今夕，一醉累月。」

〔三〕鳴琴：琴。《史記》（卷一百二十九）《貨殖列傳》：「趙女鄭姬，設形容，揳鳴琴，揄長袂，躡利屣。」《鹽鐵論·通有篇》：「家無斗筲，鳴琴在室。」《文選》（卷二十二）謝靈運《晚出西射堂》：「安排徒空言，幽獨賴鳴琴。」廣陵客：詩中當指即將遠游廣陵的人，即作者自己。可能關合「廣陵散」事，取其與「琴」有關，爲下文摹寫琴聲作伏筆。緣于此，此詩當爲「廣陵客」的留别詩。《晋書》（卷四十九）《嵇康傳》：「康將刑東市，太學生三千人請以爲師，弗許。康顧視日影，索琴彈之，曰：『昔袁孝尼嘗從吾學《廣陵散》，吾每靳固之，《廣陵散》於今絶矣。』」廣陵，即今江蘇省揚州市。《舊唐書（卷四十）《地理志》（三）：「淮南道，揚州大都督府。隋江都郡。……天寶元年，改爲廣陵郡，依舊大都督府。」

〔四〕月照城頭烏半飛：化用曹操詩句。《文選》（卷二十七）曹操《短歌行》：「月明星稀，烏鵲南飛。」

〔五〕霜凄：寒霜凄凉。《玉臺新詠》（卷九）秦嘉《贈婦詩》：「嚴霜凄愴，飛雪覆庭。」

〔六〕銅爐：銅香爐。當指博山爐。《西京雜記》（卷一）：「長安巧工丁緩者，爲常滿鐙，……又作九層博山香爐，鏤爲奇禽怪獸，窮諸靈異，皆自然運動。」《玉臺新詠》（卷一）《古詩八首》（其六）：「請説銅爐器，崔嵬象南山。上枝以松柏，下根據銅盤。雕文各異類，離婁自相聯。誰能爲此器，公輸與魯班。朱火然其中，青煙颺其間。」華燭：華美的香燭。《文選》（卷一）班固《西都賦》：「精曜華燭，俯仰如神。」《玉臺新詠》（卷九）徐嘉《贈婦詩》：「飄飄帷帳，熒熒華燭。」

〔七〕《渌水》《楚妃》：《渌水》《楚妃嘆》，均古琴曲名。《文選》（卷一八）馬融《長笛賦》：「上擬法於《韶箾》《南籥》，中取度於《白雪》《渌水》。」李善注：「《淮南子》曰：『手會《渌水》之趣。』高誘曰：『《渌水》，古詩。』」李白有《渌水曲》，實爲《采菱》一類的樂府民歌意蘊。《文選》（卷一八）嵇康《琴賦》：「於是器冷絃調，心閑手敏，觸攙如志，唯意所擬。初涉《渌水》，中奏《清徵》。《雅昶》唐堯，終咏《微子》。……更唱迭奏，聲若自然。流楚窈窕，懲躁雪煩。下逮謡俗，蔡氏五曲。王昭《楚妃》，千里《别鶴》。猶有一切，承閒簉乏，亦有可觀者焉。」李善注：「《琴操》曰：『王襄女，漢元帝時獻入後宮，以妻單于。昭君心念鄉土，乃作怨曠之歌。』《歌録》曰：

『石崇《楚妃嘆》歌辭曰：「《楚妃嘆》，莫知其所由。楚之賢妃，能立德著勛，垂名於後，唯樊姬焉，故令嘆咏聲永世不絶。」疑必爾也。』」

〔八〕一聲已動物皆静：謂琴聲響起，萬物俱寂，以「動」、「静」的正反相成，渲染琴聲强烈的感染力。

〔九〕四座：四周座位上的人，即滿座。《文選》（卷二十八）陸機《吴趨行》：「四坐并清聽，聽我歌吴趨。」星欲稀：天上星星稀疏。參本詩注〔四〕。

〔一〇〕清淮：淮水，即淮河。參卷一《送馬録事赴永陽》注〔三〕。奉使：奉命出爲使者。參卷一《送司農崔丞》注〔一〇〕。

〔一一〕敢告：告訴，告知。敢，副詞。雲山：雲霧籠罩的山。泛指山山水水。從此始：謂從眼下開始。呼應前「廣陵客」，前往廣陵也。

【箋評】

（次句）譚云：「七字安插得妙。」（三四句）鍾云：「一字不説琴，却字字與琴相關。」（七句）譚云：「穆然深思之言。」鍾云：「世間妙理妙物，皆有此一段光景。」（八句）譚云：「『星欲稀』只是物静耳，真静者，見出許多妙來。」（末句）譚云：「『敢告』，妙，以此作琴歌結尤妙。」鍾云：「又妙在結處不沾着琴，此之謂遠。」

（鍾惺、譚元春《唐詩歸》卷十四）

唐云：「新鄉有《胡笳歌》（按指《聽董大彈胡笳聲兼寄語弄房給事》）極其翻弄，反不若此篇約而無迹。」

（唐汝詢《彙編唐詩十集》壬集）

比「高堂如空山」、「能使江月白」等語更微更遠。

（沈德潛《唐詩别裁集》卷五）

作詩必句句着題，失之遠矣，子瞻所謂「賦詩必此詩，定知非詩人」。如咏梅花詩，林逋諸人，句句從香色摹擬，猶恐未及，庾子山但云「枝高出手寒」，杜子美但云「幸不折來傷歲暮，若爲看去亂春愁」而已，全不黏住梅花，然非梅花莫敢當也。……又如劉希夷《嵩嶽聞笙》詩云：「月出嵩山東，月明山益空。山人愛清景，散髮卧秋風。風止夜何清，獨夜草蟲鳴。仙人不可見，乘月近吹笙。」前七句憑空説來，不露「笙」字，而「笙」中天籟清機，已繚繞耳邊矣。至第八句方出「笙」字，便接以「絳唇吸靈氣，玉指調真聲。真聲是何曲，三山鸞鶴情」四句，擡出吹笙者於雲霞縹緲之上。至「昔去落塵俗，願言聞此曲。今來卧嵩岑，何幸承幽音。神仙樂吾事，笙歌銘夙心」六句，方輕點「聞」字，而以低徊容與結之，絶不黏「笙」，却句句是「笙」，句句是「聞笙」，句句是「嵩嶽聞笙」也。又如李頎《琴歌》云：「主人有酒歡今夕，請奏鳴琴廣陵客。月落城頭烏半飛，霜凄萬樹風入衣。銅爐華燭燭增輝，初彈《渌水》後《楚妃》。一聲已動物皆静，四座無言星欲稀。清淮奉使千餘里，敢告雲山從此始。」只第二句點出「琴」字，其餘滿篇霜月風星、烏飛樹響、銅爐華燭、清淮雲山，無端點綴，無一字及琴，却無非琴聲，移在箏、笛、琵琶、觱篥不得也。……此皆以不必切題爲妙者。不能盡舉，姑以數首概其餘耳。（按：此段還列舉杜甫《咏鷹》、岑參《宿東谿懷王屋李隱者》、李白《訪天台山道士》等詩，闡述作詩不可着題的論點。）

（賀貽孫《詩筏》）

（「一聲已動物皆静」句）妙處可以意會，不可以言傳。句法妙。

（黄周星《唐詩快》）

唐人佳句，有可以照耀古今，膾炙人口者。如……李東川之「一聲已動物皆静，四座無言星欲稀」。（《琴歌送别》）……此等句當與日星河嶽同垂不朽。

（王壽昌《小清華園詩談》卷下）

首二「琴歌」起，末二「送别」結。中間六句，「月照」三句展筆寫夜景，「初彈」句兜轉彈琴，「一聲」二句托寫琴心，領會入微。而「星欲稀」三字，即爲「别」字引脉，蓋星稀則曲既終而天將旦矣。故落句便頂此三字説下。曰「從此始」，言從此星稀時作别起程也。

（楊逢春《唐詩繹》卷十）

《後漢書·馬融傳》：「所著賦、頌、碑、誄、書、記、表、奏、七言、琴歌、對策、遺令，凡二十一篇。」《水經注》：「昔孔子行於郕之野，遇榮啓期，衣鹿裘，披髮，琴歌，三樂之權。夫子善其能寬矣。」

（首二句）一解，先叙飲酒，引起奏琴也。《宋書·戴顒傳》：「爲衡陽王義季鼓琴，并新聲變曲。其三調《游絃》《廣陵》《止息》之流，皆與世異。」《世説》：「會稽賀思令善彈琴，嘗夜坐月中，臨風鳴絃。忽有一人，形貌甚偉，著械，有慘色。在中庭稱善，便與交語，自云是嵇中散。謂賀云：『卿手下極快，但於古法未備。』因授以《廣陵散》。賀遂傳之於今云。」

（三至八句）二解，此美《琴歌》聲也。「月照」二句，言夜深矣。陸機詩：「琴几閒臨帖，銅爐静炷香。」韓愈詩：「終宵處幽室，華燭光爛爛。」《渌水》、《楚妃》，皆曲名。《長笛賦》：「上擬法於《韶箾》、《南籥》，中取度於《白雪》、《渌水》，下采制於《廷露》、《巴人》。」阮籍樂漢桓帝聞楚琴，凄愴傷心，依扆向悲，慷慨長息曰：「善哉乎！爲琴聲若此足矣。」魏武帝《短歌行》云：「月明星稀，烏鵲南飛。」

（末二句）三解，此聞《琴歌》，一動鄉情也。言奉使清淮，遥隔家鄉千有餘里。今聞《琴歌》，已動歸心。是以敢告朝廷，欲歸山而隱。則幽隱之志，從此决矣。

（蘅塘退士編選、章燮注《唐詩三百首注疏》卷二）

（七八句）正寫《琴歌》之美。（末二句）言奉使清淮，遠隔家鄉千里，今聞《琴歌》，觸動鄉情，是以敢告朝廷，從此辭官歸隱雲山矣。

（評）「月照」二句，一字不説琴，恰字字與琴相關。○「星欲稀」三字，從真静得來。○鍾伯敬曰：「結處妙在一字不沾着琴，此之爲遠。」

（蘅塘退士編選、張萼蓀評注《新體評注唐詩三百首》卷二）

用琴典故生色，結作變雅之音。

（王闓運《王闓運手批唐詩選》卷七）

按頎之《琴歌》云：「主人有酒歡今夕，請奏鳴琴廣陵客。」又云：「清淮奉使千餘里，敢告雲山從此始。」則似乎詩人江淮川湘之行爲奉使行役？如係奉使，當在新鄉尉任内矣。疑其時最遲當開元二十九年罷官以前。又天寶元年頎已在東京，考已如前。

（譚優學《李頎行年考》，見氏著《唐詩人行年考》）

此留别之詩而以《琴歌》爲題，則其旨重在琴音，而不在留别。然琴音之悲，正由人心之悲使然，則寫琴音正所以寫人意也。然則清淮奉使，千里雲山，臨歧執手，有不凄愴傷心者乎？未寫悲，先寫歡，未寫静，先寫動，爲善寫物態變化者。全詩十句，八句皆言琴，只二句言留别，分手詩中，另開生面。

（劉寶和《李頎詩評注》）

【按　語】

此詩命題，沿襲樂府古題。所寫内容，緊扣題面「琴」字，寫成了一首摹聲的音樂詩，與本題舊作迥異。試看前人《琴歌》，幾乎没有描摹刻畫「琴」的音樂性的，而是往往借題中的一個「琴」字，以「援琴」、「撫絃」等等作爲方式，來表達主人公喜怒哀樂的某種感情。由此，可以看出李頎此詩明顯的創新之處。首先，它借琴聲來表達奉使清淮的「廣陵客」留别「主人」的情意，雖與題面有關，更有立意上的突破創新。其次，在于本詩即題命意，將寫作的重點放在描摹刻畫琴聲，表現其音樂的感人魅力上，成爲該題樂府詩中唯一的一首以摹寫音樂而著稱的名作。

此詩摹寫琴聲，主要表現在詩的三至八句中。它的特色在于，并没有對琴聲進行任何具體的描摹刻畫，比喻形容，而完全采用側寫的方法，讓人感受琴聲的美妙動聽，以及强烈的感染力。它主要是通過對當時室外的氣候環境和室内的宴會場景的描寫，體會出琴聲或淒切悲苦，或歡欣快樂，變化多端，感人至深。琴聲一響，萬物俱静，賓客無言，仔細諦聽，直至欲曉之時。琴聲之美，讓人賞玩不盡，欣喜無比，被透徹地表現了出來。其藝術上的妙詣，確如清人賀貽孫所説：「只第二句點出『琴』字，其餘滿篇霜月風星、烏飛樹響、銅爐華燭、清淮雲山，無端點綴，無一字及琴，却無非琴聲。」

放歌行答從弟墨卿①〔一〕

小來好文恥學武②〔二〕，世上功名不解取〔三〕。雖沾寸禄已後時〔四〕，徒欲出身事明主③〔五〕。
柏梁賦詩不及宴〔六〕，長楸走馬誰相數〔七〕。斂迹俯眉心自甘④〔八〕，高歌擊節聲半苦⑤〔九〕。
由是蹉跎一老夫⑥〔一〇〕，養鷄牧豕東城隅⑦〔一一〕。空歌漢代蕭相國〔一二〕，肯事霍家馮子都〔一三〕。
徒爾當年聲籍籍⑧〔一四〕，濫作詞林兩京客〔一五〕。故人斗酒安陵橋⑨〔一六〕，黄鳥春風洛陽陌〔一七〕。

吾家令弟才不羈〔一八〕，五言破的人共推⑩〔一九〕。興來逸氣如濤涌⑪〔二〇〕，千里長江歸海時〔二一〕。別離短景何蕭索〔二二〕，佳句相思能間作〔二三〕。舉頭遥望魯陽山⑫〔二四〕，木葉紛紛向人落〔二五〕。

【校　記】

①英華本無「答從弟墨卿」五字。「墨」劉本作「巽」。

②「小來好」英華本作「少年學」。

③「事」英華本作「仕」。

④「甘」英華本作「高」。

⑤「高」英華本作「含」。

⑥「老」英華本作「丈」。

⑦「東城」劉本、活字本、黄本作「城東」。

⑧「徒」劉本、英華本作「虚」。「聲」英華本作「名」。

⑨「陵」英華本作「隱」。

⑩「的」劉本作「敵」。

⑪「濤」英華本作「溢」。

⑫「遥」英華本作「南」。

【注釋】

〔一〕放歌行：樂府舊題。參前《緩歌行》注〔一〕。《樂府詩集》（卷三十八）《相和歌辭》（十三）録傅玄、鮑照、王昌齡《放歌行》五言詩各一首。并在同卷古辭《孤兒行》下解題云：「《孤子生行》，一曰《孤兒行》。古辭言孤兒爲兄嫂所苦，難與久居也。《歌録》曰：『《孤子生行》，亦曰《放歌行》。』《樂府解題》曰：『鮑照《放歌行》云：「蓼蟲避葵堇」，言朝廷方盛，君上好才，何爲臨歧相將去也。』」李頎此詩，顯然在意旨上對鮑照詩有所繼承。由詩中「故人」句云云，此詩當爲作者罷官後離開長安，回鄉歸隱，故人餞行時所作。從弟：堂弟。《漢書》（卷四十八）《賈誼傳》：「元王之子，帝之從弟也；今之王者，從弟之子也。」墨卿：未詳。《文選》（卷九）揚雄《長楊賦》：「子墨客卿問於翰林主人。」其取名於此乎？

〔二〕小來：參前《緩歌行》注〔二〕。好文耻學武：當活用漢人顔駟事。《漢武故事》：「上嘗輦至郎署，見一老翁，鬚鬢皓白，衣服不整。上問曰：『公何時爲郎，何其老也？』對曰：『臣姓顔名駟，江都人也，以文帝時爲郎。』上問曰：『何其老而不遇也？』駟曰：『文帝好文而臣好武；景帝好老而臣尚少；陛下好少而臣已老，是以三世不遇，故老于郎署。』上感其言，擢拜會稽都尉。」

〔三〕不解取：不懂得獲取。

〔四〕寸禄：參卷一《贈别高三十五》注〔一八〕。後時：過時，不及時。《楚辭·惜誓》：「黄鵠後時而寄處兮，鴟梟群而制之。」

〔五〕徒欲：空欲，徒然地想要。出身事明主：謂出仕做官，侍奉帝王，建功立業。《漢書》（卷九十）《郅都傳》：「都爲人，勇有氣，公廉，不發私書，問遺無所受，請寄無所聽。常稱曰：『已背親而出身，固當奉職死節官下，終不顧妻子矣。』」《文選》（卷十三）禰衡《鸚鵡賦》：「女辭家而適人，臣出身而事主。」

〔六〕柏梁賦詩：史傳漢武帝造柏梁臺，召二千石以上的高官登臺作七言詩。《三輔舊事》：「柏梁臺高二十丈，用香柏爲殿梁，香聞十里。……柏梁臺以香柏爲梁也。武帝嘗置酒其上，詔群臣和詩，能七言詩者乃得上。」《三秦記》：「柏梁臺上有銅鳳，名鳳闕。武帝作柏梁臺，詔群臣二千石，有能爲七言詩者乃得上座。」

〔七〕長楸走馬：在兩旁栽種着高大的楸樹的大道上飛馬奔馳。形容權貴飛揚的氣勢。《楚辭·九章·哀郢》：「望長楸而太息兮，涕淫淫其若霰。」王逸注：「長楸，大梓。」《文選》（卷二十七）曹植《名都篇》：「名都多妖女，京洛出少年。寶劍直千金，被服光且鮮。鬥鷄東郊道，走馬長楸間。」李周翰注：「古人種楸於道，故曰長楸。」誰相數：謂無人相數，即不得參與其中之意。

〔八〕斂迹：藏身不露。此謂隱居。《三國志·魏書·武帝紀》：「遷頓丘令。」裴松之注引《曹瞞傳》曰：「後數月，靈帝愛幸小黄門蹇碩叔父夜行，即殺之。京師斂迹，莫敢犯者。」俯眉：低頭。喻處於人之下。《文選》（卷四十五）揚雄《解嘲》：「當今縣令不請士，郡守不迎師，群卿不揖客，將相不俯眉。」

〔九〕高歌擊節：一邊唱歌，一邊隨着樂曲的節奏拍手或敲擊拍板。《文選》（卷四）左思《蜀都賦》：「巴姬彈弦，漢女擊節。」聲半苦：歌聲多爲悲苦之音。半，大半，大多。

〔一〇〕由是：從此，自此。蹉跎：失時，虚度歲月。《文選》（卷二十三）阮籍《咏懷詩十七首》（其八）：「娱樂未終極，白日忽蹉跎。」

〔一一〕養鷄牧豕：養鷄養猪。均爲農家之事。此喻隱居生活。《藝文類聚》（卷九十一）引張華《博物志》云：「祝鷄公養鷄法，今世人呼鷄云『祝祝』，起此也。」《列仙傳》（卷上）《祝鷄翁》：「祝鷄翁者，洛人也。居尸鄉北山下，養鷄百餘年，鷄有千餘頭，皆立名字。暮棲樹上，晝則散之。欲引，呼名即依呼而至。賣鷄及子，得千餘萬，輒置錢去之吴。作養魚池。後升吴山，白鶴孔雀數百，常止其傍云。」《史記》（卷一百一十二）《平津侯主父列傳》：「（公孫弘）家貧，牧豕海上。」《後漢書》（卷六十四）《吴祐傳》：「及年二十，喪父，居無檐石，而不受贍遺。常牧豕於長垣澤中，行吟經書。」東城隅：城東的角落裏。《詩經·邶風·静女》：「静女其姝，俟我於城隅。」

〔一二〕空歌：徒然地歌吟。此處實有懷念敬仰之意。蕭相國：蕭何，西漢初高祖劉邦的丞相，被尊稱爲「相國」。曾力薦韓信，使其受到劉邦的重用。《史記》（卷五十三）《蕭相國世家》：「蕭相國何者，沛、豐人也。……上已聞淮陰侯誅，使使拜丞相何爲相國，益封五千户。」

〔一三〕肯事：怎肯事奉。霍家馮子都：西漢大將軍霍光的家奴馮子都。漢辛延年《羽林郎》詩云：「昔有霍家奴，姓馮名子都。依倚將軍勢，調笑酒家胡。」《漢書》（卷六十八）《霍光傳》：「初，光愛幸監奴馮子都，常與計事。……百官以下但事馮子都、王子方等，視丞相亡如也。」

〔一四〕徒爾：徒然。聲籍籍：喧嘩聲很大。此形容聲名盛大。《漢書》（卷五十三）《景十三王傳·江都易王傳》：「遺徵臣書曰：『國中口語籍籍，慎無復至江都。』」顔師古注：「籍籍，喧聒之意。」

〔一五〕詞林：文苑，文壇。泛指文人圈子。庾信《趙國公集序》：「遂得棟梁文囿，冠冕詞林，《大雅》扶輪，小山承蓋。」兩京：指唐代西京長安、東京洛陽。唐時洛陽原稱東都，天寶元年改稱東京，與長安合稱兩京。《舊唐書》（卷九）《玄宗紀》（下）：「（天寶元年）東都爲東京，北都爲北京。……兩京玄元廟改爲太上玄元皇帝宫，天下準此。」《唐六典》（卷十四）有《兩京郊社署》《兩京齊太公廟署》，亦可證。

〔一六〕故人：舊友，老朋友。當指爲李頎餞行者。斗酒：《漢書》（卷六十六）《楊惲傳》：「田家作苦，歲時伏臘，烹羊炮羔，斗酒自勞。」安陵：西漢惠帝陵寢，在今陝西省咸陽市渭城區南。《漢書》（卷二）《惠帝紀》：「（七年）秋八月戊寅，帝崩于未央宫。九月辛丑，葬安陵。」《三輔黄圖》（卷六）：「惠帝安陵，去長陵十里。按《本紀》，惠帝七年八月戊寅，崩於未央宫，葬安陵，在長安城北三十五里。安陵有果園、鹿苑云。」

〔一七〕黄鳥：黄鶯。參卷一《東京寄萬楚》注〔八〕。洛陽陌：洛陽城的大道。陌，道路。《玉篇・阜部》：「陌，阡陌也。」又云：「阡，阡陌也，道也。南北曰阡，東西曰陌。」

〔一八〕吾家：我家，我。《史記》（卷四十九）《外戚世家》：「主與左右議長安中列侯可爲夫者，皆言大將軍可。主笑曰：『此出吾家，常使令騎從我出入耳，奈何用爲夫乎？』」令弟：賢弟。對弟弟的美稱。《詩經・小雅・角弓》：「此令兄弟，綽綽有裕。」《文選》（卷二十五）謝靈運《酬從弟惠連》：「末路值令弟，開顔披心胸。」李善注：「應亨古詩曰：『濟濟令弟。』」才不羈：超卓豪縱的才華。《漢書》（卷六十二）《司馬遷傳》：「僕少負不羈之才，長無鄉曲之譽，主上幸以先人之故，使得奉薄技，出入周衛之中。」顔師古注：「不羈，言其材質高遠，不可羈繫也。」

〔一九〕五言：五言詩。起源於漢代的一種詩體。鍾嶸《詩品序》：「逮漢李陵，始著五言之目矣。古詩眇邈，人世難詳。推其文體，固是炎漢之製，非衰周之倡也。」破的：射箭射中靶心。此喻作五言詩的才藝高超。《詩經・小雅・賓之初筵》：「發彼有的，以祈爾爵。」《毛傳》：「的，質也。」《玉篇・白部》：「的，射質也。」《世説新語・品藻》：「劉尹至王長史許清言，時苟子年十三，倚床邊聽。既去，問父曰：『劉尹語何如尊？』長史曰：『韶音令辭，不如我；往輒破的，勝我。』」

〔二〇〕逸氣：縱横洋溢的氣度。《文選》（卷四十二）曹丕《與吴質書》：「公幹有逸氣，但未遒耳。」

〔二一〕長江歸海：長江波濤滾滾奔騰入海，喻令弟的才氣如江海的波瀾翻騰。鍾嶸《詩品》（卷上）

《晉黄門郎潘岳》：「余常言，陸（機）才如海，潘才如江。」《晉書》（卷五十五）《潘岳傳》：「史臣曰：……（陸）機文喻海，韞蓬山而育蕪；岳藻如江，濯美錦而增絢。」

〔二二〕短景：短影，謂日落時的陽光。庾信《和何儀同講竟述懷》：「秋雲低晚氣，短景側餘輝。」

〔二三〕佳句相思：意謂因相思而寫出佳句。用謝靈運事。鍾嶸《詩品》（卷中）《宋法曹參軍謝惠連》條引《謝氏家録》云：「康樂每對惠連，輒得佳語。後在永嘉西堂，思詩竟日不就，寤寐間，忽見惠連，即成『池塘生春草』。故嘗云：『此語有神助，非我語也。』」惠連是靈運從弟，一如墨卿是李頎從弟，故詩中作此擬議。間作：時時而作。《文選》（卷一）班固《兩都賦序》：「而公卿大臣、御史大夫倪寬、太常孔臧、太中大夫董仲舒、宗正劉德、太子太傅蕭望之等，時時間作。」李周翰注：「謂間作文章。」《文選》（卷三十）謝靈運《齋中讀書》：「卧疾豐暇豫，翰墨時間作。」

〔二四〕魯陽山：即魯山，在今河南省魯山縣。《漢書》（卷二十八上）《地理志》（上）：「南陽郡，魯陽縣，有魯山。」《元和郡縣圖志》（卷六）《河南道》（二）：「汝州魯山縣，本漢魯陽縣，古魯縣也，屬南陽郡。……魯山，在縣東北十里。」此當指李頎從弟墨卿將要前往之地。

〔二五〕木葉：樹葉。《楚辭·九歌·湘夫人》：「裊裊兮秋風，洞庭波兮木葉下。」洪興祖補注：「《淮南》云：『見一葉落，而知歲之將暮。』又曰：『桑葉落而長年悲。』」《文選》（卷四）左思《蜀都賦》：「木落南翔，冰泮北阻。」劉逵注：「木落者，葉落也。木葉落，秋時也。」李善注：「《淮南子》曰：『木葉落而長年悲』。」

【箋　評】

（十一至十二句）吴云：「説守己處正。」（末二句）吴云：「結豁。」

唐云：「凡詩説富貴則俗，説窮愁則佳，二篇（按指此詩及上選《緩歌行》）叙事可想。」（唐汝詢《彙編唐詩十集》戊集）

説守身處自不須贅。唐詩説到無已處便着一隱語收括，此是傳燈教宗也。（顧璘批點《唐音》卷二）

孌倖用事，文學退藏，意在言外，詩故可貴。（程元初《盛唐風緒箋》卷六）

周珽曰：「從自叙説到從弟，一往浩瀚之氣，能磅礴於手眼之前後左右。」（周敬、周珽輯、陳繼儒批點《删補唐詩選脉箋釋會通評林》盛唐七古一）

作長篇詩當以此結爲法。（「空歌漢代蕭相國」句）指當時權倖。（「故人斗酒安陵橋」句）詩態不凡。（范大士《歷代詩發》卷十一）

李東川《放歌行》「濫作詞林兩京客」以上扶風縣。「興來逸氣」句，形容「五言」不確。收南陽郡。（方東樹《昭昧詹言》卷十二）

跌蕩頓挫。

（邢昉《唐風定》卷八）

「令弟」本康樂。○似言尚未晚也。

（吴昌祺評定《删訂唐詩解》卷九）

雄深古雅。雖然，未足以爲絶奇之作。

（黄培芳評點《唐賢三昧集》卷中）

此詩字字骯髒，看其自負自嘲之言，東川真一代狂□之士，不第工于詩而已。○明皇寵幸番將，好立邊功，士非好武，不能致身青雲也，故首句云然。○明皇時文士亦不少此，當指天寶以後也。「故人斗酒」二語，非寫其得意，言唯故人愛我，相與宴游耳。○「短景蕭索」，空有「佳句」可歌，唯與落葉相應答耳。説文士行藏，凄緊欲絶。

（潘德輿評點《唐賢三昧集》卷中）

李頎五言，猶以清機寒色，未見出群，至七言實不在高適之下。《放歌行答從弟墨卿》曰：「吾家令弟才不羈，五言破的人共推。興來逸氣如濤涌，千里長江歸海時。」真善寫文士下筆淋漓之狀。又《送劉十》曰：「前年上書不得意，歸卧東窗兀然醉。諸兄相繼掌青史，第五之名齊驃騎。烹葵摘果告我行，落日夏雲縱復横。聞道謝安掩口笑，知君不免爲蒼生。」曲折磊落，姿態横生。至「青青蘭艾本殊香，察見泉魚固不祥。濟水自清河自濁，周公大聖接輿狂。千年魑魅逢華表，九日茱萸作佩囊。善惡死生齊一貫，祇應斗酒任蒼蒼」，每一讀之，勝呼龍泉、擊唾壺矣。

（賀裳《載酒園詩話》又編）

余在金華校官任時，有諸生數人來見，一人自稱其弟爲「令弟」者，同座均目笑之，其人亦自忸怩。余解之曰：「古人自稱弟者，本有令字，諸君特爲留意耳。」衆請教，余因誦謝靈運《酬從弟惠連》詩云：「末路值令弟，開顔披心胸。」杜少陵《送從弟韶》詩云：「令弟尚爲蒼水使，名家莫出杜陵人。」李頎《答從弟墨卿》詩云：「吾家令弟才不羈，五言破的人共推。」是稱己之弟爲「令」者，亦猶行古之道也。衆俱粲然，謂先生善於解嘲。

（陳其元《庸閒齋筆記》卷四）

世俗稱人之弟爲「令弟」，而《宋書·廬江王傳》：「司徒休仁等并各令弟」，謝康樂《酬從弟惠連》詩：「末路值令弟」，李太白《感時留別從兄延年從弟延陵》詩：「令弟字延陵」，杜子美《乘雨入行軍六弟宅》詩：「令弟雄軍佐」，《送從弟亞赴河西判官》詩：「令弟草中來」，又《季夏送從弟韶陪黄門從叔朝謁》詩：「令弟尚爲蒼水使，名家莫出杜陵人」，李東川《答從弟墨卿》詩：「吾家令弟才不羈」，是自稱弟爲「令弟」也。

（靳榮藩《緑溪語》下卷）

【按語】

詳審詩中「故人斗酒安陵橋」云云，此詩當是在長安作於朋友爲李頎和其從弟墨卿所舉行的餞別宴會上。「黃鳥春風洛陽陌」，説明作者是要返回東都洛陽，亦即要回到距洛陽不遠的潁陽去隱居田園了。「舉頭遥望魯陽山」，則是其從弟墨卿行將客游之地，故詩中表現了依依惜別，不勝思念之情。有鑒于此，此詩可謂是作者留别故人而又兼送别從弟的詩作，結體上是比較獨特的一篇作品。詩中抒發與從弟之間的惜別之情比較充分，但對于留别「故人」，却只是點到即止，未作展開，雖然「故人」、「黃鳥」二句飽含惜別的濃情。相反，詩在此之前，花費了大半篇幅，敘寫自己失意困頓的生平遭際，以及由此激發出的蔑視權貴，感慨歲月蹉跎的憤懣之情。這足以説明，詩人着重要表達的情感，正是這種激昂悲壯的感懷情思。所以，詩以「放歌行」爲題，雖然是沿襲古題，却與詩人作詩的主旨完全相符。這充分表現了李頎的七言古詩善于打破通常的作詩蹊徑，突破創新，從而使詩歌富有氣勢鼓蕩，波瀾起伏，變化多端，奇横恣肆的特色。

王母歌〔一〕

武皇齋戒承華殿①〔二〕，端拱須臾王母見〔三〕。霓旌照耀麒麟車〔四〕，羽蓋淋漓孔雀扇〔五〕。手指交梨遺帝食②〔六〕，可以長生臨宇縣③〔七〕。頭上復戴九星冠④〔八〕，總領玉童坐南面〔九〕。欲聞要言今告汝〔一〇〕，帝乃焚香請此語〔一一〕。若能煉魄去三尸⑤〔一二〕，後當見我天皇所〔一三〕。顧謂侍女董雙成〔一四〕，酒闌可奏雲和笙〔一五〕。紅霞白日儼不動〔一六〕，七龍五鳳紛相迎⑥〔一七〕。惜哉志驕神不悦⑦〔一八〕，嘆息馬蹄與車轍〔一九〕。複道歌鐘杳將暮⑧〔二〇〕，深宫桃李花成雪⑨〔二一〕。爲看青玉五枝燈⑩〔二二〕，蟠螭吐火光欲絶⑪〔二三〕。

【校　記】

①「齋」凌本作「齊」。

②「交」劉本、活字本、百家詩本、黄本、凌本、畢本作「玄」。

③「宇」活字本「□」。「宇」黄本作「寓」。

④「頭上復」下原注：「一作上元頭。」英華本作「上元頭」。「九」劉本作「七」。

⑤「煉」英華本作「練」。

⑥「紛」劉本作「分」，英華本作「來」。

⑦「驕」英華本作「嬌」。

⑧「複」劉本作「復」。「鐘」活字本、黄本、英華本作「鍾」。

⑨「宫」凌本作「官」。「花」下原注：「一作飛。」英華本作「飛」。

⑩「爲」下原注：「一作但。」英華本作「但」。

⑪「吐火」下原注：「一作火盡。」「欲」下原注：「一作已。」「欲」劉本、活字本、百家詩本、黄本、凌本作「已」。「吐火光欲絶」英華本作「火盡光亦絶」。

【注釋】

〔一〕王母：西王母，古代神話傳説中的女仙人。《山海經・西山經》：「又西三百五十里，曰玉山，是西王母所居也。西王母其狀如人，豹尾虎齒而善嘯，蓬髮戴勝，是司天之厲及五殘。」《山海經・海内北經》：「西王母梯几而戴勝杖，其南有三青鳥，爲西王母取食。在崑崙虚北。」《山海經・大荒西經》：「西海之南，流沙之濱，赤水之後，黑水之前，有大山，名曰崑崙之丘。有神——人面虎身，有文有尾，皆白——處之。其下有弱水之淵環之，其外有炎火之山，投物輒然。有人，戴勝，虎齒，有豹尾，穴處，名曰西王母。此山萬物盡有。」《穆天子傳》（卷三）：「吉日甲子，天子賓於西王母。乃執白圭玄璧以見西王母，好獻錦組百純，□組三百純。西王母再拜受之。□乙丑，天子觴西王母于瑶池之上。」此詩所寫西王母與漢武帝的傳説故事，晉張華《博物志》所述，當爲其較早來源之一，先録于此。《博物志》（卷八）：「漢武帝好仙道，祭祀名山大澤以求神仙之道。時西王母遣使乘白鹿告帝當來，乃供帳九華殿以待之。七月七日夜漏七刻，王母乘紫雲車而至於殿西，南面東向，頭上戴玉勝，青氣鬱鬱如雲。有三青鳥，如烏大，使侍母旁。時設九微燈。帝東面西向，王母索七桃，大如彈丸，以五枚與帝，母食二枚。帝食桃輒以核著膝前，母曰：『取此核將何爲？』帝曰：『此桃甘美，欲種之。』母笑曰：『此桃三千年一生實。』唯帝與母對坐，其從者皆不得進。時東方朔竊從殿南廂朱鳥牖中窺母，母顧之謂帝曰：『此窺牖小兒，嘗來盜吾此桃。』帝乃大怪之。由此世人謂方朔神仙也。」

〔二〕武皇：漢武帝劉徹。參卷一《謁張果先生》注〔三〕。《漢書》（卷六）《武帝紀》：「孝武皇帝，景帝中子也。」顔師古注引應劭曰：「禮謚法『威强叡德曰武』。」齋戒：道教在從事法事前，沐浴更衣，戒酒斷葷，以示虔誠，謂之齋戒。《太上虛皇天尊四十九章經》：「齋戒者，道之根本，法之津梁。子欲學道，清齋奉戒，念念正真，邪妄自泯。」承華殿：《漢武帝内傳》：「及即位，好長生之術，常祭名山大澤，以求神仙。元封元年正月甲子，祭嵩山，起神宮。帝齋七日，祠訖乃還。至四月戊辰，帝夜閑居承華殿，東方朔、董仲舒侍。」《漢武故事》：「王母遣使謂帝曰：『七月七日我當暫來。』帝至日，掃宫内，然九華燈。七月七日，上于承華殿齋，日正中，忽見有青鳥從西方來集殿前。上問東方朔，朔對曰：『西王母暮必降尊像，上宜灑掃以待之。』」

〔三〕端拱：直身拱手，以示恭敬。《漢武帝内傳》：「帝乃盛服立於階下，敕端門之内，不得妄有窺者。内外寂謐，以俟雲駕。」王母見：西王母出現。「見」同「現」。《漢武帝内傳》：「至二唱之後，忽天西南如白雲起，鬱然直來，徑趨宫庭間。須臾轉近，聞雲中有簫鼓之聲，人馬之響。復半食頃，王母至也。」須臾：片刻，一會兒。《荀子·勸學》：「吾嘗終日而思矣，不如須臾之所學也。」

〔四〕霓旌：霓虹般的彩色旗幟。《史記》（卷一百一十七）《司馬相如傳》：「乘鏤象，六玉虬，拖霓旌，靡雲旗，前皮軒，後道游。」《正義》：「張云：『析毛羽，染以五采，綴以縷爲旌，有似虹霓氣。』」麒麟車：以仁瑞之獸麒麟所駕的神仙之車。《史記》（卷一百一十七）《司馬相如傳》：「獸則麒麟角端。」《索隱》：「張揖曰：『雄曰麒，雌曰麟。其狀麇身，牛尾，狼蹄，一角。』」《漢武故事》：「有頃，王母至，乘紫車，玉女夾馭，載七勝履玄瓊鳳文之舄，青氣如雲，有二青鳥如烏，夾侍母旁。」《漢武帝内傳》：「復半食頃，王母至也。懸投殿前，有似鳥集。或駕龍虎，或乘獅子，或御白虎，或騎白麟，或控白鶴，或乘軒車，或乘天馬，群仙數萬，光耀庭宇。既至，從官不復知所在。唯見王母乘紫雲之輦，駕九色斑龍，別有五十天仙，側近鸞輿，皆身長一丈，同執彩毛之節，佩金剛靈璽，戴天真之冠，咸住殿前。」

〔五〕羽蓋：以禽鳥的羽毛裝飾而成的軒車的華蓋。《周禮·春官·巾車》：「輦車，組輓。有翣，羽蓋。」鄭玄注：「后居宫中從容所乘，……以羽作小蓋，爲翳日也。」《史記》（卷一百一十七）《司馬相如傳》：「下摩蘭蕙，上拂羽蓋，……張翠帷，建羽蓋，罔玳瑁，釣紫貝。」淋漓：形容參差繁盛貌。《文選》（卷八）揚雄《羽獵賦》：「萃從沇溶，淋離廓落。」孔雀扇：孔雀羽毛裝飾而成的大扇子。《西京雜記》（卷一）：「雲母扇、孔雀扇、翠羽扇、九華扇、五明扇……迴風扇。」屬古代帝王、神仙等儀衛所用的器具。儀衛用扇，其來已久。崔豹《古今注》（卷上）：「雉尾扇，起於殷世。高宗時，有雊雉之祥，服章多用翟羽。周制以爲王后、夫人之車服。輿車有翣，即緝雉羽爲扇翣，以障翳風塵也。漢朝乘輿服之，後以賜梁孝王。魏晋以來無常，準諸王皆得用之。障扇，長扇也。漢世多豪俠，象雉尾扇而製長扇也。」

〔六〕交梨：相傳爲神仙家之仙梨。陶弘景《真誥》（卷二）《運象篇》（二）：「玉醴金漿，交梨火棗，此則騰飛之藥，不比於金丹也。」

〔七〕宇縣：宇宙神州。指天下而言。《史記》（卷六）《秦始皇本紀》：「（二十九年）登之罘，刻石，其辭曰：『……大矣哉！宇縣之中。』」《集解》：「宇，宇宙。縣，赤縣。」《文選》（卷三十）謝朓《和伏武昌登孫權故城》：「聖期缺中壤，霸功興寓縣。」李善注：「《蒼頡篇》曰：『宇，邊也。』《説文》曰：『寓，籀文宇字也。』」

〔八〕九星冠：《藝文類聚》（卷六十七）《衣冠部·衣冠》：「《漢武内傳》曰：『上元夫人戴九星靈芝夜光之冠。』」

〔九〕總領：統領。《文選》（卷四十一）楊惲《報孫會宗書》：「總領從官，與聞政事。」玉童：仙童。參卷一《贈蘇明府》注〔二〕。坐南面：面朝南坐下。尊者的座位。《漢武帝内傳》：「王母曰：『是三天真皇之母，上元之官，統領十方玉女之名録者也。當二時許，上元夫人至，來時亦聞雲中簫鼓之聲。既至，從官文武千餘人，皆女子，年同十八九許，形容明逸，多服青色，光彩耀日，真靈官也。……上殿向王母拜，王母坐而止之，呼同坐，北嚮。』」

〔一〇〕要言：精妙的言論。此指修道成仙的至理。《漢武帝内傳》：「王母曰：『將告汝要言。我曾聞天王曰：夫欲長生者，宜先取諸身，但堅守三一，保爾旅族。……夫始欲修之，先營其氣，《太上真經》所謂行益易之道。益者，益精；易者，易形。能益能易，名上仙籍；不益不易，不離死厄。行益易者，謂常思靈寶也。靈者，神也；寶者，精也。』」

〔二〕焚香：燒香，以示求仙的虔誠。《漢武帝内傳》：「帝于是登延靈之臺，盛齋存道，其四方之事，權委於冢宰焉。至七月七日，乃修除宫掖之内，設座殿上，以紫羅薦地，燔百和之香，張雲錦之帳，燃九光之燈，設玉門之棗，酌蒲萄之酒，躬監肴物，爲天官之饌。」《漢武故事》：「上乃施帷帳，燒兜末香。香，兜渠國所獻也。香如大豆，塗宫門，聞數百里。關中嘗大疫，死者相繫，燒此香，死者止。」

〔三〕煉魄：道家修煉之法。道教認爲人有三魂七魄，采用煉制三魂七魄之法，去除「濁鬼」。《漢武帝内傳》：「王母曰：『……爲之一年易氣，二年易血，三年易脉，四年易肉，五年易髓，六年易筋，七年易骨，八年易髮，九年易形。形易則變化，變化則道成，道成則位爲仙。』」即屬此類修煉法。三尸：道教所謂人體中作祟的三種神，謂之三尸。要長生成仙，就要去三尸。《漢武帝内傳》：「解脱三尸，全身永久。」又云：「三尸狡亂，元白失時。」《神仙傳》（卷八）《劉根》：「神人曰：『必欲長生，先去三尸，三尸去則意志定，嗜欲除也。』」段成式《酉陽雜俎》（前集卷二）：「三尸一日三朝：上尸青姑，伐人眼；中尸白姑，伐人五臟；下尸血姑，伐人胃。」《雲笈七籤》（卷八十一）《三尸中經》條引《太上三尸中經》曰：「人之生也，皆寄形於父母胞胎，飽味於五穀精氣，是以人之腹中各有三尸九蟲，爲人大害……唯三尸遊走，名之曰鬼。……上尸名彭倨，在人頭中，伐人上分，……中尸名彭質，在人腹中，伐人五臟，……下尸名彭矯，在人足中，令人下關搔擾，……」又同卷《去三尸符法》條：「太上曰：『三尸九蟲能爲萬病，病人夜夢戰鬥，皆此蟲也。可以用桃板爲符，書三道埋於門閫下，即止矣。每以庚申日書帶之，庚子日吞之，三尸自去矣。』」

〔一三〕天皇：天帝。《文選》（卷十五）張衡《思玄賦》：「叫帝閽使闢扉兮，覿天皇于瓊宫。」李善注引舊注：「天皇，天帝也。」

〔一四〕董雙成：西王母侍女之一。《漢武帝内傳》：「于坐上酒觴數過，王母乃命侍女王子登彈八琅之璈，又命侍女董雙成吹雲龢之笙，又命侍女石公子擊崑庭之鍾，又命侍女許飛瓊鼓震靈之簧，侍女阮凌華拊五靈之石，侍女范成君擊洞庭之磬，侍女段安香作九天之鈞。于是衆聲澈朗，靈音駭空。」

〔一五〕雲和笙：即雲龢笙。相傳用雲和山的竹子製成的笙。《周禮·春官·大司樂》：「孤竹之管，雲和之琴瑟，雲門之舞，冬日至，於地上之圜丘奏之。……空桑之琴瑟，……龍門之琴瑟，……」鄭玄注：「孤竹，竹特生者；……雲和、空桑、龍門，皆山名。」

〔一六〕紅霞白日：形容早上太陽升起，彩霞滿天。儼：宛如，好像。據《漢武帝内傳》，西王母一行是七月七日「至二唱之後，忽天西南如白雲起，鬱然直來，徑趨宫庭間。……至明旦，王母别去」，可證此句所寫景象。并參本詩下注〔一九〕。

〔一七〕七龍五鳳紛相迎：謂神仙以盛大的儀仗迎回西王母。七龍五鳳，形容神獸仙禽極多。《西京雜記》（卷一）：「長安巧工丁緩者，爲常滿燈，七龍五鳳，雜以芙蓉蓮藕之奇。」

〔一八〕志驕神不悦：謂漢武帝驕縱豪奢，神仙西王母不高興。《漢武帝内傳》：「劉徹好道，適來視之，見徹了了，似可成進。然形慢神穢，腦血淫漏，五臟不淳，關胄彭勃，骨無津液，浮反外内，肉多精少，瞳子不夷，三尸狡亂，元白失時。語之至道，殆恐非仙才。」

〔一九〕嘆息馬蹄與車轍：意謂西王母離去升天，漢武帝對着她走後的馬蹄印迹和車轍痕迹而嘆息。含蓄地表明其學仙未成。《漢武故事》：「（西王）母既去，上惆悵良久。」《漢武帝内傳》：「于是夫人與王母同乘而去。臨發，人馬龍虎，威儀如初來時。雲氣勃蔚，盡爲香氣。極望西南，良久乃絶。」

〔二〇〕複道：宫殿之間互相連通的空中閣道。《史記》（卷六）《秦始皇本紀》：「秦每破諸侯，寫放其宫室，作之咸陽北阪上，南臨渭，自雍門以東至涇、渭，殿屋複道周閣相屬。」《史記》（卷九十九）《叔孫通列傳》：「孝惠帝爲東朝長樂宫，及閒往，數蹕煩人，乃作複道，方築武庫南。」《集解》：「韋昭曰：『閣道也。』如淳曰：『作複道，方始築武庫南。』」歌鐘：歌唱時敲擊之鐘。即古代的編鐘。《國語·晉語七》：「公錫魏絳女樂一八，歌鐘一肆。」韋昭注：「歌鐘，歌時通奏。肆，列也。凡懸鍾磬，全爲肆，半爲堵。」杳將暮：天將暮時鐘聲渺茫隱約，顯現出凄凉的景象。

〔二一〕深宫桃李花成雪：漢武帝的宫苑中桃李花一片凋殘零落的景象。亦暗示其學仙不成。《玉臺新詠》（卷十）范雲《别詩》：「洛陽城東西，長作經時别。昔去雪如花，今來花如雪。」

〔二二〕爲看：看。爲，無義。青玉五枝燈：一種裝飾精美的燈。《西京雜記》（卷三）：「高祖初入咸陽宫，周行庫府，金玉珍寶，不可稱言。其尤驚異者，有青玉五枝燈，高七尺五寸。作蟠螭，以口銜燈，燈燃，鱗甲皆動，焕炳若列星而盈室焉。」

〔二三〕蟠螭：盤曲的螭龍。螭龍，傳説中無角的龍。《後漢書》（卷五十九）《張衡傳》：「伏靈龜以負坻兮，亘螭龍之飛梁。」李賢注引《廣雅》：「無角曰螭龍。」光欲絶：燈光將要熄滅，黯淡無光的樣子。亦寫衰敗凄凉的景象。

【箋評】

漢武好大喜功，黷武嗜殺，而乃齋戒求仙，畢生不倦，亦可謂癡絶矣。李頎《王母歌》云：「武皇齋戒承華殿，端拱須臾王母見。」「手指玄梨使帝食，可以長生臨宇縣。」又云：「若能煉魄去三尸，後當見我天皇所。」觀武帝所爲，是能「煉魄去三尸」者乎？善哉！東坡之論也。「安期與羨門，乘龍安在哉？茂陵秋風客，勸爾麾一杯。帝鄉不可期，楚些招歸來。」言武帝非得仙之姿也。

（葛立方《韻語陽秋》卷十二）

李東川《王母歌》云：「若能煉魄去三尸，後當見我天皇所。」此二語，前人已言其寓意。然篇中

「複道歌鐘杳將暮，深宫桃李飛成雪」二句，復不讓少陵《麗人行》「楊花」、「青鳥」一聯也。東川句法之妙，在高、岑二家上。

（翁方綱《石洲詩話》卷一）

【按語】

此詩爲作者自擬題目的七言詩，唐人稱之爲「歌行」（可參看元稹《樂府古題序》、《文苑英華》中「歌行」類等）。後面的《鮫人歌》《絶纓歌》《彈棋歌》等，當也屬此類。

此詩屬于叙事詩。所寫的傳説故事，内容頗爲龐雜，而流傳却極廣。詩人的筆墨集中，即選取西王母降臨承華殿，向漢武帝傳授成仙之道一節來進行叙寫。詩人作了精心的組織剪裁，叙事、寫人、寫景都很完整有序，簡潔扼要。最後四句，以漢宫中豪奢富麗的景物中所顯現的衰頽淒凉的景象，極爲含蓄地表明了漢武帝學仙無成的結果，字裏行間，具有尖刻犀利的嘲諷挖苦，和深刻强烈的揭露批判的意義。從叙事藝術上説，它將初唐以來「四傑」和劉希夷、張若虚等人七言古詩的叙事性，進一步地化繁爲簡，從較爲充分地鋪陳展開轉變爲精簡概括，形成了新的特色，昭示了盛唐七言古詩的一個基本特徵。

此詩中對漢武帝求仙的虔誠，在西王母面前卑恭的形象，西王母對他的居高臨下訓導等情節的叙寫刻畫，都有故事的來源，看似只是平實地記叙而已，其實作者是以冷峻的態度來審視的，對其否定是很堅決的。這一點，結合作者在叙寫中所使用的一些詞語來看，就更爲顯豁了。詩中「端拱」、「手指」、「遺帝食」、「坐南面」、「今告汝」、「請此語」、「惜哉」、「嘆息」等詞或詞組，均有這樣的作用。

鮫人歌〔一〕

鮫人潛織水底居〔二〕，側身上下隨遊魚①〔三〕。輕綃文綵不可識〔四〕，夜夜澄波連月色②〔五〕。有時寄宿來城市〔六〕，海島青冥無極已〔七〕。泣珠報恩君莫辭〔八〕，今年相見明年期。始知萬族無不有〔九〕，百尺深泉架户牖〔一〇〕。鳥没空山誰復望〔一一〕，一望雲濤堪白首〔一二〕。

【校　記】

①「遊」下原注：「一作龍。」

②「連」下原注：「一作流。」

【注　釋】

〔一〕鮫人：古代神話傳説中有靈異的人魚。有關鮫人的故事，主要見於張華《博物志》、任昉《述異記》以及《搜神記》等書。此詩爲自立新題的歌行體七言古詩。

〔二〕鮫人潛織水底居：《新輯搜神記》（卷二十八）：「南海之外有鮫人，水居如魚，不廢績織。時從水中出，向人家寄住，積日賣綃。鮫人臨去，從主人索器，泣而出珠滿盤，以與主人。」

〔三〕側身上下隨遊魚：形容鮫人在水中如魚般地側身自由游動。參上注〔二〕「水居如魚」。

〔四〕輕綃：輕薄的紗絹。文綵不可識：謂花紋色彩華美多樣，爲人所罕見。

〔五〕澄波連月色：形容鮫人所織的素綃猶如澄澈的海水與皎潔的月色融匯在一起的樣態。任昉《述異記》（卷上）：「鮫人即泉先也，又名泉客。南海出鮫綃紗，泉先潛織，一名龍紗。其價百餘金，以爲入水不濡。南海有龍綃宮，泉先織綃之處，綃有白如霜者。」

〔六〕寄宿來城市：此爲詩人根據有關鮫人故事加以創造而成。除上注〔二〕所引《新輯搜神記》「向人家寄住」外，《太平御覽》（卷八〇三）引《博物志》云：「鮫人從水出，寓人家，積日賣綃。將去，從主人索一器，泣而成珠滿盤，以與主人。」

〔七〕青冥：形容鮫人居住的海島幽暗的環境。《文選》（卷四十六）任昉《王文憲集序》：「勖以丹霞之價，引以青冥之期。」

〔八〕泣珠報恩：參上注〔二〕〔六〕。莫辭：不要謝絶。

〔九〕萬族：萬類。概指世間的各種事物。《文選》（卷十六）江淹《別賦》：「別雖一緒，事乃萬族。」李善注：「孔安國《尚書傳》曰：『族，類也。』」

〔一〇〕深泉：深淵。此謂鮫人所居住的海底而言。唐人避高祖李淵諱，以「泉」代「淵」。架户牖：架設門户、窗子。猶言構造成房屋。由上注〔二〕「水居」、注〔五〕「龍綃宫」云云所産生的聯想和虚構。《文選》（卷十三）禰衡《鸚鵡賦》：「順籠檻以俯仰，窺户牖以踟躕。」李善注：「《説文》曰：『牖，穿壁以爲窗也。』」

〔一一〕空山：人迹罕至的深山。誰復望：如何可望，即不可望見。誰，何也。

〔一二〕雲濤：浩渺蒼茫的大海波濤。

【按語】

此詩所寫的鮫人故事，本是無法徵實的神話傳説，就像是李白詩所説的「海客談瀛洲，煙濤微茫信難求」一樣。本詩將《博物志》《述異記》《搜神記》有關鮫人的記述綜合起來創作，并且加以想像虚構，使故事情節更加完整，給人一種真實感。具體表現在詩的前八句。其一、三、五、七句，一句一個故事情節，可説都是從原故事擷取而來，屬徵實部分；而二、四、六、八句，則是一句一個景象（其中八句稍異），屬由原故事聯想虚構出來的。二者結合得天衣無縫，充實豐富了原故事。最後四句則是詩人就這一故事所生發的感慨，其重點不在其人其事的靈異，而在其人知恩圖報，誠信可靠；并感嘆兹事已成過去，難以再現，就像「鳥没空山」一樣無影無踪，所以令人遥望浩渺的滄海而爲之白頭矣。寫得既形象生動，又含蓄婉曲，餘韻雋永。

夏宴張兵曹東堂〔一〕

重林華屋堪避暑〔二〕，况乃烹鮮會佳客①〔三〕。主人三十朝大夫②〔四〕，滿座森然見矛戟〔五〕。北窗卧簟連心花〔六〕，竹裏蟬鳴西日斜。羽扇摇風却珠汗〔七〕，玉盆貯水割甘瓜③〔八〕。雲峰峨峨自冰雪〔九〕，坐對芳樽不知熱〔一〇〕。醉來但挂葛巾眠〔一一〕，莫道明朝有離别。

【校　記】

①「佳」劉本作「嘉」。

②「三十」劉本作「二十」。

③「盆」劉本、凌本作「盃」。

【注　釋】

〔一〕夏宴：夏天的宴會。審詩末句，宴會當是張兵曹爲詩人所設的餞别宴。張兵曹：當爲張説次子張垍。本書卷三另有《贈别張兵曹》，詩中張兵曹即張垍無疑。二詩當指同一人。參其詩注〔一〕。兵曹，官名。唐代三都（西都長安、東都洛陽、北都太原）皆設有兵曹司兵參軍事。張垍所任當爲東都的兵曹。《新唐書》（卷四十九下）《百官志》（下）：「兵曹司兵參軍事，掌武官選、兵甲、器仗、門禁、管鑰、軍防、烽候、傳驛、畋獵。」又云：「正七品下。」東堂：考張垍之父張説在東都洛陽康俗里有府第，此當即指其東堂。張説《府君墓志銘》：「（夫人）封長樂太君，夫人故藍田丞威之女也，享年七十有二。是歲十一月戊申，傾背於東都康俗里第。」張九齡《故開府儀同三司行尚書左丞相燕國公贈太師張公墓志銘》：「（張説之妻元氏）開元十九年，三月壬戌，薨於東都康俗里第。」

〔二〕重林：層層茂密的樹林。《文選》（卷二十七）江淹《望荆山》：「悲風橈重林，雲霞肅川漲。」華屋：高大華麗的房屋。《文選》（卷四十二）吴質《答東阿王書》：「塤簫激於華屋，靈鼓動於座右。」李善注：「《舞賦》曰：『燿華屋而熹洞房。』」

〔三〕況乃：表示更進一層之意。烹鮮：原意爲烹飪新鮮的魚，此即烹飪美味。參卷一《贈別穆元休》注〔三〕。

〔四〕主人：張兵曹，即張垍。三十朝大夫：謂在朝廷做官，甚爲得志。《周禮·秋官·朝大夫》：「朝大夫，掌都家之國治。」《玉臺新詠》（卷一）《日出東南隅行》：「十五府小吏，二十朝大夫，三十侍中郎，四十專城居。」

〔五〕森然：森嚴莊重貌。矛戟：矛和戟，古代的兩種兵器。戟是在前端鐵制的長刃上斜橫出小的尖刃的武器。古代的官吏根據品級高低，其府第門前以矛戟組成儀仗。此句謂賓客都是有品級的官員。《世説新語·賞譽》：「裴令公……見鍾士季，如觀武庫，但睹矛戟。」《新唐書》（卷四十八）《百官志》（三）：「凡戟，廟、社、宫、殿之門二十有四，東宫之門一十八，一品之門十六，二品及京兆、河南、太原尹、大都督、大都護之門十四，三品及上都督、中都督、上都護、上州之門十二，下都督、下都護、中州、下州之門各十。」

〔六〕北窗：陶淵明《與子儼等疏》：「常言五六月中，北窗下卧，遇凉風暫至，自謂是羲皇上人。」卧簟：卧榻上的竹席子。《説文·竹部》：「簟，竹席也。」連心花：并蒂的花朵。此处當指并蒂的蓮花。呼應「夏宴」。

〔七〕羽扇：以禽鳥的長羽毛製成的扇子。《西京雜記》（卷一）：「夏設羽扇，冬設繒扇。」珠汗：如珠的汗水。傅玄《雜詩》：「珠汗洽玉體，呼吸氣鬱蒸。」梁簡文帝蕭綱《初秋詩》：「羽翣晨猶動，珠汗晝恒揮。」

〔八〕玉盆：盆的美稱。甘瓜：即今之西瓜。《文選》（卷四十二）曹丕《與朝歌令吴質書》：「浮甘瓜於清泉，沈朱李於寒水。」

〔九〕雲峰：高聳入雲的山峰。峨峨：高峻貌。《楚辭·招魂》：「增冰峨峨，飛雪千里些。」《文選》（卷八）司馬相如《上林賦》：「九嵕巀嶭，南山峨峨。」自：本，本自。此句所寫，當是所謂夏冰，詩中形容其猶如高峻的山峰，嶙峋多姿。古代富貴之家冬天貯冰，夏天用以消暑。《周禮·天官·凌人》：「夏，頒冰掌事。」鄭玄注：「暑氣盛，王以冰頒賜，則主爲之。」唐代仍有此遺風。韋應物《冰賦》《夏冰歌》、劉乂《冰柱》等，都是例證。

〔一〇〕芳樽：酒杯子的美稱。借指美酒。《晉書》（卷四十九）《阮籍傳》：「史臣曰：……嵇、阮竹林之會，劉、畢芳樽之友。」劉孝綽《櫟口守風詩》：「華茵藉初卉，芳樽散緒寒。」

〔一一〕葛巾：參卷一《不調歸東川別業》注〔八〕。此句當活用陶淵明事。《宋書》（卷九十三）《陶潛傳》：「貴賤造之者，有酒輒設，潛若先醉，便語客：『我醉欲眠，卿可去。』其真率如此。郡將候潛，值其酒熟，取頭上葛巾漉酒，畢，還復著之。」

【箋　評】

此詩主旨，總言主人之賢與筵宴之美而已。開始總述，中間點明夏宴，夏宴用詳述。卧簟鳴蟬，雲峰冰雪，羽扇摇風，玉盆貯水，無不帶有凉意，宜客人之「坐對芳樽不知熱」也。筵宴之美如此，則主人之賢可知，蓋不待森然矛戟，而賓客已不能離席而去矣。言在此而意在彼，章法之妙，殊難擬議。此詩前後輝映，宛轉如循環，初學者最宜取法。

（劉寶和《李頎詩評注》）

【按　語】

此詩圍繞「堪避暑」來寫「夏宴」。它不僅在于主人設宴於「重林華屋」之中，自有高朗清爽之感；還在于「東堂」清幽的環境（「北窗」、「竹裏蟬鳴」）；更在于主人準備了衆多的消暑降温的用具和食物，如并蒂卧簟、摇風羽扇、玉盆貯水、時令甘瓜、冰雪雲峰等等，它們都讓人感覺到絲絲凉爽之意，最終達到了「坐對芳樽不知熱」的效果。惟其如此，客人們纔會不惜一醉，快意當前，而不念及明朝的離别。這樣，主人待客的殷勤周到，客人的盡情豪飲，就都在不言之中了。

同張員外諲詶答之作①〔一〕

洛中高士日沈冥〔二〕，手自灌園方帶經②〔三〕。王湛床頭見《周易》〔四〕，長康傳裏好丹青③〔五〕。
鷁冠葛屨無名位④〔六〕，博弈賦詩聊遣意⑤〔七〕。清言只到衛家兒⑥〔八〕，用筆能誇鍾太尉⑦〔九〕。
東籬二月種蘭蓀〔一〇〕，窮巷人稀鳥雀喧〔一一〕。聞道郎官問生事〔一二〕，肯令鬢髮老柴門〔一三〕。

【校　記】

① 劉本無「張」字。「諲」前劉本有「王」字。

② 「方」畢本作「還」。

③ 「長」劉本、活字本、黄本、凌本作「張」。

④ 「葛屨」劉本作「草履」。

⑤「遣」劉本作「遺」。

⑥「只」畢本作「不」。

⑦「誇」凌本作「跨」。

【注釋】

〔一〕同：和。酬答他人的詩作。張員外諲：張諲曾官刑部員外郎，故稱。參卷一《臨别送張諲入蜀》注〔一〕。此詩當是李頎在天寶中張諲罷刑部員外郎，再返回少室舊居後所作。

〔二〕洛中：指唐代東京洛陽。高士：即指張諲。張諲早年及罷官後都曾隱居少室山，此處距洛陽頗近，故稱其爲「洛中高士」。沈冥：藏身不露，没有形迹之謂也。揚雄《法言》（卷九）《問明》：「蜀莊沈冥，蜀莊之才之珍也，不作苟見，不治苟得，久幽而不改其操，雖隨、和何以加諸？」李軌注：「蜀人，姓莊，名遵，字君平。沈冥猶玄寂，泯然無迹之貌。是故成、哀不得而利之，王莽不得而害之。」

〔三〕手自：親手，親自。灌園：澆灌園圃。《史記》（卷八十三）《鄒陽列傳》：「是以孫叔敖三去相而不悔，於陵子仲辭三公爲人灌園。」《集解》：「《列士傳》曰：『楚於陵子仲，楚王欲以爲相，而不許，爲人灌園。』」《漢書》（卷六十六）《楊惲傳》：「是故身率妻子，戮力耕桑，灌園治産，以給公上。」方：且也。帶經：帶着經書。經，經典書籍。

〔四〕王湛：晉代玄學家。《晉書》（卷七十五）《王湛傳》：「王湛字處冲，司徒渾之弟也。……初有隱德，人莫能知，兄弟宗族皆以爲癡，其父昶獨異焉。……兄子濟輕之，所食方丈盈前，不以及湛。湛命取菜蔬，對而食之。濟嘗詣湛，見牀頭有《周易》，問曰：『叔父何用此爲？』湛曰：『體中不佳時，脱復看耳。』濟請言之。湛因剖析玄理，微妙有奇趣，皆濟所未聞也。濟才氣抗邁，於湛略無子侄之敬。既聞其言，不覺慄然，心形俱肅。」

〔五〕長康：顧愷之（三四九？—四一〇？），字長康，小字虎頭。晉陵無錫（今江蘇省無錫市）人，東晉畫家、詩人、辭賦家。世有才絶、畫絶、癡絶之稱。《晉書》（卷九十二）《顧愷之傳》：「顧愷之字長康，晉陵無錫人也。……尤善丹青，圖寫特妙，謝安深重之，以爲有蒼生以來未之有也。愷之每畫人成，或數年不點目精。人問其故，答曰：『四體妍蚩，本無闕少於妙處，傳神寫照，正在阿堵中。』……每寫起人形，妙絶於時，嘗圖裴楷象，頰上加三毛，觀者覺神明殊勝。……愷之嘗以一厨畫糊題其前，寄桓玄，皆其深所珍惜者。玄乃發其厨後，竊取畫，而緘閉如舊以還之，紿云未開。愷之見封題如初，但失其畫，直云妙畫通靈，變化而去，亦猶人之登仙，了無怪色。」丹青：本是古代繪畫的顔料，後即指繪畫。

〔六〕鶡（hé）冠：鶡鳥羽毛做成的帽子。《漢書》（卷三十）《藝文志》：「《鶡冠子》一篇。楚人，居深山，以鶡爲冠。」顔師古注：「以鶡鳥羽爲冠。」《文選》（卷五十四）劉峻《辯命論》：「至於鶡冠甕牖，必以懸天有期；鼎貴高門，則曰唯人所召。」李善注：「《七略》：『鶡冠子者，蓋楚人也，常居深山，以鷸爲冠，故曰鷸冠。』」葛屨：以葛藤編織成的履。《詩經・齊風・南山》：「葛屨五兩，冠緌雙止。」《毛傳》：「葛屨，服之賤者。」名位：名譽和地位。《左傳・莊公十八年》：「王命諸侯，名位不同，禮亦異數。」

〔七〕博弈：六博和圍棋。古代的兩種游戲。《論語・陽貨》：「飽食終日，無所用心，難矣哉！不有博弈者乎？爲之，猶賢乎已。」《漢書》（卷九十二）《陳遵傳》：「祖父遂，字長子，宣帝微時與有故，相隨博弈，數負進。」顔師古注：「博，六博。弈，圍棋也。」《説文・収部》：「弈，圍棋也。《論語》曰：『不有博弈者乎？』」《楚辭・招魂》：「菎蔽象棋，有六簙些。」王逸注：「投六箸，行六棋，故爲六簙也。」《後漢書》（卷三十四）《梁冀傳》：「性嗜酒，能挽滿、彈棋、格五、六博、蹴鞠、意錢之戲。」李賢注：「《楚詞》曰：『琨蔽象棋有六博。』王逸注云：『投六箸，行六棋，故云六博。』鮑宏《博經》曰：『用十二棋，六棋白，六棋黑。所擲頭謂之瓊。瓊有五采，刻爲一畫者謂之塞，刻爲兩畫者謂之白，刻爲三畫者爲之黑，一邊不刻者五塞之間，謂之五塞。』」遣意：排解閑逸的意緒。

〔八〕清言：魏晉時期的清談謂之清言。主旨是崇尚老莊思想，摒棄世務，競談玄遠的道理。《晋書》（卷五十）《郭象傳》：「郭象字子玄，少有才理，好《老》《莊》，能清言。」只到：總到，盡到。衛家兒：衛玠，晋人，善清談。《晋書》（卷三十六）《衛瓘傳》附《衛玠傳》：「玠字叔寶，年五歲，風神秀異。……及長，好言玄理。……遇有勝日，親友時請一言，無不咨嗟，以爲入微。琅邪王澄有高名，少所推服，每聞玠言，輒嘆息絶倒。故時人爲之語曰：『衛玠談道，平子絶倒。』澄及王玄、王濟并有盛名，皆出玠下，世云『王家三子，不如衛家一兒。』」

〔九〕用筆：運筆，此指書法而言。《三國志・魏書・劉劭傳》：「光禄大夫京兆韋誕。」裴松之注引《文章叙録》曰：「師宜官爲大字，邯鄲淳爲小字。梁鵠謂淳得次仲法，然鵠之用筆盡其勢矣。」鍾太尉：三國時曹魏鍾繇，官至太尉，大書法家。《三國志・魏書・鍾繇傳》：「鍾繇字元常，潁川長社人也。……文帝即王位，復爲大理。及踐阼，改爲廷尉，進封崇高鄉侯。遷太尉，轉封平陽鄉侯。」張懷瓘《書斷》（卷中）：「魏鍾繇，字元常，潁川長社人。……繇善書，師曹喜、蔡邕、劉德升。真書絶世，剛柔備焉。點畫之間，多有異趣。可謂幽深無際，古雅有餘。秦、漢以來，一人而已。」

〔一〇〕東籬：即指籬笆而言。古人常以竹、木在庭院周圍築成籬笆以護持房屋。陶淵明《飲酒二十首》（其五）：「采菊東籬下，悠然見南山。」蘭蓀：蘭與蓀均香草名。《楚辭・九歌・湘君》：「薜荔柏兮蕙綢，蓀橈兮蘭旌。」王逸注：「蓀，香草也。」《文選》（卷三十）沈約《和謝宣城》：「昔賢侔時雨，今守馥蘭蓀。」

〔一一〕窮巷：僻巷，深巷。《淮南子・修務訓》：「段干木不趨勢利，懷君子之道，隱處窮巷，聲施千里。」陶淵明《飲酒二十首》（其五）：「結廬在人境，而無車馬喧。……山氣日夕佳，飛鳥相與還。」《讀〈山海經〉十三首》（其一）：「衆鳥欣有托，吾亦愛吾廬。」與此句意境相近。

〔二〕聞道：聽説。參前《古從軍行》注〔九〕。郎官：秦、漢以來，郎官泛指朝廷官吏。唐代三省六部均有侍郎、郎中、員外郎，也有郎官之稱。《後漢書》（卷二）《明帝紀》：「（帝）謂群臣曰：『郎官上應列宿，出宰百里，有非其人，則民受其殃，是以難之。』」李賢注：「《史記》曰，太微宫後二十五星，郎位也。」問：慰問，探望。生事：生計。

〔三〕肯令：豈能使得。鬢髮：蒼顔白髮。柴門：柴木做成的簡陋的門。曹植《梁甫行》：「柴門何蕭條，狐兔翔我宇。」

【箋　評】

譚謝官隱居，行徑自高。故此詩只着重寫「高士」二字。耽《周易》如王湛，好丹青似長康，事清言同衛玠，論用筆等鍾繇，是高士之事；種蘭蓀以養德，灌園圃而帶經，日沉冥而自樂，履葛屨而無名，是高士之行。然則有才如此，豈能不爲世用？故末即以「郎官問生事」期之，蓋不欲其隱居以終老耳。

（劉寶和《李頎詩評注》）

【按　語】

此詩塑造友人張諲罷官隱退的「高士」形象，在李頎爲數衆多的人物素描詩裏别具一格。詩人將筆下友人的多才多藝與其貧儉清雅的隱居生活結合起來敘寫，交錯展開，從而將其博學卓識的深厚修養和安貧樂道的精神世界，充分地揭示了出來，「高士」的形象也就很充實豐滿了。李頎、張諲共同的朋友王維，曾有《故人張諲工詩善易卜兼能丹青草隸頃以詩見贈聊獲酬之》一詩，僅從詩題上就可知張諲的多才多藝。這些，在李頎的詩中都以歷史上著名人士的故實進行了擬議和贊美，顯得更爲生動形象，情韻濃厚。除此以外，李頎在詩中還寫到友人有嚴遵「沈冥」的性情，衛玠「清言」的才智，以及善于「博弈」的風期，使本詩成爲塑造張諲的形象最爲全面的作品。

欲之新鄉答崔顥綦毋潛①〔一〕

數年作吏家屢空〔二〕，誰道黑頭成老翁②〔三〕。男兒在世無産業〔四〕，行子出門如轉蓬〔五〕。吾屬交歡此何夕〔六〕，南家擣衣動歸客〔七〕。銅爐將炙相歡飲〔八〕，星宿縱横露華白〔九〕。寒風卷葉度滹沱〔一〇〕，飛雪布地悲峨峨③〔一一〕。孤城日落見棲鳥，馬上時聞漁者歌〔一二〕。明朝東路把君手④〔一三〕，臘日辭君期歲首〔一四〕。自知寂寞無去思〔一五〕，敢望縣人致牛酒〔一六〕。

【校　記】

①「顥」劉本作「灝」。劉本無「潛」字。

②「誰」劉本、活字本、凌本作「雖」。

③「布」下原注：「一作覆。」劉本作「覆」。「峨峨」劉本作「蛾蛾」。

④「把」凌本作「我」。

【注釋】

〔一〕欲之：將要前往。新鄉：唐代縣名（今河南省新鄉市）。《新唐書》（卷三十九）《地理志》（三）《河北道》：「衛州，新鄉縣。」《元和郡縣圖志》（卷十六）《河北道》（一）：「衛州汲郡，新鄉縣。」崔顥：生年不詳，卒於七五四年。郡望博陵，汴州（今河南省開封市）人。開元十一年進士及第，二十四年至二十九年間官許州扶溝縣尉，後曾任監察御史、太僕寺丞、司勛員外郎等職。他的《黃鶴樓》詩被嚴羽評爲唐人七律之首。生平事迹參《舊唐書》（卷一九〇下）、《新唐書》（卷二〇三）本傳、《唐詩紀事》（卷二十一）、《唐才子傳校箋》（卷一）。綦毋潛：參卷一《送綦毋三謁房給事》注〔一〕。

〔二〕作吏：做小官。《文選》（卷四十三）嵇康《與山巨源絶交書》：「遊山澤，觀魚鳥，心甚樂之。一行作吏，此事便廢。」家屢空：謂家無餘財，常匱乏也。《論語·先進》：「回也其庶乎？屢空。」何晏《集解》：「言回庶幾聖道，雖數空匱而樂在其中。」《文選》（卷二十六）陶淵明《始作鎮軍參軍經曲阿作》：「被褐欣自得，屢空常晏如。」劉良注：「屢空，謂貧無財也。」

〔三〕誰道：哪裏料到。

〔四〕産業：田宅財貨。《文選》（卷二十一）左思《咏史八首》（其七）：「陳平無産業，歸來翳負郭。」

〔五〕行子：行客，游子。《文選》（卷二十八）鮑照《東門行》：「居人掩閨卧，行子夜中飯。」轉蓬：蓬草根淺，遇風被吹起，隨風旋轉，故名。曹操《却東西門行》：「田中有轉蓬，隨風遠飄揚。」《文選》（卷二十九）曹植《雜詩六首》（其二）：「轉蓬離本根，飄飖隨長風。」李善注引《説苑》曰：「魯哀公曰：『秋蓬惡其本根，美其枝葉，秋風一起，根本拔矣。』」

〔六〕吾屬（shǔ）：吾輩，我等。《史記》（卷七）《項羽本紀》：「唉！豎子不足與謀，奪項王天下者，必沛公也。吾屬今爲之虜矣。」交歡：彼此之間結成友好。《史記》（卷九十七）《酈生陸賈列傳》：「君何不交歡太尉，深相結。」何夕：意謂今夕。《詩經·唐風·綢繆》：「今夕何夕，見此良人。」鄭玄箋：「今夕何夕者，言此夕何月之夕乎？」

〔七〕南家：南面鄰近的人家。泛指鄰居。《吕氏春秋·恃君覽·召類》：「士尹池爲荆使於宋，司城子罕觴之。南家之墻，犨於前而不直；西家之潦，徑其宫而不止。士尹池問其故。司馬子罕曰：『南家，工人也，爲鞔者也。』」搗衣：參卷一《題盧道士房》注〔二〕。動歸客：牽動了游子思歸的情感。

〔八〕銅爐：當指銅製的烤爐之類的炊具。炙：烤肉。《説文·炙部》：「炙，炮肉也。從肉在火上。凡炙之屬皆從炙。」歡飲：歡樂的宴飲。《韓詩外傳》（卷七）：「於是（楚莊）王遂與群臣歡飲，乃罷。」

〔九〕星宿：天上的群星。露華：晶瑩的露水。

〔一〇〕滹沱：河名，在今河北省西南部。古今河道變化極大。古稱虖池。《周禮·夏官·職方氏》：「正北曰并州，……其川虖池。」《漢書》（卷二十八下）《地理志》（下）：「代郡鹵城縣，虖池河東至參户入虖池別，過郡九，行千三百四十里，并州川。從河東至文安入海，過郡六，行千三百七十里。」

〔一一〕峨峨：盛多貌，高峻貌。《文選》（卷十九）宋玉《神女賦》：「其狀峨峨，何可極言。」飛雪峨峨，《楚辭·招魂》：「增冰峨峨，飛雪千里些。」

〔一二〕漁者歌：酈道元《水經注·江水·三峽》：「故漁者歌曰：『巴東三峽巫峽長，猿鳴三聲淚沾裳。』」

〔一三〕東路：指城東的路。當指洛陽城。把手：互相握住手以示親密友好。《説苑》（卷十一）《善説》：「於是也，楚大夫莊辛過而説之，遂造托而拜謁起立曰：『臣願把君之手，其可乎？』」

〔一四〕臘日：南朝梁宗懔《荆楚歲時記》：「十二月八日爲臘日。」《初學記》（卷四）《臘》條引《風俗通》曰：「夏曰清祀，殷曰嘉平，周曰大蜡，漢曰臘。臘者獵也，因獵取獸以祭。」歲首：指農曆正月。《史記》（卷二十八）《封禪書》：「夏，漢改曆，以正月爲歲首，而色上黄，官名更印章以五字，爲太初元年。」

〔一五〕寂寞：自謂官况凄凉，實指爲官没有政績。無去思：没有離任後因有善政而被當地人所懷念。《漢書》（卷八十六）《何武傳》：「武爲人仁厚，好進士，獎稱人之善。爲楚内史厚兩龔，在沛郡厚兩唐，及爲公卿，薦之朝廷。……其所居亦無赫赫名，去後常見思。」

〔一六〕敢望：豈敢期望。縣人：本縣的人。此指新鄉縣人民。致牛酒：以牛和酒作爲饋贈的禮物。《戰國策·齊策六》：「（齊襄王）乃賜（田）單牛酒，嘉其行。」《史記》（卷九十二）《淮陰侯列傳》：「方今爲將軍計，莫如案甲休兵，鎮趙撫其孤，百里之内，牛酒日至，以饗士大夫醳兵。」

【箋　評】

杜子美身遭離亂，復迫衣食，足迹幾半天下。自少時遊蘇及越，以至作諫官，奔走州縣，既皆載北游詩矣。其後《贈韋左丞》詩云：「今欲東入海，即將西去秦。」則自長安之齊魯也。《贈李白》詩云：「亦有梁宋遊，方期拾瑶草。」則自東都之梁宋也。《發同谷縣》云：「賢有不黔突，聖有不暖席。始來兹山中，休駕喜地僻。奈何迫物累，一歲四行役。」則自隴右之劍南也。《留别章使君》云：「終作適荆蠻，安排用莊叟。隨雲拜東皇，挂席上南斗。」則自蜀之荆楚也。夫士人既無常産，爲飢所驅，豈免仰給於人，則奔走道途，亦理之常爾。王建云：「一年十二月，强半馬上看圓缺。百年歡樂能幾何，在家見少行見多。不緣衣食相驅遣，此身誰願長奔波。」李頎亦云：「男兒在世無産業，行子出門

如轉蓬。」皆爲此也。（葛立方《韻語陽秋》卷二十）

（首句）譚云：「妙吏。」（十一至十二句）鍾云：「幽亮。」（十五句）鍾云：「要『去思』何用。」譚云：「『自知寂寞』四字，嘲笑世情，妙，妙！見今世有「去思」者，皆熱官耳。」

（鍾惺、譚元春《唐詩歸》卷十四）

唐云：「微官冷遷，摹寫極徹。」（唐汝詢《彙編唐詩十集》壬集）

《欲之新鄉》　頎爲新鄉令，在衛州汲郡。此篇澀。「吾屬」句接有痕。

（方東樹《昭昧詹言》卷十二）

古今人誦之心惻。（邢昉《唐風定》卷八）

《國秀集》目録卷下作「新鄉尉李頎」，此爲唐人記李頎曾仕新鄉尉之最早亦即唯一之記載。頎詩有《欲之新鄉答崔顥綦毋潛》（《全唐詩》卷一三三），中云：「數年作吏家屢空，誰道黑頭成老翁。男兒在世無産業，行子出門如轉蓬。吾屬交歡此何夕，南家搗衣動歸客。」又殷璠《河嶽英靈集》卷上李頎評，有「惜其偉才，只到黃綬」語，似頎之仕歷亦僅止於縣尉。但其仕新鄉尉之時間則未可確考，其詩云「數年作吏家屢空，誰道黑頭成老翁」，則仕新鄉尉似已過中年。今略可考知開元末、天寶初頎之行迹大致在長安、洛陽兩地，則其爲新鄉尉或在進士及第後數年間。

（傅璇琮主編《唐才子傳校箋》卷二《李頎》）

箋云：「《國秀集》目録卷下作『新鄉尉李頎』，此爲唐人記李頎曾仕新鄉尉之最早亦即唯一之記載。」按《千唐志齋藏志》九二三《李湍墓志》：「公始以經術擢第，署滑州匡城尉，次補瀛州樂壽丞。……酷好寓興，雅有風骨。時新鄉尉李頎、前秀才岑參皆著盛名於世，特相友重。」湍乾元元年卒，終官樂壽丞。志稱岑參爲秀才，當在參天寶三載及第前，頎官新鄉尉亦當在此年前後。

（傅璇琮主編《唐才子傳校箋·補正》卷二《李頎》）

起言「數年作吏」，中言「歸客」，末言無恩而民人不會有「去思」，則知詩并非作于赴新鄉尉時，而爲棄官之作，詩題「之」必爲「去」之誤。又李頎家鄉東川（今河南登封）在新鄉西南，而詩言「明朝東路把君手」，則知其去官與歸隱間有東游之舉。李頎開元二十三年及第後一度任中朝校書郎一類微職（《緩歌行》），其任新鄉尉當在開元二十四年或略後，未滿去官，則其東游當在開元二十五年或稍後。

（趙昌平《盛唐北地士風與崔顥李頎王昌齡三家詩》，見氏著《趙昌平自選集》）

【按語】此詩確切的作年無法考定。近些年來，有的學者認爲李頎「爲新鄉尉或在進士及第後數年間」

（《唐才子傳校箋》卷二《李頎》），李頎于開元二十三年（七三五）進士及第，則其任新鄉尉當在開元末至天寶初數年間。譚優學先生《李頎行年考》（見氏著《唐詩人行年考》）則將李頎官新鄉尉徑定于開元二十三年至二十九年間，也可成一説。也有人認爲李「頎官新鄉尉亦當在此年（案指天寶三載）前後」，或云李頎「任尉應爲天寶間事」（參《唐才子傳校箋·補正》卷二）。總之，李頎官新鄉尉大致在開元後期至天寶十載以前是可以確定的，此詩當然寫作於這段時間之内。由此又引出來一個問題，即此詩是李頎前往就任新鄉尉時還是將要離職時所作呢？學者們傾向於後一種情況爲多。譚優學先生從詩的首二句推定，此詩當爲開元二十九年作，「頎自二十三年尉新鄉，至今六載，與詩意合。又久不遷調，忿激之情，兹篇可見」。趙昌平先生也認爲：「知詩并非作於赴新鄉尉時，而爲棄官之作，詩題『之』必爲『去』之誤。」就文本來看，他們的説法確實是有道理的。

此詩在寫作上頗有特色。在節次上，四句一韻，一韻一意，層層展開，既整齊有序又富於變化，有明顯的「初唐體」的特點。首四句自嘆沉淪落魄，窮困潦倒；次四句則寫朋友間盡情「歡飲」，但又以「搗衣動歸客」爲詩末打下伏筆；又次四句則寫行途中的艱辛愁苦，妙在將游子面對「寒風」、「飛雪」的凄凉時，又與看到「栖鳥」，聽到「漁者歌」的安閑逸樂的情景，形成鮮明的對照，從而將游子之悲更加强烈地表現了出來。末四句表達惜别之情外，作者慨嘆自己無恩于民，自然不敢奢望人民對自己的嘉惠，更不敢期待離去後人民的「去思」，看來有辭官歸隱的念頭。如果這樣的疏解不誤的話，則認爲此詩當作於作者即將辭官回鄉之前，是有比較充分的理由的。總之，這是一首「士不遇」

主題的詩篇。

答高三十五留别便呈于十一〔一〕

累薦賢良皆不就〔二〕，家近陳留訪耆舊〔三〕。韓康雖復在人間〔四〕，王霸終思隱巖竇①〔五〕。清泠池水灌園蔬②〔六〕，萬物滄江心澹如③〔七〕。妻子歡同五株柳④〔八〕，雲山老對一床書⑤〔九〕。昨日公車見三事〔一〇〕，明君賜衣遣爲吏〔一一〕。懷章不使郡邸驚〔一二〕，待詔初從闕庭至⑥〔一三〕。散誕由來自不羈〔一四〕，低頭授職爾何爲〔一五〕。故園壁挂烏紗帽〔一六〕，官舍塵生白接䍦〔一七〕。寄書寂寂於陵子〔一八〕，蓬蒿没身胡不仕⑦〔一九〕。藜羹被褐環堵中⑧〔二〇〕，歲晚將貽故人耻〔二一〕。

【校記】

①「巖」劉本作「言」。「竇」凌本作「岫」。

②「泠」原作「冷」，據劉本、凌本改。

③「澹」畢本作「淡」。

④「五」劉本、凌本作「數」。

⑤「老」下原注：「一作元。」「對」凌本作「樹」。

⑥「庭」百家詩本作「裏」。
⑦「胡」劉本、凌本作「故」。
⑧「藜羹」劉本、凌本作「羹藜」。

【注釋】

〔一〕高三十五：高適，參卷一《贈別高三十五》注〔一〕。于十一：于逖。岑仲勉《唐人行第録》：「于十一逖，《太白集》（一五）《留別于十一兄逖裴十三遊塞垣》，參王琦注。《全（唐）詩》二函李頎《答高三十五留別便呈于十一》。」宋計有功《唐詩紀事》（卷二十七）《于逖》條云：「獨孤及、李白皆有詩贈之，蓋天寶間詩人也。」據唐人詩文所述，于逖是一位久居大梁（今河南省開封市），落拓而未仕的文人。李白《留別于十一兄逖裴十三遊塞垣》詩云：「于公白首大梁野，使人悵望何可論。」元結《篋中集序》：「自沈公（千運）及二三子（于逖、王季友、孟雲卿等人），皆以正直而無禄位，皆以忠信而久貧賤，皆以仁讓而至喪亡。」蕭穎士《蓮蕊散賦序》：「予同生繼夭，憯戚所萃。己未歲夏六月，旅寄韋城，憂傷感疾，腫生於左脇之下，彌旬不愈，楚痛備至。友生于逖、張南容在大梁聞之，以言於方牧李公。公，予之舊知也。」李頎此詩當作于天寶八載秋，與卷一《贈別高三十五》爲同時之作。本年，高適之任封丘縣尉，過洛陽，李頎作詩贈別，高適則作《留別鄭三韋九兼洛下諸公》酬答，李頎再賦此詩以致意。

〔二〕薦賢良：薦舉賢能俊良的人材。這是漢代吸納賢才的一項政策措施。《漢書》（卷六）《武帝紀》：「建元元年冬十月，詔丞相、御史、列侯、中二千石、二千石、諸侯相舉賢良方正直言極諫之士。」《後漢書》（卷八十三）《逸民傳》：「法真字高卿，扶風郿人，……辟公府，舉賢良，皆不就。」

〔三〕陳留：古地名，唐時陳留郡（汴州），即今河南省開封市。《漢書》（卷二十八上）《地理志》（上）：「陳留郡，武帝元狩元年置。」顔師古注：「孟康曰：『留，鄭邑也，後爲陳所并，故曰陳留。』臣瓚曰：『宋亦有留，彭城留是也。留屬陳，故稱陳留也。』師古曰：『瓚説是也。』」《元和郡縣圖志》（卷七）《河南道》（三）：「汴州，陳留，今爲汴宋節度使理所。」家近陳留：據周勛初先生《高適年譜》云：「（高適）二十歲左右至五十歲之前，則在商丘安家。中間數次客游，後仍回宋中居住，且出仕之時亦在睢陽郡也。」即高適長期家於宋州。宋州正與陳留相鄰，故詩云「家近」。《元和郡縣圖志》（卷七）《河南道》（三）：「宋州，睢陽，《禹貢》豫州之域。即高辛氏之子閼伯所居商丘，今州理是也。」耆舊：宿老故舊，年老德高的長者。《漢書》（卷七十八）《蕭望之傳》附《蕭育傳》：「上以育耆舊名臣，乃以三公使車載入殿中受策。」陳留一帶，歷史悠久，耆舊享有盛名，陶宗儀《説郛》（一百二十卷）本録有蘇林撰《陳留耆舊傳》一卷，可參。

〔四〕韓康：《後漢書》（卷八十三）《逸民傳》：「韓康字伯休，一名恬休，京兆霸陵人。家世著姓。常采藥名山，賣於長安市。口不二價，三十餘年。時有女子從康買藥，康守價不移。女子怒曰：『公是韓伯休那？乃不二價乎？』康嘆曰：『我本欲避名，今小女子皆知有我，何用藥爲？』乃遁入霸陵山中。博士公車連徵不至。桓帝乃備玄纁之禮，以安車聘之。使者奉詔造康，康不得已，乃許諾。辭安車，自乘柴車，冒晨先使者發。至亭，亭長以韓徵君當過，方發人牛脩道橋。及見康柴車幅巾，以爲田叟也，使奪其牛。康即釋駕與之。有頃，使者至，奪牛翁乃徵君也。使者欲奏殺亭長。康曰：『此自老子與之，亭長何罪！』乃止。康因中道逃遁，以壽終。」

〔五〕王霸：《後漢書》（卷八十三）《逸民傳》：「王霸字儒仲，太原廣武人也。少有清節。及王莽篡位，棄冠帶，絶交宦。建武中，徵到尚書，拜稱名，不稱臣。有司問其故，霸曰：『天子有所不臣，諸侯有所不友。』司徒侯霸讓位於霸。閻陽毀之曰：『太原俗黨，儒仲頗有其風。』遂止。以病歸。隱居守志，茅屋蓬户。連徵不至，以壽終。」巖竇：巖穴，山崖下的洞穴。《文選》（卷三十四）曹植《七啓八首》（其五）：「予耽巖穴，未暇此居也。」李善注：「巖穴，隱者所居。《黄石公記》曰：『主聘巖穴，事乃得實也。』」

〔六〕清泠池：在宋州宋城縣，即在今河南省商丘市。《元和郡縣圖志》（卷七）《河南道》（三）：「宋州宋城縣，清泠池，在縣東二里。」《太平寰宇記》（卷十二）《河南道》（十二）：「宋州宋城縣，清泠池，在縣東北二里。梁孝王故宫有釣臺，謂之清泠臺。今號清泠池。」灌園：澆灌園圃。參前《同張員外諲酬答之作》注〔三〕。

〔七〕萬物：指世間的一切事物。滄江：澄澈的江水。澹如：淡泊貌。《晉書》（卷六十五）《王導傳》：「及劉隗用事，導漸見疏遠，任真推分，澹如也。」此句謂對待世間萬物很淡薄，就像滄江水一樣澄澈明净。

〔八〕五株柳：用陶淵明曾作《五柳先生傳》事。蕭統《陶淵明傳》：「陶淵明字元亮，或云潛字淵明，潯陽柴桑人也。……嘗著《五柳先生傳》以自况。曰：『先生不知何許人也，不詳姓字，宅邊有五柳樹，因以爲號焉。閑静少言，不慕榮利。好讀書，不求甚解，每有會意，欣然忘食。性嗜酒，而家貧不能恒得。親舊知其如此，或置酒招之。造飲輒盡，期在必醉，既醉而退，曾不吝情去留。環堵蕭然，不蔽風日，短褐穿結，簞瓢屢空，晏如也。嘗著文章自娱，頗示己志。忘懷得失，以此自終。』時人謂之實録。……其妻翟氏，亦能安勤苦，與其同志。」《南史》（卷七十五）《隱逸傳》（上）《陶潛傳》：「其妻翟氏，志趣亦同，能安苦節，夫耕於前，妻鋤於後云。」

〔九〕雲山：雲霧蒼茫的山峰。謂隱者所居之處。一床書：几案上堆滿了書籍。謂隱士閑居，以讀書爲務。《漢書》（卷八十七上）《揚雄傳》（上）：「雄少而好學，……默而好深湛之思，清静亡爲，少耆欲，不汲汲於富貴，不戚戚於貧賤，不修廉隅以徼名當世。家産不過十金，乏無儋石之儲，晏如也。」又（卷八十七下）《揚雄傳》（下）：「哀帝時，丁、傅、董賢用事，諸附離之者或起家至二千石。時雄方草《太玄》，有以自守，泊如也。」庾信《寒園即目》：「遊仙半壁畫，隱士一床書。」盧照鄰《長安古意》：「寂寂寥寥揚子居，年年歲歲一床書。」

〔一〇〕公車：漢代官署名，主管天下上書言事及徵召事宜。《漢書》（卷六十五）《東方朔傳》：「朔文辭不遜，高自稱譽，上偉之，令待詔公車。」顏師古注：「公車令屬衛尉，上書者所詣也。」《後漢書》（卷三十七）《丁鴻傳》：「賜御衣及綬，稟食公車，與博士同禮。」李賢注：「公車，署名，公車所在，因以名。諸待詔者，皆居以待命，故令給食焉。」三事：三公。周代以太師、太傅、太保爲三公。西漢以太尉、丞相、御史大夫爲三公。東漢以太尉、司徒、司空爲三公。唐代沿襲東漢制度。《詩經·小雅·雨無正》：「三事大夫，莫肯夙夜。」孔穎達疏：「故知三事大夫唯三公耳。」《漢書》（卷七十三）《韋玄成傳》：「天子我監，登我三事。」顏師古注：「三事，三公之位，謂丞相也。」此句指高適受張九臯之薦赴京應制舉有道科事。參《舊唐書》（卷一一一）《高適傳》、晁公武《郡齋讀書志》（卷十七）。

〔一一〕賜衣：唐代官員均由朝廷按品級頒發官服。《新唐書》（卷二十四）《車服志》：「群臣之服二十有一。」《舊唐書》（卷四十五）《輿服志》：「貞觀四年又制：三品已上服紫，五品以下服緋，六品、七品服緑，八品、九品服以青，帶以鍮石。」遣爲吏：指高適被朝廷任命爲封丘縣尉。《元和郡縣圖志》（卷七）《河南道》（三）：「汴州，封丘縣，緊。」屬上縣。《唐六典》（卷三十）：「諸州上縣，令一人，從六品上；……尉二人，從九品上。」

〔一二〕懷章：懷裏揣着官印。章，印章。郡邸：州郡的官邸。此句借用朱買臣事。《漢書》（卷六十四上）《朱買臣傳》：「初，買臣免，待詔，常從會稽守邸者寄居飯食。拜爲太守，買臣衣故衣，懷其印綬，步歸郡邸。直上計時，會稽吏方相與群飲，不視買臣。買臣入室中，守邸與共食，食且飽，少見其綬。守邸怪之，前引其綬，視其印，會稽太守章也。守邸驚，出語上計掾吏。皆醉，大呼曰：『妄誕耳！』守邸曰：『試來視之。』其故人素輕買臣者入内視之，還走，疾呼曰：『實然！』坐中驚駭，白守丞，相推排陳列中庭拜謁。」

〔一三〕待詔：公車待詔，即等候朝廷命官之意。參本詩注〔一〇〕。闕庭：宮廷，朝廷。《史記》（卷六）《秦始皇本紀》：「闕廷之禮，吾未嘗敢不從賓贊也。」《文選》（卷十）潘岳《西征賦》：「猶犬馬之戀主，竊托慕於闕庭。」

〔一四〕散誕：不受拘束，放縱不羈。《南史》（卷七十六）《陶弘景傳》：「弘景妙解術數，逆知梁祚覆没，預制詩云：『夷甫任散誕，平叔坐論空。豈悟昭陽殿，遂作單于宮。』詩秘在篋裏，化後，門人方稍出之。」由來：從來。《周易·坤卦》：「臣弒其君，子弒其父，非一朝一夕之故，其所由來者漸矣。」

〔一五〕低頭：《後漢書》（卷八十三）《梁鴻傳》：「居有頃，妻曰：『常聞夫子欲隱居避患，今何爲默默？無乃欲低頭就之乎？』鴻曰：『諾。』乃共入霸陵山中。」授職：受職。接受官職。「授」同「受」，假借也。《史記》（卷一百二十一）《儒林傳》：「當與計偕，詣太常，得受業如弟子。」《後漢書》（卷七十九下）《儒林傳·論》：「其耆名高義開門受徒者，編牒不下萬人，皆專相傳祖，莫或訛雜。」此句謂你爲何要低頭接受官職呢。

〔一六〕烏紗帽：此指隱居時日常所戴的便帽。唐時的烏紗帽非官場的官帽。杜佑《通典》（卷五十七）：「大唐因之，制白紗帽，又制烏紗帽，視朝、聽訟、宴見賓客則服之。」馬縞《中華古今注》（卷中）：「武德九年十一月，太宗詔曰：『自今已後，天子服烏紗帽，百官士庶皆同服之。』」

〔一七〕白接羅：一種白色的頭巾。休閑游宴時所戴。《世説新語·任誕》：「山季倫爲荆州，時出酣暢。人爲之歌曰：『山公時一醉，徑造高陽池。日莫倒載歸，酩酊無所知。復能乘駿馬，倒著白接羅。舉手問葛彊，何如并州兒。』」

〔一八〕寄書：附書。寂寂：悄無聲息。比喻形容孤獨寂寞，貧困卑微。《文選》（卷二十一）左思《咏史八首》（其四）：「寂寂楊子宅，門無卿相輿。寥寥空宇中，所講在玄虚。」李善注：「《説文》曰：『寂寂，無人聲也。』」於陵子：於陵人陳仲子，先秦齊國人，後去齊居楚於陵，著名隱士。此喻指于十一逖。《孟子·滕文公下》：「匡章曰：『陳仲子豈不誠廉士哉？居於陵，三日不食，耳無聞，目無見也。』」《史記》（卷八十三）《魯仲連鄒陽列傳》：「於陵子仲辭三公爲人灌園。」皇甫謐《高士傳》（卷中）：「陳仲子者，齊人也。其兄戴，爲齊卿，食禄萬鍾。仲子以爲不義，將妻子適楚，居於陵，自謂於陵仲子。窮不苟求，不義之食不食。遭歲饑，乏糧三日，乃匍匐而食井上李實之蟲者，三咽而能視身。自織履，妻擘纑以易衣食。楚王聞其賢，欲以爲相，遣使持金百鎰，至於陵聘仲子。仲子入謂妻曰：『楚王欲以我爲相。今日爲相，明日結駟連騎，食方丈於前，意可乎？』妻曰：『夫子左琴右書，樂在其中矣。結駟連騎，所安不過容膝；

食方丈於前，所甘不過一肉。今以容膝之安，一肉之味，而懷楚國之憂。亂世多害，恐先生不保命也。』於是出謝使者，遂相與逃去，爲人灌園。」

〔一九〕蓬蒿：蓬草和蒿草。泛指各種雜草。《藝文類聚》（卷八十二）引《三輔决録》曰：「張仲蔚，平陵人也。與同郡魏景卿，俱隱身不仕，所居蓬蒿没人。」

〔二〇〕藜羹：野菜湯。藜，野菜名。《荀子·宥坐》：「孔子南適楚，厄於陳、蔡之間，七日不火食，藜羹不糂，弟子皆有飢色。」被褐：穿着粗布的短衣。《老子》（第七十章）：「是以聖人被褐懷玉。」《文選》（卷二十六）陶淵明《始作鎮軍參軍經曲阿作》：「被褐欣自得，屢空常晏如。」環堵：四周都是一方丈的土墻，指狹小簡陋的居室。《韓詩外傳》（卷一）：「原憲居魯，環堵之室，茨以蒿萊，蓬户甕牖，揉桑而爲樞，上漏下濕，匡坐而絃歌。」《淮南子·原道訓》：「環堵之室，茨之以生茅，蓬户瓮牖，揉桑爲樞。」高誘注：「堵長一丈，高一丈，面環一堵，爲方一丈，故曰環堵，言其小也。」

〔二一〕歲晚：本是歲暮，一年將盡之義。此猶晚歲，即晚年、暮年之義。《國語·越語下》：「至於玄月，王召范蠡而問焉，曰：『諺有之曰：「觥飯不及壺飧。」今歲晚矣，子將奈何？』」貽：遺留，留給。故人耻：故人以爲是耻辱。《文選》（卷六十）任昉《齊竟陵文宣王行狀》：「他人之善，若己有之。民之不臧，公實貽耻。」

【按　語】

李頎創作此詩的天寶八載，肯定已經從新鄉縣尉任上罷官歸隱。故送别高適前往封丘任縣尉，表現出一種不理解、不贊成的態度，實際上也可以説是他對自己此前任縣尉的一個否定。「散誕」四句顯然認爲接受小吏，却失去了自由閑散的生活，是没有必要的舉動。由此，我們也就可以體會出，送友人入官，詩却在開篇大寫特寫其受官之前不事王侯，隱逸江湖；妻子同樂，以灌園爲事；寂寞清高，以讀書爲樂的生活情狀的深層意圖了。詩的末四句，對決意隱居不仕的于逖，似乎是在勸其入仕，「胡不仕」、「將貽故人耻」云云，是從詩人自己的角度説的，但總覺得只是面對高適已經接受官職，不得不這樣説的表面話，其骨子裏則是贊成、肯定于逖的決意隱居的。這對於高適的舉動來説，當然就是更進一步的否定了。如此寫法，比較含蓄隱晦，但當時的人是不會難以理解的。

此詩在寫作上還有一個特色，就是用典多，用法新穎。它們看似各自獨立，互不關涉，但通過詩人的巧思，它們被很好地組織起來，既符合其原意，又表現出筆下人物的生活、性格、形象的特點，在沿襲舊典和創造新意之間，達到了一種比較完美的契合程度。

送康洽入京進樂府歌①〔一〕

識子十年何不遇〔二〕，只愛歡遊兩京路②〔三〕。朝吟左氏《嬌女篇》〔四〕，夜誦相如《美人賦》〔五〕。

長安春物舊相宜〔六〕，小苑蒲萄花滿枝〔七〕。柳色偏濃九華殿〔八〕，鶯聲醉殺五陵兒〔九〕。曳裾此日從何所③〔一〇〕，中貴由來盡相許〔一一〕。白裌春衫仙吏贈④〔一二〕，烏皮隱几臺郎與⑤〔一三〕。新詩樂府唱堪愁⑥〔一四〕，御妓應傳鳷鵲樓⑦〔一五〕。西上雖因長公主〔一六〕，終須一見曲陽侯⑧〔一七〕。

【校　記】

①「洽」英華本作「生」。「歌」後劉本有「詞」字。

②「兩」凌本作「西」。

③「日」劉本、百家詩本、凌本作「夜」。

④「裌」劉本作「袂」，百家詩本、凌本注：「一作袂。」「裌」英華本作「夾」。「衫」英華本作「衣」。「吏」英華本作「史」。

⑤「几」劉本作「杭」，活字本作「杌」，百家詩本、凌本、畢本、英華本作「机」。

⑥「詩」英華本作「書」。

⑦「妓」清鈔本作「伎」。

⑧「陽」原作「陵」，據活字本、黄本、百家詩本、凌本、畢本、清鈔本、英華本改。「陵」下原注：「一作陽。」

【注釋】

〔一〕殷璠《河嶽英靈集》選録此詩。詩中云「兩京路」，故此詩當作於天寶年間（不得遲於十二載）。康洽：字號無考，生卒年未詳。肅州酒泉（今甘肅省酒泉市）人。康氏爲昭武九姓之一，爲西域地區少數民族。其家族在唐代出現了不少藝術家，康洽當是以擅音樂著於時。工樂府詩，惜散佚無存。開元、天寶年間往來兩京；安史亂後，飄蓬江表。除李頎以外，戴叔倫、李端、周賀等也曾有詩贈洽。生平事迹參《唐才子傳校箋》（卷四）。入京：入京都長安。進樂府歌：向朝廷主管音樂的機構獻樂府詩歌，以供樂人傳唱。向達先生認爲：「其所進之樂府疑亦爲西域樂舞，如《涼州》《霓裳》之類耳。」（《唐代長安與西域文明》）可備一説。樂府，唐代主管音樂的機關有太常寺太樂署（雅樂）、内外教坊（俗樂）。可參《唐六典》（卷十四）《太常寺太樂署》、崔令欽《教坊記》。

〔二〕十年：并非指恰好十年，概言時間之久。《左傳・僖公四年》：「一薰一蕕，十年尚猶有臭。」不遇：遭遇不偶，困頓潦倒。《孟子・公孫丑下》：「千里而見王，是予所欲也。不遇故去，豈予所欲哉？予不得已也。」《藝文類聚》（卷三十）録董仲舒《士不遇賦》、司馬遷《悲士不遇賦》。另陶淵明亦有《感士不遇賦》。

〔三〕歡遊：歡聚游玩。兩京：西京長安，東京洛陽。唐時本稱長安爲「西京」、「京師」，洛陽爲「東都」，天寶元年改「都」爲「京」，故天寶後纔有「兩京」之説。《舊唐書》（卷九）《玄宗紀》（下）：

「（天寶元年），東都爲東京，北都爲北京。」

〔四〕左氏《嬌女篇》：西晋詩人左思《嬌女詩》。詩長不録。左氏，左思（二五二？—三〇六？），字太冲，齊國臨淄（今山東省臨淄市）人，詩人，辭賦家。家世寒微，才華卓絶，所著《三都賦》《嬌女詩》《咏史八首》《招隱詩》等詩文，均是傳世名作，影響深遠。生平事迹參《晋書》（卷九十二）本傳。

〔五〕相如《美人賦》：漢代司馬相如《美人賦》。文見《藝文類聚》（卷十八）、《初學記》（卷十九），文長不録。相如，司馬相如（？—前一一八），字長卿，小名犬子，蜀郡成都（今四川省成都市）人。西漢辭賦家、散文家。其《上林賦》《子虚賦》是漢大賦的代表作。其小賦《長門賦》《美人賦》也負有盛名。但文學史上有人質疑這兩篇小賦是否確實爲其所作。生平事迹參《史記》（卷一百一十七）、《漢書》（卷五十七上、下）本傳。

〔六〕長安：唐代西京長安（即今陝西省西安市）。春物：春天的景物。《文選》（卷三十）謝朓《直中書省》：「朋情以鬱陶，春物方駘蕩。」舊：依舊，仍然。

〔七〕小苑：漢、唐二代長安宫城内苑都有小苑。《漢書》（卷七十八）《蕭望之傳》：「望之以射策甲科爲郎，署小苑東門候。」庾信《春賦》：「停車小苑，連騎長楊。」王維《和太常韋主簿五郎温湯寓目》：「新豐樹裏行人度，小苑城邊獵騎迴。」又《奉和聖製上巳於望春亭觀禊飲應制》：「長樂青門外，宜春小苑東。」又《丁寓田家有贈》：「陰盡小苑城，微明渭川樹。」據「宜春小苑東」，唐代「小苑」在宜春苑之西歟？ 蒲萄：葡萄，參卷一《塞下曲》（黄雲雁門郡）注〔七〕。

〔八〕偏濃：很濃，極濃。劉淇《助字辨略》（卷二）：「偏，畸重之辭也。……杜子美詩：『杜酒偏勞勸。』李義山詩：『清露偏知桂葉濃。』」九華殿：漢代長安宫殿名。借指唐代宫殿。《西京雜記》（卷一）：「漢掖庭有月影臺、雲光殿、九華殿、鳴鸞殿、開襟閣、臨池觀，不在簿籍，皆繁華窈窕之所栖宿也。」

〔九〕醉殺：沉醉。形容極喜愛而陶醉。五陵兒：居住在五陵一帶的富家子弟。五陵，西漢五座帝王的陵寢，其周圍都安置居住權貴豪富之家。參前《緩歌行》注〔一七〕。

〔一〇〕曳裾：拖着長衣。裾，衣服的前後部分。《漢書》（卷五十一）《鄒陽傳》：「飾固陋之心，則何王之門不可曳長裾乎？」後世以「曳裾」喻奔走王侯之門，依附權貴。此日：是日，猶言「今日」。從何所：猶言「在哪裏」。

〔一一〕中貴：皇帝寵信的内臣，指宦官。《漢書》（卷五十四）《李廣傳》：「匈奴侵上郡，上使中貴人從廣，勒習兵擊匈奴。」顔師古注：「服虔曰：『内臣之貴幸者。』」由來：參前《答高三十五留别便呈于十一》注〔一四〕。

〔一二〕白裌：白色的夾衣。「裌」同「袷」，現通作「夾」。中間没有棉絮的夾衣。《説文·衣部》：「袷，衣無絮。」春天穿白袷衣是唐時很流行的一種便服。李商隱《春雨》：「悵卧新春白袷衣。」仙吏：仙官，喻朝廷官員。

〔一三〕烏皮隱几：用烏羔皮包裹裝飾的小几。隱几，設於座旁以便憑倚的几案。《孟子·公孫丑下》：「有欲爲王留行者，坐而言。不應，隱几而卧。」謝朓《同咏坐上器玩·烏皮隱几》：「勿言素韋潔，白沙尚推移。」臺郎：本指尚書省的郎官，此借指朝廷高官。應劭《漢官儀》（卷上）：「尚書郎，初從三署郎選詣尚書臺試。每一郎缺，則試五人，先試箋奏。初入臺，稱郎中，滿歲稱侍郎。」《文選》（卷三十七）孔融《薦禰衡表》：「近日路粹、嚴象，亦用異才，擢拜臺郎，衡宜與爲比。」李善注：「《典略》曰：『路粹，字文蔚，少學於蔡邕，高才，與京兆嚴象拜尚書郎。』」

〔一四〕新詩樂府：新樂府詩。康洽是西域人，其所進新樂府詩，正如向達先生所云：「其所進之樂府疑亦爲西域樂舞，如《凉州》《霓裳》之類耳。」唱堪愁：謂樂聲悲切，非常感動人。古人以音樂悲凉爲美，故云。《韓非子·十過》：「（晋）平公問師曠曰：『此所謂何聲也？』師曠曰：『此所謂清商也。』公曰：『清商固最悲乎？』師曠曰：『不如清徵。』……平公提觴而起，爲師曠壽。反坐而問曰：『音莫悲於清徵乎？』師曠曰：『不如清角。』」

〔一五〕御妓：宫廷的歌女。當指唐代太樂署和内外教坊的歌妓。《晋書》（卷八十一）《桓伊傳》：「帝善其調達，乃敕御妓奏笛。」鳷鵲樓：漢代宫苑中鳷鵲觀。《三輔黄圖》（卷二）《漢宫》：「甘泉中西厢起彷徨觀，築甘泉苑。建元中作石闕、封巒、鳷鵲觀於苑垣内。」又（卷四）《苑囿》：「甘泉苑，武帝置。……苑中起宫殿臺閣百餘所，有仙人觀、石闕（闕）觀、封巒觀、鳷鵲觀。」此二句所述康洽新樂府詩在宫中傳唱情况，還有其他資料可以參證。戴叔倫《贈康老人洽》："一篇飛入九重門，樂府喧喧聞至尊。宮中美人皆唱得，七貴因之盡相識。"

〔一六〕西上：向西去。康洽當是在東京洛陽赴西京長安，故云。"西上"乃唐詩中常用詞，如劉滄《望未央宫》："西上秦原見未央，山嵐川色晚蒼蒼。"長公主：皇帝的姊妹稱長公主。一説，皇帝之女中尊崇者，亦可稱長公主。因公主之薦而得見皇帝，交游權貴，漢、唐以來，多有其例。如李白即由玉真公主推薦，應詔入京，供奉翰林。緣此句，康洽入京進樂府詩，或亦因玄宗之妹玉真公主之薦乎？《後漢書》（卷十下）《皇后紀》（下）："漢制，皇女皆封縣公主，儀服同列侯。其尊崇者，加號長公主，儀服同蕃王。"李賢注："蔡邕曰：『帝女曰公主，姊妹曰長公主。』建武十五年，封舞陽公主爲長公主，即是帝女尊崇亦爲長，非惟姊妹也。"《初學記》（卷十）《帝戚部·公主》："漢制，帝女爲公主，帝姊妹爲長公主，帝姑爲大長公主。……自晉之後，帝女依西漢曰公主，帝之姑姊并曰長公主。"

〔一七〕終須：仍須，還要。曲陽侯：漢代五侯之一。于五侯中最爲驕縱奢僭。此借指當時外戚權貴。《漢書》（卷九十八）《元后傳》："明年，河平二年，上悉封舅譚爲平阿侯，商成都侯，立紅陽侯，根曲陽侯，逢時高平侯。五人同日封，故世謂之『五侯』。……後微行出，過曲陽侯第，又見園中土山漸臺似類白虎殿。……曲陽侯根驕奢僭上，赤墀青瑣。"

【箋評】

下字便分別寒微。（顧璘批點《唐音》卷二）

（五六句）南邨曰：「清艷。」（張揔《唐風懷》卷二）

此首全是譏諷而渾涵不露，更加以色澤，此等全從《國風》化出。「九華殿」而云「柳色偏濃」，無怪「五陵兒」之「醉殺」也。上有好者，下必甚焉，此詩皆含此意。至「長公主」、「曲陽侯」之宴游無度，招權攬勢，群小沓進，皆坐此而生矣。（潘德輿評點《唐賢三昧集》卷中）

《送康洽入京》「長安」句，此接好，無輞川之韻。李東川詩十三首，删《古從軍行》《緩歌行》《欲之新鄉》《送康洽入京》四首。（方東樹《昭昧詹言》卷十二）

惟恐其不遇也，意致深婉可味。（邢昉《唐風定》卷八）

唐人多有贈康洽詩。李東川作，屬康壯盛時也。此則深悲其遲暮。氣韻高，極不見爲，中藏警句，結尤泠雋不可言。

（喬億《大曆詩略》卷四）

仿宋本《河嶽英靈集》，秀水高叔遲行篤寫樣付鐫，中多譌奪，如「神女智瓊」，誤作「瓊智」。劉昚虚「惜其不隕天年，至碎國寶」，今作「不隕天碎國寶」，脱去「年至」二字。李頎詩「朝吟左氏《嬀女篇》」，「嬀」當作「嬌」。凡此皆當勘正之。

（李詳《媿生叢録》卷一）

代宗時李端有《贈康洽》詩，开篇即云：「黄鬚康生酒泉客，平生出入王侯宅。今朝醉卧又明朝，忽憶故人頭已白。……邇來七十遂無機，空是咸陽一布衣。」酒泉姓康，而又黄鬚，好飲，後寄居長安，則康洽者疑其先原爲康國人。詩云酒泉，其亦猶凉州安氏之流歟？（李頎、周賀亦有贈洽詩，别詳本節注四一）

（向達《唐代長安與西域文明》第二節《流寓長安之西域人》）

《全唐詩》第五函第三册（殿本）。又《全唐詩》第二函第九册有李頎《送康洽入京進樂府歌》，有云：「識子十年何不遇，只愛歡遊兩京路。朝吟左氏《嬌女篇》，夜誦相如《美人賦》。長安風物舊相宜，小苑蒲萄花滿枝。……」又第八函第四册有周賀《送康洽（洽今本《全唐詩》作紹，明周暉《金陵瑣事》卷三《江寧詩人》條引作康洽，是明本固有作洽者）歸建業》詩，开篇云：「南朝秋色滿，君去意如何？……」綜三家詩觀之，似乎康洽籍貫原係酒泉，係出西域，寄寓建業，後以進樂府而至長安，久之又歸建業也。其所進之樂府疑亦爲西域樂舞，如《凉州》《霓裳》之類耳。志此以待博雅論定。

（向達《唐代長安與西域文明》第二節《流寓長安之西域人》注第四十一）

《美人賦》。按《西京雜記》卷二：「長卿悦文君之色，遂以發痼疾，乃作《美人賦》以自刺，而終不能改。」此作語意與所記不合，自是宋玉《登徒子好色賦》之遺耳。李頎《送康洽入京進樂府歌》：「識子十年何不遇，只愛歡遊兩京路。朝吟左氏《嬌女篇》，夜誦相如《美人賦》。」以相如此賦承「歡遊兩京」是也，左思《嬌女詩》乃咏稚女嬌憨，李詩連類儷詞，遂一若亦爲長安狹邪之什！此復如高適《送渾將軍出塞》之艱於屬對而英雄欺人也，參觀《史記》卷論《衛將軍、驃騎列傳》。

（錢鍾書《管錐編》第三册第九一四頁）

【按語】

此詩以首句「十年不遇」作陪襯，欲揚先抑，隨即緊扣題中「入京」二字，以「歡遊兩京路」爲中心，集中表現康洽風流浪漫的氣質，塑造出了一個頗具鮮明特色的人物形象。因其所寫以繁華美麗的京城長安爲背景，豪奢驕縱的朝中權貴爲對象，故詩中遣詞造語華美秀麗，風調流麗駘宕，極富風情。雖然詩人采取的是敘寫的方法，并未對康洽的性格、形象等作具體的刻畫，但其豪縱不羈、風流倜儻的人物形象和性格特徵，通過詩中的場景和畫面，還是十分突出地被透示了出來，栩栩如生地呈現在我們的面前，它在藝術上爲李頎的人物素描詩開創了一個新境界，是值得關注的。

此詩還有另一層意義，就是康洽作爲西域少數民族藝術家的事實告訴我們，當時西域的文明已經十分先進，富有鮮明的特色和强大的生命力，深爲漢民族的人士所喜愛。這也就説明唐王朝與西域的交往十分密切，國家有着很强的開放性和包容性，善於廣泛地吸納少數民族的文化，從而促進了中華文化不斷創新發展的優秀傳統。

送劉十①〔一〕

三十不官亦不娶〔二〕，時人焉識道高下〔三〕。房中唯有老氏經②〔四〕，櫪上空餘少遊馬③〔五〕。往來嵩華與函秦〔六〕，放歌一曲前山春〔七〕。西林獨鶴引閑步〔八〕，南澗飛泉清角巾〔九〕。前年上書不得意〔一〇〕，歸卧東窗兀然醉④〔一一〕。諸兄相繼掌青史〔一二〕，第五之名齊驃騎〔一三〕。烹葵摘果告我行〔一四〕，落日夏雲縱復横〔一五〕。聞道謝安掩口笑⑤〔一六〕，知君不免爲蒼生〔一七〕。

【校　記】

①「劉十」下原注：「一作劉十一。」

②「唯」劉本、清鈔本作「惟」。

③「櫪」劉本作「歷」。

④「窗」劉本作「林」。

⑤「笑」劉本作「訣」。

【注釋】

〔一〕劉十：當爲唐代史學家劉知幾（子玄）子之一。《舊唐書》（卷一百二）《劉子玄傳》：「子玄子貺、餗、彙、秩、迅、迥，皆知名於時。」據岑仲勉《唐人行第録》，劉貺行第爲三，劉秩行第爲十六，則劉十當爲劉餗或劉彙。而從詩中「諸兄相繼掌青史」看，則以劉彙的可能性較大。上引《舊唐書》中云：「貺，博通經史，明天文、律曆、音樂、醫算之術，終於起居郎、修國史。」又云：「餗，右補闕，集賢殿學士、修國史。」二人均「修國史」，與本詩所言相合。劉餗史著尤多，李肇《國史補序》曾有贊譽。今有史料筆記《隋唐嘉話》存世。

〔二〕三十不官亦不娶：突出劉十與衆不同，非常人之行止。《論語·爲政》：「吾十有五而志于學，三十而立，四十而不惑，五十而知天命，六十而耳順，七十而從心所欲，不踰矩。」《禮記·内則》：「十有三年，學樂誦詩，舞勺。成童，舞象，學射御。二十而冠，始學禮，可以衣裘帛，舞大夏，惇行孝弟，博學不教，内而不出。三十而有室，始理男事，博學無方，孫友視志。四十始仕，方物出謀發慮，道合則服從，不可則去。五十命爲大夫，服官政。七十致事。」

〔三〕時人：同時代的人。《漢書》（卷三十）《藝文志》：「《論語》者，孔子應答弟子時人及弟子相與言而接聞於夫子之語也。」

〔四〕老氏經：即《老子》一書，又稱《道德經》，古代道家的經典。《史記》（卷六十三）《老子韓非列傳》：「老子者，楚苦縣厲鄉曲仁里人也，姓李氏，名耳，字聃，周守藏室之史也。……老子脩道德，其學以自隱無名爲務。居周久之，見周之衰，乃遂去。至關，關令尹喜曰：『子將隱矣，彊爲我著書。』於是老子乃著書上下篇，言道德之意五千餘言而去，莫知其所終。……李耳無爲自化，清静自正。」

〔五〕櫪上：馬廄中。空餘：只有，唯有。少遊馬：東漢馬少遊的款段馬，駑馬。《後漢書》（卷二十四）《馬援列傳》：「（馬援）從容謂官屬曰：『吾從弟少游常哀吾慷慨多大志，曰：「士生一世，但取衣食裁足，乘下澤車，御款段馬，爲郡掾史，守墳墓，鄉里稱善人，斯可矣。致求盈餘，但自苦耳。」』」李賢注：「款猶緩也，言形段遲緩也。」

〔六〕嵩華：嵩山、華山。中嶽嵩山，在今河南省登封市。參卷一《光上座廊下衆山五韻》注〔二〕。西嶽華山（一作太華山），在今陝西省華陰縣。《元和郡縣圖志》（卷二）《關内道》（二）：「華州華陰縣，太華山，在縣南八里。」函秦：函谷關和秦中地區。函谷關，唐代有秦函谷關和漢函谷關之别。前者爲戰國時秦置，在今河南省靈寶縣；後者是西漢所置，在今河南省新安縣。參卷一《贈别高三十五》注〔一七〕。秦中地區，主要指今陝西省中部渭水平原地區和甘肅省東部部分地區，土地肥沃，古代稱爲「天府」。《漢書》（卷四十三）《婁敬傳》：「且夫秦地被山帶河，四塞以爲固，卒然有急，百萬之衆可具。因秦之故，資甚美膏腴之地，此所謂天府。……秦中新破，少民，地肥饒，可益實。」

〔七〕放歌：盡情地高聲歌唱。杜甫《聞官軍收河南河北》：「白日放歌須縱酒，青春作伴好還鄉。」

〔八〕西林：西邊的樹林。泛指樹林。獨鶴：一隻鶴。以鶴的高雅閑逸喻劉十。引：展開，伸展。閑步：漫步，散步。《文選》（卷三十四）曹植《七啓八首》（其三）：「雍容閑步，周旋馳燿。」

〔九〕南澗：南面的澗谷。泛指山谷。角巾：方巾，一種棱角的頭巾。古代隱者常用的冠飾。《後漢書》（卷六十八）《郭太傳》：「郭太字林宗，……嘗於陳梁間行遇雨，巾一角墊，時人乃故折巾一角，以爲『林宗巾』。」《晉書》（卷三十四）《羊祜傳》：「嘗與從弟琇書曰：『既定邊事，當角巾東路，歸故里，爲容棺之墟。』」

〔一〇〕前年：往年，往時。恐非去年或去年的前一年之義。《後漢書》（卷二十八上）《馮衍傳》：「若乃貪上黨之權，惜全邦之實，衍恐伯玉必懷周趙之憂，上黨復有前年之禍。」李賢注：「前年猶往時。」上書：向帝王進呈書面意見，陳述政見。《戰國策·齊策一》：「（齊威王）乃下令：『群臣吏民，能面刺寡人之過者，受上賞；上書諫寡人者，受中賞；能謗議於市朝，聞寡人之耳者，受下賞。』」不得意：參卷一《送裴騰》注〔八〕。

〔一一〕東窗：東面的窗子。泛指窗子。兀然：無知貌。兀然醉：形容醉酒沉迷的情態。《文選》（卷四十七）劉伶《酒德頌》：「無思無慮，其樂陶陶。兀然而醉，豁爾而醒。」

〔一二〕諸兄：指劉十之兄。參本詩注〔一〕。青史：史書。古代用青簡書寫歷史，故稱。《文選》（卷三十九）江淹《詣建平王上書》：「俱啓丹册，并圖青史。」

〔一三〕第五之名齊驃騎：原意爲兄弟中老五的名聲德行與驃騎將軍的哥哥是等同的。此爲活用典故，言在兄弟行輩中而已，非必是兄弟中的老五。《晋書》（卷九十三）《何準傳》：「何準字幼道，穆章皇后父也。高尚寡欲，弱冠知名，州府交辟，并不就。兄充爲驃騎將軍，勸其令仕，準曰：『第五之名何减驃騎？』準兄弟中第五，故有此言。」

〔一四〕烹葵：烹飪葵菜。古人夏季吃葵菜。《齊民要術》（卷三）《種葵》：「自四月八日以後，日日剪賣。其剪處，尋以手拌斫劚地令起，水澆，糞覆之。比及剪遍，初者還復，周而復始，日日無窮。至八月社日止，留作秋菜。」告：告知。《釋名·釋書契》：「上敕下曰告。告，覺也，使覺悟知己意也。」我行：劉十説自己要遠行。

〔一五〕夏雲縱復横：形容夏雲變化多端，奇異突兀。

〔一六〕聞道：聽説。參前《古從軍行》注〔九〕。謝安：字安石（三二〇—三八五），陳郡陽夏（今河南省太康縣）人。東晋政治家、玄學家、詩人。寓居會稽東山，與王羲之、孫綽、許詢、支遁諸人游。曾官尚書僕射，又領揚州刺史，總攬朝政。卒贈太傅，後世習稱「謝傅」。生平事迹參《晋書》（卷七十九）本傳。掩口笑：亦謝安事，本傳作「掩鼻」，參下注〔一七〕。

〔一七〕爲蒼生：謂爲了老百姓而出仕做官。《晉書》（卷七十九）《謝安傳》：「（謝安）寓居會稽，與王羲之及高陽許詢、桑門支遁遊處，出則漁弋山水，入則言咏屬文，無處世意。……安妻，劉惔妹也，既見家門富貴，而安獨静退，乃謂曰：『丈夫不如此也？』安掩鼻曰：『恐不免耳。』及萬黜廢，安始有仕進志，時年已四十餘矣。征西大將軍桓温請爲司馬，將發新亭，朝士咸送，中丞高崧戲之曰：『卿累違朝旨，高卧東山，諸人每相與言，安石不肯出，將如蒼生何！蒼生今亦將如卿何！』」此以謝安喻劉十將來必會爲蒼生而出仕做官。

【箋評】

周珽曰：「無禄無室，書、馬之外無餘物，惟知角巾閒步，放歌自適於名都山水之間，其品可知矣。時人不識者，以其曾『上書不得意』，不知名高望重。雖欲棄世，而蒼生之寄恐終不免也。因告行□賦贈，劉之生□志趣畢盡矣。

（周敬、周珽輯、陳繼儒批點《删補唐詩選脉箋釋會通評林》盛唐七古一）

李頎詩「第五之名齊驃騎」，用何驃騎充弟準語，準爲充第五弟也。

（方弘静《千一録》卷十二）

《唐音》李頎《贈從弟墨卿歌》（按：此處係誤記）曰：「第五之名齊驃騎」，注云：「第五之名未詳。」而又引霍去病爲驃騎將軍。謬甚。按《晉書·何準傳》曰：「準弱冠知名，兄充爲驃騎將軍，勸其令仕，準曰：『第五之名何減驃騎？』準弟兄中第五，故有此言。」驃騎既指其兄何充，則于霍去病何與？蓋不知頎歌之用《晉書》全句耳。

（唐覲《延州筆記》，《説郛》三種）

曠致逸情，脱盡蹊逕。

（范大士《歷代詩發》卷十一）

（「三十不官亦不娶」二句）寫出異人。（「聞道謝安掩口笑」二句）是深信語，是祝願語。

（王熹儒《唐詩選評》卷三）

嶔奇突兀。「清角巾」三字，下得老横。「不免」，妙。

（潘德興評點《唐賢三昧集》卷中）

古人於事之不能已於言者，則托之歌詩；於歌詩不能達吾意者，則喻以古事。於是用事遂有正用、側用、虚用、實用之妙。如子美《荆南兵馬使太常卿趙公大食刀歌》云：「萬歲持之護天子，得君亂絲爲君理。」此側用法也。劉禹錫《葡萄歌》云：「爲君持一斗，往取凉州牧。」此虚用法也。李頎《送劉十》云：「聞道謝安掩口笑，知君不免爲蒼生。」此實用也。李端《尋太白道士》云：「出遊居鶴上，避禍入羊中。」此正用也。細心體認，得其一端，已足名家，學之不已，何患不抗行古人耶！

（方南堂《輟鍛録》）

淵如曰：「起勢突兀。」（國家圖書館藏清鈔本《李頎集》眉批）

《全（唐）詩》二函李頎《送劉十》，一作劉十一。詩有云：「諸兄相繼掌青史」，當知幾之子，惜名未詳。（岑仲勉《唐人行第録》）

徐陵《諫仁山深法師罷道書》。……「罷道」者，思凡而竟還俗，……「敗道」者，破戒而未還俗。……《列子·楊朱》：「人不婚宦，情欲失半」；李頎《送劉十》：「三十不官亦不娶，時人焉識道高下」；此僧「罷道」，亦正緣不娶而欲婚、不官而欲宦也。（錢鍾書《管錐編》第四册第一四七八—一四七九頁）

【按語】

此詩首尾呼應，首言劉十雖已過而立之年，却「不官不娶」，末則用謝安事作譬，謂其將來必會出仕做官，暗示其前程遠大。全詩的重點在中間十二句，展現眼前劉十的生活情狀，揭示其精神面貌和性格特徵，塑造了一個頗有魏晋名士風流的人物形象，是李頎人物素描詩的佳作之一。劉十喜愛「老氏經」，崇尚自由清静的生活；空無長物，唯有「少遊馬」，但可以讓他閑逸疏放地游玩觀賞山水，這些都充分地顯示了他享受着高雅的精神生活和蕭散的現實生活。即使「上書不得意」，也毫無失意困頓的意緒，仍然顯得昂藏不凡，豪邁疏放，而且名聲德行廣爲人知，從而凸現了曠達閑逸的名士形象。詩中在刻畫人物時，充分地運用了側面透示和六朝品題人物的方法，起到了極好的藝術效果。「嵩華與函秦」、「一曲前山春」，均有以山川大地的雄奇峻秀、遼闊美麗，來譬喻人物的形象、性格、胸懷的作用。「獨鶴引閑步」、「飛泉清角巾」云云，亦與魏晋品評人物如「玉樹臨風」等等，屬於相同的方法，對於塑造人物形象也有很好的作用。

送王道士還山〔一〕

嵩陽道士餐柏實〔二〕，居處三花對石室〔三〕。心窮伏火陽精丹〔四〕，口誦淮王萬畢術〔五〕。自言神訣不可求〔六〕，我師聞之玄圃遊〔七〕。出入彤庭佩金印〔八〕，承恩赫赫如王侯〔九〕。雙峰樹下曾受業〔一〇〕，應傳肘後長生法〔一一〕。吾聞仙地多後身①〔一二〕，安知不是具茨人②〔一三〕。玉膏清泠瀑泉水③〔一四〕，白雲谿中日方此〔一五〕。從今不見數十年，鬢髮顔容只如是〔一六〕。先生捨我欲何歸〔一七〕，竹杖黄裳登翠微〔一八〕。當有巖前白蝙蝠〔一九〕，迎君日暮雙來飛〔二〇〕。

【校　記】

①「仙」淩本作「先」。「仙地」畢本作「地仙」。

②「具茨」活字本、百家詩本、黄本作「□次」，凌本作「貝次」。

③「泠」活字本、黄本、凌本、畢本作「冷」。

【注釋】

〔一〕王道士：未詳。道士，參卷一《題盧道士房》注〔一〕。還山：回到山中道觀去。觀詩首句「嵩陽道士」云云，當是還嵩山。

〔二〕嵩陽：嵩山之南。山南爲陽。嵩山，參卷一《光上座廊下衆山五韻》注〔二〕。餐柏實：以柏樹的果實爲食物。道家認爲服食柏實可以延年益壽。《藝文類聚》（卷八十八）引《列仙傳》曰：「赤松子好食柏實，齒落更生。」《太平御覽》（卷九百五十四）引《列仙傳》曰：「赤須子好食柏實，齒落更生。」又引《仙經》曰：「服柏子，人長年。」

〔三〕三花：參卷一《寄焦煉師》注〔五〕。石室：相傳嵩山裏有石室多處，歷來爲佛道之人的居處。《初學記》（卷五）引戴延之《西征記》：「其山東謂太室，西謂少室，相去十七里，嵩其總名也。謂之室者，以其下各有石室焉。」又引潘岳《關中記》曰：「嵩高山石室十餘孔，有石床、池水、食飲之具，道士多遊之，可以避世。」

〔四〕心竅：心裏竅盡（某事），意謂完全掌握，十分稔熟。伏火：道家煉丹，用小火的火候謂之伏火。朱慶餘《贈道者》：「藥成休伏火，符驗不傳人。」陽精丹：道家丹名，亦稱陽丹。顏之推

《顏氏家訓·歸心》：「日爲陽精，月爲陰精。」《雲笈七籤》（卷六十三）《金丹訣》：「日者，積陽之精，其數有九，在天成象，在地成形，含和萬物，布氣生靈。日之烏黑也，色黑象北方壬癸水，名曰陽中陰精，陽含陰也。」

〔五〕淮王：漢淮南王劉安（前一七九—前一二二），西漢高祖子淮南王劉長子，思想家、文學家。初封阜陵侯，文帝時封淮南王。著有《淮南子》一書。劉安好神仙，喜言神仙黄白之説。生平事迹參《史記》（卷一百一十八）《淮南王列傳》、《漢書》（卷四十四）《淮南厲王長傳》附《劉安傳》。萬畢術：談論神仙的一種道術。相傳劉安著《鴻寶萬畢》三卷，言神仙黄白之事。《藝文類聚》（卷七十八）引《列仙傳》曰：「漢淮南王劉安，言神仙黄白之事，名爲《鴻寶萬畢》三卷。論變化之道，於是八公乃詣王，授丹經及三十六水方。俗傳安之臨仙去，餘藥器在庭中，鷄犬舐之，皆得飛升。」《舊唐卷》（卷四十七）《經籍志》（下）：「《淮南王萬畢術》一卷，劉安撰。」

〔六〕自言：王道士自説。神訣：學道成仙的秘訣。

〔七〕我師：作者稱王道士爲其「師」。唐人稱道士爲「煉師」、「法師」、「律師」等，參卷一《寄焦煉師》注〔一〕。玄圃：古代神話傳説中神仙的居住地。一作「懸圃」。《楚辭·離騷》：「朝發軔於蒼梧兮，夕余至乎縣圃。」王逸注：「縣圃，神山，在崑崙之上。《淮南子》曰：『崑崙縣圃，維絶，乃通天。』」《文選》（卷三）張衡《東京賦》：「左瞰暘谷，右睨玄圃。」李善注：「玄圃，在崑崙山上。……《淮南子》曰……又曰：『懸圃在崑崙閶闔之中。』『玄』與『懸』古字通。」《水經注》

（卷一）《河水》：「《崑崙説》曰：『崑崙之山三級，下曰樊桐，一名板桐；二曰玄圃，一名閬風；上曰層城，一名天庭，是爲太帝之居。』」

〔八〕彤庭：紅色的庭臺，指朝廷。《文選》（卷一）班固《西都賦》：「於是玄墀釦砌，玉階彤庭。」李善注：「《漢書》曰：『昭陽舍中庭彤朱，而殿上髹漆，砌皆銅沓，黄金塗，白玉階。』」又（卷三十）謝脁《直中書省》：「紫殿肅陰陰，彤庭赫弘敞。」金印：秦、漢時的重臣高官佩戴金印。《漢書》（卷十九上）《百官公卿表》（上）：「相國、丞相，皆秦官，金印紫綬，掌丞天子助理萬機。……太尉，秦官，金印紫綬，掌武事。」

〔九〕承恩：蒙受到帝王的恩惠。赫赫：盛大貌。《詩經·小雅·節南山》：「赫赫師尹，民具爾瞻。」《毛傳》：「赫赫，顯盛貌。師，大師，周之三公也。尹，尹氏，爲大師。」

〔一〇〕雙峰：當指太室、少室二山。受業：授業。傳授道家的術業。「受」通「授」。樹下受業：《藝文類聚》（卷八十九）《木部》（下）《木蘭》條引《神仙傳》曰：「北海于君病癩，見市有賣藥，姓公孫帛，因問之。公曰：『明日木蘭樹下當教卿。』明日往，授《素書》二卷，以消灾救病，無不愈者。」

〔一一〕肘後長生法：道教的一種修道求長生之術。《隋書》（卷三十四）《經籍志》（三）：「《肘後方》六卷，葛洪撰。」《新唐書》（卷五十九）《藝文志》（三）：「葛洪《肘後救卒方》六卷。」又曰：「陶弘景《補肘後救卒備急方》六卷。」

〔一二〕仙地：神仙居住的地方。後身：人死之後的托身。猶言後世再生。《太平御覽》（卷三六〇）引《語林》曰：「張衡之初死，蔡邕母始孕，此二人才貌相類，時人云邕是衡之後身。」《顔氏家訓·歸心》：「形體雖死，精神猶存。人生在世，望於後身似不相屬；及其殁後，則與前身似猶老少朝夕耳。」

〔一三〕具茨人：具茨山的神人，名爲大隗。《莊子·徐無鬼》：「黄帝將見大隗乎具茨之山，方明爲御，昌寓驂乘，張若謵朋前馬，昆閽滑稽後車；至於襄城之野，七聖皆迷，無所問塗。」成玄英疏：「大隗，大道廣大而隗然空寂也。亦言：大隗，古之至人也。具茨，山名也，在滎陽、密縣界，亦名泰隗山。」《元和郡縣圖志》（卷五）《河南道》（一）：「河南府密縣，大騩山，在縣東南五十里。本具茨山，黄帝見大隗於具茨之山，故亦謂之大騩山。」

〔一四〕玉膏：白色的液體服食物品。一説即玉酒。飲之可以長生成仙。《山海經·西山經》：「峚山，……丹水出焉，西流注于稷澤，其中多白玉，是有玉膏，其原沸沸湯湯，黄帝是食是饗。」郭璞注：「《河圖玉版》曰：『少室山，其上有白玉膏，一服即仙矣。』亦此類也。」清泠：清澈涼爽。

〔一五〕白雲谿：白雲縈繞的山谿。日方此：日日如此。

〔一六〕只如是：就是這樣（意謂没有變化）。二句稱贊王道士數十年不見衰老，甚至返老還童。此乃神仙家常見的話頭。《神仙傳》（卷四）《九靈子》：「在人間五百餘年，顔容益少。後服煉丹，而乃登仙去矣。」又（卷一）《廣成子》：「故千二百歲而形未嘗衰。」又（卷一）《彭祖》：「年二百七十歲，視之年如十五六」等等，不勝枚舉，可參證。

〔一七〕先生：指王道士。唐人常稱道士異人爲先生，參（卷一）《謁張果先生》注〔一〕。

〔一八〕竹杖：用神仙家騎竹杖可以快速飛行的説法。《神仙傳》（卷九）《壺公》：「（費）長房憂不能到家，公以竹杖與之曰：『但騎此到家耳。』長房辭去，騎杖忽然如睡，已到家，家人謂之鬼，具述前事，乃發視棺，中惟一竹杖，乃信之。長房以所騎竹杖投葛陂中，視之乃青龍耳。」黄裳：唐代的道士、女冠穿黄色的衣裳，戴黄冠。《唐六典》（卷四）《尚書禮部·祠部郎中》：「凡道士、女道士衣服皆以木蘭、青碧、皂荆黄、緇壞之色。」登翠微：登山。翠微，本指半山腰的山嵐雲氣，後即指山。《爾雅·釋山》：「山脊，岡。未及上，翠微。」

〔一九〕白蝙蝠：一種能飛的動物，據説其壽命長，其肉又是食之可以讓人成仙的仙藥。故蝙蝠在我國古代風俗中爲吉祥物。崔豹《古今注》（卷中）：「蝙蝠，一名仙鼠，一名飛鼠。五百歲則色白。腦重，集則頭垂，故謂之倒折，食之神仙。」《抱朴子·内篇·仙藥》：「肉芝者，謂萬歲蟾蜍，……千歲蝙蝠，色如白雪，集則倒懸，腦重故也。此二物得而陰乾末服之，令人壽四萬歲。」清蔣士銓《費生天彭畫〈耄耋圖〉贈百泉》（《忠雅堂詩集》卷二十二）：「世人愛吉祥，畫師工頌禱。諧聲而取譬，隱語戛戛造。蝠鹿與蜂猴，戟磬及花鳥。」

〔二〇〕迎君日暮雙來飛：蝙蝠多在黄昏時群飛，「雙飛迎君」，則有主觀上的歡忻之意。寺院道觀多有此景象，如韓愈《山石》詩云：「黃昏到寺蝙蝠飛。」

【箋　評】

《淮南子》：「含處吐火之術，出於萬畢之家。」案：《唐志》，《淮南子》外篇有《萬畢術》一卷，亦高誘注，今不傳。

（惠棟《九曜齋筆記》卷一《萬畢》）

此王道士蓋非平常道士，觀其不戀富貴，甘隱青山可知，故頎於臨歧，極盡推尊之意。又頎好道術，常服丹砂，欲求輕舉。故於其歸，即以成仙目之。詩亦迷離惝恍，亦幻亦真，所謂「雜歌咸善，玄理最長」者也。

（劉寶和《李頎詩評注》）

【按　語】

此詩稱述王道士學道有成，預言其長生可求，乃是此類詩中常見的話頭，讀來猶如一篇《神仙傳》，但并無新鮮特異之處。而詩在寫法上是有特點的。全詩四句一韻，且首句協韻；轉韻即換意，明顯是「初唐體」的用韻方式。詩在結構上整飭有序，變化有方，但在行文上開合較大，情節內容上又意緒繁多，所以就給人一種跳躍跌宕，起伏低昂的感覺。同時，這也與詩中多用神仙傳說的故事，賦予詩在情節上豐富繁多，地域上遥遠遼闊，時間上綿邈久長，有着密切的關係。

別梁鍠①〔一〕

梁生倜儻心不羈〔二〕，途窮氣蓋長安兒〔三〕。回頭轉眄似鵰鶚〔四〕，有志飛鳴人豈知〔五〕。雖云四十無禄位〔六〕，曾與大軍掌書記〔七〕。抗辭請刃誅部曲〔八〕，作色論兵犯二帥〔九〕。一言不合龍頷侯②〔一〇〕，擊劍拂衣從此棄③〔一一〕。朝朝飲酒黄公壚〔一二〕，脱帽露頂争叫呼〔一三〕。庭中犢鼻昔嘗挂〔一四〕，懷裏琅玕今在無〔一五〕。時人見子多落魄〔一六〕，共笑狂歌非遠圖〔一七〕。忽然遣躍紫騮馬〔一八〕，還是昂藏一丈夫〔一九〕。洛陽城頭曉霜白〔二〇〕，層冰峨峨滿川澤〔二一〕。但聞行路吟新詩〔二二〕，不嘆舉家無擔石④〔二三〕。莫言貧賤長可欺，覆簣成山當有時〔二四〕。莫言富貴長可托，木槿朝看暮還落〔二五〕。不見古時塞上翁〔二六〕，倚伏由來任天作〔二七〕。去去滄波勿復陳〔二八〕，五湖三江愁殺人〔二九〕。

【校記】

①「梁」劉本作「劉」。

②「頷」劉本、畢本作「額」。

③「拂」活字本、黄本作「排」。

④「擔」劉本、百家詩本、凌本、畢本、清鈔本作「儋」。

【注　釋】

〔一〕梁鍠：生卒年里不詳。曾從軍，爲掌書記。天寶初，官執戟。與李頎、岑參、錢起友善，三人均有詩贈梁鍠。梁鍠爲當時著名詩人，擅長五律，詩風嬌艷。《元和御覽詩》選録作品十首。《全唐詩》收其詩十五首。生平事迹參《國秀集》、《唐詩紀事》（卷二十九）。

〔二〕梁生：梁鍠。「生」是「先生」的省稱。參卷一《謁張果先生》注〔一〕。倜儻：豪邁爽朗。《史記》（卷八十三）《魯仲連列傳》：「魯仲連者，齊人也。好奇偉俶儻之畫策，而不肯仕宦任職，好持高節。」不羈：不受拘束。羈，馬絡頭。《漢書》（卷六十二）《司馬遷傳》：「僕少負不羈之才，長無鄉曲之譽。」顔師古注：「不羈，言其材質高遠，不可羈繫也。」

〔三〕途窮：無路可走。指窮困潦倒。《晉書》（卷四十九）《阮籍傳》：「時率意獨駕，不由徑路，車迹所窮，輒慟哭而反。」《文選》（卷二十一）顔延之《五君咏・阮步兵》：「物故不可論，途窮能無慟。」氣蓋：形容氣概高昂。《史記》（卷一百）《季布列傳》：「季布弟季心，氣蓋關中，遇人恭謹，爲任俠，方數千里，士皆争爲之死。」長安兒：指京城長安裏富貴人家的輕狂子弟。

〔四〕轉眄：回眸顧盼。《文選》（卷十九）曹植《洛神賦》：「轉眄流精，光潤玉顔。」鵰鶚：兩種猛禽，老雕和形似鷹而色土黄的鶚。《禽經》：「鷙鳥之善搏者曰鶚，竊玄曰鵰。」

〔五〕有志飛鳴人豈知：活用「一鳴驚人」的故實。《吕氏春秋・審應覽・重言》：「是鳥雖無飛，飛將沖天；雖無鳴，鳴將駭人。」《史記》（卷一百二十六）《滑稽列傳》：「此鳥不飛則已，一飛沖天；不鳴則已，一鳴驚人。」

〔六〕禄位：俸禄爵位。即做官。《周禮・天官・太宰》：「以八則治都鄙，……四曰禄位，以馭其士。」

〔七〕大軍：軍隊的美稱。《史記》（卷一百二十三）《大宛列傳》：「漢使數百人爲輩來，而常乏食，死者過半，是安能致大軍乎？」掌書記：唐代節度使幕府文職僚佐，掌管軍中文書工作。非朝廷命官，由主帥自辟。《舊唐書》（卷四十四）《職官志》（三）：「節度使一人，副使一人，行軍司馬一人，判官二人，掌书記一人。」《文選》（卷五十二）曹丕《典論・論文》：「琳、瑀之章表書記，今之雋也。」韓愈《徐泗濠三州節度掌書記廳石記》：「書記之任亦難矣！元戎整齊三軍之事，統理所部之甿，以鎮守邦國，贊天子施教化，而又外與賓客四鄰交；其朝覲、聘問、慰薦、祭祀、祈祝之文，與所部之政，三軍之號令、升黜，凡文辭之事，皆出書記。」

〔八〕抗辭：抗命陳辭。嚴辭。《漢書》（卷八十七下）《揚雄傳》（下）：「今吾子乃抗辭幽說，閎意眇指，獨馳騁於有亡之際。」請刃：請求給予生殺之權。部曲：部下。古代將軍軍營有部，部下有曲，後代通稱部下爲部曲。《漢書》（卷五十四）《李廣傳》：「及出擊胡，而廣行無部曲行陳，就善水草頓舍，人人自便。」《後漢書》（志第二十四）《百官志》（一）：「其領軍皆有部曲。大將軍營五部，部校尉一人，比二千石；軍司馬一人，比千石。部下有曲，曲有軍候一人，比六百石。曲下有屯，屯長一人，比二百石。」

〔九〕作色：變色。此指莊重嚴肅的神色。《禮記·哀公問》：「孔子愀然作色而對曰：『合二姓之好，以繼先聖之後，以爲天地、宗廟、社稷之主，君何謂已重乎？』」論兵：談論用兵之道。《吴越春秋》（卷四）《闔閭内傳》：「胥乃明知鑒辯，知孫子可以折衝銷敵。乃一旦與吴王論兵，七薦孫子。」二帥：梁鍠先後爲二位節度使掌書記乎？疑不能明。

〔一〇〕龍頟（è）侯：漢代韓説、韓共、韓寶、韓增都曾被封爲龍頟侯。《漢書》（卷五十五）《衛青霍去病傳》：「都尉韓説從大軍出竇渾，至匈奴右賢王庭，爲戲下搏戰獲王，封説爲龍頟侯。」顔師古注：「頟字或作額。」

〔一一〕擊劍：《漢書》（卷四十三）《叔孫通傳》：「高帝悉去秦儀法，爲簡易。群臣飲争功，醉或妄呼，拔劍擊柱，上患之。」《三國志·魏書·任城王彰傳》：「太祖嘗抑之曰：『汝不念讀書慕聖道，而好乘汗馬擊劍，此一夫之用，何足貴也！』」拂衣：甩開衣袖。表示決絶。《後漢書》（卷五十四）《楊震傳》附《楊彪傳》：「孔融，魯國男子，明日便當拂衣而去，不復朝矣。」棄：棄之而去。指棄官歸隱。

〔一二〕黄公壚：《世説新語·傷逝》：「王濬冲爲尚書令，著公服，乘軺車，經黄公酒壚下過，顧謂後車客：『吾昔與嵇叔夜、阮嗣宗共酣飲於此壚，竹林之遊，亦預其末。自嵇生夭、阮公亡以來，便爲時所羈紲。今日視此雖近，邈若山河。』」劉孝標注：「韋昭《漢書注》曰：『壚，酒肆也。以土爲墮，四邊高似壚也。』」

〔一三〕脱帽露頂爭叫呼：形容醉酒後放縱不羈的情態。脱帽：《玉臺新詠》（卷一）《日出東南隅行》：「少年見羅敷，脱帽著帩頭。」露頂：參卷一《贈張旭》注〔六〕。杜甫《飲中八仙歌》：「張旭三杯草聖傳，脱帽露頂王公前。」

〔一四〕庭中犢鼻昔嘗挂：形容生活貧困，性情豁達。犢鼻：犢鼻褌，做家務時所穿，類似於圍裙。《世説新語·任誕》：「阮仲容、步兵居道南，諸阮居道北。北阮皆富，南阮貧。七月七日，北阮盛曬衣，皆紗羅錦綺。仲容以竿挂大布犢鼻褌於中庭。人或怪之，答曰：『未能免俗，聊復爾耳。』」

〔一五〕琅玕：一種似玉的寶石。《山海經·西山經》：「槐江之山，丘時之水出焉，而北流注于泑水。其中多蠃母，其上多青雄黄，多藏琅玕、黄金、玉，其陽多丹粟，其陰多采黄金銀。」郭璞注：「琅玕，石似珠者。」懷裏琅玕：懷中藏玉，喻有才幹。《老子》（第七十章）：「知我者希，則我者貴，是以聖人被褐懷玉。」

〔一六〕時人：同時之人。參前《送劉十》注〔三〕。落魄：窮困潦倒貌。《漢書》（卷四十三）《酈食其傳》：「酈食其，陳留高陽人也。好讀書，家貧落魄，無衣食業。爲里監門，然吏縣中賢豪不敢役，皆謂之狂生。」顔師古注：「落魄，失業無次也。」

〔一七〕遠圖：長遠的謀劃。《文選》（卷十九）謝靈運《述祖德詩二首》（其二）：「賢相謝世運，遠圖因事止。」李善注：「《左傳》：榮成伯曰：『遠圖者，忠也。』曹大家上疏謂兄曰：『上損國家累世劬勞遠圖之功。』」

〔一八〕遣躍：驅使騰躍。紫騮馬：紫紅色的駿馬。《説文·馬部》：「騮，赤馬黑毛尾也。」《南史》（卷六十三）《羊侃傳》：「（梁武）帝因賜侃河南國紫騮令試之。侃執矟上馬，左右擊刺，特盡其妙。」《樂府詩集》（卷二十四）録《紫騮馬》，又（卷二十五）《紫騮馬歌辭》《紫騮馬歌》多首。

〔一九〕昂藏：氣度軒昂。陸機《晋平西將軍孝侯周處碑》：「汪洋廷闕之傍，昂藏寮寀之上。」李泌《長歌行》：「焉能不貴復不去，空作昂藏一丈夫。」

〔二〇〕洛陽：唐代東都，今河南省洛陽市。可知李頎是在洛陽送别梁鍠。

〔二一〕層冰峨峨：冰塊層叠堆積貌。峨峨，盛多貌，高峻貌。《楚辭·招魂》：「增冰峨峨，飛雪千里些。」

〔二二〕但聞：只聽到。行路吟新詩：活用朱買臣事。《漢書》（卷六十四上）《朱買臣傳》：「朱買臣字翁子，吴人也。家貧，好讀書，不治産業，常艾薪樵，賣以給食，擔束薪，行且誦書。其妻亦負戴相隨，數止買臣毋歌嘔道中。」

〔二三〕舉家：全家。無擔石：無擔石之糧。百斤爲擔，十斗爲石。《漢書》（卷八十七上）《揚雄傳》

（上）："家産不過十金，乏無儋石之儲，晏如也。"《後漢書》（卷二）《明帝紀》："生者無擔石之儲，而財力盡於墳土。"

〔二四〕覆簣（kuì）成山：將一簣一簣的土累積起來，最終堆成山。簣，盛土的竹器。《玉篇·竹部》："簣，土籠也。"《尚書·旅獒》："爲山九仞，功虧一簣。"《論語·子罕》："子曰：『譬如爲山，未成一簣，止，吾止也。譬如平地，雖覆一簣，進，吾往也。』"《文選》（卷六十）陸機《吊魏武帝文》："將覆簣於浚谷，擠爲山乎九天。"

〔二五〕木槿：錦葵科植物，開紅、紫、白花，朝開暮謝，爲時短暫。《說文·艸部》："蕣，木堇，朝華暮落者。"嵇含《南方草木狀》（卷中）："朱槿花，莖葉皆如桑，葉光而厚，樹高止四五尺，而枝葉婆娑。自二月開花，至中冬即歇。其花深紅色，五出，大如蜀葵。有蕊一條，長於花葉，上綴金屑，日光所爍，疑若焰生。一叢之上，日開數百朶，朝開暮落。插枝即活。出高凉郡。一名赤槿，一名日及。"所介紹爲木槿之一種，可參。

〔二六〕塞上翁：用塞翁失馬事，喻人生的禍福難料。《淮南子·人間訓》："近塞上之人，有善術者。馬無故亡而入胡。人皆吊之。其父曰：『此何遽不爲福乎？』居數月，其馬將胡駿馬而歸。人皆賀之。其父曰：『此何遽不能爲禍乎？』家富良馬，其子好騎，墮而折其髀。人皆吊之。其父曰：『此何遽不爲福乎？』居一年，胡人大入塞，丁壯者引弦而戰，近塞之人，死者十九。此獨以跛之故，父子相保。故福之爲禍，禍之爲福，化不可極。"

〔二七〕倚伏：指禍福互相因依轉化。《老子》（第五十八章）：「禍兮福之所倚，福兮禍之所伏。」任天作：任隨老天的安排。天作，天生。《詩經·周頌·天作》：「天作高山，大王荒之。」《毛傳》：「作，生。」

〔二八〕滄波：滄海，大海。喻隱居海上。去去勿復陳：意謂堅決地遠離世俗而歸隱，不必再説什麼了。《文選》（卷二十九）蘇武《詩四首》（其三）：「參辰皆已没，去去從此辭。」又魏文帝曹丕《雜詩二首》（其二）：「棄置勿復陳，客子常畏人。」

〔二九〕五湖三江：泛指江河湖海。一説，指長江下游的五湖（太湖）三江（浙江、吴松江、浦陽江）。説法紛紜，不詳列。《周禮·夏官·職方氏》：「東南曰揚州……其川三江，其浸五湖。」《尚書·禹貢》：「三江既入，震澤底定。」愁殺人：使人極爲愁苦。「殺」同「煞」，副詞。《文選》（卷二十九）《古詩十九首》（去者日以疎）：「白楊多悲風，蕭蕭愁殺人。」

【箋評】

（「庭中犢鼻昔嘗挂」四句）描得俗眼如畫。

（李攀龍輯、凌洪憲集評《李于鱗唐詩廣選》卷二）

此嘆梁生氣豪舉而人莫識也。言生以不群之才，脱略世務，雖處窮厄，氣猶過人，譬之雕鶚，時人莫識其飛騰耳。豈以禄位未及而輕之哉！嘗典大軍之書記矣。言論侃侃，不合則去，其風節有足多哉！今乃以縱飲落魄之故，衆共忽之，便謂無他遠略。獨不觀其躍馬疾驅，將非昂藏之士乎？且狂飲未足見其豪舉，當冰霜慘戚之際，而行歌自得，不問家之有無，其志莫可測也。倘窮者若覆簣之有成，顯者若槿花之易落，則生之飛騰未可料，當如塞翁之安於命而已。若以流俗爲不可居而欲滅迹滄波，則五湖三江之間，亦是有難堪者，恐未足以消其憤思也。

（唐汝詢《唐詩解》卷十七）

（首二句）莊云：「一語説盡生平，餘可無讀。」（四句「人豈知」）彝云：「三字弱。」（七八句）莊云：「有意氣，有作用。」（九十句）彝云：「惟其尚棄，故甘於落魄。」（十一至十二句）莊云：「描寫狂態。」（十一至十八句）彝云：「反復抑揚。」（二十一至二十二句）莊云：「窮處放誕，纔是真不羈。」（二十三至二十六句）彝云：「語雖膚淺，論極透徹。」（二十七至二十八句）莊云：「達者之言。」（末二句）彝云：「『隱』非豪士所樂。」

（唐汝詢《彙編唐詩十集》癸集）

周珽曰：「言梁生氣負不群，志多凌俗，時人未可以窮厄輕之。觀其曾與主帥言論侃侃，不合即去，其風節有足多者。及縱酒狂叫，不以家貧落魄，無人測識，少改昂藏蓋世之氣，總見其心豪放不羈也。『莫言』四句，舉大概世局言。因欲梁生忘情得失，終如塞翁，弗致違天所任。雖涉窮途，皆樂地矣。此與送章甫作，俱有大力量。『龍文旁分，螺書扁刻』，崔融《禹碑贊》也。舉以贊此二詩，應曰無憾。」

蔣一梅曰：「勝事乃得勝語，纔相稱，多定見語，結果亦佳。」

唐孟莊曰：「『途窮氣蓋長安兒』一語，説盡生平，餘可無讀。『抗辭』、『作色』二語，有意氣，有作用。『脱帽』句，描寫狂態。『但聞』、『不嘆』二句，窮處放誕，纔是真不羈。『不見』、『古時』二語，達者之言。」

唐陳彝曰：「『一言』二句，惟其尚棄，故甘於落魄。『朝朝飲酒』八句，反覆抑揚。『莫言』四句，語雖膚淺，論極透徹。結『隱』非豪士所樂。」

周啓琦曰：「『時人見子』二語，描得俗眼如畫。」

（周敬、周珽輯，陳繼儒批點《删補唐詩選脉箋釋會通評林》盛唐七古一）

結有世路風波意，非專言江湖難涉也。（「一言不合龍額侯」句）漢韓説封龍額侯。

（沈德潛《唐詩别裁集》卷五）

歌行純任氣力，便有竭蹶怒張之態。輞川而外，東川雅度，良堪心賞。

（范大士《歷代詩發》卷十一）

（「庭中犢鼻昔嘗挂，懷裏琅玕今在無」二句）宕逸。（「忽然遺躍紫騮馬」句）雄健磊落。奇絶快絶，使人讀此意强。

隔句换對，韻平仄互用，法格謹嚴。一結極得聲韻。

（黄培芳評點《唐賢三昧集》卷中）

此詩軒豁盡致，與前一首（按指前所選《送康洽入京進樂府歌》）各見明曠之妙，「途窮」七字尤卓然。「洛陽城頭」一接斗健有力。此七古之秘訣，而元遺山、李空同輩所極力摹仿者也。結杳然無際，然身世之感亦深矣。言空有豪宕之氣，而世路險巇，實屬可畏，所以深見相愛也。

（潘德輿評點《唐賢三昧集》卷中）

《别梁鍠》起颯爽作色。「論兵」句，此等句最爲費力。收二句似是噴薄，然適足見其痕迹，以氣不能浮舉之也。此言有誰知耶？

（方東樹《昭昧詹言》卷十二）

䆄，淺也。《爾雅》中「䆄」字有二義。〇此處似終篇語。北齊高昂初生，其父以其昂藏敖曹，故名而字之。〇結意甚遠，殆言世路之風波，非謂其去此江湖也。

言生雖處窮厄，氣猶過人，譬之雕鶚，常有飛鴻之志。昔典書記，言論侃侃，不合則去。今乃以縱酒落魄之故，衆共忽之，獨不睹其躍馬疾驅，固昂藏之士乎！且冰霜慘戚之際，行歌自得，不問有無，其志莫可測也。君不必滅迹滄波而守此江湖之寂寞矣。

（吴昌祺評定《删訂唐詩解》卷九）

以實事平鋪直叙，自然成文。

（王闓運《王闓運手批唐詩選》卷七）

這首送别詩，主要不是抒寫臨歧惜别的離思，而是通過作者對梁鍠遭遇的同情，着重地爲這一人物寫照。詩一開始就突出梁鍠窮途落拓、雄邁不群的氣概，然後層層深入地加以刻畫、渲染，使得這一人物的形象和他的内心世界浮雕似地躍然紙上，鮮明而又生動。李頎有不少富有特色的人物素描詩，這是其中之一。

（馬茂元《唐詩選》）

李頎的七言歌行與王維、高適、岑參齊名。代表着唐人七言歌行發展史中的一個過渡階段，而其中李頎、岑參尤可矚目。如果把本詩與上詩（按：指《古從軍行》）同前面所選的王勃《采蓮曲》、盧照鄰《長安古意》等對照起來讀一下，就會感到，這兩首詩的句格更恣肆，風格更跌宕，因而氣勢也更雄放。即以本詩論，題爲送别，但直至全詩三分之二後纔點題。前此則先總後分，曲折縱横以寫梁鍠之性格、遭遇，而歸結到「還是昂藏一丈夫」，然後作一大跳躍切入送别之意。而送别則仍從「昂藏一丈夫」着墨展開，故筆勢似斷復續，「昂藏」二字貫注于盤旋跳躍之中。胡應麟《詩藪》云：「唐七言歌行，垂拱四子，詞極藻艷，然未脱梁陳也。張、李、沈、宋，稍汰浮華，漸趨平直，唐體肇矣，然而未暢也。高、岑、王、李，音節鮮明，情致委折，濃纖修短，得衷合度，暢乎，然而未大也。太白、少陵大而化矣，能事畢矣……。」這段話很確切地闡述了李頎、岑參等在唐七言歌行發展史上的地位。

（馬茂元《唐詩選》）

這首送别詩，主要不是抒寫臨歧惜别的離思，而是通過作者對梁鍠遭遇的同情，着重地爲這一人物寫照。詩一開始就突出梁鍠窮途落拓、雄邁不群的氣概，然後圍繞這一特點層層深入地加以刻畫、渲染，使得這一人物的形象和他的内心世界浮雕似的躍然紙上，鮮明而又生動。全詩筆法恣縱起伏，而主綫明確無枝蔓，氣勢鼓蕩，骨力遒勁。李頎有不少富有特色的人物素描詩，與杜甫《飲中八仙歌》等，同爲創新之作，這是其中之一。

（馬茂元、趙昌平《唐詩三百首新編》）

【按語】

此首送別詩，只有末二句借烟波浩渺略點惜別悵惘之情，并以之點明梁鍠退隱江湖之意。除此以外，全詩都是表現其脱略世俗，昂藏不凡的形象，成爲李頎人物素描詩的一首名作。詩的開頭二句，可説是寫人的總冒，確定了從「倜儻不羈」的性格和「途窮氣蓋」的襟懷來刻畫人物的基本格局。而詩中「忽然遺躍紫騮馬，還是昂藏一丈夫」二句，則將上述兩個方面在表述結構上作了明顯的分判。前面多用人物事迹和歷史故事來刻畫渲染，後面則多以自然景象來作比喻形容，既富有變化又形象生動，構成了本詩的基本骨骼，是一首謀篇布局很有特點的作品。全詩以叙議相結合爲基本的表現方法，但作者自始至終穿插着生動的比喻形容，使得詩歌的境界很鮮明，富有詩意。詩的氣勢鼓蕩，筆法恣縱，骨力遒勁，風格豪邁，也是顯著的特色。

送從弟遊江淮兼謁鄱陽劉太守〔一〕

都門柳色朝朝新〔二〕，念爾今爲江上人〔三〕。穆陵關帶清風遠〔四〕，彭蠡湖連芳草春①〔五〕。
泊舟借問西林寺②〔六〕，曉聽猿聲在山翠〔七〕。潯陽北望鴻雁回〔八〕，湓水東流客心醉〔九〕。
須知聖代舉賢良〔一〇〕，不使遺才滯一方〔一一〕。應見鄱陽虎符守〔一二〕，思歸共指白雲鄉〔一三〕。

【校記】

①「連」劉本作「邊」。

②「西」活字本作「四」。

【注釋】

〔一〕從弟：參前《放歌行答從弟墨卿》注〔一〕。江淮：此指長江流域和淮河流域。詩中所寫的路途由淮及江，重點則在長江流域。鄱陽：鄱陽郡，唐代治所在今江西省波陽縣。《舊唐書》（卷四十）《地理志》（三）《江南西道》：「饒州，隋鄱陽郡。武德四年，平江左，置饒州。」劉太守：劉氏未詳。太守：秦、漢郡的行政長官。《漢書》（卷十九上）《百官公卿表》（上）：「郡守，秦官，掌治其郡，秩二千石。……景帝中二年更名太守。」唐代郡、州更名，太守與刺史亦隨之改稱。《舊唐書》（卷一）《高祖紀》：「改隋義寧二年爲唐武德元年……罷郡置州，改太守爲刺史。」又（卷九）《玄宗紀》（下）：「天寶元年，……天下諸州改爲郡，刺史改爲太守。」

〔二〕都門：京都之門，即指京城。《漢書》（卷三十六）《楚元王傳》：「野禽戲廷，都門内崩。」又（卷九十九下）《王莽傳》（下）：「兵從宣平城門入，民間所謂都門也。」顔師古注：「長安城東出北頭第一門。」柳色朝朝新：王維《送元二使安西》：「渭城朝雨浥輕塵，客舍青青柳色新。」

〔三〕念爾：想着你。江上人：此謂乘船在江上遠行的游子。

〔四〕穆陵關：舊址在今湖北省麻城市北，與河南省交界處。《元和郡縣圖志》（卷二十七）《江南道》（三）：「黄州麻城縣，穆陵關，西至白沙關八十里，在縣西北一百里，在州北二百里，至光州一百四十九里。」

〔五〕彭蠡湖：即今江西省鄱陽湖。《元和郡縣圖志》（卷二十八）《江南道》（四）：「江州，潯陽，《禹貢》揚、荆二州之境。揚州云『彭蠡既豬』，今州南五十二里彭蠡湖是也。」又云：「江州都昌縣，彭蠡湖，在縣西六十里。與潯陽縣分湖爲界。」

〔六〕借問：詢問，請問。《文選》（卷二十七）曹植《白馬篇》：「借問誰家子，幽并遊俠兒。」杜牧《清明》：「借問酒家何處有，牧童遥指杏花村。」西林寺：古代名刹。在今江西省九江市廬山西北麓。《蓮社高賢傳·慧永法師》：「西林法師慧永，河内潘氏，年十二出家，事沙門竺曇現。初集禪於恒山，與遠師同依安法師，期結宇羅浮。及遠師爲安公所留，師乃欲先度五嶺。太元初，至尋陽。刺史陶範，素挹道風，乃留住廬山，捨宅爲西林以奉師。」

〔七〕山翠：翠緑的山色。庾肩吾《奉和春夜應令詩》：「水光懸蕩壁，山翠下添流。」此句的「猿聲」有令人歡快的情調。

〔八〕潯陽：唐時又稱江州，今江西省九江市。參本詩注〔五〕。

〔九〕湓水：又名湓浦、湓江，長江的支流，在江州（今九江市）入長江。《初學記》（卷八）《江南道》：「湓水，《潯陽記》曰：湓水出青盆山，因以爲名。帶山雙流，而右灌潯陽，東北流入江。」《太平御覽》（卷六十五）引《郡國志》曰：「湓浦水，有人此處洗銅盆，忽水暴漲，乃失盆，遂投水取之，即見一龍銜盆，遂奮而出，故曰盆水也。」心醉：此形容心中悲傷之極。醉，形容程度之甚。《文選》（卷二十一）顔延之《五君咏·阮始平》：「郭奕已心醉，山公非虚覯。」李善注：「《名士傳》曰：『阮咸哀樂至，過絶於人，太原郭奕，見之心醉，不覺嘆服。』《列子》曰：『有神巫自齊而來，處於鄭，命曰季咸，列子見之而心醉。』向秀曰：『迷惑其道也。』」

〔一〇〕須知：應知。舉賢良：薦舉賢能的優秀人才。參前《答高三十五留別便呈于十一》注〔二〕。

〔一一〕遺才：未被任用的人才。《文選》（卷三十四）曹植《七啓八首》（其八）：「舉不遺才，進各異方。」李善注：「《左氏傳》曰：楚子囊曰：『晉君舉不失選。』又曰：『不遺德刑。』杜預曰：『遺，失也。』」

〔二〕虎符守：太守的代稱。《漢書》（卷四）《文帝紀》：「初與郡守爲銅虎符、竹使符。」顔師古注：「應劭曰：『銅虎符第一至第五，國家當發兵遣使者，至郡合符，符合乃聽受之。竹使符皆以竹箭五枚，長五寸，鐫刻篆書，第一至第五。』張晏曰：『符以代古之圭璋，從簡易也。』師古曰：『與郡守爲符者，謂各分其半，右留京師，左以與之。』」

〔三〕白雲鄉：此指京都。參卷一《送劉四》注〔三〕。

【箋評】

《送從弟遊江淮兼謁鄱陽劉太守》似右丞。「泊舟」句换。

（方東樹《昭昧詹言》卷十二）

馮鈍吟曰：「一起别情已見。」

（國家圖書館藏清鈔本《李頎集》眉批）

【按語】

此首送别詩，寫得輕靈秀美，韻味雋永。首句即借景物抒發别情，末句則借用典故盼其歸來，全詩籠罩在濃厚的送别情意之中。但因爲詩中寫景清麗，造境幽雅，所以纔使人不覺得傷感愁苦，風調上較爲明快舒暢。詩在構思上的最大持色，在于抓住送别之時對行人在别後所見所聞的繫念關切，來表達别情。它們境界開闊，景象美麗，一地一景，變化多端，表現出對行人的深厚情意。詩的第二句「念爾」云云，就十分巧妙地發揮了這種轉换的作用。從此句以下，詩中描寫情景，闡發議論，都是由這個「念」字引發出來的。另外，此詩末二句既寫「送從弟」，又寫「兼謁」之意，二者的結合也很自然妥貼，雖爲小技，也能體現出此詩運思上的妙詣天成。

雙笋歌送李回兼呈劉四〔一〕

并抽新笋色漸緑，迴出空林雙碧玉〔二〕。春風解籜雨潤根〔三〕，一枝半葉清露痕。爲君當面拂雲日〔四〕，孤生四遠何足論〔五〕。再三抱此悵爲别〔六〕，嵩洛故人與之説〔七〕。

【注釋】

〔一〕雙笋：此有借喻李回、劉四之意。《爾雅·釋草》：「笋，竹萌。」《詩經·大雅·韓奕》：「其蔌維何，維笋及蒲。」孔穎達疏：「孫炎曰：『竹初萌生謂之笋。』」李回：李頎尚有七律《送李回》，當爲同一人。《新唐書》（卷七十二上）《宰相世系表》（二上）載李恒子「（李）回，工部員外郎」。又李延祐子李回（《唐代墓志匯編》第一〇六七頁《大唐故朝議郎行益州大都督府士曹參軍事李（延祐）君墓志銘并序》）。又《太平廣記》（卷二四二）引《紀聞》有「唐臨濟令李回」。

未知孰是。劉四：當指劉晏。參卷一《送劉四》注〔一〕。

〔二〕迥出：高出。形容挺拔貌。空林：空曠的樹林。《文選》（卷二十九）張協《雜詩十首》（其六）：「咆虎響窮山，鳴鶴聒空林。」碧玉：緑色的玉石，比喻竹笋的色澤。

〔三〕解籜(tuò)：散開的竹籜。籜，包裹竹笋的皮殼。

〔四〕君：指李回。當面：對面。拂雲日：形容竹笋挺拔，好像直插雲空，可以拂日。參卷一《題僧房雙桐》注〔一〕。

〔五〕孤生：孤獨特立的生長。《文選》（卷二十九）《古詩十九首》（其八）：「冉冉孤生竹，結根泰山阿。」四遠：四方荒遠之地。王充《論衡·超奇》：「珍物産於四遠幽遼之地。」

〔六〕再三：多次，許多遍。《周易·蒙卦》：「初筮告，再三瀆，瀆則不告。」抱此：謂擁抱雙笋。

〔七〕嵩洛：嵩山、洛陽。兩處相距頗近。實指洛陽而言。分别參卷一《光上座廊下衆山五韻》注〔三〕、《東京寄萬楚》注〔一〕。故人：指劉四。

【箋評】

亦於幽細中起大波瀾。（王闓運《王闓運手批唐詩選》卷七）

此詩全用比喻，所咏者雙笋，無一語及李回，却語語是李回。蓋回爲有才而棄在遠郡者，故頎以

「拂雲日」、「生四遠」喻之，亦借以慰回耿耿之意。劉四仕歷，或亦相同，故末呈文，意亦及之，蓋欲其彼此相慰也。文則仍就雙笋説，與前相應，收束無痕，爲七古中别具風格者。（劉寶和《李頎詩評注》）

【按　語】

此首咏物送别詩，最大的特色是運用比喻手法，以「雙笋」喻兩位友人。詩的第一至第六句描寫刻畫「雙笋」蓬勃的生機，挺拔的姿態，清秀的形象，句句都是比喻兩位友人，透脱清新，深得咏物的妙詣。這種寫法，吸取了魏晋時期品題人物的一個常見做法，即以物喻人，形象生動。如《世説新語·賞譽》：「世目李元禮：『謖謖如勁松下風。』」又云：「庾子嵩目和嶠：『森森如千丈松，雖磊砢有節目，施之大厦，有棟梁之用。』」此類甚多，不詳舉。

送劉四赴夏縣〔一〕

九霄特立紅鸞姿〔二〕，萬仞孤生玉樹枝〔三〕。劉侯致身能若此〔四〕，天骨自然多嘆美〔五〕。聲名播揚二十年〔六〕，足下長途幾千里〔七〕。舉世皆親丞相閣〔八〕，我心獨愛伊川水〔九〕。脱略勢利猶埃塵〔一〇〕，嘯傲時人而已矣①〔一一〕。新詩數歲即文雄〔一二〕，上書昔召蓬萊宫〔一三〕。明主拜官麒麟閣〔一四〕，光車駿馬看玉童〔一五〕。高人往來廬山遠〔一六〕，隱士往來張長公〔一七〕。扶南甘蔗甜如蜜〔一八〕，雜以荔枝龍州橘〔一九〕。赤縣繁詞滿劇曹〔二〇〕，白雲孤峰暉永日〔二一〕。朝持手板望飛鳥〔二二〕，暮誦《楞伽》對空室〔二三〕。一朝出宰汾河間〔二四〕，明府下車人吏閑〔二五〕。端坐訟庭更無事〔二六〕，開門咫尺巫咸山②〔二七〕。男耕女織蒙惠化〔二八〕，麥熟雉鳴長秋稼〔二九〕。明年九府議功時〔三〇〕，五辟三徵當在茲〔三一〕。聞道桐鄉有遺老〔三二〕，邑中還欲置生祠〔三三〕。

【校　記】

① 「傲」百家詩本、凌本作「嗷」。

② 「開」下原注：「一作閑。」

【注　釋】

〔一〕劉四：劉晏。參卷一《送劉四》注〔一〕。夏縣：即今山西省夏縣。《元和郡縣圖志》（卷六）《河南道》（二）：「陝州，夏縣。」此詩送劉晏赴任夏縣令，當作於天寶初至七載二月前。《舊唐書》（卷一二三）《劉晏傳》：「累授夏縣令，有能名。」《新唐書》（卷一四九）《劉晏傳》：「天寶中，累調夏縣令，未嘗督賦，而輸無逋期。」張階《唐故河南府洛陽縣尉頓丘李公墓志銘并序》云李公名琚于「天寶戊子二月乙巳」卒于洛陽，時即天寶七載二月。文中云：「其所厚善，則金部郎馮用之、涇陽宰韓景宜、夏長劉晏、廷評王端、墨客張策而已。」可見，至遲天寶七載二月劉晏已任夏縣令。

〔二〕九霄：高遠的天空。《文選》（卷二十二）沈約《遊沈道士館》詩：「鋭意三山上，托慕九霄中。」李善注：「潘岳書曰：『長自絶於埃塵，超遊身乎九霄。』」特立：挺立，獨立。紅鸞：紅色羽毛的鸞鳥。鸞是古代傳説中鳳凰一類的神鳥。《説文・鳥部》：「鸞，亦神靈之精也。赤色，五采，鷄形。鳴中五音，頌聲作則至。」

〔三〕孤生：參前《雙笋歌送李回兼呈劉四》注〔五〕。玉樹：神仙傳説中的仙樹。一説即槐樹。《晋書》（卷七十九）《謝安傳》附《謝玄傳》：「玄字幼度。少穎悟，與從兄朗俱爲叔父安所器重。安嘗戒約子侄，因曰：『子弟亦何豫人事，而正欲使其佳？』諸人莫有言者。玄答曰：『譬如芝蘭玉樹，欲使其生於庭階耳。』安悦。」

〔四〕劉侯：指劉四。古人稱縣令爲百里侯，故稱。《孟子・萬章下》：「天子之制，地方千里，公、侯皆方百里。」《漢書》（卷十九上）《百官公卿表》（上）：「縣令、長，皆秦官，掌治其縣。……縣大率方百里。」致身：委身，猶立身。《論語・學而》：「事父母，能竭其力；事君，能致其身。」

〔五〕天骨：天生的骨相。指人的形貌、氣質。蔡邕《荆州刺史度尚碑》：「朗鑒出于自然，英風發乎天骨。」《文選》（卷四十七）袁宏《三國名臣序贊》：「邈哉崔生，體正心直，天骨疎朗，墻宇高嶷。」嘆美：贊美。荀悦《漢紀》（卷二十四）《孝成皇帝紀》（一）：「王商者，宣帝舅，樂昌侯武之子，曰……上乃止。有頃，長安中稍稍自定。上嘆美商之固守，數稱其議。」

〔六〕聲名：名譽聲望。《禮記・祭統》：「銘者，論撰其先祖之有德善、功烈、勛勞、慶賞、聲名，列於天下，而酌之祭器。」播揚：傳播，散開。《文選》（卷十八）成公綏《嘯賦》：「散滯積而播揚，蕩埃藹之溷濁。」李善注：「鄭玄《儀禮注》曰：『播，散也。』」

〔七〕足下：脚下。足下千里：《老子》（第六十四章）：「合抱之木，生於毫末；九層之臺，起於累土；千里之行，始於足下。」

〔八〕丞相閤：指丞相延攬人才的臺閣。此處謂企求出仕做官。《漢書》（卷五十八）《公孫弘傳》：「時上方興功業，屢舉賢良。弘自見爲舉首，起徒手，數年至宰相封侯，於是起客館，開東閤以延賢人，與參謀議。」

〔九〕我心：指劉四而言。以第一人稱的口吻來寫。伊川：伊水。參卷一《望鳴皋山白雲寄洛陽盧主簿》注〔二〕。

〔一〇〕脱略：不受拘束，輕易。《文選》（卷十六）江淹《恨賦》：「脱略公卿，跌宕文史。」張銑注：「脱略，輕易。」

〔一一〕嘯傲：超逸縱放貌。《文選》（卷三十）陶淵明《雜詩二首》（其二）：「嘯傲東軒下，聊復得此生。」李善注：「郭璞《遊仙詩》曰：『嘯傲遺俗，羅得此生。』」

〔一二〕數歲：幾歲。一般指不到十歲的兒童。文雄：文豪。劉晏少年時以文才成名，獲得時譽。參卷一《送劉四》注〔七〕。

〔一三〕蓬萊宫：唐代宫殿名。又名大明宫。《唐會要》（卷三十）：「貞觀八年十月，營永安宫，至九年正月，改名大明宫。……至龍朔二年，高宗染風痺，以宫内湫濕，乃修舊大明宫，改名蓬萊宫，北據高原，南望爽塏。」

〔一四〕拜官：授官，被任命官職。麒麟閣：漢代宫殿名，此喻秘書省。《三輔黄圖》（卷六）：「《漢宫殿疏》云：『天禄、麒麟閣，蕭何造，以藏秘書、處賢才也。』」又云：「麒麟閣，《廟記》云：『麒麟閣，蕭何造。』《漢書》：宣帝思股肱之美，乃圖霍光等十一人於麒麟閣。」

〔一五〕光車駿馬：謂車美馬壯。陸機《百年歌十首》（其二）：「光車駿馬遊都城，高談雅步何盈盈。」玉童：仙童，神童，對少年的美稱。參卷一《贈蘇明府》注〔二〕。

〔一六〕廬山遠：廬山的名僧遠公。廬山，在今江西省九江市附近。《元和郡縣圖志》（卷二十八）《江南道》（四）：「江州，潯陽縣，廬山，在縣東三十二里。本名鄣山，昔匡俗字子孝，隱淪潛景，廬於此山，漢武帝拜爲大明公，俗號廬君，故山取號。周環五百餘里。」梁釋慧皎《高僧傳》（卷六）《晋廬山釋慧遠》：「釋慧遠，本姓賈，雁門婁煩人也。……後欲往羅浮山，及届潯陽，見廬峰清静，足以息心，始住龍泉精舍。……因號精舍爲龍泉寺焉。時有沙門慧永，居在西林，與遠同門舊好，遂要遠同止。……桓（伊）乃爲遠復於山東更立房殿，即東林是也。遠創造精舍，洞盡山美，却負香爐之峰，傍帶瀑布之壑，仍石叠基，即松栽構，清泉環階，白雲滿室。」

〔一七〕張長公：漢張釋之子張摯，字長公，爲人正直，罷官後終身不仕。《史記》（卷一百二）《張釋之傳》：「其子曰張摯，字長公，官至大夫，免。以不能取容當世，故終身不仕。」陶淵明《讀史述九章》（其九）《張長公》：「斂轡朅來，獨養其志。寢迹窮年，誰知斯意。」

〔一八〕扶南：唐代州郡名，實爲羈縻扶南國而置。《舊唐書》（卷四十一）《地理志》（四）：「安南都督府，籠州，貞觀十二年，清平公李弘節遣龔州大同縣人龔固興招慰生蠻，置籠州。天寶元年，改爲扶南郡。乾元元年，復爲籠州。……扶南國，在日南郡之南海西大島中，去日南郡約七千里，在林邑國西三千里。其王，貞觀中遣使朝貢，故立籠州招置之。遥取其名，非正扶南國也。」扶南甘蔗：《藝文類聚》（卷七十二）吴筠（均）《食移》：「扶南甘蔗，一丈三節。白日炙便銷，清風吹即折。安定之梨，皮薄味厚。一歲三花，一枚二升。凡厥上味，惟君能施。」甜如蜜：《神異經·南荒經》：「南方有甘蔗之林，其高百丈，圍三尺八寸。促節多汁，甜如蜜，咋嚙其汁，令人潤澤。」

〔一九〕荔枝龍州橘：龍州的荔支和橘子。龍州，唐州名，後廢，改龍編縣，屬交州。即今廣西壯族自治區龍州縣。《元和郡縣圖志》（卷三十八）《嶺南道》（五）：「安南都護府，交州，龍編縣，本漢縣，屬交趾郡。立縣之始，蛟龍盤編於江津之間，因以爲瑞，而名縣也。武德四年於此置龍州，貞觀元年州廢，縣屬交州。」荔支、橘子，歷來被認爲是南方的珍果。嵇含《南方草木狀》（卷下）《荔枝》條：「魏文帝詔群臣曰：『南方果之珍異者，有龍眼荔枝，令歲貢焉。』出九真、交趾。」

又《橘》條云：「橘，白華赤實，皮馨香，有美味。自漢武帝，交趾有橘官長一人，秩二百石，主貢御橘。吴黄武中，交趾太守士燮，獻橘十七，實同一蔕，以爲瑞異，群臣畢賀。」劉恂《嶺表録異》（卷中）：「荔枝，南中之珍果也。」

〔二〇〕赤縣：古代稱中國爲神州赤縣。唐代京都所治的縣稱赤縣。此用後者。劉晏曾官洛陽尉，洛陽縣即赤縣。參卷一《送劉四》注〔九〕。《元和郡縣圖志》（卷五）《河南道》（一）：「河南府，洛陽縣，赤。」《通典》（卷三十三）《職官》（十五）：「大唐縣有赤（原注：三府共有六縣）、畿（原注：八十二）、望（原注：七十八）、緊（原注：百一十一）、上（原注：四百四十六）、中（原注：二百九十六）、下（原注：五百五十四）七等之差。京都所治爲赤縣，京之旁邑爲畿縣。其餘則以户口多少、資地美惡爲差。」繁詞：此指官府繁雜的公文文詞。劇曹：公務繁重的官署。職有所司的官府機構稱曹。《後漢書》（志第二十六）《百官志》（三）：「令史十八人，二百石。本注曰：曹有三，主書。後增劇曹三人，合二十一人。」

〔二一〕孤峰：聳立的山峰。永日：整天。《文選》（卷二十）劉楨《公讌詩》：「永日行遊戲，歡樂猶未央。」李善注：「永日，長日也。《尚書》曰：『日永星火。』《毛詩》曰：『且以永日。』毛萇曰：『永，引也。』」

〔二二〕手板：原稱笏，以笏記事，上朝時持於手中，成爲官員的一種標識。《唐會要》（卷三十二）：「武德四年八月十六日，詔五品已上執象笏，已下執竹木笏。舊制，三品已下，前挫後直；五品已上，前挫後屈。武德已來，一例上圓下方。其日敕，凡笏，周制七。《周禮》，諸侯以象，大夫以魚須文竹。晉、宋以來，謂之手板。」此句化用王子猷事，意謂爲官清簡，舉重若輕。《世説新語・簡傲》：「王子猷作桓車騎參軍。桓謂王曰：『卿在府久，比當相料理。』初不答，直高視，以手版拄頰云：『西山朝來，致有爽氣。』」

〔一三〕《楞伽》：《楞伽經》，佛經名，全稱《楞伽阿跋多羅寶經》。空室：清净之室。韓愈《謝自然詩》：「一朝坐空室，雲霧生其間。」

〔一四〕汾河：參卷一《送裴騰》注〔一四〕。出宰汾河間：即指劉四赴夏縣令一事。縣令又稱縣宰，故云。杜荀鶴《再經胡城縣》：「今來縣宰加朱紱，便是生靈血染成。」

〔一五〕明府：縣令的别稱。參卷一《贈蘇明府》注〔一〕。下車：到任，上任。《禮記・樂記》：「武王克殷，反商，未及下車，而封黄帝之後於薊。」人吏：此指佐吏。《韓詩外傳》（卷五第十八章）：「據法守職而不敢爲非者，人吏也。」

〔一六〕端坐：正坐。訟庭：訟堂，審理訴訟案件的衙門。無事：清閑。

〔一七〕咫尺：形容距離很近。《左傳・僖公九年》：「天威不違顔咫尺。」杜預注：「八寸曰咫。」巫咸山：在夏縣，相傳殷代巫咸曾隱此。《隋書》（卷三十）《地理志》（中）：「河東郡，夏縣，舊置安邑郡，開皇初郡廢。有巫咸山、稷山、虞坂。」《讀史方輿紀要》（卷四十一）《山西》（三）：「解州，夏縣，巫咸城，縣南五里。相傳殷巫咸隱此，亦曰巫咸頂，一名瑶臺頂。下有谷，亦曰巫咸谷。《水經注》：「鹽水流經巫咸山北」是也。」

〔二八〕惠化：恩惠和教化。舊時指地方官的政績。《三國志・魏書・盧毓傳》：「遷安平、廣平太守，所在有惠化。」

〔二九〕麥熟雉鳴：描寫豐收的祥和景象。雉，野鷄。《文選》（卷九）潘岳《射雉賦》：「麥漸漸以擢芒，雉鷕鷕而朝鴝。」秋稼：成熟的莊稼。《後漢書》（卷五）《孝安帝紀》：「重以蝗蟲滋生，害及成麥，秋稼方收，甚可悼也。」又云：「今年秋稼茂好，垂可收穫，而連雨未霽，懼必淹傷。」

〔三〇〕九府：九卿之府，即九寺。中央朝廷的九個官署，實指朝廷而言。《資治通鑑》（卷一百四十）《齊明帝建武三年》：「上躬親細務，綱目亦密，於是郡縣及六署、九府常行職事，莫不啓聞，取決詔敕。」胡三省注：「九府：太常、光禄勛、衛尉、廷尉、大司農、少府、將作大匠、太僕、大鴻臚九卿府也。」《隋書》（卷二十七）《百官志》（中）：「太常、光禄、衛尉、宗正、太僕、大理、鴻臚、司農、太府是爲九寺。」唐承隋制，九寺即九府，完全相同。參《唐六典》（卷十四至卷二十）。議功：評議官員的功績。

〔三一〕五辟三徵：反復多次地被徵聘任命。蔡邕《陳仲弓碑文》：「（陳寔）四爲郡功曹，五辟豫州。」《後漢書》（卷七十九上）《儒林傳》（上）《楊倫傳》：「倫前後三徵，皆以直諫不合。」《晉書》（卷九十一）《儒林傳・劉兆傳》：「武帝時，五辟公府，三徵博士，皆不就。」

〔三二〕聞道：聽説。參前《古從軍行》注〔九〕。桐鄉遺老：用漢代朱邑做地方官受民衆愛戴事。桐鄉，在今安徽省桐城縣，春秋時爲桐國，漢改桐鄉。《元和郡縣圖志》（闕卷逸文卷二）：「舒州桐城縣，桐本春秋時楚附庸小國也。……至德二載改爲桐城，取桐鄉爲名也。……朱邑祠，在縣西南。邑爲桐鄉嗇夫，廉平有恩，縣人思之，爲立生祠。」《漢書》（卷八十九）《循吏傳·朱邑傳》：「朱邑字仲卿，廬江舒人也。少時爲舒桐鄉嗇夫，廉平不苛，以愛利爲行，未嘗笞辱人，存問耆老孤寡，遇之有恩，所部吏民愛敬焉。……初，邑病且死，屬其子曰：『我故爲桐鄉吏，其民愛我，必葬我桐鄉。後世子孫奉嘗我，不如桐鄉民。』及死，其子葬之桐鄉西郭外，民果共爲邑起冢立祠，歲時祠祭，至今不絶。」

〔三〕生祠：人還健在時所立的祭祠。意謂極受民衆愛戴。《漢書》（卷七十一）《于定國傳》：「其父于公爲縣獄史，郡决曹，决獄平，羅文法者于公所决皆不恨。郡中爲之立生祠，號曰于公祠。」

【箋評】

唐詩中多用張長公事，陳子昂詩云：「世道不相容，嗟嗟張長公。」此指張釋之子耳。釋之子名摯，字長公，隱而不仕，見推於時。又《南史》簡文帝開文德省，置學士，以吴郡張長公與庾肩吾充其選。陳宣亦曰：「昔吴國張長公耽酒，年六十，自言引滿大勝少年時。」則是有兩張長公矣。不知詩人用張長公何所指耳。然張長公名自陶淵明發之，又不始於子昂也。

（吴震方《讀書質疑》卷上）

【按　語】

此詩重點不在抒發別情而在贊美友人，在李頎詩歌裏屬於人物素描詩。首段十句是總贊，故有第五句「二十年」云云。詩以「紅鸞」、「玉樹」作喻，運用魏晋品題人物的方法，寫出友人的出塵脱俗，卓爾不群，亦即詩第九、十兩句中所説的「脱略勢利」、「嘯傲時人」的形象和精神。中間十二句則是簡叙其聲名早著，吏才傑出。叙寫中是有歷時性的。但其特色是在于形象鮮明的描寫刻畫和新穎生動的比喻擬議。前者表現在此段開頭和結束的各四句，後者則體現在中間四句上。其實質還是贊美友人的「脱略勢利」、「嘯傲時人」，精神飽滿，神采飛揚，令人欽佩。末段十句扣題，全是送別友人出宰夏縣的祝頌之詞，在氣脉上與詩的前二段對友人的褒揚贊美渾然一體，自然成篇。

少室雪晴送王寧〔一〕

少室衆峰幾峰別〔二〕，一峰晴見一峰雪〔三〕。隔城半山連青松，素色峨峨千萬重〔四〕。過景斜臨不可道〔五〕，白雲欲盡難爲容〔六〕。行人與我玩幽境〔七〕，北風切切吹衣冷〔八〕。惜別浮橋駐馬時〔九〕，舉頭試望南山嶺〔一〇〕。

【注釋】

〔一〕少室：少室山。參卷一《光上座廊下衆山五韻》注〔二〕及前《送王道士還山》注〔二〕。王寧：《新唐書》（卷七十二中）《宰相世系表》（二中）載武后時宰相王綝（字方慶）孫王寧，未知孰是。

〔二〕衆峰：衆多的山峰。舊説少室山有三十六峰。《讀史方輿紀要》（卷四十六）《河南》（一）《嵩高》條下引《名山記》曰：「山高二十里，周百三十里，中爲峻極峰，東曰太室，西曰少室（《述征記》：「少室高八百六十丈，方十里。謂之室者，山下各有石室也。」），其回環蓋有三十六峰。」《河南通志·山川上·河南府》：「少室山，在登封縣西十七里，一名季室，見《山海經》；一名負黍山，有負黍城在其南。周圍方百里，上有三十六峰。」幾峰：猶言數峰。別：別樣，不同一般。

〔三〕一峰晴見：眼中所見天晴時的一座山峰，謂其無雪，只見山色。一峰雪：謂另一座山峰仍被白雪所覆蓋。

〔四〕素色：指白雪。峨峨：形容山峰上雪多。參前《夏宴張兵曹東堂》注〔九〕。《詩經·大雅·棫樸》：「奉璋峨峨，髦士攸宜。」《毛傳》：「峨峨，盛壯也。」孔穎達疏：「此臣奉璋之時，其容儀峨峨然甚盛壯矣。」《文選》（卷四十八）班固《典引》：「濟濟翼翼，峨峨如也。」吕向注：「皆盛多貌也。」

〔五〕過景：行走中見到的景象。不可道：無法説出來（美妙得無以形容）。《老子》（第一章）：「道，可道，非常道。」

〔六〕白雲欲盡：形容白雲輕淡，似有若無。

〔七〕行人：出行的人，游子，指王寧。幽境：幽雅清秀的美麗境界。

〔八〕北風：冬天的冷風。《詩經·邶風·北風》：「北風其涼，雨雪其雱。」切切：形容冷風的凄厲。《文選》（卷三十）謝脁《郡内登望》：「切切陰風暮，桑柘起寒煙。」吹衣冷：裴子野《寒夜賦》：「風吹衣而凛凛，氣空積而蒼蒼。」

〔九〕浮橋：古代以船、筏、浮箱，或以連綴繩索等方式構成橋，以供人們渡水，都可稱作浮橋。《爾雅·釋水》：「天子造舟，諸侯維舟，大夫方舟，士特舟，庶人乘泭。」邢昺疏：「言造舟者，比船於水，加板於上，即今之浮橋。」駐馬：北魏温子昇《白鼻騧》：「相逢狹斜路，駐馬詣當壚。」

〔一〇〕試望：且望，且看。南山：指南面的少室山。望南山：陶淵明《飲酒二十首》（其五）：「采菊東籬下，悠然望南山。」

【箋評】

（首二句）譚云：「兩句連用四『峰』字，入目清響颯然，而『一峰晴見一峰雪』是雪晴真景，妙於寫出。」鍾云：「讀此，覺『陰晴衆壑殊』句率甚乾甚。」（四句）譚云：「『千萬重』説滿山松雪，妙，妙！」（五句）鍾云：「『過景』字妙。」（五六句）譚云：「描畫極矣，又加『不可道』、『難爲容』六字，始深。」

（鍾惺、譚元春《唐詩歸》卷十四）

唐云：「煉成幽境，浮寄别思。」（首二句）吴逸一云：「簡至精爽，覺善丹青人描寫費力。」

（唐汝詢《彙編唐詩十集》壬集）

吴山民曰：「簡至精爽，覺善丹青人描寫費力。」

（周敬、周珽輯，陳繼儒批點《删補唐詩選脉箋釋會通評林》盛唐七古一）

十分工，似殊不匆匆。

（范大士《歷代詩發》卷十一）

清溪曰：「竟可作一篇《少室雪晴小記》，絶似柳州文字。」

（張揔《唐風懷》卷二）

（首二句）起得聳峭。（末二句）不盡之神。

（黄培芳評點《唐賢三昧集》卷中）

詩有一句内叠三字者，如吴融「一聲南雁已先紅，槭槭萋萋葉葉同」；有一句内重三字者，如杜荀鶴「一更更盡到三更，吟破離心句不成」；有一句連三字者，如劉駕「日日日斜空醉歸」，又「夜夜夜深聞子規」；有兩句重四字者，如李頎「少室衆峰幾峰别，一峰晴見一峰雪」；……劉彦和曰：「詩有恒裁，思無定位。」拈此以爲學詩者告。

（宋長白《柳亭詩話》卷三十《重叠字》）

淵如曰：「『晴見』者，晴色已見。」（國家圖書館藏清鈔本《李頎集》眉批）

觀此，知其本領只在細熨。（王闓運《王闓運手批唐詩選》卷七）

此别詩，不寫别而寫少室雪晴之美，似與送字無關，實則寫景愈美，境愈清，則留之共賞之意愈深而情愈切。故不言惜别，而惜别自在其中，是爲善言别情者。蓋寧與頎同志，來潁陽相訪，不忍其遽去，故托雪色而言之耳。（劉寶和《李頎詩評注》）

【按語】

此詩通過描寫刻畫少室山瑰麗秀美、千端萬狀的「雪晴」的景色，寓惜别之情。但在構思上采用的是倒寫的方法。詩的前八句，以簡至而又細膩的筆觸進行具體描繪（如「衆峰幾峰」、「一峰」、「一峰」、「半山連青松」、「素色峨峨」云云），與渾淪的概括，虚活而又贊嘆的韻調（如「千萬重」、「不可道」、「難爲容」云云），恰到好處地結合起來，寫出了引人入勝，令人賞玩不盡的「雪晴」景象。直到末二句，詩纔點明「惜别」之意，回應上文的寫景，形成景中寓情的特色，使得本詩境界鮮明生動，韻致雋永悠長，富有藴藉委婉的妙詣。

送陳章甫〔一〕

四月南風大麥黃①〔二〕，棗花未落桐陰長②〔三〕。青山朝別暮還見，嘶馬出門思舊鄉③。陳侯立身何坦蕩〔四〕，虬鬚虎眉仍大顙〔五〕。腹中貯書一萬卷④〔六〕，不肯低頭在草莽〔七〕。東門酤酒飲我曹〔八〕，心輕萬事皆鴻毛⑤〔九〕。醉卧不知白日暮，有時空望孤雲高。長河浪頭連天黑⑥〔一〇〕，津口停舟渡不得⑦〔一一〕。鄭國遊人未及家⑧〔一二〕，洛陽行子空嘆息〔一三〕。聞道故林相識多〔一四〕，罷官昨日今如何。

【校　記】

①「風」英華本作「方」。

②「陰」劉本作「葉」。

③「舊」劉本作「故」。

④「腹」活字本、百家詩本、黃本、淩本作「腸」。

⑤「皆」下原注：「一作如。」「皆」活字本、百家詩本、黃本、淩本、畢本、清鈔本作「如」。

⑥「黑」下英華本注：「一作暗。」

⑦「口」下原注：「一作吏。」「口」百家詩本、黄本、凌本、畢本作「吏」。

⑧「國」下英華本注：「一作州。」

【注　釋】

〔一〕陳章甫：行第十六（高適《同觀陳十六史興碑》序中云：「楚人陳章甫。」），江陵（今屬湖北省市名）人，制策登科，曾官太常博士（林寶《元和姓纂》卷三：「太常博士陳章甫，江陵人。」封演《封氏聞見記》卷三《制科》：「陳章甫，制策登科。」）。據陳章甫《與吏部孫員外書》，曾隱居嵩山二十餘載。又據其《亳州糺曹廳壁記》，天寶九載官亳州糺曹。此詩作於陳章甫罷官回鄉之時，具體時間未詳。

〔二〕四月大麥黄：《禮記·月令》：「孟夏之月，……農乃登麥，……麥秋至。」

〔三〕桐陰長：猶言桐葉生長茂盛，已經成蔭。

〔四〕陳侯：指陳章甫。侯是對人的敬稱。《世説新語·言語》：「尊侯明德君子，何以病瘧？」杜甫《與李十二白同尋范十隱居》：「李侯有佳句，往往似陰鏗。」坦蕩：胸懷寬廣，光明磊落。《論語·述爾》：「君子坦蕩蕩，小人長戚戚。」

〔五〕虬鬚：蜷曲的胡鬚。《三國志·魏書·崔琰傳》：「對賓客虬鬚直視，若有所瞋。」虎眉：大眉。《太平御覽》（卷三百六十五）：「《帝王世紀》曰：『文王虎眉。』」仍：且。大顙（sǎng）：寬腦門，大額頭。

〔六〕腹中貯書：化用郝隆事。《世説新語·排調》：「郝隆七月七日出日中仰卧。人問其故，答曰：『我曬書。』」

〔七〕草莽：雜草叢生，猶言草野。《孟子·萬章下》：「在國曰市井之臣，在野曰草莽之臣，皆謂庶人。」

〔八〕東門：指洛陽東門。參卷一《送劉四》注〔一〇〕。酤酒：買酒。「酤」同「沽」。飲我曹：邀我們飲酒。我曹，我輩，我們一類人。

〔九〕心輕萬事皆鴻毛：形容性情曠達，心胸寬廣。司馬遷《報任安書》：「人固有一死，死有重於泰山，或輕於鴻毛。」

〔一〇〕長河：指黄河。

〔一一〕津口：渡口。

〔一二〕鄭国遊人：在鄭國的游子，指陳章甫。陳氏爲江陵人，曾長期隱居於嵩山，現在從洛陽回鄉。嵩山、洛陽在春秋時都屬於鄭國，故云。

〔一三〕洛陽行子：在洛陽的游子，作者自指。李頎爲潁陽人，時客游洛陽，故云。行子，出行的游子。《文選》（卷二十八）鮑照《東門行》：「居人掩閨卧，行子夜中飯。野風吹秋木，行子心腸斷。」

〔一四〕故林：喻故鄉，家園。指陳章甫的家鄉。《文選》（卷二十二）謝靈運《晚出西射堂》：「羈雌戀舊侶，迷鳥懷故林。」

【箋評】

陳章甫制策登科，吏部榜放。章甫上書：「昨見榜云：『户部報無籍記者。』昔傅説無姓，殷后置於鹽梅之地；屠羊隱名，楚王延以三旌之位，未聞徵籍也。范雎改姓易名爲張禄先生，秦用之以霸；張良爲韓報仇，變姓名而遊下邳，漢祖用之爲相，則知籍者所以計租賦耳。本防群小，不約賢路。若人有大才，不可以籍棄之；苟無其德，雖籍何爲！今員外吹毛求瑕，務在駁放，則小人也却尋歸路，策藜杖，著草衣，田園芸蕪，鋤犂尚在。』所司不能奪，特諮執政收之，天下稱美焉。

（封演《封氏聞見記》卷三《制科》）

（首四句）唐云：「叙別有次第。」（五六句）吴云：「道子寫真，豈復過此！」（七八句）吴云：「傑然獨立。」（九至十二句）唐云：「何等心胸！」吴云：「知是高調。」（末二句）吴云：「擊鉢手。」又云：「高華悲壯，李集佳篇。」

（唐汝詢《彙編唐詩十集》戊集）

（首二句）化腐處，須自得。（三四句）淺淺説便佳。（七至十二句）豪語，勝前多矣。

（顧璘批點《唐音》卷二）

丈夫不得行其志，世途多險，甘心退藏。賢者既去，含悲惆悵，無限情況，溢於言外。○（詩末二句）舊日相識，罷官之後，能如舊不變者幾人？結語有幾許感慨。又嘗有《古行路難》詩，與此二句意同。

（程元初《盛唐風緒箋》卷六）

（末二句）問得妙。郭云：「起四語淺妙，中段豪甚，不見其訣。」

（郭濬評點、周明輔等參訂《增定評注唐詩正聲》卷四）

一起韻古。

（陸時雍《唐詩鏡》卷十六）

吴山民曰：「高華悲壯，李集佳篇。『虬鬚』句，道子寫真，豈復過此！『醉卧不知』二語，知是高調。結擊鉢手。」

〔訓〕一起古韻，贈别章甫，説得有身分。蓋丈夫不得行其志，世途多險，甘心退藏。賢者既去，含悲惆悵，無限情況，溢於言外。

（周敬、周珽輯、陳繼儒批點《删補唐詩選脉箋釋會通評林》盛唐七古一）

頎集絶技，骨脉自相均適。

（王夫之《唐詩評選》卷一《樂府歌行》）

（首二句）開局宏敞，音節自然。（七八句）寫奇崛如見。（末二句）收得冷妙。

（張文蓀《唐賢清雅集》卷一）

《送陳章甫》　何等警拔，便似嘉州、達夫。起二句奇景涌出。「東門沽酒」句換氣。

（方東樹《昭昧詹言》卷十二）

英風豪氣，落落如見，在後人定涉於莽。

（邢昉《唐風定》卷八）

（首四句）讀來神韻悠然。（十一至十二句）豐骨超然。（末二句）宕逸，一結極得聲韻。

（黃培芳評點《唐賢三昧集》卷中）

只有村景之可悦，灑然而來，内有諷其安居意，却自隱然不露。○言「嘶馬」尚思「舊鄉」，而陳生則「不肯」安於「草莽」，對映最妙。「不肯」字下得辣。「醉卧」二語，非贊其高曠，言其志之拓落也。陳生方欲致身仕途，而此詩忽問及「罷官」者，冷水澆背語也。

（潘德輿評點《唐賢三昧集》卷中）

此首又稍勝。

（吴昌祺評定《删訂唐詩解》卷九）

（首四句）一解，此叙送別時當首夏也。《月令》：「孟夏，麥秋至。」蔡邕曰：「百穀各以初生爲春，孰爲秋。」麥以初夏熟，故四月以麥爲秋。馬鳴聲破爲「嘶」。言大麥黄時，當棗花盛開、桐葉正長之日也。今而送别之處，自朝及暮，尚見青山，不見陳君矣。此去豈不思鄉耶？馬而且然，况於人乎？

（五至八句）（「陳侯」句）一層；（「虬鬚」句）一層；（「腹中」句）又一層。三句頓言文武全才也。二解，此言文武兼嫻，正當創業立功也。孝親，夫孝始於事親，中於事君，終於立身。「坦」，平也。「蕩」，大也。《説文》：「虬，龍之有角者。」張説《郭知運碑》：「猿臂虎口，虬鬚鶴瞬，射穿七札，劍敵萬人。」《帝王世紀》：「文王昌，龍顔虎眉。」「顙」，額也。「貯」，積也。《孟子》：「在野曰草莽之臣。」

（九至十二句）三解，此叙餞别時意氣揚揚，舉止不凡也。《詩》：「出其東門。」《玉篇》：「酤，買酒也。」「曹」，輩也。司馬遷《報任少卿書》：「人固有一死，或重於泰山，或輕於鴻毛。」「空望」，將一切世事舉望皆空也。「孤雲高」，自比也。

（十三至十六句）四解，此言不濟於世，必受風波之畏也。「津吏」，守津官也。「鄭國」，今河南開封府鄭州是也。陳君其殆鄭州人乎？李頎，東川人。在洛陽送别，故曰「洛陽行子」。《增韻》：「大聲嘆息曰太息，長出氣也。」

（末二句）五解，此結罷官之日，亦不至落寞也。以君之故林平素相識者不少，其人他日歸鄉，必有搆酒盛漿，相迎道左。試觀昨日罷官，今日餞别，其喧嘩相送，爲何如熱鬧哉？

（蘅塘退士編選、章燮注《唐詩三百首注疏》卷二）

（末句）言昨日罷官，今日餞别，尚不至落寞。君之故林相識者多，必更有歡迎道左者。結二句意順而語倒。

（評）極寫陳侯才大心高，與宦途之險惡格不相入，所以慰之也，恰仍與送别語雙關，故妙。

（蘅塘退士編選、張萼蓀評注《新體評注唐詩三百首》卷二）

（首四句）四句叙送别時正當首夏。（次四句）四句謂陳君文武兼嫻，正當建立功名。（次四句）四句叙餞别時意氣揚揚，舉止不凡也。（次四句）四句借風波之險以喻宦途險惡，正人不易進身，徒令人長嘆而已。（末二句）謂君之故林，相識者多，歸鄉之日，必有歡迎道左者。試觀昨日罷官，今日餞别，爲何如熱鬧哉。末二句結罷官之日，不至落寞，所以慰之也。

（王文濡《唐詩評注讀本》卷二）

已是李、杜以後説話，而配搭無村氣。

（王闓運《王闓運手批唐詩選》卷七）

實則慰人自慰，每强顔達觀，作退一步想，不必承教於老釋之齊物觀空。如李頎名篇《送陳章甫》結句：「聞道故林相識多，罷官昨日今如何？」蓋謂章甫求官而未得（參觀《全唐文》卷三七三陳章甫《與吏部孫員外書》），譬如「相識」得官而終「罷」爾，差同《魏書·陽尼傳》自言：「吾昔未仕，不曾羡人，今日失官，與本何異？」

（錢鍾書《管錐編》第二册第五一五頁）

比起詩人的另兩篇人物素描詩《别梁鍠》和《贈張旭》來，就對人物的行爲神態的描繪來説，後者可能更加形象生動，淋漓盡致，也更能見人物的個性；但就情景的滲透交融，筆意的灑脱自如，描繪的簡潔傳神，特别是成功地運用粗綫條的筆法寫人物的神采方面，這首《送陳章甫》當更勝一籌。

（劉學鍇師《唐詩選注評鑒》）

【按語】

此詩爲李頎人物素描詩中的名篇。詩以送别爲綫索而展開寫人，以情景相生，交融滲透的方法增强詩的抒情性，表現出筆下友人豪縱不羈、坦蕩大度的個性。開頭二句，點時令，選擇應時景物，渲染氣氛，但毫無惜别的憂傷情調，極富清新樸素、疏朗開闊的韻致。三四句點送别。雖「嘶馬」懷歸，人更應如此，但朝暮都有青山相隨，則有一種清新明快，樂觀豁達的情調。隨後四句轉到寫人上來。先用二句以素描的手法，刻畫其雄豪偉岸的相貌，顯現其豪放曠達的性格；再用二句贊美其胸藏萬卷，志向遠大，塑造了一位奇偉而儒雅的人物形象。接着的四句又轉到送别上來，由「酤酒飲我曹」可見。但其重心則是通過「萬事如鴻毛」、「醉卧」、「孤雲高」云云，寫出其豁達的心胸和脱俗的品行，進一步突出其筆下人物形象的奇偉高大。「長河」四句寫臨别時情景，日暮時的渡頭風大浪急，行人受阻，送者爲之嘆息。行文中雖含有對友人一路上跋山涉水、艱難辛苦的關切之意，但韻調上仍然比較疏放。故末二句繫念友人回鄉後的生活，也不憂傷，「故林相識多」，罷官歸隱，舊友相聚，自有樂趣。雖爲送別詩，却在這種曠達灑脱的情調中結煞，別具一種情韻。

聽安萬善吹觱篥歌〔一〕

南山截竹爲觱篥〔二〕，此樂本自龜茲出①〔三〕。流傳漢地曲轉奇〔四〕，涼州胡人爲我吹〔五〕。傍鄰聞者多嘆息〔六〕，遠客思鄉皆淚垂〔七〕。世人解聽不解賞〔八〕，長飆風中自來往〔九〕。枯桑老柏寒颼飀②〔一〇〕，九雛鳴鳳亂啾啾③〔一一〕。龍吟虎嘯一時發〔一二〕，萬籟百泉相與秋〔一三〕。忽然更作《漁陽摻》〔一四〕，黄雲蕭條白日暗。變調如聞楊柳春〔一五〕，上林繁花照眼新〔一六〕。歲夜高堂列明燭④〔一七〕，美酒一杯聲一曲。

【校　記】

①「自」劉本、英華本作「是」。

②「飀」英華本作「颼」。

③「九」下劉本、凌本有「陌」。劉本、凌本無「鳳」字。「亂」英華本作「辭」。

④「夜」清鈔本「陽」。

【注　釋】

〔一〕安萬善：當爲唐代西域康國昭武九姓（康、安、曹、石、米、何、火尋、戊地、史）的安氏一族人。安氏世代出現了許多擅長音樂歌舞的人才，如《隋書》（卷十四）《音樂志》（中）載安氏善樂的有安未弱、安馬駒；《唐會要》（卷三十四）載「拜舞人安叱奴爲散騎常侍」等，都是例證。據詩中所云，安萬善屬流寓唐代都城長安的西域人。觱篥（bì lì）：隋唐時期西域龜兹國樂器，爲燕樂歌舞的重要樂器之一。截竹爲之，上開九孔，管口插有蘆制的哨子。又寫作悲篥、篳篥，亦名笳管。《太平御覽》（卷五八四）引《樂部》曰：「觱篥者，笳管也。卷蘆爲頭，截竹爲管，出於胡地。制法角音，九孔漏聲，五音咸備。唐以編入鹵部，名爲笳管。用之雅樂，以爲雅管。六竅之制，則爲鳳管。旋宮轉器，以應律管者也。」又引《樂府雜録》曰：「篳篥者，本龜兹國樂也。亦名悲篥，有類於笳也。」《舊唐書》（卷二十九）《音樂志》（二）：「篳篥，本名悲篥，出於胡中，其聲悲。亦云：胡人吹之以驚中國馬云。」

〔二〕南山：當指終南山，在今陝西省西安市附近。此山自古産竹。《元和郡縣圖志》（卷一）《關内道》（一）：「京兆府，萬年縣，終南山，在縣南五十里。按經傳所説，終南山一名太乙，亦名中南。」《文選》（卷十八）馬融《長笛賦》：「惟籦籠之奇生兮，于終南之陰崖。」截竹：砍斷竹子。

又上引《長笛賦》：「龍鳴水中不見己，截竹吹之聲相似。」

〔三〕龜兹：古代西域國名。一作丘兹、屈兹、屈支、鳩兹、歸兹、屈茨、拘夷、俱支囊，國都延城（在今新疆維吾爾自治區庫車縣境内）。《漢書》（卷九十六下）《西域傳》（下）：「龜兹國，王治延城，去長安七千四百八十里。」《新唐書》（卷二百二十一上）《西域傳》（上）：「龜兹，一曰丘兹，一曰屈兹，東距京師七千里而羸，自焉耆西南步二百里，度小山，經大河二，又步七百里乃至。横千里，縱六百里。土宜麻、麥、粳稻、蒲陶，出黄金。俗善歌樂，旁行書，貴浮圖法。」

〔四〕流傳漢地：此寫實，西域龜兹樂，隋、唐以來廣泛流行於以長安爲中心的漢民族地區。曲轉奇：樂曲愈加奇異美妙。逐漸變化謂之「轉」。此一情況，有史料可以爲證。《隋書》（卷十五）《音樂志》（下）：「及大業中，煬帝乃定《清樂》《西涼》《龜兹》《天竺》《康國》《疏勒》《安國》《高麗》《禮畢》，以爲九部。……《龜兹》者，起自吕光滅龜兹，因得其聲。吕氏亡，其樂分散，後魏平中原，復獲之。其聲後多變易。至隋有《西國龜兹》《齊朝龜兹》《土龜兹》等，凡三部。開皇中，其器大盛於閭閈。時有曹妙達、王長通、李士衡、郭金樂、安進貴等，皆妙絶弦管，新聲奇變，朝改暮易，持其音技，估衒王公之間，舉時争相慕尚。」

〔五〕涼州胡人：指安萬善，明其爲西域少數民族人。涼州：西漢置，唐時曾改爲武威郡（治所在今甘肅省武威市）。涼州自古爲通西域的重要通道。《晋書》（卷十四）《地理志》（上）：「涼州，……漢改周之雍州爲涼州，蓋以地處西方，常寒涼也。地勢西北邪出，在南山之間，南隔西羌，西通西域，于時號爲斷匈奴右臂。」

〔六〕傍鄰：近鄰。《說文·人部》：「傍，近也。」

〔七〕遠客：遠行的客人，遠方的游子。《楚辭·九辯》：「去鄉離家兮徠遠客，超逍遥兮今焉薄。」《文選》（卷二十九）《古詩十九首》（其三）：「人生天地間，忽如遠行客。」

〔八〕解聽不解賞：只聽其曲而不能欣賞其妙處。解，張相《詩詞曲語辭匯釋》（卷一）：「解，猶會也，得也，能也。……李頎《聽安萬善吹觱篥歌》：『世人解聽不解賞，長飆風中自來往。』言會聽不會賞也。」

〔九〕長飆：大風。司馬彪《雜詩》：「長飆一飛薄，吹我之四遠。」《文選》（卷二十八）鮑照《放歌行》：「素帶曳長飆，華纓結遠埃。」

〔一〇〕枯桑老柏：枯萎的桑樹和蒼老的柏樹。喻樂聲的蒼涼。《文選》（卷二十七）佚名《飲馬長城窟行》：「枯桑知天風，海水知天寒。」颼飀：風聲。《文選》（卷五）左思《吴都賦》：「與風飆颺，颲瀏颼飀。」《玉篇·風部》：「颼飀，風。」

〔一一〕九鶵鳴鳳亂啾啾：以衆多雛鳳的鳴叫聲形容樂聲的變化多樣性。《玉臺新詠》（卷一）《古樂府六首·隴西行》：「鳳凰鳴啾啾，一母將九雛。」

〔一二〕龍吟虎嘯：《文選》（卷十五）張衡《歸田賦》：「爾乃龍吟方澤，虎嘯山丘。」李善注：「《淮南子》曰：『龍吟而景雲至，虎嘯而谷風臻。』」

〔一三〕萬籟百泉：泛指自然界各種各樣的聲音。相與：相共。相與秋：謂一起發出秋天的肅殺之音。

〔一四〕更作：再作，又作。《漁陽摻》：《漁陽摻撾》的樂曲。《世説新語·言語》：「禰衡被魏武謫爲鼓吏，正月半試鼓。衡揚枹爲《漁陽摻檛》，淵淵有金石聲，四坐爲之改容。」劉孝標注引《文士傳》曰：「衡不知先所出，逸才飄舉。……衡擊鼓爲《漁陽摻檛》，蹋地來前，躡馺脚足，容態不常，鼓聲甚悲，音節殊妙。坐客莫不慷慨。……至今有《漁陽摻檛》，自衡造也。」

〔一五〕變調：轉調，變化曲調。《文選》（卷十六）司馬相如《長門賦》：「援雅琴以變調兮，奏愁思之不可長。」楊柳春：春天裏清新美麗、婀娜多姿的緑色楊柳。此喻樂曲的明快流麗、柔美細膩。此句可能聯想到了漢樂府横吹曲《折楊柳》，參《樂府詩集》（卷二十二）。

〔一六〕上林：上林苑，漢代皇家苑囿。《三輔黄圖》（卷四）：「漢上林苑，即秦之舊苑也。《漢書》云：『武帝建元三年開上林苑，東南至藍田宜春、鼎湖、御宿、昆吾，旁南山而西，至長楊、五柞，北繞黄山，瀕渭水而東，周袤三百里。』離宫七十所，皆容千乘萬騎。《漢宫殿疏》云：『方三百四十里。』《漢舊儀》云：『上林苑方三百里，苑中養百獸，天子秋冬射獵取之。』帝初修上林苑，群臣遠方，各獻名果異卉三千餘種植其中，亦有製爲美名，以標奇異。」繁花：品種繁多的花草。繁花照眼新：形容春天裏色彩繽紛的艷麗花朵，使人感到新鮮美麗，眼花繚亂。此比喻樂曲的優美瀏亮，靈動多變。《西京雜記》（卷一）：「初修上林苑，群臣遠方，各獻名果奇樹，亦有製爲美名，以標奇麗。梨十：紫梨、青梨、芳梨、大谷梨、細葉梨、縹葉梨、金葉梨、瀚海梨、東王梨、紫條梨。枣七……栗四……桃十……李十五……梅七：朱梅、紫葉梅、紫花梅、同心梅、麗枝梅、燕梅、猴梅。……餘就上林令虞淵得朝臣所上草木名二千餘種。」此句亦可能聯想到了漢樂府横吹曲《梅花落》（一名《落梅花》），參《樂府詩集》（卷二十四）。

〔一七〕歲夜：除夕之夜。白居易《三年除夜》：「嗤嗤童稚戲，迢迢歲夜長。」高堂：宏大寬敞的廳堂。《楚辭·招魂》：「高堂邃宇，檻層軒些。」王逸注：「言所造之室，其堂高顯，屋甚深邃。」明燭：明亮的燭光。《楚辭·招魂》：「蘭膏明燭，華鐙錯些。」

【箋 評】

（「世人解聽不解賞，長飆風中自來往」二句）譚云：「與『世人學舞袛是舞』同一高寄之言，而『長飆風中』句，形容聾瞶人光景可笑。」

（鍾惺、譚元春《唐詩歸》卷十四）

唐云：「頎每於音樂着意。《胡笳》跌宕，《琴歌》簡至，俱作擅場。獨此作萎雜，無一語可采。」

（唐汝詢《彙編唐詩十集》壬集）

「禰衡爲鼓吏，作《漁陽撾摻》。『摻』乃『操』字。」按《後漢書》：「衡方爲《漁陽參撾》，蹀躡而前。」注引《文士傳》作「《漁陽參搥》」。王僧孺詩云：「散度《廣陵》音，參寫《漁陽》曲。」自注云：

「參，音七紺反。乃曲奏之名，後人添手作『摻』。」後周庾信詩：「玉階風轉急，長城雪應暗。新綬始欲縫，細錦行須纂。聲煩《廣陵散》，杵急《漁陽摻》。」隋煬帝詩：「今夜長城下，雲昏月應暗。誰見倡樓前，心悲不成摻。」唐李頎詩：「忽然更作《漁陽摻》，黄雲蕭條白日暗。」正音七紺反。今以爲「操」字，而又倒其文，不知漢人書「操」固有借作「摻」者，而非此也。

（顧炎武《日知録》卷二十一《説文長箋》）

行間善自裁制，故不至於煩蕪，而筆情所向，又復油然愜適。（「萬籟百泉相與秋」句）此句不測。

（范大士《歷代詩發》卷十一）

不煩碎，不嘽緩，一以淡雅爲高，覺刻意形容者反落一層。

（邢昉《唐風定》卷八）

（首六句）步步踏實，絶不空衍。（九十句）亦是對疊，妙乃如此。都是疊，甚得聲韻。换韻，平仄互用，而多用二句一解，自覺音調急促。

（黄培芳評《唐賢三昧集》卷中）

《禰衡傳》注：「臣賢按：參撾是擊鼓之法。而王僧孺詩云：『散度《廣陵》音，參寫《漁陽》曲。』而於其詩自音云：『參音七紺反。』後諸文人多同用之。據此詩意，則『參』爲曲奏之名，則『撾』字入於下句，全不成文。下云『參撾而去』，足知『參撾』二字當相連而讀。『參』字音爲去聲，不知何所憑也。

『參』七甘反。」《日知録》但引王僧孺、庾信、李頎等詩，而云「正七紺反」，未及辨正其非，所未解也。

（徐昂發《畏壘筆記》卷四）

《禰衡傳》注：「臣賢按：參撾是擊鼓之法。而王僧孺詩云：『散度《廣陵》音，參寫《漁陽》曲。』而於其詩自音云：『參，音七紺反。』後諸文人多同用之。」吴賞叔云：「據此詩意，『參』爲曲奏之名，則『撾』字入於下句，全不成文。下云『參撾而去』，足知『參撾』二字當相連而讀。『參』字音爲去聲，不知何所憑也。『參』七甘反。《日知録》但引王僧孺、庾信、李頎等詩，而云『正七紺反』，未及辨正其非，所未解也。」余案：楊氏《談苑》：「徐鍇仕江左，領集賢學士，校秘書。時吴淑爲校理。古樂府中有『摻』字，淑爲改爲『操』字，蓋章草之變。鍇曰：『非可一例，若《漁陽摻》者，音七監反，三撾鼓也。禰衡作《漁陽摻撾》。古歌詞云：「邊城晏聞《漁陽摻》，黄塵蕭蕭白日暗。」』淑嘆服。」又見《天中記》。據此，顧氏從七紺反，未可厚非。

（蕭曇《經史管窺》）

《日知録》：「禰衡爲鼓吏，作《漁陽撾摻》。『摻』乃『操』字。按《後漢書》：『衡方爲《漁陽參撾》，蹀躧而前。』注引《文士傳》作『《漁陽參搥》』。王僧孺詩云：『散度《廣陵》音，參寫《漁陽曲》。』自注云：『參，音七紺反，乃曲奏之名。後人添手作摻。』後周庾信詩：『玉階風轉急，長城雪應闇。新綬始欲縫，細錦行須纂。聲煩《廣陵散》，杵急《漁陽摻》。』隋煬帝詩：『今夜長城下，雲昏月應暗。誰見倡樓前，心悲不成摻。』唐李頎詩：『忽然更作《漁陽摻》，黄雲蕭條白日暗。』正音七紺反。今以爲『操』字，而又倒其文，不知漢人書『操』固有借作『摻』者，而非此也。」摻，七紺反，音憾。

（杭世駿《訂訛類編》續補卷上《摻》）

《海篇》：「以竹爲管，以蘆爲首，狀類胡笳，而九竅所法者，角音而已。其聲悲。篥，一名笳管。」

《通典》：「觱篥，出於胡中，其聲悲，胡人吹角以警馬。」

（首六句）一解，先叙觱篥之由，其聲極哀也。馬融《長笛賦》：「惟籦籠之奇生兮，於終南之陰崖。托九成之孤岑兮，臨萬仞之石谿。」又：「近世雙笛從羌起，羌人伐竹未及已。龍鳴水中不見已，截竹吹之聲相似。剡其上孔通洞之，裁以當檛便易持。」「龜茲」，國名，詳六卷下王翰《凉州》題注。《晋書·地理志》：「漢改周之雍州爲凉州，蓋以地處西方，常寒凉也。」《唐書·禮樂志》：「天寶樂曲，皆以邊地名，若凉州、甘州、伊州之類。」《凉州曲》，本西凉所製，其聲本宫調，有大遍、小遍。《國史補》：「李謨秋夜吹笛於瓜洲，舟楫甚隘。初發，群動皆息。數奏，微風颯至。俄頃間，舟人商賈有怨嗟悲泣之聲焉。」

（七至十二句）二解，叙觱篥之聲，可以通靈感物也。司馬彪詩：「長飆一飛薄，吹我之四遠。」蔡邕詩：「枯桑知天風。」《宣和畫譜》：「鶴之軒昂，鷹隼之擊博，楊柳梧桐之扶疏風流，喬松老柏之歲寒磊落。」《玉篇》：「颼飀，風聲也。」《古樂府》：「鳳凰鳴啾啾，一母將九雛。」《北史·張定和傳論》：「虎嘯風生，龍騰雲起。英賢奮發，亦名因時。」李白詩：「笛奏龍吟水，簫鳴鳳下空。」孔平仲詩：「微風撼晚色，爽氣回萬籟。」王安石詩：「雨過百泉出，秋聲連衆山。」

（十三至十六句）三解，言其變化無窮，有《白雪》、《陽春》之妙。《禰衡傳》：「操聞衡善擊鼓，乃召爲鼓吏。因大會賓客，閱試音節。次至衡，衡方爲《漁陽摻撾》，蹀躡而前。」《甘澤謡》：「許雲封曰：『《落梅》流韻，感金谷之游人；《折柳》傳情，悲玉關之戍客。』」按《楊柳》、《梅花》，皆曲名。「上林繁花」，即梅花也。

（末二句）四解，以歲逼客孤，異鄉聞笛，有一段不勝傷感意，溢於言外。「歲夜」，除夕也。兩「一」字有傷孤寂意。

（蘅塘退士編選、章燮注《唐詩三百首注疏》卷二）

（末二句）「歲夜」，謂除夕也。末句兩「一」字，有傷孤寂意。

（評）贊觱篥妙處，足以動人感物，正逼出歲暮客孤，何堪聞此意。傷感之情，溢於言外。○「長飆風中」句形容聾聵人，光景可笑。

（蘅塘退士編選、張萼蓀評注《新體評注唐詩三百首》卷二）

（「世人解聽不解賞，長飆風中自來往」二句）横此二句，乃有氣勢。

（王闓運《王闓運手批唐詩選》卷七）

又按李頎《聽安萬善吹觱篥歌》有云：「南山截竹爲觱篥，此樂本自龜兹出。流傳漢地曲轉奇，涼州胡人爲我吹。……變調如聞楊柳春，上林繁花照眼新。……」既云涼州胡人，則安萬善當爲姑臧安氏，出於安國，與安難陀、安延、安神儼同屬一族。上林云云，或指安萬善之流寓長安而言耳。昭宗時長安又有舞胡安轡新，以曾斥李茂貞見稱於世，當亦西域人也（見《北夢瑣言》卷十五）。

（向達《唐代長安與西域文明》（二）《流寓長安之西域人》）

至於惠棟《補注》所引《談苑》，乃從《能改齋漫録》卷三稗販得之，而又誤其句讀，遂有所謂「禰衡鼓歌，似是衡所自作」。以後漢人而作唐人歌行，尤爲可笑。今録《漫録》原文於下，云：「楊文公《談苑》載徐鍇仕江南爲中書舍人。校秘書時，吴淑爲校理，古樂府中有掺字，淑多改作操，蓋以爲章草之變。鍇曰：『不可，非可以一例。若漁陽掺，音七鑒反，三撾鼓也。禰衡作《漁陽掺撾》。古歌云：「邊城晏開《漁陽掺》，黄雲蕭條白日暗。」』淑嘆服之。」《漫録》所引《談苑》如此。徐鍇所謂古歌，疑即唐人李頎《聽觱篥歌》，本作「忽然更作《漁陽掺》，黄雲蕭條白日暗」，傳寫偶有不同耳。惡睹所謂禰衡鼓歌者乎！

（余嘉錫《世説新語箋疏·言語》中《禰衡被魏武謫爲鼓吏》條注④語）

音聲難摹，故雜用諸物象以寫之。蓋物象之聲可聞，則觱篥之聲可聞；物象之形可見，則觱篥之聲亦可想見矣。此爲詩中比擬法。枯桑老柏，九雛鳴鳳，虎嘯龍吟，萬籟百泉，黄雲暗日，上林繁花皆是也。頎之前，寫音聲者，皆無此精妙。其後顧况之《李供奉彈箜篌歌》、韓愈之《聽穎師彈琴》、白居易之《琵琶行》、李賀之《李憑箜篌引》，愈細而愈工，實皆由此有以啓之，然則創始之功，爲不可没矣。

（劉寶和《李頎詩評注》）

【按語】

在唐代詩歌史上，運用篇幅比較宏大的七言古詩的形式描摹音樂，李頎首開風气，所以在這方面具有較大的創造性和一定的影響。此詩在描摹音樂上采取了先贊後賞，先虚後實的表現方法，從而將音樂淋漓盡致地刻畫形容了出來。詩中「傍鄰」、「遠客」云云，都是采用虚寫的手法，虚中見工，贊嘆音樂的美妙和感人；「世人」兩句，文勢頓挫，感嘆其「不解賞」，實謂其音堪賞，自然還是虚寫贊樂。「枯桑老柏」以下十句，全是通過具體形象的實寫，以自然界的各種聲音和情景，比喻形容變化多端的樂聲。這是實處見工，表現了對音樂的高度欣賞。這十句，幾乎是一句一個形象或一種情景，摹寫出了各種各樣的音樂情調，讓讀者對音樂的變化有着具體的感受，從而獲得了音樂美的熏陶。

魏倉曹東堂檉樹①〔一〕

愛君雙檉一樹奇〔二〕，千葉齊生萬葉垂。長頭拂石帶烟雨〔三〕，獨立空山人莫知。攢青蓄翠陰滿屋〔四〕，紫穗紅英曾斷目〔五〕。洛陽墨客遊雲間〔六〕，若到麻源第三谷〔七〕。

【校　記】

① 凌本只有詩題，無詩。

【注　釋】

〔一〕魏倉曹：魏氏未詳。倉曹：倉曹參軍事。唐代三府（京兆府、河南府、太原府）、大都督府、中都督府、下都督府、十六衛、東宫，均有倉曹參軍事，各州則稱司倉曹參軍事。參《唐六典》（卷二十四、二十五、二十六、三十）。《唐六典》（卷三十）云：「倉曹、司倉參軍掌公廨、度量、庖厨、倉庫、租賦、徵收、田園、市肆之事。」檉（chēng）樹：檉柳。亦稱觀音柳、西河柳、三春柳、紅柳。落葉小喬木，赤皮，枝細長，多下垂。夏天開淡紅色小花，爲觀賞性植物。《爾雅·釋木》：「檉，河柳。」

〔二〕一樹：猶言整個樹。

〔三〕長頭：指細長的檉樹枝條的梢頭。石帶煙雨：用「雲出石根」的説法。

〔四〕攢青蓄翠：形容檉樹茂密的緑葉。攢，聚集。蓄，積聚。

〔五〕紫穗紅英：形容檉樹衆多的紅色小花連綴在枝條上，形成紫色的穗狀。斷目：猶言遮眼。

〔六〕洛陽墨客：洛陽的文士，作者自指。李頎是潁陽縣人，唐代屬河南府（即東都洛陽），故云。參《元和郡縣圖志》（卷五）《河南道》（一）。墨客：《文選》（卷九）揚雄《長楊賦》：「故藉翰林以爲主人，子墨爲客卿以風……墨客降席，再拜稽首。」雲間：地名，即今上海市松江區。古代雲間即松江的别稱。《世説新語·排調》：「荀鳴鶴、陸士龍二人未相識，俱會張茂先坐。張令共語。以其并有大才，可勿作常語。陸舉手曰：『雲間陸士龍。』荀答曰：『日下荀鳴鶴。』」

〔七〕麻源第三谷：地名，在今江西省南城縣西，環境幽邃美麗。《文選》（卷二十六）謝靈運《入華子崗是麻源第三谷》詩題下，李善注：「謝靈運《山居圖》曰：『華子崗，麻山第三谷。故老相傳，華子期者，禄里弟子，翔集此頂，故華子爲稱也。』」《太平寰宇記》（卷一百一十）《江南西道》（八）《南城縣》：「麻姑山，在縣西南二十二里。山頂有古壇，相傳麻姑得道于此。壇東南有池，池中有紅蓮，曾變爲碧。壇邊杉松皆偃，蓋時聞鍾磬步虚之音。東南有瀑布，淙下三百餘尺。山頂石中有石螺蚌殼，或爲桑田所變也。西北有麻源，謝靈運題《入華子崗是麻源第三谷》詩云：『銅陵映碧澗，石磴瀉紅泉。』即此處也。」周必大《癸未歸廬陵日記》：「乙卯早出（南城）西門，行十餘里，游麻源第三谷。未至數里，石嶺盤互，水行其間，略類洞霄。……三谷，麻姑第一，桃花坪第二，此爲第三。」

【箋評】

他游到雲間（松江），作《魏倉曹東堂檉樹》：「長頭拂石帶烟雨，獨立空山人莫知。攢青蓄翠陰滿屋，紫穗紅英曾斷目。」

（趙昌平《盛唐北地士風與崔顥李頎王昌齡三家詩》，見氏著《趙昌平自選集》）

【按　語】

此首咏物小詩，抓住「奇」字構思結撰，對其枝葉茂密，長條婆娑，青緑成蔭，花色紅紫，都從正面描寫刻畫，着意運用數量詞、動詞、形容詞，進行了具體的摹寫，給人以鮮明生動的形象性。但詩在結體上并不是平直展開，而極盡盤曲倔奇、空靈雋永之勢。前四句，寫樫樹茂盛繁密，枝條披拂時，突然聯想到它生長在空山之中的蓬勃生機，可見筆觸的靈活和文勢的倔奇。後四句中，前二句寫其「攢青蓄翠」和「紫穗紅英」，不僅色彩豐富多變，而且由于「曾斷目」的點醒，説明對其花色是補寫，已有時空錯綜，文勢頓挫之妙。後二句再用典，强調作者欣賞樫樹猶如進入仙靈之境的强烈感受，更爲盤空作勢，夭矯多變，虚活靈動。因此，這首小詩，不僅寫出了樫樹之美，也寫出了友人生活環境之幽美，更透露了友人擺落世俗的精神之美。

照公院雙橙〔一〕

種橙夾堦生得地〔二〕，細葉隔簾見雙翠。抽條向長未及肩〔三〕，泉水遶根日三四〔四〕。青青何必楚人家〔五〕，帶雨凝烟新著花。永願香爐灑甘露〔六〕，夕陽時映東枝斜〔七〕。南庭黄竹爾不敵〔八〕，借問何時堪挂錫〔九〕。

【注釋】

〔一〕照公院：照公爲住持的寺院。照公，僧人的法號。公爲尊稱。參卷一《粲公院各賦一物得初荷》注〔一〕。雙橙：兩株橙樹。橙，果樹名，果實似橘。《文選》（卷三十五）張協《七命八首》（其七）：「燀以秋橙，酤以春梅。」李善注：「《博物志》曰：『橙似橘而非，若柚而有芬香。』」

〔二〕夾階：在臺階的兩側。得地：得到適宜生長之地。《藝文類聚》（卷八十八）沈約《高松賦》：「鬱彼高松，栖根得地。」

〔三〕向長：漸漸變長。向，逐漸。未及肩：尚未到人的肩頭。形容初種的小橙樹。

〔四〕日三四：每日三四次。指爲橙樹澆水三四次，精心護養。

〔五〕楚人家：楚國。楚國産橘，橙乃橘屬果類。此句謂不生長於楚地，也能長得青翠碧緑。《楚辭·九章·橘頌》：「緑葉素榮，紛其可喜兮。」

〔六〕甘露：甘甜的雨露。佛教常以「甘露」劫除煩惱。《大般涅槃經》（卷二）：「譬如大地諸山藥草，爲衆生用，我法亦爾。出生妙喜甘露法味，而爲衆生種種煩惱病之良藥。」

〔七〕夕陽時映東枝斜：形容夕陽映照之下橙樹枝葉婆娑，向東傾斜的美好情景。

〔八〕南庭：南面的庭院。梁簡文帝蕭綱《戲作謝惠連體十三韻詩》：「雜蕊映南庭，庭中光景媚。」黃竹：竹子的一種。《穆天子傳》（卷五）有《黃竹歌》。或即指篁竹。南朝宋戴凱之《竹譜》：「篁竹，堅而促節，體圓而質堅，皮白如霜粉。大者宜行船，細者爲笛。」又云：「䳸脛似篁，高而笋脆，稀葉梢杪，類記黃細。䳸脛，篁竹之類，纖細，大者不過如指。疏葉，黃皮，强肌，無所堪施。」

〔九〕借問：參前《送從弟遊江淮兼謁鄱陽劉太守》注〔六〕。堪：可也。挂錫：懸挂錫杖。錫杖，一名智杖、德杖，僧人所持的禪杖。摇振時發出錫錫之聲，故名。《南海寄歸内法傳》（卷四）：「言錫杖者，梵云吃棄羅。則是鳴聲之義。古人譯爲錫者，意取錫作聲。鳴杖錫杖任情稱。……頭上惟有一股鐵卷，可容三二寸，安其錞管長四五指。其竿用木，粗細隨時，高與肩齊。下安鐵纂，可二寸許，其環或圓或扁，屈合中間可容大指，或六或八，穿安股上，銅鍮任情，……爲乞食時防其牛犬。」《釋氏要覽》（卷下）《挂錫》：「今僧止所住處，名挂錫者，凡西天比丘，行必持錫杖，持錫有二十五威儀。凡至室中，不得著地，必挂於壁牙上，故云挂錫。」

【按語】

此詩詠初栽種的兩株小橙樹，全詩即由此展開。前四句實寫眼前剛剛栽種成活的橙樹，寫出其蓬勃的生機。次四句是虚寫，預想其茁壯成長，茂盛美麗。末二句則以「黃竹」不能成材，不堪「挂錫」，反襯橙樹的材具之用。同時，詩中聯想到「楚人家」以作烘托映襯，又扣住僧人和寺院（「香爐」、「挂錫」云云）來寫，不僅使詩在氣格上增添了矢矯健舉之勢，而且也表現了詩人的構思之妙，筆觸靈活，令人稱賞。

愛敬寺古藤歌〔一〕

古藤池水盤樹根〔二〕，左攫右拏龍虎蹲①〔三〕。橫空直上相陵突〔四〕，丰茸離纚若無骨②〔五〕。風雷霹靂連黑枝〔六〕，人言其下藏妖魑〔七〕。空庭落葉乍開合③〔八〕，十月苦寒常倒垂〔九〕。憶昨花飛滿空殿〔一〇〕，密葉吹香飯僧遍〔一一〕。南堦雙桐一百尺〔一二〕，相與年年老霜霰〔一三〕。

【校　記】

①「攫」劉本作「欔」。

②「丰」劉本作「半」。

③「乍」劉本作「作」。

【注釋】

〔一〕愛敬寺：一名大愛敬寺，梁武帝蕭衍所建，舊址在今江蘇省南京市鍾山西麓。《梁書》（卷三）《武帝紀》（下）：「邵陵王綸帥武州刺史蕭弄璋、前譙州刺史趙伯超等入援京師，頓鍾山愛敬寺。……高祖生知淳孝，……及居帝位，即於鍾山造大愛敬寺。」《元和郡縣圖志》（卷二十五）《江南道》（一）：「潤州上元縣，鍾山，在縣東北十八里。按《輿地志》：古金陵山也。邑縣之名，皆由此而立。吴大帝時，蔣子文發神異於此，封之爲蔣侯，改山曰蔣山。宋復名鍾山。梁武帝於西麓置愛敬寺。」此詩當作於作者游歷金陵之時。

〔二〕古藤池水盤樹根：池畔的古藤纏繞樹根盤曲而上。愛敬寺有古藤、池水、大樹，梁時即爲人們所吟咏。昭明太子蕭統《和武帝遊鍾山大愛敬寺詩》：「嘉木互紛糾，層峰鬱蔽虧。丹藤繞垂幹，緑竹蔭清池。舒華匝長阪，好鳥鳴喬枝。」

〔三〕左攫（jué）右拏：形容古藤左右舒張，藤條纏繞錯綜，猶如搏擊擒拿之勢。《文選》（卷十一）王延壽《魯靈光殿賦》：「飛禽走獸，因木生姿。奔虎攫拏以梁倚，仡奮舋而軒鬐。」李善注：「攫，拏，相搏持也。《羽獵賦》曰：『熊羆之拏攫。』」呂延濟注：「攫，舉爪也；拏，以手持也。」龍虎蹲：猶如龍虎蹲坐般的姿態。《説文·足部》：「蹲，踞也。」

〔四〕相陵突：形容古藤擁擠碰撞，争先向上之勢。方東樹云「相陵突」三字見《荀子·非相篇》，通檢未得。

〔五〕丰茸：枝葉茂盛繁密。《文選》（卷十六）司馬相如《長門賦》：「羅丰茸之遊樹兮，離樓梧而相撐。」離纚（xǐ）：羽毛蓬松貌。此喻枝葉茂盛，紛披搖曳貌。《文選》（卷十八）嵇康《琴賦》：「紛文斐尾，慊縿離纚。」李善注：「離纚，羽毛貌。」若無骨：形容枝葉的柔軟披拂。《文選》（卷十）潘岳《西征賦》：「入屈節於廉公，若四體之無骨。」李善注：「《尸子》曰：『徐偃王有筋而無骨也。』」

〔六〕風雷霹靂：形容風雷霹靂在古藤間響起振蕩，喻古藤繁密，形態怪異。《文選》（卷三十四）枚乘《七發》：「其根半死半生，冬則烈風漂霰飛雪之所激也，夏則雷霆霹靂之所感也。」黑枝：形容古藤枝條的古樸蒼勁。

〔七〕妖魑：妖魔魑魅的鬼怪之物。《左傳·文公十八年》：「投諸四裔，以禦螭魅。」杜預注：「螭魅，山林異氣所生，爲人害者。」《漢書》（卷九十九中）《王莽傳》（中）用《左傳》此語，顔師古注：「魑，山神也。魅，老物精也。」

〔八〕空庭：偌大的庭院。乍開合：初分合之時。謂古藤落葉剛開始飄散在庭院中。乍，初也，剛也，纔也。

〔九〕苦寒：嚴寒，很寒冷。《文選》（卷二十八）陸機《苦寒行》：「劇哉行役人，慊慊恒苦寒。」張相《詩詞曲語辭匯釋》（卷一）：「苦，甚辭，又猶偏也；極也；多或久也。」倒垂：指古藤枝條倒挂下來。庾信《北園新齋成應趙王教》：「月懸惟返照，蓮開常倒垂。」

〔一〇〕憶昨：回憶往日。昨，概指以往、過去。陶淵明《歸去來兮辭》：「實迷途其未遠，覺今是而昨非。」空殿：寬敞闊大的殿堂。

〔一一〕吹香：意爲香氣四溢。飯僧：向僧人施飯。此即指此芳香的藤花作爲僧人的飯食。取其芳香潔凈。《藝文類聚》（卷七十六）録謝靈運《過瞿溪石室飯僧》詩。孟浩然《疾愈過龍泉精舍呈易業二公》：「傍見精舍開，長廊飯僧畢。」

〔一二〕南堦：南面的臺階，泛指庭院的臺階。雙桐一百尺：《文選》（卷三十四）枚乘《七發》：「龍門之桐，高百尺而無枝。」

〔一三〕相與：相共，共同。霜霰：霜雪。霰，雪珠。鮑照《侍郎報滿辭閤疏》：「煦蒸霜霰，孳甲雲露。」

【箋　評】

（四句）鍾云：「『骨』字奇矣。然又妙在『若無骨』，若以『若有骨』三字形容古藤奇老之狀，便是庸筆俗眼。」（五句）譚云：「深杳，非老杜不能爲此句。」（七句）譚云：「（乍開合）三字深妙。」（十句）譚云：「『吹香飯僧』即指藤花言，莫將『飯僧』另讀，失其幽奇。」

鍾云：「將全副看松柏心眼，付之一古藤，氣骨風韻，與之相敵，所謂小題大作。」

（鍾惺、譚元春《唐詩歸》卷十四）

（「横空直上相陵突，丰茸離纚若無骨」二句）造語切。

（顧璘批點《唐音》卷二）

（「憶昨花飛滿空殿」以下四句）俯仰情深，更尋一陪客作結，寄意無窮。

（張文蓀《唐賢清雅集》卷一）

（「風雷霹靂連黑枝」以下四句）形容絶佳。

（黄培芳評點《唐賢三昧集》卷中）

後半似爲自家寫照，却又不露。

（潘德輿評點《唐賢三昧集》卷中）

佳語遥澹。

（范大士《歷代詩發》卷十一）

（「風雷霹靂連黑枝」二句）奇。（「密葉吹香飯僧遍」句）妙。

（王熹儒《唐詩選評》卷三）

《愛敬寺古藤歌》「相陵突」三字弱，三字見《荀子·非相篇》。「空庭」二句，快人。

（方東樹《昭昧詹言》卷十二）

寫一藤有陰陽開合。

（王闓運《王闓運手批唐詩選》卷七）

愛敬寺古藤，歷時數百年，而枝葉繁茂，似有靈異，故詩人奇而賦之。筆亦相副，突兀奇崛，能狀其攫拏之貌。德不孤，必有鄰，百尺之桐，相與并久，此頎所以歌之歟！

（劉寶和《李頎詩評注》）

以蒼黯倔奇的意象與跳蕩回互的結構，在似斷若續中表現狂生末路的鬱勃之氣，是李頎後期七古最重要的特徵，其結合最佳者除《聽董大》等音樂詩與下文要論到的送人詩外，當推《愛敬寺古藤歌》。……雖然本詩未標明作時，但從技法與心態看，定爲開元後期至天寶間詩可以無疑。

（趙昌平《盛唐北地士風與崔顥李頎王昌齡三家詩》，見氏著《趙昌平自選集》）

【按　語】

詩寫「古藤」，所以着力描繪形容其蒼勁剛健，夭矯倔奇的形態。前六句突出地表現了這一點。詩中多用狠重的詞語，竭力從多方面比喻形容，虛實結合，真幻相生，將其由「古」致奇的特徵表現得淋漓盡致。中間四句，既寫出古藤「十月」「落葉」，枯藤「倒垂」的蕭瑟景象；同時也寫出了古藤枝繁葉茂，花香四溢的嫵媚秀逸之態，從而更見古藤的幽奇變化、美麗可愛。末二句又以「雙桐」陪襯映照「古藤」，進一步寫出其高雅幽美。本詩還有一個重要特色，就是在結構上奇横跳蕩，轉接騰挪，極富跌宕生姿，開合變化的韻致。詩的前六句寫「古藤」，幾乎一句一種情景和態勢。但它們之間完全不用關聯詞，硬接硬轉，却又自然渾成。次四句寫「葉」和「花」，但在時序上則有眼前（「乍開合」）、以後（「十月」）和以前（「憶昨」）的轉换，交互錯綜，突兀奇崛。末二句接以「雙桐」與「古藤」相映照，更深化了詩在構思上斷續無端，幽奇制勝的特色。

崔五六圖屏風各賦一物得烏孫佩刀〔一〕

烏孫腰間佩兩刀，刃可吹毛錦爲帶①〔二〕。握中枕宿穹廬室〔三〕，馬上割飛翳蝓塞〔四〕。執之魍魎誰能前〔五〕，氣凜清風沙漠邊〔六〕。磨用陰山一片玉〔七〕，洗將胡地獨流泉〔八〕。主人屏風寫奇狀，鐵鞘金鐶儼相向②〔九〕。回頭瞪目時一看，使予心在江湖上〔一〇〕。

【校記】

①「吹」劉本作「人」。

②「鞘」劉本、凌本作「銷」。「鐶」劉本、畢本作「環」。

【注釋】

〔一〕崔五：卷一有《崔五宅送劉跂入京》詩，當爲同一人，參其詩注〔一〕。六圖屏風：六扇屏風，各有圖畫，故云。《釋名·釋床帳》：「屏風，言可以屏障風也。」以六扇屏風爲一組，似爲唐代屏風常見的組合。《太平御覽》（卷七〇一）引《唐書》曰：「憲宗以天下無事，留心典墳，著書十四篇，名曰《前代君臣事迹》，寫於六扇屏風，以示宰相。」賦得：作詩的一種方式。參卷一《粲公院各賦一物得初荷》注〔一〕。烏孫：古代西域少數民族。漢代時，國都赤谷城（在今新疆維吾爾自治區阿克蘇河上游）。轄地包括今伊犁河和伊塞克湖一帶，南北朝時西遷至葱嶺北。《史記》（卷一百二十三）《大宛列傳》：「烏孫在大宛東北可二千里，行國，隨畜，與匈奴同俗。」《漢書》（卷九十六下）《西域傳》（下）：「烏孫國，大昆彌治赤谷城，去長安八千九百里。」《魏書》（卷一百二）《西域傳》：「烏孫國，居赤谷城，在龜兹西北，去代一萬八百里。其國數爲蠕蠕所侵，西徙葱嶺山中，無城郭，隨畜牧逐水草。」

〔二〕刃可吹毛：謂刀刃鋒利，吹毛可斷。《韓非子·内儲説下》：「去仲尼猶吹毛耳。」杜甫《喜聞官軍已臨賊境二十韻》：「鋒先衣染血，騎突劍吹毛。」錦帶：以錦製成的帶子。《禮記·玉藻》：「居士錦帶，弟子縞帶。」孔穎達疏：「錦帶者，以錦爲帶。」《文選》（卷二十八）鮑照《結客少年場行》：「驄馬金絡頭，錦帶佩吴鉤。」

〔三〕握中：手中。《文選》（卷二十五）劉琨《重贈盧諶》：「握中有懸璧，本自荆山璆。」枕宿：枕在頭下睡覺。穹廬室：以毡帳爲房室。烏孫、匈奴等古代北方游牧民族皆如此。《漢書》（卷九十六下）《西域傳》（下）：「公主悲愁，自爲作歌曰：『吾家嫁我兮天一方，遠托異國兮烏孫王。穹廬爲室旃爲墻，以肉爲食兮酪爲漿。』」《漢書》（卷九十四上）《匈奴傳》（上）：「匈奴父子同穹廬卧。」顔師古注：「穹廬，旃帳也。其形穹隆，故曰穹廬。」

〔四〕割飛：割殺飛鳥。《文選》（卷二十七）曹植《白馬篇》：「仰手接飛猱，俯身散馬蹄。」又《名都篇》：「餘巧未及展，仰手接飛鳶。」此詩用「飛」字及意象，當脱胎於陳思王。盧綸《割飛二刀子歌》：「改鍛割飛二刀子，色迎霽雪鋒含霜。」翳螉塞：關隘名，即今居庸關。在北京市昌平縣。《晋書》（卷一百九）《慕容皝載記》：「於是率騎二萬出蠮螉塞，長驅至于薊城，進渡武遂津。」《讀史方輿紀要》（卷十）《北直》（一）《居庸》條：「居庸關，……蠮螉，或曰即居庸音轉耳。」

〔五〕魍魎：古代傳説水中的妖精鬼怪。《文選》（卷二）張衡《西京賦》：「螭魅魍魎，莫能逢旃。」李善注：「《左氏傳》曰：『王孫滿謂楚子曰：「昔夏鑄鼎象物，使人知神奸，故人入川澤，不逢不若，螭魅魍魎，莫能逢旃。」』……《説文》曰：『螭，山神，獸形。』『魅，怪物。』『魍魎，水神。』」《玉篇·鬼部》：「魍魎，水神，如三歲小兒，赤黑色。」

〔六〕氣凛清風：凛冽之氣猶如清風。沙漠：古代指北方的沙漠地區。《文選》（卷二十七）曹植《白馬篇》：「少小去鄉邑，揚聲沙漠垂。」李善注：「《説文》曰：『漠，北方流沙也。』」

〔七〕陰山，山名，在今内蒙古境内，東北連接内興安嶺，即陰山山脉。《漢書》（卷九十四下）《匈奴傳》（下）：「（侯）應曰：『……臣聞北邊塞至遼東，外有陰山，東西千餘里，草木茂盛，多禽獸，本冒頓單于依阻其中，治作弓矢，來出爲寇，是其苑囿也。』」

〔八〕洗將：洗，洗滌。將，語助詞。獨流泉：即獨流河，故道在今天津市静海縣至河北省青縣一帶。《讀史方輿紀要》（卷十三）《北直》（四）：「河間府青縣，獨流河，在縣北。舊志云：黄、御河支流自興濟縣流經縣境，又北流入易水，謂之獨流水。」又云：「河間府興濟縣，獨流河，在縣北。志云：『自縣西北四十里而至青縣，舊時黄、御二河皆溢入於此。今縣有獨流淺，其地多蒲葦之利。』」

〔九〕鐵鞘金鐶：指佩刀的刀鞘（裝刀的外套）和刀柄上裝飾的銅環。用「鐵」、「金」以示其精堅美觀。儼相向：宛如相對着似的。

〔一〇〕心在江湖上：喻心情激蕩，似在江湖上飛越馳騁。

【箋　評】

穹廬、沙漠、陰山、胡地，俱切烏孫上來。

烏孫，西域國名，在大宛東北，其形最異。○穹廬，旃帳也。○蠮螉，細腰蜂也。塞形險隘，因名。北魏温子昇詩：「蠮螉塞邊絶候鳥，鴛鴦樓上望天狼。」○魍魎，水石之怪鬼也，好效人聲而迷惑人。或曰：顓頊氏三子亡而爲疫鬼，一居若水，爲魍魎蜮鬼。○陰山，在韃靼國東千餘里，漢時冒頓單于依阻其中，治作弓矢，後爲漢所奪。

（李攀龍選、蔣一葵箋釋《唐詩選》卷二）

玉遮曰：「雄絶，讀之凛凛。穹廬、沙漠、陰山、胡地，俱切烏孫上來。」

（李攀龍選、王穉登評《唐詩選》卷二）

（「磨用陰山一片玉，洗將胡地獨流泉」二句）奇警響亮，可玩。

（李攀龍輯、凌洪憲集評《李于鱗唐詩廣選》卷二）

遒勁。○一片昆吾鐵煉成，絶不見有缺陷處。

（李攀龍選、蔣一葵箋釋、黄家鼎評定《刕庵重訂李于鱗唐詩選》卷二）

言此刀本烏孫所佩，鋒利非常。藏於穹廬，試於醫蝓，魍魎莫能當其鋒，凛然生風於沙漠之表。又加以磨洗，將不爲神物乎？今主人寫其狀於屏風，鞘鐶既儼然矣。使我見之而心飛越於江湖者，若將佩之而横行也。

（唐汝詢《唐詩解》卷十七）

（首二句）唐云：「遒勁。」（三四句）唐云：「語煉。」（七八句）蔣云：「穹廬、沙漠、陰山、胡地，俱切烏孫上來。」（末二句）唐云：「結不甚超。」唐云：「詩體亦如此刀，一片昆吾鐵煉成，絶不見有缺陷處。」

（唐汝詢《彙編唐詩十集》巳集）

宗子相曰：「長歌短韻，萬籟清音。」

蔣仲舒曰：「穹廬、沙漠、陰山、胡地，俱切烏孫上來，凑泊得好。」

（「磨用天山一片玉」二句）奇警響亮，可玩。

（李攀龍輯、孫鑛評點《硃批唐詩苑》卷二）

宗臣曰：「長歌短韻，萬籟清音。」

蔣一葵曰：「穹廬、陰山、胡地，俱切烏孫上來。『磨用陰山』二語，奇警響亮，可玩。」

黄家鼎曰：「一片昆吾鐵煉成，絶不見有缺陷處。」

〔訓〕言此刀佩自烏孫，鋒利威凛，加以磨洗精瑩，原爲神物，今爲主人寫其狀於屏風，令觀者壯心飛越。刀以屏風顯乎？屏風以刀重乎？屏風、佩刀得此賦，以增價乎？鍾伯敬評頎《古藤歌》云：「將全副看松柏心眼，付之一古藤，氣骨風韻，與之相敵，所謂小題大作。」珽亦謂有風胡雷焕心眼，斯悉烏孫佩刀神奥。大抵新鄉咏物歌章，善於描摹，如《彈胡笳》、《琴歌》等篇，極盡翻弄，不獨奇老精深間者。

（周敬、周珽輯、陳繼儒批點《删補唐詩選脉箋釋會通評林》盛唐七古一）

《晉·載紀》，慕容皝率騎出蠮螉塞。（「握中枕宿穹廬室」句）此言藏。（「馬上割飛翳螉塞」句）此言用。（「回頭瞪目時一看，使予心在江湖上」二句）寸心亦爲之飛越。

（沈德潛《唐詩别裁集》卷五）

此世所傳警煉之作，結處不如前詩。

（范大士《歷代詩發》卷十一）

稱引外輿爲佩刀錦簇，非作者所難，難其古意横肆，如睹商周法物，欽敬之心，勝於寶愛。（「握中枕宿穹廬室」至詩末）字字鎮，勿謂古詩可以輕心掉過。

（吴瑞榮《唐詩箋要》後集卷三）

忽思江湖，意最深微。

（邢昉《唐風定》卷八）

（「回頭瞪目時一看，使予心在江湖上」二句）飛動。

（王熹儒《唐詩選評》卷三）

起結似子美。○人皆愛「陰山」二句，前後皆蒼勁，不應以圓調間之。○古語：「顛當牢守門，蠮螉寇汝無奔處。」○注引「銷」字，言銷鎔也。玩詩則一物矣，俟更詳之。

言此刀藏於穹廬，試於塞上，魍魎莫能當其鋒，凛然生風於沙漠之表。又加以磨洗，將不爲神物

乎？今主人寫其狀，使我見之而心飛越者，蓋將佩此以横行也。（吴昌祺評定《删訂唐詩解》卷九）

（末句下）言胸中蕩滌之狀。（竺顯常《唐詩解頤》）

頎性任俠，故一見屏風佩刀，即心情飛越，仿佛馳騁於江湖之上，則此屏風佩刀，有似乎真者矣。末寫屏風畫刀，先寫烏孫真刀，緣真刀奇，則畫刀亦奇，故不言畫技而畫技之精已不可及矣。不從正面描寫，只從側面帶出，而鐵鞘金環，便在目前。寫作之奇，真有不可思議者。（劉寶和《李頎詩評注》）

【按　語】

此爲題畫咏物詩。前八句脱開圖畫，抓住詩題末四字，實寫烏孫佩刀，緊扣少數民族的地域、器物和山精水怪來刻畫形容，奇詭險怪，不僅寫出烏孫佩刀的無比鋒利，也很自然地表現了詩人疾惡如仇、壯懷激烈的情思。它們一句一意，波瀾叠起，文勢跌宕，氣格健舉，意象蒼勁，風格奇警。末四句纔點醒屏風畫圖，照應詩題的前半，更使詩在結構上起伏跳蕩，夭矯多姿。雖點明畫圖，但竭力强調的仍然是脱然如真，鞘鐶儼然，佩之可以飛越江湖，横行天下，觸發起人的一腔豪情，顯現出作者任俠豪縱的精神，也進一步增添了詩風的跌宕恣肆、健舉奇崛。

古意〔一〕

男兒事長征〔二〕，少小幽燕客①〔三〕。賭勝馬蹄下②〔四〕，由來輕七尺〔五〕。殺人莫敢前〔六〕，鬚如猬毛磔〔七〕。黄雲隴底白雪飛③〔八〕，未得報恩不能歸④〔九〕。遼東小婦年十五〔一〇〕，慣彈琵琶解歌舞⑤〔一一〕。今爲羌笛《出塞》聲⑥〔一二〕，使我三軍淚如雨〔一三〕。

【校記】

①「少」下原注：「一作生。」「小」下原注：「一作作。」「少」英華本作「生」，「小」英華本作「作」，并注：「一作小。」

②「賭」下英華本注：「一作睹。」

③「雪」英華本作「雲」。

④「能」下原注：「一作得。」「能」英華本作「得」。

⑤「解」英華本作「會」。

⑥「今」下原注：「一作合。」「今」英華本作「合」。

【注　釋】

〔一〕古意：效古，擬古。六朝人始用這種命題方式。如蕭子範《春望古意》、范雲《古意贈王中書》等。實爲托古以寫現實。此詩表現征人長期戍邊的艱辛困苦。

〔二〕男兒：男子漢，大丈夫。《文選》（卷四十一）李陵《答蘇武書》：「男兒生以不成名，死則葬蠻夷中。」事長征：從事于遠方邊塞上的征戰。

〔三〕少小：少年，年輕。參前《崔五六圖屏風各賦一物得烏孫佩刀》注〔六〕。幽燕：古代幽州在春秋戰國時屬于燕國，故稱幽燕。地在今河北省北部、遼寧省南部一帶。《爾雅·釋地》：「燕曰幽州。」《周禮·夏官·職方氏》：「東北曰幽州。」《文選》（卷十四）顔延之《赭白馬賦》：「旦刷幽燕，晝秣荆越。」

〔四〕賭勝：争勝。《晋書》（卷七十九）《謝安傳》有「圍棋賭别墅」事。「賭」字義同。

〔五〕輕七尺：爲了殺敵而捐軀，在所不惜。輕，忽，易。七尺，成年人身軀的高度。《荀子·勸學》：「小人之學也，入乎耳，出乎口，口耳之間則四寸耳，曷足以美七尺之軀哉！」吴均《邊城將詩四首》（其二）：「徒傾七尺命，酬恩終自寡。」

〔六〕殺人莫敢前：謂戰鬥時無人敢於與之搏鬥。《史記》（卷八十六）《刺客列傳》：「燕國有勇士秦舞陽，年十三，殺人，人不敢忤視。」

〔七〕鬚如猬毛磔：胡鬚象刺猬毛張開，猶如針和刺一般。《晋書》（卷九十八）《桓温傳》：「（桓）温眼如紫石棱，鬚作猬毛磔，孫仲謀、晉宣王之流亞也。」

〔八〕黃雲：形容戰場上慘淡的雲色，參卷一《塞下曲》注〔二〕。隴底：山下。隴，長坂，山坡。

〔九〕不能歸：不得歸，無法歸。當活用李陵語。《漢書》（卷五十四）《蘇武傳》：「（李）陵起舞，歌曰：『徑萬里兮度沙幕，……老母已死，雖欲報恩將安歸！』」

〔一〇〕遼東：秦、漢時的遼東郡。在今遼寧省朝陽市、鐵嶺市一帶。《漢書》（卷二十八下）《地理志》（下）：「遼東郡，秦置，屬幽州。」小婦：少婦。《樂府詩集》（卷三十四）古辭《相逢行》：「大婦織綺羅，中婦織流黃。小婦無所爲，挾瑟上高堂。」梁元帝蕭繹《燕歌行》：「燕趙佳人本自多，遼東少婦學春歌。」年十五：《樂府詩集》（卷二十五）録南朝梁《鉅鹿公主歌辭》：「車前女子年十五，手彈琵琶玉節舞。」

〔一一〕慣：熟練。解：會，懂。參前《聽安萬善吹觱篥歌》注〔八〕。琵琶：古代樂器名，參卷一《古塞下曲》注〔一一〕。

〔一二〕羌笛：古代管樂器，笛子的一種。因出於羌族，故名。羌笛自漢代以來就很流行。《文選》（卷十八）馬融《長笛賦》：「近世雙笛從羌起，羌人伐竹未及已。」李善注：「《風俗通》曰：『笛元羌出，又有羌笛。然羌笛與笛二器不同。長於古笛，有三孔，大小異，故謂之雙笛。』」《出塞》：漢樂府古題，寫邊塞征戰之事。參卷一《古塞下曲》注〔一一〕。

〔一三〕三軍：全軍，所有將士。古代軍隊有上、中、下或左、中、右三軍之分。《文選》（卷四十一）李陵

《答蘇武書》：「使三軍之士，視死如歸。」李善注：「《吕氏春秋》：管仲謂齊侯曰：『平原廣域，車不結軌，士不旋踵。鼓之，使三軍之士，視死如歸，臣不如王子成父。』」淚如雨：《樂府詩集》（卷三十八）古辭《孤兒行》：「上高堂，行取殿下堂，孤兒淚下如雨。」

【箋　評】

前爲壯士生色，後爲壯士短氣。

（李攀龍輯、袁宏道校《唐詩訓解》）

此爲邊士思歸之辭。言男兒本欲從征，故少爲幽燕之客，輕生好勇，固其素也。今乃于隴雪之際，主恩未報，留滯邊庭。一聞小婦歌《出塞》之聲，而三軍爲之揮淚矣。至此，當不悔其初心耶？

（唐汝詢《唐詩解》卷十七）

（首六句）唐云：「俠烈如此，疑難動情。」（七八句）吴云：「用兩『得』字更健。」（末句）唐云：「至此墮淚，究竟不能無情。玉關所以求生入也。」

（唐汝詢《彙編唐詩十集》丁集）

邊塞體是如此。

（桂天祥《批點唐詩正聲》卷七）

吴筠曰：「才勝商山四，文高竹林七」，駱賓王曰：「冰泮有銜蘆」，盧照鄰曰：「幽谷有綿蠻」，陳子昂曰：「銜杯且對劉」，高適曰：「歸來洛陽無負郭」，李頎曰：「由來輕七尺」，唐彦謙曰：「耳聞明主提三尺，眼見愚民盗一抔」，此皆歇後，何鄭五之多邪？

（謝榛《詩家直説》卷一）

（「未得報恩不能歸」句）纔見忠烈。

王云：「音節短亮，而意自古。」唐云：「俠烈如此，究竟不能無情。」

（郭濬評點、周明輔等參訂《增定評注唐詩正聲》卷四）

吴山民曰：「『未得報恩不得歸』，用兩『得』字更健。」

唐汝詢曰：「前六句俠烈如此，疑難動情。後六句至此墮淚，究竟不能無情。玉關所以求生入也。」

王世貞曰：「音節短亮，而意自古。」

周珽曰：「『未得報恩不得歸』，纔見忠烈。」

〔訓〕此篇自叙從幼任俠輕生，勇圖報國，不意今遠處邊塞，不得如願以來歸，則有聽塞曲而悔從軍之徒苦悲矣。總爲邊士思歸之辭，而自况之意，言外可思。

（周敬、周珽輯、陳繼儒批點《删補唐詩選脉箋釋會通評林》盛唐七古一）

奇氣逼人，下忽變作凄音苦調，妙極自然。（張文蓀《唐賢清雅集》卷一）

縱轡馳騁，迴節縈旋，無不如志。（范大士《歷代詩發》卷十一）

此爲邊士思歸之辭。上六句，「男兒」本欲「從征」，故少爲幽燕之客，輕生好勇，固其素也。「猬」，蟲名，其毛如刺。「磔」，裂也。下六句言今於「隴雪」之際，「主恩未報」，留滯邊庭。一聞「小婦」歌《出塞》之聲，而三軍莫不揮淚。至此，當不自悔耶？（袁枚《詩學全書》卷三）

腕勁如鐵。（王熹儒《唐詩選評》卷三）

温潤栗密，不減樂府。熟讀此等詩，凡骨頓化。（吴瑞榮《唐詩箋要》後集卷三）

未有佳處，而節奏自古。○言男兒固輕身好勇，而主恩未報，留滯邊庭，一聞《出塞》之聲，而三軍爲之揮淚，當不悔其初心耶？（吴昌祺評定《删訂唐詩解》卷九）

古意蒼然可掬。

（「黄雲隴底白雪飛」以下六句）妙在先作一墊。

（黄培芳評點《唐賢三昧集》卷中）

前六句何其豪。忽以悲語作收，言豪者乃客氣也，妙于開合而全不用持筆。吾讀東川七古，乃怪七古轉法本無轉處也。

「遼東小婦」所以言其「年十五」者，言其年甚小而無歌，頗知「三軍」之苦，彼「鬚如蝟毛」者轉愧之也，妙于對映，全不覺耳。

（潘德輿評點《唐賢三昧集》卷中）

（首八句）一解，先叙意氣豪俠也。「幽燕」，二州名。「賭勝」，賭勝負也。「輕」，輕生也。《晉書·陸機傳》：「身長七尺，其聲如雷。」沈約《王儉碑銘》：「傾方寸以奉國，亡七尺以事君。」《爾雅·釋獸》：「彙，毛刺。」《炙轂（子）》：「於刺端分兩歧者猬，如棘針者蝝。猬似鼠，性獰，鈍物少犯近，則毛刺攢起如矢。」彙，即猬。「磔」，音摘，張也。「隴」疑即《説文》所謂「天水大阪也」。黄雲隴，黄盧塞也；白飛雲，時在秋也

（末四句）二解，此言軍士戍邊，思歸不可得，聞笛傷感也。《韻會》：「遼東，國名。契丹之後，至耶律德光，號大遼。遼在東邊，故曰遼東。」《風俗通》：「琵琶，長尺五寸，象三才五行；四絃，象四時。」傅元《琵琶序》云：「漢送烏孫公主，念其道遠，思慕故國，使知音者於馬上作之。」《魏志·賈詡

傳》："「太祖與韓遂、馬超戰於渭南，問計於詡。對曰：『離之而已。』太祖曰：『解。』」注謂："「曉悟也。」周制：諸侯大國三軍。蓋言塞外之婦，原屬遼東，年方十五，慣彈琵琶，則歌舞中素爲解娱矣。今弄西羌之笛，變爲《出塞》之聲，習慣之自然，詎知愁乎？殊不知使我三軍中觸動離情，將潸然涕淚掉下矣。則昔日之意氣，不爲挫折哉！

（蘅塘退士編選、章燮注《唐詩三百首注疏》卷二）

（首八句）八句先叙意氣豪俠，不作歸計也。

（後四句）四句言久戍不得歸，忽聞羌笛《出塞》之聲，不禁觸動離情，潸然涕下，則昔日之意氣何有哉？

（評）寫豪俠處神情如繪，寫感傷處亦入木三分。○前後俱用仄韻，中二句用平韻，音節自然入古。

（蘅塘退士編選、張萼蓀評注《新體評注唐詩三百首》卷二）

徐幹《明□賦》："「脣實範緑，眼惟雙穴。雖蜂膺眉鬢，梓————。」……「眉」疑「猬」之譌，謂鬢毛森刺，猶李頎《古意》之言「鬚如猬毛磔」。

（錢鍾書《管錐編》第三册第一〇四四頁）

他北游幽燕，一無所成，所以邊塞詩中絶無崔顥那種鮮亮色調，而總以「黄雲隴底白雲飛，未得報恩不得歸」(《古意》),「野雲萬里無城郭，雨雪紛紛連大漠。胡雁哀鳴夜夜飛，胡兒眼淚雙雙落」出之。

(趙昌平《盛唐北地士風與崔顥李頎王昌齡三家詩》，見氏著《趙昌平自選集》)

【按語】

此詩采用初盛唐時期七言古詩中比較常見的前五言，後七言的結體方式，充分發揮了它們在語言上的特點。前六句五言，質直古樸，表現了「男兒」輕生好勇、任俠使氣的壯士形象。後六句七言，語調流暢，在寒冷黯淡的情景和哀怨悲傷的曲調裏，激發出從軍士兵的痛苦之情，情調凄苦，韻致哀惋，與詩的上半形成了强烈的對比，突出了從戎遠征的艱辛困苦。這纔是詩的作意所在。

采蓮①〔一〕

越溪女〔二〕，越溪蓮。齊菡萏〔三〕，雙嬋娟〔四〕。嬉遊向何處〔五〕，采摘且同船。浩唱發容與〔六〕，清波生漪漣〔七〕。時逢島嶼泊，幾伴鴛鴦眠〔八〕。襟袖既盈溢〔九〕，馨香亦相傳〔一〇〕。薄暮歸去來〔一一〕，苧羅生碧烟〔一二〕。

【校　記】

①「《采蓮》」下原注：「一作《放歌行》。」

【注　釋】

〔一〕采蓮：南朝樂府古題，前人認爲該題源自漢樂府古題《江南》（江南可采蓮）。多寫江南風光和人們的勞動生活以及愛情活動。《樂府詩集》（卷二十六）古辭《江南》解題云：「《樂府解題》曰：『《江南》古辭，蓋美芳晨麗景，嬉遊得時。若梁簡文「桂楫晚應旋」，唯歌遊戲也。』按梁武帝作《江南弄》以代西曲，有《采蓮》、《采菱》，蓋出於此。」又（卷五十）梁武帝《江南弄》解題云：「《古今樂録》曰：『梁天監十一年冬，武帝改西曲，製《江南上雲樂》十四曲，《江南弄》七曲：一曰《江南弄》，二曰《龍笛曲》，三曰《采蓮曲》，四曰《鳳笛曲》，五曰《采菱曲》，六曰《遊女曲》，七曰《朝雲曲》。』」又同卷《采蓮曲》解題云：「《古今樂録》曰：『《采蓮曲》和云：「采蓮渚，窈窕舞佳人。」』」此詩當爲李頎遊歷吴越一帶時所作。《全唐詩》（卷二十一）又作齊己詩。

〔二〕越溪女：審詩末句「苧羅」云云，當用春秋越國西施事。越溪，即若耶溪，在今浙江省紹興市南。《太平寰宇記》（卷九十六）《江南東道》（八）：「越州會稽縣，若耶溪，在縣東南二十八里。……（唐時）遂改爲五雲溪。」《吴越春秋》（卷九）：「乃使相者國中，得苧蘿山鬻薪之女，曰西施、鄭旦。飾以羅縠，教以容步，習於土城，臨於都巷，三年學服而獻於吴。」

〔三〕菡萏（hàn dàn）：荷花。《詩經・陳風・澤陂》：「彼澤之陂，有蒲菡萏。」《毛傳》：「菡萏，荷華也。」《詩經・鄭風・山有扶蘇》：「山有扶蘇，隰有荷華。」陸德明《經典釋文》（卷五）《毛詩音義》（上）：「菡萏，荷華也。未開曰菡萏，已發曰芙蓉。」

〔四〕雙：指越女和菡萏。嬋娟：美好的容態。《文選》（卷二）張衡《西京賦》：「嚼清商而却轉，增嬋娟以此豸。」薛綜注：「嬋娟、此豸，姿態妖蠱也。」

〔五〕嬉遊：游玩，游樂。

〔六〕浩唱：放聲高歌。猶浩歌。沈約《郊居賦》：「怳臨風以浩唱，折瓊茅而延佇。」《楚辭・九歌・少司命》：「望美人兮未來，臨風怳兮浩歌。」容與：悠閑自得貌。《楚辭・九歌・湘夫人》：「時不可兮驟得，聊逍遥兮容與。」

〔七〕漪漣：微小的波紋。《詩經・魏風・伐檀》：「河水清且漣猗。」謝靈運《發歸瀨三瀑布望兩溪》：「沫江免風濤，涉清弄漪漣。」

〔八〕綫：屢。副詞。參箋評録王瑛《詩詞曲語辭例釋》。鴛鴦：水鳥名，習性上雌雄不離。《詩經・小雅・鴛鴦》：「鴛鴦于飛，畢之羅之。」鄭玄箋：「匹鳥，言其止則相耦，飛則爲雙，性馴耦也。」崔豹《古今注》（卷中）：「鴛鴦，水鳥，鳧類也。雌雄未嘗相離。人得其一，則一思而至死，故曰雅鳥。」

〔九〕襟袖既盈溢：指下句的「馨香」盈袖。《文選》（卷二十九）《古詩十九首》（庭中有奇樹）：「馨香盈懷袖。」

〔一〇〕馨香：傳播散開的香氣。《詩經·大雅·鳧鷖》：「爾酒既清，爾殽既馨。」《毛傳》：「馨，香之遠聞也。」《國語·周語上》：「其德足以昭其馨香，其惠足以同其民人。」韋昭注：「馨香，芳馨之升聞者也。」

〔一一〕薄暮：傍晚。薄，近，迫。歸去來：歸去，返回。來，助詞，無義。《文選》（卷四十五）陶淵明《歸去來兮辭》：「歸去來兮，田園將蕪，胡不歸。」

〔一二〕苧羅：山名，在今浙江省諸暨市。《太平寰宇記》（卷九十六）《江南東道》（八）：「越州諸暨縣，苧羅山。山下有石迹水，是西施浣紗之所，浣紗石猶在。」

【箋　評】

幾，猶言「屢」，副詞。《玉臺新詠》卷六王僧孺《月夜咏陳南康新有所納》詩：「重價出秦韓，高名入燕鄭。十城屢請易，千金幾争聘。」駱賓王《疇昔篇》：「上苑頻經柳絮飛，中園幾見梅花落。」白居易《東南行一百韻》：「幾見林抽笋，頻驚燕引雛。」「幾」與「屢」、「頻」互文。李百藥《王師渡漢水經襄陽》詩：「閱川已多嘆，遐睇幾增傷。」蘇味道《九江口南濟北接蘄春南與潯陽岸》詩：「鱗介多潛育，漁商幾泝洄。」李頎《采蓮》詩：「時逢島嶼泊，幾伴鴛鴦眠。」「幾」并與「多」、「時」

相應。

（王瑛《詩詞曲語辭例釋》）

【按　語】

此詩從南朝樂府民歌《采蓮曲》衍化而來，繼承了此題描寫江南麗景，刻畫采蓮女的美麗形象，表現采蓮勞動的優雅閑逸的基本意旨。就連在結體上，采用三言句和五言句結撰成章，也是樂府民歌的重要特色。所以，這是一首頗具南朝樂府民歌風味的詩篇。

雜　興〔一〕

沈沈牛渚磯〔二〕，舊説多靈怪〔三〕。行人夜秉生犀燭〔四〕，洞照洪深闢滂湃〔五〕。乘車駕馬往復旋〔六〕，赤紱朱冠何偉然〔七〕。波驚海若潛幽石〔八〕，龍抱胡髯卧黑泉〔九〕。水濱丈人曾有語〔一〇〕，物或惡之當害汝〔一一〕。武昌妖夢果爲灾〔一二〕，百代英威埋鬼府〔一三〕。青青蘭艾本殊香〔一四〕，察見泉魚固不祥〔一五〕。濟水自清河自濁〔一六〕，周公大聖接輿狂〔一七〕。千年魑魅逢華表〔一八〕，九日茱萸作佩囊〔一九〕。善惡死生齊一貫〔二〇〕，衹應斗酒任蒼蒼〔二一〕。

【注　釋】

〔一〕雜興：猶言雜感，可就社會和人生的種種現象和問題議論感慨，當與東漢以來的「雜詩」題旨相近。如曹植、王粲、左思、陶淵明等，都有以《雜詩》爲題的詩篇。

〔二〕沈沈：深沉貌。牛渚磯：又稱牛渚山，突兀在長江邊。在今安徽省馬鞍山市采石鎮。《元和郡縣圖志》（卷二十八）《江南道》（四）：「宣州當塗縣，牛渚山，在縣北三十五里。山突出江中，謂之牛渚圻，津渡處也。始皇二十七年，東巡會稽，道由丹陽至錢塘，即從此渡也。晉左衛將軍謝尚鎮於此。温嶠至牛渚，燃犀照諸靈怪，亦在於此。」

〔三〕靈怪：靈異神奇。

〔四〕行人：遠行的人。此指温嶠。生犀燭：以點燃犀牛角作燭火，所謂犀焰。《晉書》（卷六十七）《温嶠傳》：「復以京邑荒殘，資用不給，嶠借資蓄，具器用，而後旋于武昌。至牛渚磯，水深不可測，世云其下多怪物，嶠遂燬犀角而照之。須臾，見水族覆火，奇形異狀，或乘馬車著赤衣者。嶠其夜夢人謂己曰：『與君幽明道別，何意相照也？』意甚惡之。嶠先有齒疾，至是拔之，因中風，至鎮未旬而卒，時年四十二。」

〔五〕洞照：照亮，明察。《文選》（卷四十七）袁宏《三國名臣序贊》：「英英文若，靈鑒洞照。應變知微，探賾賞要。」洪深：水大而深，猶深淵。滂湃：形容水勢浩大。《水經注·渭水》（三）：「山上有二泉，東西分流，至若山雨滂湃，洪津泛灑，挂溜騰虚，直瀉山下。」

〔六〕乘車駕馬：即上注〔四〕所云「乘馬車」者。

〔七〕赤紱(fú)朱冠：即注〔四〕所引「著赤衣者」，指高官。朱紱，紅色的繫官印的絲帶。《文選》(卷五十四)劉峻《辯命論》：「見張桓之朱紱，謂明經拾青紫。」李善注：「《禮記》曰：『諸侯佩山玄玉，而朱組綬。』《蒼頡篇》曰：『綬，紱也。』」偉然：壯觀貌。

〔八〕海若：古代傳説中海神名。《楚辭·遠遊》：「使湘靈鼓瑟兮，令海若舞馮夷。」王逸注：「海若，海神名也。」《莊子·秋水》：「北海若曰：『井蛙不可以語於海者，拘於虛也；夏蟲不可以語於冰者，篤於時也；曲士不可以語於道者，束於教也。』」幽石：幽邃蒼黯的石頭。《文選》(卷二十六)謝靈運《過始寧墅》：「白雲抱幽石，緑篠媚清漣。」

〔九〕胡髯：頷下的胡鬚。《史記》(卷二十八)《封禪書》：「黄帝采首山銅，鑄鼎於荆山下。鼎既成，有龍垂胡髯，下迎黄帝。黄帝上騎，群臣後宫從上者七十餘人，龍乃上去。餘小臣不得上，乃悉持龍髯，龍髯拔，墮，墮黄帝之弓。百姓仰望黄帝既上天，乃抱其弓與胡髯號，故後世因名其處曰鼎湖，其弓曰烏號。」黑泉：深淵。唐人避高祖李淵諱，以「泉」代「淵」，如李商隱《隋宫》：「紫泉宫殿鎖烟霞，欲取蕪城作帝家。」

〔一〇〕丈人：老人，長者。《論語·微子》：「子路從而後，遇丈人，以杖荷蓧。子路問曰：『子見夫子乎？』丈人曰：『四體不勤，五穀不分。孰爲夫子？』」

〔一一〕惡：厭惡，討厭。此句即用注〔四〕引文裏夜中夢見人所語及「意甚惡之」之意。

〔一二〕武昌：晉代武昌郡，即今湖北省鄂州市（原鄂城縣）。《晉書》（卷十五）《地理志》（下）：「孫權分江夏立武昌郡，……武昌郡，吴置，武昌，故東鄂也。」《舊唐書》（卷四十）《地理志》（三）：「鄂州，武昌，漢鄂縣，屬江夏郡。吴、晉爲重鎮，以名將爲鎮守。」妖夢果爲灾：即温嶠牛渚磯夢後遽死事。參上注〔四〕。

〔一三〕百代英威：對温嶠的贊語。英威：英勇威武。鬼府：古代傳説中人死之後所去的陰間。

〔一四〕蘭艾：蘭草芳香，艾草味臭，故云「殊香」，氣味不同。王融《和南海王殿下咏秋胡妻詩七章》（其七）：「蘭艾隔芳臭，涇渭分清濁。」

〔一五〕察見泉魚固不祥：《韓非子·説林上》：「古者有諺曰：『知淵中之魚者不祥。』」《列子·説符篇》：「周諺有言：『察見淵魚者不祥，智料隱匿者有殃。』」「泉」是避唐高祖李淵諱，參上注〔九〕。

〔一六〕濟水：參卷一《與諸公遊濟瀆泛舟》注〔一〕。河：黄河。此句謂濟清河濁，本來如此。

〔一七〕周公：周公旦，周文王子，佐武王滅殷。武王崩，攝政，輔佐成王。周代的典章制度爲周公所制定，儒家視周公爲聖人。參《史記》（卷三十三）《魯周公世家》。接輿：春秋末楚人，與孔子同時，佯狂避世。《論語·微子》：「楚狂接輿歌而過孔子曰：『鳳兮鳳兮！何德之衰？往者不可諫，來者猶可追。已而，已而！今之從政者殆而！』」

〔一八〕魑魅：鬼怪妖精。《玉篇·鬼部》：「魑，鬼也。」又曰：「魅，老精物也。」并參前《崔五六圖屏風各賦一物得烏孫佩刀》注〔五〕。華表：置於宫殿、城垣、墓道前的木柱或石柱，以作標記。崔豹《古今注》（卷下）：「程雅問曰：『堯設誹謗之木，何也？』答曰：『今之華表木也，以横木交柱頭狀若花也，形似桔槔，大路交衢悉施焉。或謂之表木，以表王者納諫也，亦以表識衢路也。』」此句當用張華事。吴均《續齊諧記》：「張華爲司空，于時燕昭王墓前有一斑狸，化爲書生，欲詣張公。過問墓前華表曰：『以我才貌，可得見司空耶？』華表曰：『子之妙解，無爲不可。但張公制度，恐難籠絡。出必遇辱，殆不得返。非但喪子千年之質，亦當深誤老表。』狸不從，遂見華。見其容止風流，雅重之。于是論及文章聲實，華未嘗勝。次復商略三史，探貫百氏，包十聖，洞三才，華無不應聲屈滯。乃嘆曰：『明公乃尊賢容衆，嘉善矜不能，奈何憎人學問？墨子兼愛，其若是也？』言卒便退。華已使人防門，不得出。既而又問華曰：『公門置兵甲闌錡，當是疑僕也。恐天下之人卷舌而不談，知謀之士望門而不進。深爲明公惜之。』華不答，而使人防禦甚嚴。豐城令雷焕，博物士也。謂華曰：『聞魅鬼忌狗所別者，數百年物耳。千年老精，不復能别。惟千年枯木，照之則形見。昭王墓前華表，已當千年，使人伐之。』至，聞華表言曰：『老狸不自知，果誤我事。』于華表穴中得青衣小兒，長二尺餘。使還，未至洛陽，而變成枯朮。遂燃以照之，書生乃是一斑狸。茂先嘆曰：『此二物不值我，千年不復可得。』」

〔一九〕九日：九月九日重陽節。參卷一《九月九日劉十八東堂集》注〔一〕。茱萸：喬木名。茱萸的子房香氣辛烈，古代風俗以爲重陽節插茱萸或佩茱萸囊，可避邪消災。佩囊：指以茱萸子充實于中以供人佩戴的香囊。《西京雜記》（卷三）：「九月九日，佩茱萸，食蓬餌，飲菊華酒，令人長壽。」《藝文類聚》（卷四）引《風土記》曰：「九月九日，律中無射而數九，俗於此月（日？），折茱萸房以插頭，言辟除惡氣而禦初寒。」吴均《續齊諧記》：「汝南桓景隨費長房游學累年，長房謂曰：『九月九日，汝家中當有災。宜急去，令家人各作絳囊，盛茱萸，以繫臂，登高飲菊花酒，此禍可除。』景如言，齊家登山。夕還，見鷄犬牛羊一時暴死。長房聞之曰：『此可代也。』今世人九日登高飲酒，婦人帶茱萸囊，蓋始於此。」

〔一〇〕齊：等同。一貫：同樣，一致。《莊子・德充符》：「胡不直使彼以死生爲一條，以可不可爲一貫者，解其桎梏，其可乎？」

〔一一〕斗酒：《文選》（卷四十一）楊惲《報孫會宗書》：「田家作苦，歲時伏臘，烹羊炮羔，斗酒自勞。」任蒼蒼：任隨天意。《莊子・逍遥遊》：「天之蒼蒼，其正色邪？其遠而無所至極邪？」

【箋評】

元九在江陵時，有《放言》長句詩五首，韻高而體律，意古而詞新。予每咏之，甚覺有味，雖前輩深於詩者，未有此作。唯李頎有云：「濟水至清河自濁，周公大聖接輿狂」，斯句近之矣。

（白居易《放言五首并序》）

白（居易）又時時頌李頎「渭水自清涇至濁，周公大聖接輿狂」。欲模擬之而不可得。

（王世貞《藝苑卮言》卷四）

「濟水」二句，白公極推之，不知何故。

（南京圖書館藏明朱警編、嘉靖刻本《唐百家詩·李頎集》眉批）

（「周公大聖接輿狂」句）譚云：「古今偉人之言，長吉服得不錯。」

（鍾惺、譚元春《唐詩歸》卷十四）

唐云：「本賦牛渚事，何故拈出許多老頭巾語。」

（唐汝詢《彙編唐詩十集》壬集）

李頎七言古詩，佳者本多，其《雜興》二句云：「濟水至清河至濁，周公大聖接輿狂。」亦偶然興到語耳。而樂天獨嘆服此語，以爲絶倫。……前輩看詩，不獨不隨人好尚，即其觸景觸機時，亦别有證入。

（賀貽孫《詩筏》）

至「青青蘭艾本殊香，察見泉魚固不祥。濟水自清河自濁，周公大聖接輿狂。千年魑魅逢華表，九日茱萸作佩囊。善惡死生齊一貫，祇應斗酒任蒼蒼」，每一讀之，勝呼龍泉、擊唾壺矣。

（賀裳《載酒園詩話》又編）

高適、李頎不獨七古見長，大段氣體高厚，即今體亦復見骨格堅老，氣韻沉雄。余最愛李頎一篇云：「青青蘭艾本殊香，察見泉魚固不祥。濟水至清河自濁，周公大聖接輿狂。千年魑魅逢華表，九日茱萸作佩囊。善惡死生齊一貫，祇應斗酒任蒼蒼。」眼中胸中何等寬闊，可謂見得到説得出。

（方南堂《輟鍛録》）

余於唐人李東川詩最喜「濟水自清河自濁，周公大聖接輿狂」二語，於杜牧之詩最喜「文石陛前辭聖主，碧雲天外作冥鴻」二語。此則别有神會，非徒摘句嗟賞而已。

（文廷式《純常子枝語》卷六）

「沈沈牛渚磯，舊説多靈怪。行人夜秉生犀燭，洞照洪深闢滂湃。乘車駕馬往復旋，赤紱朱冠何偉然。波驚海若潛幽石，龍抱胡髯卧黑泉。水濱丈人曾有語，物或惡之當害汝。武昌妖夢果爲灾，百代英威埋鬼府。」以上平叙，咏史常例。

「青青蘭艾本殊香」，入正意，却用蘭艾，與題無干。此作者之意，以喻小人不可極之耳。然于文勢極突兀，有辟易萬人之概。盛唐以後，無此接法，專恐人不知耳，便無詩意。

「察見泉魚固不祥」，挽入本意，引古語作證。此亦善用典。

「濟水自清河自濁，周公大聖接輿狂。」小時見元微之舉此二句，以爲古今詩人不能復下語，心竊疑之。及後盡學三唐及六朝歌行，乃知此二句神力，所謂千里黄河與泥沙俱下；只是將不相干話從容説來，如恰合題分也（并非恰合，故特加「如」）。前乎此者，如《古劍篇》「正逢天下無風塵」四句，

《春江花月夜》「此時相望不相聞」四句；後乎此者，《遠别離》「海水直下萬里深」二句，《白頭吟》「此時阿嬌……」一句，《江夏贈韋冰》：「頭陀雲月……」四句，皆是此法門。若杜詩此等處尤多，然不免拉扯形迹，由其天分不及故耳。若韓退之以後，則亂道矣。盧仝、劉叉亦時得之，而微之《望雲騅》詩專模此意，亦自從横開合，不可方物。要歸於清談揮麈，無一毫作態，乃爲佳耳。然微之稱此二句本意則是取其説理，又便其不拘檢，與己意合，非知此詩之境者。何以知之？以其五言知之。蓋五古亦有此一境，而元、白全未夢及也。以其知此二句之妙，故歌行頗跌宕舒卷。

「千年魑魅逢華表，九日茱萸作佩囊。」再足兩句，挽入本意，亦不可少。

「善惡死生齊一貫，衹應斗酒任蒼蒼。」右李東川《雜興》詩，歌行之極軌也。其餘名篇，了然易見，唯此不易知之也。余平生數四擬之，唯《回馬嶺柏樹歌》稍似，附録於後：

泰山兮巃嵸，下宜柏兮上宜松。松是仙人家，柏作神鬼宫。秦皇昔日無仙才，欲攀松樹望蓬萊。飄風驟雨不能下，獨立徘徊一松下。後來封禪凡幾君，時君無德况群臣。霍家都尉死山頂，漢武匆匆旋玉輪。自此群臣陪法駕，行到松前盡回馬。南看十里柏陰陰，肅肅泠泠無妄心。乘輿去後此陰在，士女時來聽玉琴。我昔南行桂陽道，參天翠柏如雲掃。株株自謂棟梁材，千年枉向荒山老。豈知此山百萬株，雲間各有神明扶。八十七君屢興廢，明堂梁棟皆丘虚。從臣同來見此柏，亦言名字垂金石。當時解笑秦漢君，今日幾人如李霍？龍藏麟見古今殊，大聖栖栖非小儒。潁水牽牛渭投釣，阿衡負鼎閔懷珠。社櫟十圍欺匠石，卞珪三刖困泥塗。日暮長風送歸客，且從松子訪盈虚。

杜詩：「宫中聖人奏《雲門》，天下朋友皆膠漆。」鍾伯敬以爲「孔碩」、「肆好」之音，心、琴二韻，可以相比，亦東川别派也。

（陳兆奎《王志》卷二《論歌行運用之妙答完夫問》）

前叙後論，自創一格。（「青青蘭艾本殊香」四句）元微之所謂泥沙俱下，非神於歌行者莫能爲之。

（王闓運《王闓運手批唐詩選》卷七）

《雜興》通過關於晉代一位著名人物的神奇傳説的感興，表達了詩人「善惡死生齊一貫，只應斗酒任蒼蒼」的道家思想。爲了充分發抒這種思想，他選擇了自然界和人類社會中許多相反而并存的事物、現象作爲素材，寫成詩句，來服務於主題。從「青青蘭艾本殊香」以下，既是比喻，又是議論；既相反，又相成。是議論，但不是出之以抽象的説理，而是出之以具體的比喻；是比喻，但不是出之以牽强的拉扯，而是出之以活躍的聯想。深沉而又奔放的思想感情和生動而又豐富的聯想相結合，就使得這幾句詩起得突兀，收得斬截；既夭矯，又自然，從而形成了全詩的特色。

（程千帆《李頎〈雜興〉詩説》，見氏著《古詩考索》）

白居易對「濟水自清河自濁，周公大聖接輿狂」兩句贊爲「韻高而體律，意古而詞新」，……所謂「韻」，是指詩中風韻，即風格而言。……所謂「體」，是指詩的體制而言。……「意古」是指詩中所寫的道家委心任運，各遂其性，各全其天的思想，由來已久；「詞新」則指其中由巧妙的聯想所構成的比喻新異動人。（程千帆《李頎〈雜興〉詩説》，見氏著《古詩考索》）

又詩人《雜興》詩云：「沈沈牛渚磯，舊説多靈怪。」又云：「水濱丈人曾有語」，似亦係行經牛渚而有此作。又不悉是否自江浙溯大江舟行赴沅湘過此？疑此行早則在尉新鄉之前，遲則開元末在新鄉尉任内。（譚優學《李頎行年考》，見氏著《唐詩人行年考》）

詩人行經當塗牛渚，感晋名臣温嶠燃犀燭怪，至武昌應夢而卒故事而作此詩。結出主旨：清者自清，濁者自濁；聖者自聖，狂者自狂；唯有齊生死，等善惡，斗酒任運而已。（趙昌平《盛唐北地士風與崔顥李頎王昌齡三家詩》，見氏著《趙昌平自選集》）

【按語】

此詩的構思非常獨特，因而其表現方式具有独到性，造成其風格上的夭矯奇健，跌宕恣肆。先用五七言共十二句，只叙寫歷史傳説中晋温嶠牛渚燃犀，説明「靈怪」之事當然就會有灾異的結果。至此，詩的叙寫實際上已經表述了一個完整的意思。然後又用六句，行文上没有過渡轉折，完全以藝術上的聯想潛氣内轉，以奇横之筆，運用自然現象、古諺成語、歷史人物傳説故事等自然的和社會的既有材料，形成一連串的相反相成的比喻，和形象生動的議論。它們看似各自獨立，并不聯屬，實際上核心是意在反反復復地説明和强調：世間的一切事物，都是遵循其自身的特徵而不會失去其本真的，從而多方面、層層深入地印證了温嶠事件，論證了凡事各遂其性，而無等差的道家思想。詩的末二句以理語煞尾，直接而顯豁地表達出上文所有的叙寫、比喻、議論中包含的一個主旨：「善惡死生齊一貫。」此詩在結構行文上恣肆奇横，跌宕生姿；而在風格上夭矯健拔，雍容自然；在認識論上則是極符合由個別到普遍、由具體到抽象、由感性到理性的自然法則。不過，詩中所宣揚的道家思想則是應當以批判的眼光來看待的

絶纓歌①〔一〕

楚王宴客章華臺〔二〕，章華美人善歌舞〔三〕。玉顔艷艷空相向〔四〕，滿堂目成不得語②〔五〕。
紅燭滅③，芳酒闌〔六〕。羅衣半醉春夜寒，絶纓解帶一爲歡〔七〕。君王赦過不之罪④〔八〕，暗
中珠翠鳴珊珊〔九〕。寧愛賢⑤〔一〇〕，不愛色。青娥買死誰能識〔一一〕，果却一軍全社稷⑥〔一二〕。

【校記】

① 畢本題下注云：「此下四篇，郭茂倩《樂府》及《文苑英華》俱作李頎詩。按頎集無此，今補。」畢

本所録，此篇後的三篇，依次爲《鄭櫻桃歌》《送劉昱》《送郝判官》。

②「目成」劉本、凌本、畢本作「月色」，英華本作「莫逆」。

③「燭」下劉本、凌本有「已」字。

④「赦」劉本、凌本作「拾」，畢本、英華本作「捨」，劉本、凌本、英華本并注：「一作赦。」「之」劉本、凌本、畢本作「知」。

⑤「寧」劉本、凌本作「君王」，畢本作「始知」，英華本作「始」。

⑥「一」下原注：「一作三。」「一」凌本、畢本、英華本作「三」。

【注釋】

〔一〕絶纓歌：此詩爲緣事立題的歌行體作品，具有樂府民歌的風味，是唐代七言古詩的主要體式之一。絶纓：扯斷繫冠的帶子。纓，長繩，長帶子。《韓詩外傳》（卷七第十四章）：「楚莊王賜其群臣酒。日暮酒酣，左右皆醉。殿上燭滅，有牽帝王后衣者。后扢冠纓而絶之，言於王曰：『今燭滅，有牽妾衣者，妾扢其纓而絶之。願趣火視絶纓者。』王曰：『止！』立出令曰：『與寡人飲，不絶纓者，不爲樂也。』於是冠纓無完者，不知王后所絶冠纓者誰。於是王遂與群臣歡飲，乃罷。後吴興師攻楚，有人常爲應行合戰者，五陷陣却敵，遂取大軍之首而獻之。王怪而問之曰：『寡人未嘗有異於子，子何爲於寡人厚也？』對曰：『臣先殿上絶纓者也。當時宜以肝膽塗地。負日久矣，未有所效。今幸得用於臣之義，尚可爲王破吴而强楚。』《詩》曰：『有漼者淵，萑葦渒渒。』言大者無不容也。」《説苑・復恩》所記與此微異。

〔二〕楚王：指楚莊王熊侶。公元前六一三年至前五九一年在位，共二十三年。其生平事迹參《史記》（卷四十）《楚世家》。章華臺：楚國臺名。故址在今湖北省監利縣。《左傳・昭公七年》：「（楚靈王）及即位，爲章華之宫，……楚子（靈王）成章華之臺，願以諸侯落之。」杜預注：「宫室始成，祭之爲落。臺今在華容城内。」《元和郡縣圖志》（卷二十一）《山南道》（二）：「復州監利縣，本漢華容縣地也。晋武帝太康五年分立監利縣，屬南郡。」楚靈王在莊王、共王後即楚王位，故莊王時無章華臺，詩人借以言之，不能認爲是作者誤記史實。

〔三〕美人：指楚莊王後宫的姬妾。《説苑・復恩》載此事，「王后」云云即作「美人」，或更符合實情。

〔四〕玉顔艷艷：形容女子的容貌美麗，光彩照人。《文選》（卷十九）宋玉《神女賦》：「貌豐盈以莊姝兮，苞温潤之玉顔。」艷艷：艷麗明潔貌。《玉臺新詠》（卷十）梁武帝《歡聞歌二首》（其一）：「艷艷金樓女，心如玉池蓮。」

〔五〕滿堂：整個殿堂。目成：兩人相悦，以目傳情。《楚辭・九歌・少司命》：「滿堂兮美人，忽獨與余兮目成。」王逸注：「獨與我睨而相視，成爲親親也。」不得語：不能談話交流。《文選》（卷二十九）《古詩十九首》（迢迢牽牛星）：「盈盈一水間，脉脉不得語。」

〔六〕芳酒闌：謂酒宴時間很長，已經入夜了。闌，晚、殘、盡。

〔七〕解帶：解開腰帶。一爲：此爲，這爲。

〔八〕君王：指楚莊王。不之罪：不以此爲過錯而懲罰。之，此，代詞。

〔九〕珠翠：珍珠和翡翠，女子的佩飾物。《文選》（卷十七）傅毅《舞賦》：「珠翠的皪而炤燿兮，華袿飛髾而雜纖羅。」李善注：「珠翠，珠及翡翠也。」珊珊：珠玉聲。《文選》（卷十九）宋玉《神女賦》：「動霧縠以徐步兮，拂墀聲之珊珊。」李善注：「珊珊，聲也。」

〔一〇〕寧：乃也。

〔一一〕青娥：美貌的青年女子。指上文的「美人」，劉鑠《白紵曲》：「佳人舉袖輝青蛾，摻摻擢手映鮮羅。」買死：意謂換來臣子不惜以死效命報恩的結果。識：瞭解，理解。

〔一三〕果：果然，確實。却：退。此謂打退，打敗。一軍：一支軍隊。注〔一〕引《韓詩外傳》爲吴軍，《説苑・復恩》所記則爲晋軍。全社稷：保全了國家。社稷，土地神和穀神，主祭者爲君王，故以社稷指國家。《孟子・盡心下》：「民爲貴，社稷次之，君爲輕。」

【箋評】

《絶纓歌》，李頎集無之，而《文苑英華》載爲頎作，然輕緩不振，决非新鄉筆也。

（毛先舒《詩辯坻》卷三）

【按　語】

此詩所咏的歷史故事傳説，見載於《韓詩外傳》和《説苑》。前者的成書時間略早於後者，故本詩注釋所録爲前者所記。本詩在故事發生地以及時間先後上，以及將「絶纓」事件的發生由臣子醉酒失禮，寫成「满堂目成」上，明顯地作了改動創造，使詩更具有歡愉的氣氛和旖旎的韻致。但就意旨而言，前者强調「大者無不容也」，即寬容大度得到了有過錯的人的報恩，這在本詩中表現得并不明顯。而後者所記，既强調了不可「辱士」，即要「尊賢」、「尚士」的思想，又突出了「德」字，如文中反復出現了「德薄」、「蔭蔽之德」、「此有陰德必有陽報」云云，雖然有濃厚的漢代讖緯思想的因素，但它提倡君臣之間應以「德」相處，似乎更符合本詩的意旨。詩中「寧愛賢」云云，已經表述得比較清楚了。

此詩在結體上參用「三三七」句式，又多用叠詞、復沓等修辭方式，造語比較華美穠麗，所以，風格上比較流暢婉轉，民歌風味濃厚。毛先舒評其「輕緩不振」，乃從批評的角度説出了本詩的基本特色。

鄭櫻桃歌①〔一〕

石季龍〔二〕，僭天禄〔三〕，擅雄豪〔四〕，美人姓鄭名櫻桃。櫻桃美顔香且澤②〔五〕，娥娥侍寢專宮掖③〔六〕。後庭卷衣三萬人〔七〕，翠眉清鏡不得親④〔八〕。宮軍女騎一千匹⑤〔九〕，繁花照耀漳河春〔一〇〕。織成花映紅綸巾⑥〔一一〕，紅旗掣曳鹵簿新〔一二〕。鳴鼙走馬接飛鳥〔一三〕，銅馱瑟瑟隨去塵⑦〔一四〕。鳳陽重門如意館〔一五〕，百尺金梯倚銀漢〔一六〕。自言富貴不可量，女爲公主男爲王。赤花雙簟珊瑚床〔一七〕，盤龍斗帳琥珀光〔一八〕。淫昏僞位神所惡〔一九〕，滅石者陵終不悟⑧〔二〇〕。鄴城蒼蒼白露微〔二一〕，世事翻覆黃雲飛⑨〔二二〕。

【校記】

① 題下原序：「石季龍寵惑優童鄭櫻桃而殺妻郭氏，更納清河崔氏，櫻桃又譖而殺之。櫻桃美麗，擅寵宮掖，樂府由是有《鄭櫻桃歌》。」劉本有此序，凌本、英華本無此序。英華本注：「見郭茂倩《樂府》。」

② 劉本無「櫻桃」二字。

③ 「娥娥」劉本、凌本作「姮娥」。

④ 「清」劉本、凌本作「青」。

⑤ 「宮」凌本、英華本作「官」。「女」英華本作「馬」。

⑥ 此句下原注：「季龍以女騎一千爲鹵簿，皆著紫綸巾，五文織成靴。」英華本在此注文前有「載記」二字。

⑦ 「馱瑟」劉本作「鋏琴」，清鈔本作「釱琴」。「馱」畢本作「鈸」。「瑟瑟」凌本、畢本、英華本作「琴

瑟」。

⑧「者」劉本、淩本作「五」。

⑨「世事」下原注：「一作浮世。」

【注　釋】

〔一〕鄭櫻桃歌：《樂府詩集》（卷八十五）《雜歌謡辭》（三）收録此詩。鄭櫻桃，十六國時後趙國君石季龍的寵姬，後立爲皇后。《晉書》（卷一百六、一百七）《石季龍載記》（上、下）：「石季龍，勒之從子也，……勒深嘉之，拜征虜將軍。爲娉將軍郭榮妹爲妻。季龍寵惑優僮鄭櫻桃而殺郭氏，更納清河崔氏女，櫻桃又譖而殺之。所爲酷虐。……立其鄭氏爲天王皇后，以子邃爲天王皇太子。……季龍大怒，廢邃爲庶人。……廢鄭氏爲東海太妃。……（石虎死，石遵殺石世而僭位）尊其母鄭氏爲皇太后。」崔鴻《十六國春秋·後趙録》：「石虎鄭后名櫻桃，晉冗從僕射鄭世達家妓也。在衆猥妓中，虎數數嘆其貌於太后，太后給之，以子邃爲天王皇太子。」

〔二〕石季龍：名虎，因唐人避太祖李虎諱而只稱其字季龍。石勒從子，後僭位稱帝，是著名的荒淫殘暴的君主。《晉書》（卷一百六、一百七）《石季龍載記》（上、下）：「石季龍，勒之從子也，名犯太祖廟諱，故稱字焉。……咸康元年，季龍廢勒子弘，群臣已下勸其稱尊號。……於是依殷、周之制，以咸康三年僭稱大趙天王，……以永和五年僭即皇帝位于南郊，大赦境内，建元曰太寧。……季龍始以咸康元年僭立，至此太和六年（按應作永和五年——參中華書局本《晉書》校勘記），凡在位十五歲。」

〔三〕僭天禄：超越本分登上帝位。天禄，天位，帝王之位也。《後漢書》（卷七）《孝桓帝紀·贊》：「桓自宗支，越躋天禄。」李賢注：「天禄，天位也。《左傳》，子家羈，曰：『天禄不再。』」

〔四〕雄豪：勇武豪横。《後漢書》（卷二十五）《卓茂傳》：「建武之初，雄豪方擾，虓呼者連響，嬰城者相望，斯固倥傯不暇給之日。」

〔五〕香且澤：本指婦女所用有香氣的潤髮化妝品，後喻女子體貌的芳香潤澤。《釋名·釋首飾》：「香澤者，人髮恒枯悴，以此濡澤之也。」

〔六〕娥娥：形容女子的美麗。《文選》（卷二十九）《古詩十九首》（青青河畔草）：「娥娥紅粉妝，纖纖出素手。」李善注：「《方言》曰：『秦、晉之間，美貌謂之娥。』」宫掖：宫廷，皇宫，此指後宫。《後漢書》（卷二十三）《竇憲傳》：「憲恃宫掖聲執，遂以賤直請奪沁水公主園田。」

〔七〕後庭：後宫。《戰國策·秦策五》：「君之府藏珍珠寶玉，君之駿馬盈外厩，美女充後庭。」卷衣：古代君王賜衣與所愛女子爲卷衣。此喻後宫女子。《樂府詩集》（卷七十三）梁吴均《秦王卷衣》詩題下解題曰：「《樂府解題》曰：『《秦王卷衣》，言咸陽春景及宫闕之美。秦王卷衣，以贈所歡也。』唐李白有《秦女卷衣》。」三萬人：概言石季龍後宫美女之多。《晉書》（卷一百六）《石季龍載記》（上）：「於襄國起太武殿，於鄴造東西宫，至是皆就。太武殿基高二丈八尺，以文石綷之，下穿伏室，置衛士五百人於其中。東西七十五步，南北六十五步。皆漆瓦、金鐺、銀楹、金柱、珠簾、玉壁，窮極伎巧。又起靈風臺九殿于顯陽殿後，選士庶之女以充之。後庭服綺縠、玩珍奇者萬餘人，內置女官十有八等，教宮人星占及馬步射。……又置女鼓吹羽儀，雜伎工巧，皆與外侔。……增置女官二十四等，東宮十有二等，諸公侯七十餘國皆爲置女官九等。先是，大發百姓女二十已下十三已上三萬餘人，爲三等之第以分配之。」

〔八〕翠眉：翠黛的畫眉。崔豹《古今注》（卷下）：「梁冀改驚翠眉爲愁眉；魏宮人好畫長眉，今多作翠眉，警鶴髻。」清鏡：明鏡。謝朓《冬緒羈懷示蕭諮議虞田曹劉江二常侍》：「寒燈耿宵夢，清鏡悲曉髮。」不得親：不可能親近，指沒有機會得到親近。

〔九〕宮軍：指以後宮宮女爲士兵的軍隊。女騎一千匹：《晉書》（卷一百六）《石季龍載記》（上）：「季龍常以女騎一千爲鹵簿，皆著紫綸巾、熟錦袴、金銀鏤帶、五文織成靴，游于戲馬觀。觀上安詔書五色紙，在木鳳之口，轆轤迴轉，狀若飛翔焉。」

〔一〇〕繁花：盛開的花。此喻服飾艷麗的後宮女騎。漳河：此指後趙的京都鄴城附近的漳河，又稱濁漳水。《太平寰宇記》（卷五十五）《河北道》（四）：「相州鄴縣，濁漳水，在縣東北。有永樂浦，浦西五里，俗謂紫陌河，此即俗巫爲河伯娶婦處。」

〔一一〕織成：以彩絲金鏤手工綉成有花紋圖案的錦緞，謂之織成。此指精致華美的服飾。《後漢書》（志第三十）《輿服志》（下）：「衣裳玉佩備章采，乘輿刺綉，公侯九卿以下皆織成，陳留、襄邑獻之云。」紅綸巾：紅色的綸巾。綸巾本是男子所戴，有青色、白色等。此指宮女所戴的紅綸巾。《晉書》（卷七十九）《謝萬傳》：「萬著白綸巾，鶴氅裘，履版而前。既見，與帝共談移日。」

〔一二〕掣曳：牽引。鹵簿：古代帝王出行時的儀仗隊伍。封演《封氏聞見記》（卷五）《鹵簿》：「輿駕行幸，羽儀導從謂之鹵簿，自秦、漢以來始有其名。蔡邕《獨斷》載鹵簿有小駕、大駕、法駕之異，而不詳鹵簿之義。按字書：『鹵，大楯也。』字亦作『櫓』，又作『樐』，音義皆同。鹵以甲爲之，所以捍敵。賈誼《過秦論》云：『伏屍百萬，流血漂鹵』是也。甲楯有先後部伍之次，皆著之簿籍，天子出，則案次導從，故謂之『鹵簿』耳。儀衛具五兵，今不言他兵，但以甲楯爲名者，行道之時，甲楯居外，餘兵在內，但言『鹵簿』，是舉凡也。」

〔一三〕鳴鼙走馬接飛鳥：此句寫石季龍在太武殿、靈風臺、戲馬觀等處，以戰陣爲游戲，窮奢極樂。參上注〔七〕〔九〕。又《鄴中記》：「設馬車立木橦，其車上長二丈，橦頭安横木，兩伎兒各坐木一頭，或鳥飛，或倒挂。又衣伎兒作獮猴之形，走馬上，或在脇，或在馬頭，或在馬尾。馬走如故，名爲猿騎。」所記當爲此句詩中所寫的情形。鼙，鼙鼓，騎兵用的小鼓，作戰鼓用。走馬：馳騁戰馬。接飛鳥：戰馬飛馳時，騎士以箭射擊飛鳥，形容武藝高强。《文選》（卷二十七）曹植《白馬篇》：「仰手接飛猱，俯身散馬蹄。」李善注：「凡物飛，迎前射之曰接。」又曹植《名都篇》：「餘巧未及展，仰手接飛鳶。」

〔一四〕銅駄：應即銅駝。銅駝本是經歷西晉亡國之物，後被石季龍遷移到鄴城宫門外。此處有暗示石季龍將敗亡之意。《晉書》（卷六十）《索靖傳》：「靖有先識遠量，知天下將亂，指洛陽宮門銅駝，嘆曰：『會見汝在荆棘中耳！』」《晉書》（卷一百六）《石季龍載記》（上）：「咸康二年，使牙門將張彌徙洛陽鍾虡、九龍、翁仲、銅駝、飛廉于鄴。」瑟瑟：風聲。《文選》（卷二十三）劉楨《贈從弟三首》（其二）：「亭亭山上松，瑟瑟谷中風。」隨去塵：隨着飛馬揚起的塵土而遠去。《太平御覽》（卷九〇六）引《尸子》曰：「鹿走而無顧，六馬不能望其塵，謂不反顧也。」《莊子·田子方》：「夫子奔逸絶塵，而回瞠若乎後矣。」

〔一五〕鳳陽重門：鳳陽門，石季龍都城鄴城皇宫南面的西側門。重門：一道又一道的門，指宫門。《文選》（卷二）張衡《西京賦》：「重門襲固，奸宄是防。」又（卷三十）謝朓《觀朝雨》：「平明振衣坐，重門猶未開。」《晉書》（卷一百六）《石季龍載記》（上）：「時白虹出自太社，經鳳陽門，東南連天，十餘刻乃滅。……於是閉鳳陽門，唯元日乃開。」《鄴中記》：「鄴宫南面三門，西鳳陽門，高二十五丈，上六層，反宇向陽，下開二門，又安大銅鳳於其顛，舉石一丈六尺。」如意館：即如意觀，在鄴城三臺的南臺上。《晉書》（卷一百七）《石季龍載記》（下）：「（石閔）使將軍蘇亥、周成率甲士三十執（石）遵于如意觀。」《鄴中記》：「銅爵、金鳳、冰井三臺，皆在鄴都北城西北隅，因城爲基址。」銅爵即銅雀臺，金鳳即金雀臺。《資治通鑑》（卷九十八）《晉紀》（穆帝永和五年）：「（石）閔遂劫李農及右衛將軍王基密謀廢（石）遵，使將軍蘇彦、周成帥甲士三千人執遵於南臺。」胡三省注：「三臺之南臺也。《水經注》：『銅雀臺之南則金雀臺，高八丈，有屋百九十間。』」《十六國春秋・後趙録》：「（石）閔使將軍蘇彥、周成帥甲士三十八人，執（石）遵于南臺如意觀。」

〔一六〕百尺金梯：高樓的百尺樓梯。概言樓觀的高大壯麗。倚：靠着，靠近。銀漢：天上的星河。鮑照《夜聽妓二首》（其一）：「夜來坐幾時，銀漢傾露落。」《初學記》（卷一）《天部》：「天河謂之天漢，亦曰雲漢、星漢、河漢、清漢、銀漢、天津、漢津、淺河、銀河、絳河。」此二句總言石季龍皇宮的樓臺殿閣宏偉雄壯。上注〔七〕〔一五〕已可見一斑。《水經注》（卷十）《濁漳水》：「（鄴）城有七門：南曰鳳陽門，中曰中陽門，次曰廣陽門，東曰建春門，北曰廣德門，次曰廄門，西曰金明門，一曰白門。鳳陽門三臺洞開，高三十五丈，石氏作層觀架其上，置銅鳳，頭高一丈六尺。東城上，石氏立東明觀，觀上加金博山，謂之『鏘天』。北城上有齊斗樓，超出群榭，孤高特立。其城東西七里，南北五里，飾表以磚。百步一樓，凡諸宮殿，門臺、隅雉，皆加觀榭。層甍反宇，飛檐拂雲，圖以丹青，色以輕素。當其全盛之時，去鄴六七十里，遠望苕亭，巍若仙居。」

〔一七〕赤花雙簟：編織有紅花圖案的雙層竹席子，言其華美精致。珊瑚床：以珊瑚作爲床的雕飾，極言床的華美貴重。《説文・玉部》：「珊，珊瑚，色赤，生於海，或生於山。」珊瑚是由珊瑚蟲分泌的石灰質骨骼聚結而成的玉石，狀如樹枝，色澤鮮艷，美觀可愛，是極好的裝飾品。

〔一八〕盤龍斗帳：華麗的帳子上綉綴着盤曲的龍形圖案。斗帳，一種小帳子。《釋名・釋床帳》：「帳，張也，張施於床上也。小帳曰『斗』，形如覆斗也。」《鄴中記》：「石虎造流蘇斗帳，上安金蓮花，花中懸金箔。」又曰：「三臺相面，各有正殿，上安御床，施蜀錦流蘇斗帳，四角置金龍頭，銜五色流蘇。」琥珀：松柏脂化石，紅褐色或黄褐色，珠玉一類裝飾品，亦可入藥。《博物志》（卷四）：「《神仙傳》云：『松柏脂入地千年化爲茯苓，茯苓化爲琥珀。』琥珀一名江珠。」

〔一九〕淫昏：荒淫昏庸。僞位：謂石季龍篡奪帝王之位。《晉書》（卷一百七）《石季龍載記》（下）：「贊曰：……季龍篡奪，淫虐播聲。身喪國泯，其由禍盈。」

〔二〇〕滅石者陵：《晉書》（卷一百七）《石季龍載記》（下）：「（石閔）乃殺之（石遵）于琨華殿，誅鄭氏及其太子衍，……（石）鑒乃僭位，大赦殊死已下。以石閔爲大將軍，封武德王，……閔、（李）農馳還，廢（石）鑒殺之，誅季龍孫三十八人，盡殪石氏。……季龍小男混，永和八年將妻妾數人奔京師，敕收付廷尉，俄而斬之於建康市。季龍十三子，五人爲冉閔所殺，八人自相殘害，混至此又死。初，讖言滅石者陵。尋而石閔徙封蘭陵公，季龍惡之，改蘭陵爲武興郡，至是終爲（石）閔所滅。始勒以成帝咸和三年僭立，二主四子，凡二十三年，以穆帝永和五年滅。」

〔二一〕鄴城：魏武帝曹操曾建都於此，後趙也以此爲京都。故址在今河北省臨漳縣西南鄴鎮。《元和郡縣圖志》（卷十六）《河北道》（一）：「相州鄴縣，本漢舊縣，屬魏郡。晉以懷帝諱，改鄴爲臨漳縣，石季龍徙都之，復改爲鄴縣。冉閔及慕容儁洎東魏、高齊并都於此，其縣名直至隋代不改，皇朝因之。」蒼蒼：草木茂盛貌。白露微：自露微茫。《詩經·秦風·蒹葭》：「蒹葭蒼蒼，白露爲霜。」

〔三〕翻覆：反復無常，變化不定。《文選》（卷三十一）鮑照《擬古三首》（其二）：「漢虜方未和，邊城屢翻覆。」《文選》（卷四十三）孔稚珪《北山移文》：「豈期終始參差，蒼黄翻覆。」

【箋　評】

李頎《鄭櫻桃歌》。《晋書·載記》曰：「石季龍，勒之從子也，性殘忍。勒爲聘將軍郭榮之妹爲妻。季龍寵惑優僮鄭櫻桃而殺郭氏，更納清河崔氏，櫻桃又譖而殺之。」櫻桃美麗，擅寵宫掖，樂府由是有《鄭櫻桃歌》。

（郭茂倩《樂府詩集》卷八十五）

古樂府有《鄭櫻桃篇》，言石虎以妓女爲后。正史：虎僭位，即立鄭氏爲皇后是也。按《晋書·載記》云：「櫻桃是優童也，虎溺嬖之，信其讒，至殺妻。」《十六國春秋》云：「櫻桃是冗從僕射鄭世達妓也，太妃給虎，虎嬖之，立爲后。」又《王后僞事》云：「虎攻中山，得鄭略妹爲妾，信其讒，射殺妻崔氏。」與歌辭合。按櫻桃本女子之名，其必非男子無疑。而胡奴老革亦安能作斷袖分桃事。唐李頎有歌，直以爲婦人，當矣。

（徐樹丕《識小録》卷三）

老。（陸時雍《唐詩鏡》卷十六）

鄭櫻桃　鄭櫻桃者，襄國優童也，艶而善淫。石虎爲將軍，絶嬖之，以櫻桃譖，殺其妻某氏。後娶某氏，復以櫻桃譖殺之。唐李頎有《鄭櫻桃歌》，誤以爲婦人，且不得其實，第取其詞耳。歌曰：「石季龍，僭天禄。擅雄豪，美人姓鄭名櫻桃。櫻桃美顔香且澤，娥娥侍寢專宫掖。後庭卷衣三萬人，翠眉清鏡不得親。官軍女騎一千匹，繁花照耀漳河春。織成花映紅綸巾，紅旗掣曳鹵簿新。鳴鼙走馬接飛鳥，銅馱琴瑟隨去塵。鳳陽重門如意館，百尺金梯倚銀漢。自言富貴不可量，女爲公主男爲王。赤花雙簟珊瑚床，盤龍斗帳琥珀光。淫昏僞位神所惡，滅石者陵終不悟。鄴城蒼蒼白露微，世事翻覆黄雲飛。」（湯顯祖評《玉茗堂摘評王弇州先生艶異編》卷十一《男寵部》）

《國策》鮑注：「龍陽君，幸臣也。」吴師道正之曰：「是幸姬，非幸臣也。『前魚』者，即《易經》『宫人貫魚』之義。魏王令曰：『敢進美人者族。』幸臣無進理，『美人』之稱非幸姬而何？不得以楚之安陵爲比。」崔鴻《十六國春秋》半襲《晋書·載記》中語，獨鄭櫻桃則云「是鄭世達家女姬，石虎惑之，有專房之寵」，與《載記》云櫻桃是男寵不合。（袁枚《隨園隨筆》卷十八《龍陽君鄭櫻桃俱非男寵》）

世多以鄭櫻桃爲石虎優童，詩家亦嘗用之，及考崔鴻《十六國春秋》則云：櫻桃，晉冗從僕射鄭世達家妓也。虎甚寵惑之，生子邃、宣、遵，立爲天王皇后。及邃以罪誅鄭，廢爲東海太妃。後遵自立，尊爲太后，爲冉閔所殺，則以爲優童者謬矣。

（揆叙《隙光亭雜識》卷二）

白樂天集有《醉歌示妓人商玲瓏》詩，注云：「杭州妓名。」自《脞説》僅云「杭州歌者」，不明爲女優，後人遂有誤認爲歌童者矣。鄭櫻桃方是男優。《樂府集》云：「石季龍寵惑優僮鄭櫻桃，而殺妻郭氏，更納清河崔氏，櫻桃又譖而殺之。櫻桃美麗，擅寵宮掖。」按「僮」與「童」有別。《前漢・衛青傳注》：「僮者，婢妾之總稱。」又《韻會》云：「《説文》：『童，孥也。僮，幼也。』」今以「僮幼」字作「童」，「童僕」字作「僮」，相承失也。《樂府集》「僮」字誤。《十六國春秋》云：「石虎鄭后名櫻桃，晉冗從僕射鄭世達家妓也。」唐樂府李頎《櫻桃歌》云：「美人姓鄭名櫻桃」，皆非也。王弇州《艷異編》卷三十一《男寵部》載鄭櫻桃事，而不厠於妓女五部中，且指摘李頎歌詞之誤，甚明且晰。明洪昉思《公子行》云：「春明門外酒樓高，稱體新裁蜀錦袍。花裏一聲歌《子夜》，當筵脱與鄭櫻桃。」查初白有《見白田喬侍讀家伶管六郎》詩云：「記得送春筵畔立，酒痕紅到鄭櫻桃。」皆用事不誤。

（杭世駿《訂訛類編》卷四《商玲瓏是女妓鄭櫻桃是男優》）

【按語】

鄭櫻桃究屬石季龍的女寵還是男寵，舊時曾發生過激烈的争論。今就注釋中所引《晉書》等史傳資料而言，顯然是女寵無疑。不然，何以被立爲皇后、皇太后，還生育了孩子呢？前代的一些論者，似乎過於拘執在個別字詞，如「童」、「僮」的闡釋上了。

此詩現最早見於《文苑英華》，底本《全唐詩》在題下的小序，則是采擷《樂府詩集》（卷八十五）收録此詩題下的解題而來。《樂府詩集》將此詩録入《雜歌謡辭》，并在解題中説：「樂府由是有《鄭櫻桃歌》。」李商隱《櫻桃答》詩云：「何因古樂府，唯有《鄭櫻桃》。」看來，儘管無其他同題作品作爲佐證，古樂府裏有《鄭櫻桃歌》是没有疑問的。但從詩歌的體式氣格上看，此詩與前面的《絶纓歌》，後面的《彈棊歌》一樣，都是緣事立題的歌行體作品。唐詩中此類作品極多，唐人稱之爲「歌行」，這一點十分確切地體現在《文苑英華》的詩歌分類上。此類詩也可以認爲就是殷璠《河嶽英靈集》所説的李頎「雜歌咸善」的「雜歌」。詩用三三七的句式開頭，賦予詩一定的樂府民歌的風味，更是歌行體作品的本色。

此詩題爲《鄭櫻桃歌》，但它并未局限在吟咏鄭櫻桃，實際上詩是由她爲切入點，叙寫了石季龍由盛至衰，身死國滅的整個敗亡的過程，具備了咏史詩的基本特徵。詩中對石季龍寵愛女色，後宫美女衆多；喜好游獵，率女騎爲儀仗，淫靡豪奢；廣建宫殿樓閣，宏麗壯美，宫中生活窮奢極欲等方面，都有極具體生動的叙寫刻畫。這些内容，基本上是從正史《晋書》和歷史故事《鄴中記》而來，都有比較可靠的歷史真實性，至少也是歷史傳聞之辭。總之，本詩以石季龍爲典型，表現了詩人「成由勤儉敗由奢」的傳統歷史觀。雖然本詩是吟咏史事，聯繫到開元後期至天寶年間唐玄宗寵幸楊貴妃的種種行爲，如果説它具有以古鑒今、借古諷今的意藴，應當是有道理的。

送劉昱①〔一〕

八月寒葦花②〔二〕，秋江浪頭白〔三〕。北風吹五兩〔四〕，誰是潯陽客〔五〕。鸕鷀山頭微雨晴③〔六〕，揚州郭裏暮潮生④〔七〕。行人夜宿金陵渚〔八〕，試聽沙邊有雁聲⑤〔九〕。

【校　記】

① 劉本將此詩斷作二首，前四句編在五絶内，後四句編在七絶内。凌本題下注：「别本作二首。」

② 「葦」劉本作「蘆」，并注：「一作葦。」

③ 「鸕」凌本作「鷺」。「微」劉本作「宿」。

④ 「揚」劉本作「楊」。

⑤ 「有」下原注：「一作南。」

【注　釋】

〔一〕劉昱：字士明，曾官大理司直。劉晏之兄。參《新唐書》（卷七十一上）《宰相世系表》（一上）

《曹州南華劉氏》。李頎與劉晏交善，有《送劉四》《送劉四赴夏縣》，都是贈劉晏詩。此詩當爲作者客游潤州（今江蘇省鎮江市）時，在此送别劉昱前往江州（今江西省九江市）所作。當在天寶初年。

〔二〕寒葦花：秋天的白色蘆葦花。這是秋天的江邊最常見的情景。《詩經·豳風·七月》：「七月流火，八月萑葦。」《毛傳》：「薍爲萑，葭爲葦。」孔穎達疏：「薍，郭璞曰：『似葦而小。』……葭，郭璞曰：『即今蘆也，又云葭。』蘆，郭璞曰：『葦也。』然則此二草，初生者爲菼，長大爲薍，成則名爲萑；初生爲葭，長大爲蘆，成則名爲葦，小大之異名。故云『薍爲萑，葭爲葦。』此對文耳，散則通矣。」

〔三〕秋江：秋江的長江。浪頭白：江水翻卷起白色的浪花，形容風大浪高。唐人常以「白浪」形容浪大。李白《横江詞六首》（其一）：「一風三日吹倒山，白浪高于瓦官閣。」又（其三）：「白浪如山那可渡，狂風愁殺峭帆人。」

〔四〕五兩：古代的一種測風器。用鷄毛五兩或八兩繫於高竿頂上，借以觀測風向和風力。《文選》（卷十二）郭璞《江賦》：「覘五兩之動静。」李善注：「兵書曰：『凡候風法，以鷄羽重八兩，建五丈旗，取羽繫其巔，立軍營中。』許慎《淮南子注》曰：『綄，候風也，楚人謂之五兩也。』」

〔五〕潯陽客：前去潯陽的游子，指劉昱。潯陽，唐代江州，又名潯陽郡，今江西省九江市。《元和郡縣圖志》（卷二十八）《江南道》（四）：「江州，潯陽，《禹貢》揚、荆二州之境，揚州云『彭蠡既渚，』今州南五十二里彭蠡湖是也。荆州云『九江孔殷』，今州西北二十五里九江是也。」

〔六〕鸕鷀山：在京口（今江蘇省鎮江市）附近。此地有鸕鷀堰可作旁證。皎然《買藥歌送楊山人》：「夜驚潮没鸕鷀堰，朝看日出芙蓉樓。摇蕩春風亂帆影，片雲無數是揚州。」由詩可見鸕鷀堰與芙蓉樓相鄰。芙蓉樓在舊鎮江府城西北隅，故鸕鷀山亦當在附近。

〔七〕揚州郭：揚州城外。郭，城郊。揚州，唐屬淮南道，今江蘇省揚州市。《舊唐書》（卷四十）《地理志》（三）：「淮南道，揚州大都督府，隋江都郡。……天寶元年，改爲廣陵郡，依舊大都督府。乾元元年，復爲揚州。」暮潮生：隨着潮汐在傍晚出現的潮水。揚州與隔江相對的潤州（今鎮江市）在初盛唐時期尚受潮汐的影響，李頎此詩是一證，上注〔六〕所引皎然詩也是一證。而李紳《入揚州郭》詩序云：「潮水舊通揚州郭内，大曆已後，潮信不通。李頎詩：『鸕鷀山頭片雨晴，揚州郭裏見潮生。』此可以驗。」詩中云：「欲指潮痕問里閭」，同样是一證。但他在《宿揚州》詩中云：「江横渡闊煙波晚，潮過金陵落葉秋。」則説當時潮水尚能到達揚州、鎮江一帶了。所指的「暮潮」當即是唐代時揚州廣陵曲江濤而言。清劉寶楠《愈愚録》（卷六）有《曲江濤》條可參。焦廷琥《讀書小記》（卷下）：「枚乘《七發》所言廣陵曲江，即今揚州。吾郡江辰六閶以廣陵濤榜其齋閣。秀水朱檢討與書争之，以爲《七發》所言在錢塘，不在今之揚州江都。汪明經作《廣陵曲江證》，以闢朱氏之謬。按費錫璜有《廣陵濤辨》，引證精確，在汪明經之先，今載《貫道堂集》中。其略云：『潮在廣陵，不獨枚叔稱之，《南齊書》曰：「永初三年，檀道濟始爲南兗州廣陵，因此爲州鎮，土甚平曠，刺史以八月多出海陵觀濤，與京口對岸江之壯闊處也。」樂府《長干曲》古詞云：「逆浪故相邀，菱舟不怕遥。妾家揚子住，便弄廣陵潮。」亦若今錢塘之弄潮也。《南兗州記》云：「瓜步五里，有瓜步山，南臨江中，濤水自海入江，衝擊六百里至此，岸側其勢稍衰。」《南徐州記》云：「京州，《禹貢》北江，春秋分朔，輒有大濤至江，乘北激赤岸，尤更迅猛。然并以赤岸在廣陵。」觀此，則漢及六朝，潮盛於廣陵可知。』錫璜字滋衡，密之子也。本成都人，入江都籍，卒於康熙間。」汪中《廣陵曲江證》見《新編汪中集・文集》第二輯，田漢雲點校，廣陵書社出版。文長不録。

〔八〕行人：游子，指劉昱。金陵渚：金陵長江邊的洲渚。金陵，今江蘇省南京市。唐時爲上元縣，又曾名江寧縣、白下縣、昇州、江寧郡。《元和郡縣圖志》（卷二十五）《江南道》（一）：「潤州上元縣，本金陵地，……鍾山，在縣東北十八里。按《輿地志》，古金陵山也。邑縣之名，皆由此而立。」

〔九〕試聽：且聽。試，且也。

【箋　評】

潮水舊通揚州郭内，大曆已後，潮信不通。李頎詩：「鸕鷀山頭片雨晴，揚州郭裏見潮生。」此可以驗。

（李紳《入揚州郭・序》）

此冀劉昱之相思也。言葦花點浪而白，「五兩」候風而行。此時向潯陽者，非君乎？經鸕鷀，歷揚州，雨霽潮生，而宿金陵之渚，「試聽沙邊有雁聲」否？聞之，能不念我耶？雁集必有儔侶，故離別者興思焉。

（唐汝詢《唐詩解》卷十七）

仲言云：「意不甚超，辭極清雅。」

（唐汝詢《彙編唐詩十集》癸集）

如此說景，極易極難。

（顧璘批點《唐音》卷二）

情境無著，淒寂可念。

（郝敬《批選唐詩》卷一）

李、杜外，短歌可法者：岑參《蜀葵花》《登鄴城》，李頎《送劉昱》《古意》，王維《寒食》，崔顥《長安道》，賀蘭進明《行路難》，郎士元《塞下曲》，李益《促促曲》《野田行》，王建《望夫石》《寄遠曲》，張籍《節婦吟》《征婦怨》，柳宗元《楊白花》，雖筆力非二公比，皆初學易下手者。但盛唐前，語雖平易，而氣象雍容；中唐後，語漸精工，而氣象促迫，不可不知。

（胡應麟《詩藪·內編》卷三）

郭璞《江賦》：「覘五兩之動静」，謂候風羽也。（沈德潛《唐詩别裁集》卷五）

轉折有神無迹，可稱一片宫商。（張文蓀《唐賢清雅集》卷一）

寄興空虚，相賞在毫素外。（范大士《歷代詩發》卷十一）

五七言凑成短古，好模範。（黄培芳評點《唐賢三昧集》卷中）

雅音渢渢。（潘德輿評點《唐賢三昧集》卷中）

《送劉昱》　天地間别有此一種情韻。（方東樹《昭昧詹言》卷十二）

（虞集）《題漁村圖》有議論開闔段落，則起接承轉自易，如李、杜、韓、蘇大篇皆易學。若此等，無事可叙，無波瀾可生，説一句，其下句不知當作何接，其機易窒，其勢難振，較大篇更難。此却宛轉關生，銜接一片。於無可轉身處，偏轉出妙境，而真精鎔鑄，極渾成，又極轉换展拓。使不能轉换展拓，便一覽易盡，如小沼寒潭，了無靈境奇勢，尚何貴足。千年以來大篇，人猶易學易知，此種竟無人能到。如東川「八月寒葦」，燕公「去年荆南」，遺山「南朝詞臣」，盧仝「當時我醉美人家」，伯生此首暨《題柯博士》，尤宜致思。

（方東樹《昭昧詹言》卷十二）

古詩如此，乃名家活套。○言葦花點浪，五兩候風，君將向潯陽矣。儻宿金陵而聞雁聲，得毋念我栖集之儔侶乎？

（吴昌祺評定《删訂唐詩解》卷九）

通首就「送」字寫景，而「送」之情自深。言江行風利，遥想去路迅速，直至金陵而始宿也。末句「雁聲」一托，動其念群之思，而已離群之感，已躍然言下。首清時候，二清水路，三領風利，四點所送之客，叙次歷歷。「誰是」二字下得妙，筆意直貫下四句。若云誰謂此客，定是潯陽客乎？轉眼在鸕鷀山矣，轉眼在揚州郭，且在金陵渚矣，言不必至潯陽，而已瞻望弗及，離情無限矣。與「浮雲遊子意，落日故人情」一樣神理。

（楊逢春《唐詩繹》卷十）

沈曰：「不須著力，自足神韻。」

（高步瀛《唐宋詩舉要》卷二）

這詩寫離情别緒，純從季節景物、環境氣氛着筆，結尾處，微微點出題意，愈含蓄，愈見情韻之美。

（馬茂元《唐詩選》）

此詩的好處，全在風調情韻之美。情雖不深而韻自悠遠，格雖不高而調自流美，吟誦之餘，自有一種悠揚的風調和雋永的情味。整首詩就像行雲流水，别具天然的風致。

（劉學鍇師《唐詩選注評鑒》）

此詩境界開闊，舉凡路途所經，如鸕鷀山、揚州郭、金陵渚諸地，無不羅列殆遍，然讀之不覺填塞者，氣充而神王也。又别詩不作凄涼語，于豐神颯爽中見丁寧之意，尤覺興味雋永，氣韻悠長。

（劉寶和《李頎詩評注》）

在南游過程中，李頎詩這種結構特點已顯得相當圓熟。如短古《送劉昱》：「八月寒葦花，秋江浪頭白。北風吹五兩，誰是潯陽客。鸕鷀山頭微雨晴，揚州郭裏暮潮生。行人夜泊金陵渚，試聽沙邊有雁聲。」此詩一反送别詩常例，至第四句方承别緒點出行人去向「潯陽」，五六句逆筆補出始發揚州，七八句順勢設想夜宿金陵景象便戛然而止。盛唐七古轉接奇兀的章法特點至此已確然成立。

（趙昌平《盛唐北地士風與崔顥李頎王昌齡三家詩》，見氏著《趙昌平自選集》）

【按　語】

此詩寫客中送客，開篇二句描寫八月秋江風高浪急，蘆葦蕭瑟的景象，凄切的離情别緒寓于其中。三四句中暗含題中的「送」字，點出行人遠游的去向是潯陽。然後，詩又轉筆逆折，五六句則以鸕鷀山、揚州郭回應首二句，將「秋江」具體到潤州、揚州一帶，明確寫出了送别地，以及該地更多的典型情景，送别的情懷也更爲濃厚。煞尾二句，則又運轉筆墨，想像虛擬游子别後「夜宿金陵渚」的情形。「沙邊雁聲」的凄清悲切，正與詩開頭二句「八月」、「秋江」遥應，讓行人産生了深切的天涯孤旅的情思，也體現了詩人對行人的繫念，具有很强烈的抒情性，情韻悠遠，風調凄清。由此可以看出，本詩的基本特色有兩點，一是寫景抒情，情景相生，寫景簡省，抒情雋永。二是結構上轉接奇兀，開合多變，但又能毫無痕迹，自然渾成。詩以五七言結體，屬于歌行體中受樂府民歌影響很顯著的一種體式。詩的篇幅短小，所以前人稱之爲「短歌」。

送郝判官〔一〕

楚城木葉落〔二〕，夏口青山遍①〔三〕。鴻雁向南時〔四〕，君乘使者傳〔五〕。楓林帶水驛〔六〕，夜火明山縣〔七〕。千里送行人，蔡州如眼見〔八〕。江連清漢東逶迤〔九〕，遥望荆雲相蔽虧〔一〇〕。應問襄陽舊風俗〔一一〕，爲余騎馬習家池②〔一二〕。

【校　記】

①「遍」下原注：「一作轉。」「遍」劉本、活字本、百家詩本、黄本、淩本、畢本作「轉」。

②「余」活字本、百家詩本、黄本、淩本、畢本作「予」。

【注　釋】

〔一〕郝判官：郝氏未詳。判官：唐代節度使的僚佐。《舊唐書》（卷四十四）《職官志》（三）：「節度使一人，副使一人，行軍司馬一人，判官二人，掌書記一人，參謀（無員數也），隨軍四人。」

〔二〕楚城：即指下句「夏口」，二句爲互文。木葉：樹葉。《楚辭·九歌·湘夫人》：「裊裊兮秋風，洞庭波兮木葉下。」

〔三〕夏口：即漢口，今湖北省武漢市漢口區。漢水下游古稱夏水，其入長江口謂之夏口。《讀史方輿紀要》（卷七十六）《湖廣》（二）：「武昌府，……孫權因之，築城夏口，建都武昌，屹爲重鎮。」《水經注》（卷三十五）《江水》：「黄鵠山東北對夏口城，魏黄初二年，孫權所築也。依山傍江，開勢明遠，憑墉藉阻，高觀枕流。上則遊目流川，下則激浪崎嶇，寔舟人之所艱也。對岸則入沔津，故城以夏口爲名，亦沙羨縣治也。」

〔四〕鴻雁：大雁。《詩經·小雅·鴻雁》：「鴻雁于飛，肅肅其羽。」《毛傳》：「大曰鴻，小曰雁。」

〔五〕使者傳（zhùan）：官府在驛站所備以供給使者的車馬謂之傳。古代在國内因公差使也稱出使。乘傳，乘坐傳車。《漢書》（卷十二）《平帝紀》：「在所爲駕一封軺傳，遣詣京師。」顔師古注：「以一馬駕軺車而乘傳。」

〔六〕帶：縈繞，環繞。水驛：官府設在水路上的驛站。唐代不僅有陸上驛道，設有驛站；水上也有驛道，設有水驛，以供官府人員往來時休息和補給。《新唐書》（卷四十六）《百官志》（一）：「兵部，駕部郎中，……凡三十里有驛，驛有長，舉天下四方之所達，爲驛千六百三十九；阻險無水草鎮戍者，視路要隙置官馬。水驛有舟。」

〔七〕山縣：偏僻的山城。夜火明：庾信《奉報趙王出師在道賜詩》：「暗巖朝石濕，空山夜火明。」

〔八〕蔡州：今河南省汝南縣。《元和郡縣圖志》（卷九）《河南道》（五）：「蔡州，汝南，今爲蔡州節度使理所。……古豫州之域，……漢立汝南郡，……宋文帝又於懸瓠城置司州，其後太武帝收河南地，獻文帝改司州爲豫州，……今理是也。……大業二年改蔡州，三年罷州爲汝南郡。武德四年，復爲豫州。寶應元年以避代宗廟諱，復改爲蔡州。」詩中顯係用隋舊稱。

〔九〕江連清漢：長江和漢江相連，漢江在漢口匯入長江。參上注〔三〕。逶迤：綿延曲折貌。《文選》（卷十一）王粲《登樓賦》：「路逶迤而修迥兮，川既漾而濟深。」李善注：「逶迤，長貌也。」

〔一〇〕荆雲：荆州的雲霧。荆州在漢口的上游，即今湖北省荆州市。《舊唐書》（卷三十九）《地理志》（二）：「山南東道，荆州江陵府，隋爲南郡。武德初，蕭銑所據。四年，平銑，改爲荆州。……天寶元年，改爲江陵郡。乾元元年三月，復爲荆州大都督府。」蔽虧：遮蔽隱現。《文選》（卷七）司馬相如《子虛賦》：「岑崟參差，日月蔽虧。」李善注：「張揖曰：『高山擁蔽日月。』虧，缺，半見也。」

〔二〕問：訪問，探訪。襄陽，唐代襄州，今湖北省襄陽市。《元和郡縣圖志》（卷二十一）《山南道》（二）：「襄州，襄陽，大都督府，今爲襄陽節度使理所。」襄陽舊風俗：漢魏以來，襄陽爲一大都會，經濟發達，人文薈萃，民風淳樸，有深厚的文化底蘊，這些都是風俗的應有之義。晉習鑿齒《襄陽耆舊傳》可參考。

〔三〕習家池：晉代襄陽名族習郁的魚池，歷來爲襄陽的一大游賞之地。《元和郡縣圖志》（卷二十一）《山南道》（二）：「襄州襄陽縣，習郁池，在縣南十四里。」《晉書》（卷四十三）《山簡傳》：「（鎮襄陽）簡優游卒歲，唯酒是耽。諸習氏，荆土豪族，有佳園池。簡每出嬉遊，多之池上，置酒輒醉，名之曰高陽池。時有童兒歌曰：『山公出何許？往至高陽池。日夕倒載歸，酩酊無所知。時時能騎馬，倒著白接䍦。舉鞭向葛彊，何如并州兒？』彊家在并州，簡愛將也。」《水經注》（卷二十八）《沔水》：「水又東入侍中襄陽侯習郁魚池。郁依范蠡《養魚法》作大陂，陂長六十步，廣四十步，池中起釣臺，池北亭，郁墓所在也。列植松篁于池側沔水上，郁所居也。又作石洑逗引大池水于宅北作小魚池，池長七十步，廣二十步。西枕大道，東北二邊限以高堤，楸竹夾植，蓮芡覆水，是遊宴之名處也。」

【箋　評】

絶不費力。（顧璘批點《唐音》卷二）

屠龍曰：「峻致。」周珽曰：「『楓林』、『夜火』二語，奇芒怪彩，從空擲下。」（周敬、周珽輯、陳繼儒批點《删補唐詩選脉箋釋會通評林》盛唐七古一）

古詩有數十韻俱用五言，末以七言四語作結。此體唐人李東川常爲之，而高達夫、岑嘉州亦偶有之。李東川《送郝判官》云：「楚城木葉落，夏口青山徧。鴻雁向南時，君乘使者傳。楓林帶水驛，夜火明山縣。千里送行人，蔡州如眼見。江連清漢東逶迤，遥望荆雲相蔽虧。應問襄陽舊風俗，爲余騎馬習家池。」余選詩話，適登此格。友人有力辨古來詩斷無此格者，故録以示之。（林昌彝《射鷹樓詩話》卷二十）

【按　語】

此詩主要通過描寫行人經行之地清麗秀美的情景，表達惜别的意緒，情韻悠遠。本詩在構思上新穎獨到，結體上突兀奇健，却又舒卷自如。詩的首四句寫行人的目的地，又點明其時序以及其情景；中間四句寫其途中的一番山程水驛的自然景象，闊大而奇麗；末四句再寫江漢一帶尤其是襄陽的人情物態之美，與首二句綰合，構成完篇。所以詩采用了倒寫的手法，比較少見。由此可以看出，通篇所有的叙寫，都是作者依據行人旅程的想像之詞，也就是作者心馳神往的虚擬之筆，但它真切鮮明，生動如畫，具有清新雋永的風韻。

送劉方平〔一〕

綺紈遊上國〔二〕，多作《少年行》〔三〕。二十二詞賦〔四〕，惟君著美名。童顔且白皙〔五〕，佩德如瑶瓊〔六〕。荀氏風流盛〔七〕，胡家公子清〔八〕。有才不偶誰之過〔九〕，肯即藏鋒事高卧〔一〇〕。洛陽草色猶自春〔一一〕，遊子東歸喜拜親〔一二〕。漳水橋頭值鳴雁〔一三〕，朝歌縣北少行人〔一四〕。别離斗酒心相許〔一五〕，落日青郊半微雨〔一六〕。請君騎馬望西陵〔一七〕，爲我殷勤吊魏武〔一八〕。

【注　釋】

〔一〕劉方平：生卒年不詳。河南（今河南省洛陽市）人。高祖政會爲唐開國元勛，封邢國公。祖奇，武后時爲吏部侍郎。父微，官吴郡太守、江南采訪使。天寶九年，方平入京應進士試，不第。曾入軍幕。懷才不遇，退居潁水、汝水之濱，終身不仕。方平工詩，詩風悠遠清雅。善畫山水，時人甚爲愛重。生平事迹參《元和姓纂》（卷五）、張彦遠《歷代名畫記》（卷十）、計有功《唐詩紀事》（卷二十八）、《唐才子傳校箋》（卷三）。

〔二〕綺紈：紋飾華美的絹絲。此喻方平年少才高。《後漢書》（卷四十九）《王符傳》：「且其徒御僕妾，皆服文組綵牒，錦綉綺紈，葛子升越，筒中女布。」庾信《周柱國楚國公岐州刺史慕容公神道碑》：「岐嶷表羈貫之年，通禮稱綺紈之歲。」上國：京都。江淹《四時賦》：「憶上國之綺樹，想金陵之蕙枝。」

〔三〕《少年行》：本是漢樂府古題，多寫輕生重義，慷慨立功的豪俠精神。原題爲《結客少年場行》，唐人則多作《少年行》。《樂府詩集》（卷六十六）《雜曲歌辭》（六）《結客少年場行》解題云：「《後漢書》曰：『祭遵嘗爲部吏所侵，結客殺人。』曹植《結客篇》曰：『結客少年場，報怨洛北邙。』《樂府解題》曰：『《結客少年場行》，言輕生重義，慷慨以立功名也。』」

〔四〕二十二詞賦：二十二，明點年齡，説明年少才高。後「二」字如作「工」字，于詩義更順。古人常用這種方式贊人。如《玉臺新詠》（卷一）《日出東南隅行》：「十五府小吏，二十朝大夫，三十侍中郎，四十專城居。」《玉臺新詠》（卷一）《古詩爲焦仲卿妻作》：「十三能織素，十四學裁衣，十五彈箜篌，十六誦詩書。」詞賦：同「辭賦」，此概指詩文。辭賦是產生於戰國，興盛於漢代的兩種文體，但其寫法、風格頗相近，在漢代已形成聯稱的習慣。《漢書》（卷六十四下）《王襃傳》：「辭賦大者與古詩同義，小者辯麗可喜。辟如女工有綺縠，音樂有鄭衛，今世俗猶皆以此虞説耳目，辭賦比之，尚有仁義風諭，鳥獸草木多聞之觀，賢於倡優博弈遠矣。」

〔五〕童顔：年輕的容貌。鮑照《咏蕭史》：「蕭史愛少年，嬴女吝童顔。」白皙：潔白。《玉臺新詠》

（卷一）《日出東南隅行》：「爲人潔白皙，鬑鬑頗有鬚。」《漢書》（卷六十八）《霍光傳》：「光爲人沈静詳審，長財七尺三寸，白皙，疏眉目，美須髯。」顔師古注：「皙，潔白也。」

〔六〕佩德：具備高尚的品德。佩：佩帶，佩挂。瑶瓊：兩種美玉，喻品德高尚。《詩經·衛風·木瓜》：「投我以木桃，報之以瓊瑶。」《玉臺新詠》（卷一）秦嘉《贈婦詩三首》（其三）：「詩人感木瓜，乃欲答瑶瓊。」

〔七〕荀氏風流盛：以荀氏喻劉氏。《後漢書》（卷六十二）《荀淑傳》：「荀淑字季和，潁川潁陰人，荀卿十一世孫也。少有高行，博學而不好章句，多爲俗儒所非，而州里稱其知人。安帝時，徵拜郎中，後再遷當塗長。去職還鄉里。當世名賢李固、李膺等皆師宗之。……光禄勳杜喬、少府房植舉淑對策，譏刺貴倖，爲大將軍梁冀所忌，出補朗陵侯相。莅事明理，稱爲神君。頃之，棄官歸，閑居養志。産業每增，輒以贍宗族知友。年六十七，建和三年卒。李膺時爲尚書，自表師喪。二縣皆爲立祠。有子八人：儉、緄、靖、燾、汪、爽、肅、專，并有名稱，時人謂之『八龍』。初，荀氏舊里名西豪。潁陰令勃海苑康以爲昔高陽氏有才子八人，今荀氏亦有八子，故改其里曰高陽里。」

〔八〕胡家公子清：用晉人胡威清廉事，喻劉方平。《晉書》（卷九十）《胡威傳》：「胡威字伯武，一名貔，淮南壽春人也。父質，以忠清著稱，少與鄉人蔣濟、朱績俱知名於江淮間，仕魏至征東將軍、荆州刺史。威早厲志尚。質之爲荆州也，威自京都定省，家貧，無車馬僮僕，自驅驢單行。

每至客舍，躬放驢，取樵炊爨，食畢，復隨侶進道。既至，見父，停厩中十餘日。告歸，父賜絹一匹爲裝。威曰：『大人清高，不審於何得此絹？』質曰：『是吾俸禄之餘，以爲汝糧耳。』威受之，辭歸。質帳下都督先威未發，請假還家，陰資裝於百餘里，要威爲伴，每事佐助。行數百里，威疑而誘問之，既知，乃取所賜絹與都督，謝而遣之。後因他信而白質，質杖都督一百，除吏名。其父子清慎如此。於是名譽著聞。……後入朝，武帝語及平生，因嘆其父清，謂威曰：『卿孰與父清？』對曰：『臣不如也。』帝曰：『卿父以何爲勝耶？』對曰：『臣父清恐人知，臣清恐人不知，是臣不及遠也。』帝以威言直而婉，謙而順。累遷監豫州諸軍事、右將軍、豫州刺史，入爲尚書，加奉車都尉。」

〔九〕不偶：不遇，謂遭遇不幸，失意困頓。

〔一〇〕肯即：哪肯就如此。藏鋒：收斂鋒芒，喻有才而不外露。高卧：指隱居不仕。《晉書》（卷七十九）《謝安傳》：「（謝安）累違朝旨，高卧東山。」

〔一一〕洛陽：唐代東都，今河南省洛陽市。參卷一《送劉四》注〔一〇〕。草色猶自春：春天裏草色青青。古人常以青草的情景表達離別相思之情。《文選》（卷二十七）古辭《飲馬長城窟行》：「青青河邊草，綿綿思遠道。」

〔一二〕遊子：指劉方平。拜親：拜謁朋友的父母。親，父母親。《晉書》（卷七十五）《荀崧傳》：「父頵，羽林右監、安陵鄉侯，與王濟、何劭爲拜親之友。」

〔一三〕漳水：漳河，分濁漳水、清漳水，在鄴城（在今河南省臨漳縣）附近匯合。《漢書》（卷二十八上）《地理志》（上）：「上黨郡，長子縣，鹿谷山，濁漳水所出，東至鄴入清漳。」《元和郡縣圖志》（卷十六）《河北道》（一）：「相州，鄴縣，濁漳水，在縣北五里。」

〔一四〕朝歌縣：本殷都，漢置朝歌縣，唐屬衛縣，在今河南省淇縣境内。《漢書》（卷二十八上）《地理志》（上）：「河内郡，朝歌縣，紂所都，周武王弟康叔所封，更名衛，莽曰雅歌。」《元和郡縣圖志》（卷十六）《河北道》（一）：「衛州，汲郡，衛縣，本漢朝歌縣，屬河内郡。……大業三年，改朝歌爲衛縣，屬汲郡。皇朝因之。……朝歌故城，在縣西二十一里。殷之故都也。」

〔一五〕斗酒：參前《放歌行答從弟墨卿》注〔一六〕。心相許：心裏互相贊許欣賞。

〔一六〕青郊：春天的郊野。《文選》（卷三十）謝朓《和徐都曹》：「結軫青郊路，迴瞰蒼江流。」

〔一七〕西陵：魏武帝曹操的陵墓。《三國志·魏書·武帝紀》稱「高陵」，在今河南省臨漳縣境内。《元和郡縣圖志》（卷十六）《河北道》（一）：「相州，鄴縣，魏武帝西陵，在縣西三十里。」曹操《遺令》：「吾死之後，……斂以時服，葬於鄴之西岡上，與西門豹祠相近，無藏金玉珍寶。……汝等時時登銅雀臺，望吾西陵墓田。」

〔一八〕殷勤：煩請，表示謝意。魏武：魏武帝曹操（一五五—二二〇），東漢末傑出的政治家、軍事家、文學家。字孟德，小字阿瞞，沛國譙（今安徽省亳州市）人。漢獻帝時，挾天子以令諸侯，封爲魏公，進爵魏王。曹操死後，其子曹丕代漢，是爲魏文帝，追謚曹操爲魏武帝。生平事迹參

《三國志·魏書》（卷一）《武帝紀》。

【按語】

此詩以前八句五言，後十句七言成篇，這種五七言相配成章的結體方式，在李頎的七言古詩裏運用得比較多，前人早已注意到這一現象。此詩的五言部分從個人志向、文學才華、人品容貌、德行操守等方面，高度贊美劉方平。運用了直接叙寫、比喻形容和用典設譬等方法來表現，形象鮮明，栩栩如生，一個豐滿生動的人物形象，如在眼前。七言部分的開頭二句作爲過渡轉折，語氣强烈，感情激憤，十分同情友人的失意不偶，不僅詩意突换，情感巨變，氣格上也陡起波瀾，跌宕生姿，矢矯健舉。然後的八句，則就送别地洛陽和友人的遠行之地鄴城、朝歌交叉寫來。「洛陽草色」二句和「别離斗酒」二句，是就送别地寫，叙事和寫景相結合，情景相生，韻致悠遠，非常感人。這是實寫眼前。「漳水橋頭」二句和「請君騎馬」二句，則是寫友人前往之地，也是叙事寫景相結合，流露出對客中友人的關切，還表達了對歷史勝地和英雄人物的追懷。情調凄清哀惋，與送别意緒完全吻合，自然渾成。通過本詩，我們再一次看到，李頎七古在體勢上頗爲追求跌宕生姿、縱横開合、矢矯多變、奇峭挺拔，但同時能够氣格流暢、情韻婉轉、意境悠遠、風調清朗，所以就取得了得衷合度、雍容包舉的獨到的特色。

聽董大彈胡笳聲兼寄語弄房給事①〔一〕

蔡女昔造胡笳聲〔二〕，一彈一十有八拍②〔三〕。胡人落淚沾邊草③〔四〕，漢使斷腸對歸客〔五〕。古戍蒼蒼烽火寒〔六〕，大荒沈沈飛雪白④〔七〕。先拂商弦後角羽〔八〕，四郊秋葉驚摵摵〔九〕。董夫子〔一〇〕，通神明〔一一〕，深山竊聽來妖精⑤〔一二〕。言遲更速皆應手〔一三〕，將往復旋如有情⑥〔一四〕。空山百鳥散還合，萬里浮雲陰且晴⑦。嘶酸雛雁失群夜⑧〔一五〕，斷絶胡兒戀母聲〔一六〕。川爲净其波⑨，鳥亦罷其鳴〔一七〕。烏孫部落家鄉遠⑩〔一八〕，邏娑沙塵哀怨生⑪〔一九〕。幽音變調忽飄灑⑫〔二〇〕，長風吹林雨墮瓦〔二一〕。迸泉颯颯飛木末〔二二〕，野鹿呦呦走堂下〔二三〕。長安城連東掖垣〔二四〕，鳳凰池對青瑣門⑬〔二五〕。高才脱略名與利〔二六〕，日夕望君抱琴至〔二七〕。

【校　記】

① 題下原注：「一本題作《聽董庭蘭彈琴兼寄房給事》。」英華本題作「《聽董庭蘭彈琴兼寄房給事》」。「兼寄語弄房給事」清鈔本、文粹本作「兼語弄寄房給事」。

② 「拍」英華本作「柏」。

③ 「沾」下原注：「一作向。」「沾」英華本、文粹本作「向」。

④「沈沈」劉本、百家詩本、黄本、凌本、畢本、英華本、文粹本作「陰沈」。

⑤「山」下原注：「一作松。」「山」劉本、活字本、百家詩本、黄本、凌本、畢本、清鈔本作「松」，英華本作「沉」。

⑥「旋」英華本作「還」。

⑦「浮」下原注：「一作孤。」英華本作「孤」。「陰」英華本作「閑」。「晴」活字本、百家詩本、黄本、凌本、畢本作「明」，英華本作「清」。

⑧「嘶」英華本作「悽」。「雁」文粹本作「鷹」。

⑨「浄」劉本、畢本、清鈔本、英華本、文粹本作「静」。

⑩「孫」劉本、活字本、凌本、英華本作「珠」。

⑪「娑」劉本作「沚」。「沙」劉本作「少」。

⑫「幽」文粹本作「出」。「音」劉本作「陰」。

⑬「門」劉本作「閑」。

【注　釋】

〔一〕此詩題自宋代以來頗多異文，特别是明清時期的各種唐詩選本中的情形尤其複雜。近代學者很關注這個問題。程千帆先生曾作過詳細的論説，他認爲本詩題應作《聽董大彈胡笳聲兼寄語房給事》（見其所著《古詩考索》中《李頎〈聽董大彈胡笳聲兼語弄寄房給事〉詩題校釋》一文）。施蟄存先生認爲，殷璠《河嶽英靈集》録該詩題作《聽董大彈胡笳聲兼語弄寄房給事》，「這是李頎自己寫下的原題，懂得這個琴曲的人，當然看得懂這個詩題」。但是，「《河嶽英靈集》的編者殷璠在評論李頎時，引述這首詩，説：『又《聽彈胡笳聲》云……』他把詩題簡縮爲五個字，而在『聲』字上讀斷，這是第一個讀破句的人。後人跟他誤讀，下文的『兼語弄』云云就無法理解了。現在我們應當把這個詩題標點清楚：《聽董大彈胡笳，聲兼語弄，寄房給事》」。（《李頎〈聽董大彈胡笳聲兼語弄寄房給事〉》，見其著《唐詩百話》）主張用《河嶽英靈集》所録此詩的詩題。董大：董庭蘭（一作廷蘭），行大，著名琴師（參《舊唐書》卷一百十一、《新唐書》卷一百三十九《房琯傳》、李肇《唐國史補》卷下）。胡笳聲：胡笳的樂曲。一説，胡笳聲非琴曲名，應作《胡笳弄》。可備一説。《樂府詩集》（卷五十九）《琴曲歌辭》（三）《胡笳十八拍》解題云：「唐劉商《胡笳曲序》曰：『蔡文姬善琴，能爲《離鸞别鶴之操》。胡虜犯中原，爲胡人所掠，入番爲王后，王甚重之。武帝與邕有舊，敕大將軍贖以歸漢。胡人思慕文姬，乃捲蘆葉爲吹笳，奏哀怨之音。後董生以琴寫胡笳聲爲十八拍，今之《胡笳弄》是也。』」房給事：房琯，參卷一《送綦毋三謁房給事》注〔一〕。房琯官給事中在天寶五載，詩即當作於此時。

〔二〕蔡女：蔡邕之女蔡琰（一七七—？），字文姬，陳留圉（今河南省杞縣）人，東漢末女詩人，博學有才。初適河東衛仲道，夫亡無子，歸寧于家。後被胡騎俘獲，没於南匈奴左賢王。在匈奴十二年，生二子。後因曹操與其父蔡邕交善，乃遣使以金璧贖琰歸，重嫁陳留董祀。其生平事迹參《後漢書》（卷八十四）《董祀妻傳》。昔造胡笳聲：指相傳由蔡琰所作的組詩《胡笳十八拍》。《蔡琰别傳》：「琰字文姬，先適河東衛仲道，夫亡無子，歸寧于家。漢末爲胡騎所獲，在左賢王部伍中。春月登胡殿，感笳之音，作《胡笳十八拍》，爲琴曲以見志。」胡笳，古代北方少數民族的一種管樂器，其聲哀怨。後來，以琴演奏《胡笳十八拍》，成爲琴曲歌辭名。

〔三〕一彈一十有八拍：即《胡笳十八拍》，共由十八首詩組成的組詩。每首詩中都點明先後順序。如第一首云：「笳一會兮琴一拍」，第二首云：「兩拍張弦兮絃欲絶」，第十七首云：「十七拍兮心鼻酸」，第十八首云：「十八拍兮曲雖終」，故云。拍，板。樂句一拍爲一疊，十八拍即十八疊。

〔四〕胡人：指匈奴人。參前《古從軍行》注〔七〕。

〔五〕漢使：指受曹操派遣，前往匈奴贖回蔡琰的使者。歸客：指蔡琰。《後漢書》（卷八十四）《董祀妻傳》：「曹操素與（蔡）邕善，痛其無嗣，乃遣使者以金璧贖之。」

〔六〕古戍：年代久遠的邊塞。烽火：古代邊防上報警的烟火。參卷一《古塞下曲》注〔五〕。

〔七〕大荒：極爲偏遠荒凉之地。《山海經·大荒東經》：「大荒之中，有山名曰合虚，日月所出。」又《大荒西經》：「大荒之中，有山名曰大荒之山，日月所入。……是謂大荒之野。」沈沈：陰沈黯淡貌。

〔八〕商弦：古代音樂宫商角徵羽五音之一，音調悲慘凄涼。角羽：角音和羽音，角音悲涼，羽音肅殺。《文選》（卷十八）成公綏《嘯賦》：「發徵則隆冬熙蒸，騁羽則嚴霜夏凋，動商則秋霖春降，奏角則谷風鳴條。」李善注：「張湛曰：『商，金音，屬秋，南吕，八月律；角，木音，屬春，夾鍾，二月律；羽，水音，屬冬，黄鍾，十一月律；徵，火音，屬夏，蕤賓，五月律。』」

〔九〕摵摵（shè shè）：落葉聲。《文選》（卷三十）盧諶《時興》詩：「摵摵芳葉零，橤橤芬華落。」《列子·湯問篇》：「師襄曰：『子之琴何如？』師文曰：『得之矣。請嘗試之。』於是當春而叩商弦以召南吕，凉風忽至，草木成實。及秋而叩角弦以激夾鍾，温風徐迴，草木發榮。當夏而叩羽弦以召黄鐘，霜雪交下，川池暴沍。及冬而叩徵弦以激蕤賓，陽光熾烈，堅冰立散。將終，命宫而總四弦，則景風翔，慶雲浮，甘露降，澧泉涌。」此句詩用其意。

〔一〇〕董夫子：指董庭蘭。夫子，對人的尊稱。

〔一一〕神明：天地間神靈的總稱。《周易·繫辭下》：「陰陽合德而剛柔有體，以體天地之撰，以通神明之德。」《晉書》（卷五十一）《束晳傳》：「太康中，郡界大旱，晳爲邑人請雨，三日而雨注，衆謂晳誠感，爲作歌曰：『束先生，通神明，請天三日甘雨零。』」

〔一二〕竊聽：偷聽。《史記》（卷七十九）《范雎蔡澤列傳》：「然左右多竊聽者，范雎恐，未敢言內，先言外事，以觀秦王之俯仰。」

〔一三〕言遲更速：形容變化極快。應手：得心應手。《莊子·天道》：「輪扁曰：『臣也以臣之事觀之。斫輪，徐則甘而不固，疾則苦而不入。不徐不疾，得之於手而應於心，口不能言，有數存焉於其間。』」

〔一四〕將往復旋：形容樂聲回環，

〔一五〕嘶酸：形容聲音淒慘嗚咽。

〔一六〕斷絕：絕望。形容極度悲傷。胡兒戀母聲：此指蔡琰返漢時，她與在匈奴所生二子之間生離死別之悲。《後漢書》（卷八十四）《董祀妻傳》：「（蔡琰）在胡中十二年，生二子。……後感傷亂離，追懷悲憤，作詩二章，……其二章曰：『……家既迎兮當歸寧，臨長路兮捐所生。兒呼母兮號失聲，我掩耳兮不忍聽。追持我兮走煢煢，頓復起兮毁顔形。還顧之兮破人情，心怛絶兮死復生。』」《胡笳十八拍》中第十三拍也有相近的情景的描寫。

〔一七〕鳥亦罷其鳴：連上二句極力形容胡笳聲的感染力。《列子·湯問篇》：「瓠巴鼓琴而鳥舞魚躍。」與詩所寫相反相成，可參考。

〔一八〕烏孫：漢代以來西域的國名。部落：部族的聚居地。家鄉遠：史載烏孫國去漢都城長安近萬里。參前《崔五六圖屏風各賦一物得烏孫佩刀》注〔一〕。此句暗用烏孫公主和親事。《漢書》（卷九十六下）《西域傳下·烏孫國》：「（烏孫國）願得尚漢公主，爲昆弟。天子問群臣，議許，曰：『必先内聘，然後遣女。』烏孫以馬千匹聘。漢元封中，遣江都王建女細君爲公主，以妻焉。……公主至其國，自治宮室居，歲時一再與昆莫會，置酒飲食，以幣帛賜王左右貴人。

昆莫年老，語言不通，公主悲愁，自爲作歌曰：『吾家嫁我兮天一方，遠托異國兮烏孫王。穹廬爲室兮旃爲墻，以肉爲食兮酪爲漿。居常土思兮心内傷，願爲黄鵠兮歸故鄉。』天子聞而憐之。」

〔一九〕邏娑：唐代吐蕃國都城，一作邏些，今西藏自治區首府拉薩市。沙塵：沙土灰塵，指吐蕃之地偏遠凄凉。此句當用唐嫁公主到吐蕃和親事。《舊唐書》（卷一百九十六上）《吐蕃》（上）：「咸亨元年四月，詔以右威衛大將軍薛仁貴爲邏娑道行軍大總管」，又：「其國都城號爲邏些城」，又：「吐蕃，在長安之西八千里，本漢西羌之地也。……其國人號其王爲贊普，……貞觀十五年，太宗以文成公主妻之。……（中宗朝）俄而贊普之祖母遣其大臣悉薰熱來獻方物，爲其孫請婚。中宗以所養雍王守禮女爲金城公主許嫁之。……其月，帝幸始平縣以送公主，設帳殿於百頃泊側，引王公宰相及吐蕃使入宴。中坐酒闌，命吐蕃使進前，諭以公主孩幼，割慈遠嫁之旨，上悲泣歔欷久之。」于此亦可見公主之哀怨。

〔二〇〕幽音：幽咽哀怨的音調。變調：變換爲另一種音調。《文選》（卷十六）司馬相如《長門賦》：「援雅琴以變調兮，奏愁思之不可長。」飄灑：飄動瀟灑。形容胡笳聲的疏快靈動。

〔二一〕長風：大風。《宋書》（卷七十六）《宗慤傳》：「叔父炳，高尚不仕。慤年少時，炳問其志，慤曰：『愿乘長風破萬里浪。』」長風吹林：形容胡笳聲的疏爽靈動。古代本來就有聲振林木之説。《列子·湯問篇》：「（秦青）撫節悲歌，聲振林木，響遏行雲。」雨墮瓦：形容胡笳聲的迅急快速，悲壯沉重。《韓非子·十過》：「（晋）平公曰：『寡人老矣，所好者音也，願遂聽之。』師曠不得已而鼓之。一奏，而有玄雲從西北方起；再奏之，大風至，大雨隨之，裂帷幕，破俎豆，隳廊瓦，坐者散走。平公恐懼，伏于廊室之間。」

〔二二〕迸泉：噴涌的泉水。颯颯：風聲。此形容泉水噴射之聲，又以此形容音樂聲。《楚辭·九歌·山鬼》：「風颯颯兮木蕭蕭。」木末：樹杪。《楚辭·九歌·湘君》：「采薜荔兮水中，搴芙蓉兮木末。」

〔二三〕呦呦：鹿的鳴叫聲。此形容音樂聲。《詩經·小雅·鹿鳴》：「呦呦鹿鳴，食野之苹。」《毛傳》：「呦呦，呦呦然鳴而相呼。」

〔二四〕長安城：唐代京城長安，今陝西省西安市。東掖垣：皇宫東側的墻垣。即指左省的官署所在。《文選》（卷二十三）劉楨《贈徐幹》：「誰謂相去遠，隔此西掖垣。」李善注：「《洛陽故宫銘》曰：『洛陽宫有東掖門、西掖門。』」唐代皇宫的東掖又稱左省，門下省的所在；西掖又稱西省，中書省的所在。房琯任給事中，屬門下省，故詩云「東掖垣」。并可參程大昌《雍録》（卷八）《唐兩省》條。

〔二五〕鳳凰池：指中書省。《晋書》（卷三十九）《荀勖傳》：「勖久在中書，專管機事。及失之，甚罔罔悵恨。或有賀之者，勖曰：『奪我鳳凰池，諸君賀我邪！』」杜佑《通典》（卷二十一）《職官》（三）：「（中書省）以其地在樞近，多承寵任，是以人固其位，謂之『鳳凰池』焉。」青瑣門：漢代皇宫門。此指唐代皇宫門。因爲門户邊鏤刻花紋，塗上青色，故云。《通典》（卷二十一）《職官》（三）：「門下侍郎，……日暮，入對青瑣門拜，故謂之夕郎。」原注：「《宫闈簿》曰：『青瑣門在南宫。』衛權注《吴都賦》曰：『青瑣，户邊青鏤也。』」《後漢書》（卷六十六）《王允傳》：「（吕）布駐馬青瑣門外，招允曰：『公可以去乎？』」李賢注：「《前書音義》曰：『以青畫户邊鏤中，天子制也。』」

〔二六〕高才：稱贊房給事。脱略：輕易，忽略。《文選》（卷十六）江淹《恨賦》：「脱略公卿，跌宕文史。」李善注：「杜預《左氏傳注》曰：『脱，易也。』賈逵《國語注》曰：『略，簡也。』」

〔二七〕日夕：傍晚。《詩經·王風·君子于役》：「日之夕矣，羊牛下來。」陶淵明《飲酒二十首》（其五）：「山氣日夕佳，飛鳥相與還。」《文選》（卷四十六）王融《三月三日曲水詩序》：「興廉舉孝，歲時於外府；署行議年，日夕于中甸。」

【箋　評】

頎詩發調既清，修辭亦綉。雜歌咸善，玄理最長。至如《送暨道士》云：「大道本無我，青春長與君。」又《聽彈胡笳聲》云：「幽音變調忽飄灑，長風吹林雨墮瓦。迸泉颯颯飛木末，野鹿呦呦走堂下。」足可歔欷，震蕩心神。惜其偉才，只到黄綬。故論其數家，往往高於衆作。

（殷璠《河嶽英靈集》卷上）

按唐史：董庭蘭善鼓琴，爲房琯門客。天寶五載，琯攝給事中。此詩疑贈庭蘭，而兼寄次律之作也。（高棅《唐詩品彙》卷三十）

此因房琯好董之調琴，而盛美其曲以戲之也。翻笳調以入琴，自文姬始。故先狀其曲之悲，而後叙董音律之妙。言其聲之通靈，既能感鬼神、下飛鳥而遏行雲矣。復爲雛雁、胡兒分別之音，而川静其波，鳥收其響，烏珠之類咸起鄉土之思也。及其變調促節，大逞厥聲，則若風雨之猋疾，水泉之飛灑，野獸感之而游於堂廡矣。其技如此，是以給事居森嚴之地，處清要之職，方脱略名利而望其抱琴來過也。此雖弄之，而無譏刺意。然琯以嗜音之故，任庭蘭爲將，覆王師於陳陶，而琯竟以罪斥，其禍蓋始於胡笳云。（唐汝詢《唐詩解》卷十七）

（八句下）唐云：「已上摹寫胡笳，原頭覺冗，未免與後重複。」（九至十一句）吴云：「杜撰可笑。」（二十二至二十五句）吴云：「諸語下得警策，陡起精彩。」（二十六至二十七句）唐云：「給事所居。」（末二句）唐云：「『弄』給事語。」

吴云：「真得心應手之作，有氣魄，有光彩，起有原委，結有收煞。盛唐傑作，如此篇者，亦不能多得。」（唐汝詢《彙編唐詩十集》丁集）

說出變態。（顧璘批點《唐音》卷二）

（「長風吹林雨墮瓦」句）聲情慘淡。（「野鹿呦呦走堂下」句）說出變態。

唐云：「上八句摹寫胡笳似冗，未免與後重複。末語『弄』給事自雅。」郭云：「說得婉轉淪動，足可感人。結『弄』給事自雅。」（郭濬評點、周明輔等參訂《增定評注唐詩正聲》卷四）

吴山民曰：「真得心應手之作，有氣魄，有光彩，起有原委，結有收煞。盛唐傑作如此篇者，亦不能多得。」

唐汝詢曰：「『四郊秋葉驚摵摵』，摹寫胡笳，原頭覺冗，未免與後重複。」

周珽曰：「翻笳調以入琴，自文姬始。故先狀其曲之悲，而後叙董音律之妙。遲速應手，往旋有情。如下諸語，無非摹寫其『通神明』之處。蓋酸楚哀戀之聲，能逐飛鳥，遏行雲，靈感鬼神，悲動夷國。所奏真是高絶古今。至變調促節，若風吹林，雨墮瓦，泉颯木末，鹿走堂下，說出變態，陡起精采。殷璠所謂『足可歔欷，震蕩心神』者，非胸中另具一元化，安能有此幽遠幻妙。」

郭濬曰：「說得宛轉淪動，足可感人。結『弄』給事自雅。」

周啓琦曰：「雄渾斐亹，機致横流。」

（周敬、周珽輯、陳繼儒批點《删補唐詩選脉箋釋會通評林》盛唐七古一）

寫笳極爲濃至，機神散朗，不可方物。（范大士《歷代詩發》卷十一）

《聽董大彈胡笳》「胡人」句接不舒。「漢使」句費力。「四郊」句凑。收有遠致生氣。（方東樹《昭昧詹言》卷十二）

昌黎《聽琴》出此中，而醇醨異味，香山《琵琶》又風斯下矣。（邢昉《唐風定》卷八）

真是極其形容，曲盡情態，昔人於纖小題如此摹擬，一句不苟。（「先拂商弦後角羽」句）胡笳原本少爲安頓。（「言遲更速皆應手」四句）此言笳聲之張弛抑揚。（「嘶酸雛雁失群夜」句）此言聲之悲楚。（「幽音變調忽飄灑」四句）以下是悲楚變態。（吴瑞榮《唐詩箋要》後集卷三）

以笳入琴，琴道壞矣。詩亦然。○《十八拍》所言皆歸後語耳，傳不合。○「妖精」不典，何可入詩。○「鳴鹿」句亦擬其聲，唐誤解，稍易之。

翻笳入琴，自文姬始。故先狀其曲之悲，而後叙董之音律之妙。感鬼神、下飛鳥而遏行雲矣。復爲雛雁、胡兒之音，而烏珠之類咸起鄉土之思也。及其變調促節，則若風雨之猋疾，水泉之飛灑，野獸之和鳴。是以給事居清要之職，方脱略名利而望其抱琴來過也。琯以任庭蘭而覆王師，竟以罪斥，所謂「弄」者豈有意乎？

（吴昌祺評定《删訂唐詩解》卷九）

形容佳妙，比之白氏《琵琶行》等，亦自有一種奇氣。（「董夫子」句下）忽插入短句，詩亦有琴聲轉之妙。（「言遲更速皆應手」二句）對仗入妙。（「長風吹林雨墮瓦」句下）愈出愈妙。

（黄培芳評點《唐賢三昧集》卷中）

（描寫音樂的一段）沈着變動，無而有也。

（潘德興評點《唐賢三昧集》卷中）

唐人聽琴、聽琵琶詩，如右丞之於董大（按王維集中無聽董大彈琴詩，當即指李頎此詩），昌黎、昌谷之於穎師，奇語叠出，彷髴盡致，後人莫臻其妙。

（葉矯然《龍性堂詩話初集》）

昌黎《聽穎師彈琴》，頓挫奇特，曲盡變態，其妙與李頎《胡笳》、長吉《箜篌引》等耳。六一指爲琵琶，最確。樂天云：「朱絃疏越，清廟歌曲，澹節稀聲，寧有所謂『昵昵兒女』、『勇士敵場』者乎？常建曰：『泠泠七絃遍，萬木澄幽陰。能使江月白，又令江水深。』庶乎山水清音矣。」予於是益嘆歐公之見卓，而義海之説，趙璧之聲，皆鑿而淫聽者也。

（葉矯然《龍性堂詩話初集》）

胡笳聲。」

《晉書·樂志》：「胡角者，本有應胡笳之聲，後漸用之。」《舊唐書·音樂志》：「絲桐惟琴曲有

（首八句）一解，此叙胡笳之聲極凄慘也。《蔡琰傳》：「琰，字文姬，漢末爲胡騎所獲，感笳之音，作《胡笳十八拍》，其詞曰：『胡笳動兮邊馬鳴，孤雁歸兮聲嚶嚶。』」《劉琨傳》：「在晉陽，爲胡騎所圍數重城中，窮迫無計。琨乃乘月登樓，清嘯終夜，奏胡笳，賊流涕歔欷，有懷歸之念。」吴邁遠《胡笳曲》：「邊風落衰草，鳴笳墜風禽。」「漢使」句，未詳。王貞白《塞上曲》：「夕照依烽火，寒笳咽戍樓。」《山海經》：「大荒之中，有山名曰大荒之山。日月所入，是謂大荒之野。」《文心雕龍》：「天高氣清，陰沉之志遠；霰雪無垠，矜肅之慮深。」「商絃」、「角羽」，詳四卷李白《聽蜀僧彈琴》注。《六書故》：「『摵摵』，借以狀落葉之聲。」

（九至十七句）二解，此言董大善彈胡笳，音節瀏湸，令人忘憂也。唐史：董庭蘭善鼓琴，爲房琯門客。天寶五載，琯攝給事中。董庭蘭即董大也。「深松」句，言其感動鬼神也。「言遲」句，言其手法高妙也。「空山」二句，言鳥獸率舞也，陰陽變幻也。「嘶酸」二句，言其歌聲慷慨，人物忘情也。皆未詳其實典。

（十八至二十一句）三解，此言歌到極哀之處，萬籟收聲，哀怨之情發及胡夷也。《唐書·范朝希

傳》：「在朔方時，招突厥别部沙陀千落衆萬餘有之。其後用沙陀戰者，所至有功。」「烏珠部落」，夷國之部伍也。「邏娑」，吐蕃城名。《唐書》：「薛仁貴爲邏娑道總管。」

（二十二至二十五句）四解，言笳聲高調，撼動乾坤。「呦」，鹿畏伏也。《韓非子》：「晋平公登虒祁之堂，令師曠鼓清角。師曠曰：『不可。昔黄帝合鬼神於西山之上，駕象車，六蛟龍，畢方并館。蚩尤居前，風伯清途，雨師灑道，虎狼在前，蟲蛇伏道，鳳凰覆上，大合鬼神，作爲清角。今君德薄，不足以聽之。』公不聽，師曠不得已，鼓之，一奏，雲從西北方起；再奏，大風隨之，裂幃幕，破俎豆，墮廊瓦，坐上散走。平公恐懼，伏於廊室。晋國大旱，赤地千里。」「飄灑」，飛揚也。

（二十六至二十九句）五解，前四解聞董大善彈胡笳，此約日夕時，欲房給事偕來，再奏其曲也。房官給事，故曰「東掖垣」。「鳳凰池」，詳五卷賈至《早朝大明宫》注。《漢官儀》：「黄門郎，每日暮向青鎖門拜，謂之夕郎。」《謝尚傳》：「開率穎秀，辨悟絶倫，脱略細行，不爲流俗之事。」

按《史記·樂書》：「胡笳，似觱篥而無孔，後世鹵簿用之。伯陽避入西戎而作，卷蘆葉吹之。」則胡笳，簫類，可吹不可彈。題曰「彈胡笳」，又是琴類，可彈不可吹矣。考《韻會小補》：「大胡笳十八拍，號『沈家聲』；小胡笳十九拍，號『祝家聲』。想沈、祝二家改造，乃曰胡笳者，不忘本也。」

（蘅塘退士編選、章燮注《唐詩三百首注疏》卷二）

（「胡人落淚沾邊草」二句）極言胡笳之聲能感動人也。（「深山竊聽來妖精」句）言其感動鬼神也。（「言遲更速皆應手」二句）二句贊其手法高妙。（末二句）言所以敢望君抱琴而至者，正以高才能脱略名利故也。

（評）首叙胡笳之聲爲一解；次言董大善彈胡笳爲二解；次言歌到極哀處，感及胡夷爲三解；次言笳聲高調，撼動乾坤爲四解；末言約房給事偕來，再奏其曲爲五解。步驟井然，而「空山」四句尤摹擬入神。

（蘅塘退士編選、張萼蓀評注《新體評注唐詩三百首》卷二）

馮鈍吟曰：「『高才』謂房給事，言房給事望董之抱琴至也。」

（國家圖書館藏清鈔本《李頎集》眉批）

（「空山百鳥散還合」句下）無可生色，就胡笳生出情景。

（王闓運《王闓運手批唐詩選》卷七）

寫樂聲之精，比《聽安萬善吹觱篥歌》又進一籌。《聽觱篥歌》所寫多虛象，且多用目而非用耳，如「黄雲蕭條白日暗」、「上林繁花照眼新」是也。用耳而精者，惟「桑柘颼飀」、「鳴鳳啾啾」數句而已。此詩則多用耳，且比喻精切，非深於琴道者不能。「古戍蒼蒼」、「秋葉摵摵」，琴聲之色調也；「將往復旋」，既「陰」又「晴」，琴聲之變異也；「雛雁失群」、「胡兒戀母」，琴聲之悲咽也；「川爲净波」、「鳥亦罷鳴」，琴聲之凄感也；「長風墮瓦」、「迸泉飛木」，琴聲之颯爽也。處處皆爲耳聞，而非目睹。蓋不如此，則不足以盡琴聲之妙。然此絶妙之聲，皆由董大彈出，非琴之本聲如此，則董大之

胡笳，神乎技矣。如此寫聲，方爲入化。（劉寶和《李頎詩評注》）

【按語】

作爲一首描寫音樂的詩篇，此詩是在中唐大量出現鴻篇鉅制的音樂詩以前，對音樂的摹寫最爲淋漓盡致的名作。全詩除了開頭二句點明胡笳聲琴曲的淵源所自，末四句「寄房給事」以外，其餘全部都是對樂曲展開描摹，使詩歌裏對音樂的再現達到了空前的境界。即使在後世，也是不多見的。詩人充分運用了七古篇制宏大，結構複雜，綫索多端，格局恣肆，齊言和雜言交錯，氣格奇肆而暢達的體裁特點，讓讀者感受到音樂的千變萬化，複雜新奇。更應注意的是詩中對樂曲進行的描摹。詩中重點是采用實寫的方法，選擇了紛繁複雜的物象，創造出多種多樣的情景，酣暢淋漓地摹寫出樂曲的境界。而所有的這些摹寫，在表現方法上主要運用比喻形容，在欣賞方式上則是突出題目中的「聽」字。除此以外，詩中還通過對環境的渲染烘托，各種人的感受，乃至鬼怪的被感染等，作爲對實寫音樂的補充和襯托，來表現音樂的神韻，獲得了極强烈的藝術效果。

彈棋歌〔一〕

崔侯善彈棋①〔二〕，巧妙盡於此②。藍田美玉清如砥③〔三〕，白黑相分十二子〔四〕。聯翩百中皆造微〔五〕，魏文手巾不足比〔六〕。緣邊度隴未可嘉〔七〕，鳥跂星懸危復斜④〔八〕。迴飆轉指速飛電⑤〔九〕，拂四取五旋風花⑥〔一〇〕。坐中齊聲稱絶藝⑦，仙人六博何能繼⑧〔一一〕。一別常山道路遥⑨〔一二〕，爲余更作三五勢⑩〔一三〕。

【校記】

①「善」英華本作「能」，并注：「一作善。」

②「巧」黄本作「功」。

③「玉」活字本、黄本、凌本、畢本作「石」。

④「危」下原注：「一作正。」「危」活字本、百家詩本、黄本、凌本、清鈔本作「正」。

⑤「飆」英華本作「風」。

⑥此句下原注：「一作拂取四五如旋花。」「旋風花」英華本作「如旋花」。

⑦「中」下原注：「一作上。」「坐中」英華本作「座上」。

⑧「能」下原注：「一作曾。」「能」英華本作「曾」。

⑨「常」英華本作「恒」。

⑩「余」畢本作「予」。「五」下原注：「一作兩。」「五」英華本作「兩」。

【注　釋】

〔一〕彈棋歌：緣事立題的歌行體七言古詩。彈棋，是一種博弈游戲，興起於漢代，唐代尚流行，此後失傳。有棋局，中間隆起，四周較低。兩人對局，黑白棋子各六枚（一説，各十二枚），唐代增至各十二枚（一説，一人二十四枚）。對局時，雙方列出棋子，輪流以手指彈擊鵲子，擊中對方棋子即取下。以先將對方棋子清除爲勝。《太平御覽》（卷七五五）引《彈棋經序》曰：「彈棋者，仙家之戲也。昔漢武帝平西域，得胡人善蹴鞠者，蓋衒其便捷跳躍。帝好而爲之，群臣不能諫。侍臣東方朔因以此藝進之，帝就搢蹴鞠而上彈棋焉。」《西京雜記》（卷二）：「成帝好蹴踘，群臣以蹴踘爲勞體，非至尊所宜。帝曰：『朕好之，可擇似而不勞者奏之。』家君作彈棋以獻，帝大悦。」《後漢書》（卷三十四）《梁冀傳》：「性嗜酒，能挽滿、彈棋、格五、六博、蹴鞠、意錢之戲，又好臂鷹走狗，騁馬鬥鷄。」李賢注：「《藝經》曰：『彈棋，兩人對局，白黑棋各六枚，先列棋相當，更先彈也。其局以石爲之。』」《世説新語·巧藝》：「彈棋始自魏宫内，用妝奩戲。文帝於此戲特妙，用手巾角拂之，無不中。有客自云能，帝使爲之。客著葛巾角，低頭拂棋，妙踰於帝。」劉孝標注：「傅玄《彈棋賦叙》曰：『漢成帝好蹴踘，劉向以謂勞人體，竭人力，非至尊所宜御。乃因其體作彈棋。今觀其道，蹴踘道也。』按玄此言，則彈棋之戲，其來久矣。且《梁冀傳》云：『冀善彈棋、格五。』而此云起魏世，謬矣。」《太平御覽》（卷七五五）引《彈棋經後序》曰：「唐順宗在春宫日，甚好之。時有吉達、高鈂、崔同、楊同愿之徒，悉爲名手。復有竇深、崔長孺、甄顒、獨孤遼，亦爲亞焉。至于長慶之末，好事之家猶見有局，尚多解者。」柳宗元《序棋》：「房生直温，與予二弟遊，皆好學。予病其確也，思所以休息之者。得木局，隆其中而規焉。其下方以直，置棋二十有四。貴者半，賤者半。貴曰上，賤曰下，咸自第一至十二。下者二乃敵一，用朱墨以别焉。」

〔二〕崔侯：崔氏未詳。侯，對人的尊稱。參前《送陳章甫》注〔四〕。

〔三〕藍田：唐代縣名，即今陝西省藍田縣，在西安市南，自古以産美玉出名。《漢書》（卷二十八上）《地理志》（上）：「京兆尹，藍田縣，山出美玉。」《元和郡縣圖志》（卷一）《關内道》（一）：「京兆府，藍田縣，本秦孝公置。按《周禮》：『玉之美者曰球，其次爲藍。』蓋以縣出美玉，故曰藍田。」清如砥：清秀美觀猶如平平的磨刀石。《詩經·小雅·大東》：「周道如砥，其直如矢。」《太平御覽》（卷七五五）引蔡邕《彈棋賦》曰：「夫張局陳棋，取法式備。因嬉戲以肆業，托歡宴以講事。設兹矢石，其夷如砥。采若錦續，平若停水。肌理光澤，滑不可履。乘色行巧，據險用智。」又引魏文帝《彈棋賦》曰：「局則荆山妙璞，滑如柔荑；棋則玄木北幹，素樹西枝。象籌列植，下據雙螭。」又引王粲《彈棋賦》曰：「文石爲局，金碧齊精。隆中夷外，理緻肌平。」

〔四〕白黑相分十二子：合在一起共有二十四枚棋子。

〔五〕聯翩：連續不斷彈擊棋子。《藝文類聚》（卷七十四）引魏文帝《彈棋賦》：「爾乃詳觀夫變化之理，屈伸之形，聯翩霍繹，展轉盤縈。或暇豫安存，或窮困側傾，或接黨連興，或孤據偏停。」

百中：百發百中，技藝高超。《戰國策·西周二》：「楚有養由基者，善射。去柳葉者百步而射之，百發百中。」造微：精妙入微。

〔六〕魏文：魏文帝曹丕（一八七—二二六），字子桓，沛國譙（今安徽省亳州市）人，曹操第二子，漢、魏間詩人，辭賦家。曹操死後，繼位爲魏王。漢獻帝禪位於丕，改元黄初。曹丕善擊劍，彈棋。生平事迹參《三國志·魏書·文帝紀》。手巾：指不用手指彈擊棋子，而用手巾角彈拂，技藝精湛。魏文帝精于此道，參上注〔一〕引《世説新語·巧藝》。

〔七〕緣邊：順其棋局的邊緣彈擊棋子。彈棋的方法之一。《藝文類聚》（卷七十四）引魏文帝《彈棋賦》：「然後直叩先縱，二八次舉，緣邊間造，長邪迭取。」又引梁元帝《謝東宫賜彈棋局啓》：「緣邊之法，庶遵細柳之陣。」唐盧諭《彈棋賦》：「居中謂之豐腹，在末謂之緣邊。」唐閻伯璵《彈棋局賦》：「始收功而隔澗，終制敵以緣邊。」度隴：度過高隴。隴，長阪，山坡。棋局中心高隆如盂，棋子跳過喻之爲度隴。也是彈棋方法之一。周王褒《彈棋詩》：「隔澗疑將别，隴頭如望秦。」閻伯璵《彈棋局賦》：「連連摶漢，必成其雁行；歷歷登隴，何異乎魚貫。」

〔八〕烏跂星懸：烏跂和星懸，均是比喻彈棋的方法。《藝文類聚》（卷七十四）引梁元帝《謝東宫賜彈棋局啓》：「鳳峙鷹揚，信難議擬。烏跂星懸，曾何髣髴。」危復斜：正和斜。也都是彈棋的方法。以「斜」爲最難，名之曰「長邪（斜）」。上注〔七〕引魏文帝《彈棋賦》：「長邪迭取」，即指此法。《藝文類聚》（卷七十四）引夏侯惇《彈棋賦》：「揮纖指以長邪，因偃掌而發八。」沈括

《夢溪筆談》（卷十八）：「彈棋今人罕爲之，有譜一卷，蓋唐人所爲。其局方二尺，中心高，如覆盂，其巔爲小壺，四角微隆起。今大名開元寺佛殿上有一石局，亦唐時物也。李商隱詩曰：『玉作彈棋局，中心亦不平。』謂其中高也。白樂天詩：『彈棋局上事，最妙是長斜。』『長斜』謂抹角斜彈，一發過半局，今譜中具有此法。」

〔九〕迴飆轉指：形容手指快速地彈擊棋子。迴飆：旋風，狂風。速飛電：形容猶如雷霆的閃光一樣快速。《藝文類聚》（卷七十四）引丁廙《彈棋賦》：「號令既通，兵棋啓路。運若迴飆，疾似飛兔。」又引夏侯惇《彈棋賦》：「侈若天星之列，閃若流電之光。」

〔一〇〕拂四取五：謂手巾拂中第四枚棋子而連帶取得第五枚棋子。旋風花：形容猶如花兒隨風旋轉般的輕盈。《藝文類聚》（卷七十四）引丁廙《彈棋賦》：「風馳火燎，令牟取五。恍哉忽兮，誠足慕也。」

〔一一〕六博：古代的一種博弈游戲，也稱「博」。傳說是仙人所爲。《太平御覽》（卷七五四）引《神仙傳》曰：「中山衛叔卿，服雲母得仙，漢武使其子度世往華山求之。度世望見父，上有紫雲，白玉爲床，與數人博戲。度世問父，所與博者是誰？曰：『洪崖先生、許由、巢父也。』」《後漢書》（卷三十四）《梁冀傳》：「性嗜酒，能挽滿、彈棋、格五、六博、蹴鞠、意錢之戲。」李賢注：「《楚詞》曰：『琨蔽象棋有六博。』王逸注云：『投六著，行六棋，故云六博。』鮑宏《博經》曰：『用十二棋，六棋白，六棋黑。所擲頭謂之瓊。瓊有五采，刻爲一畫者謂之塞，刻爲兩畫者謂之白，刻爲三畫者謂之黑，一邊不刻者五塞之間，謂之五塞。』」

〔二〕常山：當指漢常山郡，唐屬河北道恒州真定縣（今河北省正定縣）。《漢書》（卷二十八上）《地理志》（上）：「常山郡，高帝置，莽曰井關，屬冀州。」顔師古注：「張晏曰：『恒山在西，避文帝諱，故改曰常山。』」《元和郡縣圖志》（卷十七）《河北道》（二）：「恒州，常山，……漢高帝三年，韓信東下井陘，擊破陳餘、趙王歇，以鉅鹿之北境置恒山郡，因恒山爲名，後避文帝諱，改曰常山。」

〔三〕三五勢：當爲彈棋方法，惜未得其解。

【箋評】

戲之有彈棋，始漢武，以代蹴踘之勞。其法用石爲局，中隆外庳，黑白棋各六枚。先列棋相當，下呼上擊之，以中者爲勝。李頎《彈棋歌》：「藍田美石青如砥，黑白相分十二子。聯翩百中皆造微，魏文手巾不足比。緣邊度隴未可嘉，鳥跂星懸正復斜。迴飆轉指速飛電，拂四取五旋風花。」按，魏文帝《彈棋賦》：「緣邊間造，長斜迭取。」丁廙賦：「風馳火燎，令牟取五。」梁元帝《謝彈棋局啓》：「鳳峙鷹揚，信難議擬。鳥跂星懸，何曾彷彿！」頎詩多本此。魏文善此技，用手巾拂之，無不中。唐順宗在春宮日，甚好之，時多名手。至長慶末，好事家猶見有局，尚多解者。今則不傳矣。（遁叟）

（胡震亨《唐音癸籤》卷十九）

附：彈棋歌送崔參軍還常山

李頎①

崔侯善彈棋，巧妙盡於此。藍田美玉滑如紙，黑白相分十二子。緣邊度隴未足佳，鳥跂星懸危復斜。迴摽轉指連飛掣，拂四取五如趨花。合坐高聲唱絶藝，仙人六博何曾計。一別常山道路賒，爲余更作三兩勢。

① 李頎，原卷作「李傾」。《全唐詩》卷一三三收此詩于李頎下，題作《彈棋歌》。此卷所收較《全唐詩》少五、六兩句，文字頗有不同，故仍全録出。

（陳尚君《伏見宮舊藏〈雜抄〉卷十四中的唐人逸詩》，載氏著《漢唐文學與文獻論考》）

【按　語】

從詩的末二句審視，此詩當爲送別之作，但全篇不寫離別情意，題作《彈棋歌》，詩中也是盡情贊美友人高超的彈棋技藝，頗爲新穎獨特。就彈棋而言，首尾爲贊語，中間則是對彈棋的具體描寫，形容刻畫，比喻設譬，聯翩而下，絡繹不絶，將彈棋的妙處，形象生動地展現出來，栩栩然如在眼前。魏、晋以來，有關彈棋的詩、文、賦作品頗多，唯有此詩，將「棋藝」表現得最爲概括集中，淋漓盡致，猶如一篇彈棋法譜，使人一讀而知其概要。

送山陰姚丞攜妓之任兼寄蘇少府①〔一〕

東風香草路，南客心容與〔二〕。白皙吴王孫〔三〕，青蛾柳家女〔四〕。都門數騎出〔五〕，河口片帆舉〔六〕。夜簟眠橘洲〔七〕，春衫傍楓嶼〔八〕。山陰政簡甚從容〔九〕，到罷惟求物外踪〔一〇〕。落日花邊剡溪水〔一一〕，晴烟竹裏會稽峰〔一二〕。才子風流蘇伯玉〔一三〕，同官曉暮應相逐〔一四〕。加餐共愛鱸魚肥〔一五〕，醒酒仍憐甘蔗熟〔一六〕。知君練思本清新〔一七〕，季子如今得爲鄰②〔一八〕。他日知尋始寧墅③〔一九〕，題詩早晚寄西人〔二〇〕。

【校　記】

①清鈔本題下小注：「此首《全唐》亦載入韓翃一之三。」「蘇少府」前清鈔本有「山陰」二字。清鈔本眉批：「此詩《全唐》本亦載韓翃名下。今不得《全唐》中李頎集，故就《全唐》中韓翃一之三校對。『德有』字、『如』字，俱照《全唐》中韓翃集改。」

②「得爲」清鈔本作「德有」。

③「知」清鈔本作「如」。

【注　釋】

〔一〕此詩《全唐詩》（卷二四三）又作韓翃詩。山陰：今浙江省紹興市。《漢書》（卷二十八上）《地理志》（上）：「會稽郡，山陰，會稽山在南，上有禹冢、禹井，揚州山。越王勾踐本國。」《元和郡縣圖志》（卷二十六）《江南道》（二）：「越州，會稽，山陰縣。秦舊地，隋改爲會稽。垂拱二年，又割會稽西界别置山陰。」姚丞：姚氏未詳。丞，縣丞，位在縣令下，主簿、縣尉上。參《唐六典》（卷三十）《天下諸縣官吏》、《舊唐書》（卷四十三）《職官志》（三）。蘇少府：蘇氏未詳。少府，唐時對縣尉的習稱。參卷一《宋少府東谿泛舟》注〔一〕。

〔二〕南客：作客于南方。指姚丞。杜甫《冬晚送長孫漸舍人歸州》：「南客瀟湘外，西戎鄠杜旁。」容與：悠閑自得貌。《楚辭・九歌・湘夫人》：「時不可兮驟得，聊逍遥兮容與。」

〔三〕白皙：參前《送劉方平》注〔五〕。吴王孫：吴人的後代。春秋時吴國以蘇州（今江蘇省蘇州市）爲國都，號吴。《文選》（卷五）左思《吴都賦》，題下劉淵林注：「吴都者，蘇州是也。」《楚辭・招隱士》：「王孫遊兮不歸，春草生兮萋萋。」

〔四〕青蛾：參前《絶纓歌》注〔二〕。柳家女：古代傳説中的柳姑，代指美女。《玉臺新詠》（卷五）沈約《少年新婚爲之咏》：「山陰柳家女，莫言出田墅。丰容好姿顔，何辟工言語。」施宿《會稽志》：「柳姑廟在山陰縣西一十里，湖桑埭之東，前臨鏡湖，蓋湖山勝絶處也。鄉人舊傳以爲羅江東隱常題詩，今不存。」

〔五〕都門：即指京城。此指唐代東都洛陽。參前《送從弟遊江淮兼謁鄱陽劉太守》注〔二〕。數騎：幾匹載人的馬。一人一馬謂之騎。

〔六〕河口：指洛水入黄河之口。渡河即進入古運河，由此乘船南下。《元和郡縣圖志》（卷五）《河南道》（一）：「河南府，洛陽縣，……《禹貢》曰：『伊、洛、瀍、澗，既入于河。』」

〔七〕簟：竹席子。橘洲：種植有橘樹的洲渚。當與李衡事無涉。

〔八〕傍：近，靠近。楓嶼：生長着楓樹的島嶼。

〔九〕從容：閑暇貌。《莊子·秋水》：「儵魚出遊從容，是魚之樂也。」

〔一〇〕到罷：到時，到後。王瑛《詩詞曲語辭例釋》：「罷，等于説『來』或『去』，用以表示時間，有『時』、『後』的意思，作用與一個時間名詞相當。……韓翃《送山陰姚丞携妓之任兼寄山陰蘇少府》詩：『山陰政簡正從容，到罷唯求物外踪。』」物外：世俗之外。《文選》（卷十五）張衡《歸田賦》：「苟縱心於物外，安知榮辱之所如。」

〔一一〕剡溪：在今浙江省剡縣。《元和郡縣圖志》（卷二十六）《江南道》（二）：「越州剡縣，剡溪，出縣西南，北流入上虞界爲上虞江。」《太平寰宇記》（卷九十六）《江南東道》（八）：「越州剡縣，剡溪，在縣南一百五十步。一源出台州天台縣，一源出婺州武義縣，即王子猷雪夜訪戴逵之所也。亦名戴溪。」

〔一二〕會稽峰：會稽山，在今浙江省紹興市。《元和郡縣圖志》（卷二十六）《江南道》（二）：「越州會稽縣，會稽山，在州東南二十里。」《太平寰宇記》（卷九十六）《江南東道》（八）：「越州會稽縣，會稽山，在州東南十里。《山海經》云：『會稽之山四方，上多金玉，下多砆石。』秦始皇東巡，立石刻銘，即李斯篆書。」

〔一三〕蘇伯玉：晉人，此代指詩題中蘇少府。《玉臺新詠》（卷九）蘇伯玉妻《盤中詩》云：「姓爲蘇，字伯玉，作人才多智謀足。家居長安身在蜀，何惜馬蹄歸不數。」

〔一四〕同官：同僚，同在一起做官的人。指詩中的姚丞和蘇少府。《左傳・文公七年》：「同官爲寮，吾嘗同寮，敢不盡心乎！」

〔一五〕加餐：多吃一點。《文選》（卷二十七）古辭《飲馬長城窟行》：「長跪讀素書，書上竟何如？上有加餐食，下有長相憶。」鱸魚：鱸魚自古以來是吴地的名魚，尤以蘇州吴松江出産的鱸魚最名貴。巨口細鱗，背蒼色，腹白色，味鮮美，爲人所嗜。《後漢書》（卷八十二下）《方術傳・左慈傳》：「嘗在司空曹操坐，操從容顧衆賓曰：『今日高會，珍羞略備，所少吴松江鱸魚耳。』」李賢注：「松江在今蘇州東南，首受太湖。《神仙傳》云：『松江出好鱸魚，味異它處。』」

〔一六〕醒酒：使醉酒清醒過來。杜甫《晚秋陪嚴鄭公摩訶池泛舟》：「湍駛風醒酒，船回霧起堤。」仍：因。憐：愛。甘蔗：多年生草本植物，多汁而甘甜，是制糖的原料，亦可生食。參前《送劉四赴夏縣》注〔一八〕。

〔一七〕練思：清麗的文思。清新：清秀新穎。古人常以「清新」稱贊他人的文學成就和風格特色。

陸雲《與兄平原書》：「兄文章之高遠絶異，不可復稱言。然猶皆欲微多，但清新相接，不以此爲病耳。」杜甫《春日憶李白》：「清新庾開府，俊逸鮑參軍。」

〔一八〕季子：指春秋時吴國公子季札，他是吴王壽夢的小兒子，故又稱季子。他多才多藝，又很賢能，不接受父、兄先後要傳位給他的想法，高風亮節，後人仰慕。得爲鄰：季札的采邑延陵（今江蘇省常州市），地理上與山陰爲鄰近之地，故云。季札事可參《左傳》襄公十四年、二十九年等記載。

〔一九〕他日：異日，指以後而言。明陳良孺《讀書考定》（卷二）：「杜詩：『客愁殊未已，他日始相辭。』『他時如按縣，不得慢陶潛。』唐彦謙詩：『異日誰知與仲多。』温庭筠詩：『還恐添成異日愁。』皆指後日也。」始寧墅：南朝宋謝靈運莊園，故址在今浙江省上虞縣西南東山下。《宋書》（卷六十七）《謝靈運傳》：「靈運父祖并葬始寧縣，并有故宅及墅，遂移籍會稽，修營別業，傍山帶江，盡幽居之美。與隱士王弘之、孔淳之等縱放爲娱，有終焉之志。」《文選》（卷二十六）謝靈運《過始寧墅》：「山行窮登頓，水涉盡洄沿。巖峭嶺稠疊，洲縈渚連綿。白雲抱幽石，緑篠媚清漣。葺宇臨迴江，築觀基曾巔。」

〔二〇〕早晚：隨時。張相《詩詞曲語辭匯釋》（卷六）：「早晚，猶云隨時也；日日也。杜甫《江雨有懷鄭典設》詩：『春雨闇闇塞峽中，早晚來自楚王宫。』此隨時與日日均可解。韓翃《送山陰姚丞携妓之任》詩：『他日如尋始寧墅，題詩早晚寄西人。』此隨時義，意盼其隨時寄詩也。」西人：

京都人。此作者自指。李頎的家鄉潁陽，唐屬河南府，即洛陽，洛陽爲唐東都，故云。《詩經·小雅·大東》：「西人之子，粲粲衣服。」《毛傳》：「西人，京師人也。」

【箋　評】

選詞至妍，古氣仍在。（王闓運《王闓運手批唐詩選》卷七）

此詩五章：一章姚丞攜妓之任；二章途中即景；三章到後情事；四章與蘇少府同游；五章寄望二人，推開一步結。全詩妙在綫索清楚，脉絡分明，如清水觀魚，頭頭可數，于頎七言古風中，最爲可法。（劉寶和《李頎詩評注》）

【按　語】

此詩寫得風情旖旎，韻致悠遠，風調婉轉。這首先得力於「南客」所去之處爲人物美、景色美、風物美，而且人文歷史積澱深厚的江南名勝之地，因此所見、所聞無不讓人感到美不勝收，真可謂「得江山之助」了。其次是作者隨着「南客」的綫路，心馳神往，心至筆隨，逐漸展開友人在途中徜徉山水，特别是在到任後與同官飽覽山陰的風光名勝，對前賢異代同心的神往交契，以及享受其豐美的食物的情趣等等，全是想像和虛寫，但又真切如畫，符合情理，使得詩明麗婉暢，韻味雋永。

中國古典文學基本叢書

李頎詩歌校注

下册

〔唐〕李頎 著
王錫九 校注

中華書局

李頎詩歌校注卷三

五言律詩

塞下曲〔一〕

少年學騎射〔二〕，勇冠并州兒〔三〕。直愛出身早〔四〕，邊功沙漠垂〔五〕。戎鞭腰下插〔六〕，羌笛雪中吹〔七〕。膂力今應盡〔八〕，將軍猶未知〔九〕。

【注釋】

〔一〕塞下曲：參卷一《塞下曲》注〔一〕。

〔二〕少年學騎射：《文選》（卷三十一）鮑照《擬古三首》（其一）：「幽并重騎射，少年好馳逐。」《史記》（卷一百十）《匈奴列傳》：「趙武靈王亦變俗胡服，習騎射。」

〔三〕并州兒：勇敢善戰的并州男兒。并州，今山西省太原市。《漢書》（卷二十八上）《地理志》

（上）：「太原郡，秦置。有鹽官，在晉陽。屬并州。」《晉書》（卷四十三）《山簡傳》：「時有童兒歌曰：『山公出何許？往至高陽池。日夕倒載歸，酩酊無所知。時時能騎馬，倒著白接羅。舉鞭向葛疆，何如并州兒？』」《隋書》（卷三十）《地理志》（中）：「太原山川重複，實一都之會，本雖後齊別都，人物殷阜，然不甚機巧。俗與上黨頗同，人性勁悍，習於戎馬。離石、雁門、馬邑、定襄、樓煩、涿郡、上谷、漁陽、北平、安樂、遼西，皆連接邊郡，習尚與太原同俗，故自古言勇俠者，皆推幽、并云。」

〔四〕直愛：只愛。直，只，就。出身：出來做某事。此指立功邊塞。

〔五〕邊功：邊塞上的戰功。沙漠垂：沙漠邊。《文選》（卷二十七）曹植《白馬篇》：「借問誰家子，幽并遊俠兒。少小去鄉邑，揚聲沙漠垂。」

〔六〕戎鞭：戰馬的鞭子。

〔七〕羌笛：參卷二《古意》注〔三〕。

〔八〕膂力：筋力，體力。

〔九〕猶：仍。

【箋　評】

此詩善蓄勢。前六句寫少年騎射，勇冠三軍，立功沙漠，馳騁疆場，總爲末二句「膂力今應盡，將軍猶未知」作地步。蓋愈言其意氣風發，則愈見其落拓可憫。唐時軍中，實有此抑鬱難平之事。此或頎暮年之作，特借此以寄不遇之慨耳。辛棄疾《破陣子》詞「醉裏挑燈看劍」闋，前壯後悲，深得此意。

（劉寶和《李頎詩評注》）

【按　語】

此詩前六句傾力贊美「并州」「少年」的英武勇猛。他少學騎射，勇冠同儕，只求立功沙漠，馳騁疆場，腰插戎鞭，雪中吹笛，激昂慷慨，一腔豪情。但結果却事與願違，宏大的志向最終成爲泡影。最後二句，尖鋭地指出其原因在于「將軍」。顯然，他高高在上，不以國事爲念，也就不可能體恤士卒，識拔人才，從而導致了這種悲憤的事。此詩當有作者懷才不遇的感興之意。詩在結構上采取以主要篇幅叙寫豪壯的情景，只以末二句略點其不幸，這種不均衡的結構，和陡然翻轉直下的方式，將人物的豪壯和悲憤、理想和現實形成了强烈的對照，反而收到了極好的藝術效果。此詩的結撰方式和構思特點，與李白《越中懷古》（越王勾踐破吴歸）、辛棄疾《破陣子》（醉裏挑燈看劍）有同工之妙。

寄鏡湖朱處士①〔一〕

澄霽晚流闊②〔二〕，微風吹緑蘋〔三〕。鱗鱗遠峰見〔四〕，淡淡平湖春〔五〕。芳草日堪把〔六〕，白雲心所親。何時可爲樂，夢裏東山人〔七〕。

【校　記】

① 凌本將此詩編在五言古詩中。

② 「澄」劉本作「澂」。

【注　釋】

〔一〕鏡湖：在今浙江省紹興市。《元和郡縣圖志》（卷二十六）《江南道》（二）：「越州，會稽縣，鏡湖，後漢永和五年太守馬臻創立，在會稽、山陰兩縣界築塘蓄水，水高丈餘，田又高海丈餘。若水少則泄湖灌田，如水多則閉湖泄田中水入海，所以無凶年。堤塘周迴三百一十里，溉田九千頃。」朱處士：《唐才子傳校箋》（卷二）《李頎》條云是朱放。朱放（？—七八八？），字長通，襄州襄陽（今湖北省襄陽市）人，後移居越中剡縣、山陰一帶居住。其詩清新秀麗。生平事迹參《唐才子傳校箋》（卷五）。處士：未做官的人。《漢書》（卷十三）《異姓諸侯王表》：「秦既稱帝，患周之敗，以爲起於處士横議，諸侯力爭，四夷交侵，以弱見奪。」顔師古注：「應劭曰：『孟軻云：「聖王不作，諸侯恣行，處士横議。」』師古曰：『處士謂不官於朝而居家者也。』」

〔二〕澄霽：雨後天氣晴朗。《文選》（卷二十二）謝靈運《遊南亭》：「時竟夕澄霽，雲歸日西馳。」

〔三〕緑蘋：緑色的大浮萍。蘋，大萍，又名四葉菜，夏天開小白花。《詩經·召南·采蘋》：「于以采蘋，南澗之濱。」《毛傳》：「蘋，大萍也。」

〔四〕鱗鱗：此形容山峰層叠如鱗貌。《文選》（卷二十七）鮑照《還都道中作》：「鱗鱗夕雲起，獵獵曉風遒。」

〔五〕淡淡：水波摇曳貌。同「澹澹」。《文選》（卷十九）宋玉《高唐賦》：「水澹澹而盤紆兮，洪波淫淫之溶滴。」李善注：「《説文》曰：『澹澹，水摇也。』」平湖：形容湖水滿而不溢。與張若虚《春江花月夜》：「春江潮水連海平」，王灣《次北固山下》：「潮平兩岸闊」，白居易《錢塘湖春行》：「水面初平雲脚低」中的「平」字同義。

〔六〕日：猶日日，天天。堪把：可以把玩欣賞。

〔七〕東山人：意謂隱居的人。用東晋謝安隱逸東山事。《晋書》（卷七十九）《謝安傳》：「寓居會稽，與王羲之及高陽許詢、桑門支遁遊處，出則漁弋山水，入則言咏屬文，無處世意。……征西大將軍桓温請爲司馬，將發新亭，朝士咸送，中丞高崧戲之曰：『卿累違朝旨，高卧東山，諸人每相與言，安石不肯出，將如蒼生何！　蒼生今亦將如卿何！』」《世説新語·排調》：「謝公在東山，朝命屢降而不動。」又曰：「初，謝安在東山居，布衣。」《讀史方輿紀要》（卷九十二）《浙江》（四）：「紹興府上虞縣，東山，在縣西南四十五里。巍然特出，衆峰拱抱，登陟幽阻，至其巔則軒豁呈露，萬峰林立，煙海渺然，爲絶勝處，即晋謝安所居。」

【箋　評】

（三四句）鍾云：「細得明净。」（六句）譚云：「極藴藉，不知者以爲淡。」鍾云：「律詩帶古，惟盛唐諸人能之，如小楷兼隸法也。太白五言律，編詩者多入古詩内，皆不達盛唐詩法之過。」（鍾惺、譚元春《唐詩歸》卷十四）

前半叙景如畫。（黄培芳評點《唐賢三昧集》卷中）

無一語煉，乃無一語俗。過煉近俗，過切近俗，而過質又近俗，此詩所以爲難也。（潘德輿評點《唐賢三昧集》卷中）

一筆直寫鏡湖景色。四句言已佳絶。五承「春」字，言從此日日更佳。六言況是平生所好，七總收上六句，八方出「寄處士」，此結尾出題法。然「白雲」二字，已是處士影子。（屈復《唐詩成法》卷二）

澄霽晚（拗）流闊，微風吹（救）緑蘋。鱗鱗遠（拗）峰（救）見，淡淡平湖春（三平古調，上句「遠峰」二字爲本句拗矣，此句第三字復拗，用平聲與「遠」字對拗，成通首第三字大拗法，是爲以古入律）。芳草日（拗）堪把，白云心（救）所親。何時可（拗）爲（救）樂，夢裏東山人（三平古句，與三四句法同）。

以上二詩（按：指此詩與上選岑參《送鄭堪歸東京汜水别業》）拗法相同，所謂全體大拗者也。

（李兆元《律詩拗體》卷一）

五律倒换平仄折脚體　五言三四平側倒换，謂之折脚體，每聯皆可用。唐人有用於首聯者，……有用於頷聯者，如王維：「秋風正蕭索，客散孟嘗門。黄金斷春色，畫角起邊城。」岑參：「還家劍鋒盡，出塞馬蹄穿。」李頎：「鱗鱗遠峰見，淡淡平湖春。」皆是也。也有用於頸聯者，……也有用於結聯者。

（秦武域《聞見瓣香録》壬卷）

詩之天然成韻者，如謝康樂之「遠巖映蘭薄，白日麗江皋」，……李東川之「芳草日堪把，白雲心所親」、「秋聲萬户竹，寒色五陵松」、「漁舟帶晚火，山磬發孤烟」，……之類是也。

（王壽昌《小清華園詩談》卷下）

此詩平淡，妙不設色，而境中情事，却如清水數魚，鱗鰭皆見，是深得畫中白描之趣者。頎五言詩，率多如此，特此首尤爲突出耳。此詩兩章，上章隱居之境，下章隱居之情，先境後人，總在寫境清人雅四字。蓋有如此清境，始有如此雅人，有如此雅人，始克住此清境，是一是二，密不可分，文章有所謂化境者，此類是也。頎亦隱居東川者，故能寫隱居之樂，深切如此。

（劉寶和《李頎詩評注》）

【按語】

此詩前半就鏡湖寫景。山水明秀，景象清新，一派風景如畫，安寧平和的春天景色，爲處士創造了一個極爲相宜的生活環境。後半主要抒發隱士情懷。由四句的「春」字到五句的「芳草」，承接轉換極爲自然。把玩芳草，心親白雲，與隱士先賢夢裏相見，異世同心，最爲可樂，將隱逸的情趣寫得親切可感，饒有興味。其遠離世俗，高潔雅致的情懷，也就形象生動地表現了出來。

宴陳十六樓①〔一〕

西樓對金谷〔二〕，此地古人心〔三〕。白日落庭内，黄花生澗陰〔四〕。四鄰見疎木〔五〕，萬井度寒砧〔六〕。石上題詩處〔七〕，千年留至今。

【校記】

①題下原注：「樓枕金谷。」劉本題下亦有此四字。此詩題活字本、百家詩本、黄本、凌本、畢本作「宴陳十六樓樓枕金谷」。

【注　釋】

〔一〕陳十六：陳章甫，行第十六。參卷二《送陳章甫》注〔一〕。

〔二〕西樓：陳章甫在洛陽的居所，即詩題中所稱「陳十六樓」。據高適《同群公宿開善寺贈陳十六所居》詩，可知此樓距開善寺不遠。又據《洛陽伽藍記》（卷四）：「（城西）準財里內有開善寺。」可知陳十六樓在城西，故稱西樓。金谷：金谷澗，又稱金谷園，在洛陽城東北，因西晋石崇曾在此居住而著名。《晋書》（卷三十三）《石崇傳》：「崇有別館在河陽之金谷，一名梓澤。」《水經注》（卷十六）《穀水》：「穀水又東，左會金谷水，水出太白原，東南流歷金谷，謂之金谷水，東南流逕晋衛尉卿石崇之故居。石季倫《金谷詩集叙》曰：『余以元康七年，從太僕出爲征虜將軍，有別廬在河南界金谷澗中，有清泉、茂樹、衆果、竹、柏、藥草備具。』」《讀史方輿紀要》（卷四十八）《河南》（三）：「河南府洛陽縣，金谷澗，在府東北七里。」

〔三〕古人心：指石崇當年居住在金谷澗所表現的人生情懷，即人生短暫、變化無常的感慨。石崇《金谷詩序》：「余以元康六年，從太僕卿出爲使，持節監青徐諸軍事、征虜將軍。有別廬在河南縣界金谷澗中，去城十里，或高或下，有清泉、茂林、衆果、竹、柏、藥草之屬。金田十頃，羊二百口，鷄猪鵝鴨之類，莫不畢備。又有水碓、魚池、土窟，其爲娱目歡心之物備矣。時征西大將軍祭酒王詡當還長安，余與衆賢共送往澗中，晝夜遊宴，屢遷其坐。或登高臨下，或列坐水濱。時琴瑟笙筑，合載車中，道路并作。及住，令與鼓吹遞奏，遂各賦詩，以叙中懷。或不能者，罰酒三斗。感性命之不永，懼凋落之無期，故具列時人官號、姓名、年紀，又寫詩著後。後之好事者，其覽之哉！」

〔四〕黄花：菊花。《藝文類聚》（卷八十一）引《禮記》曰：「季秋之月，菊有黄花。」澗陰：澗南。水南爲陰。

〔五〕四鄰：四周的鄰居。《説文·邑部》：「鄰，五家爲鄰。」疎木：葉落而枝條稀疏的樹木。

〔六〕萬井：千家萬户。井爲古代人的聚居之處。《漢書》（卷二十三）《刑法志》：「地方一里爲井，井十爲通，通十爲成，成方十里；成十爲終，終十爲同，同方百里；……一同百里，提封萬井。」寒砧：凄清的搗砧聲。參卷一《九月九日劉十八東堂集》注〔九〕。

〔七〕石上題詩處：指石崇《金谷詩序》中所録諸人詩的石刻。據此，此石刻在唐代當尚存。

【箋評】

（二句）譚云：「五字渾淪。」（三四句）譚云：「恬而潤。」（末句）譚云：「結弱。」

（鍾惺、譚元春《唐詩歸》卷十四）

繁華皆盡，文章猶存。魏文帝嘗曰：「文章，經國之大業，不朽之盛事。年壽有時而盡，榮樂止乎其身，二者必至之常期，未若文章之無窮。然則古人賤尺璧而重寸陰，懼乎時之過已。而人多不强力，貧賤則懾於飢寒，富貴則流於逸樂，遂營於目前之務，而遺千載之功。日月逝矣，斯亦志士之大痛也。」讀此詩，信然。

（程元初《盛唐風緒箋》卷六）

周敬曰：「快豎一諦，使人塊壘之胸，塵土之面，同時洗盡。」

〔訓〕頎詩遠秀高寂，下筆不經椎斧，而神氣自完。「此地古人心」句，含意深邃，令人可解不可解。須知人心，原千載不磨之謂。人會有此心，無事不可垂後矣。程元初云：「繁華皆盡，文章猶存。魏文帝嘗曰：『文章，經國之大業，不朽之盛事。年壽有時而盡，榮樂止乎其身，二者必至之常期，未若文章之無窮。然則古人賤尺璧而重寸陰，懼乎時之過已。而人多不强力，貧賤則懾於飢寒，富貴則流於逸樂，遂營於目前之務，而遺千載之功。日月逝矣，斯亦志士之大痛也。』讀此詩，信然。」

（周敬、周珽輯，陳繼儒批點《删補唐詩選脉箋釋會通評林》盛唐五律中上）

（末句）意餘言外。

起聯總冒格。〇次句言對此地而生懷古人之心。〇結言云當時賦詩諸人安在哉？〇不叙宴會，但述懷古之思，故出景亦覺悲涼，此以景襯情之法也。淡似浩然。

（黄生《唐詩矩》）

（首二句）傑而老，慷爽而婉。（三四句）高傲不可名，「落」字淺而異。（五六句）肖擬樓情，矜闊浩愴。（七八句）後六句總疏理「古人心」三字，末聯尤脉泚針。

（譚宗《近體秋陽》卷二）

陳德公先生曰：「澹極生情，與『物在人亡』如同一格。縱極輕薄，不失盛唐風致。三四直置語，却耐尋味。五六確是樓宴時情緒。悟此方知景語未容浪着。」

（盧弅、王溥《聞鶴軒初盛唐近體讀本》卷四）

是陳十六樓，是金谷園，渾然難辨，在詩中别是一法。寓感慨於平淡，寄凄凉於瀟灑，貌似疏散，中實神傷，頎詩最善此法。

（劉寶和《李頎詩評注》）

【按　語】

此詩由「西樓對金谷」的空間位置，今日衆賓「宴陳十六樓」的雅事，自然聯想到當年石崇諸人在金谷宴飲的往事。雖然時移世易，但「古人心」却并未改變，那就是石崇在《金谷詩序》所説的「感性命之不永，懼凋落之無期」。詩的後六句，全部都是實寫眼前金谷以及周圍蕭條凄凉、寂寞冷落的情景，真切地表達了早已物是人非的深切感受，從而也就以真實的情景印證了「古人心」。作者與前賢之間異代同心的感慨，也在字裏行間充分地表現了出來，同時「後之視今，亦猶今之視昔」的慨嘆，也包含其中了。此詩看似平直簡單，明白淺顯，其實詩中古今對照，以景襯情，頗爲含蓄深婉，曲致有味。

送相里造入京〔一〕

子月過秦正〔二〕，寒雲覆洛城〔三〕。嗟君未得志，猶作苦辛行〔四〕。暖酒嫌衣薄，瞻風候雨晴〔五〕。春官含笑待〔六〕，驅馬速前程〔七〕。

【注釋】

〔一〕相里造：字公度，生卒年未詳。魏郡冠氏縣（今山東省冠縣）人。蕭穎士弟子。歷任侍御史、禮部郎中、江州刺史、杭州刺史、河南少尹，贈禮部侍郎。爲人剛正簡諤，頗有時譽。生平事迹參《元和姓纂》（卷五）、《新唐書》（卷二〇七）《魚朝恩傳》、《封氏聞見記》（卷九）、劉太真《送蕭穎士赴東府序》。此詩當爲作者在洛陽送别相里造赴長安應試而作。

〔二〕子月：農曆十一月。《史記》（卷二十五）《律書》：「十一月也，律中黄鍾。黄鍾者，陽氣踵黄泉而出也。其於十二子爲子。子者，滋也；滋者，言萬物滋於下也」秦正（zhēng）：秦國的正月，即農曆十月。《史記》（卷二十六）《曆書》：「（秦）自以爲獲水德之瑞，更名河曰『德水』，而正以十月，色上黑。」

〔三〕洛城：洛陽城。點明作者于洛陽送别相里造。

〔四〕猶作：仍作。苦辛行：辛苦艱難的遠行。古樂府有《苦寒行》（《樂府詩集》卷三十三）、《塘上行苦辛篇》（《樂府詩集》卷三十五）等，當是李頎用語所自。稍後戎昱作過《苦辛行》詩。

〔五〕瞻風：觀察風向以預測天氣的陰晴變化。

〔六〕春官：本是周朝掌邦禮的官，唐代指禮部侍郎。自開元二十四年起，禮部侍郎主持進士考試（參《册府元龜》卷六三九《貢舉部·總序》）。詩即指此而言。《周禮·春官宗伯》：「乃立春官宗伯，使帥其屬而掌邦禮，以佐王和邦國。」

〔七〕前程：游子前面的路程，此亦有喻將來功名事業前途遠大之意。

【箋評】

年月日，舒州刺史獨孤及，敬以清酌之奠，敬祭於河南少尹贈禮部侍郎相里公之靈。嗚呼！往歲嘗與公度論死生變化，……嗚呼！公度有志有文，量足韜世，善可救物。宰賜言語，冉季政事，古莫兩大，緊公兼之。伊昔密薦可否，廷折凶佞，京師童兒，亦知公名。其後江人、杭人，頌德不暇。洛表耆老，徯公而蘇。秉公論者，無賢不肖，孰不謂公。致君致身，方自此始。奈何吉未會也，凶問隨之。天下悼惜，士友悽欷。況某投分於策名之始，并命於剖符之列。久要不忘平生，實惟公度是望。同心同病，我身子身也。（按：相里造生平資料極少，兹附録數則，供參考。）

（獨孤及《祭相里造文》，《全唐文》卷三九三）

祉（漢濟陰太守，始居河西）十一代孫，後魏清河太守、洛干侯相里僧伽，因封，始居冠氏縣。五代孫諶，唐梁卿令、潞城公，生元亮、元將。（元亮）唐棣州刺史。曾孫造，河南少尹。

（林寶《元和姓纂》卷五）

唐杭州刺史相里君，志獨佚其名。余案《獨孤常州集》中有《祭相里造文》，云：「舒州刺史獨孤及，敬祭于河南少尹贈禮部侍郎相里公之靈。伊昔密薦可否，廷折凶佞，京師童兒，亦知公名。其後江人、杭人，頌德不暇；洛表耆老，徯公而蘇」云云，蓋從江州移杭州，後終于河南少尹也。其名曰造，字曰公度。志所以佚其名者，因白香山《冷泉記》云：「先是，領郡者有相里君造虚白亭」，「造」字下本有「作」字，後人疑「造」、「作」文複，徑删去「作」字。今觀白《記》下云：「有韓僕射皋作候仙亭，有裴庶子棠棣作觀風亭，有盧給事元輔作見山亭，及右司郎中河南元萸最後作此亭。」後四君皆稱其名。白去相里君年代非甚遼邈，無緣舉世遂無有知其名者；且四君皆云「作亭」，不云「造亭」，「造」爲相里名，證之獨孤之文，尤瞭然也。舊杭郡志置之韓皋、盧元輔之後，云元和間任，皆失之不考。

（盧文弨《鍾山雜記》卷三《相里造》）

相里造　大曆七年前（七七二前）

《全文》卷三一五李華《送張十五往吴中序》：「相里杭州、刑部郎中李君以道教我，以文博我，將求饘粥于二賢，可乎？」《毗陵集》卷二〇《祭相里造文》：「江人杭人，頌德不暇。洛表耆老，徯公而蘇。」《勞考》云：「結銜稱河南少尹贈禮部侍郎，蓋自江州遷杭，自杭遷河南少尹也。」《劉隨州集》卷一有《朱放自杭州與故相里使君立碑回因以奉簡吏部楊侍郎制文》。《白居易集》卷二六《冷泉亭記序》：「先是領郡者，有相里君造作虛白亭。」《乾道志》作「相里尹造」，誤。按《全文》卷九二五吴筠《天柱山天柱觀記》：「州牧相里造，縣宰范愔，化洽政成。……大曆十三年正月十五日中岳道士吴筠記。」按獨孤及《祭相里造文》自稱「舒州刺史」，知相里造卒于大曆八年前。

（郁賢皓《唐刺史考·江南東道·杭州》）

【按　語】

此詩前六句就時、地點染出雨雪寒冷的情景，形容出舉子貧困艱窘的情狀，字裏行間充满了同情。末二句則筆觸和情致完全轉换。因爲是送其入京應試，美好的人生前程就在前面，故以勉励和期待之情作别，只覺欣喜而無悵恨，一改詩上面的遲滯凝重而爲輕快流利。雖爲短制，也自有特色。

送錢子入京〔一〕

夜夢還京北〔二〕，鄉心恨擣衣〔三〕。朝逢入秦使〔四〕，走馬唤君歸〔五〕。驛路清霜下〔六〕，關門黄葉稀〔七〕。還家應信宿①〔八〕，看子速如飛。

【校記】

①「宿」凌本作「俗」。

【注釋】

〔一〕錢子：錢氏未詳。審詩中「還京」、「鄉心」、「入秦」、「還家」云云，錢子當爲唐京兆府（今陝西省西安市）人。子：對男子的尊稱。《春秋穀梁傳·宣公十年》：「秋，天王使王季子來聘。其曰王季，王子也；其曰子，尊之也。」范寧注：「子者，人之貴稱。」

〔二〕京北：指京城長安之北。還京北，此指錢子返回京北的家鄉。

〔三〕鄉心：思念家鄉的心情。擣衣：捶杵擣衣的聲音。古時衣服常由紈素一類織物製作，質地較爲堅挺，須先置石上以杵反復舂擣衣料，使之柔軟，方可裁剪縫製。這就是擣衣。擣衣之事多在秋天。此時婦女擣衣，是要準備給遠在他鄉的游子縫製寒衣。此詩因鄉愁而恨擣衣，反轉寫出，遞進一層。

〔四〕入秦使：即入京使。岑參有《逢入京使》詩可參。因爲唐代京城長安在春秋戰國時期屬秦地，故云。

〔五〕走馬：騎馬奔馳。《詩經·大雅·綿》：「古公亶父，來朝走馬。」《文選》（卷二十七）曹植《名都篇》：「鬥鷄東郊道，走馬長楸間。」

〔六〕驛路：驛道，大道。古代國家所設的官路。沿途設驛站，以供人馬休息。

〔七〕關門：指函谷關。有秦函谷關（在今河南省靈寶縣境内）、漢函谷關（在今河南省新安縣境内）。二關都在洛陽西去長安的路途上。參卷一《贈别高三十五》注〔一七〕。

〔八〕信宿：連續兩夜。《詩經·豳風·九罭》：「公歸無所，於女信處。」「公歸不復，於女信宿。」《毛傳》：「再宿曰信。」又曰：「宿猶處也。」《左傳·莊公三年》：「凡師一宿爲舍，再宿爲信，過信爲次。」

【按　語】

在作者是送别，在餞子是還家，這在送别詩中頗爲特殊。詩中首先表現其强烈的鄉思，乃至「夢還」，然後就着重寫其返鄉的迅急，可謂相輔相成，相得益彰。「驛路」、「關門」迢遞而下；「清霜」、「黄葉」也不足爲懷，只想早日返家，所以急「速如飛」，集中表現其回鄉的急切和快意，内容和情調可謂别具一格。

送綦毋三寺中賦得紗燈①〔一〕

禪室吐香燼〔二〕，輕紗籠翠烟〔三〕。長繩挂青竹〔四〕，百尺垂紅蓮〔五〕。熠爚衆星下〔六〕，玲瓏雙塔前〔七〕。含光待明發〔八〕，此别豈徒然。

【校記】

① 凌本將此詩編在五言古詩中。

【注釋】

〔一〕綦毋三：綦毋潛，參卷一《送綦毋三謁房給事》注〔一〕。賦得：參卷一《粲公院各賦一物得初荷》注〔二〕。紗燈：用紗罩的燈。韋應物《寄璨師》：「林院生夜色，西廊上紗燈。」

〔二〕禪室：禪房。僧人習静修煉之所。《釋氏要覽》（卷上）《禪室》：「《中阿含經》云：佛入禪室燕坐。又有呼爲禪齋，齋者，肅静義也，如儒中静室謂之書齋，或官員判吏静治之處謂之郡齋。」香燼：燭芯。《廣韻・震韻》：「燼，燭餘。」

〔三〕翠烟：青色的烟霧。紗燈中所點燃的當是翠燭，故有翠烟。《初學記》（卷二十五）引梁簡文帝《對燭賦》：「緑炬懷翠，朱燭含丹。」可見有緑燭、紅燭之分。

〔三〕青竹：形容挂燈的緑色繩索。

〔四〕紅蓮：紅色的荷花燈。形容紗燈的形、色。

〔五〕熠爚（yì yuè）：明亮貌。《文選》（卷十一）何晏《景福殿賦》：「光明熠爚，文彩璘班。」李善

注：「《説文》曰：『熠，盛光也；爚，火光也。』」

〔六〕玲瓏：明徹貌。《文選》（卷七）揚雄《甘泉賦》：「前殿崔巍兮，和氏玲瓏。」李善注：「晋灼曰：『玲瓏，明見貌也。』」

〔七〕含光：蘊含光芒，和光。明發：黎明。指傍晚直到清晨。《詩經·小雅·小宛》：「明發不寐，有懷二人。」《毛傳》：「明發，發夕至明。」

【箋評】

上四寫燈之形，下四寫燈之情，全首皆咏紗燈，只結語送别，然亦從紗燈轉出，律詩中别是一格。（劉寶和《李頎詩評注》）

【按語】

此詩先咏物，結語仍借所咏之物發抒别情。咏物純用實寫的方法，就紗燈的形、色、光進行具體形象的描寫刻畫，比喻形容，真切如見。煞尾纔點送别，章法獨特，情思悠遠，餘味雋永。

送人尉閩中〔一〕

可嘆芳菲日〔二〕，分爲萬里情〔三〕。閶門折垂柳〔四〕，御苑聽殘鶯〔五〕。海戍通閩邑〔六〕，江航過楚城〔七〕。客心君莫問，春草是王程〔八〕。

【注釋】

〔一〕閩中：秦閩中郡，唐福州（今福建省福州市）。尉閩中，當是指任福州閩縣縣尉。唐時福州治所即在閩縣。《晉書》（卷十五）《地理志》（下）：「建安郡，故秦閩中郡。漢高帝五年以立閩越王。及武帝滅之，徙其人，名爲東冶，又更名東城。後漢改爲候官都尉，及吳置建安郡。」《元和郡縣圖志》（卷二十九）《江南道》（五）：「福州，《禹貢》揚州之域。本閩越，秦并天下，以閩中下郡，作三十六郡之數，今州即閩中郡之地也。」又：「福州，閩縣，郭下。本漢冶縣地，……隋開皇九年改爲原豐縣，十二年又改爲閩縣。皇朝因之。」此詩當爲作者在洛陽送別友人之作。

〔二〕芳菲日：春天百花盛開的日子。參卷一《東京寄萬楚》注〔二〇〕。

〔三〕萬里情：離別情意。《文選》（卷十六）江淹《別賦》：「暫遊萬里，少別千年。惟世間兮重別，謝主人兮依然。」

〔四〕閶門：閶闔門。指洛陽城門。《文選》（卷七）潘岳《藉田賦》：「閶闔洞啓，參塗方駟。」李善注：「《洛陽宮舍記》曰：『洛陽有閶闔門。』」

〔五〕御苑：禁苑。皇家園林。洛陽是唐代東都，故云。沈佺期《奉和洛陽玩雪應制》：「灑瑞天庭裏，驚春御苑中。」殘鶯：暮春時黃鶯的鳴叫聲。其鳴聲爲求友，反襯作者的送別。《詩經·小雅·伐木》：「伐木丁丁，鳥鳴嚶嚶。……嚶其鳴矣，求其友聲。」唐人將詩中「鳥鳴」認作鶯鳴。參卷一《送司農崔丞》注〔二〕。

〔六〕海戍：海邊的戍所。《元和郡縣圖志》（卷二十九）《江南道》（五）：「福州，閩縣，海，在縣東南一百六十里。」閩邑：閩中的城邑。此指閩縣，即當時的福州治所所在地。

〔七〕江航：江船。《方言》（卷九）：「舟，自關而西謂之船；自關而東或謂之舟，或謂之航。」楚城：泛指途經楚地的城邑。

〔八〕王程：奉王命差遣的旅程。此句謂一路上有春草相伴，借草色抒發凄清寂寞的「客心」。《文選》（卷二十七）古辭《飲馬長城窟行》：「青青河邊草，綿綿思遠道。」

【箋評】

（七八句）譚云：「『是』字妙。能使『春草』、『王程』翻然一新。」
（鍾惺、譚元春《唐詩歸》卷十四）

（五六句）唐云：「少味。」
（唐汝詢《彙編唐詩十集》丙集）

句好。
（桂天祥《批點唐詩正聲》卷十一）

周云：「中聯少味。」（郭濬評點、周明輔等參訂《增定評注唐詩正聲》卷六）

周珽曰：「起二語包括通篇，無限離思。『折柳』、『聽鶯』頂『芳菲日』句；『閩邑』、『楚城』頂『萬里情』句。一結更重愁情，妙在『莫問』二字。」（周敬、周珽輯，陳繼儒批點《删補唐詩選脉箋釋會通評林》盛唐五律中上）

（首二句）十字作一句，雖率爾直起，而無限深婉情於此發舒，迥異常衆。（三四句）人折柳，吴中已聽鶯，都下送人如何。説到身上。以上文「分爲」二字，明言萬里之情，彼此對感二句，總頂上文，以畢送人題意。下四句乃獨説人尉閩中矣。（後四句）雖云閩海總溥天道里，彼離離春草，皆能暢茂，并王之程，尉官庸小哉！客爲誰？君爲誰？七句婉折沈摯，所以啓結語之高警嚴潔也。（譚宗《近體秋陽》卷二）

【按語】

詩的前半寫洛城送別。首先抒發別情，以「可嘆」開頭，慨嘆深婉。然後則以「折柳」、「聽鶯」具體生動地深化「萬里情」，將惜別之意點染得更深濃。後半寫友人赴閩中。直點其所去之處是通海閩邑，遥遠荒僻自在其中。逆筆再寫水路迢迢，江船漫漫，一路上「春草」萋萋，傷感悵惘的「客心」也就不言而喻。看似未直接寫赴遠的悲傷凄苦，其實在字裏行間無不滲透着這種情感。詩看似簡質，實爲深曲有味。

送人歸沔南①〔一〕

梅花今正發〔二〕，失路復何如〔三〕。舊國雲山在②〔四〕，新年風景餘〔五〕。春饒漢陽夢③〔六〕，日寄武陵書〔七〕。可即明時老④〔八〕，臨川莫羨魚〔九〕。

【校　記】

① 英華本題下署名誤作朱頎。

② 「雲」下英華本注：「一作霞。」

③ 「饒」英華本作「曉」。

④ 「即」英華本作「惜」。

【注　釋】

〔一〕沔南：沔水之南。當指唐代沔州（今湖北省武漢市漢陽）一帶。古稱漢水爲沔水。《元和郡縣圖志》（卷二十七）《江南道》（三）：「沔州，漢陽。……武德四年，分沔陽郡於漢陽縣置沔州及縣。」

又：「沔州漢陽縣，縣本末已具州序。漢水，一名沔水，西自汶川縣界流入，漢陽縣因此水爲名。」

〔二〕梅花今正發：點時令，又借梅寓别情。《太平御覽》（卷九七〇）引《荆州記》曰：「陸凱與范曄相善，自江南寄梅花一枝詣長安與曄，并《贈花詩》曰：『折花逢驛使，寄與隴頭人。江南無所有，聊贈一枝春。』」

〔三〕失路：無路可走。喻失意潦倒。《文選》（卷四十五）揚雄《解嘲》：「當塗者升青雲，失路者委溝渠。」又（卷二十三）阮籍《咏懷詩十七首》（其八）：「北臨太行道，失路將如何。」

〔四〕舊國：故鄉，家鄉。《莊子·則陽》：「舊國舊都，望之暢然。」

〔五〕餘：多，饒。皇甫冉《和鄭少尹祭中岳寺北訪蕭居士越上方》詩：「夤緣幽谷遠，蕭散白雲餘。」盧綸《夜中得循州趙司馬侍郎書因寄回使》詩：「地説炎蒸極，人稱老病餘。」

〔六〕饒：多。漢陽：即沔南。參上注〔一〕。此句作者自言。

〔七〕武陵：唐朗州（今湖南省常德市），漢代以來名武陵郡。《元和郡縣圖志》（闕卷逸文卷一）：「朗州，《禹貢》荆州之域。……漢高帝五年更名武陵郡。今州，漢武陵郡也。」武陵書：意謂歸沔南的友人從家鄉寄來書信。其返鄉實即歸隱。此處用武陵桃花源事。陶潛《桃花源記》：「晋太元中，武陵人捕魚爲業，忘路之遠近，忽逢桃花林。」此句就友人言。

〔八〕明時：國家太平，社會昌明的時代。

〔九〕臨川羡魚：喻希求仕進做官。《淮南子·説林訓》：「臨河而羡魚，不如歸家織網。」

【箋　評】

梅花今正發，失路復何如。舊國雲山在，新年風（拗）景餘。春饒漢（隔位救）陽夢（「漢陽」本係單拗法，而「漢」字復救上句，正如一段錦綉，錯綜看去，皆成文理也。），日寄武陵書。可即明時老，臨川莫羨魚。

四五句隔位救法，與仄起之二三句、六七句同。

（李兆元《律詩拗體》卷二）

【按　語】

友人「失路」而返鄉，「梅花正發」，悵別之情至濃。但「舊國雲山」、「新年風景」都可以盡情觀賞。有如此的情景，正可以隱逸至老，而不必更求仕進。至于你我交誼深厚，當於夢中相見，書中傳情，關切惦念之意十分殷切。故此首送別詩實多勸勉之詞，簡至而情深。

送盧逸人〔一〕

洛陽爲此別〔二〕，攜手更何時〔三〕。不復人間見〔四〕，祇應海上期〔五〕。清谿入雲木〔六〕，白首卧茅茨〔七〕。共惜盧敖去〔八〕，天邊望所思〔九〕。

【注 釋】

〔一〕盧逸人：譚優學《李頎行年考》（見氏著《唐詩人行年考》）認爲是盧鴻，并定此詩作於開元六年。可參考。盧鴻，又作盧鴻一；字顥然，一作浩然。祖籍范陽（今河北省涿縣），後徙居洛陽，隱居嵩山，是唐代著名的隱士，晚唐皮日休《七愛詩》稱其爲「真隱」。生平事迹參《舊唐書》（卷一九二）、《新唐書》（卷一九六）本傳、《唐才子傳校箋》（卷一）。逸人：逸民，隱士。《後漢書》（卷六十四）《趙岐傳》：「趙岐字邠卿，京兆長陵人也。初名嘉，……乃爲遺令敕兄子曰：『大丈夫生世，遁無箕山之操，仕無伊、吕之勛，天不我與，復何言哉！可立一員石於吾墓前，刻之曰：「漢有逸人，姓趙名嘉。有志無時，命也奈何！」』其後疾瘳。」

〔二〕洛陽：點明在洛陽送別。

〔三〕携手：指相聚。《文選》（卷二十九）李陵《與蘇武三首》（其三）：「携手上河梁，遊子暮何之。」

〔四〕不復人間見：意謂又回到天上。以仙人看待友人。《神仙傳》（卷九）《壺公》：「公語（費）長房曰：『我仙人也，忝天曹職，所統供事不勤，以此見謫，暫還人間耳。』」可參考。

〔五〕海上期：在海上三神山相見。《史記》（卷二十八）《封禪書》：「自威、宣、燕昭使人入海求蓬萊、方丈、瀛洲。此三神山者，其傳在勃海中，去人不遠；患且至，則船風引而去。蓋嘗有至者，諸僊人及不死之藥皆在焉。……少君言上曰：『……臣嘗游海上，見安期生，安期生食巨棗，大如瓜。安期生僊者，通蓬萊中，合則見人，不合則隱。』」

〔六〕雲木：指山中被雲霧籠罩的樹木。

〔七〕茅茨：茅草覆蓋屋頂的房子。參卷一《不調歸東川別業》注〔一二〕。

〔八〕盧敖：秦始皇時博士，後求仙不返。借指盧逸人。《淮南子·道應訓》：「盧敖游乎北海，經乎太陰，入乎玄闕，至於蒙穀之上見一士焉。深目而玄鬢，淚注而鳶肩，豐上而殺下，軒軒然方迎風而舞。顧見盧敖，慢然下其臂，遁逃乎碑。盧敖就而視之，方倦龜殼而食蛤梨。盧敖與之語曰：『……敖幼而好遊，至長不渝。周行四極，唯北陰之未窺。今卒睹夫子於是，子殆可與敖爲友乎？』若士者齤然而笑曰：『嘻！子中州之民，寧肯而遠至此，此猶光乎日月而載列星。……然子處矣。吾與汗漫期于九垓之外，吾不可以久駐。』若士舉臂而竦身，遂入雲中。盧敖仰而視之，弗見。」

〔九〕天邊望所思：向天邊遠望所思念的人。此指盧逸人。張衡《四愁詩》：「我所思兮在太山」，「我所思兮在桂林」，「我所思兮在漢陽」，「我所思兮在雁門」，此句構思上可能受其啓發。

【箋評】

周珽曰：「『人間』『海上』，便隔仙塵，不復祇應虛模惜別意，承起二句言。五、六是想其去後所居，生下尾語。思別未易即晤，因以盧敖遠遊況之，深致懸望之情。又其《寄朱處士》有云：『芳草日堪把，白雲心所親。何時可爲樂，夢裏東山人。』亦極蘊藉，與此詩同旨。大抵李詩勁渾，深於靜理。

余嘗讀其《覺公施鳥石臺》一首，知彼慧思悟語，輒臻五律妙境。」

（周敬、周珽輯、陳繼儒批點《刪補唐詩選脉箋釋會通評林》盛唐五律中上）

此等詩常置齒牙間，當令清虛日來。

（范大士《歷代詩發》卷十一）

【按語】

送別逸人歸隱，亦隱亦仙，詩中半用仙事，半寫隱居山中情景，寫出隱逸遠離世俗的清雅高潔。但惜別之情仍在詩中表現得很深致。前半是感嘆後會難期，後半則深表懸望之情。全詩籠罩在仙隱的空靈瀟灑的神韻之中，淡化了惜別的悵惘之情。其實，惜別之情似淡而實濃。

送顧朝陽還吴①〔一〕

寂寞俱不偶②〔二〕，裹糧空入秦〔三〕。宦途已可識③〔四〕，歸卧包山春〔五〕。舊國指飛鳥④〔六〕，滄波愁旅人〔七〕。開樽洛水上〔八〕，怨别柳花新〔九〕。

【校記】

①凌本將此詩編在五言古詩中。英華本無「吴」字。

②「俱」劉本作「但」。

③「宦」英華本作「官」。

④「國」英華本作「風」。

【注釋】

〔一〕顧朝陽：開元年間詩人，生卒年不詳，生平無考。《唐詩紀事》（卷二十四）録其《昭君怨》一首。吴：春秋時吴國，其中心區域在今江蘇省蘇州市。據此，顧朝陽當是吴人。《元和郡縣圖志》（卷二十五）《江南道》（一）：「蘇州，吴郡，《禹貢》揚州之地。周時爲吴國。……（東漢爲吴郡），歷晉至陳不改，常爲吴郡，與吴興、丹陽號爲『三吴』。隋開皇九年平陳，改爲蘇州，因姑蘇山爲名。」

〔二〕寂寞：孤獨。《後漢書》（卷二十八下）《馮衍傳》（下）：「陂山谷而閒處兮，守寂寞而存神。」不偶：不遇。參卷二《送劉方平》注〔九〕。

〔三〕裹糧：出行所帶的熟食乾糧。《詩經·大雅·公劉》：「乃裹餱糧，于橐于囊。」《左傳·文公十二年》：「裹糧坐甲，因敵是求。敵至不擊，將何俟焉？」秦：春秋戰國時秦國。此指唐代京城長安，原爲秦都咸陽。《元和郡縣圖志》（卷一）《關内道》（一）：「京兆府，雍州，《禹貢》雍州之地，舜置十二牧，雍其一也。周武王都豐、鎬，平王東遷，以岐、豐之地賜秦襄公，至孝公始都咸陽。……（漢）高祖入關定三秦。……其理俱在長安城中。……隋開皇三年，自長安故城遷都龍首川，即今都城是也。」

〔四〕宦途：官場。可識：可知。

〔五〕包山：山名，又名洞庭山，在今江蘇省蘇州市太湖中。《元和郡縣圖志》（卷二十五）《江南道》（一）：「蘇州，吴縣，太湖，在縣西南五十里。《禹貢》謂之震澤，《周禮》謂之具區。湖中有山，名洞庭山。」陸廣微《吴地記》：「太湖，按《漢書·志》云：《爾雅·釋地》曰：『吴越之間，有具區。』郭璞云：『今吴縣西南太湖，即震澤也。中有包山，去縣一百三十里。其山高七十丈，周迴四百里。下有洞庭穴，人潛行水底，無所不通，號爲地脉。』」朱長文《吴郡圖經續記》（卷中）：「包山，在震澤中。山有林屋洞，昔吴王嘗使靈威丈人入洞穴，十七日不能窮，得《靈寶五符》以獻，即此洞也。《水經注》云：『山有洞室，入地潛行，北通琅耶東武，俗謂之洞庭。』」

〔六〕舊國：家鄉，故鄉。參前《送人歸沔南》注〔四〕。

〔七〕滄波：澄澈的水。指顧氏由水路乘船歸鄉。

〔八〕开樽：設宴。洛水：水名，流經洛陽。《元和郡縣圖志》（卷五）《河南道》（一）：「河南府，洛陽縣，洛水，在縣西南三里。西自苑内上陽之南瀰漫東流，宇文愷築斜堤束令東北流。」

〔九〕柳花：柳絮。柳在早春時始生嫩蕊，其色黄，未葉先花。結子後，上有白色絨毛，隨風飄落，名爲柳絮。詩人常以絮作花。韓翃《寒食》詩：「春城無處不飛花，寒食東風御柳斜。」

【箋　評】

（次句）鍾云：「諳煉語。」（五句）譚云：「『指飛鳥』，妙在不着實。」

（鍾惺、譚元春《唐詩歸》卷十四）

（五六句）唐云：「不實即佳，譚友夏必虚空過日者。」

（唐汝詢《彙編唐詩十集》壬集）

【按　語】

此詩前六句就顧氏「還吴」着筆。空入秦京，求仕無望，寂寞不偶，落拓歸鄉，路途遥遠，令人生愁，對其人生不得志充满了同情。末二句抒别情。借迢迢的洛水，飄落的柳花，寫出怨别的綿長和紛亂，含蓄雋永，深切感人。

送竇參軍〔一〕

城南送歸客〔二〕，舉酒對林巒〔三〕。暄鳥迎風囀①〔四〕，春衣度雨寒②〔五〕。桃花開翠幕〔六〕，柳色拂金鞍③。公子何時至〔七〕，無令芳草闌〔八〕。

【校　記】

①「風」英華本作「春」。

②「春」英華本作「風」，并注：「一作春。」

③「拂」英華本作「傍」。

【注　釋】

〔一〕竇參軍：竇氏未詳。參軍，唐諸衛、十率府、王府、都督府以及府、州，均有此官屬。諸如司録參軍、功曹參軍、司功參軍、倉曹參軍、司倉參軍、户曹參軍、司户參軍、兵曹參軍、司兵參軍、法曹參軍、士曹參軍等。未詳竇氏所任究屬何職。

〔二〕城南：古代城市的城南多爲民居，城北多爲官府（京城的皇宫即坐北朝南）。沈佺期《古意呈喬補闕知之》：「白狼河北音書斷，丹鳳城南秋夜長。」高適《燕歌行》：「少婦城南欲斷腸，征人薊北空回首。」

〔三〕林巒：山林。《文選》（卷四十三）孔稚珪《北山移文》：「望林巒而有失，顧草木而如喪。」

〔四〕暄鳥：春鳥。暄，温暖，暖和。

〔五〕春衣：春衫，單衣。

〔六〕翠幕：緑色的帷幕。此指餞别時的祖帳。潘尼《三月三日洛水作詩》：「朱軒蔭蘭皋，翠幕映洛湄。」

〔七〕公子：對人的敬稱。此指竇參軍。

〔八〕無令：不使。闌：盡，殘。《楚辭·招隱士》：「王孫遊兮不歸，春草生兮萋萋。」詩末二句活用其意。

【箋　評】

「春衣」句有風味。

（陸時雍《唐詩鏡》卷十六）

只迢遞結構，而送别、望歸，情致百道。直起，古。（次聯）春容有度。一結高凝入古。

（譚宗《近體秋陽》卷二）

【按語】

此詩前六句「送歸客」。主要描寫「城南」春色，林巒叠翠，春鳥和鳴，春雨綿綿，桃花盛開，柳色依依，一派典型的美麗春景。惜别之情蘊含於其中，雖深濃而不悲傷。後二句囑其早日歸去，而不要延至芳草闌珊的時節。關切繫念之情溢于言表，將離别的意緒表達得很充分。

望秦川〔一〕

秦川朝望迥，日出正東峰〔二〕。遠近山河净，逶迤城闕重〔三〕。秋聲萬户竹〔四〕，寒色五陵松〔五〕。客有歸歟嘆〔六〕，凄其霜露濃〔七〕。

【注釋】

〔一〕秦川：泛指今陝西、甘肅秦嶺以北的平原地區，實即三秦，亦即關中地區。《後漢書》（志第二十三）《郡國志》（五）：「漢陽郡，隴州刺史治。有大坂名隴坻。」劉昭注補曰：「郭仲産《秦州記》曰：『隴山東西百八十里。登山嶺，東望秦川四五百里，極目泯然。山東人行役升此而顧瞻者，莫不悲思。』」《三國志·蜀書·諸葛亮傳》：「將軍身率益州之衆，出於秦川。」

〔二〕日出正東峰：早晨太陽從東方的山峰間升起。

〔三〕逶迤：綿長貌。《文選》（卷二十九）《古詩十九首》（其十二）：「東城高且長，逶迤自相屬。」李善注：「王逸《楚辭注》曰：『逶迤，長貌也。』」城闕：指京城長安。闕是宫門兩側的高臺，臺上有樓觀。重：重疊巍峨。

〔四〕秋聲：秋天蕭條肅殺之聲。劉孝威《郡縣遇見人織率爾寄婦詩》：「妖姬含怨情，織素起秋聲。」庾信《周譙國公夫人步陸孤氏墓志銘》：「樹樹秋聲，山山寒色。」萬户竹：家家種植緑竹。《史記》（卷一百二十九）《貨殖列傳》：「陳、夏千畝漆，齊、魯千畝桑麻，渭川千畝竹，及名國萬家之城，帶郭千畝畝鍾之田，若千畝卮茜，千畦薑韭，此其人皆與千户侯等。」

〔五〕寒色：劉遵《度關山》：「隴樹寒色落，塞雲朝欲開。」五陵：漢代五位帝王的陵寢。參卷二《緩歌行》注〔一七〕。五陵松：古代帝王陵墓多植松，故云。《太平御覽》（卷五五八）引《白虎通》曰：「春秋之義，王者墳高三仞，樹以松；諸侯半之，樹以柏；大夫八尺，樹以欒；士四尺，樹以槐。庶人無墳，樹以楊柳。」

〔六〕歸歟嘆：渴望回鄉的嘆息。《論語·公冶長篇》：「子在陳，曰：『歸與！歸與！』」

〔七〕凄其：蕭條凄凉。其，語詞，無義。《詩經·邶風·緑衣》：「絺兮綌兮，凄其以風。」《毛傳》：「凄，寒風也。」《文選》（卷二十六）謝靈運《初發石首城》：「欽聖若旦暮，懷賢亦凄其。」李善注：「毛萇《詩傳》曰：『其，辭也。』」霜露濃：《禮記·祭義》：「霜露既降，君子履之，必有凄愴之心，非其寒之謂也。」鄭玄注：「非其寒之謂，謂淒愴及怵惕皆爲感時念親也。」庾信《送靈法師葬》：「送客風塵擁，寒郊霜露濃。」

【箋　評】

玉遮曰：「五六摹寫極目處，最爲雄麗。」（李攀龍選、王穉登參評《唐詩選》卷三）

置「秋聲」千竹上，便頓挫。（李攀龍輯、袁宏道校《唐詩訓解》）

「秦川」，京都勝地也。唐之闕宫、漢之陵寢在焉，故因曉望而叙景如此。「秋聲」、「寒色」，已動客懷，然「歸歟」之嘆靡切者，則由「霜露」使之也。（唐汝詢《唐詩解》卷三十七）

（頷聯）唐云：「净雅。」（頸聯）唐云：「亦壯。」（尾聯）唐云：「結復雅淡。」（唐汝詢《彙編唐詩十集》巳集）

洪邁曰：「予絶喜李頎詩云：『遠客坐長夜，雨聲孤寺秋。請量東海水，看取淺深愁。』且作客涉遠，適當窮秋，暮投孤村古寺中，夜不能寐，起坐淒惻，而聞檐外雨聲，其爲一時襟抱，不言可知。而此二句十字，盡其意態。海水喻愁，非過語也。」此詩亦善寫客旅意態。

（程元初《盛唐風緒箋》卷六）

練净。

（桂天祥《批點唐詩正聲》卷十一）

委婉感慨，自不可遺。

（徐用梧輯《精選唐詩分類評釋繩尺》）

楊云：「練净。」王云：「委婉感慨。」

（郭濬評點、周明輔等參訂《增定評注唐詩正聲》卷六）

周弼爲四實體。

楊慎曰：「通篇煉净。」

蔣一梅曰：「五六佳境佳語。」

〔訓〕「山河」「城闕」，總括「秦川」形勝。曰「净」、曰「重」，眼界已闊。竹多風，松長翠，以「秋聲」歸竹，「寒色」歸松，且「萬户」、「五陵」俱秦實景，極盡「望」中所見，而感慨在是矣。因時思歸，客懷靡切。

〔評〕王世懋曰：「委婉感慨，自不可遺。」披閱詩話，見洪邁有云：「予絶喜李頎詩云：『遠客坐長夜，雨聲孤寺秋。請量東海水，看取淺深愁。』且作客涉遠，適當窮秋，暮投孤村古寺中，夜不能寐，起坐凄凉，而聞檐外雨聲，其爲一時襟抱，不言可知。而此二句十字，盡其意態。海水喻愁，非過語也。」此詩亦善寫客旅意態。

（周敬、周珽輯、陳繼儒批點《删補唐詩選脉箋釋會通評林》盛唐五律中上）

「正東峰」者，正在東峰也。〇「秦川」，京都勝地也。唐之離宫、漢之陵寢在焉，故因曉望而叙景如此。「秋聲」、「寒色」已動歸心，況「霜露」感之乎？

（吴昌祺評定《删訂唐詩解》卷十八）

徐秋濤曰：「或謂李頎長于七言律，故五言近體佳句絶少。然予嘗讀『秋聲萬户竹，寒色五陵松』，『閶門折垂柳，御苑聽殘鶯』之聯，工整綀密，使人吟諷不厭，亦足與維、適頡頏矣。」

（明末服古堂刻本《唐詩選彙解》卷三）

態濃意淡，妙不露骨。

（張文蓀《唐賢清雅集》卷二）

中「秋聲」二語意作結。

（范大士《歷代詩發》卷十一）

震青曰：「一起説『望』之時，中四語説所『望』之景，末述『望』後之情，語多闊遠蒼凉。」

（張揔《唐風懷》卷三）

（首聯）「秦川」爲京都勝地，乘朝而望，迴時尚早，而初日正出，徘徊于「東峰」之上也。（次聯）承上「朝望」。「浄」，潔也。「逶迤」，長貌。「秦川」爲離宫、陵寢所在，故云「城闕」。言天色初曉，萬里無雲，故「遠近」之「山河」，皆「浄」而「逶迤」。一望但見「城闕」峥嶸，重重森列耳。（三聯）此以「秋聲」、「寒色」轉出「歸與嘆」，爲合「五陵」——長陵、安陵、陽陵、茂陵、平陵是也。言秋風拂處，頻敲「萬户」之竹，而愈起「秋聲」；寒氣横空，忽老「五陵」之松，而益增「寒色」也。（四聯）「客」，李頎自謂也。「凄」，寒凉也。其語詞濃厚也。言值此景況，已動遠客「歸與」之嘆，況「霜露」濃濃，更覺「凄其」之難堪乎！

言「秦川」乃唐之離宫、漢之陵寢，皆在其間，爲京師之勝地，故因曉望而序景如此。「秋聲」、「寒色」已動客懷，然「歸與」之嘆彌切切者，則由「霜露」使之也。

（劉文蔚《唐詩合選詳解》卷六）

起下五句皆「朝望」所見，七情，八仍結「朝望」。景中有情，格法固奇，筆意俱高甚。帝都名利之場，乃清晨閒望，將「山河」、「城闕」、「萬户」、「五陵」，呆看半日，無所事事。將自己不得意，全不一字説出，只將光景淡淡寫去，直至七八，忽興「歸歟」之嘆。又虚托「霜露」一筆，覺滿紙皆成摇落，已説得盡情盡致。若襄陽留別摩詰詩，甚是小様。中四句，全是眼前閒景，却全是胸中妙意，中晚人專要寫景，能有此妙意否？

（屈復《唐詩成法》卷二）

「竹声」、「松色」，亦常語，如此煉句，便警。（王熹儒《唐詩選評》卷六）

「迴」字起三四句。「日出」句是夾寫進去。「秋聲」、「寒色」起下結句。帝都名利之場，忽有一人，清晨閒望，「日出」、「山河」、「城闕」，以至「萬户」、「五陵」，呆看半日，無所事事。况時當摇落，「霜露凄其」，「歸與，歸與」，又何待也！妙在自己不得意，全不提起，只將光景淡淡寫去，恰已盡情説出。覺襄陽留别摩詰詩，甚是小樣。中四句全是眼前閒景，却全是胸中妙意。中晚人專要寫景，能有此妙意否？（顧安《唐律消夏録》卷四）

「萬户」此生新，用「千畝」即死對也。（《唐三體詩評》）

頸聯可誦。（黄培芳評點《唐賢三昧集》卷中）

切易入俗，看似高峻。（潘德輿評點《唐賢三昧集》卷中）

「秦川」曉望，「日出東峰」，於是「遠近山河」，「逶迤城闕」，皆炯然在目。而「萬户秋聲」，「五陵松色」，又是望中所感，是以有「歸歟」之嘆。「凄其霜露濃」，傷爲時已晚也。

（黄叔燦《唐詩箋注》卷一）

前四句言其形勝也，後四句蓋寫其風景，而即因羈旅言，以終眺望題，情警法密。一起直下，端凝闊壯。（後四句）四句一氣，幾於貫珠聯絡，而又似絶不相關，筆氣高空，一至于是。

（譚宗《近體秋陽》卷二）

此公《望秦川》一詩爲濟南所録。「秋聲萬户竹，寒色五陵松」二句最佳，餘皆淺率，不并登。

（盧犇、王溥《聞鶴軒初盛唐近體讀本》卷四）

劉文房「草色平湖緑，松聲小雪寒」，曹能始「明月有佳色，秋鐘多遠聲」，足以當之。近見周元亮有「秋心增半夜，雨氣滿孤燈」之句，工妙似之。然終不若李頎「秋聲萬户竹，寒色五陵松」之自然可貴也。

（葉矯然《龍性堂詩話續集》）

（「秋聲萬户竹，寒色五陵松」二句）詩之天然成韻者。

（王壽昌《小清華園詩談》卷下）

（首句）直起。（五句）清煉。（頸聯）是朝景。（七句）寫懷。

（胡本淵《唐詩近體》卷一）

頎性倜儻豪放，最少言愁，此爲集中僅見之作。蓋緣仕宦無得，歸又不能，故不能不對凄凉之境，而興羈旅之悲。然失志之意，全不説出，只在寫蕭瑟之景中，微微逗露。讀之，自覺含蓄無盡。

（劉寶和《李頎詩評注》）

【按　語】

秦川廣袤，山河壯麗，城闕巍峨，五陵肅穆，秀美遼闊、雄偉宏壯的情景都在「望」中。但是，作爲異鄉失路之人，眺望此番景象，頓生濃烈的鄉思。故詩中所描寫的種種景物，都塗抹上了蕭瑟淒涼的色調，有一種哀惋悵惘的韻致。

晚歸東園①〔一〕

荆扉帶郊郭〔二〕，稼穡滿東菑②〔三〕。倚杖寒山暮③〔四〕，鳴梭秋葉時〔五〕。回雲覆陰谷〔六〕，返景照霜梨〔七〕。澹泊真吾事〔八〕，清風别自兹〔九〕。

【校　記】

①百家詩本、凌本將此詩與前五言古詩中同題詩編在一起，作爲「其二」。

②「滿」原注：「一作向。」

③「杖」凌本作「仗」。

【注釋】

〔一〕東園：卷一有同題《晚歸東園》詩，所指當爲一處。參其詩注〔一〕。

〔二〕荆扉：荆條編成的門。《文選》（卷二十二）沈約《宿東園》：「槿籬疎復密，荆扉新且故。」李善注：「鄭玄《禮記注》曰：『蓽門，荆竹織門也。』殷仲堪誄曰：『荆門晝掩。』」郊郭：城郊，郊外。

〔三〕稼穡：耕種和收割。代指莊稼。《詩經·魏風·伐檀》：「不稼不穡，胡取禾三百廛兮。」東菑（zī）：城東的田地。泛指田地。《梁書》（卷十三）《沈約傳》：「（《郊居賦》曰：）『緯東菑之故耜，浸北畝之新渠。』」

〔四〕倚杖：拄着手杖。鮑照《代東武吟》：「腰鐮刈葵藿，倚杖牧鷄豚。」

〔五〕鳴梭：鳴梭織布。梭，織布機的梭子。秋葉：秋天的落葉。

〔六〕迴雲：行雲，翻卷的雲。阮籍《咏懷八十二首》（其五十七）：「驚風振四野，迴雲蔭堂隅。」陰谷：山北的澗谷。《文選》（卷二十二）顔延年《應詔觀北湖田收》：「陽陸團精氣，陰谷曳寒煙。」李善注：「山北曰陰。」

〔七〕返景：傍晚的陽光。《初學記》（卷一）引《纂要》曰：「日西落，光反照於東，謂之反景。」霜梨：秋後經霜成熟的梨子。

〔八〕澹泊：淡泊寡欲，清靜無爲。《漢書》（卷一百上）《敘傳》（上）：「若夫嚴子者，絕聖棄智，修生保真，清虛澹泊，歸之自然，獨師友造化，而不爲世俗所役者也。」吾事：我的本分之事。

〔九〕別：不同。

【箋評】

譚云：「全首王、孟。」（鍾惺、譚元春《唐詩歸》卷十四）

唐云：「閑雅合律。」（唐汝詢《彙編唐詩十集》壬集）

全詩不作贊詞，直書其事，便是一幅田家行樂圖。于蕭散恬淡中，有隱退之志，無奔競之心，與前五古（按指五古同題《晚歸東園》詩）之抑鬱不平者，大異其趣。讀之油然而生田園之思。（劉寶和《李頎詩評注》）

【按語】

此詩前六句全寫秋天的傍晚返回東園沿途所見所聞的情景，真切如畫。秋意深濃的韻致，襯托出田園生活的恬静閑逸。末二句順此抒情，結出「澹泊」的旨意。詩風也很蕭散閑雅，是李頎田園詩的佳作。

覺公院施鳥石臺〔一〕

石臺置香飯〔二〕，齋後施諸禽。童子亦知善〔三〕，衆生無懼心〔四〕。苔痕蒼曉露，盤勢出香林〔五〕。錫杖或圍繞〔六〕，吾師一念深〔七〕。

【注　釋】

〔一〕覺公：僧人的法號。公爲尊稱。參卷一《粲公院各賦一物得初荷》注〔一〕。施鳥：施食於禽鳥。石臺：石頭制成的高臺。

〔二〕香飯：香積飯。僧人的齋飯。《維摩詰經·香積佛品》：「於是維摩詰不起於座，居衆會前，化作菩薩，而告之曰：『汝往上方界，分度四十二恒河沙佛去。有國名衆香，佛號香積，與衆菩薩方共坐食，汝往到彼，如我辭曰：「願得世尊所食之餘，當於娑婆世界施作佛事，令此樂小法者，得宏大道。亦使如來名聲普聞。」』時化菩薩即於會前升於上方。舉衆皆見其去，到衆香界，禮彼佛足，又聞其言。於是香積如來以衆香鉢，盛滿香飯，與化菩薩。時化菩薩既受鉢飯，須臾之間，至維摩詰舍，以滿鉢香飯與維摩詰，飯香普薰毗耶離城及三千大千世界。」

〔三〕童子知善：《後漢書》（卷二十五）《魯恭傳》：「魯恭字仲康，扶風平陵人也。……拜中牟令，恭專以德化爲理，不任刑罰。……於是吏人信服。建初七年，郡國螟傷稼，犬牙緣界，不入中牟。河南尹袁安聞之，疑其不實，使仁恕掾肥親往廉之。恭隨行阡陌，俱坐桑下，有雉過，止其傍。傍有童兒，親曰：『兒何不捕之？』兒言：『雉方將雛。』親瞿然而起，與恭訣曰：『所以來者，欲察君之政迹耳。今蟲不犯境，此一異也；化及鳥獸，此二異也；豎子有仁心，此三異也。久留，徒擾賢者耳。』」

〔四〕衆生：梵語薩埵的意譯，謂众人共生。《法華文句》（卷四）引《中阿含十二》：「劫初光音天，下生世間，無男女尊卑衆共生世，故言衆生。」衆生無懼心：謂一切生物皆和樂地生活。《莊子·馬蹄》：「至德之世，其行填填，其視顛顛。當是時也，山無蹊隧，澤無舟梁；萬物群生，連屬其鄉；禽獸成群，草木遂長。是故禽獸可係羈而遊，鳥鵲之巢可攀援而窺。」成玄英疏：「人無害物之心，物無畏人之慮。故山禽野獸，可羈係而遨遊；鳥鵲巢窠，可攀援而窺望也。」

〔五〕盤勢：蜿蜒盤曲之勢。香林：佛寺。此指覺公院。《維摩詰經·香積佛品》：「佛土有國名衆香，佛號香積，今現在。其國香氣，比于十方諸佛世界人天之香，最爲第一。……其界一切皆以香作，樓閣經行香地，苑園皆香。爾時維摩詰問衆香菩薩：『香積如來，以何説法？』彼菩薩曰：『我土如來，無文字説。但以衆香，令諸天人得入律行。菩薩各各坐香樹下，聞斯妙香，即獲一切德藏三昧，得是三昧者，菩薩所有功德，皆悉具足。』」

〔六〕錫杖：僧人所持禪杖。參卷二《照公院雙橙》注〔九〕。或：有時。

〔七〕吾師：指覺公。一念：佛的仁慈之念。

【箋評】

（首聯）譚云：「説盡了，下只寫其意。」（頷聯）譚云：「活佛出世。」（頸聯）譚云：「『苔痕』句是『石』字，『盤勢』句是『臺』字，苦心之極。」（尾聯）鍾云：「古佛像低眉舒臂，光景在目。」又云：「從『錫杖』句看出『一念深』，妙！」

譚云：「使人胸中驚動，開口難言，有慧根、有静理者，須從此等悟入。」又云：「此是禪家第一首詩。」

鍾云：「昔人欲以佛語置菩薩語中，辨其孰是。『童子亦知善』二語，如入佛國。『錫杖或圍繞』二語，如睹佛面。恐菩薩混不得。」又云：「凡禪詩宜於虚，此妙在步步實，作成佛人可，作修行人亦可。」

（鍾惺、譚元春《唐詩歸》卷十四）

（三句）置飯也。（四句）來食也。（五句）「苔痕」是「石」。（六句）「盤勢」是「臺」。（七句）指鳥雀。

（評）佛法廣大，平等俱從「一念」中看出。妙在只就此一事説，不另作儱侗語。

（顧安《唐律消夏録》卷四）

一「石臺」，二「施鳥」，三「童子知善」，四鳥「無懼心」來食也。五「石」，六「臺」，七八「覺公」道行之事。

（屈復《唐詩成法》卷二）

畫出和尚。

（王闓運《王闓運手批唐詩選》卷三）

【按語】

詩前半就「施鳥」齋飯事，稱贊僧人的慈悲仁化之心。後半則刻畫「石臺」的古樸蒼勁和僧人繞臺的舉止，以顯現佛門的慈悲爲懷。前半重在闡述理趣，後半重在情景相生。

籬 笋〔一〕

東園長新笋〔二〕，映日復穿籬①〔三〕。迸出依青嶂〔四〕，攢生伴緑池〔五〕。色因林向背②〔六〕，行逐地高卑〔七〕。但恐春將老，青青獨爾爲〔八〕。

【校　記】

①「日」英華本作「石」。

②「色」下原注：「一作密。」「色」英華本作「密」，并注：「一作色。」

【注　釋】

〔一〕籬笋：籬笆旁的竹笋。古人在院落周圍往往用荆條等築成籬笆，以護持庭院。詩文中最著者是種植木槿構成的槿籬。

〔二〕東園：卷一及本卷均有同題詩《晚歸東園》，當同是一處。

〔三〕映日：映照着日光。謝朓《秋竹曲》：「從風既裊裊，映日頗離離。」

〔四〕青嶂：緑色的山峰。《文選》（卷二十二）沈約《鍾山詩應西陽王教》：「鬱律構丹巘，崚嶒起青嶂。」

〔五〕攢生：叢生。韓愈《和侯協律咏笋》：「攢生猶有隙，散布忽無垠。」

〔六〕向背：向陽和背陰。向陽的一面色彩明麗，背陰的一面色彩濃重。

〔七〕高卑：高下。高處和低處。

〔八〕青青：形容竹笋生長茂盛貌。《詩經·衛風·淇奥》：「瞻彼淇奥，緑竹青青。」《毛傳》：「青青，茂盛貌。」獨爾爲：唯獨只有你（緑竹）了。爲，語詞。

【按語】

全詩抓住「笋」着墨，但筆觸舒展。由新笋長出，「映日」、「穿籬」，順次拓展開去；「依嶂」、「伴池」，迅速生長；一直到暮春之時，緑竹「青青」，茂盛繁密，欣欣向榮，表現了竹笋的盎然生機。

達奚吏部夫人寇氏挽歌〔一〕

存殁令名傳〔二〕，青青松柏田〔三〕。事姑稱孝婦〔四〕，生子繼先賢。露濕銘旌重〔五〕，風吹鹵簿前〔六〕。陰堂從此閉〔七〕，誰誦《女師》篇①〔八〕。

【校記】

①「師」活字本、黄本、凌本作「詩」。

【注釋】

〔一〕達奚：達奚珣（？—七五七），字里不詳。天寶二載至五載，爲禮部侍郎，六載至十二載，爲吏部侍郎，十四載，爲河南尹。安史之亂中受僞職。至德二載被殺。兩《唐書》無傳，生平事迹可參《舊唐書·肅宗紀》、《資治通鑑》（卷二百一十六），以及《金石萃編》（卷八十七）録達奚珣文《遊濟瀆記》《宴濟瀆序》。吏部：吏部侍郎。《唐六典》（卷二）：「（吏部）侍郎二人，正四品上。吏部尚書、侍郎之職，掌天下官吏選授、勛封、考課之政令。」挽歌：哀悼死者的喪歌。《左傳·哀公十一年》：「將戰，公孫夏命其徒歌《虞殯》。」杜預注：「《虞殯》，送葬歌曲，示必死。」孔穎達疏：「蓋以啓殯將虞之歌謂之《虞殯》。歌者，樂也；喪者，哀也。送葬得有歌者，蓋挽引之人爲歌聲以助哀，今之挽歌是也。舊説挽歌漢初田横之臣爲之，據此挽歌之有久矣。」《晋書》（卷二十）《禮志》（中）：「漢魏故事，大喪及大臣之喪，執紼者輓歌。新禮以爲輓歌出於漢武帝役人之勞歌，聲哀切，遂以爲送終之禮。雖音曲摧愴，非經典所制，違禮設銜枚之義。方在號慕，不宜以歌爲名，除不輓歌。摯虞以爲：『輓歌因倡和而爲摧愴之聲，銜枚所以全哀，此亦以感衆。雖非經典所載，是歷代故事。《詩》稱「君子作歌，惟以告哀」，以歌爲名，亦無所嫌。宜定新禮如舊。』詔從之。」崔豹《古今注》（卷中）：「《薤露》《蒿里》，并喪歌也。出田横門人。横自殺，門人傷之，爲之悲歌。言人命如薤上之露，易晞滅也；亦謂人死魂魄歸乎蒿里。故有二章。一章曰：『薤上朝露何易晞，露晞明朝還復滋，人死一去何時歸？』其二曰：『蒿里誰家地？聚斂精魄無賢愚。鬼伯一何相催促，人命不得少踟躕。』至孝武時，李延年乃分爲二曲。《薤露》送王公貴人，《蒿里》送士大夫庶人。使挽柩者歌之，世呼爲挽歌。」此詩當作於天寶六載後數年間。另據王維《吏部達奚侍郎夫人寇氏輓歌二首》（其二）：「卜塋占二室，行哭度千門。」寇氏葬於嵩山，李頎此詩當作於洛陽。

〔二〕存歿：生存和死亡。《文選》（卷二十七）顔延之《始安郡還都與張湘州登巴陵城樓作》：「存歿竟何人，炯介在明淑。」令名：美名。《左傳・襄公二十四年》：「非無賄之患，而無令名之難。」

〔三〕青青：茂盛貌。參前《籬笋》注〔八〕。松柏田：種植松柏的墓田。《文選》（卷二十九）《古詩十九首》（其十三）：「驅車上東門，遥望郭北墓。白楊何蕭蕭，松柏夾廣路。」李善注：「仲長子《昌言》曰：『古之葬者，松柏梧桐，以識其墳也。』」

〔四〕事姑：事奉婆婆。唐代婦女稱婆婆爲姑。杜甫《新婚别》：「妾身未分明，何以拜姑嫜。」朱慶餘《近試上張籍水部》：「洞房昨夜停紅燭，待曉堂前拜舅姑。」

〔五〕銘旌：豎在死者靈柩前標志其姓名、身份、官職的旗旛。《周禮・春官・司常》：「大喪共銘旌。」《儀禮・士喪禮》：「爲銘，各以其物。亡則以緇，長半幅。赬末，長終幅，廣三寸。書銘于末曰：『某氏某之柩。』」

〔六〕鹵簿：古代帝王和大臣都有鹵簿，即出行的儀衛導從。參卷二《鄭櫻桃歌》注〔一三〕。達奚珣官吏部侍郎，正四品上，有鹵簿，其夫人亦有。《新唐書》（卷二十三下）《儀衛志》（下）：「外命婦四品，青衣二人，偏扇、團扇、方扇皆八，行障、坐障皆一，白銅飾犢車，馭人四，從人八。餘同三品，唯無戟。」漢魏以來，死者的葬禮亦有鹵簿，唐沿襲舊制，故詩云。《晋書》（卷二十）《禮志》（中）：「漢魏故事，將葬，設吉凶鹵簿，皆以鼓吹。新禮以禮無吉駕導從之文，臣子不宜釋其衰麻以服其玄黄，除吉駕鹵簿。又，凶事無樂，遏密八音，除凶服之鼓吹。摯虞以爲：『葬有祥車曠左，則今之容車也。既葬，日中反虞，逆神而還。《春秋傳》，鄭大夫公孫蠆卒，天子追賜大路，使以行。《士喪禮》，葬有稿車乘車，以載生之服。此皆不唯載柩，兼有吉駕之明文也。既設吉駕，則宜有導從，以象平生之容，明不致死之義。臣子衰麻不得爲身而釋，以爲君父則無不可。《顧命》之篇足以明之。宜定新禮設吉服導從如舊，其凶服鼓吹宜除。』詔從之。」

〔七〕陰堂：墓室，壙穴。《後漢書》（卷三十九）《周盤傳》：「吾日者夢見先師東里先生，與我講於陰堂之奥。」李賢注：「東南隅謂之奥。陰堂，幽暗之室。又入其奥，死之象也。」

〔八〕女師：古代掌管教育貴族女子的女教師。《詩經·周南·葛覃》：「言告師氏，言告言歸。」《毛傳》：「師，女師也。古者女師教以婦德、婦言、婦容、婦功。」《女師》篇：規戒婦女之書。《藝文類聚》（卷十五）載有後漢皇甫規《女師箴》、晋裴頠《女史箴》，均屬此類。

【按　語】頌揚逝者，贊美其婦德，誇飾葬禮儀衛，寫得莊敬肅穆，雍容華貴，多虚浮溢美之詞，爲此類詩篇的濫調。

七言律詩

寄司勛盧員外①〔一〕

流澌臘月下河陽〔二〕，草色新年發建章〔三〕。秦地立春傳太史〔四〕，漢宫題柱憶仙郎〔五〕。歸鴻欲度千門雪〔六〕，侍女新添五夜香〔七〕。早晚薦雄文似者〔八〕，故人今已賦《長楊》〔九〕。

【校　記】

①「寄」劉本作「送」。

【注　釋】

〔一〕司勛盧員外：司勛員外郎盧象。盧象，參卷一《留别王盧二拾遺》注〔一〕。《唐六典》（卷二）：

「司勛郎中一人，從五品上；員外郎二人，從六品上；主事四人，從九品上。司勛郎中、員外郎掌邦國官人之勛級。」此詩當作于天寶初盧象任司勛員外郎期間。

〔二〕流澌：帶有冰塊的流水。《楚辭·九歌·河伯》：「與女遊兮河之渚，流澌紛兮將來下。」王逸注：「流澌，解冰也。」《後漢書》（卷二十）《王霸傳》：「及至虖沱河，候吏還白河水流澌，無船，不可濟。」臘月：農曆十二月。《初學記》（卷四）引《風俗通》曰：「夏曰清祀，殷曰嘉平，周曰大蜡，漢曰臘。臘者，獵也，因獵取獸以祭。」河陽：河陽橋，即古孟津跨黄河浮橋。參卷一《古塞下曲》注〔八〕。此地距洛陽不遠。故此句作者自指，此詩當亦作于洛陽。

〔三〕草色：緑色的青草。建章：漢代長安宫殿名。《漢書》（卷六）《武帝紀》：「（太初元年）二月，起建章宫。」又（卷二十五下）《郊祀志》（下）：「於是作建章宫，度爲千門萬户。前殿度高未央。其東則鳳闕，高二十餘丈。其西則商中，數十里虎圈。其北治大池，漸臺高二十餘丈，名曰泰液，池中有蓬萊、方丈、瀛洲、壺梁，象海中神山龜魚之屬。其南有玉堂璧門大鳥之屬。立神明臺、井幹樓，高五十丈，輦道相屬焉。」

〔四〕秦地：春秋戰國時期的秦國之地。此實指長安。《漢書》（卷二十八下）《地理志》（下）：「秦地，於天官東井、輿鬼之分壄也。其界自弘農故關以西，京兆、扶風、馮翊、北地、上郡、西河、安定、天水、隴西，南有巴、蜀、廣漢、犍爲、武都，西有金城、武威、張掖、酒泉、敦煌，又西南有牂柯、越巂、益州，皆宜屬焉。」立春：古代農曆二十四節氣之一。《禮記·月令》：「孟春之月，……是月也，以立春。先立春三日，太史謁之天子，曰：『某日立春，盛德在木。』天子乃齊。立春之日，天子親帥三公、九卿、諸侯、大夫，以迎春於東郊。還反，賞公卿、諸侯、大夫於朝。」太史：西周以來掌管記載史事、天文、地理、文獻典籍的官員。後代歷史、天文、典籍，分官管理，變化較大。《周禮·春官·大史》：「大史掌建邦之六典，以逆邦國之治。……正歲年以序事，頒之于官府及都鄙，頒告朔于邦國。」

〔五〕漢宫題柱：漢趙岐《三輔決録》（卷二）：「長陵田鳳字季宗，爲尚書郎，儀貌端正。入奏事，靈帝目送之，因題殿柱曰：『堂堂乎張，京兆田郎。』」仙郎：郎官的美稱。田鳳爲尚書郎，而盧象任司勛員外郎，亦屬尚書省的郎官，故云。

〔六〕歸鴻：指初春由南方向北飛的大雁。千門：千門萬户。代指宫殿。參上注〔三〕。

〔七〕侍女添香：漢代尚書郎入值臺省舊事。《初學記》（卷十一）引應劭《漢官儀》曰：「尚書郎入直臺，廨中給女侍史二人，皆選端正妖麗，執香爐香囊，燒薰護衣服。奏事明光殿，省中皆以胡粉塗壁，丹朱漆地。」五夜：五更，指一夜所分的五個時間段。顔之推《顔氏家訓·書證》：「或問：『一夜何故五更？更何所訓？』答曰：『漢、魏以來，謂爲甲夜、乙夜、丙夜、丁夜、戊夜；又云鼓，一鼓、二鼓、三鼓、四鼓、五鼓；亦云一更、二更、三更、四更、五更，皆以五爲節。』」《文選》（卷五十六）陸倕《新刻漏銘》：「六日無辨，五夜不分。」李善注：「衛宏《漢舊儀》曰：『晝夜漏起，省中用火，中黄門持五夜：甲夜、乙夜、丙夜、丁夜、戊夜也。』」

〔八〕早晚：何日。張相《詩詞曲語辭匯釋》（卷六）：「早晚，猶云何日也。此多指將來而言。」薦雄文似者：原意爲薦舉揚雄文似司馬相如。此處李頎以揚雄自喻，希望能得到友人的薦舉。《漢書》（卷八十七上）《揚雄傳》（上）：「孝成帝時，客有薦雄文似相如者，上方郊祠泰畤、汾陰后土，以求繼嗣，召雄待詔承明之庭。正月，從上甘泉，還奏《甘泉賦》以風。」

〔九〕故人：朋友。李頎自指。賦《長楊》：創作了《長楊賦》。此作者借揚雄作《長楊賦》自喻詩文頗佳。《漢書》（卷八十七下）《揚雄傳》（下）：「明年，上將大誇胡人以多禽獸，秋，命右扶風發民入南山，西自褒斜，東至弘農，南敺漢中，張羅罔罝罘，捕熊羆豪豬虎豹狖玃狐菟麋鹿，載以檻車，輸長楊射熊館，以罔爲周阹，縱禽獸其中，令胡人手搏之，自取其獲，上親臨觀焉。是時，農民不得收斂。雄從至射熊館，還，上《長楊賦》，聊因筆墨之成文章，故藉翰林以爲主人，子墨爲客卿以風。」

【箋　評】

此送司勳入朝而欲其引薦也。言臘月則乘流澌而下河陽，新年當見草色發於宮中也。到京之日，正太史傳立春之時，倘漢宮求題柱之人，必預憶仙郎之入矣。于是，在省則親睹歸鴻度千門之雪，值宿則有侍女添五夜之香。既爲近侍，豈無所引薦乎？若舉揚雄之文如司馬相如者，則吾已著

《長楊》之賦矣。「仙郎」，指司勛。「故人」，頎自謂也。

（唐汝詢《唐詩解》卷四十三）

唐云：「（次聯）就時紀事。（三聯）就官生情。禁中景。（四聯）用成語太拙。」又云：「鍾伯敬以此詩爲假風格，後人優孟累之也，但不當并去叔敖。」

（唐汝詢《彙編唐詩十集》乙集）

李詩工於修飾，有張緒風流之態，而意味尚少。此詩第五句不當又入景矣。○結只用「似者」二字，亦未妥。

（吴昌祺評定《删訂唐詩解》卷二十一）

言臘月則乘流澌而下，新年當見草色於宮中也。當太史傳立春之時，正天子憶仙郎之候。於是入直而聞歸鴻之度雪，見侍女之添香。既爲近侍，豈無所引薦乎？若舉文似相如者，則吾已著《長楊》之賦矣。

（「漢宮題柱憶仙郎」句）覺太實。

七言律患後聯易弱，結句易疎。如此起固雄渾，後聯尤新，結又鄭重，真傑作也。

（顧璘批點《唐音》卷四）

如此佳詩，豈得易易。

（桂天祥《批點唐詩正聲》卷十六）

李律僅七首，惟「物在人亡」不佳。「流澌臘月」極雄渾而不笨，「花宮仙梵」至工密而不纖，「遠公遁迹」之幽，「朝聞遊子」之婉，皆可獨步千載。

（胡應麟《詩藪·内編》卷五）

于鱗七言律所以能奔走一代者，實源流《早朝》、《秋興》、李頎、祖詠等詩。大率句法得之老杜，篇法得之李頎。……「秦地立春傳太史，漢宫題柱憶仙郎。」「南川粳稻花侵縣，西嶺雲霞色滿堂。」李頎句也。……凡于鱗七言律，大率本此數聯。……中間李頎四首，尤是濟南篇法所自。

（胡應麟《詩藪·續編》卷二）

唐尚書郎入直，供青縑白綾被，或以錦緤爲之，給帷帳，通中枕，侍史一人，女侍史二人，皆選端正妖麗，執香爐香囊護衣服。唐詩「春風侍女護朝衣」，又「侍女新添五夜香」，韓退之《紅桃花》詩：「應知侍史歸天上，故伴仙郎宿禁中。」皆指此也。

（楊慎《丹鉛摘録》卷五）

高雅有致。

（李攀龍選、王穉登評《唐詩選》卷五）

「流澌」，冰泮水流也。字出《楚辭》。《漢書·王霸傳》：「河水流澌，無船不可濟。」亦用其字。頒曆，舊有太史局，有監，有令。

（李攀龍選、蔣一葵箋釋《唐詩選》卷五）

高雅有致，因時記事。

（李攀龍選、蔣一葵箋釋、黄家鼎評定《刻庵重訂李于鱗唐詩選》卷五）

（「早晚薦雄文似者」句）用成語拙。

郭云：「起句健。次聯雖太實，如此乃切。五六新秀，風格不落中晚。」

（郭濬評點、周明輔等參訂《增定評注唐詩正聲》卷八）

五六語有芬氣。

（陸時雍《唐詩鏡》卷十六）

周敬曰：「鮮繪悠揚，一字一珠，盛唐佳品，讀之令人忘寐，但用事覺實。」

周啓琦曰：「五六芬氣郁郁。」

陳繼儒曰：「通篇機神淋快。」

〔訓〕「仙郎」指司勛，「故人」頎自謂也。前半即景候以述盧之仕得所遇，後半想望其寵遇之隆，因欲其薦引乎己也。嘗觀劉禹錫《獻舍人書》曰：「昔宋廣平之沉下寮也，蘇公味道時爲綉衣直指使者。廣平投以《梅花賦》，蘇盛稱之，自是列于聞人之目，名遂振。嗚呼！以廣平之才，未有是賦，蘇公果暇知其人耶？將廣平困於窮，戹於躓，然後爲是文耶？是知英賢卓犖，可外文字，然猶用片言，借説於先達之口，藉其勢而驤首當時，矧碌碌者，疇能自異哉！」夫惟蘇能引拔後進，故後人率以結托，爲仕路先資談實。如此詩「早晚薦雄文似者，故人今已賦《長楊》」，與「共道進賢蒙上賞，看君幾歲作臺郎」，可謂婉而厚矣。至「遥望青雲丞相府，何時開閤引書生」，則覺露直。若「知爾不能薦，羞稱獻納臣」，意在尤人，不如「芙蓉生在秋江上，不向東風怨未開」，和厚多也。

（周敬、周珽輯、陳繼儒批點《删補唐詩選脉箋釋會通評林》盛唐七律上）

嘹亮。

（郝敬《批選唐詩》卷二）

清秀格調，不落中晚。

言當臘月而下河陽，計到京則草色發於帝宮，而太史傳立春之候。儻求題柱之人，必預憶仙郎之入矣。故在省則睹歸鴻度千門之雪，值宿則有侍女添五夜之香。既爲近侍，可無薦引？若舉楊雄之文有似相如者，則吾已著《長楊》，□□□郎□司勛，「故人」，頎自謂也。

（明末服古堂刻本《唐詩選彙解》卷五）

《三輔録》：「田鳳爲尚書郎，入奏事，靈帝目送之，因題柱曰：『堂堂乎張，京兆田郎。』」○《漢官儀》：「尚書郎入直，女侍史挈被服，持香爐，隨入臺中。」（「早晚薦雄文似者，故人今已賦《長楊》」二句）望人薦引，却能自占身分。

（沈德潛《唐詩别裁集》卷十三）

（前解）前人如此解法，後人仍曾未到。看其手下只是一摺一叠，紙上早是七曲八曲，真爲名家之名筆也。一、二，「流澌下河陽」，是紀送别是臘月；「草色發建章」，是紀到京是新年。試思正此送别，如何斗接到京？此直是其筆體自來輕健，不關苦心吟哦所得也。三、四，「立春傳太史」，是寫員外京中歡喜；「題柱憶仙郎」，是寫自己此地相思。試思纔寫歡喜，如何又斗寫相思？此又是其筆體輕健所得，彼苦心吟哦者，固必無是事也。

（後解）前解送盧，後解自托也。言明年歸鴻叫雪之時，是君含香入殿之時。知己若復薦我，我敢儼然不讓？又妙於虚用「文似」二字自贊，蓋前解固已暗推員外爲相如矣。

（金聖嘆《貫華堂選批唐才子詩》）

李君古詩多豪爽，近體却如此韶倩。

（黄周星《唐詩快》）

一盧員外，二長安，三承二，四承一，五、六爲薦故人伏脉。「侍女添香」言近密，「歸鴻度雪」雖承「臘月」，却無味。七又單用「文似」二字，亦不妥。東川與摩詰齊名，而其詩如此，因世人并稱王、李，李滄溟又入《唐詩選》，故評出以俟知者。

（屈復《唐詩成法》卷七）

秀絶。

（王熹儒《唐詩選評》卷七）

（「歸鴻欲度千門雪，侍女新添五夜香」二句）鮮亮。

（范大士《歷代詩發》卷十一）

此送司勛入朝，欲其薦引也。首二送時之景。「臘月」乘「流澌」而「下河陽」。明年至京，則「建章」新草已發。中四到京之景。「太史」傳「立春」之節，「漢宫」必憶「題柱」之人。于是在省則睹「歸鴻度雪」，入宿則有「侍女添香」。末二言若有薦舉，吾已著《長楊》之賦。「故人」，頎自謂也。

（袁枚《詩學全書》卷三）

首言送别之時在臘月，到京師則草發而已立春，想到彼時正相思耳。五言交春雪未消而塞雁將歸，正是新郎新得官欲含香上朝之候，可以薦能文如楊雄者，則我亦是製有《長楊賦》可獻，君其有意乎？此相知間囑望之辭。「流澌」，冰解流下也。河陽在懷慶府，屬黄河濱。河從西來，故曰「臘」。臘者，獵也，獵之以祭先祖。或曰「臘」，接也，新相接，大祭報□也。夏曰嘉平，殷曰清祀，周曰大蜡，漢改曰臘，在十二月。見《風俗通》。「建章」，宫名，漢武建，千門萬户，輦道相通，周三十里。「秦地」，即長安。「太史」，司馬遷序：「太史掌天官，不治民」，即今欽天監。時令係其所定，故曰「傳」。漢田鳳爲尚書郎，容儀端正。靈帝題柱，見《幕佐》杜詩注。漢郎官入直臺廨，給侍女燒香護衣，見後盧綸詩注。「五夜」，上朝之時。《甘泉賦序》：「孝成帝時，客有薦楊雄文似相如者。」

（胡以梅《唐詩貫珠箋》卷七）

一記其送别之時，二擬其到京之日。三承二，君别京華，適逢好景。四承一，我因遠别，輒復相思。已暗用相如，推許員外。五六言「歸鴻度雪」之期，正「侍女添香」之候，再用員外本色故事，以彰其寵遇之隆。七八望其援引，而以揚雄自比，謙言不敢齊驅，婉而多諷，定當獨步。

（趙臣瑗《山滿樓箋注唐詩七言律》卷一）

（五六句）一句立春，一句員外，承上分切，妍秀。

（毛張健《唐詩餘編》卷一）

陳德公先生曰：「李頎賦筆輕新，以作七律流麗婉潤，自覺勝人。所垂七篇，盡爲濟南標録，猶之希夷五古十三首，總爲竟陵所登，各所好也。然長于婉秀，不取工警，未逮沈、王，終以此焉。」

語語娟秀，圓喫天成。嘉州五言乃有此韻。李鼒公調曰：「『當是『臘月』握别，『新年』寄懷。前半序述井井，五六分承三四。『千門』字正迴顧『建章』。結作期望，正是賦詩本旨，而措辭大雅，身分故高。」

（盧麰、王溥《聞鶴軒初盛唐近體讀本》卷八）

此送司勛入朝，而欲其引薦也。言「臘月」則乘「流澌」而下，河陽新年，當見「草色」發于宫中也。到京之日，正太史傳立春之時。倘漢宫求題柱之人，必預憶仙郎之久矣。于是在省則睹歸鴻度千門之雪，值宿則有侍女添五夜之香。既爲近侍，豈無所引薦乎？若舉楊雄之文如司馬相如者，則吾已著《長楊》之賦矣。

胡應麟曰：「七言律患後聯易弱，結句易疎。如此起固雄渾，後聯尤新，結又鄭重，真爲傑作。」

（劉文蔚《唐詩合選詳解》卷七）

言盧自臘起行，新春方到。「秦地立春」之候，正「仙郎題柱」之時。「歸鴻」一聯，言其在朝值宿。末二語冀其薦己。「故人」，自謂也。○河陽縣，屬洛陽。「立春傳太史」，見《月令》。《楊雄傳》：「狗監楊得意薦雄文似相如，雄因獻《長楊賦》。」

（黄叔燦《唐詩箋注》卷四）

林若撫曰：「李頎『早晚薦雄文似者』，『者』字殊未可通，必『馬』字之誤。蓋薦雄文似相如也。『莫是長安行樂處』，『是』字未通，必『滯』字之誤。」可謂善説詩也。

（周亮工《因樹屋書影》卷十）

首二對起，一點起行之候，二點到京之時。三四是承遞之筆，三足上，四引下，從對面説。五六頂上句，寫省中之景，七八望其引薦。

（楊逢春《唐詩繹》卷二十）

（「早晚薦雄文似者，故人今已賦《長楊》」二句）寓意屬望，倒收。

尾聯見意。寓意只在結句。前路但寫新年之景，手法甚高。「侍女添香」，切尚書郎事。中二聯皆用客對主，却格律莊嚴，不露手脚。「早晚」字，唐人慣用，只當平聲「何時」二字。末句屬其薦引，若「楊雄更有河東賦，惟待吹噓送上天」，較此則俗。

〔朱補〕愚想此時，盧係新遷入京，李寄詩以送之也。一動身，二到京。三承二，言到時正值春日。四承一，言别後思君得意之況。五言己之欲渡不能，六言君之新寵可羨，以起結意。「流澌」出《楚辭》，解冰也。「建章」，宫名。《月令》：「先立春三日，太史謁之天子。」田鳳儀容端正，爲尚書郎，入奏事，靈帝目送之，因題柱曰：「堂堂乎張，京兆田郎。」《漢官儀》：「尚書郎入值，女侍史絜被服，執香爐，從入臺中。」《揚雄傳》：「客有薦雄文似相如者，召雄待詔承明之庭。明年，上《長楊賦》。」

（黄生評、朱之荆補《唐詩評》卷三）

《寄司勛盧員外》□河陽在唐屬河北道，漢河内郡，今懷慶府孟縣也。此似東川自指行歷。次句乃指長安，盧在朝也。「流澌」、「草色」，亦所謂興也。三四因時令及盧，五句以郎署言之。六句切員外。收入干乞之意，唐人慣用。此詩只意興好，無大可取法處。

（方東樹《昭昧詹言》卷十六）

弘、嘉不用自心，只以唐人詩句爲樣子。……于鱗以「秦地立春傳太史，漢宫題柱憶仙郎」，「顧眄一過丞相府，風流三接令公香」爲句樣。不須閒暇，于昏酣匆遽中，得題便作，不立意，不布局，惟置句樣于心目間，依而爲之，冠冕鏗鏘，即以盛唐自命。故其得意句，皆自樣中脱出，如糖澆鴛鴦，隻隻相似，求以飛鳴宿食，無有似處，衹堪打破啖兒童而已。彼亦有好句，若求之以意，求之以局，則爲一屋散錢。

（吴喬《圍爐詩話》卷六）

通體雄渾，不莽直。

頸聯易弱，結句易疎，最是七律大病。看此詩後四語，何等氣力，洵推傑構。

（吴瑞榮《唐詩箋要》卷七）

手腕柔和，自是盛唐中正之音。第七艱澀。

（黄培芳評點《唐賢三昧集》卷中）

通幅神秀。東川七律爲明代七子之祖，究其容貌相似，神理猶隔一黍者，知詩中之詩，不知詩外之詩也。其詩外之詩果何物哉？亦義中之有興盡而不盡者也。七子于他詩知之，于七律未之知也。以吾言讀東川七律，殆有入處矣。

（潘德輿評點《唐賢三昧集》卷中）

首聯「流澌臘月下河陽，草色新年發建章」，融情景於一家。

（李因培《唐詩觀瀾集》卷十三）

沈確士曰：「七律結意要藴藉，如……李頎《送魏萬之京》詩：『莫是長安行樂處，空令歲月易蹉跎。』結意勉以立功，若曰勿以長安爲行樂之地而蹉跎無成也。又《送司勳盧員外》詩結云：『早晚薦雄文似者，故人今已賦《長楊》。』望人薦引，却能自占身分。」

（蔡鈞《詩法指南》卷二）

薦相如者狗監楊得意，楊雄《答劉歆書》曰：「雄始能草文，先作《縣邸銘》、《王佴頌》、《階闥銘》及《成都城四隅銘》。蜀人有楊莊者，爲郎，誦之於成帝，成帝好之，以爲似相如，雄遂以此得外見。」乃知薦雄者乃楊莊，「文似相如」，乃成帝之言，非莊薦雄之言也。詩家多誤用。

（吴震方《讀書質疑》卷上）

《九歌·河伯》篇：「與女遊兮河之渚，流澌紛兮將來下。」注曰：「流澌，解冰也。」故李東川有「流澌臘月下河陽」之句。然東方朔作《七諫》，其《沈江》篇曰：「赴湘沅之流澌兮，恐逐波而復東。」世傳屈子以五日沉淵，何得此時尚有冰耶？

（宋長白《柳亭詩話》卷二十《流澌》）

一句振起，有高遠之意，其實仍上意耳。對必以藻采助之，此一定之法。

（王闓運《王闓運手批唐詩選》卷十二）

李東川《寄盧員外》詩：「流澌臘月下河陽，草色新年發建章。秦地立春傳太史，漢宫題柱憶仙郎。歸鴻欲度千門雪，侍女新添五夜香。早晚薦雄文似者，故人今已賦《長楊》。」一句振起，有高遠之意，其實乃上意耳。對必以藻采助之，此一定之法。《題盧五舊居》：「悵望秋天鳴墜葉，巑岏枯柳宿寒鴟。」謂流水對。「墜葉」即「枯柳」葉也。

（王簡編《湘綺樓説詩》卷一）

李頎《送盧員外》詩曰：「秦地立春傳太史，漢宫題柱憶仙郎。」上句蓋古者太史掌天文曆象，故云。下句「題柱」，或疑用司馬相如事，非矣。按漢田鳳爲尚書郎，容儀端正，靈帝目送之，題柱曰：「堂堂乎張，京兆田郎。」錢起《和王員外》詩：「題柱盛名兼絶唱，風流誰繼漢田郎。」此也。

（李睟光《芝峰類説》，載《韓國詩話中論中國詩資料選粹》）

復稍參以王右丞《早朝》《雨中春望應制》，李東川《寄盧員外》《綦毋三》，祖詠《望薊門》之製，每篇必有人名地名。輿地之志，點鬼之簿，粗豪膚廓，抗而不墜，放而不斂。

（錢鍾書《談藝録》五十一《七律杜樣》）

【按語】

司勳員外郎在唐代職官中雖然品位不高，却是人們所艷羨的「清要」之職，故詩中全用漢代故事加以揄揚，極寵遇之隆和官場之達，從而爲末二句干謁之意作了充分地鋪墊，結出寄詩旨意。此詩的意境和風調華美流麗，清雅鮮亮，但詩的情趣和格調終不甚高

寄綦毋三〔一〕

新加大邑綬仍黄〔二〕，近與單車去洛陽①〔三〕。顧眄一過丞相府〔四〕，風流三接令公香②〔五〕。南川粳稻花侵縣〔六〕，西嶺雲霞色滿堂〔七〕。共道進賢蒙上賞〔八〕，看君幾歲作臺郎〔九〕。

【校記】

①「近與」劉本作「匹馬」。「近」活字本、百家詩本、黄本、凌本作「遊」。

②「香」活字本、百家詩本、黄本、凌本作「鄉」。

【注釋】

〔一〕綦毋三：綦毋潛，參卷一《送綦毋三謁房給事》注〔一〕。據《新唐書》（卷六十）《藝文志》（四）：

「（綦毋潛）開元中，繇宜壽尉入集賢院待制，遷右拾遺，終著作郎。」知綦毋潛開元十四年進士及第後，授宜壽（時實稱盩厔，今陝西省周至縣）尉。此詩當作於此時。

〔二〕新加：猶言剛剛任命。大邑：指宜壽（即盩厔），屬畿縣，故云。《元和郡縣圖志》（卷二）《關内道》（二）：「京兆，盩厔縣，畿，漢舊縣，武帝置，屬右扶風。山曲曰盩，水曲曰厔。後漢省，晉復立。武德三年屬稷州，貞觀元年廢稷州復屬雍州。天寶中改名宜壽，後復名盩厔。」仍：却。黄綬：漢代縣丞、縣尉均黄色印帶。《漢書》（卷十九上）《百官公卿表》（上）：「（秩）比二百石以上，皆銅印黄綬。」《漢書》（卷八十三）《朱博傳》：「欲言縣丞尉者，刺史不察黄綬，各自詣郡。」顔師古注：「丞尉職卑，皆黄綬。」

〔三〕與：發也，舉也。參張相《詩詞曲語辭匯釋》（卷四）。單車：輕車簡從。《漢書》（卷八十九）《龔遂傳》：「遂單車獨行至府，郡中翕然，盜賊亦皆罷。」去洛陽：離開洛陽。據《唐才子傳校箋》（卷二）《綦毋潛》考證，綦毋潛是從洛陽出發赴任盩厔尉的。

〔四〕顧眄：回視。向左右周圍環視。《漢書》（卷一百上）《叙傳》（上）：「是故魯連飛一矢而蹶千金，虞卿以顧眄而捐相印也。」一過：過訪，拜訪。《詩經·召南·江有汜》：「之子歸，不我過。」《史記》（卷七十七）《魏公子列傳》：「臣有客在市屠中，願枉車騎過之。」丞相府：丞相的官邸。蕭子顯《燕歌行》：「洛陽城頭鷄欲曙，丞相府中烏未飛。」

〔五〕風流：風雅瀟灑的風度。《後漢書》（卷八十二上）《方術傳》（上）：「論曰：漢世之所謂名世者，其風流可知矣。」三接：三次交往接觸。《周易·晋卦》：「晝日三接。」令公香：令公身上的香氣。後漢荀彧，建安中爲尚書令，被稱爲令君或令公。此借喻宰相。《藝文類聚》（卷七十）《服飾部》（下）《香爐》引《襄陽記》曰：「劉季和性愛香，嘗上厠還，過香爐上。主簿張坦曰：『人名公作俗人，不虛也。』季和曰：『荀令君至人家，坐處三日香。爲我如何令君？而惡我愛好也！』」

〔六〕南川：泛指平川。盩厔屬關中平原。李充《嘲友人詩》：「爾隔北山陽，我分南川陰。」謝脁《始之宣城郡》：「解劍北宫朝，息駕南川涘。」粳稻：水稻的一個品種。《史記》（卷一百二十六）《滑稽列傳·優孟傳》：「賫以薑棗，薦以木蘭，祭以粳稻，衣以火光。」曹丕《與朝臣書》：「江表惟長沙名有好米，何得比新城粳稻邪？上風炊之，五里聞香。」侵：映照。

〔七〕西嶺：泛指山嶺，與上句「南川」對舉。堂：廳堂。指盩厔縣衙署。謝脁《治宅》：「迢遞南川陽，迤邐西山足。」用法相同。

〔八〕進賢蒙上賞：薦舉賢能者受到最好的賞賜。《史記》（卷五十三）《蕭相國世家》：「上曰：『吾聞進賢受上賞。』」

〔九〕幾歲：何時，何歲，哪一年。臺郎：參卷二《送康洽入京進樂府歌》注〔三〕。《後漢書》（卷八十下）《禰衡傳》：「近日路粹、嚴象，亦用異才擢拜臺郎，衡宜與爲比。」

【箋評】

玉遮曰：「末句太多感慨意。」（李攀龍選、王穉登參評《唐詩選》卷五）

疎野，另自一種風致。○疎句，大著感慨意。（李攀龍選、蔣一葵箋釋、黄家鼎評定《㚢庵重訂李于鱗唐詩選》卷五）

崔曙「漢文皇帝有高臺，此日登臨曙色開」，……李頎「新加大邑綬仍黄，近與單車去洛陽」，……杜牧「江涵秋影雁初飛，與客携壺上翠微」，雖意稍疏野，亦自一種風致。（胡應麟《詩藪·内編》卷五）

此因綦毋潛遷官而作。蓋潛自宜壽而徙於洛，復爲縣尉，故言其邑雖加而爵未改，且以「單車」就任也。潛與丞相有顧盼恩，故嘗「一過」其府。我以潛清風流韻，故「三接」其香。今想到官而政清事簡，公庭燕然，「粳稻」、「雲霞」，日滿目矣。人皆謂「進賢」當受「上賞」，君與丞相有舊，蓋嘗推賢進士矣，乃不獲賞而復屈於此，又「幾歲」而方「臺郎」乎？深惜其留滯也。（唐汝詢《唐詩解》卷四十三）

（次聯）唐云：「『一過』、『三接』，裝點風格。于鱗用事，率多步趨。」（頸聯）唐云：「景物清幽，迴超俗吏。」（七句）唐云：「跟丞相來。」

（唐汝詢《彙編唐詩十集》庚集）

《李頎集·寄綦毋三》詩：「風流三挹令公香」，蓋用荀彧事也。荀彧爲中書令，好熏香，其坐處常三日香。今徐崦西《五十家唐詩·李頎集》中，作「風流三揖令公鄉」，蓋因不知荀彧事，遂改作「鄉」字，然文義不屬，又换一「揖」字，可笑可笑。

（何良俊《四友齋叢説》卷三十六）

楊云：「起二語，意稍疎野，亦有風致。」郭云：「此等詩，但看其氣格，却有一種高邁處。」

（郭濬評點、周明輔等參訂《增定評注唐詩正聲》卷八）

「西嶺」語有色。

（陸時雍《唐詩鏡》卷十六）

次聯流利，頸聯盡縣尉之致。

（李攀龍輯、袁宏道校《唐詩訓解》）

與瞻曰：「風致清麗，隱伏錢、劉一派。」

（張揔《唐風懷》卷四）

何景明曰：「清意雅調，可誦可法。」

薛惠曰：「活龍活□，□可把□。」

周珽曰：「□□□□宕接得□□景灑落，結意多致。」

〔訓〕按《唐書·藝文志》：「綦毋潛，開元中，由宜壽尉入爲集賢院待制。」此詩當于其還官於洛，復爲縣尉時所寄，故曰「綬仍黄」，見邑雖加而爵未改，「單車」就仕猶夫故也。次想其與宰輔有舊，才情素爲所重，則「臺郎」之任，宜不日能致者，何復沉屈下職，推賢引能之謂何？「粳稻花侵」、「雲霞色滿」，政清事簡，公庭燕然之象，指潛到治言也。薦賢蒙賞，跟「丞相」句來；「幾歲」應「一過」、「三接」字，蓋深惜其留滯，不獲高擢也。又潛常往謁房給事，頎有詩送之，詞意相似。想先後時作，俱成妙想者也。

（周敬、周珽輯，陳繼儒批點《删補唐詩選脉箋釋會通評林》盛唐七律上）

（前解）題是《寄綦毋三》，詩却爲綦毋三諷切朝堂，此一最奇章法也。看他一句「仍」字，二句「與」字，孰「仍」之，孰「與」之乎？若謂未承「顧眄」，則既已「一過丞相府」矣；若謂未著「風流」，則凡經「三接令公香」矣。如此人者，只疑讓席相推，乃更「單車」外遣，真使旁人亦不勝惋惜者也。

（後解）此又續寫其洛陽新績，以嘆三之誠賢也。五見其巡行阡陌。重者，國本。六見其鼓吹文章。進者，國華。以如此人，顧曾不得辱一臺郎，而久令之「單車」在外。「共道」，妙妙！「幾歲」，妙妙！當時誰爲丞相？誰爲令公？有賢不進，而上賞虚叨，又何以自解哉！又何以自解哉！

（金聖嘆《貫華堂選批唐才子詩》）

《唐詩紀事》：「綦毋三，即綦毋潛。」《唐書・藝文志》：「潛曾宜壽尉，入集賢院待制。」宜壽，今盩厔。據此，詩從尉陞洛陽。唐以河南爲京都，洛陽爲京縣，令正五品，丞從七品，主簿從八品，比外縣有加，見《職官志》。若竟陞縣令，綬不宜「仍黄」，且云「加大邑」，是止加京邑，與外邑不同，其尉職未改也。次言其赴任。「單車」，言簡從，不爲官累，然亦見卑員之局。三四言爲丞相相知，因丞相顧盼，遂往其府，而君之「風流」，故得「令公」頻頻接見，浥其餘香。「令公」即丞相，上有「府」字，「令公」乃府中之人，且重在「香」字，故不爲重覆。五六言邑中景物，民可足食，公庭無事。按洛川繞城南，川濱有稻田也。伊闕，龍門，在西□中之雲山也。第七言「進賢」必「蒙賞」，則丞相將必更爲薦拔，但不知「幾歲」，君便「作臺郎」也。

通首看去，其調「大邑」，亦「丞相顧眄」之所致耳，故詩中注意於此。《易》：「晝日三接。」「令公香」見前。劉向《説苑》曰：「進賢蒙上賞，蔽賢蒙顯戮，古之通義也。」「臺郎」，尚書臺省之郎官。唐縣尉每有校書等出轉，入爲監察御史，晉郎官。

（胡以梅《唐詩貫珠箋》卷十一）

此詩雖云慰藉友生，實則刺譏朝政，其妙處全在虚字。如一起之「加」字、「仍」字、「與」字，一結之「共道」字，「看君」字，「幾歲」字，字字靈動，真道子點睛之筆也。才子遷官，宜膺顯爵。今乃視其「綬」，則仍然「黄」也；視其「車」，則「單車」而已。嗟嗟！果誰「加」之？而果誰「與」之耶？吾深爲向洛陽者惜矣。況其平昔，「一過丞相」之「府」，則未嘗不蒙「顧眄」也；「三接令公」之「香」，則未嘗不著「風流」也，何竟汲引之無人耶？今聞其在雒陽也，入其境而田野闢，登其堂而刑清政簡。有人如此，猶不足充「臺郎」之選耶？豈「進賢」不「蒙上賞」耶？吾姑拭目俟之矣。

（趙臣瑗《山滿樓箋注唐詩七言律》卷一）

一自宜壽遷洛陽尉，二歸本邑任，三四言宰相、令公青目，五爲尉政清事簡，八望高遷。「新加大邑」，丞相、令公之識也。五六政清年豐也。「幾歲」之間當遷「臺郎」，丞相、令公豈不邀「進賢」之賞乎？神意相貫，不在字面。

（屈復《唐詩成法》卷七）

（三四句）富貴語，能雅潔。

（王熹儒《唐詩選評》卷七）

此因綦毋潛遷官而作，蓋潛自宜壽而徙于洛，復爲縣尉，故言其邑雖「加」，而爵未改，且以「單車」就任也。潛與丞相有「顧眄」恩，故嘗「一過」其「府」；我以潛有「風流」韻，故嘗「三接」其「香」。今想到官而政清事簡，公庭燕然，「粳稻」、「雲霞」，日滿目矣。人皆謂「進賢」當受「上賞」，君與丞相有舊，蓋嘗推賢進士矣。乃不獲賞而復屈于此官，「幾歲」而爲「臺郎」乎？深惜其留滯也。

鍾伯敬曰：「此等詩但言其氣格，別有一種高邁處。」

沈歸愚曰：「東川諸作，詩家神品，明嘉、隆諸子不善學之，但存門面膚語。蕭山毛氏因此并訾東川，猶因噎而廢食也。」

（劉文蔚《唐詩合選詳解》卷七）

陳德公先生曰：「後半詶應泛響，前四叙情緒，妥切清圓，可謂雋筆。」結亦作期望語，然前章説向己身，此章頌禱在彼，而意出言外，校前更爲大雅，雖似泛響，迥異常音矣。

（盧麰、王溥《聞鶴軒初盛唐近體讀本》卷八）

綦從宜壽尉升洛陽令，因「丞相」「顧眄」，遂往其「府」。君之「風流」得頻接「令公」之「香」。五、六言景。末言「丞相」必加薦拔，君定作「臺郎」也。此二首（按另一首指前選嚴維《酬劉員外》）前聯情而虚，後聯景而實。

（袁枚《詩學全書》卷一）

綦毋潛由宜壽縣尉遷官於洛，頎作此寄之。

（毛張健《唐詩餘編》卷一）

言過相府而一蒙相公之顧盼也。

（「南川粳稻花侵縣，西嶺雲霞色滿堂」二句）本色流艷。「雲霞」，雪者，言白雲素霞，滿堂雪亮也。(「共道進賢蒙上賞」句)曲韻。(「看君幾歲作臺郎」句)實亦世味結束，乃得其真趣，不泛不襯，自是款款可吟。寓責成意於期望中，「看君」二字尋味不盡。

(譚宗《近體秋陽》卷六)

縣尉安得稱「令公」，唐人稱中書令爲「令公」，致有姚令公薨謝之謔。此言既與「丞相」相識，又爲「令公」接待，今其才能致豐登、發文藻，彼「丞相」、「令公」豈不邀「進賢」之「賞」乎。

唐解參：「潛自宜壽而徙於洛，復爲縣尉，邑雖大而爵未改也。潛與丞相有『顧眄』恩，故嘗『一過』『其』『府』。我以潛有『風流』韻，故嘗『三接』其『香』。今想到官而政清事簡，『粳稻』、『雲霞』，日滿目矣。人皆謂『進賢』當受『上賞』，君與丞相有舊，其『幾歲』而爲『臺郎』乎？深惜其留滯也。」

(吴昌祺評定《删訂唐詩解》卷二十一)

往復頓挫，章法殊妙。

綦毋潛以麗正殿書院校書授宜壽尉，蓋薄尉職而去之，歸南康。宜壽即盩厔，畿縣也，故曰「大邑」，而尉則黄綬矣。時明皇居東都，故曰「去洛陽」。唐制，選人吏部注擬後，過門下省，是「一過丞相府」也。麗正殿書院，中書令張燕公統之。「三接」，借用《易象》，謂燕公有歉於「進賢」矣。「南川」即南江章貢水也。「西嶺」即洪州西山也。張曲江有《洪州答綦毋學士》詩，足證其歸。王灣有《哭綦毋潛補闕》詩云：「遽泄悲成往，俄傳寵令迴。」蓋補闕之命下，而潛已死矣。

(姚鼐《五七言今體詩鈔·七言今體詩鈔》卷二)

《寄綦毋三》 此詩姚先生解最詳，而曰：「往復頓挫，章法殊妙。」當思其語，乃有得。起二句叙事，已頓挫入妙。三四復繞回首句，更加頓挫。第四句含蓄不説出，更妙。五六大斷離開，遥接第二句。七八又從題後繞出。大約有往必收，無垂不縮，句句接，句句斷，一氣旋轉，而仍千回百折，所以謂之「往復頓挫」也。此爲正宗。若杜公、山谷，四句兀傲，一氣浩然者，亦當以此法求之。否則恐流於滑易，不得歸罪杜公、山谷也。

（方東樹《昭昧詹言》卷十六）

綦毋，名潛，字孝通。移官而秩猶不改，故作此慰藉之。「稻花侵縣」，「雲霞滿堂」，叫起「賢」字。《漢書》：「比二百石以上，皆銅印黄綬。」唐人稱中書令爲「令公」。言既爲「丞相」相識，又爲「令公」接待，今君之賢，能致邑治如此，「丞相」、「令公」必將與君同升也。文似謂升遷有日，意實見「進賢」無人也。玩「加」字、「仍」、「與」字、「共道」、「幾歲」字可見。荀彧爲中書令，好薫香，其坐處常三日不散，人稱「令公香」，亦曰「令君香」。

（吴修塢選評、朱之荆集注《唐詩續評》卷三）

于鱗只學李頎之「新加大邑綬仍黄」，故以少陵爲頹放。

（吴喬《圍爐詩話》卷六）

漢制：丞、尉二百石，皆銅印黄綬。「綬仍黄」，仍舊爲尉也。「單車」赴任，從其簡也。昔龔遂單車至府，郡中翕然。從宜壽而向洛也。昔虞卿以顧盼而捐相印，騏驥以伯樂顧盼而增倍價，言知遇之恩難得。綦毋受丞相之「顧眄」而「一過」其府也。名士「風流」，言綦毋也。荀令君至人家，坐席三日香。今言我得接綦毋之「風流」，而挹其香也。此言洛中之水，此言洛中風物之美，此言洛中之山，此言政堂之清。此一聯總形新邑之新政。鄂千秋論曹參功，高祖曰：「吾聞進賢受上賞。」乃封鄂千秋爲安平侯。今綦毋賢矣，得丞相進之於朝，宜受「上賞」。此「看」字内有盼望意。以綦毋之賢，而屢屈爲尉，不知「幾歲」得作「臺郎」？則「進賢」之謂何矣。

（總評）前解，寫綦毋赴洛，由丞相顧盼。後解，寫新任之美，而嘆其留滯也。

（王堯衢《唐詩合解箋注》卷十）

似慰似勸，餘味轉濃。（前四句）古遒，絶異時艷。

（吴瑞榮《唐詩箋要》卷七）

首句言其得官，次句言其之官。「大邑」指洛陽；「綬仍黄」，言官仍爲尉。「單車」，言儀從之簡。三句「顧眄」喻見知，言「一過」相府而見知於上。「三接」，言己所常接。「令公香」，喻其賢素悉於知交。五六句「南川」、「西嶺」，一言水，一言山，皆指洛陽。「粳稻侵」，言民物之豐；「雲霞滿」，喻政治之美。七句「賢」字總承上，言其「賢」如此，「進」之者宜蒙「上賞」，而祗仍爲尉。「看」字，「幾歲」字，蓋惜其留滯，而望其進用也。先言其才之賢，後言其政之賢，章法相承。

（朱曾武《唐詩繹律初集》卷三）

何謂格調？曰：「如張燕公之……暨李東川之『新加大邑綬仍黄，近與單車去洛陽。顧眄一過丞相府，風流三接令公香。南川粳稻花侵縣，西嶺雲霞色滿堂。共道進賢蒙上賞，看君幾歲作臺郎』（《送綦毋三》）是也。」

（王壽昌《小清華園詩談》卷上）

「大邑」謂洛都宜壽縣也。綦毋前爲縣尉用黄綬，今邑加大而綬仍不改也。○前二韻言除尉赴任，後二韻言由縣超遷。

（曹錫彤《唐詩析類集訓》卷二十三）

前寫赴洛由丞相之顧盼，後寫新任之美，而嘆其留滯也。

（胡本淵《唐詩近體》卷三）

發句從徙洛陽入手，所謂就題起也。頷聯寫事，上句言綦毋受丞相之「顧眄」而「一過」其府也，下句頎自言得接綦毋之「風流」也。頸聯寫景，上句言洛中風物之美，下句言政堂之清。「南川」指洛中之水，「西嶺」指洛中之山。唐人詩一聯中山水分帖，如張説《奉和春日幸望春宫應制》云：「城臨渭水天河静，闕對南山雨露通。」又如頎《宿瑩公禪房聞梵》云：「夜動霜林驚落葉，曉聞天籟發清機」，則一句夜一句曉也。又如王維《輞川别業》云：「雨中草色緑堪染，水上桃花紅欲燃」，則一句雨一句草一句花也。又如王維《送方尊師歸嵩山》云：「瀑布松杉常帶雨，夕陽蒼翠忽成嵐」，則一句雨一句晴也。又如孟浩然《春情》云：「坐時衣帶縈纖草，行即裙裾掃落梅」，則一句坐一句行也。又如劉滄《秋日山寺懷友》云：「雲盡獨看晴塞雁，月明遥聽遠村砧」，則一句見一句聞也。又如錢起《贈闕下裴舍人》云：「長樂鐘聲花外盡，龍池柳色雨中深」，則一句色一句聲，乃渾寫見聞也。自餘如遠近、高低、今古之屬，不可勝原。凡此亦見唐律之細處。落句言丞相之進綦毋，宜受「上賞」，而曰「共道」，則有未足於丞相之意。「幾歲作臺郎」，謂不知幾歲得作臺郎也。而曰「看君」，則有嘆綦毋滯於一尉之意，與上「綬仍黄」句應。

（朱寶瑩《詩式》卷四）

【按　語】

唐人對於县尉一職，往往以其位卑事俗而鄙夷不屑，高適《封丘作》詩云：「拜迎官長心欲碎，鞭撻黎庶令人悲。」李商隱《任弘農尉獻州刺史乞假歸京》：「却羨卞和雙刖足，一生無復没階趨。」都是顯例。李頎此詩首聯雖然同情友人任卑微的縣尉，但以下三聯稱譽其風流韻致，期待其官運亨通，可謂送别詩中的别調。前人評此詩：「往復頓挫，章妙殊妙。」主要指頷聯回應首句，官職雖卑，却頗得丞相顧盼；頸聯延展次句，尉職之地物産富庶，景色秀美，政事清簡，公庭晏然，大有蕭散清逸的情趣。而末聯則作出對於將來的預想，雖非肯定之詞，甚至有婉諷之意，但含有預祝友人前程錦綉之意，也是明顯的。全詩確實頓挫有致，跌宕生姿，風調高華，韻致流美。

送魏萬之京〔一〕

朝聞遊子唱離歌〔二〕，昨夜微霜初渡河①〔三〕。鴻雁不堪愁裏聽〔四〕，雲山況是客中過〔五〕。關城樹色催寒近②〔六〕，御苑砧聲向晚多〔七〕。莫見長安行樂處③，空令歲月易蹉跎〔八〕。

【校　記】

①「渡」劉本、凌本作「度」。

②「樹」下原注：「一作曙。」「樹」劉本、活字本、百家詩本、黄本、凌本、畢本作「曙」。

③「見」劉本、凌本作「是」。「處」英華本作「地」。

【注　釋】

〔一〕魏萬：又名炎，後改名顥。聊城（今山東省聊城市）人。曾隱居王屋山，自號王屋山人。生卒年不詳。上元元年，登進士第。魏萬敬慕李白，天寶十二載，在梁園一帶尋訪李白，不遇。跟踪追尋，次年乃見李白於廣陵。李白有贈詩。魏萬于上元二年將李白詩歌編成《李翰林集》。生平事迹見李白《送王屋山人魏萬還王屋序》、封演《封氏聞見記》（卷八）、《唐詩紀事》（卷二十二）。譚優學《李頎行年考》（見氏著《唐詩人行年考》）疑此詩作於天寶十三載。

〔二〕離歌：即驪歌，告別之歌。《漢書》（卷八十八）《儒林傳·王式傳》：「（江公）謂歌吹諸生曰：『歌《驪駒》。』式曰：『聞之於師：客歌《驪駒》，主人歌《客毋庸歸》。今日諸君爲主人，日尚早，未可也。』」顏師古注：「服虔曰：『逸《詩》篇名也，見《大戴禮》。客欲去歌之。』文穎曰：『其辭云：「驪駒在門，僕夫具存。驪駒在路，僕夫整駕」也。』」江孝嗣《離夜》：「離歌上春日，芳思徒以空。」

〔三〕微霜：秋天的初霜，薄霜。《楚辭·遠遊》：「微霜降而下淪兮，悼芳草之先零。」劉學鍇師《唐詩選注評鑒》曰：「一、二兩句倒敘。謂昨夜微霜初過黃河，今晨魏萬告別而去。」

〔四〕鴻雁：大雁。此時正從北方南飛。此句意謂游子在路途中聽到雁鳴聲，更增添客愁。《禮記·月令》：「季秋之月，……鴻雁來賓。……是月也，霜始降。」

〔五〕雲山：泛指山水。此句意謂在客中哪有心情欣賞秋天的景色呢。

〔六〕關城：關卡的城池。《漢書》（卷五十一）《枚乘傳》：「深壁高壘，副以關城，不如江淮之險。」劉學鍇師《唐詩選注評鑒》謂此指潼關城，在今陝西省潼關縣。《元和郡縣圖志》（卷二）《關內道》（二）：「華州華陰縣，潼關，在縣東北三十九里，古桃林塞也，……關西一里有潼水，因以名關。」樹色：此指樹木的秋色。温庭筠《過潼關》：「十里曉鷄關樹暗，一行寒雁隴雲愁。」

〔七〕御苑：皇家的園林。據《唐兩京城坊考》（卷一）：唐代禁苑即隋之大興苑，東距滻水，北枕渭水，西包漢長安城，南接都城，東西二十七里，南北二十三里。砧聲：搗衣聲。砧，搗衣石。參卷一《九月九日劉十八東堂集》注〔九〕。向晚：傍晚。

〔八〕空令：徒使。《文選》（卷三十一）江淹《雜體詩三十首·劉太尉琨傷亂》：「空令日月逝，愧無古人度。」蹉跎：失時。《文選》（卷二十三）阮籍《詠懷詩十七首》（其八）：「娱樂未終極，白日忽蹉跎。」

【箋評】

此道中相遇而餞之以詩也。言朝來唱歌之游子，乃昨夜經微霜而度河者也。以獨愁久客之中而聽此鴻雁，對此雲山，情何堪乎？況入關而寒景漸迫，至京則砧聲愈多，是羈旅之懷日深耳。萬之此行，蓋有志於仕進，故勉之曰：「弗以長安爲行樂之處，使歲月蹉跎而無成。」言當及時努力也。（唐汝詢《唐詩解》卷四十三）

此篇起語平平，接句便新。初聯優柔，次聯奇拔，結藴奇興，含蓄不露，最爲佳作。不知多少宛轉，誦之悠悠。（顧璘批點《唐音》卷四）

（首聯）譚云：「起得清歷。」（頸聯）譚云：「『近』字好。」

鍾云：「净亮無浮響，銖兩亦稱。」

（鍾惺、譚元春《唐詩歸》卷十四）

杜審言詩：「使出鳳凰池，京師易春晚。」奇句也。蓋言繁華之地，流景易邁。李頎詩：「好在長安行樂地，空令歲月易蹉跎。」亦此意耳。

（楊慎《詩話補遺》卷三《京師易春晚》）

詩至大曆，高、岑、王、李之徒，號爲已盛，然才情所發，偶與境會，了不自知其墮者。如「到來函谷愁中月，歸去磻溪夢裏山」；「鴻雁不堪愁裏聽，雲山况是客中過」；「草色全經細雨濕，花枝欲動春風寒」，非不佳致，隱隱逗漏錢、劉出來。至「百年强半仕三已，五畝就荒天一涯」，便是長慶以後手段。吾故曰：「衰中有盛，盛中有衰，各含機藏隙。盛者得衰而變之，功在創始；衰者自盛而沿之，弊繇趨下。」

（王世貞《藝苑卮言》卷四）

唐七言律起語之妙，自「盧家少婦」外，崔顥「岧嶤太華俯咸京，天外三峰削不成」；王維「漢主離宫接露臺，秦川一半夕陽開」；賈至「銀燭朝天紫陌長，禁城春色曉蒼蒼」；李白「鳳凰臺上鳳凰遊，鳳去臺空江自流」；李頎「朝聞遊子唱離歌，昨夜微霜初度河」；杜甫「西北樓成雄楚都，遠開山岳散江湖」；……「兵戈不見老萊衣，嘆息人間萬事非」，皆冠裳宏麗，大家正脉，可法。

（胡應麟《詩藪·内編》卷五）

盛唐膾炙佳作，如李頎：「朝聞游子唱離歌，昨夜微霜初度河。」頸聯復云：「關城曙色催寒近，御苑砧聲向晚多。」朝、曙、晚、暮四字重用，惟其詩工，故讀之不覺。然一經點勘，即爲白璧之瑕，初學首所當戒。

（胡應麟《詩藪·内編》卷五）

其致酸楚，其語流利。結蘊奇興，含蓄不露。

（李攀龍選、王穉登評《唐詩選》卷五）

起得清歷。○神骨泠然，絶□□□□□出煙火。

（李攀龍選、蔣一葵箋釋、黄家鼎評定《㚇庵重訂李于鱗唐詩選》卷五）

唐音之鼓吹者。

（桂天祥《批點唐詩正聲》卷十六）

末二句言繁華之地，流景易邁。杜審言有句云：「始出鳳凰池，京師易春晚。」與此意同。

（程元初《盛唐風緒箋》卷六）

（次聯）唐云：「逗漏大曆氣。」

（劉邦彦《唐詩歸折衷》卷一）

五六老秀，結語寄況無限。（陸時雍《唐詩鏡》卷十六）

詩欲句句煉，字字靈，若漫下一語，非泛即死矣。嘗摭諸名家句，如「支遁買山情漫切，曇摩泛海路空長」，是帮襯語；「飛蘿半拂銀題榜，瀑布環流玉砌陰」，是活套語；「細草偏承回輦處，飛花故落舞觴前」，是妝扮語；「鳳凰樓下交天仗，烏鵲橋邊敞御筵」，是堆垛語；「黄河磧裏沙爲岸，白馬津邊柳向城」，是支應語；「武帝祠前雲欲散，仙人掌上雨初晴」，是救急語；「鴻雁不堪愁裏聽，雲山況是客中過」，是湊叠語；「月到上方諸品静，心持半偈萬緣空」，是學究語；「吴宫芳草埋幽徑，晋代衣冠成古丘」，是體面語；「戎馬不如歸馬逸，千家今有百家存」，是村莊語；「錦江春色來天地，玉壘浮雲變古今」，是虚張語；「高江急峽雷霆鬥，古木蒼藤日月昏」，是驚詫語；「莊生曉夢迷蝴蝶，望帝春心托杜鵑」，是啞謎語。

律詩語氣欲凝，體格欲整。「鴻雁不堪愁裏聽，雲山況是客中過」，「只言啼鳥堪求侣，無奈東風欲送行」，便覺敗格。（陸時雍《唐詩鏡》卷十六）

陳繼儒曰：「新鄉七律，篇篇機宕神遠，盛唐妙品也。」

何景明曰：「多少宛轉，誦之悠然。」

徐中行曰：「詞意大雅，愛惜更深。」

蔣一葵曰：「宛轉流亮，愈玩愈工。」

譚元春曰：「起得清歷，第五句工巧，「近」字好。」

〔訓〕當秋羈旅，觸遇皆成悲思。此篇前六句寫情入妙，聲調之工，便爲大曆諸子楷模。想此行有志仕進，故結勉之。見繁華之地，流景易邁，當及時努力也。送别之什，足稱大雅上乘。

（周敬、周珽輯，陳繼儒批點《删補唐詩選脉箋釋會通評林》盛唐七律上）

其致酸楚，其語流利。「近」字好，「多」字工。

（葉羲昂《唐詩直解》）

李頎《送魏萬》詩，「朝」、「曙」、「夜」、「晚」似犯，然起二語叙别，五六指長安行樂，意不重也。此詩第三句承第二句，第四句應起句，言客中朝暮之所聞見。如此，五六言長安晝夜皆行樂處，然勿泥於行樂而令歲月蹉跎也。藴藉不露而神情躍如，是以爲唐音之盛也。

（方弘静《千一録》卷十二）

疏暢。

（郝敬《批選唐詩》卷二）

詩貴發興高曠，不墮蹊徑，忽然而起，意遠情深。五言，余最愛「士有不得志，棲棲吴楚間」；「樓頭廣陵近，九月在南徐」；「易簡高人意，匡床竹火爐」；「二月湖水清，家家春鳥鳴」；「山月隨客來，主人興不淺」。七言，最愛「朝聞遊子唱離歌，昨夜微霜初渡河」；「雀啄江頭楊柳花，鵁鶄鸂鶒滿晴沙」；「北人南去雪紛紛，雁叫沙汀不可聞」。皆意在筆外，可以類推。

（鄧雲霄《冷邸小言》）

結意勉以立功，若曰：「勿以長安爲行樂之地而蹉跎無成也。」

（首聯）「度河」以人言。

（沈德潛《唐詩别裁集》卷十三）

（前解）一是正寫題，如云：「子欲别耶？」二是題前添寫一句，如云：「時至秋矣。」三却趁便反先接題前添寫之一句，如云：「秋且不堪。」四方仍接正寫題，如云：「乃又别乎？」質言之，只是如此四句，而其手法轉接離即，妙至於此，真絶調也。

（後解）五言一年輕輕又便過也。六言一日輕輕又便過也。如此輕輕一日，又輕輕一日；輕輕一年，又輕輕一年。歲不我與，轉盼老至，然則特地之京，竟爲何事？君子贈人以言，此「行樂」、「蹉跎」之四字，無謂今日言之不早也。

（金聖嘆《貫華堂選批唐才子詩》）

又見其於側卸之中另有陪一句之法，如「鴻雁不堪愁裏聽，雲山況是客中過」，……皆是明明走

出題外，先陪一句，然後只以一句便完正題也。（吴景旭《歷代詩話》卷五十一）

（首聯）好起，句亦别致。（尾聯）古人風義。（范大士《歷代詩發》卷十一）

此詩大約是在河南送别，所以有「渡河」之句。一路不言山水之遠，緊接「關城」、「御苑」，可知發足於鄰近也。起處，局法新□，借「朝」、「夜」爲綫索，略點「離歌」，即入時候，寒氣從北而南，江河爲天地大界限，霜於北方先落，漸及南方，故有「渡河」之語。「北」是至理，而「渡」字實無中生有，詩人妙用。三承二，四承起，用虚字爲脉，諸句俱靈活。五六單承第二，言到京之景。入「關城」時必早起，候啓「曙色」含霜，道傍露處，因此二者「催」來「寒近」。若處室家，不爲早行，尚不爾也。「催」字精。六雖實寫，而「多」字有風神靈蕩。結言如此辛苦，必有所成就方妙，莫以「行樂」之地而空過歲月，與「遊子」二字神氣相貫。篇内用「朝」、「夜」、「曙」、「晚」，頗屬犯複。因氣靈，且已隔一聯，不甚覺，然終須忌。（胡以梅《唐詩貫珠箋》卷十四）

用事貴曲，曲而後情生焉。此詩通首之情皆生於第二句，而須看其第二句中欲下「昨夜」二字，必先於第一句中特用二「朝」字掀騰而出之，非苟然也。試思首句竟將「昨夜」領起，次句却用今朝接下，未嘗不通，更有何味。乃其所以特下「昨夜」二字，則爲中間欲寫「鴻雁」、「雲山」、「催寒」、「向晚」等一派秋景，不得不先着「微霜度河」句，摇拽蕩漾而出之也。而其所以欲寫此一派秋景者，又專爲末句「歲月易蹉跎」之五字爲張本也。誰謂作詩可苟然而已哉？又須看其欲説「易蹉跎」，先伏「行樂處」；欲説「長安」，先伏「御苑」，種種金針暗度之法，真有可以意會而不可以言傳者。嗚呼！微矣。○「樹色」，别本多作「曙色」，二字霄壤，故斷從《英華》。

（趙臣瑗《山滿樓箋注唐詩七言律》卷一）

陳德公先生曰：「通首婉雋，固自不卑，流弊所沿，則成輕嫩，便入中唐而下矣。」○每韻意緒勾股而下，章法殊佳。

起聯從「朝」溯「昨」，倒説，見筆法。二句着「微霜」字接入中四，情景方合。第六「御苑」字即用引向結語「長安」，來脉井然。吴濬冲曰：「五句『樹色』作『曙色』，非。」

（盧麰、王溥《聞鶴軒初盛唐近體讀本》卷八）

此詩通首之情，皆生於第二句，而須看其第二句中欲下「昨夜」二字，必先于第一句時用一「朝」字掀騰而出之，非苟然也。蓋爲中間欲寫「鴻雁」、「雲山」、「催寒」、「向晚」等一派秋景，不得不先着「微霜」、「度河」句，摇拽蕩漾而出之也。而其所以欲寫此一派秋景者，又專爲末句「歲月易蹉跎」之五字張本也。誰謂作詩可苟然而已哉？

陸時雍曰：「其致酸楚，其語流利。」○「近」字好，「多」字工。

（劉文蔚《唐詩合選詳解》卷七）

此途中相遇而贈之以詩。首二送行，言「唱離歌」之「游子」，乃「昨夜」經「微霜」而「度河」者。頷聯寫久客之苦。言久客而聽此「鴻雁」，對此「雲山」，情何堪乎！頸聯寫到京之景。入「關」而「寒」氣漸迫，至京而「砧聲」愈「多」，是羈旅之情日深。末勉以及時努力而早還也。

（袁枚《詩學全書》卷三）

（三句）秋景承二。（四句）別意承一。（頸聯）五指在途，六指到京，又兼次句到景。（尾聯）別意、秋景總結。

（毛張健《唐詩膚詮》卷一）

（尾聯）斷續句，虛字省用，寓詞勸勉。

尾聯見意。「曙」字，《律選》作「樹」，今從之。此詩向來談者以「朝」、「曙」、「晚」、「夜」重見爲病，後見《律選》，爲之大快。惟「樹色」將凋，故曰「催寒」；若「曙」字，不但犯重，意亦費解。一經拈出，確不可易。「霜渡河」，明人且「渡河」也。此句憫其客路之寒，意在言外。前面一程一程，皆令送者關心繫念。既至帝京，又恐其虛度歲月，不立功名，皆朋友骨肉之語。「莫是」，莫如是也，亦唐人方言。「長安行樂處」五字，一斷；「莫是」二字，繼下句，謂之斷續句。結言長安本行樂之處，然丈夫當早建功業，莫狃一時之樂以虛度歲月也。

〔朱補〕：「渡河」，當就「霜」言，寒自北而南也，然人之「渡河」自見。欲下「昨夜」字，先下一「朝」字補起；欲寫中二聯之秋景，先下「微霜」字伏根；欲言「行樂處」，先用「關城」、「御苑」二地

名；欲言「歲月易蹉跎」，先用「催寒近」、「向晚多」等字，其針綫之細密如此。（黄生評、朱之荆補《唐詩評》卷三）

詩道以自然爲上，工巧次之。工巧之至，始入自然。自然之妙，無須工巧。高廷禮列子美于大家，不居正宗之目，此皆微旨可見。五言如孟浩然《過故人莊》、王維《終南別業》，七言如崔曙《九日登仙臺》、李頎《送魏萬之京》、高適《送王李二少府》、劉方平《秋夜寄皇甫冉鄭豐》，皆不事雕繢，妙極自然者也。（黄生《詩麈》卷一）

作者本從喉中唱出，奈學舌頭者多何。（焦袁熹《此木軒唐五言律七言律詩選讀本》）

一送別，二別時，三四承一，五六承二，七八之京。「微霜」點時，「鴻雁」承「微霜」，「客中」承「初」字，始作客者，難爲懷也。「鴻雁」、「雲山」、「愁裏」、「客中」，交互法。「寒」字、「砧」字，暗應「微霜」。七結「關城」、「御苑」，八勉之。

「朝唱離歌」，夜即「渡河」而行，别之速也。三四遊子初客情味，五六客懷日深。此行當志在功名，不可行樂怠志。通首有纏綿之致。（屈復《唐詩成法》卷七）

（首二句）發端最妙。（三四句）意沉着而調深穩。（王熹儒《唐詩選評》卷七）

沈確士曰：「七律結意要藴藉，如……李頎《送魏萬之京》詩：『莫是長安行樂處，空令歲月易蹉跎。』結意勉以立功，若曰：『勿以長安爲行樂之地而蹉跎無成也。』又《送司勛盧員外》詩結云：『早晚薦雄文似者，故人今已賦《長楊》。』望人薦引，却能自占身分。」（蔡鈞《詩法指南》卷二）

太白稱萬爲王屋山人，後改名顥，作《太白集序》。（姚鼐《五七言今體詩鈔·七言今體詩鈔》卷一）

《送魏萬之京》 言「昨夜微霜」，游子今朝「渡河」耳，却煉句入妙。中四情景交寫，而語有次第。三四送别之情，五六漸次至京。收句勉其立身立名。初唐人只以意興温婉，輕輕赴題，不著豪情重語。杜公出，乃開雄奇快健，窮極筆勢耳。（方東樹《昭昧詹言》卷十六）

大曆高、岑、王、李之後，才情所發，偶與境會，了不自知其墮者。如「到來函谷愁中月，歸去磻溪夢裏山。」「鴻雁不堪愁裏聽，雲山况是客中過。」「草色全經細雨濕，花枝欲動春風寒。」非不佳致，已隱隱逗漏錢、劉出來。至「百年强半仕三已，五畝就荒天一涯」，便是長慶以後手段。吾故曰：「衰中有盛，盛中有衰，各各含機藏隙。盛者得衰而變之，功在創始；衰者得盛而沿之，弊在趨下。」

（方東樹《昭昧詹言》卷二十一《附論諸家詩話》）

起聯飄忽，以次句托上句，黯然動人。中二聯一路寫景語，有次第，總爲別緒添毫。末句言京中歲月每易蹉跎，蓋諷諭之也。

（黄叔燦《唐詩箋注》卷四）

「度河」當以「霜」言，自北而南也。第三句承此，而「客中」則承首句。後半言今之行也。見曉色於關中，聽「砧聲」於「御苑」，此「長安行樂」之處，君勿耽遊冶而緩其功名也。

唐解參：「言朝來唱歌之遊子，乃『昨夜』經『微霜』而『度河』者也。以獨愁久客之中，而聽此『鴻雁』，對此『雲山』，情何堪乎？況入關而寒景漸迫，至京則『砧聲』愈多，是羈旅之懷日深耳。萬之此行，蓋有志於仕進，故勉之曰：『弗以長安爲行樂之處，使歲月蹉跎而無成也。』」

（吴昌祺評定《删訂唐詩解》卷二十一）

首叙别，二點時候，三四是承遞之筆，三頂上，四引下。五六頂「客中過」，写到京之路，言今尚「微霜」，到京則「寒近」，而「砧聲多」矣。七八勉望結。

（楊逢春《唐詩繹》卷二十）

（頷聯）即景生情。

（宋宗元《網師園唐詩箋》卷十）

高華俊亮，與摩詰各成一調。

（邢昉《唐風定》卷十六上）

「曙」、「晚」字，與起句「朝」、「夜」犯重，皆白璧之玷，未可效尤。又如右丞《早朝》五用衣服字，《望春》五用宮室字，柳州六用地名，都宜指摘，以嚴法□至。其詩之工妙，迥絶烟火，均堪佩服。

（吴瑞榮《唐詩箋要》卷七）

（前四句）景中情。

此種和平之作，後人終擬不到。能辨此作，七律方有歸宿處。可知廋詞替語，劍拔弩張，二者皆非也。

（黄培芳評點《唐賢三昧集》卷中）

連上一章（按指上所選《寄司勛盧員外》）皆七律絶調，聲情洋溢，百誦愈新。

（潘德輿評點《唐賢三昧集》卷中）

張説《灉湖山寺》結句：「若使巢由同此意，不將蘿薜易簪纓。」讀者認「若使」二字作反結詞，愈解愈晦。蓋此承上文種種出塵幽致：若是可使巢、由同此意趣，故不將蘿薜易簪纓也。此「使」字與

《中庸》「使天下之人」「使」字同解，亦與李頎《送魏萬》結句略同：莫以長安行樂之地，致令歲月蹉跎也。二語殊妙，俱不費解。

（葉矯然《龍性堂詩話初集》）

七言（律）之自然者，如……李東川頎之「朝聞遊子唱離歌，昨夜微霜初渡河。鴻雁不堪愁裏聽，雲山況是客中過。關城曙色催寒近，御苑砧聲向晚多。莫見長安行樂地，空令歲月易蹉跎」。（《送魏萬之京》）……等作是也。

（王壽昌《小清華園詩談》卷上）

（次句）「昨夜」「渡河」來，今朝徑向京，「朝聞」二字尤切。（末句）「蹉跎」，失足也。言當及時勤励也。

（竺顯常《唐詩解頤》）

（首聯）暗藏「秋」字，從未離之前咏起。于志寧詩：「賓筵未半醉，驪歌不用催。」「離歌」即驪歌。「河」謂銀河。（頷聯）行程聞淺，路上見深。（頸聯）至成都見早，到京聞晚。此詩從別處叙到京師，不離秋景，其別況更加蕭疎也。（尾聯）結以警醒語勉之：「莫以長安爲行樂之區，空令歲月蹉跎也。」

（蘅塘退士編選、章燮注《唐詩三百首注疏》卷五）

（頷聯）二句俱寫客子行程。（頸聯）「催寒近」，謂漸與寒候近也。「御苑」，禁苑也。二句預料其入關到京時，已是深秋。（尾聯）深恐其以長安爲行樂地，致令蹉跎歲月，故於結語警醒之。（評）前六句就行程所見所聞次第説來，不脱秋景。結末一聯，的是良友規勸之言。

（蘅塘退士編選、張萼蓀評注《新體評注唐詩三百首》卷五）

七言律詩，自唐而始盛，……崔顥《黄鶴樓》一首，古律相參，推爲絶唱。太白《鳳凰臺》詩，思效之而不及也。此外如王摩詰、李東川、岑嘉州輩，最工此體。……初唐沈佺期「盧家少婦」一首，摩詰之《積雨輞川莊》一首，岑嘉州《和賈至早朝》一首，李東川「朝聞遊子」一首，皆格律渾成，爲律詩正體。

（由雲龍《定庵詩話》卷上）

魏萬家在河東，客遊長安，故稱「遊子」。謝朓詩曰：「離歌上春日。」《楚辭》曰：「微霜降而下淪。」《月令》云：「季秋之月，霜始降，鴻雁來賓。」《唐書·地理志》：「同州朝邑縣有蒲津關。韓城縣有梁山、有龍門山，有關。」「曙」一作「樹」。「御苑」在長安。江淹詩曰：「空令歲月逝」，阮籍詩曰：「娱樂未終極，白日忽蹉跎。」《廣雅》曰：「蹉跎，失足也。」後人借爲失時之意。

〇前二韻就「送魏」説，後二韻就「之京」説，乃不僅世故周旋，而終歸朋友切偲。其後魏萬成名，即謂此詩之力可也。

（曹錫彤《唐詩析類集訓》卷二十三）

（首句）送別曲。（次句）以人言。（次聯）逸氣流走。（頸聯）「御苑」、「長安」，俱切「之京」。（末聯）良友規勉。

（胡本淵《唐詩近體》卷三）

李詩在明代嘉、隆時，多奉爲圭臬。雖才力稍弱，而安詳和雅，自是正音。此詩首二句平衍而已。三四句叙客况，句中以「不堪」、「况是」四字相呼應，遂見生動。與「江客不堪頻北望，塞鴻何事亦南飛」同一句法。六句之「向晚砧多」，承五句「關城寒近」而來。收句謂此去長安，當以功名自奮，勿以游樂自荒，繞朝贈策，猶有古風。

（俞陛雲《詩境淺説》丙編）

（次句）「河」，黄河也。此句暗藏「秋」字。（五六句）「關城」，言函谷關也。侵晨較寒，「催寒近」，漸與寒候近也。二句預料入關到京時，已是秋深。（末二句）言莫以長安爲行樂之地，空令歲月蹉跎也。以警醒語作結。

此詩從別處叙到京師，不離秋景，覺得別况更加蕭疏。結聯帶勉勵意，方與尋常送別不同。

（王文濡《唐詩評注讀本》卷六）

後世詩詞險仄尖新之句，《三百篇》每爲之先。如李頎《送魏萬之京》：「朝聞游子唱驪歌，昨夜微霜初渡河」（「昨夜微霜，〔今〕朝聞游子唱驪歌初渡河」），白居易《長安閒居》：「無人不怪長安住，何獨朝朝暮暮閒」（「無人不怪何〔以我〕住長安〔而〕獨〔能〕朝朝暮暮閒」），黄庭堅《竹下把酒》：「不知臨水語，能得幾回來」（「臨水語：『不知能得幾回來』」）；皆不止本句倒裝，而竟跨句倒裝。《詩・七月》已導夫先路：「七月在野，八月在宇，九月在户，十月蟋蟀，入我床下」（「蟋蟀七月在野，八月在宇，九月在户，十月入我床下」）。造車合轍，事勢必然，初非刻意師仿。

（錢鍾書《管錐編》第一册第一五〇頁）

魏萬渡河在前，朝歌在後，然李頎却先寫聞歌，再補出夜渡事。這不僅是因爲客中相遇，先聞歌，再詢知前此之事。更重要的是這樣寫既使起句高壯，突出魏萬形象，又從二句「微霜」進入三、四之「鴻雁」、「雲山」，景物渾然一片，情韻尤長，氣格尤高。

（馬茂元《唐詩選》）

是，因、爲，用作介詞或連詞，引出原因或目的。《樂府詩集》卷四十六《讀曲歌》：「所歡子，不與他人别，啼是憶郎耳。」意即爲憶郎而啼。……李頎《送魏萬之京》詩：「莫是長安行樂處，空令歲月易蹉跎。」陸龜蒙《短歌行》：「人言畏猛虎，誰是撩頭甕？」……汪夢斗《摸魚兒》（過東平有感）詞：「吟情苦，滴盡英雄老淚，凄酸不是兒女。」用法并同。

（王瑛《詩詞曲語辭例釋》）

詩人名篇《送魏萬之京》疑作於是年秋冬。……頎入京，十四載成進士，頎詩云「微霜」、「鴻雁」，則當天寶十三載秋冬所作。據此，天寶十三載，頎猶健在。

（譚優學《李頎行年考》，見氏著《唐詩人行年考》）

詩的節奏韻律清暢流利，雖寫深秋物候景色和游子旅思鄉情，但總的情調是温婉和平的，反映出壯盛時世中士人健康向上的心態。雖無豪語，却顯得清新博大。

（劉學鍇師《唐詩選注評鑒》）

此詩首聯「朝聞游子唱離歌，昨夜微霜初渡河」係倒叙，即先寫今晨魏萬離此赴京，後寫昨夜情事，解者意見一致。問題是「昨夜初渡河」者究竟屬誰。一般都理解爲游子（即赴京之魏萬），如唐汝詢謂：「言朝來唱歌之游子，乃昨夜經微霜而渡河者也。」今人亦多主此説。但次句還可以有另一種理解，即「渡河」者是「微霜」，全句係寫昨夜氣候的變化。中國的氣候，長城内外，黄河、淮河、長江南北是顯著的分界綫。説「昨夜微霜初渡河」，是指秋天的微霜從昨夜開始已從黄河北渡過黄河，整個河南地區已現一片秋色，寫法類似「梅柳渡江春」，而出語似更自然。從情理説，「微霜」可曰「初渡河」，而人則很難説「初渡河」，除非是生平第一次渡越黄河。如「初」作「剛」解，則昨夜夜深霜凝時方渡河而南來，今晨又唱離歌而赴京，則是日夜兼程奔赴了，似無如此匆遽之態。「微霜初渡河」五字啓下「鴻雁」、「樹色催寒」、「砧聲」，正寫氣候之變化引起景物的變化。

（劉學鍇師《讀唐詩名篇零札·李頎〈送魏萬之京〉》，載《唐音淺嘗集》）

【按語】

此詩當是在秋天送別魏萬赴京應進士第而作。應試自是爲了進入仕途，求取功名，故詩末聯的殷切勸勉，也就顯得語重心長，情意深切。詩在寫法上，只有首聯是寫實，昨夜微霜由北渡越黄河之南，今朝游子告別而去。本是平凡的事情，經過作者采用倒叙的方法，并用「朝」、「夜」的具體時間，「微霜」、「渡河」的節候物色加以渲染，就生動而形象，曲折而有致。詩的中二聯都是就游子途中所見所聞來寫，而次句「微霜」的意緒始終藴含其中。無論所見之景還是所聽之聲，都充滿了秋天蕭條冷落的情調，于中傳達出孤寂凄清的游子情懷。雖然它們都是虚擬想象之詞，但是很符合季節的特徵和人物的情境，所以十分真切，讀來頗爲感人。

送李回①〔一〕

知君官屬大司農〔二〕，詔幸驪山職事雄〔三〕。歲發金錢供御府〔四〕，晝看仙液注離宫〔五〕。千巖曙雪旌門上〔六〕，十月寒花輦路中〔七〕。不睹聲明與文物〔八〕，自傷流滯去關東②〔九〕。

【校記】

①「回」劉本作「白」。

②「流」活字本、黄本、凌本、畢本作「留」。

【注釋】

〔一〕李回：參卷二《雙笋歌送李回兼呈劉四》注〔一〕。

〔二〕大司農：漢代官名，掌管朝廷穀貨。此代指唐代司農寺卿。《唐六典》（卷十九）《司農寺》：「司農寺：卿一人，從三品；少卿二人，從四品上。司農卿之職，掌邦國倉儲委積之政令，總上林、太倉、鈎盾、導官四署與諸監之官屬，謹其出納而修其職務；少卿爲之貳。凡京、都百司官吏禄廩，皆仰給焉。」原注曰：「《漢書·百官表》云：『治粟内史，秦官，掌穀貨，有兩丞。景帝更名大農令，武帝更名大司農，秩中二千石。屬官有太倉、均輸、平準、都内、籍田五令、丞，斡官、鐵市兩長、丞；又郡國諸倉、農監、都水六十五官長、丞皆屬焉。』」

〔三〕幸：舊時稱皇帝所至爲幸。驪山：在今陝西省臨潼縣。開元、天寶年間，唐玄宗常在此山避暑，并將朝廷職事也移署於此。《元和郡縣圖志》（卷一）《關内道》（一）：「京兆府，昭應縣，華清宫，在驪山上。開元十一年，初置温泉宫，天寶六年改爲華清宫。又造長生殿，名爲集靈臺，以祀神也。」《新唐書》（卷三十七）《地理志》（一）：「京兆府，昭應縣，本新豐。……有宫在驪山下，貞觀十八年置，咸亨二年始名温泉宫。天寶元年更驪山曰會昌山。三載，以縣去宫遠，析新豐、萬年置會昌縣。六載，更温泉曰華清宫，宫治湯井爲池，環山列宫室，又築羅城，置百司及十宅。」職事雄：所司之職事很隆崇重要。《文選》（卷二十九）劉楨《雜詩》：「職事相填委，文墨紛消散。」審詩頷聯，李回在司農寺的職事當爲温泉湯監、丞乎？《唐六典》（卷十九）《司農寺》：「温泉湯：監一人，正七品下；丞一人，從八品上。温泉湯監掌湯池宫禁之事；丞爲之貳。凡駕幸温湯，其用物不支，所司者皆供之。」

〔四〕歲發金錢：按歲時發放金錢。《漢書》（卷六十八）《霍光傳》：「（昌邑王）發御府金錢刀劍玉器采繒，賞賜所與遊戲者。」御府：皇帝的府庫，收納儲藏天下財物。《史記》（卷三十）《平準書》：「胡降者皆衣食縣官，縣官不給，天子乃損膳，解乘輿駟，出御府禁藏以贍之。」

〔五〕仙液：當指驪山温泉水。參上注〔三〕。唐玄宗在驪山，廣建温泉湯池，以供皇室、大臣沐浴享用。唐人記述頗多。鄭處誨《明皇雜録》（卷下）：「玄宗幸華清宫，新廣湯池，制作宏麗。安禄山於范陽以白玉石爲魚龍鳧雁，仍爲石梁及石蓮花以獻，雕鎸巧妙，殆非人工。上大悦，命陳於湯中，又以石梁横亘湯上，而蓮花纔出於水際。……又嘗於宫中置長湯屋數十間，環迴甃以文石，爲銀鏤漆船及白香木船置於其中，至於楫櫓，皆飾以珠玉。又於湯中壘瑟瑟及沈香爲山，以狀瀛洲、方丈。」鄭嵎《津陽門詩》：「暖山度臘東風微，宫娃賜浴長湯池。刻成玉蓮噴香液，漱迴煙浪深逶迤。」原注：「宫内除供奉兩湯池，内外更有湯十六所。長湯每賜諸嬪御，其修廣與諸湯不侔。甃以文瑶寶石，中央有玉蓮捧湯泉，噴以成池。又縫綴綺綉爲鳧雁於水中。上時於其間泛鈒鏤小舟以嬉遊焉。」離宫：天子出游時所用的宫室。此即指驪山温泉宫。《文選》（卷八）司馬相如《上林賦》：「離宫别館，彌山跨谷。」

〔六〕千巖曙雪：清晨衆多的山峰上白雪映照的景象。《文選》（卷十三）謝惠連《雪賦》：「眄隰則萬頃同縞，瞻山則千巖俱白。」旌門：古時天子出行，在外張設帷舍，樹旌旗爲門的標識，謂之旌門。此指驪山離宫的宫門。《周禮·天官·掌舍》：「掌舍，掌王之會同之舍，……爲帷宫，設旌門。」鄭玄注：「謂王行，晝止有所展肆。若食息，張帷爲宫，則樹旌以表門。」

〔七〕十月寒花輦路中：此句紀實。唐玄宗開元年間常于每年十月駕幸驪山温泉宫，歲末歸京。程大昌《雍録》（卷四）《華清宫圖·温泉》：「温湯在臨潼縣南一百五十步，在麗山西北。……天寶六載，改爲華清宫，於驪山上益治湯井爲池，臺殿環列山谷。開元間明皇每歲十月幸，歲盡乃歸。」又《温泉説》：「温泉在麗山，與帝都密邇，自秦、漢、隋、唐人主皆嘗遊幸，惟元宗特侈。蓋即山建宫，百司庶府皆行，各有寓止，自十月往，至歲盡乃還。」寒花：指菊花。《文選》（卷二十九）張協《雜詩十首》（其三）：「寒花發黄采，秋草含緑滋。」輦路：帝王車駕所經行的大道。

〔八〕不睹：不能親眼見到。聲明文物：意謂衣冠禮樂。《左傳·桓公二年》：「火、龍、黼、黻，昭其文也。五色比象，昭其物也。鍚、鸞、和、鈴，昭其聲也。三辰旂旗，昭其明也。夫德，儉而有度，登降有數，文物以紀之，聲明以發之，以臨照百官。」

〔九〕流滯：留滯。《韓詩外傳》（卷三第三十五章）：「萬物群來，無有流滯。」《史記》（卷一百三十）《太史公自序》：「是歲天子始建漢家之封，而太史公留滯周南，不得與從事，故發憤且卒。」關東：函谷關以東。詩中當指地屬關東的洛陽或潁陽而言。意謂作者自己遠離京城長安。函谷關，參卷一《贈别高三十五》注〔一七〕。

【箋評】

「千巖」二語整練。（李攀龍選、蔣一葵箋釋、黄家鼎評定《刻庵重訂李于鱗唐詩選》卷五）

（首聯）鍾云：「『雄』字粗，是近代人押法。」（尾聯）譚云：「結句宕而厚，老而悲。」譚云：「調中有骨。」（鍾惺、譚元春《唐詩歸》卷十四）

此送李回還朝而自傷「留滯」也。言回以司農官屬而主驪山之事，職專國貨，則「御府」之錢悉君所輸。從「幸驪山」則湯池之液所嘗觀覽，而「旌門」之「曙雪」、「輦路」之「寒花」，亦皆在君目中矣。我因「留滯」「關東」，不得睹此「聲明」、「文物」，且欲棄官而去耳。按：頎嘗爲新鄉尉，豈是時所作邪？（唐汝詢《唐詩解》卷四十三）

（頷聯）唐云：「應首句。」（頸聯）唐云：「應次句。」（唐汝詢《彙編唐詩十集》巳集）

夏元開云：「一東二冬，唐人律詩，通用甚多。五言律，如李白《訪戴天山道士不遇》中、濃、鐘、峰、松；……七言律，如李頎《送李回》農、雄、宫、中、東；……。今人輒以出韻爲非，皆道聽塗説，失於深考。故摭唐律各十首，以見古人法焉。」

（費經虞《雅倫》卷二十四《音韻》）

大司農，秦官名，主錢穀金帛，邊鄉調度，皆爲報給，即治粟内史也。

（李攀龍選、蔣一葵箋釋《唐詩選》卷五）

周云：「寫景秀拔。」

（郭濬評點、周明輔等參訂《增定評注唐詩正聲》卷八）

「十月」句芬藻。

（陸時雍《唐詩鏡》卷十六）

徐子與曰：「詞意大雅，愛惜更深。」

蔣一葵曰：「縱横不廢周折，斫輪手，故臻妙境。」

黄家鼎曰：「『千巖』二語整練。」

周明輔曰：「寫景秀拔。」

（李攀龍輯、孫鑛評點《硃批唐詩苑》卷五）

〔訓〕此詩頎當於爲新鄉尉時作，故通篇叙李回官守之盛。第三句應首句，第四句應次句。五六即其從幸供職所見之景。末自傷外補，不得共與盛典也。雅麗有度，得脉得機。

（周敬、周珽輯，陳繼儒批點《删補唐詩選脉箋釋會通評林》盛唐七律上）

四語「仙液」謂湯池。

（沈德潛《唐詩别裁集》卷十三）

詳詩意，乃送李回赴驪山供職事。第二句領清。三四承明「司農」、「官屬」下，則「驪山」駕幸「職事」時景。結乃歸於己之不遇，而羡慕之意見於言外矣。

《漢・百官表》曰：「秦治粟都尉，景帝改爲大農令，武帝更名大司農。」史游《急就章》曰：「司農少府國之淵。」師古注曰：「司農領天下錢穀，以供國之用。」《通典》：「唐司農卿掌倉儲之事，其屬則有主簿，及上林、太倉、鈎盾、導官四署，有苑總監、諸倉、司竹、温泉湯、諸屯監、搜粟都尉等官。」《史記》：「漢文發御府金錢賜張武以愧其心。」《漢・百官志》有御府令。謝承《後漢書》云：「内庫曰御府。」今詩云供内府，是司農官屬掌苑囿山澤之利，輸之内庫，而兼管湯泉「仙液」者也。「旌門」，行在帳殿所設。《左傳》曰：「虎龍黼黻，昭其文也；五色比象，昭其物也；錫鑾和鈴，昭其聲也；三辰旌旗，昭其明也。夫德儉而有度，等降有數，文物以紀之，聲明以發之，以臨照百官。」

《關中記》曰：「東曰函關，弘農郡界。西至隴關，今汧陽郡汧源縣界。二關之間，謂之關中，東西千餘里。」函關以東謂之「關東」，隴關以西，謂之「關西」也。

（胡以梅《唐詩貫珠箋》卷十四）

（頸聯）秀潔。

（范大士《歷代詩發》卷十一）

就起處之「職事雄」，末處之「不睹」、「自傷」，一似艷而美之者，而不知非然也。此不過因中間譏切玄宗，未免太露，故特爲反筆以掩之耳。「金錢供御府」，無益之費也。曰「歲發」，則年年如此，何時而已乎？「仙液注離宫」，同川之浴也。曰「晝看」，則日日如此，寧知所忌乎？況「千巖」雪滿，「十月」花殘，斯何時歟？是天子固封疆，備邊境，勞農以休息之之時也。而驪山何地？華清何所？「門」有「旌」而「路」有「輦」，將古所謂「文物以紀之，聲明以發之，以臨照百官」者，果如是乎哉！

（趙臣瑗《山滿樓箋注唐詩七言律》卷一）

陳德公先生曰：「此等聲節，真是于鱗淵源所本。」○五六特爲工穩。四句「晝看」「晝」字，爲三句「歲」字作對。○首句出韻。

（盧麰、王溥《聞鶴軒初盛唐近體讀本》卷八）

「職事雄」，以「大司農官屬」而「詔幸驪山」兼「供御」也。三司農「官屬」，四「驪山」，合承一二。五六寫温泉景色，中含「聲名文物」意。結用太史公「留滯周南，不與封禪」，猶己之「留滯關東」，而不觀驪山之「聲名文物」也。押「雄」字俗，通篇亦常語。

（屈復《唐詩成法》卷七）

（三句）「司農」所掌，承一。（四句）「詔幸」所睹，承二，即起五六。

（毛張健《唐詩餘編》卷一）

此即送其扈從也。三四順承一二，五六寫扈從意。中四句皆寫其「聲名文物」也。以「不睹」字反映寫「自傷」意。《漢書》：「治粟内史，秦官，掌穀貨，景帝更名爲大農令，武帝更名爲大司農。」「液」，津也。「仙液」，指湯池。《周禮》：「爲帷宫，設旌門。」《左傳》：「臧哀伯曰：『文物以紀之，聲名以發之。』」「農」字出韻。唐詩七律首句，間有用平聲而不在本韻，借用通韻者，此之謂借韻。

（吴修塢選評、朱之荆集注《唐詩續評》卷三）

三承一，四承二，四句一氣。七跟六句，八跟五句。五恪供新職，六迴顧闕庭；一仰止風華，一驅馳栗冽，相距天淵，而不禁搆辭春容，幾使讀者泯然不覺。故七八直披歷其心事，以慰勞之也。此知「知君」二字，要不苟且漫下。

（譚宗《近體秋陽》卷六）

後半遒轉自在。

（潘德輿評點《唐賢三昧集》卷中）

「聲名」屬李，收前四句。「文物」屬乘輿臨幸，收後二句。勿以誤用《左傳》「聲明」摘之。

（姚鼐《五七言今體詩鈔·七言今體詩鈔》卷二）

《送李回》 首二句，先點出司農本事，以下乃有根。三句司農，四句驪山，五六詔幸，寫得興會，聲色俱壯，乃稱題。結句出作詩本旨。姚評盡之矣。

（方東樹《昭昧詹言》卷十六）

三四正所謂「職事雄」也。五六自言駕幸温泉，景色中藏「聲明文物」，意不□李回。結用太史公「留滯周南，不與封禪」也。

言回以司農官屬而主驪山之職事。御府之錢，是司湯池之液；在目而「曙雪」、「寒花」，亦皆其所歷矣。亦念我之不逢其盛而「留滯關東」耶？頎嘗爲新鄉尉，疑是時所作。

（吴昌祺評定《删訂唐詩解》卷二十一）

（「晝看仙液注離宫」句）「晝」字下得不穩，以湯井爲池，故云。

（吴瑞榮《唐詩箋要》卷七）

《送李回》：「詔幸驪山職事雄」，「幸」當作「領」。

（李慈銘著、張寅彭等編校《越縵堂日記説詩全編》補編簡端記二之丙總集類）

【按語】

此詩送別李回返京就任司農寺的屬官，極盡榮寵清要之譽。此詩的構思頗精巧。友人官屬司農，而其「職事」，緊緊扣住天子行幸驪山享受温泉之樂的情節來寫，可謂靈光獨運。三、四兩句從皇家豪奢富麗中顯現其「職事雄」，五、六兩句則描寫驪山温泉宮所見到的皇帝遊幸的情景，進一步襯托出其「職事」的清要。七八句的「自傷流滯」，對於友人的尊崇榮耀，也可起到反襯的作用。

宿瑩公禪房聞梵〔一〕

花宫仙梵遠微微〔二〕，月隱高城鐘漏稀①〔三〕。夜動霜林驚落葉〔四〕，曉聞天籟發清機〔五〕。蕭條已入寒空静〔六〕，颯沓仍隨秋雨飛〔七〕。始覺浮生無住著②〔八〕，頓令心地欲皈依③〔九〕。

【校記】

①「鐘」活字本、黄本作「鍾」。

②「住」劉本作「生」。

②「皈」劉本、活字本、百家詩本、黄本、凌本作「歸」，畢本作「皎」。

【注釋】

〔一〕瑩公：僧人理瑩的法號，公爲尊稱。參卷一《粲公院各賦一物得初荷》注〔一〕。《全唐詩》（卷八〇八）録有理瑩《送戴三徵君還谷口舊居》詩。李白有《秋夜宿龍門香山寺奉寄王方城十七丈奉國瑩上人從弟幼成令問》、《瑩禪師房觀山海圖》二詩，題中瑩上人、瑩禪師，與此詩瑩公或即一人，則理瑩當是東都洛陽修竹坊奉國寺僧。禪房：又稱禪室，僧人坐禪修煉之室。《洛陽伽藍記・景林寺》：「寺西有園，多饒奇果。春鳥秋蟬，鳴聲相續。中有禪房一所，内置祇洹精舍，形製雖小，巧構難比。」參前《送綦毋三寺中賦得紗燈》注〔二〕。梵：梵音，梵唄，指僧人的誦經聲或做法事時的歌咏讚嘆之聲。《法華經・序品》：「梵音深妙，令人樂聞。」《楞嚴經》（卷六）：「梵唄咏歌，自然敷奏。」

〔二〕花宮：佛寺。李白《秋夜宿龍門香山寺奉寄王方城十七丈奉國瑩上人從弟幼成令問》：「玉斗横網户，銀河耿花宮。」王琦注：「花宮，佛寺也。佛説法處，天雨衆花，故詩人以佛寺爲花宮。」仙梵：梵唄聲。庾信《奉和同泰寺浮屠》：「天香下桂殿，仙梵入伊笙。」遠微微：隱隱約約地向遠處散發傳播。《文選》（卷三十）沈約《學省愁卧》：「虚館清陰滿，神宇曖微微。」同人《留真人東山還》：「連峰竟無已，積翠遠微微。」

〔三〕月隱：明月隱没，謂夜已很深。高城：當指洛陽城。鐘漏：打更的鐘聲和計時的漏聲。張正見《從籍田應衡陽王教作詩五章》（其二）：「洛城鍾漏息，靈臺雲霧卷。」

〔四〕夜動霜林驚落葉：梵聲在秋夜穿越樹林渾似落葉之聲，形容其幽細冷寂。

〔五〕天籟：自然界的聲響。《莊子·齊物論》：「汝聞人籟而未聞地籟，汝聞地籟而未聞天籟夫！」

清機：清净的心機。《文選》（卷二十九）曹攄《思友人詩》：「精義測神奥，清機發妙理。」李善注：「機，樞機也。」

〔六〕蕭條：稀疏貌，疏散貌。《文選》（卷八）揚雄《羽獵賦》：「羡漫半散，蕭條數千里外。」

〔七〕颯沓：象聲詞。形容梵音。謝朓《和劉西曹望海臺》：「差池遠雁没，颯沓群鳧驚。」

〔八〕浮生：形容短暫而飄浮不定的人生。《莊子·刻意》：「其生若浮，其死若休。」成玄英疏：「其生也如浮漚之暫起，變化俄然。」無住著：没有泥滯之處。即無所寄托之意。無住，佛教語，佛謂法無自性，無所住着，隨緣而起，故無住爲萬有之本。張相《詩詞曲語辭匯釋》（卷三）：「着猶泥也；滯也。……李頎《宿瑩公房聞梵》詩：『始覺浮生無住着，頓令心地欲皈依。』住着，亦佛家語，着與住均有泥滯義，故合爲一辭。」

〔九〕心地：思想，意念。佛教語。《本生心地觀經》（卷八）：「衆生之心，猶如大地，五谷五果從大地生，……以是因緣，三界惟心，心名爲地。」《五燈會元》（卷二）《圭峰宗密禪師》：「源者，是一切衆生本覺真性，亦名佛性，亦名心地。」皈依：亦作歸依。信奉佛、法、僧三寶，表示歸順依附。隋慧遠《大乘義章》（卷十）：「歸投依伏，故曰歸依。」《魏書》（卷一百一十四）《釋老志》：「率在於積仁順，蠲嗜慾，習虚静而成通照也。故其始修心則依佛、法、僧，謂之三歸，若君子之三畏也。」

【箋評】

唐云：「深渾清絶，字字入禪，七律中求可敵此者，指不多屈。」（次句）唐云：「『聞梵』之時，何等幽寂。」（末句）唐云：「結歸無生，便有着落。」

（唐汝詢《彙編唐詩十集》甲集）

此「聞梵」而有悟也。言梵聲微細，聽之於月落漏稀之時，方其乘夜而動，則散於「霜林」，因驚其聲爲「落葉」。向曉而聞，則雜以「天籟」，愈發吾心之「清機」。既若寂滅於「寒空」，且復托聲於「秋雨」，蓋其乍鳴乍寂，若有若無，以示虚空無住，是以使我頓悟浮生之理而欲皈依於禪也。

（唐汝詢《唐詩解》卷四十三）

寬緩絶難。

（李攀龍選、王穉登評《唐詩選》卷五）

「梵音」，亦曰「梵唄」，贊咏聲也。「花宫」，佛所處也，亦曰「花宧」。

（李攀龍選、蔣一葵箋釋《唐詩選》卷五）

寂照。○今人何必講學，此真學問也。

唐仲言曰：「深渾清絶，字字入禪，七律中求可敵此者，指不多屈。」

（李攀龍選、蔣一葵箋釋、黄家鼎評定《刻庵重訂李于鱗唐詩選》卷五）

鍾云：「細潤幽亮，静理深心。」

（前四句）譚云：「今人何必講學，此真學問也。」（頸聯）譚云：「微妙處只似人作五言律，非大手不能。」

（鍾惺、譚元春《唐詩歸》卷十四）

「寒空静」，「秋雨飛」，獨到。起語□□欲富麗，兩聯形容梵音清切，結歸釋理，乃見本色。

（李維禎《唐詩雋》卷四）

咏物絶唱，無以逾此。起句帶景，欲其富麗。兩聯形容梵聲，清切奇拔。結歸釋理，乃見本色。

寬緩絶難。

（顧璘批點《唐音》卷四）

李頎「花宫仙梵」、「物在人亡」二章，高適「黄鳥翩翩」、「嗟君此别」二咏，張謂「星軺計日」之句，孟浩然「縣城南面」之篇，不作奇事麗語，以平調行之，却足一倡三嘆。

（王世貞《藝苑卮言》卷四）

七言律咏物，盛唐惟李頎「梵音」絶妙。

（胡應麟《詩藪·外編》卷五）

詠物七言律，唐自「花宮仙梵」外，絶少佳者。

（胡應麟《詩藪・續編》卷二）

（次聯）形容清切。

郭云：「清渾無際，語語入禪。」

（郭濬評點、周明輔等參訂《增定評注唐詩正聲》卷八）

不精亦得不俚。

（陸時雍《唐詩鏡》卷十六）

周敬曰：「寂照，從大乘禪悟來。」

薛應旂曰：「寬緩絶難。」

〔訓〕寫梵之乍鳴乍寂，若無若有，靈妙。非深於禪理者説不出，從「聞」有悟之作。

（周敬、周珽輯，陳繼儒批點《删補唐詩選脉箋釋會通評林》盛唐七律上）

元瑞《詩藪》曰：「宋玉賦，昭明《選》外，《古文苑》所收六篇，已大半可疑。陳氏《文選補遺》，乃有《微詠賦》一篇，題宋玉撰。余閲之，怪其詞迴不類。又「微詠」名義，殊不通。細考，乃知宋王微所作《詠賦》。微，《宋書》、《南史》俱有傳，不載此賦，蓋見於他選中，首題宋王微《詠賦》。陳氏不熟其人，遂以意加點作『玉』，而以『微』字下屬於『詠』，謂爲宋玉所撰，可笑也。弘、正間，編《廣文選》，亦以此賦爲玉。楊用修大譏之，不知其誤，自是承襲前文。噫！一賦耳，選者考核者註誤糾紛乃爾，可不慎哉。」又《筆叢》曰：「楊用修云：『近閱《廣文選》，宋玉《微咏賦》，乃誤王爲玉，而題云《微咏賦》，下書宋玉之名，不知王微乃南宋人，史具有姓名，而疏謬如此。』陳晦伯正楊云：『《微咏賦》，陳仁子《文選補遺》已載之矣。以陳詞賦非長，故不辨六朝戰國而目耳。又云王微，本傳不云有《咏賦》之作，豈别有見耶？』應麟按：此則用修爲得，晦伯失之。史傳中詞賦之名安能盡載？不可以本傳不録爲疑。若《廣文選》之誤，是承襲《補遺》，用修亦未審也。」

詮曰：予始覽《文選補遺》、《廣文選》，見宋玉《微咏賦》，深訝其紕。及閱用修、元瑞二公揚榷，益以爲快，然恨未見所出書也。後讀陸龜蒙《自遣詩》云：「月淡花開夜已深，宋家《微咏》若遺音。重思萬古無人賞，露濕清香獨滿襟。」則此賦實三閭弟子作矣。賦蓋出於宋玉集中。唐世載籍未淆，魯望當及見之，不應有誤也。元瑞既云《宋書》、《南史》傳不載此賦，而駁議復云史傳中詞賦安能盡載，則自爲齟齬矣。「微咏」名義，予謂右丞詩「花宫仙梵遠微微」，蓋用其意者。黄若木則云：「即玉賦所謂『以微詞相感動』者」，亦眇論也。且此賦惟起處稍似六朝體制，中間頗多騷楚遺音。晦伯之疑，未遽爲失耳。識之，以俟博通君子。

（周嬰《卮林》卷九）

情景正合。

（郝敬《批選唐詩》卷二）

（「蕭條已入寒空静，颯沓仍隨秋雨飛」二句）二語正寫梵音。

（沈德潛《唐詩别裁集》卷十三）

（前解）只起句「遠微微」三字實寫，已下悉用揣測成文，奇絶，妙絶！猶言此何聲耶？爲是鐘？爲是漏？論此時，月落城陰，即鐘漏已歇。然則霜葉耶？抑天風耶？若在「夜動」，則或霜葉，今自「曉聞」，恐是天風。凡寫三七二十一字，悉不寫梵，而梵之妙諦已盡。或試别擬，已更無着筆處。何也？梵固不可得而着筆也。

（後解）妙絶，妙絶！此天然是「聞梵」，天然不是聞歌。今後縱有妙筆再欲擬作，任是髯枯血竭，亦終作得聞歌，決作不出「聞梵」也。「蕭條已入」，妙！便是過去法過去。「颯沓仍隨」，妙！便是現在法無住。此爲親眼現見三世三心，了不可得，又安能不生無所住心？

（金聖嘆《貫華堂選批唐才子詩》）

本來清虚遠俗之題，而作者淘洗膚滓，造入神髓，通篇精膩，又緊切題面，真妙□也。起用喝出，而用鐘漏陪襯，只以「動」、「同」、「入」、「隨」四字爲眼目，餘皆以旁物襯出。結亦自然。按「同」字中間方有梵音，若作「聞」，則止聞「天籟」而無梵音矣。彌勒上生兜率，繼曰是諸寶冠，化作五百萬億寶宫，一一光明中有五百億蓮花。「花宫」蓋即華宫。《長阿含經》曰：「梵音有五種，一正直，二和雅，三清徹，四深滿，五周通遠聞。」《莊子》：「南郭子綦曰：『汝聞人籟而未聞地籟，汝聞地籟而未聞天籟乎？』顔成子游曰：『地籟則衆竅是已，人籟則比竹是已，敢問天籟？』子綦曰：『夫吹萬不同而使其自已也。』」注曰：「此天籟也。籟，簫也。」《莊子·刻意篇》曰：「其生若浮。」《楞伽經》：「持地菩薩言：『我昔往時，于一切要路津口，田地險，我皆平填，或作橋梁。毗舍如來摩頂，謂我當平心地。』」

（胡以梅《唐詩貫珠箋》卷四十三）

首句貼「聞梵」字，倒出題法。次句貼「宿」字。佛以香花爲上，梵音有五，其一周遍遠聞。三四見梵音出於林表，「驚落葉」、「發清機」，因夜宿而有「蕭條」、「颯沓」，皆寫秋夜獨宿。此心與梵音俱遠，篇中「微」、「稀」、「清」、「静」等字，大有會心。至此而塵念冰消，心地潔净，有不悟浮生而發皈依之念者乎！全用賦體。

（吴烶《唐詩選勝直解》）

《宿瑩公禪房聞梵》起句點梵。次句寫宿時景。中四句實賦梵唄，中有「宿」字，「聞」字，造句警健縱横，足供吟咏。收衍題而已。

杜公大開大合，空中摶捖，如金翅擘天，神龍戲海，雄渾轉折，沈鬱頓挫，闊大忠壯，有本有物，即勺水以見全象。此輞川乃無，何論東川。大約東川托意不遠，氣格淺近，言盡而意亦盡，而章法明整，調甚諧，用事典切麗則，此其長也。輞川托意亦不遠，而筆勢雄放奇縱，用事更神助自然，不着痕迹，設色天然高秀，以較東川，有仙凡之判，不可同語也。杜公托意及筆勢氣格變化，如孔子之聖、如來之禪，非輞川可及也。

（方東樹《昭昧詹言》卷十六）

右丞《櫻桃》，新鄉《聞梵》，皆咏物絶唱，千秋以下，更難措手。（邢昉《唐風定》卷十六上）

開後人咏物之體例。五六振得起。此詩清微蕭爽，能得聲韻之妙，故佳。（黄培芳評點《唐賢三昧集》卷中）

一「聞梵」，二「宿禪房」。三四承二，五六承一。順結「動霜林」、「驚落葉」，既比梵音，又云「曉聞天籟」、「寒空」、「秋雨」，複甚。起「遠微微」三字好，以下無情致。看長卿《觀休如師梵》五言律自知。（屈復《唐詩成法》卷七）

（五句）高脱。（王熹儒《唐詩選評》卷七）

曰「聞天籟」則即指梵音矣。「霜林」句不相配，且與五六句意相似，亦詩家之一病也。願與有識參之。言梵聲微細，在月落漏稀之時，散「霜林」而動「天籟」，既寂滅於「寒空」，復托聲於「秋雨」，乍鳴乍寂，若有若無，使我頓悟浮生之理，而欲皈依於禪也。（吴昌祺評定《删訂唐詩解》卷二十一）

意境俱佳，爲頎七律中第一警策。（張世煒《唐七律雋》）

惟無鐘漏，故梵聲遠聞。第二句虛處實做法也。三四猶云聞梵音動「霜林」，聞梵音動「天籟」，兩句俱有「聞」、「動」二字，此亦雙關對法。若不如此，以「天籟」直指梵音，則「聞」字是本題字，與上不配矣。中四皆摹神之筆，句亦奇警。「動」、「聞」、「入」、「隨」四字，皆摹「遠微微」也。「天籟」出《莊子》。「颯沓」，衆盛貌。結言頓悟浮生之理而皈依於禪也。

（吴修塢選評、朱之荆集注《唐詩續評》卷三）

（前四句）本作「聞」去，此去聲，誤用字，欲與斡旋，使對文不對意。上句梵聲動林，下句人間梵聲。「聞」字之平聲，然後乃確。顧兩聯并洗發梵聲，七八始出「聞」字，題若於此四句突入人「聞」，則文氣偏雜，不成律度矣，爲改「傳」字。

（五六句）「驚落葉」、「發清機」，理圓致徹，姚越放蕩。（七八句）常結。然常結而恰好，便成隱結、老結。

（譚宗《近體秋陽》卷六）

「花宫」，佛寺之稱。天竺梵語爲梵音。庾信詩云：「仙梵入伊笙」，其音及遠，微微清澈。月落而隱，鐘鳴而漏將盡，故「稀」。首句寫禪房梵音，此句寫「宿」。梵音乘夜而「動」，散於「霜林」。「驚」其聲如「落葉」。此下全寫「聞」字。至將曉而聞其聲，如「天籟」之相雜。凡孔竅機括皆曰「籟」。「天籟」，則人心自動者是已。此即心機也。必塵心息，而後「清機」發。言梵音忽寂，其時「蕭條」無聲，如已入「寒空」而萬物皆静。言梵音又起，如風之颯然而至，復隨「秋雨」而飛，不足捉摸也。以梵音之忽鳴忽住，無住無著，始悟人生之理亦猶是也。《莊子》曰：「其生若浮，其死若休。」「頓令」與「始覺」應。塵心忽寂，道心初生，頓然而起皈依佛法僧之想。梵音之感人，乃如是也。

〔總評〕前解只於起句寫「禪房」夜「宿」，以後全描「聞梵」之神。

（王堯衢《唐詩合解箋注》卷十）

東川詩典贍風華，兼復音調句亮，盛唐能手。此首起句借景以舒其富麗，中二聯形容梵音清切婉美，末歸禪理，乃見本色，咏物絶唱。

（吴瑞榮《唐詩箋要》卷七）

【按語】

此詩摹寫梵音，體物之妙，歷來受人稱賞。首聯點「聞梵」的時、地，渲染出夜深人寂的環境氛圍。中二聯一句一意，都是借夜間、秋天自然界的情景，比喻形容梵聲，將梵音的幽寂、清閴、蕭疏、冷澀，不斷變化，似斷若續，似有若無的特點，作了精微入妙的摹寫。其清虚空靈，飄忽蕭散的韻致，使人從梵音體認到禪理而欲皈依。末聯即此作結，不着痕迹，自然渾成。

題璿公山池〔一〕

遠公遁迹廬山岑〔二〕，開士幽居祇樹林①〔三〕。片石孤峰窺色相〔四〕，清池皓月照禪心②〔五〕。

指揮如意天花落〔六〕，坐卧閑房春草深〔七〕。此外俗塵都不染，惟餘玄度得相尋③〔八〕。

【校記】

①「士」下原注：「一作山。」「士」劉本、活字本、百家詩本、黄本、凌本作「山」，畢本原作「山」後改作「士」。「衹」黄本、畢本作「秖」。

②「皓」下原注：「一作白。」「皓」劉本、活字本、百家詩本、黄本、凌本、畢本作「白」。劉本詩末小注：「月一作石。」

③「惟」劉本、凌本作「唯」。

【注釋】

〔一〕璿公：僧人的法號。公是尊稱。《世説新語》中即稱支遁爲支公、林公等。王維《謁璿上人》（并序），陳鐵民《王維集校注》認爲璿上人即開元末江寧（今江蘇省南京市）瓦官寺璿禪師。《宋高僧傳》（卷十七）《唐金陵鍾山元崇傳》所説「璿禪師」，《景德傳燈録》（卷四）載「嵩山普寂法嗣」中之「瓦棺寺璿禪師」可參證。李白有《爲竇氏小師祭璿和尚文》，詹鍈認爲璿和尚就是唐江寧瓦官寺的璿禪師，與上述王維詩中的璿上人爲同一人（參瞿蜕園、朱金城《李白集校注》該文評箋資料）。瞿、朱二先生同時亦認爲李頎此詩中的璿公，就是王、李詩文中所説的璿上人或璿和尚。據此，李頎當於漫游吴越時途經江寧，訪瓦官寺，爲璿公題咏山池，創作此詩的。

〔二〕遠公：晉高僧法號，此借指璿公。遁迹：隱藏踪迹。即遠離世俗之意。廬山：即今江西省九江市廬山。遠公長期居住廬山東林寺。此借指璿公所居之處江寧瓦官寺。梁釋慧皎《高僧傳》（卷六）《晉廬山釋慧遠》：「釋慧遠，本姓賈氏，雁門婁煩人也。……時沙門釋道安立寺於太行恒山，弘贊像法，聲甚著聞，遠遂往歸之。……後欲往羅浮山，及届潯陽，見廬峰清静，足以息心，始住龍泉精舍。……時有沙門慧永，居在西林，與遠同門舊好，遂要遠同止。永謂刺史桓伊曰：『遠公方當弘道，今徒屬已廣，而來者方多。貧道所棲褊狹，不足相處，如何？』桓乃爲遠復於山東更立房殿，即東林是也。遠創造精舍，洞盡山美，却負香爐之峰，傍帶瀑布之壑，仍石壘基，即松栽構，清泉環階，白雲滿室。……自遠卜居廬阜三十餘年，影不出山，迹不入俗。」

〔三〕開士：佛教對高僧的稱呼。慧琳《一切經音義》（卷三）：「開士，謂以法開導之士也。梵云扶薛，又作扶薩，或言菩薩是。」《釋氏要覽》（卷上）《開士》：「《經音疏》云：開，達也，明也，解也。士則士夫也。經中多呼菩薩爲開士。前秦苻堅賜沙門有德解者號開士。」祇樹林：祇園。本是古印度佛教祇陀太子所置之園林，後即指佛寺。《一切經音義》（卷十）：「祇樹，梵語也。或云祇陀，或云祇洹，或云祇園，皆一名也。正梵音云誓多，此譯爲勝，彼斯匿王所治城也。太子亦名勝，給孤長者，就勝太子抑買園地，爲佛建立精舍，太子自留其樹，供養佛僧，故略云祇樹也。」

〔四〕色相：佛教指萬物外在的形態、體貌。《楞嚴經》：「離諸色相，無分別性。」《涅槃經・德王品四》：「（菩薩）示現一色，一切衆生皆見種種色相。」

〔五〕禪心：禪定寂静之心。江淹《吴中禮石佛》：「禪心暮不雜，寂行好無私。」

〔六〕指揮：猶揮動。《文選》（卷二）張衡《西京賦》：「洪涯立而指麾。」如意：僧人誦經時手執之具。原爲搔癢的工具。由竹、木、骨等材料製成，有一長柄，三尺左右，一端成爪形，人用以搔背癢，非常舒服，可隨人意，故名。人們隨身携帶，常持手中。後來，高僧、菩薩等皆手持如意，其形制及功能也逐漸改變，變成佛教的一種吉祥物。《釋氏要覽》（卷中）《如意》：「如意之製，蓋心之表也，故菩薩皆執之。狀如雲葉，又如此方篆書『心』字故。……如人之意，故名如意。」天花：參卷一《題神力師院》注〔九〕。

〔七〕閑房：幽静寂謐的房室。此指禪房。《玉臺新詠》（卷二）曹植《雜詩五首》（其四）：「閑房何寂寞，緑草被階庭。」

〔八〕惟餘：惟有，只有。玄度：許詢，字玄度，生卒年不詳，晋代詩人、玄學家。許詢與王羲之、劉惔、孫綽、謝安、支遁諸人交游宴集，弋釣嘯咏。生平事迹散見《晋書》《世説新語》等書中。相尋：尋訪、拜訪。此句作者自比許詢，而以高僧支遁暗比璿公。句意謂自己尋訪了只與高人來往的名僧璿公。《世説新語・文學》：「支道林（遁）、許掾（詢）諸人共在會稽王齋頭。支爲法師，許爲都講。支通一義，四坐莫不厭心。許送一難，衆人莫不抃舞。但共嗟咏二家之美，不辯其理之所在。」

【箋評】

（頷聯）譚云：「人知下句『照』之妙，不知『窺』字尤妙。」又云：「每將中二聯閑時誦之，道心頓生。」（尾聯）鍾云：「可恨用套語作結。」（鍾惺、譚元春《唐詩歸》卷十四）

（六句）唐云：「上聯有迹，下聯方入化境。」（劉邦彦《唐詩歸折衷》卷一）

整齊中忽一參差，趣。細玩此古樸無華，非老手不能。（李維禎《唐詩雋》卷四）

此篇初看似音律參差，句法錯雜，詳玩乃見古樸處，不得不如此，自是老態。（顧璘批點《唐音》卷四）

不事拘對，而詩韻自佳。（桂天祥《批點唐詩正聲》卷十六）

看他不拘處，「都」、「惟」一字相呼應。

（李攀龍輯、袁宏道校《唐詩訓解》）

辛亥之春，余除服起家，朝謁甫畢，客舍頗暇，乃取唐諸家，選其詩類分之，專祖聲韻，兼采才情。初唐未協，李、杜變格，皆不經選。崔顥《鶴樓》之咏，李頎《璿池》之作，亦別置焉。嘗與程松谿、孫季泉二禮侍論此。後處州方守刻博選唐七言詩，具載序中。

（皇甫汸《解頤新語》卷八）

《毛詩注疏》，詩之篇什次第，乃晋僧慧遠所訂。又李德裕詩云：「遠公説《易》長江上，龍樹收經龍藏中。」既説《易》，又訂《詩》，是有功於經也。寺志載其記一篇，詩一首，皆藻麗警拔，與淵明伯仲。又《王昌齡集》有《題遠公畫江淮名山圖》，蓋又善丹青之妙，乃文儒而隱於染衣者也。李頎詩所傳「遠公遁迹廬山岑」，信矣！近日學禪士夫，乃束書不觀，口無雅談，手寫訛字，寧不愧於僧徒乎？

（楊慎《均藻·遠公文藻》）

李頎：「片石孤峰窺色相，清池白石照禪心。」唐人亦未嘗忌重叠也。

（葉盛《水東日記》卷三十六《〈詩林廣記〉參評》）

嚴羽卿論詩，以爲當如「水中之月，鏡中之花」，此詩家妙語也。又引禪家「羚羊挂角」、「香象渡河」等語，正以見作詩者當「不落理路，不着言筌」。學詩者誠不可不知此意。然觀王右丞《輞川别業》與《積雨輞川莊作》、李頎《題璿上人山池》諸篇，皆從實地説，何曾作浮濫語？今人則全無血脉，一句説向東，一句説向西，以爲此「不落理路，不着言筌」語，即「水中月、鏡月花」也。此何異向癡人説夢？而羽卿數語，無乃爲疑誤後人之本耶？

（何良俊《四友齋叢説》卷二十四）

《五十家唐詩》李頎《題璿公山池》：「片石孤雲窺色相，清池皓月照禪心。」「孤雲」改作「孤峰」，「皓月」改作「白月」。夫既言「片石」，又曰「孤峰」，不免疊牀架屋。若「白月」，則前無所本，只是杜撰，以啓後人换字之端。蓋唐詩爲庸俗人所改，如此類甚多，其疑誤後學，可勝道哉！

（何良俊《四友齋叢説》卷三十六）

「遠公遁迹廬山岑」，刻本下皆云「開山幽居」，不惟聲調不諧，抑亦意義無取。吾弟懋定以爲「開士」，甚妙。蓋言昔日遠公遁迹之岑，今爲開士幽居之地。「開士」，見佛書。

（王世貞《藝苑巵言》卷四）

李頎七言律，最響亮整肅。忽于「遠公遁迹」詩第二句下一拗體，餘七句皆平正，一不合也；「開山」二字最不古，二不合也；「開山幽居」文理不接，三不合也；重上一「山」字，四不合也。余謂必有誤。苦思得之，曰必「開士」也。易一字而對仗流轉，盡祛四失矣。余兄大喜，遂以書《藝苑巵言》。

余後觀郎士元詩云：「高僧本姓竺，開士舊名林」，乃元襲用頎詩，益以自信。

（王世懋《藝圃擷餘》）

《題璿公山池》云：「遠公遁迹廬山岑，開山幽居祇樹林。」弇州公以「開山」聲調不協，欲改爲「開士」。此元人郝天挺《唐詩鼓吹注》中説也。吾謂「遠公」即指「璿公」，「開山」即就上「廬山」，衍下做到「山池」上，意義實然，雖不叶，不可改也。不然一人耳，既擬之遠公矣，復泛稱爲「開士」，可乎？

（胡震亨《唐音癸籤》卷二十一）

（頷聯）「孤雲」一作「孤峰」。「皓月」一作「白月」。非。既言「片石」，又云「孤峰」，不免叠牀架屋。若「白月」，則前無所本，只是杜撰，改换字之端耳。（頸聯）看他不拘處。（尾聯）晉僧慧遠至潯陽，見廬峰清静，結宇東林，自年六十，不復出山。

（李攀龍選、蔣一葵箋釋《唐詩選》卷五）

人知「照」字妙，不知「窺」字尤妙。○静時讀之，道心自生。

黄爾調曰：「趙州茶，臨濟棒，大慧竹篦，不如從此詩悟入。」

（李攀龍選、蔣一葵箋釋、黄家鼎評定《刎庵重訂李于鱗唐詩選》卷五）

李頎僧寺詩，每多超詣語。又有《宿瑩公禪房聞梵》詩云（原詩略）。

（程元初《盛唐風緒箋》卷六）

五六語境最是自得。（陸時雍《唐詩鏡》卷十六）

此賦璿公山池之勝。意謂古來禪師必有息心之地，如惠遠則栖廬阜，開士則居祇林。今公則觀空乎山雲水月之間，安禪乎花落草深之處，則是兼二公之幽境矣。俗塵安得而染之哉！而我悟法，如玄度而得相尋耳。頎亦以高人自負也。（唐汝詢《唐詩解》卷四十三）

唐云：「舊本『開山』，從王敬美説作『開士』，議甚確。舊本『雲』作『峰』，與『石』字叠，非。鍾本『皓』作『白』。」

唐云：「若作『開山』，則『遁迹』、『幽居』、『廬山』、『祇樹』，不應叠用。」（唐汝詢《彙編唐詩十集》甲集）

程元初曰：「李頎僧寺詩，每多超詣語。」

蔣一梅曰：「首尾用事相應。」

唐汝詢曰：「五六化境。」

鍾惺曰：「不爲俗塵所染，方能説法度人，但恐相尋者不多玄度耳。」

周珽曰：「新鄉《山池》《聞梵》二詩，維摩之即悟，楞伽之幽深，狎入筆端，可與禪經諸子中分鼎足。

〔訓〕觀空乎山雲水月之間，安禪乎花落草深之處，形容璿公清淨空寂入微。結以玄度比己，自負亦高。又唐仲言云：「若作『開士』，則『遁迹』、『幽居』、『廬山』、『祇樹』，不應疊用。」蔣仲舒云：「既言『片石』，又曰『孤峰』，不免疊床架屋。若『白月』，則無所本。」珽酌諸本，定爲「開士」；「孤雲」、「皓月」便成全璧。乃知作詩雖不可泥，然點勘亦不可少也。

（周敬、周珽輯、陳繼儒批點《删補唐詩選脉箋釋會通評林》盛唐七律上）

七言律首句之起，難于單刀直入；次句之接，難于送迎際會。如李頎「開山幽居祇樹林」，「開山」字俗律乖，或改作「開士」，出於臆定。蘇頲「東望望春春可憐，更逢晴日柳含煙」，張説「空山寂歷道心生，虚谷迢遥野鳥聲」，祖詠「燕臺一去客心驚，鐘鼓喧喧漢將營」，高適「黄鳥翩翩楊柳垂，春風送客使人悲」，岑參「長安雪後似春歸，積素凝華聯曙暉」，杜甫「聞道長安似弈棋，百年世事不勝悲」，俱爲第二接句所累。

（馮復京《説詩補遺》卷七）

若李頎「遠公遁迹」之句，而云「玄度相尋」，則誤耳。事雖誤而語自工也。作者興至，揮毫未檢册子，此亦常事。而注者遂云玄度與遠公爲物外友，詮詩不檢册子，則不可。

（方弘静《千一録》卷十一）

李頎詩「坐卧閑房春草深」，客有疑房中深草非情者。詩意不然，謂不出房而不知草之深耳。

（方弘静《千一録》卷十一）

詩家用事多誤，由興至揮毫，惟求句工，不暇檢册子也。……李頎「遠公遁迹廬山岑」，結乃云：「惟餘玄度得相尋。」玄度自與支遁來往，胡不用陶令也？其詩之工，不妨絶唱，然學者未可以爲當然耳。

（方弘静《千一録》卷十二）

「遠公遁迹廬山岑」，以遠公比璿公，而以璿公爲遠公。唐人每多是體，遂以爲例，亦詩之一蔽也。二王以「開山」爲「開士」，似得，而繹之未然，作者勿效此體可也。結句玄度誤耳，而注者以爲遠公友；注如此者亦多，乃知闕所不知爲君子也。題曰《山池》，「開山」非誤。

（方弘静《千一録》卷十二）

清鬯有趣。（郝敬《批選唐詩》卷二）

（「惟餘玄度得相尋」句）「玄度」，許詢字。（沈德潛《唐詩别裁集》卷十三）

王麟洲曰：「李頎七言律，最響亮整肅，忽于『遠公遁迹』詩第二句下一拗體，餘七句皆平正，一不合也；『開山』二字最不古，二不合也；『開山幽居』文理不接，三不合也；重上『山』字，四不合也。謂必有誤。苦思得之，曰必『開士』也。易一字而對仗流轉，盡祛四失矣。後觀郎士元詩：『高僧本姓竺，開士舊名林』，乃知襲用頎詩。」

吴旦生曰：「元遺山選《唐詩鼓吹》，載頎此詩。其時，中書左丞郝天挺受業於遺山，遂注《鼓吹》十卷。而頎詩首云：『遠公遁迹廬山岑，開山幽居祇樹林。』郝於此下注云：『開山疑作開士』。則在元初，已早有具眼矣。麟洲苦思，乃與吻合耶？

楊升庵謂太白詩：『衡嶽有闡士，五峰具真骨。』按『闡士』即『開士』也。《海録碎事》直作『衡嶽有開士』，因引《楞嚴經》云：『十六開士悟圓通』。余按：白樂天作《金字經碑》云：『開士悟入諸佛，知見以義度無邊，以圓教垂無窮，莫尊於《妙法蓮花經》。』陳子良《辨正論序》云：『釋法琳實開士之棟梁，法城之墻塹也。葉和尚贊海英嶽靈，誕彼開士。』注謂『開衆生信心』。」

（吴景旭《歷代詩話》卷四十七《庚集二》唐詩·卷上之中）

此言璿公如遠公之「遁迹廬山」，鑿池以作「幽居」，如在「祇樹林」中也。其在此山，「片石」成峰，疑「窺」君之「色相」；「清池」受月，堪點君之「禪心」。且當閑居時，或指或揮如意，感天花之墮；或坐或卧「閑房」，看春草之生。自公居於此地，「塵俗不染」，惟有高士如許詢者乃得尋訪，以聆談論。則前有遠公，今有璿公，率此相比，爲不誣矣。

（錢牧齋、何義門評注《唐詩鼓吹評注》卷四）

新鄉長於七字，古詩、今體并是作家。其藴氣調辭，含毫瀝思，緣源觸勝，別有會心。嚮來選家，徒以音節高亮賞之，乃牝牡驪黄之見耳。

（范大士《歷代詩發》卷十一）

（前解）此借遠公當璿公也。一是從世間遁入山中。二是從山中開出精舍。三「色相」句，著「片石孤雲」，妙！石亦不常，雲亦不斷，若問「色相」，「色相」如是。四「禪心」句，着「清池白月」，妙！月亦不一，池亦不異，若問「禪心」，「禪心」如是。誠能是，則「遁迹」可，「開山」又可；設不然，則「遁迹」不應又「開山」，「開山」便是不「遁迹」也。三寫山，四寫池。

（後解）「指揮如意」，寫璿公動相也。「坐卧閑房」，寫璿公静相也。七句「此」字，正指滿房落花，繞床深草。言璿公面前，只許爾許，其外更無雜色人闖得一個入來，所以深表己之爲一色人也。

（金聖嘆《貫華堂選批唐才子詩》）

王敬美世懋《藝圃擷餘》曰：「李頎七言律，最響亮整肅，忽于『遠公遁迹』詩第二句下一拗體，餘七句皆平正，一不合也；『開山』二字最不古，二不合也；『開山幽居』文理不接，三不合也；重上一『山』字，四不合也。必有誤。苦思得之，必『開士』也。易一字而對仗流轉，盡祛四失。」王元美《藝苑巵言》曰：「『開山幽居』，不惟聲調不諧，抑意無取，吾弟定以爲『開士』，甚妙。蓋言昔日『遠公遁迹』之岑，今爲『開士幽居』之地。」

三四言欲□和尚之「色相」，猶如「片石」之静鎮難摇，「孤雲」之任化無著；而清池皎月照徹其

「禪心」，略無塵翳也。上句是山，下句是池，正扣至題面。第五是説法而雨花，第六是隨其意之所適而有作機。任彼草深，所以此外俗塵不染。結以支遁比之，自居爲許詢，所以得題詩歟？按上句即遠公比之是矣，何必第二句又轉言「開士」方是瓚公，似不鬆靈。「開山」亦無礙。然唐詩魚魯之訛，亦往往有之，更有讀不去者。當存疑另考耳。

《經律異相》云：「須達多長者白佛言：『弟子欲營精舍，請佛住之。惟有祇沱太子園林木鬱茂可居』。白太子，太子戲曰：『能以金布，便當相與。』長者出金布入千頃，精舍告成，凡十三石區，故曰祇樹給孤獨園。」注：「須達多，常施孤貧惸獨，故曰給孤長者。」《楞伽經》（十六）：「開士悟玄通。」《菩薩本經》云：「佛者有大神力，身紫金色，三十二相。」

晉高僧手常持如意麈尾，以資談興。梁武帝時，靈光法師講經於臺上，感天雨暘花，天厨獻食。今金陵有雨花臺。《世説》：「劉尹曰：『清風朗月輒思玄度。』」晉許詢移居皋屯之嵒，與沙門支遁，及謝安、王羲之等同遊往來。今皋屯呼爲玄度嵒。

（胡以梅《唐詩貫珠箋》卷四十三）

「開士」誤爲「開山」，王敬美辨之詳矣。金聖嘆亦謂從山中開出精舍，真大謬也。此蓋引遠公之「遁迹」以比瓚公之「幽居」，文理顯然。「開士」，指瓚公也。中二聯，以言乎「色相」，則惟「片石孤雲」得以窺之，人不得而見也。以言乎「禪心」，則惟「清池皓月」得以照之，人不得而知也。故有時設法，不覺天花之亂墜，或無事静養，一任春草之侵堦，其傾倒於瓚公至矣。「此外」二字，承上起下，筆法少宕。「惟餘」句一落，以玄度自比，仍應到首句之以遠公之比璿公也。

（趙臣瑗《山滿樓箋注唐詩七言律》卷一）

此言璿公如遠公之「遁迹廬山」，鑿地以作「幽居」，如在「祇樹林」中也。其在此山，「片石」成「峰」，疑窺君之「色相」；「清池」受「月」，堪點君之「禪心」。且當閑居，時或指或揮如意，感天花之墮；或坐或卧禪房，看春草之生。自公居於此地，俗塵不染，惟有高士，如許詢者，乃得尋訪以聆談論。則前有遠公，今有璿公，率此相媲，爲不誣也。

朱東嵒曰：「遠公」指璿公也。「遁迹」言璿公從世外遁入山中。「開山」言璿公從山中開出精舍。「片石孤雲」寫山，曰「窺色相」者，言即此可以窺璿公之「色相」也。雲石無定，「色相」無着，若云可窺，窺者即相。「清池白月」寫池，曰「照禪心」者，即此可以照璿公「禪心」也。池月非虛，「禪心」非空，若云可照，照者即心。即山池以寫璿公，真光明無礙境界也。五寫璿公動相，六寫璿公静相，言此「指揮」、「坐卧」之下，塵俗不染，惟有一人可以相訪清談，其自視亦非等閑矣。

（朱三錫《東嵒草堂評訂唐詩鼓吹》卷四）

以拗調起。「開山」，王敬美改作「開士」，謂詩無一句拗者。則此本兩句拗，若改作「開士」，則一句拗矣。謂郎士元詩「高僧本姓竺，開士舊名林」，則「開士」與「高僧」對，若對遠公，則單句失偶，較窘相矣。若謂「開山幽居」不接，則以「開山」之僧而「幽居」祇洹，有何難接，此斷當刊正者。

舊盛唐名家多以王孟、王岑并稱，雖襄陽、嘉州，與輞川亦肩而不并，然尚可并題。至嘉、隆諸子以李頎當之，則頎詩膚俗，不啻東家矣。明詩只顧體面，總不生活，全是中是君惡習，不可不察也。

（毛奇齡、王錫《唐七律選》卷一）

三四平平，亦不隨五六歷落有姿致。趙傳舟曰：「『開山』，王敬美定『山』字作『士』字，今從之。」

（盧𤣱、王溥《聞鶴軒初盛唐近體讀本》卷八）

一璿公，二山池，三四承二，五六承一，七結上，八自己。石上之「孤雲」可「窺色相」，「清池」之「皓月」來「照禪心」，言「色相」無着，「禪心」常寂也。「天花落」，禪力之高；「春草深」，見不出户也。「此外」總結上六句，八以元度自比。首以遠公比璿公。

（屈復《唐詩成法》卷七）

依王元美定「開山」爲「開士」。

（姚鼐《五七言今體詩鈔・七言今體詩鈔》卷二）

《題璿公山池》起二句襯題面。中四山池與人合寫。收一句入自己。此等詩只是自在，不矜才使氣。然不可學，學之則恐軟弱疲漫，不能留人也。此詩不如右丞「無著天親」緊健。

（方東樹《昭昧詹言》卷十六）

言「遠公」昔居廬阜，「開士」今居祇林，「色相」無住，「禪心」常寂也。至於「天花」、「春草」之外，惟清高者得而尋之耳。「開士」宜指「璿公」。「片石孤雲」，言石上之雲，與下句相似。言古來禪師必有息心之地，如惠遠則棲廬阜，開士則居祇林。今公則觀空乎山雲水月之間，安禪乎花落草深之處，則是兼二公之幽境矣。俗塵安得而染之哉！ 唯我悟法如玄度而得相尋耳。

（吴昌祺評定《删訂唐詩解》卷二十一）

「開士」一作「開山」，非。 蓋遠公是比，而「開士」則直指璿公也。二句不平，故末句只應轉首句。「俗塵」字應「幽」字。中二聯皆是「幽」也：三人不見之「幽」，四人不知之「幽」，五忙中「幽」，六閑中「幽」。本言「色相」不可窺，却云「片石孤雲窺色相」，其意愈遠。末非倒收，則直率矣。遠公，晉僧惠遠。佛經有十六開士。《金剛經》：「佛在舍衛國，祇樹給孤獨園。」《楞嚴經》：「離諸色相。」許詢，字玄度，與遠公爲方外友。

（吴修塢選評、朱之荆集注《唐詩續評》卷三）

起極有勢。詩亦有「皓月」映池、「天花」散山之「色相」。

（黄培芳評點《唐賢三昧集》卷中）

「孤峰」一本作「孤雲」，當從。五六質而愈遠，後來爲虞伯生一派，極足古意。

（潘德輿評點《唐賢三昧集》卷中）

（「片石孤峰窺色相，清池皓月照禪心。」）深於禪者。

（宋宗元《網師園唐詩箋》卷十）

首以遠公比璿公。昔釋迦牟尼佛説法於祇樹園中，故僧寺皆稱「祇樹林」。次聯寫「山池」，映入璿公。下言其説法可以雨花，禪寂不礙草深。「俗塵」不到，元度「相尋」，隱以自謂。○晉許詢字元度。遠公與許詢、陶淵明、劉夷民等十八人結白蓮社。

（黄叔燦《唐詩箋注》卷四）

李頎諸體俱佳，七律中之《題璿公山池》、《宿瑩公禪房》、《題盧五舊居》，亦是佳作。惟《寄盧員外》、《寄綦毋三》、《送魏萬》、《送李回》者，是燦爛鏗鏘，膚殼無情之語。于鱗於盛唐只學四首，而自謂盡諸公能事。

（吴喬《圍爐詩話》卷六）

王敬美云：「李頎七律最響亮整肅，忽於『遠公遁迹』詩第二句下一拗體，餘七句皆平正，一不合也；『開山』二字最不古，二不合也；『開山幽居』文理不接，三不合也；重上二『山』，四不合也。余謂必有誤，苦思得之，曰必『開士』也。易一字而對仗流轉，盡祛四失。後觀郎士元詩：『高僧本姓竺，開士舊名林。』乃知襲用頎詩，益以自信。」

（張世煒《唐七律雋》）

先引「遠公」以比「璿公」，以「廬山岑」比「山池」。下句法同。晋法師惠遠居廬山龍泉精舍三十餘年，影不出山，迹不入俗。小山而高者曰「岑」。佛經有十六開士，稱僧也。祇樹園乃須達長者所施，爲佛説法之處，在舍衛國中。此「山池」所有，可以對此而「幽居」、「遁迹」者也。經云：「佛有大神力，身紫金色，三十二相。」「窺」如窺探之窺。「片石」貼「山」，而宜於「雲」。「清池」點題中「池」字，而「池」宜於「月」。「片」字與「孤」字，「清」字與「皓」字，各自爲對。「禪心」如水月之空明，「色相」如山雲之無著。一以題璿公之安禪，一以題山池之幽勝。此一聯特寫璿公。維摩精室有天女以天花散諸菩薩。又云：「雲光講經，天花亂墜。」以形璿公之靈異。徑行者寡，則草深矣，所以形璿公之幽寂。此石雲、池月、花草之外，并無俗物。即世間俗子，亦是塵。王同詩云：「法像無塵染，則知非法像。」安得不染塵埃乎？所以深贊璿公也。「餘」字對「外」字。此是李頎以高人自負也。許詢，字玄度，與法師支道林爲都講，支道一義，四座莫不厭心。許送一難，衆人莫不抃舞。惟高僧與高人能相得，乃能相爲招尋也。

〔總評〕前解，寫璿公「山池」。後解，寫璿公禪行，而以己身「相尋」作結。

（王堯衢《唐詩合解箋注》卷十）

予選新鄉七律，于七篇中祇去「物在人亡」一首，後見元瑞之評，已先得所同矣。渠不取《盧五舊居》作，至如「流澌臘月」之雄渾不宕，「花宮仙梵」之工密不纖，「遠公遁迹」之幽，「朝聞遊子」之婉，謂皆可獨步千載，覆按之良然。

（吴瑞榮《唐詩箋要》卷七）

王敬美謂詩無一句拗者，此詩獨於第二句下一拗調，於理不合，因改「開山」字爲「開士」。其後毛大可極力非之，以爲此詩本兩句拗，若改「山」爲「士」，則反成一句拗矣。以矛刺盾，王復何言？又按：此詩文義亦斷依原本，改易不得。蓋「開山」字本承上句一直説下，謂「遠公」來「遁迹廬山」，而「開山」以居。故結用元度與遠公故事，終始以比體暗照璯公。若添出「開士」一層，便不成章法，筆力亦疲苶矣。然如毛大可訓「開山」句，謂以「開山」之僧而「幽居」祇園，添一「僧」字，而文理亦轉覺澀滯。噫！説詩之難，固未可以輕心掉之也。

（翟翬《聲調譜拾遺》）

律詩中四句有分情與景之説，王漁洋謂不論者非，拘泥者亦非，韙矣。其實情景之分，不獨在中四句，有前四寫景，後四言情者；有前六寫景，末二句言情者；有前六言情，末句點景者；有寫景只在三四句，或只在五六句，而餘俱言情者；有通首言情者；有通首寫景而情在其中者；更有意與情會，不可以情景泥者。五言如少陵「水流心不競，雲在意俱遲」，右丞「流水如有意，暮禽相與還」，「行到水窮處，坐看雲起時」，劉挺卿「時有落花至，遠隨流水香」，常盱眙「山光悦鳥性，潭影空人心」，七言如少陵「客子入門月皎皎，誰家搗練風凄凄」，東川「片石孤峰窺色相，清池皓月照禪心」，情景交融，莫名微妙，初學者皆不可不知。

（李瑛《詩法易簡録・録餘緒論》）

《題璯公山池》云：「遠公遁迹廬山岑，開士幽居祇樹林。片石孤峰窺色相，清池皓月照禪心。

指揮如意天花落，坐卧閑房春草深。此外俗塵都不染，惟餘元度得相尋。」王元美曰：「『遠公遁迹廬山岑』，刻本下皆云『開山幽居』，不惟聲調不諧，抑意義無取。吾弟懋定以爲『開士』，甚妙。蓋言昔日『遠公遁迹』之岑，今爲『開士幽居』之地。『開士』，見佛書。」兹案：綦毋潛云：「開士度人久，空巖花霧深。」郎士元云：「高僧本姓竺，開士舊名林。」益信唐人每多用此。

（孫濤《全唐詩話續編》卷下《李頎》）

李新鄉《璿公山池》「開山居士」，敬美以爲「開士」，詳哉！其辨的然無疑。乃其中聯「片石孤峰」，未及池，予每思維，必是「孤雲」爲是，且與下「清池皓月」相配。否則，既云「片石」，奈何復道「孤峰」耶？

（冒愈昌《詩學雜言》卷下）

唐人之詩，有清和純粹，可誦而可法者，如……李頎之「遠公遁迹廬山岑，開士幽居祇樹林。片石孤雲窺色相，清池皓月照禪心。指揮如意天花落，坐卧閒房春草深。此外俗塵都不染，惟餘玄度得相尋」。（《題璿公山池》）

（王壽昌《小清華園詩談》卷下）

前二韻以璿公山池言，後二韻以璿公見題言。

（曹錫彤《唐詩析類集訓》卷二十三）

黑白月　唐李頎《題璿公山池》詩：「清池白月點禪心」，「白月」二字本佛書，今作「皓月」者誤。

《唐西域記》云：「月生至滿謂之白月，月虧至黑謂之黑月。」

（朱亦棟《群書札記》卷一四）

姚姬傳《五七言今體詩鈔》所選多格正調高之作，然不能博異趣，所謂見善者機耳。又涉筆屢誤，如……李東川《題璿公山池》詩：「開山幽栖祇樹林」，姬傳云：「依王元美定『開山』爲『開士』。」按此王敬美《藝圃擷餘》之説，元美《藝苑巵言》特稱之耳。然毛大可論之於前，翟儀仲議之於後，其不當作「開士」審矣，姬傳猶沿其誤耶？

（文廷式《純常子枝語》卷四十）

新鄉《題璿公山池》：「指揮如意天花落，坐卧閑房春草深。」□大鴻曰：「此聯妙入禪理，滄溟效之，遂有『行車麥秀隨春雨，卧閣花深對夕陽』之句，文雖不類，而源流在此。」

（宋長白《柳亭詩話》卷十四《天花春草》）

（「片石孤雲窺色相，清池皓月照禪心」）此《題璿公山池》詩。上句言「色相」之静如「片石」，無變相也。下句言「色相」之動若「孤雲」，無滯相也。即諸相俱足之旨。下句以「清池」喻「禪心」之澄澈，以「皓月」喻「禪心」之空明。「清池」與「皓月」相映，則上下皆一片靈光，即就寺中之水石，以佛理證之，非泛作禪語也。

（俞陛雲《詩境淺説》丁編）

李頎集中有《題璿公山池》詩云：「遠公遁迹廬山岑，開山幽居祇樹林。片石孤峰窺色相，清池皓月照禪心。指揮如意天花落，坐卧閒房春草深。此外俗塵都不染，惟餘玄度得相尋。」時代相接，必即此璿和尚也。豈其示寂於輞川，而此文乃遥祭乎？

（瞿蜕園、朱金城《李白集校注》卷二十九《爲竇氏小師祭璿和尚文》按語）

此詩重在寫「禪心」二字，起爲「禪心」之地，結爲「禪心」之事，中二聯皆爲「禪心」之用。而二聯又自不同。頷聯寫「禪心」之形，頸聯寫「禪心」之應，總見「禪心」之高深寂定，非尋常禪師可及也。其推崇璿公者可謂深至。然非精於禪理者，亦不能深透如此。

（劉寶和《李頎詩評注》）

【按　語】

題咏僧人「山池」，并不追求具體真切地摹寫其形勝，而在于借以表現禪意，揭示「禪心」，全詩禪趣盎然，頗得禪理。首聯點明禪寺，屬切題之筆。次聯則借「山池」的山石和池水的空靈清寂的情境，闡發禪機。三聯就僧人着墨，通過其行止舉動，表現「禪心」已定，安禪有得。末聯一面收束上文，總贊高僧遠離世俗，一面又自云得訪高僧之忻然。全詩幽寂清静，確有禪悟的妙詣。

題盧五舊居〔一〕

物在人亡無見期〔二〕，閑庭繫馬不勝悲①〔三〕。窗前緑竹生空地②，門外青山如舊時③。悵望秋天鳴墜葉〔四〕，巑岏枯柳宿寒鴟〔五〕。憶君淚落東流水〔六〕，歲歲花開知爲誰〔七〕。

【校　記】

①「繫」劉本作「擊」。

②「空」劉本作「閑」。

③「如」劉本、畢本作「似」。

【注　釋】

〔一〕盧五：未詳。故居：舊居，老宅。《後漢書》（卷五）《孝安帝紀》：「民訛言相驚，棄捐舊居，老弱相携，窮困道路。」

〔二〕物在人亡：劉向《新序》（卷四）：「孔子就席，曰：『君入廟門，升自阼階，仰見榱棟，俯見几筵，其器存，其人亡，君以此思哀，則哀將安不至矣。』」《藝文類聚》（卷三十四）引魏陳王曹植

《慰子賦》曰：「况中殤之愛子，乃千秋而不見。入空室而獨倚，對床帷而切嘆。痛人亡而物在，心何忍而復觀。」無見期：蔡琰《胡笳十八拍》：「山高地闊兮見汝無期。」

〔三〕閑庭：寂寞的庭院。不勝悲：無限悲傷。

〔四〕墜葉：落葉。江總《別袁昌州詩二首》（其二）：「關山嗟墜葉，歧路慨征蓬。」胡師耽《登終南山擬古詩》：「墜葉積幽徑，繁露垂荒庭。」

〔五〕巑岏（cuán wán）：山峰高鋭貌。此形容聳立突兀貌。《文選》（卷十九）宋玉《高唐賦》：「盤岸巑岏，裖陳磑磑。」李善注：「王逸《楚辭注》曰：『巑岏，山鋭貌。』」

〔六〕泪落東流水：《玉臺新詠》（卷一）《古詩爲焦仲卿妻作》：「却與小姑別，淚落連珠子。」《文選》（卷二十八）劉琨《扶風歌》：「據案長嘆息，淚下如流泉。」《世説新語・言語》：「顧長康拜桓宣武墓，作詩云：『山崩溟海竭，魚鳥將何依。』人問之曰：『卿憑重桓乃爾，哭之狀其可見乎？』顧曰：『鼻如廣莫長風，眼如懸河決溜。』或曰：『聲如震雷破山，淚如傾河注海。』」

〔七〕歲歲花開知爲誰：劉希夷《代悲白頭翁》：「年年歲歲花相似，歲歲年年人不同。」

【箋評】

鍾云：「此首好而人反不稱，大要近人選七言律，以假氣格掩真才情。」

（首聯）鍾云：「『閑庭繫馬』，此景難堪，不必讀下六句矣。」

鍾云：「李頎本七言律佳手，而近人稱其妙者，推『流澌臘月』，黜『物在人亡』，請問其所爲妙者何居？」

（鍾惺、譚元春《唐詩歸》卷十四）

此言盧五居雖在而人則亡，我因過之而不勝其悲也。「竹生空地」則蕪穢不修，「山如舊時」則風景不異。然睹青天之落葉，枯柳之寒鴟，其蕭條亦甚矣。于是，既傷流水之不還，復嘆煙花之無主也。

（唐汝詢《唐詩解》卷四十三）

唐云：「『流澌臘月』，是送司勛入朝，體宜臺閣，以典雅高華爲主，通篇沉著，風格非假也。若『物在人亡』，則一於傷感，才情畢露，淺於『流澌』則有之，未見其勝也。大抵才情易賞，風格難知。藏才情於風格者，其『流澌臘月』乎？藏風格於才情者，其『物在人亡』乎？」

（唐汝詢《彙編唐詩十集》巳集）

李頎《題盧五舊居》，此詩只是行其庭，不見其人意。所可見者，惟「窗前」之「竹」，「門外」之「山」，「墜葉」與「寒鴟」耳。而其人果安在哉？俱應首句意。末二句，感嘆之情深矣。

（王槚《詩法指南》）

李頎「花宮仙梵」、「物在人亡」二章，高適「黄鳥翩翩」、「嗟君此別」二咏，張謂「星軺計日」之句，孟浩然「縣城南面」之篇，不作奇事麗語，以平調行之，却足一倡三嘆。

（王世貞《藝苑巵言》卷四）

悲切。

（黄鳳翔、詹仰庇編、朱梧批點《琬琰清音唐七律選》卷六）

盛唐有偶落晚唐者，如李頎《盧五舊居》、岑參《秋夕讀書》之類，不必護其所短，亦不得掩其所長。

（胡應麟《詩藪・内編》卷五）

李頎七言律「物在人亡」一篇，元美謂：「不作奇事麗語，以平調行之，却足一倡三嘆。」愚按：應物七言律此調實多，而氣似勝之。

（許學夷《詩源辯體》卷二十三）

玉遮曰：「語語有無限低迴，足見交情。」

（李攀龍選、王穉登評《唐詩選》卷五）

情至自不落色相，悼往詩甚難。

黄爾調曰：「『閒庭繫馬』，無限凄凉，真使人不能竟讀。」

（李攀龍選、蔣一葵箋釋、黄家鼎評定《芻庵重訂李于鱗唐詩選》卷五）

悼亡詩，情至而不著色相，可謂甚難。

（李攀龍輯、陳繼儒箋釋《唐詩箋注》卷四）

真情懇惻，無筆墨痕。

（郝敬《批選唐詩》卷二）

五六作法老氣。

（陸時雍《唐詩鏡》卷十六）

何新之爲平淡之體。

蔣一梅曰：「感慨逼真。」

〔訓〕首二句是睹物傷情，極其悲慘。下兩聯正見「物在人亡」之意。「竹生空地」，荒蕪不理也；「山如舊時」，風景無異也；「天鳴墜葉」、「柳宿寒鴟」，物態蕭條也。結應首聯。「花開爲誰」，永無主惜，是「無見期」也；淚如流水，莫能自己，是「不勝悲」也。痛切，亦悲調之錚錚者。

（周敬、周珽輯、陳繼儒批點《刪補唐詩選脉箋釋會通評林》盛唐七律上）

以神理相取，在遠近之間。纔着手便煞，一放手又飄忽去。如「物在人亡無見期」，捉煞了也。如宋人詠河魨云：「春洲生荻芽，春岸飛楊花。」饒他有理，終是於河魨没交涉。「青青河畔草」與「綿綿思遠道」，何以相因依，相含吐？神理凑合時，自然恰得。

（王夫之《薑齋詩話》卷二《夕堂永日緒論内編》）

此言盧公已逝，繫馬閑庭，有不勝其悲慘者矣。雖「窗前緑竹」、「門外青山」依然如在，而「秋天墜葉」、「枯柳寒鴟」皆增悵怏，不禁涕淚之泛瀾也。試問花開歲歲，其復爲誰而爛熳耶？此正見其「不勝悲」意。「東流水」或作逝川之感，亦通。

（錢牧齋、何義門評注《唐詩鼓吹評注》卷四）

此言盧公已逝，繫馬閒庭，有不勝其悲慘者矣。雖「窗前緑竹」、「門外青山」依然如在，而「秋天墜葉」、「枯柳寒鴟」，皆增悵怏，不禁涕淚之汍瀾也。試問花開歲歲，其復爲誰而爛熳耶？此正見其「不勝悲」意。「東流水」或作逝川之感，亦通。

朱東嵒曰：一悲盧公也，二因「舊居」而悲盧公也。三四皆承「不勝悲」來。「緑竹」、「青山」，皆「舊居」之物，「生閒地」，其荒凉可知；「似舊時」，其慘淡可知。五六皆眼前景色。天曰「秋」，葉曰「墜」，柳曰「枯」，鴟曰「寒」，備言衰颯之狀，皆憶君淚落情緒也。「開花知爲誰」，令我讀未終而淚下矣。

（朱三錫《東嵒草堂評訂唐詩鼓吹》卷四）

（三四句）但寫「物在」。

（毛張健《唐詩餘編》卷一）

通首平庸，無一毫味。「竹」、「柳」、「墜葉」，複甚。較常建《王昌齡隱居》五律，相去天淵。

（屈復《唐詩成法》卷七）

陳德公先生曰：「情深悲慕，觸目流襟。不求工警，真意流溢，純以韻勝之篇，真詩家最高品也。」起二取「人」、「馬」字微映。六句「柳」字承五句「葉」字來。正取錯綜不工，彌見情致。吴軼浮云：「結語彌取淡遠，無限纏綿。」

（盧麰、王溥《聞鶴軒初盛唐近體讀本》卷八）

一二破題，中兩聯總承「物在」，故三句「空地」，五句「悵望」等字處，要須一徑不露，然後落下「人亡」收結，氣潔體純，故爲之更定五字也。（首句）開手愴決。（三句）「窗前緑竹仍新粉」，本作「生空地」。（五句）「澹蕩秋天鳴墜葉」，本作「悵望」。（末句）曲韻。（「東流水」）三字淺而奇，有兩義，在一是人去不返，二是淚流無窮。「無見期」、「不勝悲」六字，毫髮畢照矣。「淚落東流水」五字，連得渾成，只在口頭却古，未有此淺而真俱聖矣。

（譚宗《近體秋陽》卷六）

杜老「西山白雲中」四句皆情，且虛字多。「春山千家箸」，力薄；「金銀俗出處」，不解。王「洞門」、岑「西夜」，是唐套語。岑「預知」正是李「物在人亡」。祖「伐鼓喧喧」，似落胡釘鉸；少伯「江上魏魏」，徹尾釘鉸也。

（孫鑛《唐詩品》）

「物在」當是指琴書之類，非「緑竹」等項。〇「竹」生「空地」，「山」如「舊時」，落葉滿天，「寒鴟」在「柳」，其蕭條亦甚矣，能不嘆烟花之無主乎？

（吴昌祺評定《删訂唐詩解》卷二十一）

（四句）慘景不堪。

（王熹儒《唐詩選評》卷七）

于鱗七律，自是規橅右丞、東川處多，非從初唐入手，何爲濫收如許？然于鱗選右丞、東川七律，亦不盡如人意。如右丞「欲笑周文歌宴鎬，還輕漢武樂横汾。豈知玉殿生三秀，詎有銅池出五雲。陌上堯尊傾北斗，樓前舜樂動南薰。共歡天意同人意，萬歲千秋奉聖君」。東川：「物在人亡無見期，閒庭繫馬不勝悲。窗前緑竹生空地，門外青山似舊時。悵望青天鳴墜葉，巑岏枯柳宿寒鴟。憶君淚落東流水，歲歲花開知爲誰。」調平意複，豈獨非絶作而已，而于鱗皆選之。然則于鱗之於右丞、東川，猶未窺其精要也。

（潘德輿《養一齋詩話》卷九）

（頸聯）所謂流水對。「墜葉」即「枯柳」葉也。

（王闓運《王闓運手批唐詩選》卷十二）

【按　語】

此詩懷念故友，不勝傷痛，情真意切。首先在于全詩用感嘆的筆調寫，低徊哀惋，愍惻悲慟；其次在時空上是明寫眼前，實際上都有與過去暗相對比的效果，增加了今昔之感的深度和濃度；再次是重點寫「物在」的眼前景象，全部都是選取凋謝零落或冷寂暗淡的情景，與抒發「人亡」的傷痛之情，渾成自然；最後，此詩主要采取白描手法，即使化用前人語句，也不着痕迹，如自己出，這使詩在寫景抒情上都鮮明生動，真實深切，可謂運用白描的佳作。

五言排律

贈别張兵曹〔一〕

漢家蕭相國〔二〕，功蓋五諸侯〔三〕。勛業河山重①〔四〕，丹青錫命優〔五〕。君爲禁臠婿〔六〕，争看玉人遊〔七〕。荀令焚香日〔八〕，潘郎振藻秋〔九〕。新成《鸚鵡賦》〔一〇〕，能衣鷫鸘裘〔一一〕。不憚軒車遠〔一二〕，仍尋薜荔幽〔一三〕。苑梨飛絳葉〔一四〕，伊水净寒流〔一五〕。雪滿故關道〔一六〕，雲遮祥鳳樓〔一七〕。一身輕寸禄〔一八〕，萬物任虚舟〔一九〕。别後如相問〔二〇〕，滄波雙白鷗〔二一〕。

【校　記】

①「河山」凌本、畢本作「山河」。

【注　釋】

〔一〕張兵曹：與卷二《夏宴張兵曹東堂》當爲同一人，指張説次子張垍。詩中所寫其父與其人的履歷均符合歷史事實。張垍（？—七五七），行第四，洛陽（今河南省洛陽市）人，尚寧親公主，拜駙馬都尉。開元二十六年，以太常少卿入翰林院學士。天寶四載，授兵部侍郎，後轉太常寺，仍入翰林掌誥命。後被貶盧溪郡司馬。召還，再遷太常卿。安史之亂起，垍受僞職爲宰相，死於賊中。生平事迹參《舊唐書》（卷九十七）、《新唐書》（卷一二五）《張説傳》附傳、劉肅《大唐新語》（卷九）等。

〔二〕漢家蕭相國：西漢高祖劉邦的相國蕭何。此借喻張垍之父張説。《史記》（卷五十三）《蕭相國世家》：「蕭相國何者，沛豐人也。以文無害，爲沛主吏掾。……漢五年，既殺項羽，定天下，論功行封。群臣争功，歲餘功不決。高祖以蕭何功最盛，封爲酇侯，所食邑多。……漢十一年，……上已聞淮陰侯誅，使使拜丞相何爲相國，益封五千户。」

〔三〕功蓋五諸侯：《史記》(卷七)《項羽本紀》：「漢王部五諸侯兵，凡五十六萬人，東伐楚。」《集解》：「徐廣曰：『塞、翟、魏、殷、河南。』駰案：應劭曰：『雍、翟、塞、殷、韓也。』韋昭曰：『塞、翟、殷、韓、魏，雍時已敗也。』」《正義》：「師古云：『諸家之説皆非，……五諸侯者，謂常山、河南、韓、魏、殷也。』」

〔四〕勛業河山重：功業重若河山。《史記》(卷十八)《高祖功臣侯者年表》：「太史公曰：古者人臣功有五品，以德立宗廟定社稷曰勛，以言曰勞，用力曰功，明其等曰伐，積日曰閲。封爵之誓曰：『使河如帶，泰山若厲。國以永寧，爰及苗裔。』」

〔五〕丹青：本指繪畫的顔料，後用以指畫圖。此指爲功臣畫像事。《漢書》(卷五十四)《蘇武傳》：「今足下還歸，揚名於匈奴，功顯於漢室，雖古竹帛所載，丹青所畫，何以過子卿？」又云：「(宣帝)甘露三年，單于始入朝。上思股肱之美，乃圖畫其人於麒麟閣，法其形貌，署其官爵姓名。唯霍光不名，曰大司馬大將軍博陸侯姓霍氏，……皆有功德，知名當世，是以表而揚之，……凡十一人，皆有傳。」另外，漢明帝畫三十二功臣像於雲臺，唐太宗畫十八功臣像於凌烟閣，都是遺意。錫命：賜命，天子賜諸侯大臣的爵位服飾。《周易·師卦》：「王三錫命。」《春秋公羊傳·莊公元年》：「王使榮叔來錫桓公命。錫者何？賜也；命者何？加我服也。」

〔六〕禁臠婿：皇帝的女婿。《晉書》（卷七十九）《謝混傳》：「孝武帝爲晉陵公主求婿，謂王珣曰：『主婿但如劉真長、王子敬便足。如王處仲、桓元子誠可，才小富貴，便豫人家事。』珣對曰：『謝混雖不及真長，不減子敬。』帝曰：『如此便足。』未幾，帝崩，袁山松欲以女妻之，珣曰：『卿莫近禁臠。』初，元帝始鎮建業，公私窘罄，每得一㹠，以爲珍膳，項上一臠尤美，輒以薦帝，群下未嘗敢食，于時呼爲『禁臠』，故珣因以爲戲。混竟尚主，襲父爵。」此指張兵曹垍爲玄宗婿。《舊唐書》（卷九十七）《張説傳》：「次子垍尚寧親公主，拜駙馬都尉。」

〔七〕玉人：美人。《世説新語·容止》：「裴令公有儁容儀，脱冠冕，粗服亂頭皆好。時人以爲『玉人』。見者曰：『見裴叔則如玉山上行，光映照人。』」又云：「衛玠從豫章至下都，人久聞其名，觀者如堵墻。」劉孝標注引《玠别傳》曰：「玠在群伍之中，寔有異人之望。齠齔時，乘白羊車於洛陽市上，咸曰：『誰家璧人？』於是家門州黨號爲『璧人』。」

〔八〕荀令焚香：喻人有才，又風流俶儻。參前《寄綦毋三》注〔五〕。

〔九〕潘郎：晉人潘岳，古代美男子，又有文學才華。《晉書》（卷五十五）《潘岳傳》：「岳美姿儀，辭藻絶麗，尤善爲哀誄之文。少時常挾彈出洛陽道，婦人遇之者，皆連手縈繞，投之以果，遂滿車而歸。」振藻：奮筆爲文。《文選》（卷四十二）曹植《與楊德祖書》：「偉長擅名於青土，公幹振藻於海隅。」鍾嶸《詩品》（卷上）《晉黄門郎潘岳》：「謝混云：『潘詩爛若舒錦，……』余常言：陸才如海，潘才如江。」

〔一〇〕《鸚鵡賦》：《後漢書》（卷八十下）《禰衡傳》：「（黄）射時大會賓客，人有獻鸚鵡者，射舉卮於衡曰：『願先生賦之，以娱嘉賓。』衡攬筆而作，文無加點，辭采甚麗。」

〔一一〕鷫鸘裘：以鷫鸘鳥的羽毛製成的裘衣。《西京雜記》（卷二）：「司馬相如初與卓文君還成都，居貧愁懣，以所着鷫鸘裘就市人陽昌貰酒，與文君爲歡。」《淮南子·原道訓》：「鈞射鷫鸘之謂樂乎？」高誘注：「鷫鸘，鳥名也，長頸，緑身，其形似雁。一曰鳳皇之别名也。」

〔一二〕軒車：古代有屏障的車，大夫所乘。《莊子·讓王》：「子貢乘大馬，中紺而表素，軒車不容巷，往見原憲。」《白虎通·車旂》：「諸侯路車，大夫軒車。」

〔一三〕薜荔幽：生長薜荔的幽深的山中。隱士所居之處。此作者自指。《楚辭·九歌·山鬼》：「若有人兮山之阿，被薜荔兮帶女羅。」《楚辭·離騷》：「貫薜荔之落蕊。」王逸注：「薜荔，香草也，緣木而生。」《楚辭·招隱士》：「桂樹叢生兮山之幽。」

〔一四〕苑梨：禁苑中的梨樹。指京城。《西京雜記》（卷一）：「初修上林苑，群臣遠方，各獻名果異樹，亦有製爲美名，以標奇麗。梨十：紫梨、青梨（實大）、芳梨（實小）、大谷梨、細葉梨、縹葉梨、金葉梨（出琅琊王野家，太守王唐所獻）、瀚海梨（出瀚海北，耐寒，不枯）、東王梨（出海中）、紫條梨。」

〔一五〕伊水：河名，流經洛陽。此指東都洛陽。《元和郡縣圖志》（卷五）《河南道》（一）：「河南府，河南縣，伊水，在縣東南十八里。」

〔一六〕故關：當指函谷故關。參卷一《贈别高三十五》注〔一七〕。

〔一七〕祥鳳樓：即鳳樓。用蕭史、弄玉事。喻張垍爲玄宗女婿。《列仙傳》（卷上）：「蕭史者，秦穆公時人也。善吹簫，能致孔雀白鶴於庭。穆公有女字弄玉好之，公遂以女妻焉。日教弄玉作鳳鳴，居數年，吹似鳳聲，鳳凰來止其屋，公爲作鳳臺（樓），夫婦止其上，不下數年。一日，皆隨鳳凰飛去。」

〔一八〕一身：只身，一個人。寸禄：微小的利禄。參卷一《贈别高三十五》注〔一八〕。

〔一九〕萬物：世間的一切外物。虚舟：參卷一《寄萬齊融》注〔三〕。

〔二〇〕如相問：唐人常語。王昌齡《芙蓉樓送辛漸二首》（其一）：「洛陽親友如相問，一片冰心在玉壺。」

〔二一〕白鷗：白色的海鷗。喻人的品行的高潔脱俗，亦含隱逸之意。《列子·黄帝篇》：「海上之人有好鷗鳥者，每旦之海上，從鷗鳥游，鷗鳥之至者百住而不止。」

【箋　評】

《漫録》曰：「東坡謂杜詩『白鷗波浩蕩，萬里誰能馴』，『波』乃『没』字，謂出没於浩蕩間耳。」《漫録》謂：「予觀鮑昭詩有『翻浪揚白鷗』，李頎詩有『滄波雙白鷗』，二公言白鷗而繼以波浪，此又何邪？」僕謂善爲詩者，但形容渾涵氣象，初不露圭角。玩味「白鷗波浩蕩」之語，有以見滄波不盡之意，且滄波之中見一白鷗，其浩蕩之意可想，又何待言其出没邪？改此一字，反覺意局，更與識者參之。或者又引「鷗好没」爲證。僕案《禽經》：「鳧好没，鷗好浮。」（王楙《野客叢書》卷二十九《白鷗波浩蕩》）

【按語】

此詩平實，主要運用叙述描寫之筆。只是在叙述人和事，描寫景物時，比較注重采用借喻、類比的方法，所以詩中用典多，使叙述和描寫的内容增强了形象性、生動性，韻味較濃。首四句從其父的尊貴叙入；次六句寫張兵曹本人的榮寵富貴，品德才華；再六句則寫張兵曹遠訪我這個幽人，妙在全以秋冬季節的景象點綴渲染。末四句自抒隱逸的志趣。詩的次序井然，結構平正，只是在每個節次上的詩句多少有別，略顯錯綜變化的特點。

宿香山寺石樓〔一〕

夜宿翠微半〔二〕，高樓聞暗泉〔三〕。漁舟帶遠火〔四〕，山磬發孤烟〔五〕。衣拂雲松外①〔六〕，門清河漢邊〔七〕。峰巒低枕席〔八〕，世界接人天〔九〕。靄靄花出霧〔一〇〕，輝輝星映川〔一一〕。東林曙鶯滿〔一二〕，惆悵欲言旋②〔一三〕。

【校記】

①「衣拂」下原注：「一作殿壯。」「衣拂」英華本作「殿壯」，并注：「一作衣拂。」

②「旋」劉本、百家詩本、黄本、凌本、畢本作「還」。

【注釋】

〔一〕香山寺石樓：舊址在今河南省洛陽市東南。《大唐傳載》：「洛東龍門香山寺上方，則天時名望春宫。則天常御石樓坐朝，文武百執事班于外而朝焉。」白居易《修香山寺記》：「洛都四郊，山水之勝，龍門首焉。龍門十寺，觀遊之勝，香山首焉。」法藏《華嚴經傳記》（卷一）：「中天竺國三藏法師婆訶羅，唐言日照，婆羅門種。……爰以永隆初歲，言届京師。……以垂拱三年十二月二十七日……無疾而卒於神都魏國東寺。……香山輦輿，瘞於龍門山之陽，伊水之左，門人修理靈龕，加飾重閣，因起精廬其側，灑掃供養焉。後因梁王所奏請，置伽藍，敕内注名香山寺。危樓切漢，飛閣凌雲，石像七龕，浮圖八角，駕親遊幸，具題詩贊云爾。」

〔二〕翠微半：半山腰。翠微：山中淡藍色的薄薄的雲霧。《爾雅·釋山》：「山脊，岡。未及上，翠微。」

〔三〕高樓：即題中石樓，參上注〔一〕。《文選》（卷二十九）《古詩十九首》（其五）：「西北有高樓，上與浮雲齊。」暗泉：指龍門香山的泉水。

〔四〕漁舟帶遠火：遠處的漁舟上有燈火相映照。陰鏗《五洲夜發》：「溜船惟識火，驚鳬但聽聲。」

〔五〕山磬：山中寺院裏的鳴磬聲。磬，僧人誦經等法事活動所敲擊的一種器具。

〔六〕雲松：山峰高處雲霧籠罩的松柏。《南史》（卷七十五）《宗測傳》：「性同鱗羽，愛止山壑，眷戀松雲，輕迷人路。」

〔七〕門清河漢邊：謂香山寺石樓高入雲天，門前靠近星河。《文選》（卷二十九）《古詩十九首》（其十）：「河漢清且淺，相去復幾許。」《初學記》（卷一）《天》曰：「天河謂之天漢。」原注：「亦曰雲漢、星漢、河漢、清漢、銀漢、天津、漢津、淺河、銀河、絳河。」

〔八〕峰巒：山峰。枕席：枕頭和席子。指床而言。《文選》（卷十九）宋玉《高唐賦》：「聞君遊高唐，願薦枕席。」

〔九〕世界：佛教語，意爲日月照臨的範圍。《金剛經》：「如來所説三千大千世界。」《楞嚴經》（卷四）：「世爲遷流，界爲方位。汝今當知，東、南、西、北、東南、西南、東北、西北、上、下爲界；過去、未來、現在爲世。」人天：佛教語，指人間與天上兩個世界。《虛堂和尚語録》（卷三）：「謝恩畢，捧敕黄示衆，云：『約束萬象，聳動人天，風雲會合，來自口邊，縱然海口亦難宣。』」

〔一〇〕靄靄：雲霧集聚貌、多貌。陶潛《停雲》詩：「靄靄停雲，濛濛時雨。」

〔一一〕輝輝：明亮貌。《文選》（卷二十一）謝瞻《張子房詩》：「婉婉幕中畫，輝輝天業昌。」

〔一二〕東林：泛指樹林。陶潛《丙辰歲八月中於下潠田舍穫》：「貧居依稼穡，戮力東林隈。」江淹《效阮公詩十五首》(其一):「孤雲出北山,宿鳥驚東林。」

〔三〕言旋:歸,回。言,語助詞,無義。

【箋　評】

(首二句)譚云:「清夜幽境,然他處清夜幽境套用不得。」(三四句)鍾云:「真境解不出。」譚云:「『發』字妙甚。」(九句)鍾云:「『花出霧』三字,在夜境妙。」

(鍾惺、譚元春《唐詩歸》卷十四)

山半登樓,眺望清遠,下臨雲松,上近河漢,天人交接之所也。覽景既佳,不忍遽别,是以聞「曙鶯」而愁歸耳。

(唐汝詢《唐詩解》卷四十九)

《宿香山寺》:「夜宿翠微半,高樓聞暗泉」,翻出無逕。好景,妙甚! 妙甚!「花出霧」,極令人欲躍欲飛。

(李維禎《唐詩雋》卷四)

(三四句)常語中翻來。(九十句)學鮑。

(顧璘批點《唐音》卷三)

「山磬發孤烟」，最有景色。（陸時雍《唐詩鏡》卷十六）

清輝玉映。（桂天祥《批點唐詩正聲》卷十六）

周敬曰：「李頎詩情思清淡，禪寺作每多超悟語。」

周珽曰：「秀潤，有澤媚山輝之致。」（周敬、周珽輯、陳繼儒批點《删補唐詩選脉箋釋會通評林》盛唐五排上）

徐秋濤曰：「李頎《宿香山寺》一篇，調幽思逸，句句清練，較之《聖善閣》情景互發，錯雜成篇，相去遠甚，乃于鱗棄彼選此，豈謂其雅淡足貴耶？」（明末服古堂刻本《唐詩選彙解》卷四）

（三四句）敬夫云：「『帶』字、『發』字同爲句中眼。然『帶』字輕而有致，『發』字重而有力。」（劉邦彦《唐詩歸折衷》卷一）

山寺清幽之狀可想。（黄培芳評點《唐賢三昧集》卷中）

東川五言長律，亦以五古之氣運之，故自簡曠出群。

（潘德輿評點《唐賢三昧集》卷中）

陳德公先生曰：「賦筆輕生，此亦有致。」○「靄靄」二句，寫曉色森然。○三四「帶」、「發」字，七八「低」、「接」字，九十「出」、「映」字，字法并老。落句「曙鶯」，「曙」字正從九十引出。「言旋」上着「惆悵」字，更是情深。○「漁舟帶遠火」，每於夜行時，見有此景。

（盧麰、王溥《聞鶴軒初盛唐近體讀本》卷十二）

發端落響，使謝客爲之，亦不能過。

（范大士《歷代詩發》卷十一）

此等皆有景無情，故意味少耳。

（吴昌祺評定《删訂唐詩解》卷二十四）

山半登樓，眺望清遠，下臨雲松，上近河漢，天人交接之所也。覽景既佳，不忍遽别，是以聞「曙鶯」而愁歸耳。

（宋宗元《網師園唐詩箋》卷十七）

（七八句）題字一一有着。

（王熹儒《唐詩選評》卷八）

法則森森。

（首四句）此解是宿石樓。提「宿」字起。「翠微」，山也。樓在山上，故高。因宿樓而聞暗裏泉聲，且「遠火」起於「漁舟」，「孤烟」發於「山磬」，俱從宿夜時描寫景象。（五至八句）中寫香山之幽，石樓之峻，爲後不忍别張本。樓入「雲松」，衣可拂拭，其門之清幽，儼在天河之際。而「峰巒」低於「枕席」，「世界」接乎「人天」，真好石樓也。（末四句）後解，宿夜既曉，不忍言歸，是題後餘情。然言「曙」，亦以顯出「宿」字也。「靄靄」，霧氣也。花間出霧，天將明，且見星光輝耀，映在前川。未幾而曙分林影，鶯啼已遍。此時方欲言旋，意中不勝惆悵而不忍别耳。「旋」，還也。（總評）前解寫「宿」之初，後解言「宿」而起，中描香山寺石樓。

（王堯衢《唐詩合解箋注》卷十二）

（「漁舟帶遠火，山磬發孤烟」）詩之天然成韻者。

（王壽昌《小清華園詩談》卷下）

《宿香山寺石樓》：「衣拂雲松外」，「衣拂」一作「殿壯」。

（李慈銘著、張寅彭等編校《越縵堂日記説詩全編》補編簡端記二之丙總集類）

全詩在寫「石樓」之高，而以「世界接人天」句挽捩上下，蓋宿而不欲去者，以「石樓」可以使人悟道也。則「石樓」之美，不言可知，此爲題外反襯法。

（劉寶和《李頎詩評注》）

【按　語】

此詩所寫，关捩在一「宿」字，一「高」字。兩者緊密結合，寫出在「石樓」上的所見所聞。寫「宿」字，按時序先後次第推進展開，由「夜」至「曙」；寫「高」字，則高低相形，遠近相襯，正所謂「世界接人天」，展現出清幽寂靜、新穎奇麗的山寺景象，令人賞玩不已，乃至天明將要離開時而悵惘若失。

聖善閣送裴迪入京〔一〕

雲華滿高閣①〔二〕，苔色上鈎欄〔三〕。藥草空堦静〔四〕，梧桐返照寒〔五〕。清吟可愈疾〔六〕，携手暫同歡〔七〕。墜葉和金磬〔八〕，飢烏鳴露盤②〔九〕。伊流惜東別③〔一〇〕，灞水向西看〔一一〕。舊托含香署〔一二〕，雲霄何足難〔一三〕。

【校　記】

①「雲」下原注：「一作雪。」「雲」劉本、活字本、百家詩本、黄本作「雪」，凌本作「霜」。「滿」下原注

「一作斂」。

② 「烏」劉本作「鳥」。

③ 「流」下原注：「一作川。」「流」劉本作「川」，并注：「川一作流。」

【注釋】

〔一〕聖善閣：唐代東都洛陽聖善寺報慈閣，當時的名刹。《唐會要》（卷四十八）：「聖善寺，章善坊。神龍元年二月，立爲中興，二年，中宗爲武太后追福，改爲聖善寺。寺内報慈閣，中宗爲武后所立。景龍四年正月二十八日制：『東都所造聖善寺，更開拓五十餘步，以廣僧房。』」劉餗《隋唐嘉話》（卷下）：「武后爲天堂以安大像，鑄大儀以配之。天堂既焚，鐘復鼻絶。至中宗欲成武后志，乃斫像令短，建聖善寺閣以居之。」唐李綽《尚書故實》：「鄭廣文作《聖善寺報慈閣大像記》云：『自頂至頤八十三尺，額珠以銀鑄成，虚中盛八石。』搆聖善寺佛殿，僧惠範，以罪没入其財，得一千三百萬貫。……聖善寺銀佛，天寶亂，爲賊截將一耳。後少傅白公奉佛銀三鋌添補，然不及舊者。」裴迪：盛唐重要的山水田園詩人，行十，生卒年不詳。早年與王維、崔興宗俱隱終南山。王維得輞川别業後，迪常從游，彈琴賦詩，二人各作詩二十首，王維哀爲《輞川集》。安史之亂中，曾在洛陽菩提寺密會王維。上元元年去蜀州，爲刺史王縉的佐吏，結識杜甫，互相唱和。生平事迹參《舊唐書》（卷一九〇下）《王維傳》、《唐詩紀事》（卷一六）。

〔二〕雲華：雲光，雲影。雲有形色，故云。

〔三〕苔色：青緑的蒼苔。《文選》（卷十六）江淹《别賦》：「春宫閟此青苔色，秋帳含兹明月光。」鈎欄：欄杆。崔豹《古今注》（卷上）：「拘欄（鈎欄），漢成帝顧成廟，有三玉鼎，二真金爐，槐樹悉爲扶老拘欄（鈎欄），畫飛雲龍角於其上也。」楊慎《丹鉛餘録》（卷十）：「段國《沙州記》：『吐谷渾於河上作橋，謂之河厲，長一百五十步，勾欄甚嚴飾。』勾欄之名始見此。王建《宫詞》：『風簾水殿壓芙蓉，四面勾欄在水中。』李義山詩：『簾輕幕重金勾欄。』李長吉詩：『蟪蛄吊月勾闌下。』字又作『鈎』。宋世以來，名教坊曰勾欄。」

〔四〕藥草：花草可入藥者稱爲藥草。江淹《吴中禮石佛》：「火宅斂焚炭，藥草匝惠滋。」《妙法蓮花經》（卷三）《藥草喻品》：「迦葉，譬如三千大千世界，山川谿谷土地，所生卉木叢林及諸藥草，種類若干，名色各異。」

〔五〕返照：猶夕照，返景，傍晚的陽光。

〔六〕清吟：指裴迪清妙的詩作。愈疾：使疾病痊愈。《三國志·魏書·陳琳傳》裴松之注引《典略》曰：「琳作諸書及檄，草成呈太祖。太祖先苦頭風，是日疾發，卧讀琳所作，翕然而起曰：『此愈我病。』數加厚賜。」

〔七〕携手：《詩經·邶風·北風》：「惠而好我，携手同行。」

〔八〕墜葉：參前《題盧五舊居》注〔四〕。金磬：銅製成的磬。參前《宿香山寺石樓》注〔五〕。

〔九〕露盤：承露盤。最早漢武帝製銅人承露盤，後來佛寺塔上相輪名承露盤，略稱露盤。《三輔黄圖》（卷三）：「神明臺，《漢書》曰：『建章有神明臺。』《廟記》曰：『神明臺，武帝造，祭仙人處，上有承露盤，有銅仙人，舒掌捧銅盤玉杯，以承雲表之露。以露和玉屑服之，以求仙道。』」《洛陽伽藍記·永寧寺》：「刹上有金寶瓶，容二十五石。寶瓶下有承露金盤三十重，周匝皆垂金鐸，復有鐵鏁四道，引刹向浮屠。」梁簡文帝蕭綱《夜望浮圖上相輪絶句》：「定用方諸水，持添承露盤。」

〔一〇〕伊流：伊水，經洛陽向東流去。參前《贈别張兵曹》注〔一五〕。惜東别：借伊水東流喻惜别之情。蔡琰《胡笳十八拍》：「十有四拍兮涕淚交垂，河水東流兮心是思。」

〔一一〕灞水：流經長安東，北入渭水，爲長安八水之一。向西：長安在洛陽的西方，故云。切裴迪由洛陽入京。《元和郡縣圖志》（卷一）《關内道》（一）：「京兆府藍田縣：霸水，故滋水也，即秦嶺水之下流，東南自商州上洛縣界流入，又西北流合滻水入渭。」

〔一二〕舊托：舊友，故友。含香署：尚書省的習稱。應劭《漢官儀》（卷上）：「尚書郎，……握蘭含香，趨走丹墀奏事。黄門郎與對揖。」《宋書》（卷三十九）《百官志》（上）：「尚書郎口含鷄舌香，以其奏事答對，欲使氣息芬芳也。奏事則與黄門侍郎對揖。』」嵇含《南方草木狀》（卷中）：「蜜香、沉香、鷄骨香、黄熟香、棧香、青桂香、馬蹄香、鷄舌香，案此八物，同出於一樹也。交趾有蜜香樹，……其花不香，成實乃香，爲鷄舌香，珍異之木也。」

〔三〕雲霄：高遠的天空。喻高位。

【箋評】

首二聯狀閣之荒涼。因言裴之「清吟」可愈我疾，雖聚不久，亦須暫歡，無戚戚也。第所聞惟落葉與磬聲相雜，饑烏繞露盤而鳴，雪後景象如此，則又不能無悲矣。裴之行也，東別伊流，西臨灞水。「看」者，我望之也。君舊爲郎，居含香之署，今往京何患不能致雲霄哉！

（唐汝詢《唐詩解》卷四十九）

（尾聯）蔣云：「結見入京意。」

唐云：「情與景雜，篇不峻整，于鱗選此，豈謂雅淡足貴耶？」

（唐汝詢《彙編唐詩十集》巳集）

「勾欄」，猶云曲欄。段國《沙州記》：「吐谷渾於河上作橋，謂之河厲，長一百五十步，勾欄甚嚴節。」「勾欄」之名始見此。

王建《宫詞》：「風簾水殿壓芙蓉，四面勾欄在水中。」李義山詩：「簾輕幕重金勾欄。」李長吉詩：「蟪蛄吊月勾欄下。」字又作「鉤欄」。

伊水在河南府，自盧氏縣流經洛陽偃師入洛。灞水，長安八水之一也。

《漢官儀》：「尚書郎含鷄舌香奏事。舊説漢侍中刁存年耆口臭，上出鷄舌香使含之，遂爲故事。」

（李攀龍選、蔣一葵箋釋《唐詩選》卷四）

結處見入京之意。

（李攀龍選、王穉登參評《唐詩選》卷四）

雅淡足貴。

（李攀龍選、蔣一葵箋釋、黄家鼎評定《刻庵重訂李于鱗唐詩選》卷四）

楊云：「清骨自在。」

（郭濬評點、周明輔等參訂《增定評注唐詩正聲》卷七）

「墜葉」二句插入未佳，細玩亦無喻意。裴迪未見爲郎事，殆言舊有知己，如摩詰輩必能薦達耳。首二聯言閣前之景。因言裴之「清吟」可愈我疾，今幸暫爾「同歡」，見落葉之隨磬，望「饑烏」之集盤，亦一時景色也。裴之行也，東别伊流，西臨灞水，想其舊居含香之署，何患不能致身雲霄哉。

（吴昌祺評定《删訂唐詩解》卷二十四）

徐秋濤曰：「李頎《宿香山寺》一篇，調幽思逸，句句清練，較之《聖善閣》情景互發，錯雜成篇，相去遠甚，乃于鱗棄彼選此，豈謂其雅淡足貴耶？」

（明末服古堂刻本《唐詩選彙解》卷四）

（首四句）此解先寫聖善閣。閣中無人，但有雪華吹入，苔色上闌。俯視空階，只餘藥草。再觀返景，寒到梧桐。此時裴、李二人，諒必同此寂寥者。

（五至八句）中言裴迪在閣。陳琳作檄草呈魏武，魏武時苦頭風，卧讀琳草，翕然而起曰：「此愈我病。」今言裴之「清吟」，可愈我疾。但暫時「携手」，「同歡」幾時？所聞庭中落葉，和金磬之聲；雪後「饑烏」，集露盤之内。送别此際，能不悄然而生悲哉！

（九至十二句）此解是送迪入京。言裴之此行，「伊流」惜己「東别」，「灞水向西」而「看」。君從此入京，必將大用。以舊日托身於含香郎署，今欲作雲霞中人，亦有難哉？尚書郎含鷄舌香奏事，自漢桓帝賜刁存始。

〔總評〕前解只言閣，絶不露送友意。中言裴之在閣，而後以送入京爲合。

（王堯衢《唐詩合解箋注》卷十二）

首二聯狀閣之荒凉，因言裴之「清吟」可愈我疾，聚雖不久，亦酒暫歡，無戚戚也。第所聞惟落葉與磬聲相雜，「饑烏」繞「露盤」而鳴。雪後景象如此，則又不能無悲矣。裴之行也，東别伊流，西臨灞水。「看」者，我之望也。君舊爲郎，居含香之署，今往何患不能致身雲霄哉！

浦二田曰：「清骨自在。李于鱗選此，豈謂其雅淡足貴耶？」

（劉文蔚《唐詩合選詳解》卷八）

不廢組織而清機自在，李滄溟選此，正以其品格貴耳。

（三四句）再寫閣上景，與上「花」、「苔」字□犯重。（五六句）送人有步驟。

（吴瑞榮《唐詩箋要》卷二）

《聖善閣送裴迪入京》：「雲華满高閣」，校改作「雪華斂高閣」。

（李慈銘著、張寅彭等編校《越縵堂日記説詩全編》補編簡端記二之丙總集類）

【按　語】

本詩采取寫景與抒情相結合的方法，表達離情别緒。所寫的情景緊扣佛寺的背景，它們有的清新秀麗，有的古色蒼勁，有的凄涼寂寥，還有的迢遞綿長，這些被錯雜在一起，創造了一種凄清落寞的氛圍。在此環境中道别，怎不令人凄然生悲？詩以景語爲主，以情語托起，「暫同歡」，恨别之思也；「何足難」，預祝之詞也。悵惘和慰勉，都是符合惜别之意的。

奉送渏叔遊潁川兼謁淮陽太守①〔一〕

罷吏今何適〔二〕，辭家方獨行〔三〕。嵩陽入歸夢〔四〕，潁水半前程②〔五〕。聞道淮陽守〔六〕，東南卧理清〔七〕。郡齋觀政日〔八〕，人馬望鄉情〔九〕。叠嶺雪初霽〔一〇〕，寒砧霜後鳴〔一一〕。臨川嗟拜手〔一二〕，寂寞事躬耕〔一三〕。

【校記】

① 劉本無「奉」字。

② 「潁」劉本作「頼」。

【注釋】

〔一〕渏叔：李渏，李頎的叔父，未詳。潁川：唐代潁川郡，又稱許州，今河南省許昌市。《元和郡縣圖志》（卷八）《河南道》（四）：「許州，潁川，今爲陳許節度使理所。」《舊唐書》（卷三十八）《地理志》（一）：「河南道，許州，望。隋潁川郡。武德四年，平王世充，改爲許州，……天寶元年，改爲潁川郡。」淮陽：唐代淮陽郡，又稱陳州，今河南省淮陽縣。《元和郡縣圖志》（卷八）《河南道》（四）：「陳州，淮陽。……隋開皇二年，改爲沈州，大業二年，廢沈州入陳州，三年改爲淮陽郡。武德元年，復爲陳州。」《舊唐書》（卷三十八）《地理志》（一）：「河南道，陳州，上，隋淮陽郡。武德元年，討平房憲伯，改爲陳州。……天寶元年，改陳州爲淮陽郡。」太守：原爲秦代郡長官。唐代改郡爲州時，州長官則爲刺史。太守、刺史，名異而實同。《舊唐書》（卷九）《玄宗紀》：「（天寶元年）天下諸州改爲郡，刺史改爲太守。」

〔二〕罷吏：罷免的官吏。適：前往。

〔三〕方：將。獨行：獨自一人行走。《詩經·唐風·杕杜》：「獨行踽踽，豈無他人，不如我同父。」

〔四〕嵩陽：即唐代潁陽縣，李頎的家鄉。今河南省登封市潁陽鎮。《元和郡縣圖志》（卷五）《河南道》（一）：「河南府潁陽縣，……漢屬潁川，晋省。……大業元年改爲嵩陽，載初元年又改爲武林，開元十五年復爲潁陽。」

〔五〕潁水半前程：此句謂潁川郡是在沿潁水從嵩陽至淮陽之間一半的路程。《元和郡縣圖志》（卷五）《河南道》（一）：「河南府潁陽縣，陽乾山，在縣東二十五里。潁水一源出陽乾山。」

〔六〕聞道：聽説。參卷二《古從軍行》注〔九〕。

〔七〕卧理清：稱贊淮陽太守才能突出，卧床也能將一郡治理得安定太平。《史記》（卷一百二十）《汲黯傳》：「上以爲淮陽，楚地之郊，乃召拜黯爲淮陽太守。黯伏謝不受印，詔數强予，然後奉詔。詔召見黯，黯爲上泣曰：『臣自以爲填溝壑，不復見陛下，不意陛下復收用之。臣常有狗馬病，力不能任郡事，臣願爲中郎，出入禁闥，補過拾遺，臣之願也。』上曰：『君薄淮陽邪？吾今召君矣。顧淮陽吏民不相得，吾徒得君之重，卧而治之。』黯既辭行，……黯居郡如故治，淮陽政清。」

〔八〕郡齋：太守的府第。唐人常語。韋應物詩中用得較多。如《郡齋雨中與諸文士燕集》《郡齋感秋寄諸弟》《郡齋贈王卿》等。又《寄全椒山中道士》：「今朝郡齋冷，忽念山中客。」觀政：考察社會政治上的得失。《尚書・商書・咸有一德》：「七世之廟，可以觀德；萬夫之長，可以觀政。」

〔九〕人馬望鄉情：人和馬都盼望回家鄉。《楚辭・離騷》：「陟陞皇之赫戲兮，忽臨睨夫舊鄉。僕夫悲余馬懷兮，蜷曲顧而不行。」

〔一〇〕叠嶺：指層巒叠嶂的嵩山。參卷一《光上座廊下衆山五韻》注〔二〕。

〔一一〕寒砧：凄切的擣衣聲。砧，擣衣石。參卷一《九月九日劉十八東堂集》注〔九〕。

〔一二〕臨川：臨水。指在水邊送別。《文選》（卷二十九）曹植《朔風詩》：「臨川暮思，何爲泛舟。」拜手：古代男子的一種跪拜禮。顧炎武《日知録》（卷二十八）《拜稽首》：「古人席地而坐，引身而起，則爲長跪；首至手則爲拜手；手至地則爲拜；首至地則爲稽首，此禮之等也。」

〔一三〕躬耕：親自耕種田地。《三國志・蜀書・諸葛亮傳》：「亮躬耕隴畝，好爲《梁父吟》。……上疏曰：『……臣本布衣，躬耕於南陽，苟全性命於亂世，不求聞達於諸侯。』」

【箋評】

此詩四句一章，脉絡極爲分明。一章寫去游潁川；二章寫去謁見淮陽太守；三章寫于潁川（陽？）送別。而惜別之情則貫穿全篇，首則曰：「嵩陽入歸夢」，繼則曰：「人馬望鄉情」，終則曰：「臨川嗟拜手，寂寞事躬耕。」蓋李頎此次游潁川，亦係失意而往者，與頎之歸隱潁陽，其事略同，故於臨歧，不勝悵惘，所謂同病者自相憐耳。

（劉寶和《李頎詩評注》）

【按語】

此詩結構井然，四句一節，一節一意，脉絡分明。但在具體安排上，却是先寫「遊」，後寫「送」，頗爲别致。首節「遊潁川」，次節「兼謁淮陽太守」，末節纔逆筆寫「奉送」，與開篇呼應。在寫作方法上，前二節主要是叙議結合，依賴地名的點綴和典故的藴含，以及客中思鄉情懷的抒發，使詩具有一定的情韻。末節則是情景結合，「臨川」送别，不勝悵惘，韻味深長。

二妃廟送裴侍御使桂陽①〔一〕

沅上秋草晚②〔二〕，蒼蒼堯女祠〔三〕。無人見精魄〔四〕，萬古寒猿悲〔五〕。桂水身殁後③〔六〕，椒漿神降時〔七〕。回雲迎赤豹④〔八〕，驟雨颯文狸⑤〔九〕。受命出炎海〔一〇〕，焚香徵《楚詞》〔一一〕。乘驄感遺迹〔一二〕，一吊清川湄〔一三〕。

【校記】

①凌本將此詩編入五言古詩中。「陽」百家詩本、黄本作「楊」。

②「晚」下原注：「一作色。」

③「歿」劉本作「没」。

④「赤」下劉本有「飆」字。

⑤此句下原注：「一作飆雨驟文螭。」劉本無「颯」字。「文」黄本作「風」。「狸」劉本作「螭」。

【注釋】

〔一〕二妃廟：古代傳説是紀念堯之二女，舜之二妃娥皇、女英的祠廟，又名黄陵廟、湘山祠。故址在今湖南省湘陰縣北。《元和郡縣圖志》（卷二十七）《江南道》（三）：「岳州湘陰縣，舜二妃冢，在縣北一百六十三里青草湖上。」《史記》（卷六）《秦始皇本紀》：「（二十八年）浮江，至湘山祠。」《正義》：「《括地志》云：『黄陵廟在岳州湘陰縣北五十七里，舜二妃之神。二妃冢在湘陰（縣）北一百六十里青草山上。盛弘之《荆州記》云：青草湖南有青草山，湖因山名焉。《列女傳》云：舜陟方，死於蒼梧。二妃死於江湘之間，因葬焉。』」《水經注·湘水》：「湘水又北逕黄陵亭西，右合黄陵水口，其水上承大湖，湖水西流，逕二妃廟南，世謂之黄陵廟也。言大舜之陟方也，二妃從征，溺于湘江，神遊洞庭之淵，出入瀟湘之浦。瀟者，水清深也。《湘中記》

曰：「湘川清照五六丈，下見底石如摴蒱矢，五色鮮明，白沙如霜雪，赤崖若朝霞，是納瀟湘之名矣。故民爲立祠于水側焉。」裴侍御：裴氏未詳。侍御，官名。參卷一《送崔侍御赴京》注〔一〕。桂陽：唐代郴州，又名桂陽郡。今湖南省郴州市。《元和郡縣圖志》（卷二十九）《江南道》（五）：「郴州，桂陽，本漢長沙國地。（後）漢分長沙南境立桂陽郡，理郴縣，領十一縣。隋平陳改爲郴州，大業中復爲桂陽郡，武德四年爲郴州。」《舊唐書》（卷四十）《地理志》（三）：「江南西道，郴州中，隋桂陽郡，武德四年，平蕭銑，置郴州。……天寶元年，改爲桂陽郡。」

〔二〕沅上：沅江邊。沅，沅水，沅江。主要流經湖南省西部，經常德入洞庭湖。二妃廟與沅水無涉，而在湘江流域。但在古代詩文中常將沅、湘并舉，此承其意。《楚辭·離騷》：「濟沅湘以南征兮，就重華而陳詞。」又劉向《九嘆·遠遊》：「見南郢之流風兮，殞余躬於沅湘。」

〔三〕蒼蒼：樹木茂盛貌。堯女祠：即二妃廟。相傳舜之二妃即堯之二女。《史記》（卷一）《五帝本紀》：「於是堯妻之二女，觀其德於二女。舜飭下二女於嬀汭，如婦禮。」《正義》：「二女，娥皇、女英也。娥皇無子，女英生商均。舜升天子，娥皇爲后，女英爲妃。」

〔四〕精魄：精神魂魄，英靈。徐幹《中論·夭壽》：「夫形體者人之精魄也，德義令聞者人之榮華也。」

〔五〕寒猿悲：猴子凄厲的鳴叫聲。《水經注·江水·三峽》：「每至晴初霜旦，林寒澗肅，常有高猿長嘯，屬引凄異，空谷傳響，哀轉久絶。故漁者歌曰：『巴東三峽巫峽長，猿鳴三聲淚沾裳。』」

〔六〕桂水：參卷一《李兵曹壁畫山水各賦得桂水帆》注〔一〕。

〔七〕椒漿：用香椒浸泡制成的飲品，取其芳香濃烈。古代的祭神物品，亦稱椒酒。《楚辭·九歌·東皇太一》：「蕙肴蒸兮蘭藉，奠桂酒兮椒漿。」王逸注：「椒漿，以椒置漿中也。」神降：神靈（祭祀時的巫者，神靈的化身）下降。《楚辭·九歌·雲中君》：「靈皇皇兮既降，猋遠舉兮雲中。」

〔八〕回雲：行雲，飛卷的雲。《楚辭·九歌·山鬼》：「雲容容兮而在下。」赤豹：豹子的一種。《楚辭·九歌·山鬼》：「乘赤豹兮從文狸，辛夷車兮結桂旗。」呂延濟曰：「赤豹、文狸，皆奇獸也。」洪興祖補注：「豹有數種，有赤豹，有玄豹，有白豹。《詩》曰：『赤豹黄羆。』陸璣（機）云：『毛赤而文黑，謂之赤豹。』狸有虎斑文者，有貓斑者。」

〔九〕颯：颯颯，風雨聲。《楚辭·九歌·山鬼》：「雷填填兮雨冥冥」，「風颯颯兮木蕭蕭。」

〔一〇〕受命：接受朝廷的詔命。炎海：炎熱的南方地區。南方炎熱，且盡處是大海，故云。

〔一一〕徵《楚詞》：求取《楚詞》。此謂創作《楚辭》體的憑吊詩文。《漢書》（卷六十四下）《王褒傳》：「宣帝時修武帝故事，講論六藝群書，博盡奇異之好，徵能爲《楚辭》九江被公，召見誦讀。」黄伯思《東觀餘論·翼騷序》：「屈、宋諸騷，皆書楚語，作楚聲，紀楚地，名楚物，故可謂之《楚辭》。」

〔一二〕乘驄（cōng）：乘馬。驄，青白色的馬，此喻指裴侍御。《後漢書》（卷三十七）《桓榮傳》附《桓典傳》：「辟司徒袁隗府，舉高第，拜侍御史。是時宦官秉權，典執政無所回避。常乘驄馬，京師畏憚，爲之語曰：『行行且止，避驄馬御史。』」

〔三〕清川湄：清澈的水邊。此指湘江邊的二妃廟。

【箋　評】

《二妃廟送裴侍御使桂陽》詩有云：「沅上秋草晚，蒼蒼堯女祠。」則詩人曾在沅上送別友人。郴州雖於天寶元年改稱桂陽郡，但郡名始於東漢，此或詩人稱其舊名，沅湘之游未必在天寶中。

（譚優學《李頎行年考》，見氏著《唐詩人行年考》）

全詩皆寫二妃廟，無涉桂陽事，只在收尾，用「乘驄」一點，透出「使」字，復用「吊清川湄」，關聯人神，遂使奉使别有所寄，在送别詩中，另是一格。

（劉寶和《李頎詩評注》）

【按　語】

裴侍御出使桂陽，途經二妃廟所在的湘江流域，詩人對二妃的故事頗有興趣，對二妃廟也充滿了追悼祭奠之情，故趁此而賦寫此種情懷。作爲送别詩，全詩無一語抒發傷離惜别之情。這是詩人的寫作旨意所決定的。高棅《唐詩品彙》（卷十一）録此詩，題作《賦二妃廟送裴侍御使桂陽》，倒是頗符合此詩的寫作特點。詩的前八句賦二妃廟，善於通過對其景物的描寫、環境的刻畫和氣氛的渲染，表現出對二妃的追懷憑吊之情。後四句寫裴侍御出使桂陽，但仍然重點在表達對二妃廟的祭奠，受命出使只是事由而已。詩寫楚地之事，十分注意運用《楚辭》的特點，富有其風調和神韻，這是貫串全詩的基本特色。

送暨道士還玉清觀①〔一〕

仙宫有名籍②〔二〕，度世吴江濆③〔三〕。大道本無我〔四〕，青春長與君〔五〕。中州俄已到④〔六〕，至理得而聞〔七〕。明主降黄屋〔八〕，時人看白雲〔九〕。空山何窈窕〔一〇〕，三秀日氛氲⑤〔一一〕。遂此留書客⑥〔一二〕，超遥烟駕分〔一三〕。

【校　記】

① 劉本、凌本將此詩編在五言古詩中。文粹本無「觀」字。

② 「宫」下原注：「一作官。」英華本注：「文粹作官。」「宫」活字本、百家詩本、黄本、凌本、畢本、文粹本作「官」。

③ 「濆」劉本作「潰」，文粹本作「濱」。

④「州」下原注：「一作洲。」「州」劉本作「洲」。

⑤「三」百家詩本作「二」。「氲」劉本作「緼」。

⑥「遂此」下原注：「一作此道。」

【注釋】

〔一〕暨道士：其人未詳。道士，參卷一《題盧道士房》注〔一〕。玉清觀：宫觀名。據詩中「吴江濆」云云，當在唐代的蘇州（今江蘇省蘇州市）。

〔二〕仙宫：仙人居住的宫室。名籍：指載入仙人姓名的簿册。《太平廣記》（卷一）《木公》：「真僚仙官，巨億萬計，各有所職，皆禀其命，而朝奉翼衛，故男女得道者，名籍所隸焉。」又（卷六十三）《驪山姥》：「受此符者，當須名列仙籍，骨相應仙，而後可以語至道之幽妙，啓玄關之鎖鑰耳。」

〔三〕度世：出世，度越塵世而成仙。《楚辭·遠遊》：「欲度世以忘歸兮，意恣睢以担撟。」洪興祖補注：「度世，謂僊去也。」吴江：吴松江的别稱，又名松江、松陵江，笠澤。唐屬蘇州吴縣（今江蘇省蘇州市吴縣市）。太湖最大的河流，流經上海市名蘇州河。唐陸廣微《吴地記》：「松江，一名松陵，又名笠澤。」《元和郡縣圖志》（卷二十五）《江南道》（一）：「蘇州吴縣，松江，在縣南五十里，經崑山入海。《左傳》云：『越伐吴，軍於笠澤。』即此江。」濆（fén）：水邊。《説文·

水部》：「瀆，水厓也。」

〔四〕大道：此謂道家法則自然的至要之道。《老子》（第三十四章）：「大道氾兮，其可左右。萬物恃之而生而不辭，功成不名有。」無我：道家主張任天而行，萬物與我爲一，不存己見，是謂無我。《關尹子・三極》：「聖人師萬物，惟聖人同物，所以無我。」又云：「聖人知我無我，故同之。」又《關尹子・四符》云：「惟無我無人，無首無尾，所以與天地冥。」

〔五〕青春長與君：青春年華永存。君，指暨道士。《文選》（卷二十四）潘尼《贈陸機出爲吴王郎中令》：「予涉素秋，子登青春。」李善注：「青春，喻少也。……《楚辭》曰：『青春爰謝。』」

〔六〕中州：古代指中原地區。即今河南省一帶。李頎當在洛陽送別暨道士，故云。王充《論衡・對作》：「建初孟年，中州頗歉，潁川、汝南民流四散，聖主憂懷，詔書數至。」俄已到：一會兒就到達，片刻即到。形容仙人在瞬間能够到達很遠的地方。《後漢書》（卷八十二下）《方術傳（下）》《費長房傳》：「或一日之間，人見其在千里之外者數處焉。」即屬此類。

〔七〕至理：即上文的「大道」。得而聞：得以聞説。而，句中轉折詞。

〔八〕明主：指唐玄宗李隆基。他尊崇道家，提倡道家思想。他下詔召見暨道士屬正常。只是史料無稽。黄屋：天子的車輛。《史記》（卷七）《項羽本紀》：「紀信乘黄屋車，傅左纛。」《正義》：「李斐云：『天子車以黄繒爲蓋裏。』」《文選》（卷二十）范曄《樂遊應詔詩》：「山梁協孔性，黄屋非堯心。」

〔九〕白雲：喻仙人。借喻曁道士。《莊子・天地》：「乘彼白雲，至於帝鄉。」

〔一〇〕窈窕：幽邃貌。《文選》（卷二十二）謝靈運《於南山往北山經湖中瞻眺》：「側逕既窈窕，環洲亦玲瓏。」李善注：「曹攄《贈石荆州詩》曰：『轗軻石行難，窈窕山道深。』」

〔一一〕三秀：一年三花的靈芝草。神仙家認爲服食可以延年益壽。舊説太湖包山林屋洞生長白芝。《楚辭・九歌・山鬼》：「采三秀兮於山間，石磊磊兮葛蔓蔓。」王逸注：「三秀，謂芝草也。」洪興祖補注：「《爾雅》：『茵芝。』注云：『一歲三華，瑞草也。』《思玄賦》云：『冀一年之三秀。』」任昉《述異記》（卷下）：「林屋洞爲左神幽虚之天，中有白芝、紫泉，乃神仙之飲耳。」氛氲：雲氣濃貌，此指盛貌。參卷一《望鳴皋山白雲寄洛陽盧主簿》注〔三〕。

〔一二〕留書客：指學道成仙的人。喻曁道士。《晉書》（卷八十）《王羲之傳》附《許邁傳》：「許邁字叔玄，一名映，丹楊句容人也。……乃改名玄，字遠遊。與婦書告別，又著詩十二首，論神僊之事焉。……玄自後莫測所終，好道者皆謂之羽化矣。」

〔一三〕超遥：高遠貌。阮籍《清思賦》：「超遥茫渺，不能究其所在。」烟駕：神仙可以雲霧爲車駕飛行，故名。《文選》（卷三十一）江淹《雜體詩三十首・謝光禄莊〈郊遊〉》：「雲裝信解黻，煙駕可辭金。」李善注：「煙駕，煙車也。」分：别，分别。《説文・八部》：「分，别也。」

【箋評】

頎詩發調既清，修辭亦綉。雜歌咸善，玄理最長。至如《送曁道士》云：「大道本無我，青春長與君。」又《聽彈胡笳聲》云：「幽音變調忽飄灑，長風吹林雨墮瓦。迸泉颯颯飛木末，野鹿呦呦走堂下。」足可歔欷，震蕩心神。惜其偉才，只到黃綬。故論其數家，往往高於衆作。

（殷璠《河嶽英靈集》卷上）

「大道」二句，殷璠盛稱之，不知何故。

（南京圖書館藏明朱警編、嘉靖刻本《唐百家詩·李頎集》眉批。）

（四句）鍾云：「『與』字妙。」（五六句）譚云：「看他虛運之妙。」（七八句）譚云：「寫出凡夫可憐。」

（鍾惺、譚元春《唐詩歸》卷十四）

郭云：「猶未超脱。」

（郭濬評點、周明輔等參訂《增定評注唐詩正聲》卷二）

周敬曰：「神氣朗秀沈着。」

周珽曰：「能悟『大道』，得聞『至理』，以仙籍有名故也。『青春長與』，有不爲『明主』、『時人』所傾心乎？山空芝秀，遂志『烟駕』，道士儼一仙人矣。逸調飄然。」

（周敬、周珽輯，陳繼儒批點《删補唐詩選脉箋釋會通評林》盛唐五古三）

（三四句）「大道」二語，渾然元化。

（沈德潛《唐詩别裁集》卷一）

又前所舉陸士衡、謝惠連、陸倕等以「矣」對「哉」諸聯，搜述索偶，平仄俱調，已開近體詩對仗之用語助。唐人如宋廣平《應制》曰：「丞相邦之彦，非賢諒不居；老臣庸且憊，何德以當諸。」更以虚字作扇對。……李東川《送暨道士》：「中州俄已到，至理得而聞。」……其例已多。宋人更以此出奇制勝。

（錢鍾書《談藝録》十八《詩用語助》）

【按　語】

此詩借送別道士，表述了道家的「大道」、「至理」——「大道本無我，青春長與君。」深有所得。前人評之爲「玄理最長」。此種詩毫無惜別悵惘之情，正是與之相別的是道士所決定的。反之，則不符合道家任天、自然的思想精神了。此詩在結構體式上，騰挪翻轉、跌宕跳躍、斷續無端、開闔縱横，也深得道家超忽飄然的趣韻。首二句，點玉清觀的所在之地；三、四句突然轉换到闡述「大道」；五、六句則云與暨道士相識於中州，并向其問道；七、八句再補述道士是因朝廷詔命而到中州；九、十句再遥應首二句，寫玉清觀的神仙勝境，暗含希冀返回之意；末二句言道士乘雲飄然而去，纔從側面點出「送」字，完全是一種超然灑脱的逸調。

送劉主簿歸金壇〔一〕

與子十年舊〔二〕，其如離別何〔三〕。宦遊鄰故國①〔四〕，歸夢是滄波〔五〕。京口青山遠〔六〕，金陵芳草多〔七〕。雲帆曉容裔〔八〕，江日晝清和②〔九〕。縣郭舟人飲〔一〇〕，津亭漁者歌〔一一〕。茅山有仙洞〔一二〕，羡爾再經過。

【校記】

①「鄰」英華本作「憐」。

②「日」英華本作「口」。「晝」劉本作「書」。「和」英華本作「河」。

【注釋】

〔一〕劉主簿：劉氏未詳。主簿，縣令的佐吏。參卷一《望鳴皋山白雲寄洛陽盧主簿》注〔一〕。金壇：唐代金壇縣，即今江蘇省金壇市（縣級市）。《元和郡縣圖志》（卷二十五）《江南道》（一）：「潤州金壇縣，本漢曲阿縣地，隋於此置金山府。隋末亂離，鄉人自立爲金山縣。武德八年廢。垂拱二年又置縣，以婺州有金山，改名金壇。」審「歸」字，劉主簿當是金壇人，返歸故里。

〔二〕舊：舊交，故友。《左傳・文公六年》：「立愛則孝，結舊則安。」

〔三〕其如：怎奈，無奈。

〔四〕宦遊：外出做官。《漢書》（卷五十七上）《司馬相如列傳》（上）：「（王）吉曰：『長卿久宦遊，不遂而困，來過我。』」故國：故鄉，家鄉。杜甫《上白帝城二首》（其一）：「取醉他鄉客，相逢故國人。」鄭谷《摇落》：「故國無消息，流年有亂離。」

〔五〕是：因，爲。參王瑛《詩詞曲語辭例釋》。滄波：澄澈的水。

〔六〕京口：唐代潤州，曾名京口，即今江蘇省鎮江市。京口的金山、北固山、焦山等等，都是名山。《元和郡縣圖志》（卷二十五）《江南道》（一）：「潤州，本春秋吴之朱方邑。始皇改爲丹徒。漢初爲荆國，劉賈所封。後漢獻帝建安十四年，孫權自吴理丹徒，號曰『京城』，今州是也。十六年遷都建業，以此爲京口鎮。」又：「潤州丹徒縣，北固山，在縣北一里。下臨長江，其勢險固，因以爲名。……蒜山，在縣西九里。山臨江絶壁，……山多澤蒜，因以爲名。氐父山，在縣西北十里。……今土俗亦謂之金山。獸窟山，一名招隱山，在縣西南九里。即隱士戴顒之所居也。」

〔七〕金陵：唐代潤州也稱金陵。趙璘《因話録》（卷二）：「君（李約）初至金陵，於府主庶人（李）錡坐，屢贊招隱寺標致。一日，庶人燕于寺中。明日謂君曰：『十郎嘗誇招隱寺，昨遊宴細看，何殊州中？』」此處金陵顯然是指潤州。但此詩所説當是指唐代上元縣（江寧縣）所在的金陵，即今江蘇省南京市。《元和郡縣圖志》（卷二十五）《江南道》（一）：「潤州上元縣，本金陵地，秦始皇時望氣者云：『五百年後，金陵有都邑之氣。』故始皇東遊以厭之，改其地曰秣陵，……鍾山，在縣東北十八里。按《輿地志》，古金陵山也，邑縣之名，皆由此而立。」

〔八〕容裔：徐行貌。《文選》（卷十九）曹植《洛神賦》：「六龍儼其齊首，載雲車之容裔。」

〔九〕江日：陽光照耀下的江水。清和：清朗温和。多指春天二、三月天氣，也有指春末夏初的。《文選》（卷十五）張衡《歸田賦》：「於是仲春令月，時和氣清。」又（卷二十二）謝靈運《遊赤石進帆海》：「首夏猶清和，芳草亦未歇。」

〔一〇〕縣郭：縣城的郊外。指金壇縣。舟人：船民，船夫。《詩經·小雅·大東》：「舟人之子，熊羆是裘。」《毛傳》：「舟人，舟楫之人。」

〔一一〕津亭：渡口旁的亭子。供人休息。王勃《江亭夜月送別二首》（其一）：「津亭秋月夜，誰見泣離群。」漁者歌：捕魚人的歌聲。《水經注·江水·三峽》：「故漁者歌曰：『巴東三峽巫峽長，猿鳴三聲淚沾裳。』」

〔一二〕茅山：著名的道教勝地，在今江蘇省句容縣和金壇市交界處。《元和郡縣圖志》（卷二十五）《江南道》（一）：「潤州句容縣，……縣有茅山，本名句曲，以山形似『己』字，故名句曲；有所容，故號句容。……茅山，在縣東南六十里。」又云：「潤州延陵縣，茅山，在縣西南三十五里。三茅得道之所，事具《仙經》，不録。」《神仙傳》（卷五）《茅君》：「茅君者，名盈，字叔申，咸陽人也。……時君之弟名固，字季偉，次弟名衷，字思和，……君遂徑之江南，治於句曲山。山有洞室，神仙所居，君治之焉。……時人因呼此山爲茅山焉。後二弟年衰，各七八十歲，棄官委家，過江尋兄，……於山下洞中修練四十餘年，亦得成真。……皆例上真，故號『三茅君』。」仙洞：道家謂學道成仙之人所居住的山中洞室。《雲笈七籤》（卷二十七）《洞天福地・十大洞天》：「第八句曲山洞，周迴一百五十里，名曰金壇華陽之洞天，在潤州句容縣，屬紫陽真人治之。」

【箋　評】

上三首（按指本詩與《送盧少府赴延陵》《題少府監李丞山池》）似古謡，似徐、庾煉句。此又不得與《龍池篇》《黄鶴樓》風格一例論也。唐人詩，其各成頭面，不可方物如此。

（吴瑞榮《唐詩箋要》卷二）

【按　語】

送友人返鄉，在略表惜别之情後，隨即從友人的角度，表現其强烈的鄉思，尤其注重表現其返鄉的喜悦之情，是此詩的基本特色。這從結構的安排上和篇幅的比重上，一看就十分清楚了。首二句直抒離别傷感之情，頗爲悲苦。次二句則叙友人宦游而思鄉入夢。「歸夢」既呼應題目，又啓發下文。後八句就是集中描寫刻畫其歸途中欣賞到的、以京口爲中心的江山形勝、自然景象、人民生活和神仙福地，乃到于惹人羡慕。在充滿贊美的筆調中，流露出友人回鄉載欣載奔、興高采烈的感情色彩。

送盧少府赴延陵〔一〕

問君從宦所①〔二〕，何日府中趨〔三〕。遥指金陵縣〔四〕，青山天一隅〔五〕。行人懷寸禄〔六〕，小吏獻新圖〔七〕。北固波濤險〔八〕，南天風俗殊②〔九〕。春江連橘柚③〔一〇〕，晚景媚菰蒲④〔一一〕。漠漠花生渚〔一二〕，亭亭雲過湖〔一三〕。灘沙映村火〔一四〕，水霧斂檣烏〔一五〕。回首東門路〔一六〕，鄉書不可無〔一七〕。

【校　記】

①「宦」活字本、百家詩本、黄本作「官」。

②「天」下原注：「一作川。」

③「江」下原注：「一作山。」「柚」劉本作「秀」。

④「菰蒲」活字本、黄本、凌本、畢本作「蒲菰」。

【注　釋】

〔一〕盧少府：盧氏未詳。少府，參卷一《宋少府東谿泛舟》注〔一〕。延陵：唐代延陵縣，在今江蘇省丹陽市（縣級市）西南境内。《元和郡縣圖志》（卷二十五）《江南道》（一）：「潤州延陵縣，晋太康二年分曲阿之延陵鄉置延陵縣，蓋因季子以立名也。又《漢・地理志》，季子所居在今毗陵，本名延陵，至漢始改，然今縣北見有其祠，或當時采地所及，其地亦曰連陵。」

〔二〕從宦：做官。劉勰《文心雕龍・時序》：「偉長從宦於青土，公幹徇質於海隅。」

〔三〕府中趨：在官府中奔波勞碌。《玉臺新詠》（卷一）古樂府《日出東南隅行》：「盈盈公府步，冉冉府中趨。」

〔四〕金陵縣：謂延陵是金陵的屬縣。參上注〔一〕，唐代的延陵縣屬潤州（今江蘇省鎮江市），時人常稱潤州爲金陵，故詩云。王楙《野客叢書》（卷二十）《北固甘羅》：「杜牧之《登北固山》詩曰：『謝朓詩中佳麗地。』或者謂朓詩『江南佳麗地，金陵帝王州。』金陵乃今建康，非潤州也。僕謂當時京口，亦金陵之地。不特牧之爲然，唐人江寧詩，往往多言京口事，可驗也。又如張氏《行役記》言甘露寺在金陵山上。趙璘《因話録》言李勉至金陵，屢贊招隱寺標致。蓋時人稱京口亦曰金陵。」并參前《送劉主簿歸金壇》注〔七〕。

〔五〕天一隅：天的一方。《文選》（卷二十九）李陵《與蘇武詩三首》（其一）：「風波一失所，各在天一隅。」

〔六〕行人：游子，此指盧少府。《文選》（卷二十九）李陵《與蘇武詩三首》（其三）：「行人難久留，各言長相思。」寸禄：參卷一《贈別高三十五》注〔一八〕。

〔七〕小吏：指延陵縣的小吏。《玉臺新詠》（卷一）古樂府《日出東南隅行》：「十五府小吏，二十朝大夫。」新圖：新的版圖，輿圖。指做官之地的地圖。

〔八〕北固：山名，在今江蘇省鎮江市。《元和郡縣圖志》（卷二十五）《江南道》（一）：「潤州丹徒縣，北固山，在縣北一里。下臨長江，其勢險固，因以爲名。蔡謨、謝安作鎮，并於山上作府庫，儲軍實。宋高祖云：『作鎮作固，誠有其緒，然北望海口，實爲壯觀，以理而推，固宜爲顧。』江今闊一十八里，春秋朔望有奔濤。魏文帝東征孫氏，臨江嘆曰：『固天所以限南北也。』」

〔九〕南天：南方。

〔一〇〕橘柚：橘樹和柚樹，兩種果樹名。《尚書·禹貢》：「厥篚織貝，厥包橘柚錫貢。」孔安國傳：「小曰橘，大曰柚。」《史記》（卷一百一十七）《司馬相如傳》：「樝梨梬栗，橘柚芬芳。」《正義》：「小曰橘，大曰柚。樹有刺，冬不凋，葉青，花白，子黄赤。二樹相似，非橙也。」

〔一一〕晚景：傍晚的陽光，夕陽。媚菰蒲：使菰草和蒲草更加秀美。《文選》（卷二十二）謝靈運《登池上樓》：「潛虬媚幽姿，飛鴻響遠音。」又（卷二十六）《過始寧墅》：「白雲抱幽石，緑篠媚清漣。」又（卷二十二）《從斤竹澗越嶺溪行》：「蘋萍泛沈深，菰蒲冒清淺。」

〔一二〕漠漠：彌漫貌，盛貌。《文選》（卷二十二）謝朓《游東田》：「遠樹曖仟仟，生煙紛漠漠。」

〔一三〕亭亭：高遠貌。《文選》（卷二十九）魏文帝曹丕《雜詩二首》（其二）：「西北有浮雲，亭亭如車蓋。」李善注：「亭亭，迥遠無依之貌也。」

〔一四〕映：輝映，映照。村火：村莊的燈火。

〔一五〕檣烏：船的桅杆上烏形的風向儀。從漢代宫殿上立銅烏測風向衍化而來。《三輔黄圖》（卷五）：「郭延生《述征記》曰：『長安宫南有靈臺，高十五仞，上有渾儀，張衡所製。又有相風銅烏，遇風乃動。一曰：長安靈臺，上有相風銅烏，千里風至，此烏乃動。』」

〔一六〕東門：當指洛陽東門，作者送别盧少府之地。參卷一《送劉四》注〔一〇〕。

〔一七〕鄉書：寄回家鄉的書信。王灣《次北固山下》：「鄉書何處達，歸雁洛陽邊。」

【箋評】

（九至十二句）譚云：「可想。」（十四句）譚云：「『斂』字妙，『聚』字則浮，『隱』字則俗。」（末二句）譚云：「『不可無』，悲甚，想甚。」鍾云：「『不可無』三字之法，劉長卿善用之。」

（鍾惺、譚元春《唐詩歸》卷十四）

唐云：「此爲排律正調。」吴逸一云：「中聯叙景如畫。」

（唐汝詢《彙編唐詩十集》壬集）

〔訓〕首四句設爲問答得趣，而詞意更超。「行人」指少府，「小吏」指延陵之候接者。因言由涉險以南度，一路風土景物，俱堪爽快人心志者。故結恐其樂於遠宦，致忘别思，而以「鄉書不可無」醒之也。

（周敬、周珽輯、陳繼儒批點《删補唐詩選脉箋釋會通評林》盛唐五排上）

（五六句）古人已作上任套語。（吴瑞榮《唐詩箋要》卷二）

今人寫景須入鋪排，看此筆筆斂而深細處。（潘德輿評點《唐賢三昧集》卷中）

【按語】此詩的寫法别致有趣。首先是首尾頗有古歌謡的韻味，平實質樸。開頭四句采用問答式，點醒友人所往之地；末二句囑咐友人定要寄回鄉書，讀來都真切如常語。其次是七句至十四句寫景，充分利用了排律鋪排對舉的特點，對途中的情景，只選擇江南一帶爲中心，作了多方的展示，而其韻致顯然有大謝的宗尚，與首尾的風味迥異，却又能融合無痕，頗堪稱道。再次，此詩先點所往之地，并爲下文寫景伏脉；隨之詳寫其地風土景物，將宦游當作游賞，末句方表别意，結構上比較特殊，顛倒逆折，錯綜有致，頗有創新之處。

送皇甫曾遊襄陽山水兼謁韋太守〔一〕

峴山枕襄陽〔二〕，滔滔江漢長〔三〕。山深卧龍宅〔四〕，水净斬蛟鄉〔五〕。元凱《春秋傳》〔六〕，昭明《文選》堂〔七〕。風流滿今古，烟島思微茫〔八〕。白雁暮銜雪〔九〕，青林寒帶霜。蘆花獨戍晚〔一〇〕，柑實萬家香。舊國欲兹別〔一一〕，輕舟眇未央〔一二〕。百花亭漫漫〔一三〕，一柱觀蒼蒼①〔一四〕。按俗荆南牧〔一五〕，持衡吏部郎〔一六〕。逢君立五馬〔一七〕，應醉習家塘〔一八〕。

【校記】

①「觀」活字本、黄本、凌本作「館」。

【注釋】

〔一〕此詩當作於天寶四、五載間。皇甫曾：字孝常（？—七八五），行十六，潤州丹陽（今江蘇省丹陽市）人，郡望安定（今甘肅省涇川縣）。天寶十二載進士及第。安史之亂中避地吴越。廣德至大曆初，任殿中侍御史，因事貶舒州司馬，罷任閑居丹陽，與皎然、顔真卿等人聯唱，結集爲《吴興集》。大曆末任陽翟令，貞元元年卒。生平事迹參獨孤及《唐故左補闕安定皇甫公集序》、《新唐書》（卷二〇二）《蕭穎士傳》附傳、《唐才子傳校箋》（卷三）。襄陽：今湖北省襄陽市。參卷二《送郝判官》注〔一〕。韋太守：太守，參卷二《送從弟遊江淮兼謁鄱陽劉太守》注〔一〕。韋，當指韋陟。據郁賢皓《唐刺史考》（卷一八九）《襄州（襄陽郡）》條中，開元、天寶年間，只有天寶四、五載有韋陟這一「韋」姓出任襄陽太守。韋陟（六九六—七六〇），字殷卿，唐京兆萬年（今陝西省西安市）人。善文辭，與王維、崔顥有唱和。開元中，歷任中書舍人、禮部侍郎。天寶初，任吏部侍郎，遭李林甫、楊國忠嫉妒，貶襄陽太守、昭州平樂尉。肅宗朝，授御史大夫，兼江東節度使。後入朝爲洛陽留守。終吏部尚書。生平事迹參《舊唐書》（卷九十二）、《新唐書》（卷一百二十二）本傳。

〔二〕峴山：在襄陽。《元和郡縣圖志》（卷二十一）《山南道》（二）：「襄州襄陽縣，峴山，在縣東南九里。山東臨漢水，古今大路。羊祜鎮襄陽，與鄒潤甫共登此山，後人立碑，謂之墮淚碑，其銘文即蜀人李安所製。」枕：靠着。

〔三〕江漢：漢江流經襄陽，至漢口入長江，故聯稱，即指漢江，又名漢水、沔水。參上注〔二〕。

〔四〕卧龍：東漢末諸葛亮，人稱卧龍，曾隱居於襄陽西北的隆中。《元和郡縣圖志》（卷二十一）《山南道》（二）：「襄州襄陽縣，諸葛亮宅，在縣西北二十里。」《三國志・蜀書・諸葛亮傳》：「諸葛亮字孔明，琅邪陽都人也。……徐庶見先主，先主器之，謂先主曰：『諸葛孔明者，卧龍也。』」裴松之注引《襄陽記》曰：「劉備訪世事於司馬德操。德操曰：『儒生俗士，豈識時務？識時務者在乎俊傑。此間自有伏龍、鳳雛。』備問爲誰，曰：『諸葛孔明、龐士元也。』」

〔五〕斬蛟鄉：《襄陽耆舊傳・牧守》：「鄧遐字應遂，勇力絶人，氣蓋當世，時人方之樊噲，郡治號爲名將。爲襄陽太守，城北沔水中有蛟，常爲人害。遐拔劍入水，蛟繞其足，遐揮劍截蛟流血，江水爲之俱赤。因名斬蛟渚，亦謂之斬蛟津。」

〔六〕元凱《春秋傳》：杜預纂《春秋左氏傳》，傳世經典之作。杜預曾鎮守襄陽，故詩及之。《晉書》（卷三十四）《杜預傳》：「杜預字元凱，京兆杜陵人也。……（杜預）拜鎮南大將軍、都督荆州諸軍事，……既立功之後，從容無事，乃耽思經籍，爲《春秋左氏經傳集解》。又參考衆家譜第，謂之《釋例》。又作《盟會國》、《春秋長曆》，備成一家之學，比老乃成。」

〔七〕昭明《文選》堂：《梁書》（卷八）《昭明太子傳》：「昭明太子統字德施，高祖長子也。……謚曰昭明。……所著文集二十卷；又撰古今典誥文言，爲《正序》十卷；五言詩之善者，爲《文章英華》二十卷；《文選》三十卷。」祝穆《方輿勝覽》（卷三十二）《襄陽府》：「文選樓，梁昭明太子立，聚賢士共集《文選》。」《輿地紀勝·京西南路·襄陽府》：「文選樓，《舊經》云：梁昭明太子所立，以撰《文選》，聚才人賢士劉孝威、庾肩吾、徐防、江伯操、孔敬通、惠子悦、徐陵、王筠、孔爍、鮑至等十餘人，號曰高齋學士。」

〔八〕烟島思微茫：烟霧迷蒙的洲島誘發了人們對襄陽人文歷史的追憶緬懷。

〔九〕白雁：雁的一種。《左傳·哀公七年》：「曹鄙人公孫强好弋，獲白雁，獻之。」《爾雅翼·釋鳥·雁》：「今北方有白雁，似鴻而小，色白，深秋乃來，來則霜降，河北謂之霜信。」

〔一〇〕獨戍：一座戍守的營壘。襄陽爲晋以來南北要衝，兵家必争之地，築有戍守城防，故云。

〔一一〕舊國：故鄉。皇甫曾爲潤州丹陽人。據此詩句，李頎時游歷江南，在潤州送别皇甫曾漫游襄陽乎？《莊子·則陽》：「舊國舊都，望之暢然。」李白《梁園吟》：「洪波浩蕩迷舊國，路遠西歸安可得？」

〔一二〕輕舟：小船。《國語・越語下》：「（范蠡）遂乘輕舟以浮於五湖，莫知其所終極。」眇：遼闊蒼茫貌。同「渺」。未央：無窮無盡。《老子》（第二十章）：「荒兮，其未央哉！」

〔一三〕百花亭：在今湖北省江陵市。《清一統志・荆州府・古迹》：「百花亭，在江陵縣東四十里。《名勝志》：『江陵縣東梁家臺上舊有百花亭。』」漫漫：迷茫貌。

〔一四〕一柱觀：在今湖北省松滋縣。余知古《渚宫故事・一柱觀》：「劉宋臨川王義慶在鎮，于羅公洲立觀甚大，而惟一柱。」《讀史方輿紀要》（卷七十八）《湖廣》（四）：「荆州府松滋縣，丘家湖，在縣東三十里。中有羅公洲，宋臨川王義慶嘗立觀于洲上，曰一柱觀。」蒼蒼：樹木茂盛貌。

〔一五〕按俗：考察風俗民情。太守的職責。《唐六典》（卷三十）：「京兆、河南、太原牧及都督、刺史，掌清肅邦畿，考核官吏，宣布德化，撫和齊人，勸課農桑，敦諭五教。每歲一巡屬縣，觀風俗，問百姓，録囚徒，恤鰥寡，閱丁口，務知百姓之疾苦。」荆南牧：即襄陽太守，指韋陟。《舊唐書》（卷九十二）《韋陟傳》：「後爲吏部侍郎，……李林甫忌之，出爲襄陽太守，兼本道采訪使。」荆南：本指荆州（今湖北省荆州市），此指襄陽。六朝時期，荆州所轄有時包括襄陽，甚至荆州移鎮襄陽，故荆南亦可代指襄陽。《文選》《卷五十三》陸機《辯亡論》（上）：「吴武烈皇帝慷慨下國，電發荆南。」《元和郡縣圖志》（卷二十一）《山南道》（二）：「襄州，《禹貢》豫、荆二州之域。……秦兼天下，自漢以北爲南陽郡，今鄧州南陽縣是也。漢以南爲南郡，今荆州是也。後漢建安十三年，魏武帝平荆州，置襄陽郡。……按襄陽去江陵陸道五百里，勢同輔車，無襄陽則江陵受敵。自東晋庾翼爲荆州刺史，將事北伐，遂鎮襄陽，北接宛、洛，跨對樊、沔，爲荆、郢之北門，代爲重鎮。」牧：對州、郡長官刺史或太守的尊稱。《禮記·曲禮下》：「九州之長，入天子之國，曰牧。」

〔一六〕持衡：用秤來稱物。衡，稱重物的衡器。此喻考核人材，銓選授官。乃吏部侍郎之職。韋陟曾任此職，故云。《唐六典》（卷二）：「吏部尚書、侍郎之職，掌天下官吏選授、勛封、考課之政令。凡職官銓綜之典，封爵策勛之制，權衡殿最之法，悉以咨之。」

〔一七〕五馬：太守的代稱。《玉臺新詠》（卷一）古樂府《日出東南隅行》：「使君從南來，五馬立踟躕。」《宋書》（卷十八）《禮志》（五）：「逸禮《王度記》曰：『天子駕六，諸侯駕五，卿駕四，大夫三，士二，庶人一。』」後世以太守類比諸侯，故以五馬爲太守的故實。

〔一八〕習家塘：習郁池，習池。參卷二《送郝判官》注〔三〕。

【箋評】

古人詩有誤用者，有改字者，不可學也。如李頎《遊襄陽山水》詩：「應醉習家塘」，以「習池」改爲「習塘」；李嘉祐《贈韓侍郎》詩：「圖畫風流似伯康」，誤以韓伯休爲伯康；王右丞詩：「衛青不敗由天幸」，誤以霍去病爲衛青；孟襄陽詩：「歸田羨子平」，誤以平子爲子平。

（袁棟《書隱叢説》卷十一）

李頎《遊襄陽山水》結句云：「逢君立五馬，應醉習家塘。」以「習池」爲「習塘」，借以押韻，此大家之弊，不必效也。牛鳳及《温洛應制》詩：「八神承玉輦，六羽警瑶溪。」以「溪」字代「池」字，亦同。

（宋長白《柳亭詩話》卷六）

題爲《游襄陽山水》，故通篇只着重寫一「游」字。地望則名賢所居；韻事則前修所游；風物則勝景所聚；觀賞則古迹所存。而太守又尊賢愛士，須之盡醉。事事無非可「游」者，則送者無憂，行者樂去也。

（劉寶和《李頎詩評注》）

李頎又有二游江南，其《送皇甫曾遊襄陽山水兼謁韋太守》詩中云：「舊國欲兹别，輕舟眇未央。百花亭漫漫，一柱觀蒼蒼（均在荆州）。按俗荆南牧，持衡吏部郎。逢君立五馬，應醉習家塘。」從所指路綫可知必爲在江南送皇甫曾經荆州向襄陽。韋太守爲韋陟，天寶四載任，則知天寶四載李頎又在江南。

（趙昌平《盛唐北地士風與崔顥李頎王昌齡三家詩》，見氏著《趙昌平自選集》）

【按　語】

唐人有漫游的風氣，李白説：「一生好入名山游」，以游覽山水爲賞心樂事。此詩正體現了這種風氣。全詩以「遊襄陽山水」爲結穴，巧妙構思，精心結撰，頗具特色。開篇抛開「送」字，劈頭就贊美襄陽的地望名賢、古迹勝地、風物美景，令人俯仰今古，流連賞玩，樂趣無窮。「舊國」四句則逆筆來寫送友人從故鄉出發，乘舟漫游襄陽，途中領略荆州一帶古迹，欣賞美景。末四句才略點「兼謁」，并以醉習池與上文漫游襄陽山水呼應，渾然一體。詩的後二段都寫得很簡略，重心是在第一大段，詳細從多方面寫「遊襄陽山水」，重點突出，層次清晰，章法上善于布局安排，錯綜變化。

龍門送裴侍御監五嶺選〔一〕

萬里番禺地〔二〕，官人繼帝憂〔三〕。君爲柱下史〔四〕，將命出東周〔五〕。歇馬傍川路〔六〕，張燈臨石樓〔七〕。稜稜静疎木〔八〕，濞濞響寒流〔九〕。椰葉四荒外〔一〇〕，梅花五嶺頭〔一一〕。明珠尉佗國〔一二〕，翠羽夜郎洲〔一三〕。夷俗富珍産〔一四〕，土風資宦遊〔一五〕。心清物不雜〔一六〕，弊革事無留。舉善必稱最〔一七〕，持奸當去尤〔一八〕。何辭桂江遠〔一九〕，今日用賢秋〔二〇〕。

【注釋】

〔一〕龍門：洛陽龍門。參卷一《龍門西峰曉望劉十八不至》注〔一〕。裴侍御：裴氏未詳。或與前《二妃廟送裴侍御使桂陽》爲同一人。侍御，參卷一《送崔侍御赴京》注〔一〕。監選：朝廷派往地方負責監督科舉考試，選拔人才事務的臨時職務。《新唐書》（卷四十五）《選舉志》（下）：「高宗上元二年，以嶺南五管、黔中都督府得即任土人，而官或非其才，乃遣郎官、御史爲選補使，謂之『南選』。其後江南、淮南、福建大抵因歲水旱，皆遣選補使即選其人。而廢置不常，選法又不著，故不復詳焉。」五嶺：五座山嶺，在今贛、湘、粵、桂四省區交界处。監五嶺選：指監督嶺南五管（廣州、桂州、容州、邕州、交州）的選舉。《漢書》（卷三十二）《張耳傳》：「北爲長城之役，南有五領之戍。」顔師古注：「裴氏《廣州記》云：『大庾、始安、臨賀、桂陽、揭陽，是爲五領。』鄧德明《南康記》曰：『大庾領一也，桂陽騎田領二也，九真都龐領三也，臨賀萌渚領四也，始安越城領五也。』裴説是也。」

〔二〕番禺：今廣東省廣州市。《元和郡縣圖志》（卷三十四）《嶺南道》（一）：「廣州番禺縣，本秦舊縣，故城在今縣西南二里。縣有番、禺二山，因以爲名。或言置在番山之隅。」

〔三〕官人：選拔有才能的人而命以官職。《尚書・皋陶謨》：「知人則哲，能官人。」繼帝憂：爲帝王分憂。《晉書》（卷一）《宣帝紀》：「天子曰：『吾於庶事，以夜繼晝，無須臾寧息。此非以爲榮，乃分憂耳。』」

〔四〕柱下史：侍御史的美稱。《史記》（卷九十六）《張丞相傳》：「秦時爲御史，主柱下方書。……張蒼乃自秦時爲柱下史，明習天下圖書計籍。」《集解》：「如淳曰：『……秦以上置柱下史，蒼爲御史，主其事。』」《索隱》：「周、秦皆有柱下史，謂御史也。所掌及侍立恒在殿柱之下，故老子爲周柱下史。今蒼在秦代亦居斯職。」《漢官儀》（卷上）：「侍御史，周官也，爲柱下史，冠法冠。一曰柱後，以鐵爲柱。或説古有獬豸獸，觸邪佞，故執憲者以其角形爲冠耳。」

〔五〕將命：奉命。東周：代指洛陽。洛陽是東周的故都，故云。《春秋公羊傳·昭公二十六年》：「天王入于成周，成周者何？東周也。」《元和郡縣圖志》（卷五）《河南道》（一）：「河南府，……周成王定鼎於郟鄏，……又卜瀍水東，召公往營之，是爲成周，今河南府東故洛城是也。」

〔六〕傍：靠近。

〔七〕石樓：洛陽龍門香山寺石樓。參前《宿香山寺石樓》注〔一〕。

〔八〕棱棱：嚴寒貌。《文選》（卷十一）鮑照《蕪城賦》：「棱棱霜氣，蔌蔌風威。」李善注：「棱棱霜氣，嚴冬之貌。」疎木：稀疏的樹木。

〔九〕濞濞（pì pì）：象聲詞。《文選》（卷十九）宋玉《高唐賦》：「濞洶洶其無聲兮，潰淡淡而并入。」李善注：「《字林》曰：『濞，水暴至聲也。』」寒流：寒冷的流水。

〔一〇〕榔葉：桄榔葉。桄榔，南方樹木名。嵇含《南方草木狀》（卷中）：「桄榔，樹似栟櫚實，其皮可作綆，得水則柔韌，胡人以此聯木爲舟。皮中有屑如麵，多者至數斛，食之與常麵無異。木性如竹，紫黑色，有文理，工人解之，以製弈枰。出九真、交趾。」四荒：四方遥遠荒凉之地。《楚辭・離騷》：「忽反顧以遊目兮，將往觀乎四荒。」王逸注：「荒，遠也。」

〔一一〕五嶺：見上注〔一〕。五嶺中大庾嶺的梅花最盛。《白孔六帖・梅部》：「大庾嶺上梅，南枝落，北枝開。」《太平御覽》（卷九七〇）引《嶺南異物志》曰：「南方梅繁如北杏，十二月開。」

〔一二〕尉佗國：此代指嶺南地區。秦末，趙佗官南海尉，後自稱南粤王，立國於南海（即今廣州市）。史稱其爲尉佗。其轄地合浦以産明珠著名。《漢書》（卷九十五）《兩粤傳》：「南粤王趙佗，真定人也。秦并天下，略定揚、粤，置桂林、南海、象郡，以適徙民與粤雜處。十三歲，至二世時，南海尉任囂病且死，……即被佗書，行南海尉事，……秦已滅，佗即擊并桂林、象郡，自立爲南粤武王。」《後漢書》（卷七十六）《孟嘗傳》：「遷合浦太守。郡不産穀實，而海出珠寶，與交趾比境，常通商販，貿糴糧食。」

〔一三〕翠羽：翡翠鳥的羽毛。今廣西壯族自治區玉林市、梧州市是歷史上的著名産地。《逸周書・王會解》：「倉吾翡翠。翡翠者，所以取羽。……請令以珠璣、玳瑁、象齒、文犀、翠羽、菌鶴、短狗爲獻。」《異物志》：「翠鳥似燕，翡赤而翠青，其羽可以爲飾。」夜郎洲：指古夜郎國之地。在今貴州西部、雲南東部一帶。《元和郡縣圖志》（卷三十）《江南道》（六）：「珍州，夜郎，本徼外蠻夷之地，貞觀十六年置。」

〔一四〕富：饒，多。珍産：珍貴的財物。

〔一五〕土風：鄉土風俗。《文選》（卷六）左思《魏都賦》：「蓋音有楚夏者，土風之乖也。」資，助也。宦遊：參前《送劉主簿歸金壇》注〔四〕。

〔一六〕物不雜：謂世俗的外物不會摻雜在心中。

〔一七〕舉善：推薦德才兼備的賢人。《左傳·文公三年》：「子桑之忠也，其知人也，能舉善也。」最：最好的。

〔一八〕持奸：抓住奸邪的人。尤：多。表示程度上更深的。

〔一九〕桂江：桂水。參卷一《李兵曹壁畫山水各賦得桂水帆》注〔一〕。桂江流經桂州（今廣西壯族自治區桂林市），而當時的「南選」就安置在桂州，故詩云。《元和郡縣圖志》（卷三十七）《嶺南道》（四）：「桂州，始安，……梁天監六年，立桂州於蒼梧、鬱林之境，因桂江以爲名。大同六年移於今理。隋開皇十年置總管府，大業三年罷州爲始安郡，武德四年復爲桂州總管府，……」又云：「桂州臨桂縣，桂江，一名灕水，經縣東，去縣十步。」《唐會要》（卷七十五）《南選》：「開元八年八月敕：『嶺南及黔中參選吏曹，……選使及選人，限十月三十日到選所。正月三十日內，銓注使畢。其嶺南選補使，仍移桂州安置。』」

〔二〇〕今日：現在，眼前。《春秋穀梁傳·僖公五年》：「今日亡虢，而明日亡虞矣。」

【按語】

此詩送友人嶺南監選，表達別情之外，主要則是勉之以爲帝分憂，賞之以觀覽夷俗土風，激之以選賢除奸，表現了作者的社會思想和政治追求，如此直接明白，在李頎詩中實屬不多見。

送喬琳〔一〕

草緑小平津〔二〕，花開伊水濱〔三〕。今君不得意①〔四〕，孤負帝鄉春〔五〕。口不言金帛〔六〕，心常任屈伸〔七〕。阮公惟飲酒②〔八〕，陶令肯羞貧〔九〕。陽羨風流地〔一〇〕，滄江遊寓人〔一一〕。菱歌五湖遠〔一二〕，桂樹八公鄰③〔一三〕。青鳥迎孤棹④〔一四〕，白雲隨一身〔一五〕。潮隨秣陵上⑤〔一六〕，月映石頭新〔一七〕。未可逃名利〔一八〕，應須在縉紳〔一九〕。汀洲芳杜色〔二〇〕，勸爾暫垂綸〔二一〕。

【校　記】

①「今君」下原注：「一作令今。」「今君」活字本、百家詩本、黄本、凌本作「令今」。

②「惟」活字本、黄本、畢本作「能」。

③「樹」活字本、百家詩本、黄本作「謝」，凌本作「榭」。

④「迎」下原注：「一作迴。」「迎」活字本、百家詩本、黄本、凌本作「迴」。

⑤「隨」活字本、百家詩本、黄本、凌本、畢本作「從」。

【注　釋】

〔一〕喬琳：并州太原（今山西省太原市）人，（？—七八四），天寶初舉進士，補武成尉，授興平尉。朔方軍節度使郭子儀辟爲掌書記，拜監察御史，貶巴州司户參軍。起爲南郭令，改殿中侍御史，充山南節度行軍司馬。復爲東川節度判官。大曆中，歷果、綿、遂三州刺史。入爲大理少卿，國子祭酒。十二年，出爲懷州刺史。十四年八月，拜御史大夫兼同平章事。十一月，改工部尚書，罷政事。朱泚亂起，從德宗至奉天，轉吏部尚書，遷太子少師。後削髮爲僧，止仙游寺。朱泚追琳至長安，授僞吏部尚書。官軍收復京師，喬琳伏誅。生平事迹參《舊唐書》（卷一二七）、《新唐書》（卷二二四下）本傳。《舊唐書》本傳云：「天寶初舉進士。」則此詩當作於開元末，送喬琳落第游江東。送別地是洛陽。

〔二〕小平津：古代黄河上重要渡口名，在今河南省孟津縣東北。《後漢書》（卷八）《孝靈帝紀》：「讓、珪等復劫少帝、陳留王走小平津。」李賢注：「小平津在今鞏縣西北。」《讀史方輿紀要》（卷四十八）《河南》（三）：「河南府孟津縣，小平城，在今縣西北。舊志云：漢平陰縣城北有河津曰小平津，津上有城，靈帝時河南八關之一也。……《水經注》：『小平津亦曰河陽津。』」

〔三〕伊水：河名，流經洛陽。參卷一《望鳴皋山白雲寄洛陽盧主簿》注〔二〕。

〔四〕不得意：失意困頓。此指喬琳落第。參卷一《送裴騰》注〔八〕。

〔五〕孤負：對不起。《文選》（卷四十一）李陵《答蘇武書》：「功大罪小，不蒙明察，孤負陵心。」帝鄉：此指京城。《莊子・天地》：「乘彼白雲，至於帝鄉。」此句謂帝城春景很美麗，但喬琳無心欣賞，故云「孤負」。表現了喬琳落第的悲傷。唐代進士放榜通常在春天二月。

〔六〕口不言金帛：不談利禄之事。金帛：黄金和絲綢。代指錢物。《世説新語・規箴》：「王夷甫雅尚玄遠，常嫉其婦貪濁，口未嘗言『錢』字。婦欲試之，令婢以錢遶床，不得行。夷甫晨起，見錢閡行，呼婢曰：『舉却阿堵物』。」

〔七〕心常任屈伸：性情上伸屈自如，没有任何拘執，不計較得失成敗。《莊子・秋水》：「知天人之行，本乎天，位乎得；蹢躅而屈伸，反要而語極。」成玄英疏：「至人應世，隨物污隆，或屈或伸，曾無定執，趣舍冥會，以逗機宜。」

〔八〕阮公：對阮籍的敬稱。參卷二《别梁鍠》注〔三〕。阮籍（二一〇——二六三），字嗣宗，三國時魏詩人、散文家、玄學家。《晋書》（卷四十九）《阮籍傳》：「籍本有濟世志，屬魏晋之際，天下多故，名士少有全者，籍由是不與世事，遂酣飲爲常。文帝初欲爲武帝求婚於籍，籍醉六十日，不得言而止。鍾會數以時事問之，欲因其可否而致之罪，皆以酣醉獲免。」

〔九〕陶令：陶淵明。曾任彭澤縣令，故稱。陶淵明（三六五—四二七），字元亮，晋、宋間詩人、散文家。入宋後更名潛。自號五柳先生。曾官彭澤縣令，因「不能爲五斗米折腰」而辭官歸隱，成爲文學史上最重要的田園詩人。肯羞貧：豈以自己的貧窮而羞愧。即不以貧窮爲羞。《晋書》（卷九十四）《陶潛傳》：「陶潛字元亮。……嘗著《五柳先生傳》以自況曰：『先生不知何許人也，不詳姓字，宅邊有五柳樹，因以爲號焉。閑静少言，不慕榮利。好讀書，不求甚解，每有會意，欣然忘食。性嗜酒，而家貧不能恒得。親舊知其如此，或置酒招之，造飲必盡，期在必醉，既醉而退，曾不吝情。環堵蕭然，不蔽風日，短褐穿結，簞瓢屢空，晏如也。常著文章自娱，頗示己志，忘懷得失，以此自終。』其自序如此，時人謂之實録。」張相《詩詞曲語辭匯釋》卷二：「肯，猶豈也。……李頎《送喬林》詩：『阮公能飲酒，陶令肯羞貧。』肯羞貧，豈羞貧也。」

〔一〇〕陽羨：漢縣名，唐代義興縣，今江蘇省宜興市（縣級市）。《元和郡縣圖志》（卷二十五）《江南道》（一）：「常州義興縣，本漢陽羨縣，故城在荆溪南。晋惠帝時，妖賊石冰寇亂揚土，縣人周玘創義討冰，割吴興之陽羨并長城縣之北鄉爲義興郡，以表玘功。隋開皇九年平陳，廢郡爲義興縣。」又云：「荆溪，是周處斬蛟處。」故詩曰「風流地」云云。《世説新語·自新》：「周處年少時，兇强俠氣，爲鄉里所患。又義興水中有蛟，山中有邅迹虎，并皆暴犯百姓，義興人謂爲三横，而處尤劇。或説處殺虎斬蛟，實冀三横唯餘其一。處即刺殺虎，又入水擊蛟，蛟或浮或沉，行數十里，處與之俱。經三日三夜，鄉里皆謂已死，更相慶，竟殺蛟而出。聞里人相慶，始知爲人情所患，有自改意。乃自吴尋二陸，平原不在，正見清河，具以情告，并云：『欲自修改，而年已蹉跎，終無所成。』清河曰：『古人貴朝聞夕死，况君前途尚可。且人患志之不立，亦何憂令名不彰邪？』處遂改勵，終爲忠臣孝子。」

〔一一〕滄江：澄澈的江水。遊寓：流寓，旅居。

〔二〕菱歌：采菱歌。南北朝時期長江中下游地區的民歌，現存世較著者有鮑照《采菱歌七首》，梁武帝蕭衍《江南弄七首》中的《采菱曲》。《樂府詩集》（卷五十）録梁武帝《采菱曲》，解題引《古今樂録》曰：「《采菱曲》，和云：『菱歌女，解佩戲江陽。』」五湖：指太湖，陽羨即在太湖西北岸。陸廣微《吴地記》：「太湖，……按《越絶書》曰：『太湖周迴三萬六千頃，亦曰五湖。』虞翻曰：『太湖有五道之別，故謂之五湖。』《國語》曰：『吴越戰於五湖。』在笠澤，一湖耳。張勃《吴録》云：『五湖者，太湖之別名，以其周行五百里，以五湖爲名。』」

〔三〕桂樹八公：漢淮南王劉安門客有八公，又有文士大山、小山之徒。此詩撮合用其典故。《楚辭·招隱士》：「桂樹叢生兮山之幽，偃蹇連蜷兮枝相繚。」其序云：「《招隱士》者，淮南小山之所作也。昔淮南王安，博雅好古，招懷天下俊偉之士。自八公之徒，咸慕其德，而歸其仁，各竭才智，著作篇章，分造辭賦，以類相從，故或稱小山，或稱大山。」高誘《淮南子注叙》：「於是遂與蘇飛、李尚、左吴、田由、雷被、毛被、伍被、晋昌等八人，及諸儒大山、小山之徒，共講論道德，總統仁義，而著此書。」鄰：靠近。

〔四〕青鳥：此用古代神話傳説仙人西王母使者青鳥的字面。《漢武故事》：「七月七日，上于承華殿齋，日正中，忽見有青鳥從西方來集殿前。……有二青鳥如烏，夾侍（西王）母旁。」《山海經·大荒西經》：「有三青鳥，赤首黑目，一名曰大鵹，一名少鵹，一名曰青鳥。」

〔五〕白雲：古人常用以喻隱士的高潔。陶弘景《詔問山中何所有賦詩以答》：「山中何所有，嶺上多白雲。只可自怡悦，不堪持贈君。」

〔一六〕秣陵：今江蘇省南京市古名之一。參前《送劉主簿歸金壇》注〔七〕。此句謂海潮抵達秣陵的江上。唐時，揚州、鎮江附近有海潮，與金陵甚近，故詩云。參卷二《送劉昱》：「揚州郭裏暮潮生」及其注。岑參《送許拾遺恩歸江寧拜親》詩：「對月京口夕，觀濤海門秋。」亦可參證。

〔一七〕石頭：石頭城，著名的名勝，在今江蘇省南京市。《元和郡縣圖志》（卷二十五）《江南道》（一）：「潤州上元縣，石頭城，在縣西四里。即楚之金陵城也。吴改爲石頭城，建安十六年，吴大帝修築，以貯財寶軍器，有戍。《吴都賦》云：『戎車盈於石城』，是也。諸葛亮云：『鍾山龍盤，石城虎踞』，言其形之險固也。」

〔一八〕未可逃名利：謂不必回避名利之事。《後漢書》（卷八十三）《逸民傳·法真》：「友人郭正稱之曰：『法真名可得聞，身難得而見，逃名而名我隨，避名而名我追，可謂百世之師者矣！』」

〔一九〕應須：應當，一定。縉紳：插笏於紳帶間，舊時做官人的裝束，代指士大夫。《漢書》（卷二十五上）《郊祀志》（上）：「其語不經見，縉紳者弗道。」顏師古注：「李奇曰：『縉，插也，插笏於紳。紳，大帶也。』……師古曰：『李云縉插是也。字本作搢，插笏於大帶與革帶之間耳，非插於大帶也。或作薦紳者，亦謂薦笏於紳帶之間，其義同。』」

〔二〇〕汀洲：水邊的洲島。芳杜色：香草杜若生長得很茂盛的情景。《楚辭·九歌·湘君》：「采芳洲兮杜若。」又《湘夫人》：「搴汀洲兮杜若。」

〔三〕垂綸：垂釣，釣魚。喻隱居江湖。《文選》（卷二十四）嵇康《贈秀才入軍五首》（其四）：「流磻平皋，垂綸長川。」李善注：「鄭玄《毛詩箋》曰：『釣者以絲爲之綸。』」

【箋　評】

（開元二十七年）在東都，「送喬琳落第游江東」，疑是年事。《送喬琳》詩云：「草緑小平津，花開伊水濱。今君不得意，孤負帝鄉春。」又云：「菱歌五湖遠，桂樹八公鄰。」「潮隨秣陵上，月映石頭新。」《登科記考》于天寶二年下列喬琳進士及第云：「《舊唐書》本傳：琳，太原人，天寶初舉進士。按《前定録》，喬琳以天寶元年冬自太原赴舉，擢進士登第。」則其落第當開元末。意喬琳於本年落第，忿而游江東，歸至太原當二十九年。天寶元年再入京赴舉，以當時游踪度之，最遲須在本年。（譚優學《李頎行年考》，見氏著《唐詩人行年考》）

【按　語】

此詩是李頎在洛陽送别喬琳落第後遠去陽羨漫游而作，時當在開元末。唐代的落第詩頗多，無論是落第者自作，還是他人同情落第者而作，都有不少名篇佳作。此詩不算上乘，但也有特色。詩的題目簡括，除了「送」字以外，不作任何提示，不露任何信息，一切都要依靠讀者對作品的叙寫進行體會來獲得，平添了許多閲讀的興味，增加了作品的含蓄性。詩首四句以洛陽春色反襯出喬琳落第失意的哀傷，以麗景發哀情，比較感人。隨後四句，詩意振起，不作困頓沉淪之詞，而作豁達高曠之語，意含勸慰勉勵，既啓發了下文對漫游情景的描繪，又爲詩末伏脉。然後以八句寫喬琳「遊寓」「陽羨」，詩中展開描寫陽羨周圍多地的自然風光和人文勝迹，視野開闊，筆觸舒展，充分地表現了其漫游的興致和浪漫的情調。詩的最後四句，意在規勸，勸其暫游江湖，仍當以事功爲重。時喬琳是一位尚未及第的青年才俊，如此勸勉，實屬應有之義。

題少府監李丞山池〔一〕

能向府亭内〔二〕，置兹山與林。他人驌驦馬〔三〕，而我薜蘿心〔四〕。雨止禁門肅〔五〕，鶯啼官柳深①〔六〕。長廊閟軍器②〔七〕，積水背城陰〔八〕。窗外王孫草〔九〕，床頭中散琴〔一〇〕。清風多仰慕〔一一〕，吾亦爾知音〔一二〕。

【校　記】

①「官」劉本作「宫」。

②「器」劉本作「戍」。

【注釋】

〔一〕少府監李丞：李氏未詳。少府監丞，《唐六典》（卷二十二）《少府軍器監》：「少府監，監一人，從三品；少監二人，從四品下。……丞四人，從六品下。……丞掌判監事。凡五署所修之物須金石、齒革、羽毛、竹木而成者，則上尚書省，尚書省下所由司以供給焉。」

〔二〕府亭：官府内後庭的亭臺。

〔三〕驌驦馬：駿馬名。《後漢書》（卷六十上）《馬融傳》：「登于疏鏤之金路，六驌騻之玄龍。」李賢注：「驌騻，馬名。《左傳》云：『唐成公有兩驌騻馬。』」《文選》（卷五）左思《吴都賦》：「吴王乃巾玉輅，軺驌驦。」李善注：「驌驦，馬也。《左氏傳》曰：『唐成公如楚，有兩驌驦馬。子常欲之，不與。三年止之。唐人竊馬而歸子常，子常歸唐侯。』馬融曰：『驌驦，鳥也，馬似之。』」

〔四〕薜蘿心：隱居山林之心。薜蘿：薜荔，女蘿。《楚辭·離騷》：「貫薜荔之落蕊。」王逸注：「薜荔，香草也，緣木而生。」《楚辭·九歌·山鬼》：「若有人兮山之阿，被薜荔兮帶女羅。」王逸注：「女羅，兔絲也。」洪興祖補注：「《爾雅》云：『唐蒙女蘿。女蘿，兔絲。』」

〔五〕禁門：宫門。《漢書》（卷六十八）《霍光傳》：「皇太后乃車駕幸未央承明殿，詔諸禁門毋内昌邑群臣。」《文選》（卷二十八）鮑照《放歌行》：「鷄鳴洛城裏，禁門平旦開。」

〔六〕官柳：亦稱御柳。宫苑裏的柳樹。

〔七〕長廊：指少府軍器監倉庫的長廊。閟（bì）：關閉，儲藏。

〔八〕積水：指少府軍器監倉庫旁的壕溝。城陰：城北。

〔九〕王孫草：茂盛的緑草。寓隱逸情思。《楚辭·招隱士》：「王孫游兮不歸，春草生兮萋萋。」

〔一〇〕中散琴：琴的美稱。魏晋時嵇康，曾官中散大夫，善琴。此以中散琴代稱琴。《晋書》（卷四十九）《嵇康傳》：「嵇康字叔夜，譙國銍人也。……與魏宗室婚，拜中散大夫。……初，康嘗游于洛西，暮宿華陽亭，引琴而彈。夜分，忽有客詣之，稱是古人，與康共談音律，辭致清辯，因索琴彈之，而爲《廣陵散》，聲調絶倫，遂以授康，仍誓不傳人，亦不言其姓字。」

〔一一〕清風多仰慕：謂仰慕李氏猶如清風的人品。《世説新語·言語》：「劉尹云：『清風朗月，輒思玄度（許詢字）。』」

〔一二〕知音：通曉音律。喻知己、同志。此句贊賞友人身在官府而心懷隱逸的情思。活用「知音」的典故。《吕氏春秋·孝行覽·本味》：「伯牙鼓琴，鍾子期聽之。方鼓琴而志在太山，鍾子期曰：『善哉乎鼓琴，巍巍乎若太山！』少選之間，而志在流水，鍾子期又曰：『善哉乎鼓琴，湯湯乎若流水！』鍾子期死，伯牙破琴絶絃，終身不復鼓琴，以爲世無足復爲鼓琴者。」

【箋評】

（首四句）淡語有深致。（吴瑞榮《唐詩箋要》卷二）

唐人則元次山參古文風格，語助無不可用，尤善使「焉」字、「而」字；如「而欲同其意」，……「於斯求老焉。」……昌黎亦善用「而」字，尤善用「而我」字，其秘蓋發自劉繪。繪《有所思》云：「别離安可再，而我更重之。」唐如陳子昂《同宋參軍夢趙六》：「驂馭遊青雲，而我獨蹭蹬。」丁仙芝《贈朱中書》曰：「而我守道不遷業。」李東川《題李丞山池》：「他人驌驦馬，而我薜蘿心。」……皆偶用而已。太白獨多：如《贈新平少年》之「而我竟何爲，寒苦坐相仍」，……胥有轉巨石、挽狂瀾之力。

（錢鍾書《談藝録》十八《詩用語助》）

【按　語】

「府亭」與「山池」，完全是兩般光景，兩種情境意涵，詩人采取將它們比較對照着寫的方法，表現出了身在官場而心在江湖的情趣。詩中既有「驌驦馬」、「薜蘿心」概括性、比喻性的對照，更有肅穆莊嚴的「禁門」、「官柳」、「長廊」等宫苑官署，與「王孫草」、「中散琴」、「清風」等清雅高素的情懷的對照，詩人的選擇顯然是後者，贊揚徜徉「山池」的趣尚。這是中國古代文人深厚的文化思想傳統的體現。

長壽寺粲公院新甃井〔一〕

僧房來往久，露井每同觀〔二〕。白石抱新甃〔三〕，蒼苔依舊欄〔四〕。空瓶宛轉下〔五〕，長綆轆轤盤〔六〕。境界因心净〔七〕，泉源見底寒〔八〕。鐘鳴時灌頂①〔九〕，對此日閑安。

【校記】

①「鐘」活字本、黄本作「鍾」。

【注釋】

〔一〕長壽寺：唐代洛陽的寺院。粲公：當是長壽寺的住持僧。卷一有《粲公院各賦一物得初荷》，所指當爲同一人同一處。參其詩注〔一〕。新甃（zhòu）井：用磚頭剛砌成的井。

〔二〕露井：井上無覆蓋者。露天的水井。《樂府詩集》（卷二十八）古辭《鷄鳴》：「桃生露井上，李樹生桃傍。」

〔三〕抱：環抱，環繞。《文選》（卷二十六）謝靈運《過始寧墅》：「白雲抱幽石，緑篠媚清漣。」甃：用磚砌。《説文·瓦部》：「甃，井壁也。」段玉裁《説文解字注》：「井壁者，謂用磚爲井垣也。《周易·井·九四》曰：『井甃無咎。』」

〔四〕舊欄：井傍原有的欄杆。

〔五〕瓶：汲水器具。當指僧人所用的净瓶。義净《南海寄歸内法傳》（卷一）《水有二瓶》：「凡水分净觸，瓶有二枚。净者咸用瓦瓷，觸者任兼銅鐵。净擬非時飲用，觸乃便利所須。净則净手方持，必須安著净處。觸乃觸手隨執，可於觸處置之。」白居易《井底引銀瓶》：「井底引銀瓶，銀瓶欲上絲繩絶。」宛轉：轉動貌。

〔六〕長綆：長繩。轆轤：利用輪軸提起重物的器具。《世説新語・排調》：「顧曰：『井上轆轤卧嬰兒。』」賈思勰《齊民要術・種葵》：「井別作桔槔、轆轤。」原注：「井深用轆轤，井淺用桔槔。」

〔七〕境界：佛教語。佛家指事物所達到的程度或表現出的某種情況。《無量壽經》（卷上）：「比丘白佛，斯義弘深，非我境界。」

〔八〕泉源見底寒：泉水的最深處纔最清冽。沈約有《新安江至清淺深見底貽京邑同好》詩。

〔九〕鐘鳴：寺院鳴鐘，集合僧衆做法事。灌頂：將水灌灑到頭頂上。本是古印度國王即位的儀式。佛教密宗仿效這一做法，以象徵如來五智的水灌灑到弟子的頭頂，表示進升到佛位上去。《法苑珠林》（卷十）：「時十方諸佛以金鍾盛水用灌我頂。諸佛灌已，次及四王、帝釋、魔梵，次第灌之。我灌頂已，得净三昧，無量佛法一時皆現。」

【箋　評】

（七八句）古唐曰：「是清澈語。」

（張揔《唐風懷》卷五）

【按　語】

全詩圍繞「井」字運思。以前來寺每每觀看「露井」，現在新砌井壁，老井新貌。隨後就汲井水深化。井底之水最寒洌，境界則因「心净」而寂静，其間充满了禪機的理趣。再用井水灌頂，獲得五智，使人清醒，佛禪之道就更精進了。

魏倉曹宅各賦一物得當軒石竹①〔一〕

羅生殊衆色〔二〕，獨爲表華滋②〔三〕。雖雜蕙蘭處〔四〕，無争桃李時〔五〕。同人趨府暇〔六〕，落日後庭期〔七〕。密葉散紅點，靈條驚紫蕤③〔八〕。芳菲看不厭，采摘願來兹〔九〕。

【校　記】

① 凌本將此詩編在五言古詩中。
② 「表華」黄本、畢本作「華表」。
③ 「靈」活字本、百家詩本、黄本、凌本作「菱」。

【注　釋】

〔一〕魏倉曹：參卷二《魏倉曹東堂檉樹》注〔一〕。二詩所寫當是同一人，亦同時所作。賦得：參卷一《粲公院各賦一物得初荷》注〔一〕。當軒：面對着窗子。石竹：多年生草本植物，唐人常植於庭院供觀賞。《通志・昆蟲草木略・草類》：「瞿麥，曰巨句麥，曰大菊。……曰石竹。故《爾雅》云：『大菊，蘧麥。』其葉細嫩，花如錢，可愛。唐人多象此爲衣服之飾，所謂『石竹綉羅衣』。」《廣群芳譜・花譜》：「石竹，草品，纖細而青翠，花有五色，單莖千葉，又有剪絨，嬌艷奪目，㛹娟動人。一云：千瓣者名河陽花，草花中佳名也。」

〔二〕羅生：叢生。衆色：各種色彩。指各種花色。《文選》（卷七）司馬相如《子虛賦》：「衆色炫耀，照爛龍鱗。」

〔三〕華滋：光澤艷麗。《文選》（卷二十九）《古詩十九首》（其九）：「庭中有奇樹，緑葉發華滋。」

〔四〕蕙蘭：蕙草和蘭草，兩種香草名。《楚辭・離騷》：「余既滋蘭之九畹兮，又樹蕙之百畝。」

〔五〕無争：不争。桃李時：二、三月桃李開花之時。石竹在春末夏初開花，不與桃李争奇鬥艷，故云。

〔六〕同人：猶同僚，同官。趨府：赴府。前往官府辦公。

〔七〕後庭：房屋後的庭院。期：約會。

〔八〕靈條：美好的枝條。紫蕤：紫花。蕤：草木的花下垂貌。

〔九〕來兹：來年。《吕氏春秋・士容論・任地》：「今兹美禾，來兹美麥。」高誘注：「兹，年也。」

【按　語】

詠物不僅要狀其物色，更要表現出其精神。此詩即如此。詩中既贊美石竹的形態色彩、光澤美艷，更頌揚其與蘭蕙同儕，不與桃李争春的氣質和品德。人之所賞愛者，既在于前者，更在于後者。詠物要不粘於物，能够作出開拓和深化，方爲佳作，此詩庶幾得其要旨。

五言絶句

奉送五叔入京兼寄綦毋三①〔一〕

雲陰帶殘日②，悵别此何時。欲望黄山道〔二〕，無由見所思〔三〕。

【校　記】

①百家詩本題末有「二首」二字，即將後七言絶句中《送五叔入京兼寄綦毋三》編在一起作爲「其二」。凌本將此詩與後七言絶句中《送五叔入京兼寄綦毋三》合爲一首，編入七言古詩中，并在題下注：「别本作二首。」

②「雲陰」劉本、活字本、黄本作「陰雲」。

【注　釋】

〔一〕五叔：李五，未詳。綦毋三：參卷一《送綦毋三謁房給事》注〔一〕。

〔二〕黄山：指原屬漢代上林苑中的黄山。《三輔黄圖》（卷四）：「漢上林苑，即秦之舊苑也。《漢書》云：『武帝建元三年開上林苑，東南至藍田宜春、鼎湖、御宿、昆吾，旁南山而西，至長楊、五柞，北繞黄山，瀕渭水而東，周袤三百里。』」揚雄《羽獵賦序》、張衡《西京賦》中都點到上林苑中的黄山，可參。漢惠帝在此建有黄山宫。《漢書》（卷二十八上）《地理志》（上）：「右扶風，槐里，……有黄山宫，孝惠二年起。」

〔三〕無由：無法。《儀禮・士相見禮》：「某也願見，無由達。」所思：所思念的人。指綦毋三。《文選》（卷二十九）張衡《四愁詩》云：「我所思兮在太山」，「我所思兮在桂林」，「我所思兮在漢陽」，「我所思兮在雁門」。

【箋　評】

雲日之景慘矣，此固何時而與叔别也？復憶潛居黄山，亦望而不可見，彌增其愁。

（唐汝詢《唐詩解》卷二十二）

（首句）唐云：「景慘。」又云：「送别，寄懷，二十字説盡，不見局促。」

（唐汝詢《彙編唐詩十集》庚集）

王元美曰：「平整不傷。」（李攀龍輯、孫鑛評點《硃批唐詩苑》卷六）

黄雲慘澹，而與叔别，復憶黄山之人，彌增其愁矣。（吴昌祺評定《删訂唐詩解》卷十一）

南邨曰：「真口頭語，却自令人黯然。」（張揔《唐風懷》卷八）

調婉，起二反更生情。（盧犇、王溥《聞鶴軒初盛唐近體讀本》卷十五）

【按語】

前二句「送五叔」，後二句「兼寄綦毋三」。前二句描寫慘淡的景象，抒發離别之情，情景交融，情意深厚。言簡意豐，于此可以體會。後二句關鍵在「望」字。但望而不見，所望之景，所思之人，均在「望」字之外，令人黯然神傷，也更增添了眼前傷别的意緒。

七言絶句

寄韓鵬〔一〕

爲政心閑物自閑，朝看飛鳥暮飛還〔二〕。寄書河上神明宰〔三〕，羡爾城頭姑射山〔四〕。

【注　釋】

〔一〕韓鵬：未詳。據詩中所寫，時韓鵬爲臨汾縣（今山西省臨汾市）縣令。

〔二〕朝看飛鳥暮飛還：鳥兒清晨飛出，傍晚飛回，安閑有序。正體現首句的「閑」字。陶淵明《飲酒二十首》（其五）：「山氣日夕佳，飛鳥相與還。」

〔三〕河上：汾河邊。聯繫下句姑射山，此當指汾河。《元和郡縣圖志》（卷十二）《河東道》（一）：「晋州臨汾縣，汾水，北自洪洞縣界流入。」神明宰：賢能聰明的縣令。縣令又稱縣宰。此指韓鵬爲臨汾縣令。《漢書》（卷八十九）《循吏傳·黄霸》：「其識事聰明如此，吏民不知所出，咸稱神明。」《晋書》（卷五十四）《陸雲傳》：「俄以公府掾爲太子舍人，出補浚儀令。縣居都會之要，名爲難理。雲到官肅然，下不能欺，市無二價。……於是一縣稱其神明。」

〔四〕姑射（yè）山：在今山西省臨汾市。《莊子·逍遥遊》：「藐姑射之山，有神人居焉，肌膚若冰雪，綽約若處子。」《元和郡縣圖志》（卷十二）《河東道》（一）：「晉州臨汾縣，平山，一名壺口山，今名姑射山，在縣西八里，平水出焉。……姑射神祠，在縣北十三里姑射山東，武德元年敕置。」

【箋評】

（首句）鍾云：「至理。」譚云：「『心閑物自閑』，此幽人妙境，寫入『爲政』中，夢想不到，然實是確論。（次句）鍾云：「只得如此輕接，一實便癡。」（四句）譚云：「『羨爾』二字，説得不淺不深。」鍾云：「落句亦曠亦癡。」

（鍾惺、譚元春《唐詩歸》卷十四）

韓鵬無考，疑當時縣令也。政清則逸，逸則與物無間，故能「看飛鳥」之往還也。于是「寄書」稱其「神明」而深羨之，爲其可同姑射之神人耳。

（唐汝詢《唐詩解》卷二十七）

題下注：「令河中。」

山西平陽，秦、漢皆爲河東郡地，城西五十里有姑射山，即《莊子》「有神人居焉」者。

（李攀龍選、蔣一葵箋釋《唐詩選》卷七）

玉遮曰：「澹然。」（李攀龍選、王穉登評《唐詩選》卷七）

寄令詩得不俗，即妙。（李攀龍輯、袁宏道校《唐詩訓解》）

唐云：「疑鵬所宰之邑，適近姑射，故用《莊子》事。」

吳敬夫云：「與冠蓋往返，輒不得好詩；至今日德政碑，尤是沿街乞兒聲口。必如此詩，則作者、受者，俱占地步耳。」（劉邦彥《唐詩歸折衷》卷一）

季貞曰：「贈作令者此爲第一，以其神韻高耳。」（張揔《唐風懷》卷九）

李頎《寄韓鵬》（詩略）賦而興也。此詩「神明宰」三字最有意味。宰惟「神明」，故「心閑」而物得其所也。只「神明」二字，其褒之之意深矣。（王檟《詩法指南》）

李夢陽曰：「慰勉俱至。」

蔣一梅曰：「閒雅又脱。」

〔訓〕政清則逸，逸則與物無間。飛鳥往還，適與閒心相化也。有宰如是，國治民安，風移俗易，非「神明」乎？不居然姑射神人之境，「寄書」得不稱之羨之？唐仲言云：「疑鵬所宰之邑，適近姑射，故用《莊子》事。」

（周敬、周珽輯、陳繼儒批點《删補唐詩選脉箋釋會通評林》盛唐七絶中）

對法靈活，後人無此氣格。謂印板唐詩不足學，甘作纖巧之詞，殊不可解。明明贊他「神明宰」，却說「羨爾姑射山」，用意參差入妙。

（張文蓀《唐賢清雅集》卷三）

（「朝看飛鳥暮飛還」句）一字兩用。（「寄書河上神明宰，羨爾城頭姑射山。」）對句流水，令人不覺。

姑射山，在臨汾縣。朝看「飛鳥」去，暮看「飛鳥」還，只用一「鳥」字，此謂一字兩用。下有「還」字，便知上有「去」字，用下見上。「心閑物自閑」，即《老子》「我無爲而民自化，我好静而民自正」意。語本涉道理，看他接句，却不說向道理去，自是唐人手法。後二句亦只是承「閑」字說下，益覺縹緲松動。

〔朱補〕姑射山，本堯生見神人之地，今韓莅此，羨其閑而日對名山也。

（黄生評、朱之荆補《唐詩評》卷四）

（今）至於贈答應酬，無非溢詞；慶問通贄，皆陳頌語。人心如此，安得有詩乎？獨唐人爲之，尚能自占地步。如儲光羲《張谷田舍》詩云：「縣官清且儉，深谷有人家。一逕入寒竹，小橋穿野花。碓喧春澗滿，梯倚緑桑斜。自説年來稔，前村酒可賒。」此德政詩也，頌處在「自説年來稔」句，以野人語爲「縣官清儉」之驗，却從「深谷人家」内看出。野人、逕竹、橋花，幽雅恬熙，有花滿雉馴景象。五句見茨梁之豐，六句見蠶絲之富。前村賒酒，居然襦袴興歌，鳴琴在室矣。然其題是《張谷田舍》，其詩似一幅《桃源圖》，無一語及縣官，較李頎「寄書河上神明宰，羡爾城頭姑射山」語，更爲藴含矣。

（賀貽孫《詩筏》）

韓鵬作宰於河上，其「爲政」也，不擾民，故其「心閒」。「心閒」則人、物各適其適，人閒不消説起，而物亦「自閒」。琴堂無事，爲宰者在堂上朝看鳥之飛去，暮看鳥之飛還。朝暮看，是承上「爲政心閒」；飛鳥來去，承「物自閒」。如此豈不謂之「神明宰」哉！因此「寄書」相贈，却不説宰，反去羡姑射山起來，真絶奇之作。姑射在今平陽府城西，與韓鵬縣治相望。有此「神明宰」，則姑射山也安静，受惠於是宰不淺，所以羡他。羡姑射山，正是贊韓鵬「爲政心閒」處。具如許氣力，却恬然不覺，詩之有養者。

（徐增《而庵説唐詩》卷十一）

羡其閒而日對名山也。○稱其「神明」而深「羡」之，爲其可同姑射之神人也。

（吴昌祺評定《删訂唐詩解》卷十四）

（三四句）意致自佳。（王熹儒《唐詩選評》卷十）

神會之作。今人論詩，輒言脱俗，如此詩之運詞運氣，乃真脱俗，而非徒襲儲、韋之面目，便稱脱俗也。（潘德輿評點《唐賢三昧集》卷中）

（首句）吾心逐物，故物擾心。苟心不逐物，兩無不「閒」，然在「爲政」人上爲□段至德。（末句）《莊子》所謂「藐姑射之山，有神人居焉」，故以「神明宰」相比稱，深羨人境相得。（竺顯常《唐詩解頤》）

此篇超妙，爲絶句上乘，所謂「羚羊挂角，不著一字」者也。（王闓運《湘綺樓説詩》卷六）

（「羡爾城頭姑射山」句）生出遠情。（王闓運《王闓運手批唐詩選》卷十三）

此詩從閑處落筆，不著痕迹，而韓鵬「爲政」之善，自躍然紙上。在頎七絶中，自屬壓卷之作，即置之唐賢名作中，亦錚錚有聲者。（劉寶和《李頎詩評注》）

【按　語】

「心閑」爲一篇主意。作者以此冀望韓鵬爲縣令，要能以「心閑」的態度「爲政」，這樣就可以不擾民，使人民安居樂業，各得其所。詩中先以飛鳥作譬，後以姑射山神人爲比，都是爲了生動形象地闡述「心閑物自閑」的思想。詩風閑雅淡泊，舒朗明快，與其旨意自然渾融，相輔相成。

百花原①〔一〕

百花原頭望京師②〔二〕，黄河水流無已時③〔三〕。窮秋曠野行人絶④〔四〕，馬首東來知是誰⑤〔五〕。

【校　記】

① 原注：「一作王昌齡《出塞行》。」劉本題作《旅望》。「百」下原注：「一作白。」「百」百家詩本、凌本、畢本作「白」。百家詩本題下又注：「一作王昌齡《出塞行》。」

② 「百」下原注：「一作白。」「百」劉本、百家詩本、凌本、畢本作「白」。

③ 「已時」下原注：「一作盡期。」「已」劉本作「盡」。

④ 「窮秋」下原注：「一作秋天。」「窮秋」劉本、百家詩本、凌本作「秋天」。「行人」下原注：「一作

人行。」「行人」百家詩本、淩本、畢本作「人行」。

⑤「東」下原注：「一作西。」「東」劉本、百家詩本、淩本、畢本作「西」。

【注　釋】

〔一〕百花原：未詳。《全唐詩》（卷一四三）作王昌齡詩，題作《旅望》，題下小注：「一作《出塞行》。」芮挺章《國秀集》（卷下）作李頎詩，題作《白花原》，文字略異。當以李頎詩爲是。

〔二〕京師：首都，京城。此指唐代京都長安。《春秋公羊傳・桓公九年》：「京師者何？天子之居也。京者何？大也；師者何？衆也。天子之居，必以衆大之辭言之。」

〔三〕黄河水流無已時：意謂眼前只看到黄河水滚滚東流。

〔四〕窮秋：深秋。鮑照《代白紵曲二首》（其一）：「窮秋九月荷葉黄，北風驅雁天雨霜。」曠野：遼闊淒涼的原野。《詩經・小雅・何草不黄》：「匪兕匪虎，率彼曠野。」

〔五〕馬首東來：意謂騎馬返鄉。《左傳・襄公十四年》：「荀偃令曰：『鷄鳴而駕，塞井夷竈，唯余馬首是瞻！』欒黶曰：『晋國之命，未是有也。余馬首欲東。』乃歸。」

【箋　評】

李頎《旅望》：「百花原頭望京師，黄河水流無盡時。秋天曠野行人絶，馬首西來知是誰。」周弼曰：「此體必得奇句，時出而用之。姑存此，以備一體。」

（宋周弼輯、元釋圓至注《箋注唐賢絶句三體詩法》卷六《拗體》）

原作《出塞行》，又原本爲王昌齡詩。

唐云：「如此荒凉，覺此身無着落處。又附魏解律金有《敕勒歌》：『敕勒川，陰山下，天似穹廬蓋四野。天蒼蒼，野茫茫，風吹草低見牛羊。』詞雖樸野，而邊塞慘凄如畫。讀此更覺悲風瑟瑟，侵人心脾。」

（劉邦彦《唐詩歸折衷》卷一）

顧華玉云：「慘淡可傷。」音律雖柔，終是盛唐骨骼。

（吴煊、胡棠《唐賢三昧集箋注》卷中）

荒遠愁人。

（范大士《歷代詩發》卷十一）

有漢魏之味。

（焦袁熹《此木軒論詩彙編》）

一作王昌齡《出塞行》。氣勢似當歸王。

（盧麰、王溥《聞鶴軒初盛唐近體讀本》卷十六）

此詩不寫塞上之苦，只書所見，而塞上之苦，已不堪言。蓋眺望京師，而惟見黄河流水，則凄凉之狀可想；身臨曠野，而窮秋無人，則羈旅之情可知，所謂言在此而意在彼者。

（劉寶和《李頎詩評注》）

【按　語】

此詩表現客中的愁苦情懷。全詩只就「望」字着筆。「百花原頭」，不見花開，遠望京城，却只見黄河水滚滚東流，無窮無盡；「窮秋曠野」，一派慘淡凄凉的情景。客游此中，倍覺孤獨寂寞。恰在此時，又見「馬首東來」，踏上歸途，驚喜之餘，更襯托出自身旅況的蕭條荒凉，不勝凄苦悲傷。

遇劉五〔一〕

洛陽一别梨花新〔二〕，黄鳥飛飛逢故人〔三〕。携手當年共爲樂〔四〕，無驚蕙草惜殘春〔五〕。

【注　釋】

〔一〕劉五：未詳其人。岑仲勉《唐人行第録》：「全詩二函李頎《遇劉五》，名未詳。」

〔二〕洛陽：今河南省洛陽市。參卷一《東京寄萬楚》注〔一〕。梨花新：鮮艷的梨花盛開的時節。點明當年春天梨花開時分別。

〔三〕黄鳥：黄鶯。黄鶯飛，爲暮春時，即末句「殘春」。《詩經·周南·葛覃》：「黄鳥于飛，集于灌木。」故人：朋友。指劉五。

〔四〕携手：參卷一《龍門西峰曉望劉十八不至》注〔七〕。

〔五〕無驚：不要驚訝。蕙草：一種香草。嵇含《南方草木狀》（卷上）：「蕙草，一名薰草。葉如麻，兩兩相對。氣如蘼蕪。可以止癘。出南海。」

【箋評】

李頎《遇劉五》：「洛陽一别梨花新，黄鳥飛飛逢故人。」起二句却妙。供奉詩云：「馬上相逢揖馬鞭，客中相見客中憐。」皆非親歷者不能知其妙。

（李慈銘著、張寅彭等編校《越縵堂日記説詩全編》補編簡端記二之丙總集類）

此詩得意處，全在前二句蓄勢，後二句反跌，蓋無前二句之離合，則後二句之情誼，亦無從言起也。而彼此情誼之深，又從流光之易去轉出，真如常山之蛇，首尾相應，無懈可擊。詩之相得益彰者，每每如此。

（劉寶和《李頎詩評注》）

【按　語】

春時作别，又春時重逢，風景依舊，而人已變化。但不必爲似水流年而悲傷，只須回憶過去携手同游之樂，更要珍視眼前再次歡聚的樂趣。詩的情調樂觀豁達，表現了一種健康向上的情趣。此詩後二句未隨前二句發揮，表現離合聚散之無常，反而説當年歡聚的樂趣，珍惜今日的再聚，而不必爲時光流逝悲傷。這不僅是藝術手法上的反跌，更是思想境界上的升華。

送崔嬰赴漢陽〔一〕

中外相連弟與兄〔二〕，新加小縣子男名〔三〕。纔年三十佩銅印〔四〕，知爾弦歌漢水清〔五〕。

【注　釋】

〔一〕崔嬰：晚唐崔戎的祖父，曾官郢州刺史。此詩則送其之任漢陽令。《新唐書》（卷七十二下）《宰相世系表》（二下）：「（博陵大房崔氏）嬰，郢州刺史。」《舊唐書》（卷一百六十二）《崔戎傳》：「祖嬰，郢州刺史。」漢陽：唐屬沔州的縣名，今湖北省武漢市漢陽區。《元和郡縣圖志》（卷二十七）《江南道》（三）：「沔州漢陽縣，本漢安陸縣地，……大業二年改爲漢陽縣。武德四年，分沔陽郡於漢陽縣置沔州及縣，并自臨漳山下改移於今理。」

〔二〕中外相連弟與兄：謂崔嬰的兄弟中有人在中央朝廷做官，而他則做外任縣官。中外：指朝廷和地方。

〔三〕新加：參卷三《寄綦毋三》注〔二〕。小縣：唐代的縣分爲赤縣、畿縣、上縣、中縣、下縣。據《元和郡縣圖志》（卷二十七）《江南道》（三），漢陽縣屬中縣，謂之小縣是符合的。子男：周代分諸侯爲公、侯、伯、子、男五等，縣令一職，與子男差等。《孟子·萬章下》：「天子之制，地方千里，公、侯皆方百里，伯七十里，子、男五十里，凡四等。」

〔四〕年三十：三十歲。《禮記·内則》：「二十而冠，始學禮，……三十而有室，始理男事。……四十始仕，方物出謀發慮。」《論語·爲政》：「吾十有五而志于學，三十而立，四十而不惑。」《玉臺新詠》（卷一）《日出東南隅行》：「十五府小吏，二十朝大夫，三十侍中郎，四十專城居。」銅印：縣令所佩之印。《漢書》（卷十九上）《百官公卿表》（上）：「秩比六百石以上，皆銅印黑綬。」

〔五〕弦歌：彈琴咏詩。意謂以儒家的禮樂文教治理一縣。《論語·陽貨》：「子之武城，聞弦歌之聲。夫子莞爾而笑，曰：『割鷄焉用牛刀。』」漢水：漢陽縣地屬漢水入江口一帶。《元和郡縣圖志》（卷二十七）《江南道》（三）：「沔州漢陽縣，漢水，一名沔水，西自汊川縣界流入，漢陽縣因此水爲名。」

【箋評】

詩有諷諭，意境始佳，王維《興慶閣道中遇雨應制》之作「爲乘陽氣行時令，不是宸游玩物華」是也。若無此句，則爲流連光景之詞，尚何足以言鑒戒？此詩亦然，「知爾弦歌漢水清」是也。無此句，則「纔年三十佩銅印」爲艷羡富貴之語，亦何足以爲贈言？詩有所謂合之雙美，離之兩傷者，此類是耳。

（劉寶和《李頎詩評注》）

【按語】

此詩全是祝頌之詞，情致愉悦，格調輕松。有兄弟内外爲官，雖做小縣縣令，但年輕有爲，前途無量。能以禮樂文教化俗，爲政清明，也可喜可嘉。

送五叔入京兼寄綦毋三①〔一〕

吏部明年拜官後〔二〕，西城必與故人期〔三〕。寄書春草年年色〔四〕，莫道相逢玉女祠〔五〕。

【校記】

① 活字本、黄本無「入京兼寄綦毋三」。百家詩本將此詩與前五言絶句中同題詩編在一起作爲組詩，此爲「其二」。凌本則將前同題五絶與此詩合成一首，編在七言古詩中。

【注釋】

〔一〕五叔：未詳。當與前《奉送五叔入京兼寄綦毋三》爲同一人。綦毋三：參卷一《送綦毋三謁房給事》注〔一〕。

〔二〕吏部：唐代中央朝廷尚書省六部之一，主管官吏的銓選和考核工作。參前《送皇甫曾遊襄陽山水兼謁韋太守》注〔一六〕。明年拜官：可見作者五叔此次入京是參加吏部銓選，求取官職。《唐六典》（卷二）《尚書吏部》：「凡選授之制，每歲孟冬，以三旬會其人：去王城五百里之内，集於上旬；千里之内，集於中旬；千里之外，集於下旬。以三銓分其選：……以四事擇其良：……其優者擢而升之，否則量以退焉。……凡大選終季春之月。」《唐會要》（卷七十五）《選部》（下）《選限》：「貞觀十九年十一月，馬周爲吏部尚書，以吏部四時持衡，略無暇休，遂奏請取所由文解，十月一日赴省，三月三十日銓畢。」

〔三〕西城：指京城長安的城西。當是綦毋潛寓居此處。期：約會，見面。

〔四〕寄書春草年年色：意謂希望朋友年年能够寄來書信，以表思念之情。漢樂府和古詩裏常借春草引發相思情懷，此用其意。《文選》（卷二十七）古辭《飲馬長城窟行》：「青青河邊草，綿綿思遠道。」又（卷二十九）《古詩十九首》（其二）：「青青河畔草，鬱鬱園中柳。」《玉臺新詠》（卷一）《古詩八首》（其八）：「青袍似春草，長條隨風舒。」諸詩都有借春草發思遠情懷的含義。

〔五〕玉女祠：當指華山玉女峰之玉女祠。清李雲圃輯《華岳志》（卷一）：「東峰左襟下爲玉女峰。

昔有人見玉女乘石馬入峰間。」杜甫《望岳》：「西岳崚嶒竦處尊，諸峰羅立似兒孫。安得仙人九節杖，拄到玉女洗頭盆。」仇注引《集仙録》：「明星玉女，居華山，服玉漿，白日升天，祠前有五石臼，號玉女洗頭盆。其水碧緑澄徹，雨不加溢，旱不減耗。祠有玉女馬一匹。」《水經》（卷二十二）《潁水》：「潁水出潁川陽城縣西北少室山，東南過其縣南。」注曰：「潁水又東，平洛溪水注之，水發玉女臺下平洛澗，世謂之平洛水。」此處距離李頎家鄉潁陽縣甚近，玉女祠抑或指此。

【箋　評】

此詩不重在送李五，而重在寄綦毋三，蓋頎與潛交誼至深，不能常見，故欲其時時寄書，以慰懷想。無限期望，無限丁寧，讀之，可增友誼之重。

（劉寶和《李頎詩評注》）

【按　語】

送五叔入京而寄語故人，已表現出深沉的思念之情。又進一步希望友人年年互通音書，不要因爲玉女祠的相逢而忽略于此，蹉跌一層，愈加表現了對友人的懷想。叮嚀囑托之中，可見二人交誼之深。

野老曝背〔一〕

百歲老翁不種田，惟知曝背樂殘年〔二〕。有時捫虱獨搔首〔三〕，目送歸鴻籬下眠〔四〕。

【注釋】

〔一〕野老：鄉村老人。《文選》（卷二十七）丘遲《旦發魚浦潭》：「村童忽相聚，野老時一望。」曝背：太陽下曬背。俗説曬太陽。《列子·楊朱篇》：「昔者宋國有田夫，常衣緼黂，僅以過冬。暨春東作，自曝於日，不知天下之有廣厦隩室，綿纊狐貉。」賈誼《新書·春秋》：「夫百姓煦牛而耕，曝背而耘，苦勤而不敢惰者，豈爲鳥獸也哉？」《南史》（卷三十）《何尚之傳》：「時又造華林園，并盛暑役人。尚之又諫，上不許，曰：『小人常日曝背，此不足爲勞。』」

〔二〕殘年：餘年，晚年。《列子·湯問篇》：「以殘年餘力，曾不能毁山之一毛。」

〔三〕捫虱：《晉書》（卷一百十四）《王猛載記》：「桓温入關，猛被褐而詣之，一面談當世之事，捫虱而言，旁若無人。」搔首：《詩經·邶風·静女》：「愛而不見，搔首踟蹰。」

〔四〕目送歸鴻：《文選》（卷二十四）嵇康《贈秀才入軍五首》（其四）：「目送歸鴻，手揮五絃。俯仰自得，游心泰玄。」籬下：籬笆旁。古人常在庭院周圍築上籬笆，以起護持作用。詩文中較著者有槿籬等。

【箋　評】

《南史》：宋文帝「造華林園」，「盛暑役人」。何尚之諫，「上不許，曰：『小人常日曝背，此不足爲勞。』」「曝背」二字本此。

首句切「野老」，二句切「曝背」。兩句先將題目寫盡。三句寫出野老情態，「捫虱」、「搔首」，描摹畢肖。四句又從三句發出一種閑情。蓋「歸鴻」飛去，惟「野老」於「捫虱」、「搔首」時眠於「籬下」，亦易見之也。唐釋皎然《詩辨體一十九字》：「性情疏野曰閒」，此類是也。

（朱寶瑩《詩式》卷二）

頎善描摹人物，不事渲染，淡筆微鈎，即浮現紙上。如此詩，只用一二細事，而老翁嬉恬無事、怡然自樂之狀，便如在目前，可謂畫中高手。畫有烘托法，譬如畫月，不鈎月輪，只用淡墨，漬染四周，則一輪皓月，脱穎而出。詩亦有烘托法，不另起爐竈，只將上意，略事潤飾，則整幅精神，突出筆下，此詩之末二句是也。

（劉寶和《李頎詩評注》）

【按語】

此詩的精彩處在後兩句。一位百歲老翁，老有所養，已不用種田，閑來無事，以「曝背」養年，安閑度日。詩人連用「捫虱」、「搔首」、「目送歸鴻」等幾個行爲動作的細節刻畫，將老翁怡然自樂、疏放蕭散的形象，突兀地浮現在我們的眼前。這在李頎衆多的人物素描詩裏，也可稱得上是有特色的一首。

殘篇

送東陽王太守①〔一〕

江皋杜蘅緑〔二〕，芳草日遲遲〔三〕。檜楫今何去〔四〕，星郎出守時〔五〕。彤襜問風俗〔六〕，明主寄煢嫠〔七〕。令下不徒爾〔八〕，人和當在兹〔九〕。昔年經此地，微月有佳期〔一〇〕。洞口桂花白〔一一〕，巖前春草滋〔一二〕。素沙静津瀨〔一三〕，青壁帶川坻〔一四〕。野鶴每孤立〔一五〕，林鼯常晝悲〔一六〕。

【校　記】

①題下原注：「末缺。」此詩活字本、黄本編在五言排律内，凌本編在五言古詩内。百家詩本題下有小注：「此篇未完。」

【注　釋】

〔一〕東陽：唐代婺州，又稱東陽郡，今浙江省金華市。《舊唐書》（卷四十）《地理志》（三）：「江南東道，婺州，隋東陽郡。武德四年，平李子通，置婺州，……天寶元年，改婺州爲東陽郡。乾元元年，復爲婺州。」王太守：王氏未詳。太守，郡的長官。參卷二《送從弟遊江淮兼謁鄱陽劉太守》注〔一〕。

〔二〕江皋：江邊，江畔。《楚辭·九歌·湘君》：「朝騁鶩兮江皋，夕弭節兮北渚。」王逸注：「澤曲曰皋。」杜蘅：香草名。《楚辭·離騷》：「畦留夷與揭車兮，雜杜衡與芳芷。」王逸注：「杜衡，芳芷，皆香草也。」洪興祖補注：「《爾雅》：『杜，土鹵。』注云：『杜衡也，似葵而香。』《山海經》云：『天帝山有草，狀似葵，其臭如蘼蕪，名曰杜衡。』《本草》云：『葉似葵，形如馬蹄，故俗云馬蹄香。』」

〔三〕芳草日遲遲：謂春草一天比一天茂盛。《詩經·豳風·七月》：「春日遲遲，采蘩祁祁。」

〔四〕檜楫：以檜木爲船槳。代指船。《詩經·衛風·竹竿》：「淇水滺滺，檜楫松舟。」《毛傳》：

「檜，柏葉松身。楫，所以棹舟也。」

〔五〕星郎：漢代稱郎官爲星郎。《史記》（卷二十七）《天官書》：「南宫朱鳥，……後聚一十五星，蔚然，曰郎位。」《正義》：「郎位十五星，在太微中帝坐東北。周之元士，漢之光禄、中散、諫議，此三署郎中，是今之尚書郎。」《後漢書》（卷二）《明帝紀》：「館陶公主爲子求郎，不許，而賜錢千萬。謂群臣曰：『郎官上應列宿，出宰百里，有非其人，則民受其殃，是以難之。』」出守：由朝官出任地方郡太守。《文選》（卷二十一）顔延年《五君咏・阮始平》：「屢薦不入官，一麾乃出守。」

〔六〕襜（chān）：赤色的車帷。「襜」通「幨」，車帷。太守所乘之車。《後漢書》（卷三十一）《賈琮傳》：「琮爲冀州刺史。舊典，傳車驂駕，垂赤帷裳，迎於州界。及琮之部，升車言曰：『刺史當遠視廣聽，糾察美惡，何有反垂帷裳以自掩塞乎？』乃命御者褰之。」皇甫冉《送崔使君赴壽州》：「列郡專城分國憂，彤幨皂蓋古諸侯。」問：訪問，探尋。風俗：土風民俗。指政治得失和社會民情。

〔七〕寄：托。煢嫠（qióng lí）：孤寡老人。煢，孤單。嫠，寡婦。

〔八〕不徒爾：不徒然，没有落空。

〔九〕人和：民心和樂，社會安定。《孟子・公孫丑下》：「天時不如地利，地利不如人和。」

〔一〇〕微月：新月，月初的月亮。《文選》（卷二十九）傅玄《雜詩》：「清風何飄飖，微月出西方。」李善注：「《禮記》曰：『月生於西。』」佳期：佳人的約會。《楚辭·九歌·湘夫人》：「白薠兮騁望，與佳期兮夕張。」

〔一二〕洞口：當指道教三十六小洞天之一的金華山洞。《雲笈七籤》(卷二十七)《洞天福地·三十六小洞天》：「第三十六金華山洞，周迴五十里，名曰金華洞元天，在婺州金華縣，屬戴真人治之。」桂花白：桂樹中的木桂開白花。《爾雅·釋木》：「梫，木桂。」郭璞注：「今南人呼桂厚皮者爲木桂。桂樹葉似枇杷而大，白華，華不著子。叢生巖嶺，枝葉冬夏常青，間無雜木。」嵇含《南方草木狀》(卷中)：「桂出合浦，生必以高山之巔，冬夏常青。其類自爲林，間無雜樹。交趾置桂園，桂有三種，葉如柏葉，皮赤者爲丹桂；葉似柿葉者，爲菌桂；其葉似枇杷葉者，爲牡桂。」

〔一三〕巖前春草滋：連上二句，寫桂樹和春草，似有所本。《楚辭·招隱士》：「桂樹叢生兮山之幽，偃蹇連蜷兮枝相繚。……王孫遊兮不歸，春草生兮萋萋。」滋：草木生長茂盛。參前《魏倉曹宅各賦一物得當軒石竹》注〔三〕。

〔一三〕津瀨：渡口的淺灘。津，津渡，渡口。瀨，淺水的沙石灘。

〔一四〕青壁：蒼翠的山崖。《晉書》(卷九十四)《隱逸傳·宋纖傳》：「銘詩於石壁曰：『丹崖百丈，青壁萬尋。』」帶：環繞。《戰國策·楚策一》：「秦地半天下，兵敵四國，被山帶河，四塞以爲固。」《史記》(卷一百二十九)《貨殖列傳》：「齊帶山海，膏壤千里。」川坻：水岸邊。《文選》

（卷二十六）任昉《贈郭桐廬出溪口見候余既未至郭仍進村維舟久之郭生方至》：「涿令行春反，冠蓋溢川坻。」李善注：「郭璞《上林賦注》曰：『坻，岸也。坻，或爲湄。』」

〔一五〕野鶴：此句紀實。吴越一帶自古多鶴。著名的青田鶴，在唐處州青田縣，距東陽亦不遠。

〔一六〕鼯（wú）：鼯鼠。《爾雅·釋鳥》：「鼯鼠，夷由。」郭璞注：「狀如小狐，似蝙蝠，肉翅。翅尾項脅毛紫赤色，背上蒼艾色，腹下黄，喙頷雜白。脚短爪長，尾三尺許。飛且乳，亦謂之飛生。聲如人呼，食火烟，能從高赴下，不能從下上高。」

【箋評】

（七八句）鍾云：「送人入官，真自一段君臣朋友之義。」（九十句）鍾云：「對法妙。」（十一至十四句）鍾云：「忽入景，妙。」（末二句）譚云：「雙結，奇。」鍾云：「骨調森疎，置高、岑中莫辨。」

（鍾惺、譚元春《唐詩歸》卷十四）

（末二句）唐云：「叙景未畢，應多缺文，『雙結』云者非。」

（唐汝詢《彙編唐詩十集》壬集）

舊集寫景起，便與後複矣。

（郭濬評點、周明輔等參訂《增定評注唐詩正聲》卷七）

《送東陽王太守》云：「昔年經此地，微月有佳期。」按今浙江金華，唐時婺州。雖天寶元年改東陽郡，但東陽之名始於孫吳，太守之稱始於西漢，此當詩人好古之辭，不能據以爲天寶元年以後事。則詩人或開元中曾游金華。（譚優學《李頎行年考》，見氏著《唐詩人行年考》）

詠張諲山水①〔一〕

小山破體閑支策〔二〕，落日梨花照空壁〔三〕。詩堪記室妒風流②〔四〕，畫與將軍作勍敵〔五〕。

【校記】

①題下原注：「末缺。」

②「妒」下原注：「一作始。」

【注釋】

〔一〕張諲山水：張諲的山水畫。張諲，參卷一《臨别送張諲入蜀》注〔一〕。

〔二〕小山：不知指誰。唐張彦遠《歷代名畫記》（卷十）《張諲》條引此詩，「山」作「王」，可從。「小王」指王羲之之子王獻之（三四四—三八六），字子敬，琅邪臨沂（今山東省臨沂市）人，書法家，詩人。工書擅畫，與其父羲之在書法史上并稱「二王」。生平事迹參《晉書》（卷八十）《王羲之傳》附《王獻之傳》。破體：謂獻之破其父羲之行書書體，使之更爲縱放自由一些。《書法要録·徐浩論書》：「厥後鍾善真書，張稱草聖，右軍行法，大令破體，皆一時之妙。」「大令」即王獻之，參《晉書》（卷六十五）《王珉傳》。張懷瓘《書斷》：「王獻之變右軍行書，號曰『破體書』。」戴叔倫《懷素上人草書歌》：「始從破體變風姿。」閑：嫻熟，精擅。支策：拄手杖。借喻字體的間架結構。《莊子·齊物論》：「師曠之枝策也，惠子之據梧也。」成玄英疏：「支，柱也。策，打鼓杖也，亦言擊節杖也。」《經典釋文》（卷二十六）《莊子音義》（上）：「枝策，司馬云：『枝，柱也；策，杖也。』崔云：『舉杖以擊節。』」

〔三〕落日梨花照空壁：此句以梨花在晚霞中映照在空壁上的婆娑摇曳的影子，比喻小王破體書的瀟灑飄逸。

〔四〕記室：南朝梁何遜（四七二？—五一九），詩人、駢文家，曾任建安王蕭偉水曹行參軍，兼記室，文學史稱「何記室」。生平事迹參《梁書》（卷四十九）《何遜傳》。

〔五〕將軍：指李思訓，善畫山水。《舊唐書》（卷六十）《長平王叔良傳》附《李思訓傳》：「（李）孝斌子思訓，高宗時累轉江都令。……開元初，左羽林大將軍，進封彭國公，更加實封二百户，尋轉右武衛大將軍。開元六年卒，贈秦州都督，陪葬橋陵。思訓尤善丹青，迄今繪事者推李將軍山水。」勍（qíng）敵：相比匹。此謂才藝相當。

【箋　評】

張諲，官至刑部員外郎。明《易》象，善草隸，工丹青，與王維、李頎等爲詩酒丹青之友。尤善畫山水，王維答詩曰：「屏風誤點惑孫郎，團扇草書輕内史。」李頎詩曰：「小王破體閑文策，落日梨花照空壁。書堪記室妒風流，畫與將軍作勁敵。」

（張彦遠《歷代名畫記》卷十）

王右丞《贈張諲》詩云：「屏風誤點惑孫郎，團扇草書輕内史。」李頎亦贈諲云：「小王疲體閒支策，落月梨花空滿壁。詩堪記室妒風流，畫與將軍作勍敵。」其爲名流所重如此。記室，左思也。將軍，顧凱之也。諲之畫有《神鷹圖》，予猶及一見之於京肆，以索價太厚，未之購也。

（楊慎《升庵詩話》卷十《張諲》）

李頎《贈張諲》詩：「小王破體閑支策」，人皆不解「破體」爲何語。按徐浩云：「鍾善真書，張稱草聖，右軍行法，小王破體，皆一時之妙。」「破體」，謂行書小縱繩墨，破右軍之體也。

（楊慎《字説·李頎贈張諲詩》，《升庵外集》卷八十七）

張融、王若虛揭綱，此數節示目，足見名家名篇，往往破體，而文體亦因以恢弘焉。李商隱《韓碑》：「文成破體書在紙」，釋道源注：「『破』當時爲文之『體』，或謂『破書體』，必謬」，是也。此「紙」乃「鋪丹墀」呈御覽者，書迹必端謹，斷不「破體」作行草。文「破當時之體」，故曰：「句奇語重喻者少」；韓碑拽倒而代以段文昌《平淮西碑》，取青配白，儷花鬥葉，是「當時之體」矣。商隱《樊南甲集序》自言少「以古文出諸公間」，後居鄆守幕府，「敕定奏記，始通今體」，又言「仲弟聖僕特善古文，……以今體規我而未爲能休」，「破體」即破「今體」，猶苑咸《酬王維》曰：「爲文已變當時體。」《歷代名畫記》卷一〇《張諲》條引李頎詩：「小王破體閑文策」，明指「文」而不指「書」，「閑」謂精擅；《全唐詩》輯此詩，未注來歷，又訛「文」爲「支」，遂難索解。……以爲「破體」必是行草書，見之未廣也。《樊南甲集序》語頗供隅反。

（錢鍾書《管錐編》第三册第八九〇頁）

失　題①

紫極殿前朝伏奏②〔一〕，龍華會裏日相望③〔二〕。別離歲歲如流水，誰辨他鄉與故鄉④。

【校　記】

① 題下原注：「末缺。」百家詩本、凌本題作《失題兼亡上四句》。

②「伏」凌本作「復」。
③「華」黄本、凌本作「花」。
④「辨」活字本作「辯」。

【注釋】

〔一〕紫極殿：道教的宫觀紫極宫。封演《封氏聞見記》（卷一）《道教》：「玄宗開元二十一年，親注老子《道德經》，令學者習之。二十九年，兩京及諸州各置玄元皇帝廟，京師號玄元宫，諸州號紫極宫。」伏奏：俯伏上奏。

〔二〕龍華會：佛教的一個傳統法事活動。梁宗懍《荆楚歲時記》：「四月八日，諸寺各設齋，以五色香湯浴佛，共作龍華會，以爲彌勒下生之徵也。」

【箋評】

此懷人之詩，語意已足，似非殘缺者。明人本編入七絶中，可從。

此詩重在一憶字，憶昔合之樂，傷今離之悲。然此意全不説出，只將會頻别久之狀，輕輕點出，便使人覺有今昔之感，離合之思，真七絶中妙文。

（劉寶和《李頎詩評注》）

補遺

歸至舊任酬袁贊府見贈①〔一〕

巴路千山秋水上，江村獨樹夕陽時。

【校記】

①録自中華書局《全唐詩》附《全唐詩逸》（卷上）。題作《句》，而以此題作句末小注。當爲殘句。

【注釋】

〔一〕袁贊府：袁氏未詳。贊府，唐人對縣丞的别稱。封演《封氏聞見記》（卷十）《戲論》：「裴子羽爲下邳令，張晴爲縣丞，二人俱有聲氣而善言語。曾論事移時，人吏竊相謂曰：『縣官甚不和！長官稱雨，贊府即道晴；贊府稱晴，長官即道雨。終日如此，非不和乎？』」洪邁《容齋隨筆·四筆》（卷十五）《官稱别名》：「唐人好以它名標榜官稱，……下至縣令曰明府，丞曰贊府、贊公，尉曰少府、少公、少仙。」

【箋　評】

《全唐詩逸》又載李頎句云：「巴路千山秋水上，江村獨樹夕陽時。」題爲《歸至舊任酬袁贊府見贈》。此云「巴路」及「歸至舊任」，而頎生平惟只尉新鄉。豈其尉新鄉時有奉命遠去蜀中之行？斷篇零簡，殊不可考。或「巴」字係形容詞，謂道路之詰曲，亦未可知。

（譚優學《李頎行年考》，見氏著《唐詩人行年考》。）

九日登高①〔一〕

青山遠近帶皇州〔二〕，霽景重陽上北樓〔三〕。雨歇庭皋仙菊潤〔四〕，霜飛天苑御梨秋②〔五〕。茱萸插鬢花宜賞〔六〕，翡翠橫釵舞作愁〔七〕。謾説陶潛籬下醉〔八〕，何常得見此風流③〔九〕。

【校　記】

①此詩據凌本、百家詩本、李攀龍輯、陳繼儒箋釋《唐詩箋注》及李攀龍、鍾惺評選、錢謙益箋釋、劉化蘭增訂《唐詩箋注》補録。畢效欽編、畢懋謙刻《十家唐詩·王昌齡詩集》收録此詩（其中五句「賞」作「壽」，八句「常」作「曾」）。

②「飛」錢謙益箋釋《唐詩箋注》作「殘」。（此非本書參校本，姑録之。）「御」百家詩本作「玉」。

③「常」陳繼儒箋釋《唐詩箋注》作「嘗」。（此非本書參校本，姑録之。）

【注釋】

〔一〕《全唐詩》（卷一百四十二）作王昌齡詩。九日：九月九日，重陽節。自漢代以來形成的風俗節日。登高：是重陽節的活動之一。據説在此日登山攀高，可以消除人的灾厄。參卷一《九月九日劉十八東堂集》注〔一〕〔二〕〔三〕。

〔二〕帶：參前《送東陽王太守》注〔一四〕。皇州：帝都，京城。鮑照《侍宴覆舟山二首》（其二）：「繁霜飛玉闥，愛景麗皇州。」

〔三〕霽景：雨後天晴的景象。重陽：古人認爲「九」爲陽數之極，九月九日稱作重陽，又稱重九。《太平御覽》（卷三十二）引《風土記》曰：「九月九日，律中無射而數九，俗於此日，以茱萸氣烈成熟，尚此日，折茱萸房以插頭，言辟惡氣而禦初寒。」

〔四〕庭皋：同「亭皋」，水邊的平地。《文選》（卷八）司馬相如《上林賦》：「亭皋千里，靡不被築。」郭璞注：「服虔曰：『皋，澤也。堤上十里一亭。』郭璞曰：『皆築地令平也。』」《玉臺新詠》（卷五）柳惲《擣衣詩》：「亭皋木葉下，隴首秋雲飛。」仙菊：菊花。古代道家認爲服食菊花可以延年益壽，故云仙菊。《藝文類聚》（卷八十一）引《神仙傳》曰：「康風子，服甘菊花柏實散得仙。」又引《抱朴子》曰：「劉生丹法，用白菊花汁、蓮汁、樗汁，和丹蒸之，服一年，壽五百歲。」

〔五〕天苑：禁苑，皇家的苑囿。庾信《三月三日華林園馬射賦》：「皇帝翊四校於仙園，迴六龍於天苑。」御梨：禁苑的梨子。《西京雜記》（卷一）載上林苑中有梨樹十種。參卷三《贈别張兵曹》注〔一四〕。

〔六〕茱萸：喬木名，其子房香氣辛烈，古代風俗認爲重陽日頭上插茱萸或佩茱萸囊，可以辟邪消灾。《西京雜記》（卷三）：「九月九日，佩茱萸，食蓬餌，飲菊華酒，令人長壽。」并參上注〔三〕引《風土記》。

〔七〕翡翠：鳥名，其羽毛可以作帷帳的佩飾物。翡翠横釵：謂婦女所戴的翡翠鳥形的頭釵。《楚辭·招魂》：「翡翠珠被，爛齊光些。」王逸注：「雄曰翡，雌曰翠。」洪興祖補注：「翡，赤羽雀；翠，青羽雀。《異物志》云：『翠鳥形如燕，赤而雄曰翡，青而雌曰翠。翡大於翠，其羽可以飾幃帳。』」

〔八〕謾説：莫説，休説。陶潛：陶淵明。參卷三《送喬琳》注〔九〕。籬下醉：籬笆邊醉酒。《宋書》（卷九十三）《陶潛傳》：「嘗九月九日無酒，出宅邊菊叢中坐久，值（王）弘送酒至，即便就酌，醉而後歸。」

〔九〕何常：即「何嘗」，何曾。

【箋評】

「御梨」，《文選·魏都賦》（李善注）：「中山（郡）出御梨。」王昌齡詩：「霜飛天苑御梨秋。」——此李頎七言律句，非昌齡詩，詳其聲調自得之。今李集有此而王集無可考也。出「天苑」，故曰「御梨」，意自聯屬。必以《文選》爲證，亦太拘也。（胡應麟《少室山房筆叢》（卷一九）《藝林學山》）

玄嶼曰：「唐人九日詩多矣，此作不爲故實所累，尤見雋逸多風。」（張揔《唐風懷》卷四）

樂遊原春望①〔一〕

五陵佳氣晚氛氳〔二〕，霸業雄圖勢自分〔三〕。秦地山河連紫塞〔四〕，漢家宫殿入青雲〔五〕。未央樹色春中見〔六〕，長樂鐘聲月下聞〔七〕。無那楊花起愁思〔八〕，滿天飄落雪紛紛〔九〕。

【校　記】

① 録自高棅編選《唐詩正聲》（卷十七）、李維禎《唐詩雋》（卷二）。

【注　釋】

〔一〕樂遊原：又名樂遊苑，原爲秦宜春苑。漢宣帝神爵三年（公元前五九年）修樂遊廟，因以爲名。

在長安東南，地勢較高，四望寬敞，可以眺望長安全城。《三輔黄圖》（卷四）：「樂遊苑，在杜陵西北，宣帝神爵三年春起。」

〔二〕五陵：參卷二《緩歌行》注〔一七〕。佳氣：美好的雲氣。陶淵明《飲酒二十首》（其五）：「山氣日夕佳，飛鳥相與還。」氛氲：盛貌，雲霧朦朧貌。

〔三〕霸業：稱霸諸侯的帝王事業。

〔四〕秦地：春秋戰國時期的秦國故地，即以長安爲中心的關中地區。《晋書》（卷十四）《地理志》（上）：「雍州，……周自武王克殷，都於酆、鎬，雍州爲王畿。及平王東遷洛邑，以岐、酆之地賜秦襄公，則爲秦地，累世都之，至始皇遂平六國。秦滅，漢又都之。」并參卷三《寄司勳盧員外》注〔四〕。紫塞：長城。崔豹《古今注》（卷上）：「紫塞，秦築長城，土色皆紫，漢塞亦然，故稱紫塞焉。」

〔五〕漢家：漢王朝。青雲：高遠的天空。《楚辭·遠遊》：「涉青雲以泛濫游兮，忽臨睨夫舊鄉。」

〔六〕未央：未央宫，漢長安宫殿名。《三輔黄圖》（卷二）曰：「未央宫，《漢書》曰：『高祖七年，蕭何造未央宫，立東闕、北闕、前殿、武庫、太倉。上見其壯麗大甚，怒曰：「天下匈匈勞苦數歲，成敗未可知，是何治宫室過度也？」何對曰：「以天下未定，故可因以就宫室。且天子以四海爲家，非令壯麗，無以重威，無令後世有以加也。」上悦，自櫟陽徙居焉。』」又曰：「未央宫周迴二十八里，前殿東西五十丈，深十五丈，高三十五丈。營未央宫因龍首山以制前殿。」

〔七〕長樂：長樂宮，漢長安宮殿名。《三輔黄圖》（卷二）曰：「長樂宮，本秦之興樂宮也。高皇帝始居櫟陽，七年長樂宮成，徙居長安城。《三輔舊事》《宮殿疏》皆曰：『興樂宮，秦始皇造，漢修飾之，周迴二十里。』」又曰：「長樂宮有鴻臺，有臨華殿，有温室殿。有長定、長秋、永壽、永寧四殿。高帝居此宮，後太后常居之。孝惠至平帝，皆居未央宮。」

〔八〕無那：無奈，無可奈何。楊花：柳絮。庾信《春賦》：「新年鳥聲千種囀，二月楊花满路飛。」李白《聞王昌齡左遷龍標遥有此寄》：「楊花落盡子規啼，聞道龍標過五溪。」

〔九〕雪：比喻白色的楊花。

【箋評】

吊古之意，不勝刊懷想相。「春中見」、「月下聞」，寫出「望」來景界。

（李維楨《唐詩雋》卷二）

西亭即事①〔一〕

桃李皆開盡，芳菲漸覺闌〔二〕。鳥聲愁暮雨，花色寂春寒②。倚石攀藤蔓，窺林數竹竿〔三〕。

葛巾常半著〔四〕，何處似當閒〔五〕。

【校　記】

① 此詩據陳尚君《全唐詩補編·全唐詩續拾》（卷十三）補録。

② 「寂」下原注：「疑。」

【注　釋】

〔一〕西亭：未詳所在。即事：猶即景，面對眼前景物作詩。陶淵明《癸卯歲始春懷古田舍二首》（其二）：「雖未量歲功，即事多所欣。」

〔二〕闌：盡，殘。

〔三〕竹竿：挺拔的竹子。庾信《小園賦》：「一寸二寸之魚，三竿兩竿之竹。」

〔四〕葛巾：用葛布製成的頭巾。隱士的服飾。《宋書》（卷九十三）《陶潛傳》：「郡將候潛，值其酒熟，取頭上葛巾漉酒，畢，還復著之。」

〔五〕當閒：此閒。當，此也。

陳十六東亭①〔一〕

餘春伴蝴蝶〔二〕，把酒聽黄鸝〔三〕。最是淹留處〔四〕，殘花三兩枝②。

【校記】

①此詩據陳尚君《全唐詩補編・全唐詩續拾》（卷十三）補録。

②原注：「同前，以上二首據日本大阪市立美術館編《唐鈔本》影印本。」

【注釋】

〔一〕陳十六：陳章甫，行十六。參卷二《送陳章甫》注〔一〕、卷三《宴陳十六樓》注〔一〕。東亭：未詳。即陳十六樓之東亭乎？

〔二〕餘春：猶暮春。《初學記》（卷三）引梁元帝《纂要》曰：「三月季春，亦曰暮春、末春、晚春。」

〔三〕把酒：猶持杯，飲酒。孟浩然《過故人莊》：「開軒面場圃，把酒話桑麻。」

〔四〕最是：正因，最爲。王瑛《詩詞曲語辭例釋》：「是，因、爲，用作介詞或連詞，引出原因或目的。……又（杜甫）《咏懷古迹》詩：『最是楚宫俱泯滅，舟人指點到今疑。』最是，正因。」淹留：停留，逗留。《楚辭・離騷》：「時繽紛其變易兮，又何可以淹留。」

送李大貶南陽①〔一〕

鴻聲斷續暮天遠〔二〕，柳影蕭疎秋日寒②。

【校記】

① 此斷句據陳尚君《全唐詩補編・全唐詩續拾》（卷十三）補録。

② 原注：「《千載佳句》卷上《四時部・暮秋》。」

【注釋】

〔一〕李大：李氏，行大。未詳其人。南陽：唐代南陽縣，即今河南省南陽市。《元和郡縣圖志》（卷二十一）《山南道》（二）：「鄧州南陽縣，本周之申國也，平王母申后之家。漢置宛縣，屬南陽郡。……至隋改爲南陽縣，屬鄧州。」

〔二〕鴻：大雁。《禮記・月令》：「（仲秋之月），鴻雁來，玄鳥歸。」《玉篇・鳥部》：「鴻，鴻雁也。」

絶　句①〔一〕

遠客坐長夜〔二〕，雨聲孤寺秋。請量東海水，看取淺深愁。

【校　記】

① 宋何汶《竹莊詩話》（卷二十）選録此詩，署名及詩題爲「李頎《絶句》」，故取以爲題，特記於此。

【注　釋】

〔一〕絶句：如將此詩作完篇看，屬五言絶句。作爲詩歌體裁的五七言絶句起源於古詩，特别是民歌中四句成篇的詩體。而「絶句」名稱的來源，則是南北朝時期的文人聯句。清王士禛《池北偶談》（卷十四）《聯句》：「聯句，有人各賦四句，分之自成絶句，合之仍爲一篇，謝朓、范雲、何遜、江革輩多有此體。」

〔二〕遠客：遠行的游子。《文選》（卷二十九）《古詩十九首》（其三）：「人生天地間，忽如遠行客。」

【箋評】

歐陽公好稱誦唐嚴維詩「柳塘春水慢，花塢夕陽遲」及楊衡「竹徑通幽處，禪房花木深」之句，以爲不可及。予絶喜李頎詩云：「遠客坐長夜，雨聲孤寺秋。請量東海水，看取淺深愁。」且作客涉遠，適當窮秋，暮投孤村古寺中，夜不能寐，起坐凄惻，而聞檐外雨聲，其爲一時襟抱，不言可知。而此兩句十字中，盡其意態。海水喻愁，非過語也。

（洪邁《容齋隨筆》卷四《李頎詩》）

李頎詩：「請量東海水，看取淺深愁。」李後主詞：「問君還有幾多愁，恰似一江春水向東流。」秦少游則以三字盡之，曰：「落紅萬點愁如海」，而語亦工。

（俞文豹《吹劍録全編・吹劍録》）

詩家有以山喻愁者，杜少陵云：「憂端如山來，澒洞不可掇。」趙嘏云：「夕陽樓上山重疊，未抵春愁一倍多」是也。有以水喻愁者，李頎云：「請量東海水，看取淺深愁。」李後主云：「問君都有幾多愁？恰似一江春水向東流。」秦少游云：「落紅萬點愁如海」是也。賀方回云：「試問閒愁知幾許？一川煙草，滿城風絮，梅子黄時雨。」蓋以三者比愁之多也，尤爲新奇，兼興中有比，意味更長。

（羅大經《鶴林玉露》乙編卷一《詩家喻愁》）

唐李頎詩云：「遠客坐長夜，雨聲孤寺秋。請量東海水，看取淺深愁。」且遠客在秋暮投孤村古寺中，夜長不能寢，起坐淒惻而聞雨聲，其爲一時襟抱，以海喻愁，非過語也。

（張端義《貴耳集》卷上）

李群玉《雨夜》詩：「請量東海水，看取淺深愁。」觀此悲感，無髮不皓。若後削冗句，渾成一絶，則不減太白矣。太白《金陵留别》詩：「請君試問東流水，别意與之誰短長。」妙在結語，使坐客同賦，誰更擅場？謝宣城《夜發新林》詩：「大江流日夜，客心悲未央。」陰常侍《曉發新亭》詩：「大江一浩蕩，悲離足幾重。」二作突然而起，造語雄深，六朝亦不多見。太白能變化爲結，令人叵測，奇哉！

附群玉詩云：「遠客坐長夜，雨聲孤寺秋。請量東海水，看取淺深愁。窮愁重於山，終年壓人頭。朱顔與芳景，暗附東波流。鱗翼俟風水，青雲方阻修。孤燈冷素焰，蟲響寒房幽。借問陶淵明，何物可忘憂？無因一酩酊，高枕萬情休。」

（謝榛《詩家直説》卷三）

説愁意，予絶喜李頎詩云：「遠客坐長夜，雨聲孤寺秋。請量東海水，看取淺深愁。」且作客遠涉，適當窮秋，暮投孤村古寺中，夜不能寐，起坐淒惻，而聞檐外雨聲，其爲一時襟抱，不言可知。而於兩句十字中，盡其意態。海水喻愁，非過語也。

（單宇《菊坡叢話》卷二十）

《容齋一筆》曰：「李頎詩：『遠客坐長夜，雨聲孤寺秋。請量東海水，看取淺深愁。』且作客涉遠，適當窮秋，暮投孤村古寺中，夜不能寐，起坐淒惻，而聞檐外雨聲，其爲一時襟抱，不言可知。而此兩句十字中，盡其意態。海水喻愁，非過語也。」

吴旦生曰：「前十字意態既盡，無復贅言。祇以取喻掉合，此蓋賦而比也。其淺深不從海水量出，而在前十字中看出，其意自婉。皇甫百泉嘗言：『劉禹錫：「欲問江深淺，應知遠別情」；李太白：「請君試問東流水，別意與之誰短長」；江淹《擬休上人怨別》：「桂水日千里，因之平生懷」，何必長短深淺耶？』蓋禹錫、太白未免直致，而頎正以婉勝也。如退之《宿龍宫灘》詩：『浩浩復湯湯，灘聲抑更揚。』魯直云：『退之裁聽水句尤見工，所謂「浩浩湯湯」、「抑更揚」者，非客裏夜卧，飽聞此聲，安能周旋妙處如此耶？』出《韓詩補注》。庶幾與頎相上下。」

（吴景旭《歷代詩話》卷四十七《庚集二》唐詩·卷上之中）

《容齋隨筆》載李頎詩云：「遠客坐長夜，雨聲孤寺秋。請量東海水，看取淺深愁。」謂客中襟抱，十字盡之。此詩今見李群玉集中，下尚有「愁窮重如山，終年壓人頭」十餘句。據容齋所見，則爲李頎詩，且祇二十字。然此四語含蓄無盡，的是盛唐名作。群玉蓋用以興起，自爲足成，豈知冗黯平衍，難免續鳧脛之誚乎？

（沈濤《匏廬詩話》卷下）

《玉露》云：「杜陵詩：『萬里悲秋常作客，百年多病獨登臺。』蓋萬里，地之遠也；秋，時之慘淒也；作客，羈旅也；常作客，久旅也；百年，齒暮也；多病，衰疾也；臺高，迥處也；獨登臺，無親朋也。十四字之間含八意，而對偶又精確。」路觀張端義《貴耳集》記李頎詩云：「『遠客坐長夜，雨聲孤寺秋。請量東海水，看取淺深愁。』且作客涉遠，適當窮秋，暮投孤村古寺中，夜長不能寐，起坐凄惻，而聞檐外雨聲，其爲一時襟抱，不言可知。而此兩句十字中，盡其意態」云云。按杜詩一聯數意者甚多，「萬里悲秋」一聯，全與頎詩相似。頎詩字字用意，情味凄深，宜爲杜所取也。

（陳錫路《黄嬭餘話》卷六）

夫偉長之「思如水流」，少陵之「憂若山來」，趙嘏之「愁抵山重疊」，李頎或李群玉之「愁量海深淺」，詩家此製，爲例繁多。

（錢鍾書《談藝録》十一《長吉用啼泣字》）

「潭壑」取其容量，堪受幽深廣大之「悲」，即李群玉《雨夜呈長官》：「請量東海水，看取淺深愁。」

（錢鍾書《管錐編》第四册第一三二四頁）

頎詩自宋後仍有散佚，如宋洪邁《容齋隨筆》卷四《李頎詩》云：「予絶喜李頎詩云：『遠客坐長夜，雨聲孤寺秋。請量東海水，看取淺深愁。』且作客涉遠，適當窮秋，暮投孤村古寺，中夜不能寐，起坐凄惻，而聞檐外雨聲，其爲一時襟抱，不言可知。而此兩句十字中，盡其意態，海水喻愁，非過語也。」所引詩四句，即未見於《全唐詩》頎詩。洪邁富於藏書，號稱博洽，其言必當有據。可見頎詩自宋以來已散佚爲多。

（傅璇琮主編《唐才子傳校箋》卷二《李頎》）

原箋引洪邁《容齋隨筆》卷四引李頎詩：「遠客坐長夜，雨聲孤寺秋。請量東海水，看取淺深愁。」并謂洪邁「必當有據，可見頎詩自宋以來已散佚爲多」。按洪邁所引四句爲晚唐李群玉《雨夜呈長官》（《李群玉詩集》前集卷上、《全唐詩》卷五六八）一詩之首四句，全詩爲：「遠客坐長夜，雨聲孤寺秋。請量東海水，看取淺深愁。愁窮重於山，終年壓人頭。朱顏與芳景，暗赴東波流。鱗翼思風水，青雲方阻修。孤燈冷素艷，蟲響寒房幽。借問陶淵明，何物號忘憂。無因一酩酊，高枕萬情休。」洪邁誤記爲李頎詩。另南宋張端義《貴耳集》卷上亦誤以此四句爲李頎詩。

（傅璇琮主編《唐才子傳校箋・補正》卷二《李頎》）

附録　李頎研究資料輯録

頎詩發調既清，修辭亦綉，雜歌咸善，玄理最長。至如《送暨道士》云：「大道本無我，青春長與君。」又《聽彈胡笳聲》云：「幽音變調忽飄灑，長風吹林雨墮瓦。迸泉颯颯飛木末，野鹿呦呦走堂下。」足可歔欷，震蕩心神。惜其偉才，只到黄綬。故論其數家，往往高於衆作。

（殷璠《河嶽英靈集》卷上）

新鄉尉李頎。

（芮挺章《國秀集》卷下）

聞君餌丹砂，甚有好顔色。不知從今去，幾時生羽翼。王母翳華芝，望爾崑崙側。文螭從赤豹，萬里方一息。悲哉世上人，甘此羶腥食。

（王維《贈李頎》）

鞍馬上東門，裴回入孤舟。賢豪相追送，即棹千里流。赤岸落日在，空波微煙收。薄宦忘機括，醉來即淹留。月明見古寺，林外登高樓。南風開長廊，夏夜如涼秋。江月照吴縣，西歸夢中游。

（王昌齡《東京府縣諸公與綦毋潛李頎相送至白馬寺宿》）

弘農楊君，諱極，字齊物，……舉進士時，刑部侍郎樂安孫公逖以文章之冠爲考功員外郎，精試群材。君以南陽張茂之、京兆杜鴻漸、瑯邪顔真卿、蘭陵蕭穎士、河東柳芳、天水趙驊、頓邱李琚、趙郡李崿、李頎（欣？）、南陽張階、常山閻防、范陽張南容、高平郗昂等連年高第，華亦與焉。

（李華《楊騎曹集序》，《全唐文》卷三一五）

惟隴西李公湍，地望清甲，冠於邦族。……公始以經術擢第，署滑州匡城尉，次補瀛州樂壽丞。理尚剛簡，蓋肅如也。酷好寓興，雅有風骨。時新鄉尉李頎、前秀才岑參，皆著盛名於世，特相友重。

（邵説《唐故瀛州樂壽縣丞隴西李公墓志銘》，載《千唐志齋藏志》）

《李頎詩》一卷　開元進士第。

（《新唐書》卷六〇《藝文志四》集部别集類）

顧惟老儒士身屯傷亂，羈旅流寓，呻吟饑寒之際。數百年之後，即其故廬而祠焉，如吾同谷之於杜工部者，殆未之或有也。嗚呼！盛矣哉。曰名高而得之歟？非也。苟不務實而務名，實當時王維之名出杜之上，蓋有天子、宰相之目，且衆方才李白而多之也。是天寶間人物特盛，有如高適、岑參、孟浩然、雲卿、崔顥、國輔、薛據、儲光羲、綦毋潛、元結、韋應物、王昌齡、常建、陶翰、秦系、嚴維、暢當、閻防、祖詠、皇甫冉、弟曾、張繼、劉眘虚、王季友、李頎、賀蘭進明、崔曙、王灣、張謂、盧象、李嶷之詩，粲然振耀於時，未肯少自屈，而人亦莫敢致之也。

（晁説之《成州同谷縣杜工部祠堂記》，《嵩山文集》卷十六）

張諲，官至刑部員外郎。明《易》象，善草隸，工丹青。與王維、李頎等爲詩酒丹青之友。尤善畫山水。王維答詩曰：「屏風誤點惑孫郎，團扇草書輕内史。」李頎詩曰：「小王破體閑文策，落月梨花空照壁。書堪記室妒風流，畫與將軍作勁敵。」

（張彦遠《歷代名畫記》卷十）

《李頎集》

（尤袤《遂初堂書目》别集類）

《李頎集》一卷　唐李頎撰。開元二十三年進士。

（陳振孫《直齋書録解題》卷十九詩集類上）

《河海英靈集》二卷

右唐丹陽進士殷璠集常建、李白、王維、劉眘虚、張謂、王季友、陶翰、李頎、高適、岑參、崔顥、薛據、綦毋潛、孟浩然、崔國輔、儲光羲、王昌齡、賀蘭進明、崔署、王灣、祖詠、盧象、李嶷、閻防二十四人之詩。璠謂諸人皆「河海英靈」也，故以名集，凡二百四十三首云。

（晁公武《郡齋讀書志·讀書附志》）

頎，東川人。開元二十三年賈季鄰榜進士及第。調新鄉縣尉。性疎簡，厭薄世務。慕神仙，服餌丹砂，期輕舉之道，結好塵喧之外。一時名輩，莫不重之。工詩，發調既清，修辭亦秀，雜歌咸善，玄理最長。多爲放浪之語，足可震蕩心神。惜其偉材，只到黄綬，故其論家，往往高於衆作。有集，今傳。

（辛文房《唐才子傳》卷二《李頎》）

謓，永嘉人。初隱少室下，閉門修肄，志甚勤苦，不及聲利。後應舉，官到刑部員外郎。明《易》象，善草隸，兼畫山水。詩格高古。與李頎友善，事王維爲兄，皆爲詩酒丹青之契。維贈詩云：「屏風誤點惑孫郎，團扇草書驚内史。」李頎贈曰：「小王破體閑支策，落月梨花空照壁。詩堪記室妒風流，畫與將軍作勍敵。」天寶中謝官，歸故山偃仰，不復來人間矣。有詩傳世。

（辛文房《唐才子傳》卷二《張謓》）

時天彝詩（見下卷），其書《唐百家詩選》後諸評，深知唐人詩法者也，悉録於後。……王昌齡尤所寶玩。李頎於諸人中尤有古意。戎昱稍爲後輩，多軍旅離别之思，造語益巧，用意益淺矣。

（吴師道《吴禮部詩話》）

有唐三百年，詩衆體備矣。……略而言之，則有初唐、盛唐、中唐、晚唐之不同；詳而分之，貞觀、永徽之時，虞、魏諸公稍離舊習，王、楊、盧、駱因加美麗，劉希夷有閨帷之作，上官儀有婉媚之體，此初唐之始製也。神龍以還，洎開元初，陳子昂古風雅正，李巨山文章宿老，沈、宋之新聲，蘇、張之大手筆，此初唐之漸盛也。開元、天寶間，則有李翰林之飄逸，杜工部之沈鬱，孟襄陽之清雅，王右丞之精緻，儲光羲之真率，王昌齡之聲俊，高適、岑參之悲壯，李頎、常建之超凡，此盛唐之盛者也。

（高棅《唐詩品彙總叙》）

夫詩莫盛於唐，莫備於盛唐，論者惟杜、李二家爲尤。其間又可名家者十數公，……今觀襄陽之清雅，右丞之精緻，儲光曦之真率，王江寧之聲俊，高達夫之氣骨，岑嘉州之奇逸，李頎之冲秀，常建之超凡，劉隨州之閑曠，錢考功之清贍，韋之静而深，柳之温而密，此皆宇宙山川英靈間氣萃于時，以鍾乎人矣。嗚呼！盛哉！今俱列之名家，第爲上下，以儲、孟、二王、高、岑、常、李爲上卷，劉、錢、韋、柳爲下卷。

（高棅《唐詩品彙·五言古詩叙目》）

盛唐工七言古調者多。李、杜而下，論者推高、岑、王、李、崔顥數家爲勝。竊嘗評之，若夫張皇氣勢，陟頓始終，綜覈乎古今，博大其文辭，則李、杜尚矣。至於沈鬱頓挫，抑揚悲壯，法度森嚴，神情俱詣，一味妙悟，而佳句輒來，遠出常情之外之數子者，誠與李、杜并驅而争先矣。今俱列之於名家，以高適、岑參合詩五十首爲上卷，李頎、王維、崔顥合詩四十三首爲下卷。

（高棅《唐詩品彙·七言古詩叙目》）

盛唐作者雖不多，而聲調最遠，品格最高。若崔顥律非雅純，太白首推其「黄鶴」之作，後至「鳳凰」而彷彿焉。又如賈至、王維、岑參《早朝》倡和之什，當時各極其妙；王之衆作，尤勝諸人。至於李頎、高適，當與并驅，未論先後，是皆足爲萬世程法。通得十四人，共詩五十二首爲正宗。

（高棅《唐詩品彙·七言律詩叙目》）

七言律體，諸家所難。王維、李頎，頗臻其妙。即子美篇什雖衆，憒（隤）然自放矣。

（李攀龍《選唐詩序》）

唐人詩句，不厭雷同，絶句尤多，試舉其略。如：「忽見陌頭楊柳色，悔教夫婿覓封侯。」王昌齡《春閨怨》也。而李頎《春閨怨》亦云：「紅粉女兒窗下羞，畫眉夫婿隴西頭。自怨愁客長照鏡，悔教征戍覓封侯。」……

（楊慎《升庵詩話》卷八《唐詩不厭同》）

頎詩意主渾成，遂無斫練。然情思清淡，每發羽調。七言古詩，善寫邊朔氣象。其於玄理，間出奇秀。七言律體，如《送魏萬》《盧司勛》《璿公山池》等作，可謂翛然遠意者也。

（徐獻忠《唐詩品・新鄉尉李頎》）

高侍郎季迪，……其古體咀嚼劉楨，近體厭飫李頎。

（顧起綸《國雅品》士品一）

李文正賓之……（七言律）雖盛唐諸公，惟王維、李頎二三家臻妙，太白、浩然便不諳矣。明興，自高侍郎以還，七言律流而極弊。文正公以大雅之宗，尤能推轂後進，而李、

何、徐諸公作矣。（顧起綸《國雅品》士品二）

七言律，王維、岑參、高適、李頎、劉長卿最爲長技。李白無七言律，杜甫有而駁雜，完璧少，《秋興》、《早朝》最著。（郝敬《藝圃傖談》卷三《唐體》）

詩主聲，聲主和平，此不易之理也。凌厲奮猛，馳騁飛揚，非風雅本色。一落近體，自然爾耳。但就近體中，亦有和平者耳，如王、孟、高、岑、李頎、劉長卿輩，自是一代正聲。李白、杜甫，氣魄才具有餘，而壯浪不羈，時有猛悍之習。（郝敬《藝圃傖談》卷三《唐體》）

蓋詩權輿於《康衢》、《擊壤》，著於《國風》、《雅》、《頌》，衍於漢、魏、東晉，衰於齊、梁、陳、隋，復於李唐，盛於開元、天寶。唐虞渾灝，三代醇懿，《二南》温厚，《二雅》正大，《三頌》宏壯，《離騷》憤激，漢、魏質實，晋、宋清俊，而至齊、梁、陳、隋，則湲弱靡麗之甚。

嗚呼！詩至於是，亦一厄矣。

太宗興唐，先崇文教，開弘文館，選瀛洲士，而一時風氣漸變。三代而下，亦英主也。及神龍以後，聲響益嚴，沈、宋之後，於杜少陵、李太白相頡頏者，惟高、岑、儲、孟、崔顥、王維、常建、王昌齡、李頎而已。李君名頎，洛陽東川人。唐史不載其事。開元十三年登賈季鄰榜進士，授河南新鄉尉。其才思超卓，人品清健，觀所作則見鑒。其各家集中多載酬和，一皆當時氣運之盛。惜乎時多不偶。值禄山之亂，而情思悲激，故歐陽公以爲詩窮而後工，是或一説也。諸家俱有刊本，而李集不傳。余得録本，義不容秘，遂於江寧集共刻，以表一時詩人之盛。觀者倘有得，當續入之。時正德十年歲在乙亥秋七月吉　賜進士出身承事郎山東道巡撫遼東監察御史兼管提學　奉敕閲實軍務　舜都劉成德謹識

（劉成德《唐新鄉尉李頎詩集序》）

天下之文，莫妙於言有盡而意無窮，其次則能言其意之所欲言。……杜工部、李青蓮之才，實勝王維、李頎，而不及王維、李頎者，亦以發泄太盡故也。

（袁中道《珂雪齋集》卷十《淡成集序》）

有唐三百餘祀，不知作者凡幾，而流傳於世者，僅百人耳。雖所詣不同，緬想吟魂，靡不極慮沉思，殫其生平者矣。則雖卑弱如晚唐，不可以訓，而亦不可以湮也。況夫郎拾遺、秦隱君、皇甫、司空輩與錢、劉抗行者哉！至如李、蘇、虞、許接軫于沈、宋，顥、詠、頎、建方駕於王、孟者，所不待贅也。

（黄姬水《刻唐詩二十六家序》）

李于鱗評詩，少見筆札，獨《選唐詩序》云：「……七言律體，諸家所難，王維、李頎，頗臻其妙。即子美篇什雖衆，隤焉自放矣。」余謂七言絶句，王江陵與太白争勝毫釐，俱是神品，而于鱗不及之。王維、李頎，雖極風雅之致，而調不甚響。

（王世貞《藝苑巵言》卷四）

盛唐七言律，老杜外，王維、李頎、岑參耳。李有風調而不甚麗，岑才甚麗而情不足，王差備美。

（王世貞《藝苑巵言》卷四）

鍾云：「李頎勁渾，是儲、王一派，而潤潔處微遜之，時有奥氣出紙墨外。」

（鍾惺、譚元春《唐詩歸》卷十四）

李于鱗評詩，少見筆札，獨《選唐詩序》云云。予謂七言絶句，王江陵與太白争勝毫釐，俱是神品，而于鱗不及之。王維、李頎，雖極風雅之致，而調不甚響。子美固不無利鈍，終是上國武庫，此公地位乃爾。

（鍾惺《詞府靈蛇二集·廣衡》）

世之言詩者皆曰盛唐。余觀一時如王右丞之清深，李翰林之豪宕，王江陵之俊逸，常徵君之高曠，李頎之沉着，岑嘉州之精煉，高常侍之老健，各有其妙，而其所造皆能登峰造極者也，然終輸杜少陵一籌。蓋盛唐之所重者風骨也，少陵則體備風骨，而復包沈、謝之典雅，兼徐、庾之綿縟，采初唐之藻麗，而清深、豪宕、俊逸、高曠、沉着、精煉、老健，蓋無所不備，此其所以爲集大成者歟。

（何良俊《四友齋叢説》卷二十四）

唐初承襲梁、隋，陳子昂獨開古雅之源，張子壽首創清澹之派。盛唐繼起，……高適、岑參、王昌齡、李頎、孟雲卿，本子昂之古雅，而加以氣骨者也。

（胡應麟《詩藪·内編》卷二）

凡詩諸體皆有繩墨，惟歌行出自《離騷》、樂府，故極散漫縱横。初學當擇易下手者，今略舉數篇：青蓮《搗衣曲》、《百囀歌》，杜陵《洗兵馬》、《哀江頭》，高適《燕歌行》，岑參《白雪歌》、《别獨孤漸》，李頎《緩歌行》、《送陳章甫》、《聽董大彈胡笳》，王維《老將行》、《桃源行》，崔顥《代閨人》、《行路難》、《渭城》、《少年》，皆脉絡分明，句調婉暢。既自成家，然後博取李、杜大篇，合變出奇，窮高極遠。又上之兩漢樂府，落李、杜之紛華，而一歸古質。又上之楚人《離騷》，鎔樂府之習氣，而直接商、周，七言能事畢矣。

（胡應麟《詩藪·内編》卷三）

（七古）初唐四子外，惟《汾陰》、《鄴都》。盛唐李、杜外，僅高、岑、王、李。

（胡應麟《詩藪·内編》卷三）

（七古）盛唐則不然，愈近愈遠，愈拙愈工，讀王、岑、高、李諸作可見。

（胡應麟《詩藪·内編》卷三）

陳、杜歌行不概見。沈、宋厭王、楊之靡縟，稍欲約以典實而未能也。李、杜一變，而雄逸豪宕，前無古人矣。盛唐高適之渾，岑參之麗，王維之雅，李頎之俊，皆鐵中錚錚者。

（胡應麟《詩藪·内編》卷三）

至王、楊諸子歌行，韻則平仄互换，句則三五錯綜，而又加以開合，傳以神情，宏以風藻，七言之體，至是大備。要惟長篇鉅什，叙述爲宜，用之短歌，紆緩寡態。於是高、岑、王、李出，而格又一變矣。

（胡應麟《詩藪·内編》卷三）

唐七言歌行，垂拱四子，詞極藻艷，然未脱梁、陳也。張、李、沈、宋，稍汰浮華，漸趨平實，唐體肇矣，然而未暢也。高、岑、王、李，音節鮮明，情致委折，濃纖修短，得衷合度，暢乎，然而未大也。太白、少陵，大而化矣，能事畢矣。

（胡應麟《詩藪·内編》卷三）

學五言律，毋習王、楊以前，毋窺元、白以後。先取沈、宋、陳、杜、蘇、李諸集，朝夕臨摹，則風骨高華，句法宏贍，音節雄亮，比偶精嚴。次及盛唐王、岑、孟、李，永之以風神，暢之以才氣，和之以真澹，錯之以清新，然後歸宿杜陵，究竟絶軌，極深研幾，窮神知化，五言律法盡矣。

（胡應麟《詩藪·内編》卷四）

七言律最難，迄唐世工不數人，人不數篇。初則必簡、雲卿、廷碩、巨山、延清、道濟，盛則新鄉、太原、南陽、渤海、駕部、司勛，中則錢、劉、韓、李、皇甫、司空，此外蔑矣。

（胡應麟《詩藪·内編》卷五）

唐七言律，自杜審言、沈佺期首創工密，至崔顥、李白時出古意，一變也；高、岑、王、李，風格大備，又一變也；杜陵雄深浩蕩，超忽縱横，又一變也；錢、劉稍爲流暢，降而中唐，又一變也。

（胡應麟《詩藪·内編》卷五）

高、岑明净整齊，所乏遠韻；王、李精華秀朗，時覺小疵。學者步高、岑之格調，含王、李之風神，加以工部之雄深變幻，七言能事極矣。

（胡應麟《詩藪・内編》卷五）

（七言律）王、岑、高、李，世稱正鵠。嘉州詞勝意，句格壯麗而神韻未揚；常侍意勝詞，情致纏綿而筋骨不逮。王、李二家，和平而不累氣，深厚而不傷格，濃麗而不乏情，幾於色相俱空，風雅備極，然制作不多，未足以盡其變。

（胡應麟《詩藪・内編》卷五）

七言律，唐以老杜爲主，參之李頎之神，王維之秀，岑參之麗；明則仲默之和暢，于鱗之高華，明卿之沈雄，元美之博大，兼收時出，法盡此矣。

（胡應麟《詩藪・内編》卷五）

盛唐七言律稱王、李。王才甚藻秀而篇法多重，「絳幘鷄人」，不免服色之譏；「春樹萬家」，亦多花木之累；「漢主離宫」、「洞門高閣」，和平閒麗，而斤兩微劣。「居延城外」

甚有古意，與「盧家少婦」同，而音節太促，語句傷直，非沈比也。李律僅七首，惟「物在人亡」不佳。「流澌臘月」極雄渾而不笨；「花宮仙梵」至工密而不纖；「遠公遁迹」之幽；「朝聞遊子」之婉，皆可獨步千載。岑調穩於王，才豪於李，而諸作咸出其下，以神韻不及二君故也。即此推之，七言律法，思過半矣。

（胡應麟《詩藪·内編》卷五）

「家散萬金酬士死，身留一劍報君恩」，李端、韓翃之先鞭。「漁陽老將多迴席，魯國諸生半山門」，王建、張籍之鼻祖。獨結語絶得王維、李頎風調，起語亦自大體。

（胡應麟《詩藪·内編》卷五）

（七律）王維氣極雍容而不弱，李頎詞極秀麗而不纖，此二君千古絶技。大曆後風格曠廢，至明乃一振之。

（胡應麟《詩藪·内編》卷五）

杜陵、太白七言律絶，獨步詞場。然杜陵律多險拗，太白絶間率露，大家故宜有此。

若神韻干雲，絶無烟火，深衷隱厚，妙協《簫》、《韶》，李頎、王昌齡，故是千秋絶調。（胡應麟《詩藪・内編》卷六）

唐人則王、楊之繁富，陳、杜之孤高，沈、宋之精工，儲、孟之閒曠，高、岑之渾厚，王、李之風華，昌齡之神秀，常建之幽玄，雲卿之古蒼，任華之拙樸，皆所專也；兼之者杜陵也。（胡應麟《詩藪・外編》卷四）

嘉、隆類刻《十二家唐詩》，盛行當世。然王、楊、盧、駱格未純，體未備。余欲去四子，而易以李頎、王昌齡、儲光羲、常建，庶便初學服習。蓋常、儲之古，王之絶，李之律，皆品居神妙，多出高、岑諸子上。（胡應麟《詩藪・外編》卷四）

芮挺章《國秀》不取李頎七言律，姚武功《極玄》不取王維五言絶，殷璠《河嶽英靈集》不稱龍標七言絶，當時月旦乃爾。（胡應麟《詩藪・外編》卷四）

（南宋時天彝云：）高常侍詩有雄氣，雖乏小巧，終是大才。岑嘉州與工部遊，皆唐人巨擘也。王昌齡尤所寶玩。李頎於諸人中尤有古意。沈千運、王季友尤老成。自儲光羲而下，常建、崔顥、陶翰、崔國輔，皆開元、天寶間人。

（胡應麟《詩藪·雜編》卷五）

李頎、王昌齡，近方大顯，而時（按指南宋人時天彝）先亟賞之。其識故未易及，第自運不稱耳。

（胡應麟《詩藪·雜編》卷五）

就仲默言，古詩全法漢、魏；歌行短篇法杜，長篇法王、楊四子；五七言律法杜之宏麗，而兼取王、岑、高、李之神秀，卒於自成一家，冠冕當代。

（胡應麟《詩藪·續編》卷一）

于鱗七言律所以能奔走一代者，實源流《早朝》、《秋興》、李頎、祖詠等詩。大率句法得之老杜，篇法得之李頎。屬對多偏枯，屬詞多重犯，是其小疵，未妨大雅。

（胡應麟《詩藪·續編》卷二）

《弇州四部稿》，古詩枚、李、劉、曹、阮、謝、鮑、庾，以及青蓮、工部，靡所不有，亦鮮所不合。歌行自青蓮、工部，以至高、岑、王、李、玉川、長吉，近獻吉、仲默，諸體畢備。每效一體，宛出其人，時或過之。

（胡應麟《詩藪·續編》卷二）

以唐人與明并論，……唐有摩詰、浩然、少伯、李頎、岑參，明則仲默、昌穀、于鱗、明卿、敬美，才力悉敵。

（胡應麟《詩藪·續編》卷二）

唐歌行，如青蓮、工部；五言律、排律，如子美、摩詰；七言律，如杜甫、王維、李頎；五言絶，如右丞、供奉；七言絶，如太白、龍標，皆千秋絶技。

（胡應麟《詩藪·續編》卷二）

七賢過關，人多謂唐人，元唐愚士詩曰：「七騎從容出帝闉，蹇驢驄馬雜山犉。瀛洲學士參差出，十八人中一半人。」夫瀛洲之士講學謀國，未聞有七賢之名，又未聞騎驢、騾及牛者，不知愚士何據而云。《廣川書跋》以謂李白、李頎、之遜、孟浩然、綦毋潛、裴迪、司馬承禎出關訪王維。國初夏節又親見古圖，謂開元冬，李白、張九齡、王維、張説、鄭虔、李華、孟浩然同游洛南之龍門，遇雪，而虔圖之。夫李白天寶間方來京師，李華天寶間方拜官，自與數人不同。《書跋》以承禎騎牛，考史，承禎方士，取其隱也，安有騎牛之放耶？二説雖有虞邵庵孟像詩「風雪空堂破帽温，七人圖裏一人存」之句，然自注與記又不同人，是殆多非唐矣。

（郎瑛《七修類稿》卷二十五《七賢過關姓名》）

初唐七言古，自王、盧、駱再進而爲沈、宋二公。宋、沈調雖漸純，語雖漸暢，而舊習未除。此七言之七變也。轉進至高、岑、李頎七言古。

（許學夷《詩源辯體》卷十三）

七言律，始於梁簡文、庾信、隋煬帝，至唐初諸子，尚沿梁、陳舊習。惟杜、沈、宋三公，體多整栗，語多雄偉，而氣象風格始備，爲七言律正宗。轉進至高、岑、王、李、崔顥七言律。

（許學夷《詩源辯體》卷十三）

李頎五言古，平韻者多雜用律體，仄韻者亦多忌「鶴膝」。七言古在達夫之亞，亦是唐人正宗。五、七言律多入於聖矣。（許學夷《詩源辯體》卷十七）

李頎五言不拘律法者，則字字洗練，故更有深味。蓋李七言律聲調雖純，後人實能爲之；五言調雖稍偏，然自開、寶至今，絶無有相類者。予每讀之數過，不可了。（許學夷《詩源辯體》卷十七）

王元美云：「七言律，李有風調而不甚麗，岑才甚麗而情不足，王差備美。」愚案：岑「鷄鳴紫陌」、「西掖重雲」、「長安雪後」、「迴風度雨」，王「居延城外」、「渭水自縈」、「漢主離宫」、「洞門高閣」，李「流澌臘月」、「朝聞遊子」、「遠公遁迹」、「花宫仙梵」諸篇，亦可稱全作。但李較岑、王，語雖鎔液而氣若稍劣。後人每多推之者，蓋由盛唐體多失黏，諷之則難諧協。李篇什雖少，則篇篇合律矣。李「知君官屬」一篇，起結有類初唐，而中二聯爲工。（許學夷《詩源辯體》卷十七）

盛唐律詩本未可以句摘，但初唐、中、晚既有摘句，而盛唐無摘不足以較盛衰，今姑摘數十聯以見大略。……（七言律）李頎如：「秦地立春傳太史，漢宫題柱憶仙郎。歸鴻欲度千門雪，侍女新添五夜香。」「鴻雁不堪愁裏聽，雲山况是客中過。關城曙色催寒近，御苑砧聲向晚多。」……等句，皆渾圓活潑，而氣象風格自在。蓋初唐氣格甚勝而機未圓活，大曆過於流婉而氣格頓衰，盛唐渾圓活潑而氣象風格自在，此所以爲詣極也。

（許學夷《詩源辯體》卷十七）

五言古，至於唐古體盡亡，而唐體始興矣。然盛唐五言古，李、杜而下，惟岑參、元結於唐體爲純，尚可學也。若高適、孟浩然、李頎、儲光羲諸公，多雜用律體，即唐體而未純，此必不可學者。

（許學夷《詩源辯體》卷十七）

盛唐七言歌行，李、杜而下，惟高、岑、李頎得爲正宗。王維、崔顥，抑又次之。然今人才力未必能勝高、岑而馳騁每過之者，蓋歌行自李、杜縱横軼蕩、窮極筆力，後人往往慕

李、杜而薄高、岑，故多不免於强致，非若高、岑諸公出於才力之自然也。（許學夷《詩源辯體》卷十七）

七言律較五言爲難。五言，盛唐概多入聖。七言，惟崔顥《雁門》、《黄鶴》爲詣極，高適、岑參、王維、李頎雖入聖而未優。李于鱗云「七言律體諸家所難」是也。（許學夷《詩源辯體》卷十七）

若歌行，李、杜雖極變化奇偉，而繼之者絶響。高、岑、李頎僅稱正宗。至國朝諸名家，則黽勉强致，其入録者往往逼李、杜而軼高、岑。（許學夷《詩源辯體》後集纂要卷二）

然唐人七言律，李頎諸公僅得數篇，尚足不朽，于鱗嚴選可得二十餘篇，顧不足以傳後耶？（許學夷《詩源辯體》後集纂要卷二）

藍田關即秦嶢關，圖《七賢過關》者即此。蓋是春雪初霽，張説、張九齡、李頎、李白、鄭虔、孟浩然共訪輞川王維也。當時鄭廣文自爲圖，有詩曰：「二李才名壓二張，歸鞭遥指孟襄陽。」

（王士性《廣志繹》卷三）

青蓮歌行雖縱橫豪放，然亦自有法度，如……少陵《八仙》《王郎》等篇……惟《哀江頭》《王孫》《七哀》《丹青引》等篇，乃是絶場合作，登壇國手。此外，高、岑最得正派，摩詰、李頎力稍不逮，張謂、王季友已開長慶門户，常建古意，儼然錦囊中語矣。

（謝肇淛《小草齋詩話》卷一）

惟七言律，未可專主。必也，以摩詰、李頎爲正宗，而輔之以錢、劉之警煉，高、岑之悲壯，進之少陵以大其規，參之中晚以盡其變，如跨駿馬放神鷹，雖極翩躚遊颺，而羈紲在手，到底不肯放鬆一着，然後馳騁上下，無不如意，方是作手。

（謝肇淛《小草齋詩話》卷一）

詩中諸體，惟七言律最難，非當家不能合作。盛唐惟王維、李頎頗臻其妙。然頎僅存七首，王亦止二十餘首，而折腰疊字之病時時見之，終非射鵰手也。

（謝肇淛《小草齋詩話》卷一）

今觀唐詩，楊、王、盧、駱，辟之日初升、月初出，其光煜煜，其色滄滄；陳、杜、沈、宋、李、杜、王、孟、高、岑、儲、李、王、常，辟之日既高、月既復，其光皜皜，其色盈盈；劉、錢、韋、柳，辟之日未昃、月未虧，其光輝輝，其色耿耿，皆可仰而不可及。

（胡纘宗《鳥鼠山人後集》卷二《唐雅序》）

唐詩稱雄於近代者，以七言近體。自工部以及謫仙、司勛、右丞、嘉州、新鄉諸子，辭多雄渾壯麗，自成一代之音，可稱於百世。夫大曆諸君已不及開元諸公，况元和諸人哉？然音調、體格似與古體不同，故亦列爲雅音。

（胡纘宗《唐雅》卷八）

（七言律）與其學杜陵之蒼老危仄，不如學王、李之風華秀朗。

（馮復京《説詩補遺》卷一）

胡元瑞云：「沈七言律，高華勝宋。宋五言排律，精碩過沈。」此是定論。然沈七律雄麗，首冠初唐，未能服李頎、王維、高、岑輩。

（馮復京《説詩補遺》卷五）

（七言律）李新鄉之風華圓秀，固是正宗。杜拾遺之老煉雄深，允爲大家。

（馮復京《説詩補遺》卷六）

（王維七言律）予取《雨中春望應制》《玉芝慶雲賜宴即事》《早朝大明宫》和《韋主簿甘泉寓目》《過蕭丘蘭若》，次《敕賜櫻桃》《出塞作》《積雨輞川莊》，亦得八首。其品在李頎下，高、岑上。

（馮復京《説詩補遺》卷七）

《正聲》取李新鄉《塞下曲》《寄萬楚》，皆唐代常音。《謁夷齊廟》，幽陰常建詩。五言古，雖多奚爲？僅「行客暮帆遠，主人庭樹秋」、「晚葉低衆色，濕雲帶殘暑」、「楓林帶水驛，野火明山縣」句，堪采擷耳。七言《别梁鍠》《送陳章甫》，不軼軌度，全乏光芒。《聽胡笳》云：「董夫子，通神明，深林竊聽來妖精」，此魑魅語；又云：「鳳凰池對青鎖門」，此乞兒語；《從軍行》云：「胡兒眼淚雙雙落」，此彈詞語。《行路難》敘事與楊氏清白相戾，高新寧録入《正聲》，甚無謂也。獨王弇州駁《鄭櫻桃歌》，以爲本襄國優童，非後宫美人，謂頎詩爲誤，不知季龍寵立鄭后事，崔鴻紀載甚詳，由元美據《晉書》，不考《十六國春秋》也。

（馮復京《説詩補遺》卷七）

頎七言律，秀麗和平，深婉渾雅，神韻超然，隊伍肅然，允矣獨步盛唐。而五律、五排，又有所短。《望秦川》云：「秋聲萬户竹，寒色五陵松。」《宿石樓》云：「漁舟帶遠火，山磐發孤烟。」爲集中殊特。七言宜效全首，當行本色，不可以句字求之。惟「物在人亡」章不佳，非特爲發端所累。「悵望」、「巑岏」一聯，亦劣調也。「鴻雁」、「雲山」，頗參以流活，似中唐。

（馮復京《説詩補遺》卷七）

予嘗謂：李、杜二家不能備美，太白不長七言律，而子美外，李頎爲唐第一。子美不長七言絶，而王昌齡可與太白比肩，造化生才，各擅合之以成，開、寶之盛，真千古奇觀也。

（馮復京《説詩補遺》卷七）

《才調》偏方僻學，去取無當。殷璠不録拾遺，芮挺章不取李頎。《國秀》以李嶠「月宇臨丹地」爲第一，《英靈》以常建「清晨入古寺」爲第一。一時月旦紛無定準，豈若後世鋪觀覈論，掎摭利病，稱量錙銖之可據乎？

（馮復京《説詩補遺》卷八）

周珽曰：「新鄉七古，每于人不經意處忽出意想，令人心賞其奇逸，而不知其所從來者。」

（周敬、周珽輯，陳繼儒批點《删補唐詩選脉箋釋會通評林》盛唐七古一）

于鱗最爲一時膾炙者七言律。其評唐人云：「王維、李頎頗臻其妙」，而不滿于少陵，以爲「頽焉自放」。至其自作，全是步趨少陵。然唐人皆縛于律，即以太白之豪，畏其拘束，不敢多作，獨少陵之作最多，而窮工極變，無一複語。于鱗詩讀至十餘首，「天地風塵」、「百年萬里」屢出，可厭。蓋止學少陵感慨悲壯一種，且守而不化者也。

（王嗣奭《管天筆記外編》卷下）

青蓮有志復古，故七言律最少。少陵七言律在盛唐諸公中爲最多，能于規矩繩墨中錯以古調，如生龍活虎，不可把捉，自可雄視百代，即太白不能及也，况于鱗輩乎？而譏其「頽焉自放」，此可與立未可與權者也。今人大都落王維、李頎窠臼中，使王、李作至數百篇，觀者不能不厭，况優孟王、李者乎？

（王嗣奭《管天筆記外編》卷下）

盛唐名家稱王、孟、高、岑，獨七言律祧孟，進李頎，應稱王、李、岑、高云。

（胡震亨《唐音癸籤》卷十）

七言律獨取王、李而絀老杜者，李于鱗也。夷王、李于岑、高而大家老杜者，高廷禮也。尊老杜而謂王不如李者，胡元瑞也。

（胡震亨《唐音癸籤》卷十）

（七律）王以高華勝，李以韶令勝。李如瓊蕊浥露，含質故鮮；王如翠嶺冠霞，占地特貴。王間有失嚴，無心內游衍自如；李即無落調，有意中補凑可摘。不獨斤兩微懸，正復色香亦別（「聞梵」頷聯之偏枯，《寄盧司勛》通篇之春事，《璿公山池》之一起，《綦毋》《李回》之二結，皆李之補凑處也）。（胡震亨《唐音癸籤》卷十）

（七律）王風調正似雲卿，岑茂采堪追廷碩。李存藻不多，既同考功；高裁體欲變，亦類左相。以盛配初，約略不遠。惟杜子美無一家不備，亦無一家可方爾。（胡震亨《唐音癸籤》卷十）

劉長卿《獻淮寧節度》一篇，……結語更得王維、李頎風調，起語亦自大體，幾欲上薄盛唐。然細按之，自是中唐詩。（胡震亨《唐音癸籤》卷十）

常侍篇什空澹，不及王、李之秀麗豪爽，而《信安王幕府三十韻》典麗整齊，精工贍逸，

特爲高作。（胡震亨《唐音癸籤》卷十）

大概中唐以後，稍厭精華，漸趨澹静，故五七言律清空流暢，時有可觀。至排律亦仿此，則躓矣。排律自楊、盧以至王、李，靡不豐碩渾雄，蓋其體製應爾。惟老杜大篇，時作蒼古。然其才力異常，學問淵博，述情陳事，錯綜變化，轉自不窮。（元瑞）（胡震亨《唐音癸籤》卷十）

唐人集見載籍可采據者：一曰《舊唐書·經籍志》，一曰《新唐書·藝文志》，一曰《宋史·藝文志》，一曰鄭樵《通志·藝文略》，一曰尤氏《遂初堂書目》，一曰馬端臨《文獻·經籍考》。端臨所引書又二：一曰晁公武《讀書志》，一曰陳直齋《書録解題》。此數書者，唐人集目盡之矣。今校除重複，參合有無，依世次先後，具列卷目左方備考。……李頎一卷，……常建詩一卷，……。（胡震亨《唐音癸籤》卷三十）

唐人選唐詩，……選盛唐有《河嶽英靈集》，殷璠撰，三卷。上卷常建、李白、王維、劉眘虚、張謂、王季友、陶翰、李頎、高適，……自序：「諸人皆河嶽英靈，故便以爲號。如名不符實，才不合道，縱權壓梁、竇，終無取焉。」

（胡震亨《唐音癸籤》卷三十一）

《唐詩鼓吹》，金元好問選唐七言律九十五人五百八十餘篇，十卷，以聲調宏壯震厲，同軍樂之有鼓吹，故名。内初、盛唐僅張説、崔顥、王維、李頎、高適、岑參數篇，餘并元和以後人詩。

（胡震亨《唐音癸籤》卷三十一）

邢孟貞云：「七言律詩，近人出手便是四首、八首，不知此體最難，大抵易落宋人一派。須從王右丞、李頎、岑嘉州、高常侍細細理會，乃爲上乘。若老杜，已開宋調矣。」

（費經虞《雅倫》卷九下）

李頎七律詩格清煉，復流利可誦，是摩詰以下一人。

（陸時雍《唐詩鏡》卷十六）

李頎之作，如泛樓船而濟汾河，簫鼓鳴而發棹歌，横中流而揚素波者也。

（朱奠培《松石軒詩評》）

孟浩然……常建、郎士元、崔曙、錢起、李益、李頎、李端、戎昱、盧綸，十四人皆宗陳子昂，以古意變齊、梁。

（周履靖《騷壇秘語》卷之中）

（李于鱗）七言律取王、李，是矣。然二家風韻之美，杜集中具之。而杜之變態，色色具足，王、李或未盡也。七言律竟當以子美爲宗耳。

（方弘静《千一録》卷十二）

七言律至沈雲卿乃精絶矣。《古意》九月言燕雙栖，《龍池篇》第五句稍不稱，皆有微瑕。老杜八句無一字可疑者，集中叠出，故當擅場。然學杜者效其正音，勿遽好變體，乃不踰矩度。從沈、宋入則不落蹊徑也。要之，杜爲彀率矣。于鱗主王、李，王、李非不超秀，杜集中所具耳。

（方弘静《千一録》卷十二）

于鱗曰：「唐無五言古詩，而有其古詩。」蓋唐初承襲梁、隋，陳子昂獨開古雅之源，張子壽首創清澹之派。盛唐繼起，孟浩然、王維、儲光羲、常建、韋應物，本曲江之清澹而益以風神者也；高適、岑參、王昌齡、李頎、孟雲卿，本子昂之古雅而加以氣骨者也。

（馬上巘《詩法火傳》卷十三左編）

唐以詩取士。開、天之際，號爲盛唐，計其時去神堯百年。……又有異者，盛唐諸名家，惟摩詰舉進士第一，然從倖竇得之。其它擘艷分香，僅李頎、岑參、王昌齡數人耳。青蓮、少陵，皆漏網珊瑚。清才如孟襄陽，竟爲明主永棄。唐以詩盛，詩又以盛唐盛，而科目之稀闊乃爾。

（姚希孟《十五科文選序》，《清閟全集》卷九）

盛唐工七言古調者多，李、杜而下，論者推高適、岑參、李頎、王維、崔顥數家爲勝。謂張皇氣勢，陟頓始終，綜核乎古今，博大其文辭，李、杜尚矣。至於沉鬱頓挫，抑揚悲壯，法度森嚴，神情俱詣，一味妙悟而佳句輒來，遠出常情之外，高、岑數子誠與李、杜并驅争先。

（謝天瑞《詩法大成》卷八《七言古詩》）

（七言古詩）初唐四家，極爲靡沓；元和而後，亦無足觀。所可法者，少陵之雄健低昂，供奉之輕揚飄舉，李頎之雋逸婉孌。然學甫者近拙，學白者近俗，學頎者近弱。要之，體兼風雅，意主深勁，是爲工者。

（陳子龍《六子詩序》，《陳忠裕公全集》卷二十五）

（七言律）達夫固不可與嘉州分轡，差賢於李頎耳。盛唐之有李頎，猶制藝之有袁黄，古文詞之有李覯，朽木敗鼓，區區以死律縛人。

（王夫之《唐詩評選》卷四）

陳子龍，字卧子，雲間華亭人也。……嘗與余宿京邸，夜半謂余曰：「卿詩絶似李頎。」

（吴偉業《梅村詩話》）

（七言古詩）東川比高、岑多和緩之響。

（沈德潛《唐詩别裁集》卷五）

東川七律，故難與少陵、右丞比肩，然自是安和正聲。自明代嘉、隆諸子奉爲圭臬，又不善學之，只存膚面，宜招毛秋晴太史之譏也。然譏諸子而痛掃東川，毋乃因噎而廢食乎！

（沈德潛《唐詩别裁集》卷十三）

（七古）高、岑、王、李頎四家，每段頓挫處略作對偶，於局勢散漫中求整飭也。李、杜風雨分飛，魚龍百變，讀者又爽然自失。

（沈德潛《説詩晬語》卷上）

（七律）王維、李頎、崔曙、張謂、高適、岑參諸人，品格既高，復饒遠韻，故爲正聲。老杜以宏才卓識，盛氣大力勝之。讀《秋興八首》、《咏懷古迹五首》、《諸將五首》，不廢議論，不棄藻繢，籠蓋宇宙，鏗戛韶鈞，而横縱出没中，復含醖藉微遠之致，目爲「大成」，非虚語也。明嘉、隆諸子，轉尊李頎。鍾、譚於杜律中轉斥《秋興》諸篇，而推「南極老人自有星」幾章，何啻噞噞？

（沈德潛《説詩晬語》卷上）

七律宜讀王右丞、李東川。尤宜熟玩劉文房諸作。宋人則陸務觀。若歐、蘇、黄三大家，衹當讀其古詩歌行絶句；至於七律必不可學。學前諸家七律，久而有所得，然後取杜詩讀之，譬如百川學海而至於海也。此是究竟歸宿處。

（漁洋夫子口授、新城何世琪述《然鐙記聞》）

蕭亭（按：張實居）答：「五言之興，源於漢，注於魏，汪洋乎兩晋，混濁乎梁、陳，風斯下矣。唐興而文運丕振，虞、魏諸公已離舊習，王、楊四子因加美麗，陳子昂古風雅正，李巨山文章宿老，沈、宋之新聲，蘇、張之手筆，此初唐之傑也。開元、天寶間，則有李翰林之飄逸，杜工部之沈鬱，孟襄陽之清雅，王右丞之精緻，儲光羲之真率，王昌齡之聲俊，高適、岑參之悲壯，李頎、常建之超凡。……」

（郎廷槐問、王士禛等答《師友詩傳録》）

阮亭（按：王士禛）答：「唐人七言律，以李東川、王右丞爲正宗，杜工部爲大家，劉文房爲接武。高廷禮之論，確不可易。」

（郎廷槐問、王士禛等答《師友詩傳録》）

蕭亭答：「七言律詩，五言八句之變也。唐初始專此體。沈、宋精巧相尚，然六朝餘氣猶存。至盛唐，聲調始遠，品格始高。如賈至、王維、岑參《早朝》倡和諸作，各臻其妙。李頎、高適，皆足爲萬世法程。杜甫渾雄富麗，克集大成。」

（郎廷槐問、王士禛等答《師友詩傳録》）

阮亭答：「此法（按：指七古换韻法）起於陳、隋，初唐四傑輩沿之。盛唐王右丞、高常侍、李東川尚然，李、杜始大變其格。大約首尾腰腹，須銖兩匀稱，勿頭重脚輕，脚重頭輕，乃善。」

（郎廷槐問、王士禛等答《師友詩傳録》）

明末曁國初歌行，約有三派：虞山源於杜陵，時與蘇近；大樽源於東川，參以大復；婁江源於元白，工麗時或過之。

（王士禛《帶經堂詩話》卷一）

同年劉吏部公㦷云：「七律較五律多二字耳，其難什倍。譬開硬弩，衹到七分，若到十分滿，古今亦罕矣。」予最喜其語。因思唐、宋以來，爲此體者，何翅千百人，求其十分滿者，唯杜甫、李頎、李商隱、陸游，及明之空同、滄溟二李數家耳。

（王士禛《帶經堂詩話》卷一）

宋、元人論唐詩，不甚分初、盛、中、晚，故《三體》、《鼓吹》等集，率詳中、晚而略初、盛，攬之憒憒。楊仲宏《唐音》始稍區别，有正音，有餘響，然猶未暢其説，間有舛謬。迨高廷禮《品彙》出，而所謂正始、正音、大家、名家、羽翼、接武、正變、餘響，皆井然矣。獨七言古詩，以李太白爲正宗，杜子美爲大家，王摩詰、高達夫、李東川爲名家，則非。是三家者，皆當爲正宗，李、杜均之爲大家，岑嘉州而下爲名家，則確然不可易矣。

（王士禛《帶經堂詩話》卷一）

唐五言詩，開元、天寶間大匠同時并出。王右丞而下，如孟浩然、王昌齡、岑參、常建、劉昚虚、李頎、綦毋潛、祖詠、盧象、陶翰，之數公者，皆與摩詰相頡頏。獨儲光羲詩，多龍虎鉛汞之氣，田園樵牧諸篇，又迂闊不切事情，而古今稱「儲王」，何也？高適質樸，不免笨伯。杜甫沉鬱，多出變調。李白、韋應物超然復古。然李詩有古調，有唐調，要須分别觀之。

（王士禛《帶經堂詩話》卷一）

胡元瑞論歌行，自李、杜、高、岑、王、李而下，頗知留眼宋人，然於蘇、黄妙處，尚未窺見堂奥。在嘉、隆後，可稱具眼。

（王士禛《帶經堂詩話》卷二）

開元、大曆諸作者，七言始盛。王、李、高、岑四家，篇什尤多。李太白馳騁筆力，自成一家。大抵嘉州之奇峭，供奉之豪放，更爲創獲。

（王士禛《帶經堂詩話》卷四）

明末七言律詩有兩派：一爲陳大樽，一爲程松圓。大樽遠宗李東川、王右丞，近學大復；松圓學劉文房、韓君平，又時時染指陸務觀。此其大略也。

（王士禛《帶經堂詩話》卷十二）

（李攀龍）惟七律人所共推，心慕手追者，王維、李頎也。

（朱彝尊《静志居詩話》卷十三）

論者謂七律較五律，但多兩字，而構造之難，十倍五律，如挽强弓，少開滿者，開至十分滿，尤不易得。盛唐人力能挽强者，以王維、李頎、高適、岑參四家爲最。摩詰雄秀超妙，高出三家之上。

（許印芳《詩法萃編》卷六）

律詩有規矩可循，有門徑可指。古詩則無規矩也，無門徑也，不過直陳其意之所欲言而已。是故古人未嘗含毫吮墨，學焉而後能之也。……江左以後，始事修辭，加之粉繪，以性情之事，爲文章之能，詩道所以日盛，即其所以日衰也歟？顏、謝興而事排偶，休文出而談聲病。唐人律體，始此濫觴。于是有句可摘，有字可賞，而規矩、門徑亦由此生焉。獨陳拾遺深病偶儷，毅然以復古爲倡。于是王、孟、常、王昌齡、李頎、韋、柳諸賢繼起，而李、杜二公復大振厥聲。唐人復存古詩一派者，子昂之力也。

（黄生《詩麈》卷一）

唐人古詩，無有不從前代入者。子昂從阮入，王、孟、韋、柳從陶入，李頎、常建、王昌齡諸人從晋、宋入，太白從齊、梁入。獨老杜從漢、魏入，取法乎上，所以卓絶衆家。

（黄生《詩麈》卷二）

《漁洋詩話》：「明末七言律詩有兩派：一爲陳大樽，一爲程松圓。大樽遠宗李東川、王右丞，近學大復；松圓學劉文房、韓君平，又時時染指陸務觀。」

（陳廷燦《南村隨筆》卷四）

何大復《送人武昌推官》云：「少年佐郡楚城居，十郡風流盡不如。此去且隨彭蠡雁，何須不食武昌魚。仙人樓閣春雲裏，估客帆檣晚照餘。大别山前漢江水，畫簾終日對清虚。」風格神韻不減王維、李頎。

（王鳴盛《蛾術編》卷七八）

右丞七律能備三十二相，而意興超遠，有雖對榮觀，燕處超然之意，宜獨冠盛唐諸公。于鱗以東川配之，此一人私好，非公論也。

（姚鼐《五言七言今體詩鈔序目》）

東川七律，聲調采色，澄亮高華，其所長也。而義闊，而氣輕，神理少短，以配右丞，蓋于鱗一人之私好，豈千古之公論哉！（姚鼐評點《唐賢三昧集》卷中）

王、李、高、岑别有天授，自成一家。如如來下又有文殊、普賢、維摩也；又如太史公外别有莊、屈、賈生、長卿也。（方東樹《昭昧詹言》卷十二）

東川纏綿情韻，自然深至，然往往有痕。所謂無意爲文而意已至，闊遠而絶無努拔之迹，右丞其至矣乎！（方東樹《昭昧詹言》卷十二）

詩道性情，只貴説本分語。如右丞、東川、嘉州、常侍，何必深於義理，動關忠教。然其言自足自有味，説自己話也。不似放翁、山谷，矜持虚驕也。四大家絶無此病。（方東樹《昭昧詹言》卷十二）

（七律）何謂二派？一曰杜子美，如太史公文，以疎氣爲主，雄奇飛動，縱恣壯浪，凌跨古今，包舉天地，此爲極境。一曰王摩詰，如班孟堅文，以密字爲主，莊嚴妙好，備三十二相，瑶房絳闕，仙官儀仗，非復塵間色相。李東川次輔之，謂之王、李。

（方東樹《昭昧詹言》卷十四）

七律宜先從王、李、義山、山谷入門，字字著力。但又恐費力有痕迹，入於捙撦飣餖，成西崑派。故又當以杜公從肺腑中流出，自然渾成者爲則。要之，此二派前人已分立門户，須善體之。

（方東樹《昭昧詹言》卷十四）

（七律）專攻杜則氣太渾，格太老，無脱换之妙，形説不化則爲不善學矣，轉成學究頭巾傖俗腐儒矣。此與學陶同病。故宜參王、李。且不學東川則不能作贈送詩，又不解用典設色也。取字用典宜王、李，乃不樸野直粗。

（方東樹《昭昧詹言》卷十六）

不讀王、李，不知讀書不穀用，又不解作贈送詩。明嘉、隆諸子奉爲祖印，未爲無見。其間以于鱗爲得髓南宗也。

（方東樹《昭昧詹言》卷十六）

李頎　于鱗以東川配輞川，姚先生以爲不允。東川視輞川，氣體渾厚，微不及之，而意興超遠，則固相近。

（方東樹《昭昧詹言》卷十六）

（七律）杜公大開大合，空中搏捖，如金翅擘天，神龍戲海，雄渾轉折，沈鬱頓挫，闊大忠壯，有本有物，即勺水以見全象，此輞川乃無，何論東川。大約東川托意不遠，氣格淺近，言盡而意亦盡，而章法明整，調甚諧，用事典切麗則，此其長也。輞川托意亦不遠，而筆勢雄放奇縱，用事更神助自然，不着痕迹，設色天然高秀，以較東川，有仙凡之判，不可同語也。杜公托意及筆勢氣格變化，如孔子之聖、如來之禪，非輞川可及也。

（方東樹《昭昧詹言》卷十六）

七律宗派，李東川色相華美，所以李輔輞川爲一派，而文房又所以輔東川者也。（方東樹《昭昧詹言》卷十八）

（東坡七律）舉輞川之聲色華妙，東川之章法往復，義山之藻飾琢煉，山谷之有意兀傲，皆一舉而空之，絶無依傍，故是古今奇才無兩，自别爲一種筆墨，脱盡蹊徑之外。（方東樹《昭昧詹言》卷二十）

李東川七律，最響亮整肅。（方東樹《昭昧詹言》卷二十一）

舊盛唐名家多以王孟、王岑并稱，雖襄陽、嘉州與輞川亦肩而不并，然尚可并題。至嘉、隆諸子以李頎當之，則頎詩膚俗，不啻東家矣。明詩只顧體面，總不生活，全是中此君惡習，不可不察也。（毛奇齡、王錫《唐七律選》卷一）

頎，東川人，開元進士。爲詩尤善七言律。胡元瑞云：「『流澌臘月』極雄渾而不笨，『花宫仙梵』至工密而不纖，『遠公遁迹』之幽，『朝聞遊子』之婉，皆可獨步千載。」（孫濤《全唐詩話續編》卷下《李頎》）

世之稱詩者，易言律，尤易言七言律。每見投贈行卷，七律居半。不知此體在諸體中最難工。《品彙》推尊盛唐，未嘗不當，至王、李七子而濫矣。鍾、譚起而闢之，然鍾、譚無詩也。自後雲間陳、李諸子闢鍾、譚，虞山錢牧齋又闢雲間，出奴入主，迄無定評。平心而論，初唐如花始苞，英華未啚；盛唐王維、李頎、岑參諸公，聲調氣格，種種超越，允爲正宗；中、晚之錢、劉、李義山、劉滄，亦悠揚婉麗，渢渢乎雅人之致，義山造意幽邃，感人尤深，學者皆宜尋味。（宋犖《漫堂説詩》）

盛唐歌行，高適、岑參、李頎、崔顥四家略同。然岑、李奇傑，有骨有態，高純雄勁，崔稍妍琢。其高蒼渾樸之氣，則同乎爲盛唐之音也。（毛先舒《詩辯坻》卷三）

襄陽歌行，便已下右丞一格，無論高、岑、崔、李也。蓋全用姿勝，不復見氣，但未及雋語，爲能立足耳。

（毛先舒《詩辯坻》卷三）

七律如李頎、王維，其婉轉附物，惆悵切情，而六轡如琴，和之至也。後人未能妙臻此境。

（宋徵璧《抱真堂詩話》）

唐李頎詩，雖近于幽細，然其氣骨，則沉壯堅老，使讀者從沉壯堅老之内，領其幽細，而不能以幽細名之也。惟其如是，所以獨成一家。

（賀貽孫《詩筏》）

昔人推錢（起）詩者，多舉「長樂鐘聲花外盡，龍池柳色雨中深」，予以二語誠一篇警策，但讀其全篇，終似公厨之饌，饜腹有餘，爽口不足，去王維、李頎尚遠。

（賀裳《載酒園詩話》又編）

李頎五言，猶以清機寒色，未見出群，至七言，實不在高適之下。《放歌行答從弟墨卿》曰：「吾家令弟才不羈，五言破的人共推。興來逸氣如濤涌，千里長江歸海時。」真善寫文士下筆淋漓之狀。又《送劉十》曰：「前年上書不得意，歸卧東窗兀然醉。諸兄相繼掌青史，第五之名齊驃騎。烹葵摘果告我行，落日夏雲縱復横。聞道謝安掩口笑，知君不免爲蒼生。」曲折磊落，姿態横生。至「青青蘭艾本殊香，察見泉魚固不祥。濟水自清河自濁，周公大聖接輿狂。千年魑魅逢華表，九日茱萸作佩囊。善惡死生齊一貫，衹應斗酒任蒼蒼」，每一讀之，勝呼龍泉、擊唾壺矣。

（賀裳《載酒園詩話》又編）

（嚴羽）短律有沈雲卿、岑嘉州之遺，長律于高適、李頎尤深。

（賀裳《載酒園詩話》）

高廷禮惟見唐人殼子，立大家之名，誤殺弘、嘉人四肢麻木不仁，五官昏憒無用。詩豈學大家便是大家？要看工力所至，成家與否，乃論大小。彼撏撦子美、李頎者，如乞兒醉飽度日，何得言家？豈乞得王侯家餘糝，即爲王侯家乎？

（吴喬《圍爐詩話》卷一）

李頎五古，遠勝七律。（吴喬《圍爐詩話》卷二）

李頎《送李十四》，應酬詩也。（按李頎集中今無此詩，姑録於此）（吴喬《圍爐詩話》卷二）

李頎五律高澹，大勝七律，可與祖詠相伯仲。（吴喬《圍爐詩話》卷二）

諺云：「賊捉賊，鼠捉鼠。」余幼時沈酣于弘、嘉之學者十年，故醒後能窮搜其窟穴，求以長處，惟是應酬赴急耳。……今看此中語句，何獨弘、嘉，即李頎、嚴維之應酬詩，去人不遠。而「星河移舊影，砧杵動新愁」，極似由中之語，今不知贈者何人，何以是我詩也？餘可知矣。凡贈契友佳作，移之泛交，即應酬詩。（吴喬《圍爐詩話》卷四）

子美爲詩學大成，沉鬱頓挫，七古之能事畢矣。《洗兵馬》一篇，句云：「三年笛裏《關山月》，萬國兵前草木風」，猶是初唐氣格。王、李、高、岑諸家，各有境地。開元、大曆之間，觀止矣。

（田雯《古歡堂集雜著》卷二）

「七言律諸家所難，王維、李頎頗臻其妙。子美篇什雖衆，隤焉自放矣。」滄溟斯語，愚所未解。七律誠難，而獨有取於二家，何也？杜之七律，百美畢備，滄溟過矣！

（田雯《古歡堂集雜著》卷二）

神韻天然高達夫，嘉州格調也應無。更憐絶代東川李，七首吟成萬顆珠（李頎七律止七首）。

（陳維崧《陳迦陵文集·湖海樓詩集》卷二《鈔唐人七言律竟輒題數斷句楮尾》十首其三）

李東川頎詩如枯松老柏，勁氣中含。

（牟願相《小澥草堂雜論詩》）

盛唐自李、杜外，舊以王、李、高、岑并稱，非也。王維定合與李、杜鼎足，岑參在李、杜、王三家之下，亦可肩隨。至李頎、高適，則詩中之長者。

（牟願相《小澥草堂雜論詩》）

嘉州五言，微不逮高，至歌行奇崛處，不翅過之。東川筆力，似亦未遒。

（喬億《劍谿説詩》卷上）

張、王縱氣勝格高，袛追逐王、李、高、岑，如何敢望李、杜？

（喬億《劍谿説詩》卷上）

開、寶七律，王右丞之格韻，李東川之音調，并皆高妙。

（喬億《劍谿説詩》卷下）

唐詩固稱極盛，而五言正脉，亦無多傳，陳拾遺、張曲江、李、杜、韋、柳而外，惟儲、孟、二王（維、昌齡）、李頎、常建、劉昚虚、沈千運、孟雲卿、元結、孟郊，尚不替前人軌則；高、岑體稍近杜，《品彙》列之名家，允稱也。

（喬億《劍谿説詩》又編）

左司歌行，極華贍中仍加澹逸，特風調稍遜王、李諸公，然王、李較之意淺。

（喬億《劍谿説詩》又編）

東川七律精到。此作亦沉細可思。

（喬億《大曆詩略》卷一劉長卿《秋夜北山精舍觀禮如師梵》詩末評）

文房固「五言長城」，七律亦最高，不矜才，不使氣，右丞、東川以下，無此韻調也。

（喬億《大曆詩略》卷一劉長卿《自夏口至鸚鵡洲夕望岳陽寄元中丞》詩末評）

蓋太白得力於《國風》，而子美得力於大、小《雅》。要自子建、淵明而後，二家特爲不祧之祖。其輔二家而起者，有王維、孟浩然、高適、岑參、李頎、王昌齡、劉眘虚、裴迪、儲光羲、常建、崔顥諸人。

（魯九皋《詩學源流考》）

高之渾厚，岑之奇峭，雖各自成家，然俱在少陵籠罩之中。至李東川，則不盡爾也。學者欲從精密中推宕伸縮，其必問津於東川乎？

（翁方翁《石洲詩話》卷一）

盛唐諸公之妙，自在氣體醇厚，興象超遠。然但講格調，則必以臨摹字句爲主，無惑乎一爲李、何，再爲王、李矣。愚意拈出龍標、東川，正不在乎格調耳。

（翁方翁《石洲詩話》卷一）

東川七律，自杜公而外，有唐詩人，莫之與京。徒以李滄溟揣摹格調，幾嫌太熟。然東川之妙，自非滄溟所能襲也。

（翁方翁《石洲詩話》卷一）

龍標精深可敵李東川，而秀色乃更掩出其上。

（翁方翁《石洲詩話》卷一）

小杜之才，自王右丞以後，未見其比。其筆力迴斡處，亦與王龍標、李東川相視而笑。

（翁方翁《石洲詩話》卷二）

陳德公曰：「李頎賦筆輕新，以作七律，流麗婉潤，自覺勝人。所垂七篇，盡爲濟南標録。猶之希夷五古十三首，總爲竟陵所登，各所好也。然長於婉秀，不取工警，未逮沈、王，終以此焉。」

（盧麰、王溥選輯《聞鶴軒初盛唐近體讀本》卷八）

杜工部詩：「近來海内爲長句，汝與山東李白好。」足見長句最難，非有十分力量、十分學問者，不能作也。即以唐而論，以長句擅長者，李、杜、韓而外，亦惟高、岑、王、李四家耳。

（洪亮吉《北江詩話》卷一）

有唐一代，詩文兼擅者，惟韓、柳、小杜三家。次則張燕公、元道州。他若孫可之、李習之、皇甫持正，能爲文而不能爲詩。高、岑、王、李、李、杜、韋、孟、元、白，能爲詩而不能爲文，即有文亦不及其詩。

（洪亮吉《北江詩話》卷二）

開、寶諸賢，七律以王右丞、李東川爲正宗。右丞之精深華妙，東川之清麗典則，皆非他人所及。然門徑始開，尚未極其變也。

（洪亮吉《北江詩話》卷六）

以禪喻詩，昔人所詆。然詩境究貴在悟，五言尤然。王維、孟浩然逸才妙悟，笙磬同音。并時劉眘虚、常建、李頎、王昌齡、丘爲、綦毋潛、儲光羲之徒，遥相應和，共一宗風，正始之音，于兹爲盛。

（管世銘《讀雪山房唐詩序例·五古凡例》）

五言肇興至唐，將及千載，故其境象尤博。即以有唐一代論之：陳、張爲先聲，王、孟爲正響。常建、劉眘虚幾於蘇、李天成，李頎、王昌齡不減曹、劉自得。陶翰慷慨，喜言邊塞；儲光羲真樸，善説田家。岑嘉州峭壁懸崖，峻不得上；元次山松風澗雪，凛不可留。

李供奉襟情倜儻，集建安、六代之成；杜員外氣韻沉雄，盡樂府古詞之變。韋、柳以澄澹爲宗，錢、李以風標相尚。韓、孟皆戛戛獨造，而塗畛又分；樂天若平平無奇，而裨益自遠。其他一吟一咏，各自成家，不可枚舉。於戲！其極天下之大觀乎！（管世銘《讀雪山房唐詩序例·五古凡例》）

一人作一面目，王、李、高、岑、太白所能也；一篇出一面目，王、李、高、岑、太白所不能也。（管世銘《讀雪山房唐詩序例·七古凡例》）

李東川七言古詩，只讀得兩《漢書》爛熟，故信手揮灑，無一俗料俗韻。（管世銘《讀雪山房唐詩序例·七古凡例》）

李東川擒詞典則，結響和平，固當在摩詰之下，高、岑之上。高常侍律法稍疎，而彌見古意。岑嘉州始爲沈著凝煉，稍異於王、李，而將入杜矣。（管世銘《讀雪山房唐詩序例·七律凡例》）

李東川五七古俱卓然成家，滄溟獨取其七律，非作者知己也。

（管世銘《讀雪山房唐詩序例·論文雜言四十一則》）

東川七律風骨凝重，聲韻安和，足與少陵、右丞抗行，明代李于鱗深得其妙。

（于慶元《唐詩三百首續選》）

七言律乎！崔《黄鶴》爲第一，此唐論也，非嚴論也。何、薛以沈「盧家」拊其背，知出乎争哉！楊「斧劈麻皮」之喻似矣，亦鄧析説耳。弇州舉杜四章，具名求乎。「渚沙」、「飛鳥」已屬飣餖，「迴」押亦趁韻。「萬里」、「百年」常語，豈惟結弱？難弟庶幾「昆明」哉！然則徒工辭壓卷耶？「菊兩開」，晦；「備正冠」，嚼蠟，無論矣。新鄉只聲、調、境，其臻妙與幾古惟子美，亦唐論也。摩詰具體而微，前則沈詹事，後則劉隨州，亦特擅場。歷下獨黜劉，私所不解。

（孫鑛《唐詩品》）

稱詩者莫盛於唐，惟去漢、魏日遠，古體遂乏渾厚之氣。……至七古，以高、岑、王、李

頎及太白、少陵、昌黎爲正，而王、楊、盧、駱四傑其變也。（冒春榮《葚原詩説》卷四）

七言律古今所尚，李滄溟專取王摩詰、李東川，宗其説，豈能窮極變態？余謂七律法至於子美而備，筆力亦至子美而極。（李重華《貞一齋詩説》）

（七古）孟公邊幅太窘，然如《夜歸鹿門》一首，清幽絶妙。才力小者，學步此種，參之李東川派，亦可名家。（施補華《峴傭説詩》）

毛秋晴云：「舊盛唐名家，多以王孟、王岑并稱，雖襄陽、嘉州與輞川亦肩而不并，然尚可并題。至嘉、隆諸子，以李頎當之。則頎詩膚俗，不啻東家矣。明詩只顧體面，全不生活，全是中此君惡習，不可不察。」按頎七律共七首，雖不如秋晴所云，然精到者不過「朝聞遊子」、「流澌臘月」、「遠公遁迹」、「花宮仙梵」四詩而已。而歷下躋之以配右丞，謬矣。

「新加大邑」、「知君官屬」，俱膚淺而不耐思，開後人爛熟之調。「物在人亡」，卑淺更甚，不可不知也。

（張世煒《唐七律雋》）

杜固詩之祖，而李東川實可謂祖所自出，後人法門，亦遂無所不備。篇幅雖少，而渾然元氣，已成大觀矣。

（黄景仁《兩當軒集》卷二十《詩評七則》）

七古以王、李、高、岑爲門墻，以子美、昌黎爲骨幹，下迨宋、元，廬陵、眉山淵源有自，放翁、遺山波瀾不殊。至元、白、張、王，則又自成一體者也。

（湯大奎《炙硯瑣談》卷中）

七古莫盛於盛唐，然亦體制各殊。如王右丞維、李東川頎，音節間亦和諧，而氣格高邁，非初唐四子之比。岑嘉州筆力峭拔，有「太華去天不盈尺」之勢，視右丞、東川，已覺變化。而四句轉韻、三句轉韻、二句轉韻，尚有定格。惟太白仙才，不可捉搦，「咳吐落九天，

隨風生珠玉」二語，殆其自贊。（趙文哲《媕雅堂詩話》）

韓昌黎善學工部而妥帖排奡，遂開有宋蘇、陸之先聲。其音節不但與初唐四子及盛唐之王、李大異，即嘉州、太白亦有不同。（趙文哲《媕雅堂詩話》）

（七古）徐昌穀禎卿規模摩詰、東川，而逸氣實近太白。（趙文哲《媕雅堂詩話》）

七律最難，鄙意先不取《黄鶴樓》詩，以其非律也。當以右丞、東川、嘉州數篇爲準的。（趙文哲《媕雅堂詩話》）

岑嘉州、高達夫、李東川詩，皆闊達贍博，要爲一家眷屬。分而言之：岑詩樸而致，高詩簡而冲，李詩奇而峭。讀之如與有道接語，初無奥妙之辭令，而言之已竅物理；既非縱横之口術，而聞者足爲動容。平正有餘，出奇不窮，詩工矣，格尚矣。好奇務新者，宜于三家參之。

（闕名《静居緒言》）

七古，高、岑、王、李是一種，李、杜各一種，李長吉一種，張、王樂府一種，韓一種，元、白又一種，後人幾不能變化矣。

（延君壽《老生常談》）

右丞、東川、常侍、嘉州七古七律，往往以雄渾悲鬱、鏗鏘壯麗擅長。漁洋選入《三昧集》，十居其四五，與其初意主於鏡花水月、羚羊挂角、妙在酸鹹之外者，絶不相合。

（潘德輿《養一齋詩話》卷八）

七古由王、李東川、高、岑入手，七律由隨州及大曆十子入手，而皆歸宗於杜。惟五律舍杜無所取法，工力既到，而後涵泳於王、孟、高、岑、二李，以博其趣。

（陳僅《竹林答問》）

（七古）盛唐四家，起訖承轉，開闔頓挫，處處有金針可度；用韻皆有法律；又每於筋節處，用對仗以止齊之，此孫、吴節制師也。學者從此問津，即不能窺李、杜之堂，亦不至有放縱顛蹶之病矣。（陳僅《竹林答問》）

漢、魏七古皆諧適條暢，至明遠獨爲亢音亮節，其間又迴闢一途。唐王、楊、盧、駱猶承奉初軌，及李、杜天才豪邁，自出機杼，然往往取法明遠，因此又變一格。李、杜外，高、岑、王、李亦擅盛名，惟右丞頗多弱調，常爲後人所議。吾謂其尚有初唐風味，于聲調似較近古耳。（厲志《白華山人詩説》卷一）

李東川七古固是雄俊，五古如風行水上，幾莫測其自來。（厲志《白華山人詩説》卷二）

太白、子美，同時并駕中原。太白爲詩中仙，子美爲詩中聖，屹然兩大，狎主齊盟。而王、孟、高、岑、東川、左司諸家，并極一時之選，羽翼風雅，盛矣哉！其詩之中天乎？

（朱庭珍《筱園詩話》卷一）

七古以杜、韓、蘇三公爲法，而參以太白、達夫、嘉州、東川、長吉，及宋之六一、半山、山谷、劍南，金之遺山，明之青丘，皆有可采。揮灑凝煉，整齊變化，備於以上各家，善取兼師，集衆妙以自成一家可也。

（朱庭珍《筱園詩話》卷一）

七律以工部、右丞、義山爲法，參以東川、嘉州、中山、牧之，須求高壯雄厚，不涉空腔，乃是方家正宗。

（朱庭珍《筱園詩話》卷一）

凡轉韻七古，不戒律句，高、岑、王、李、元、白之七古協律者，轉韻詩也。

（朱庭珍《筱園詩話》卷二）

宋荔裳詩格老成，筆亦健舉。七古法高、岑、王、李，整齊雅煉，時有警語，篇幅局陣最爲完密。五律亦是高、岑、王、李一派。（朱庭珍《筱園詩話》卷二）

古今大家，至曹子建始。……如王仲宣、張景陽……李東川、常盱眙……等，雖成就家數各異，然皆名家也。（朱庭珍《筱園詩話》卷二）

唐人七古，高、岑、王、李諸公規格最正，筆最雅煉。散行中時作對偶警拔之句，以爲上下關鍵，非惟於散漫中求整齊，平正中求警策，而一篇之骨，即樹於此。……學七古者，才力、學力俱强，則當以李、杜、韓、蘇爲宗，否則宗法高、岑、王、李，不失正格，勿誤於歧途，竄入荆榛，致爲大雅所棄也。（朱庭珍《筱園詩話》卷三）

後人效法前人，當師坡公，方免效顰襲迹之病。如西崑楊、劉諸公之學李玉溪，明前後七子之文學秦、漢，詩學少陵、東川，肖形象聲，摹仿字句音調，直是雙鈎塡廓而已，嗚呼，愚哉！

（朱庭珍《筱園詩話》卷四）

王右丞詩，一種近孟襄陽，一種近李東川，清高名雋，各有宜也。

（劉熙載《藝概·詩概》）

《絳跗草堂詩鈔》六卷，閩縣陳恭甫先生著。……先生詩蒼雄逸秀，溯源浣花。五古雅近建安，七古合高、岑、王、李爲一手，横厲處復近韓、蘇，近體則淹有明空同、弇州及國朝梅村、竹垞之勝。

（林昌彝《射鷹樓詩話》卷十九）

建寧張亨甫詩，五言古《畢節高氏篇》……七言古如《讀古山先生詩感賦》……等篇，篇法渾成，字字沈著，幾於樹高、岑、王、李之幟，奪虞、楊、范、揭之席矣。

（林昌彝《射鷹樓詩話》卷十九）

李東川五七古俱卓然成家，滄溟獨取其七律，非作者知己也。

（林昌彝《海天琴思録》卷一）

漢魏詩似賦，晉詩似《道德論》，宋、齊以下似四六駢體，唐則詞賦駢體皆有之。……此潘彦輔之論，可謂深中情弊。余謂漢魏之《十九首》、阮步兵之《咏懷》，不得謂之似賦；晉之陶柴桑，不得謂之似《道德論》；唐之陳、張、李、杜、高、岑、王、李、韋蘇州、元次山，不得謂之似詞賦駢體。

（林昌彝《海天琴思録》卷一）

右丞七律能備三十二相，而意興超遠，有雖對榮觀，燕處超然之意，宜獨冠盛唐諸公。于鱗以東川配之，此一人私好，非公論也。

（林昌彝《海天琴思續録》卷五）

東川家於潁陽。精深可敵龍標，亦有娟靚細秀，全逗中唐者。

（楊仲羲《歷代五言詩評選》卷六）

太白七絶，東川七律，予俱不解其佳處。……東川詩僅七首，自明何、李盛稱之，與王右丞并。更前後七子至陳卧子、李舒章，皆學之無異詞。本朝陳伽陵詩，亦云：「更憐絶代東川李，七首吟成萬顆珠。」然其中惟《送魏萬之京》云：「朝聞遊子唱離歌，昨夜微霜初度河。鴻雁不堪愁裏聽，雲山況是客中過。關城曙色催寒近，御苑砧聲向晚多。莫是長安行樂處，空令歲月易蹉跎。」清華朗潤，通首俱佳。其他如「早晚薦雄文似者」(《送司勛盧員外》)，「坐卧閒房春草深」(《題璿公山池》)，「新加大邑綬仍黄」(《寄綦毋三》)，「西嶺雲霞色滿堂」(同上)，皆拙句也。《送李回》云：「知君官屬大司農，詔幸驪山職事雄。歲發金錢供御府，晝看仙液注離宫。千巖曙雪旌門上，十月寒花輦路中。不睹聲名與文物，自傷流滯去關東。」此一首亦秀健，然「雄」字究屬强押。《宿瑩公禪房聞梵》及《題盧五舊居》二詩尤劣。此論詩文必須自出手眼與?

(李慈銘著、張寅彭等編校《越縵堂日記説詩全編》内編評論門評騭類)

高廷禮《唐詩品彙》，言七古以李太白爲正宗，杜子美爲大家，王摩詰、高達夫、李東川爲名家。王阮亭非之，而以王摩詰、高達夫、李東川爲正宗，李、杜爲大家，岑嘉州以下爲名家。然高以太白爲正宗，固非；王以三家當之，亦不然。三家自不過名家耳。此事總當推杜陵爲正宗，太白爲大家。

（李慈銘著、張寅彭等編校《越縵堂日記説詩全編》内編評論門總集類）

李東川流麗自喜，如王、謝高門子弟，曳高齒屐，坐斑絲隱囊，令寒人乞士，望之有神仙之想。

（李慈銘著、張寅彭等編校《越縵堂日記説詩全編》補編簡端記二之丙總集類）

韓門諸子，郊、島、仝、賀各極才思，盡詩之變，然罕能兼之。宋人雖跅弛如蘇、黄，頹放如楊、陸，未有能泥沙俱下者。前唯李東川之歌行，陸士衡之五言，足當此四字，而格調迴超，不露筋骨。

（王簡編《湘綺樓説詩》卷三）

七言之興，在漢則樂府，在後爲歌行。樂府則可以文法行之，亦可以彈詞代之。如盧仝、顧况是騷賦之流，居易、仲初則《焦（仲卿妻）》、馮（《羽林郎》）之體，并李、杜分三派，而李東川能兼之。唐初四傑則五言之增加，古無是格，不能爲七言之宗也。要亦從《行路難》、《燕歌行》變成耳。

（王簡編《湘綺樓説詩》卷六）

録贈申夫詩，改定四句。末二句云：「新人顯達故人隱，去日匆匆來日同。」自謂如李東川「泲水」二句也。

（王簡編《湘綺樓説詩》卷六）

有唐名家，乃有儲、高、岑、韋、孟郊諸作，皆不失古法。宋之問、劉希夷導其法門，王維、王昌齡、高、岑開其堂奥，李頎兼乎衆妙，李、杜極其變態。

（王簡編《湘綺樓説詩》卷七）

（七古）若夫雍容包舉，跌宕生姿，則東川獨擅矣。

（陳兆奎《王志》卷二《論唐詩諸家源流》）

李東川詩歌十數篇，實兼諸家之長，而無其短。參之以高、岑、王、李之澤，運之以杜、元之意，則幾之矣。元次山又自一派，亦小而雅。

（陳兆奎《王志》卷二《論七言歌行流品》）

七言開合動蕩，無所不有，如擴於鮑照、王筠諸人，直通元、白、盧仝、劉叉、温、李、皮、陸，而李東川兼有其妙。王、楊、盧、駱以齊、梁排偶法爲七言，又一派也。例以五言，則四傑七言律，餘皆七言古體乎？

（陳兆奎《王志》卷二《論漢唐詩家流派》）

「七律取骨於杜，所以導揚忠愛，結正風騷。而趣悟所昭，體會所及，上自東川、摩詰，下至公安、松圓，皆微妙可參，取材不廢。……」此（李）愛伯侍御日記中語。（按：愛伯指李慈銘）

（趙元禮《藏齋詩話》卷上）

（新鄉縣尉東川李頎）五言其源出於鮑明遠，發言清雋，骨秀神清，雖偶泛弦中，仍復自然合奏。七言變離開闔，轉接奇横，沉鬱之思，出以明秀。運少陵之堅重，合高、岑之渾

脱，高音古色，冠絶後來。（宋育仁《三唐詩品》卷二）

于鱗七律之摹東川，阮亭七絶、七律之摹三唐，皆有獨到，未可厚非。（袁嘉穀《卧雪詩話》卷一）

宋人學唐律多宗少陵，明人學唐律又重東川、輞川，而皆不道及文房，豈誤於「五言長城」之評，遂忘其七言耶？（袁嘉穀《卧雪詩話》卷四）

其時（按：指盛唐）如王維之精渺，李頎之冲秀，高適之沈雄，岑參之奇逸，四子者稱王、李、高、岑。而孟浩然以雅人深致，與王維齊名，亦稱王、孟。各以其所長，争鳴一時。（黄節《詩學》）

放翁七古，英姿颯爽，抖擻而來，其句法老健，皆經削煉。格在東川、嘉州之間，於杜、

韓亦有似處，而修潔勝之。（錢振鍠《謫星説詩》卷二）

李頎，東川人，家於潁陽。擢開元十三年進士第，官新鄉尉。古詩猶是齊、梁一體，獨七言樂府雄渾雅潔，一片神行。與崔顥同一機杼，而使事寫懷，或且過之矣。（丁儀《詩學淵源》卷八）

七言律詩，自唐而始盛，唐以前只有七言八句之樂府詩耳。……崔灝《黄鶴樓》一首，古律相參，推爲絶唱。太白《鳳凰臺》詩，思效之而不及也。此外如王摩詰、李東川、岑嘉州輩，最工此體。至子美沈雄高闊，集其大成，後之作者，莫能過也。（由龍雲《定庵詩話》卷上）

（七古）縱横變化，李、杜爲之大宗。嘉州、東川，悲壯蒼凉，工於邊塞征戰之作。常侍、摩詰，兼爲雄麗。（由雲龍《定庵詩話》卷上）

唐初始專七律，沈、宋精巧相尚，至王、岑、高、李，格調益高矣。

（蔣抱玄輯《民權素詩話·願無盡廬詩話》）

（袁枚《隨園詩話》卷七）同卷論「近體須學中晚、宋、元諸名家，蓋李、杜、韓、蘇音節未協，中晚名家便清脆可歌」云云；則宋、元、中晚唐又後來居上也。所謂「名家」，不知何指。摩詰、襄陽、少陵、東川輩近體，豈不協耶？

（錢鍾書《談藝録》六十三《隨園深非詩分朝代》）

李頎（生卒年不詳），趙郡（今河北趙縣）人，寄籍潁川（今河南許昌市）。唐玄宗開元二十三年（七三五）進士。官新鄉尉。長期未得陞遷。後棄官歸隱。他和王維、王昌齡、高適等人相友善，是盛唐重要詩人之一。其詩内容和體裁都很廣泛。由于仕宦失意，有消極遁世思想。殷璠説他：「發調既清，修辭亦秀；雜歌咸善，玄理最長。」（見《河嶽英靈集》）其實李詩也不乏激昂慷慨之音；其中部分優秀作品，風格秀麗而又雄渾。七言歌行及律詩，尤爲後世所推重。

（馬茂元《唐詩選》）

《唐才子傳》謂「頎，東川人。」按「東川」乃地域之概稱，非地名。頎有《不調歸東川别業》（《全詩》卷一三二）詩，似本此，恐誤。李華《楊騎曹集序》（《全文》卷三一五）：「弘農楊君諱極，字齊物，……舉進士時，刑部侍郎樂安孫公逖以文章之冠爲考功員外郎，精試群材。君以南陽張茂之、京兆杜鴻漸、瑯邪顔真卿、蘭陵蕭穎士、河東柳芳、天水趙驊、頓邱李琚、趙郡李崿、李頎、南陽張階、常山閻防、范陽張南容、高平郗昂等連年高第，華亦與焉。」點明李頎屬「趙郡」，但此乃郡望，非謂其本籍。李頎有《與諸公游濟瀆泛舟》（《全詩》卷一三二）詩：「我本家潁北，開門見維嵩。焉知松峰外，又有天壇東。」可見爲潁陽人。證以其《緩歌行》（《全詩》卷一三二）中「男兒立身須自强，十年閉户潁水陽。業就功成見明主，擊鐘鼎食坐華堂」，此「潁水陽」正與「潁北」合，故李頎當是河南潁陽人。

（周紹良《唐才子傳箋證》卷二《李頎》）

頎五言古風，流動中時有屬對之句，似排律而實古詩。工而不板，流而不浮，貌似平淡而實豐腴，氣若輕清而實厚重，洗盡六朝面貌，以振唐風，而又非唐人所能範圍，蓋詩中獨樹一幟者。惜爲七古、七律所掩，人自不覺耳。

（劉寶和《李頎詩評注》）

頎七言古風，最爲奇特，縱横中有跌宕，質直中見恢奇，屬對精工似初唐，而氣勢流動過之；大氣奔放似盛唐，而形貌整齊過之。無王維之華貴而比其峻峭；無高適之洗練而比其横溢；無岑參之朗暢而比其蕭散；無杜甫之雄渾而比其冷雋。有李白之豪放，具崔顥之清新，八音克協，五色相宣。此所以王、李、高、岑，并稱四家而無所軒輊也。

（劉寶和《李頎詩評注》）

頎五言律詩，意態流動，一如古詩，全似不經意者。然細視之，則又屬對工整，規矩儼然。所謂信手拈來，皆成妙諦者也。在唐詩中别具一格，蓋不求工而自工，猶有《三百篇》之遺意焉。頎不以五律鳴，而平净淡遠，亦人所不易及者。頎詩不事藻繪，故難以句摘，然視其全詩，則意境高遠，難可方物，豈所謂望之有色，而迹之無象者歟！

（劉寶和《李頎詩評注》）

盛唐七律，首推工部，若王維之雍容華貴，李頎之凝煉整潔，則亦當時之冠冕也。至於氣象開闊，李雖不如王，而語意精警則亦過之，此明之嘉、隆七子，所以奉爲圭臬歟！頎七言律詩，亦王、李、高、岑并稱，所傳雖少，然皆爲昔賢所服，良以其尺度矩矱，爲唐賢之正宗也。

（劉寶和《李頎詩評注》）

頎五言排律，一似五言律詩，雖屬對工整，而又流暢自然。詩中所言事物，時從遠處落筆，一似與題無涉者，及其匯而爲一也，則又爲主體之一流，密而不可分矣。此則非五言律詩所能及者。

（劉寶和《李頎詩評注》）

五言絶句，更非頎所善，偶爾爲之，以備一體而已，此猶不足以比肩崔（國輔）、孟（浩然），遑論王（維）、李（白）！然明高棅于五言絶句，列李白、王維爲正宗，而以王昌齡、裴迪、李頎爲羽翼，是其詩有足稱者，豈詩作原多，而傳者甚少歟！

（劉寶和《李頎詩評注》）

七言古風，多鴻篇鉅制，故頎能騁其才俊，恣爲奇肆，與王、李、岑、杜諸賢，比肩驤首，成一代大家。七言絶句則不然，篇幅既小，包容亦微，難以大氣回旋，故頎不能盡其所擅，與少伯、太白争鋒。然其《寄韓鵬》一詩，言近旨遠，寄興幽微，亦唐七絶中之錚錚者，非尋常所及也。惜作者少，不能獨樹一幟而已。

（劉寶和《李頎詩評注》）

李頎續寫了崔顥未及寫完的心史，而他那意氣孤特鬱怒，意象蒼黝幽奇，意脉跳宕回互的七古，却爲同時稍後的李白、杜甫向不同方向開拓，并遥遥指向了中唐之末的李賀。

（趙昌平《盛唐北地士風與崔顥李頎王昌齡三家詩》，見氏著《趙昌平自選集》）

今所見石刻，涉及李頎者有數篇，録之於下：《河洛墓刻拾零》收《唐蔡鄭客墓志》：「《唐故京兆府武功縣令蔡府君墓志銘并序》，鄭州陽武縣主簿蕭昕撰，前汲郡新鄉尉李頎書。」蔡鄭客以開元二十九年（七四一）三月十二日卒，天寶元年（七四二）正月十五日葬。《唐代墓志匯編續集》天寶〇七一《唐故廣陵郡六合縣丞趙公（昕）墓志銘并序》，末題：「外男前汲郡新鄉縣尉趙郡李頎撰。」志云：「頎，趙出也，親則内兄，周旋討論，款曲笑語，不見數日，天喪斯文。」墓主天寶十載六月廿五日葬。《全唐文補遺》收李頎《故廣陵郡六合縣丞趙公（昕）墓志銘并序》，志署「外□前汲郡新鄉縣尉趙郡李頎撰」。志云：「嗣子晉，泣血孺慕，殆不勝哀。爲余從敬祖之游最多，叙林宗之辭無愧。執筆揮涕，托銘片石。」墓主天寶十載六月廿五日葬。《全唐文補遺·千唐志齋新藏專輯》收李頎《唐故朝議大夫隴西郡太守扶風竇府君（詮）墓志銘并序》，題署：「登仕郎、前行汲郡新鄉縣尉李頎撰。」墓主天寶七載十二月六日葬。可知李頎至少在開元二十九年（七四一）或之前就在新鄉尉任，其離開新鄉尉後，就没有再遷他官，可能就隱居鄉里了，故天寶元年（七四二）之後所作墓志都稱前汲郡新鄉縣尉。據《唐才子傳》卷二《李頎傳》：「頎，東川人，開元二十三年賈季鄰榜進士及第。調新鄉縣尉。」傅璇琮校箋云：「《國秀集》目録卷下作『新鄉尉李頎』，此爲唐人記李頎曾仕新鄉尉之最早亦即唯一之記載。頎詩有《欲之新鄉答崔顥綦毋潛》（《全唐詩》卷一三三），中云：『數年作吏家屢空，誰道黑頭成老翁。男兒在世無産業，行子出門如轉蓬。吾屬交歡此何夕，南家擣衣動歸客。』又殷璠《河嶽英靈集》卷上李頎評，有『惜其偉才，只到黄綬』語，似頎之仕歷亦僅止于縣尉。但其仕新鄉尉之時間則未可確考，其詩云『數年作吏家屢空，誰道黑頭成老翁』，則仕新鄉尉似已過中年。……今略可考知開元末、天寶初頎之行迹大致在長安、洛陽兩地，則其爲新鄉尉或在進士及第後數年間。」而以上四種石刻文獻，爲瞭解李頎交游與考證李頎生平提供了新的原始材料。

（胡可先《出土文獻與唐代詩學研究》第五章《唐代詩人新證》上《分類研究》）

然唐以下律詩，百家浩瀚，必須精選熟讀，又必多所習作，可以諧適音韻，名世擅場可期也。初唐則沈、宋之流若干篇，可以抄覽。盛唐則王、孟、青蓮，近於古詩，不可學也。高（適）、岑（參）、李（頎）、崔（顥）若干篇可觀。所當專精師法者，無過於杜，爲先熟讀吟諷。

（李植《學詩準的》，載《韓國詩話中論中國詩資料選粹》）

李頎沈鬱抑揚，神情俱詣。

（正祖李祘《日得録》，載《韓國詩話中論中國詩資料選粹》）